LES CHEMINS DE L'ENFER

Auteur anglais né en 1936, créateur de l'inspecteur Andrew Dalziel, Reginald Hill a également écrit des nouvelles, une pièce de théâtre télévisée et des romans policiers sous le nom de Patrick Ruell. Considéré comme un des auteurs anglais les plus originaux de ces dernières années, il a remporté en 1990 le Golden Dagger Award avec *Le Partage des os* et le Prix du Roman d'Aventures en 1991 pour *Un amour d'enfant*.

REGINALD HILL

Les Chemins de l'enfer

TRADUIT DE L'ANGLAIS PAR OLIVIER LE GOFF

ÉDITIONS DU MASQUE

Titre original :

ON BEULAH HEIGHT

Ce roman est une œuvre de fiction totale. Les noms, les personnages et les circonstances sont le produit de l'imagination de l'auteur. Toute ressemblance avec des personnes réelles, qu'elles soient vivantes ou disparues, ou encore avec des événements ou des localités serait purement fortuite.

À Allan qui est, lui, un ménestrel ambulant.

Puis je vis qu'il existait un chemin menant à l'enfer,
même aux portes du paradis.

John Bunyan, *Le Voyage du pèlerin*

Mais où donc est la toute petite Hew ?
Et où donc est la petite Lenne ?
Et où donc est cette chère Lu ?
Et encore Menie des Glen ?
Et où est le lieu de repos,
Ce lieu qui toujours change ?
Est-ce le sein de la marguerite,
Ou est-il au-dessous des cloches de la renommée ?

Ay, lu, lan, dil y'u

Anonyme, *The Gloamyne Butche*

Nous les rattraperons sur ces hauteurs,
Dans la lumière du soleil.
Belle est la journée sur ces hauteurs

Friedrich Rückert, *Kindertotenlieder IV*

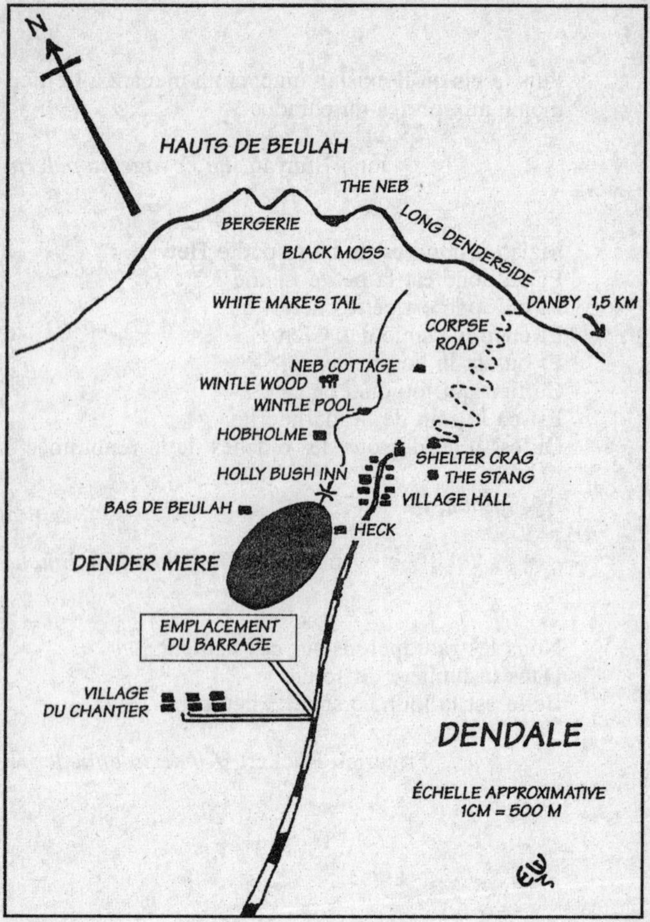
N
HAUTS DE BEULAH
THE NEB
BERGERIE
LONG DENDERSIDE
BLACK MOSS
WHITE MARE'S TAIL
DANBY 1,5 KM
CORPSE
ROAD
NEB COTTAGE
WINTLE WOOD
WINTLE POOL
HOBHOLME
SHELTER CRAG
HOLLY BUSH INN
THE STANG
VILLAGE HALL
BAS DE BEULAH
HECK
DENDER MERE
EMPLACEMENT
DU BARRAGE
VILLAGE
DU CHANTIER
DENDALE
ÉCHELLE APPROXIMATIVE
1CM = 500 M

PREMIER JOUR

Différents points de vue sur un petit coin de bonheur en pleine campagne

1

BETSY ALLGOOD (PA/WW : 4.6.1988)
TRANSCRIPTION N° 1
Exemplaire 2/2

Le jour où ils ont noyé Dendale, j'avais 7 ans.

J'en avais 3 quand le gouvernement a dit qu'il était capable de le faire, et 4 quand l'enquête a conclu en faveur de la Compagnie des Eaux. Alors, je n'ai aucun souvenir de tout ça.

Pourtant, je me rappelle quelque chose qui n'a pas dû arriver bien longtemps après. J'avais monté l'échelle pour arriver à l'étage de notre grange, et mon papa m'avait attrapée là :

— Qu'est-ce que tu fabriques là-haut ? Tu sais très bien que ce n'est pas un endroit pour toi.

Je lui ai répondu que je cherchais Bonnie. En fait, j'aurais mieux fait de me taire. Papa n'avait pas de temps à perdre avec des animaux qui ne se rendaient pas utiles. Pour lui, un chat, ça devait empêcher les rats et les souris d'arriver là-haut. Mais tout ce que Bonnie avait réussi à capturer, ça n'avait jamais été que quelques araignées.

— Ton machin qui sert à rien, il faudrait le noyer, qu'il m'a dit. Si jamais tu remontes une seule fois pour le chercher, je l'enferme là-haut. Il peut avoir neuf vies, ça m'est égal.

Avant d'avoir pu commencer à râler, j'ai entendu le bruit d'une machine qui se mettait en marche dans l'air du matin. Pas une machine de ferme, quelque chose de beaucoup plus gros, là-bas, à Dale End. Je savais qu'il y avait des ouvriers qui travaillaient là-bas, mais je ne comprenais pas encore ce qu'ils faisaient.

Papa est allé à la porte à foin qui était ouverte, il a regardé dehors. Low Beulah — c'est notre ferme — se situe de l'autre côté du lac Dender Mere par rapport au village, et quand on est dans le grenier, on a une belle vue sur tous nos champs jusqu'à Dale End. Tout à coup, Papa m'a attrapée et m'a fait grimper sur ses épaules :

— Regarde bien tout ça, Betsy, il m'a dit. J'en ai rien à foutre maintenant, que tu sois qu'une fille. Bientôt, il n'y aura plus rien à faire ici, sauf pour les poissons.

Je n'avais aucune idée de ce que ça voulait dire, mais en tout cas c'était magnifique qu'il s'intéresse à moi pour une fois ; je me souviens que les os de ses épaules rentraient dans la chair de mes jambes nues, et que je tenais ses cheveux tout drus et épais dans mes petits poings, et aussi qu'il sentait le mouton, et la terre et le foin.

Je pense qu'il avait oublié que j'étais perchée là-haut, jusqu'au moment où j'ai bougé. Alors il a eu un petit sursaut, et il a dit :

— Mais y'a encore des choses à faire, pour l'instant. Rien doit s'arrêter jusqu'à ce que tout s'arrête.

Il m'a posée par terre, ça a fait un bruit sourd, et il a glissé jusqu'au bas de l'échelle. Ça, c'était typique : il me grondait d'être montée là et, l'instant d'après, il avait déjà oublié mon existence.

Je suis restée là-haut un bon moment, jusqu'à ce que Maman m'appelle. Elle m'a chopée au moment où je descendais l'échelle, elle a tapé du poing sur ma jambe et s'est mise à me hurler dessus parce que j'étais montée. Mais je ne lui ai pas parlé de Papa : ça n'aurait pas soulagé ma douleur, et puis ça lui aurait apporté du souci à lui aussi.

Et le temps a passé. Une année, peut-être ? Difficile à dire. À l'âge que j'avais, un mois ça paraît une minute, et une minute ça paraît long comme un mois, quand on est tracassée. Je sais que j'ai commencé à aller à l'école du village. C'est à partir de ce moment-là aussi que la plus grande partie de mes souvenirs précis commencent. Mais c'est quand même rigolo, je n'avais toujours pas vraiment idée de ce que fabriquaient ces ouvriers là-bas, à Dale End. En fait, je pense que je m'étais habituée à eux, comme s'ils avaient été là depuis aussi longtemps que moi. Et puis, à un moment, pendant ma deuxième année d'école, j'ai entendu des grands qui disaient qu'on allait tous aller à l'école primaire St Michael, à Danby. Tous autant qu'on était, on détestait St Michael.

Ici on avait juste deux maîtresses, Mrs Winter et miss Lavery ; mais là-bas il y avait cinq ou six enseignants. L'un d'entre eux avait un bandeau noir sur l'œil et une canne qu'il utilisait pour battre les enfants qui faisaient mal leurs additions. En tout cas, c'est ce qu'on avait entendu dire.

J'ai demandé d'une petite voix pourquoi il fallait qu'on aille là-bas.

— Ah bon, tu n'en sais rien, Betsy Allgood ? m'a demandé Elsie Coe, qui avait presque 11 ans et qui aimait bien les garçons. Parce qu'à ton avis, ce qu'ils construisent dans la vallée, c'est un centre commercial, peut-être ?

— Allez, sois sympa, a dit une de ses copines plus gentille. Ce n'est encore qu'un bébé. Voilà, Betsy, ils vont inonder tout Dendale, comme ça tous ces gens des villes qui puent ils vont pouvoir prendre un bain !

À ce moment-là, miss Lavery nous a appelés pour qu'on rentre en classe. Mais avant, je suis passée boire à la fontaine et j'ai regardé les giclées d'eau qui faisaient des arcs-en-ciel dans le soleil.

C'est à partir de ce moment-là que j'ai commencé à faire des cauchemars. J'étais réveillée par Bonnie qui hurlait, assise sur mon oreiller, toutes les couvertures étaient mouillées et le lit flottait presque, avec toute l'eau qui entrait par la fenêtre. Je comprenais bien que ce n'était pas pour de vrai, mais je continuais à avoir peur. Papa m'a dit de ne pas faire autant de caprices, et Maman m'a dit que, si je savais qu'un rêve n'était qu'un rêve, il fallait que j'essaie de me réveiller toute seule. Des fois j'y arrivais, mais pas complètement, et l'eau était toujours là, elle clapotait maintenant par-dessus ma figure, et alors je me réveillais vraiment, en criant.

Quand Maman a compris ce qui me faisait peur, elle a essayé de tout m'expliquer. Elle se débrouillait bien, en tout cas quand elle ne faisait pas sa crise. Ses nerfs, comme j'ai entendu Mrs Telford le dire un jour que je jouais avec Madge sous la fenêtre du magasin du menuisier au Stang. Mrs Telford a dit aussi que c'était bien dommage que Jack Allgood (c'est mon Papa) ait pas eu de fils, et que ça servait à rien que Lizzie (c'est ma Maman) coupe les cheveux de la fille aussi court que ceux d'un garçon et lui fasse porter des pantalons. La fille, c'est moi. Après ça, je me suis regardée dans une glace, et je me suis demandé si je ne pourrais pas devenir un garçon en grandissant.

Je disais que ma Maman m'expliquait des choses. Elle m'a parlé du barrage et elle m'a raconté comment on allait tous être déplacés à Danby, et que finalement ça ne changerait pas grand-chose, parce que Papa était un si bon métayer que Mr Pontifex lui avait promis de lui réserver la première ferme qui se libérerait sur le reste de ses terres, là-bas.

Alors, les cauchemars ont un peu diminué. L'idée de déménager était plus excitante qu'effrayante, sauf quand je pensais à ce maître borgne avec sa canne. Et puis de toute façon, le temps était devenu trop beau pour que des petits enfants se fassent du souci pour l'avenir. Surtout quand ça concernait de l'eau en trop !

Cet été-là a été très long et très chaud, mais vraiment très long et vraiment très chaud ; pas comme quand on se rappelle quelques journées d'été et qu'on voudrait que ça dure toujours.

L'hiver avait été sec, et puis le printemps aussi, à part quelques averses. Après ça, rien : chaque jour était un peu plus chaud que celui d'avant. Même sur les hauts de Beulah, il n'y avait pas d'air, et en bas dans la vallée on avait toutes les fenêtres grandes ouvertes, à la maison comme à l'école, mais rien n'entrait, à part le bruit des machines des ouvriers, à Dale End tout là-bas.

Le vendredi matin, on avait caté : le révérend Disjohn venait nous parler de la Bible. Un jour, il nous a lu l'histoire du Déluge et nous a dit que, même si ça n'avait pas été drôle pour les gens de cette époque, c'était pour leur bien.

— Même pour ceux qui sont morts noyés ? a crié Joss Puddle.

Son père était patron du *Holly Bush Inn*. Miss Lavery lui a dit de ne pas être insolent, mais le révérend a trouvé que c'était une bonne question et nous a dit de bien nous rappeler que, si Dieu avait envoyé le Déluge, c'était pour punir les hommes d'être si mauvais. Dieu avait toujours une bonne raison de faire les choses, et peut-être que, toutes ces histoires de barrage, finalement, c'était une façon de nous rappeler que l'eau c'était très important et qu'il ne fallait pas considérer ses cadeaux comme allant de soi.

Quand on a 7 ans, on ne sait pas que les pasteurs ça peut raconter des bêtises. Mais à 14 ans, oui.

Doucement, jour après jour, le niveau du lac a baissé. Même White Mare's Tail a diminué, elle a fini par ressembler à la queue d'une souris blanche. White Mare's Tail, des fois que vous le sauriez pas, c'est la chute d'eau qui sort de la colline près du haut de Lang Neb. Lang Neb, c'est la montagne très à pic qui sépare Dendale de Danby. Sur les cartes, on l'appelle Long Denderside, mais ici tout le monde dit Lang Neb, ça veut dire long nez en patois de chez nous. Parce que quand on la regarde avec la tête de côté, on a l'impression de voir un nez qui monte petit à petit, et qui tombe tout à coup jusqu'au col de Black Moss, au bord de Highcross Moor. De l'autre côté, elle monte aussi mais moins vite, jusqu'aux Hauts de Beulah, au-dessus de notre ferme. Il y a deux petites crêtes tout là-haut et, comme ça ressemble un peu à une bouche, il y a des gens qui l'appellent Gob, ça veut dire la bouche, chez nous. Pour aller avec le nez d'en face. Mais Mrs Winter disait qu'il ne fallait pas lui donner un nom aussi ordinaire, parce que Long Denderside c'était vraiment joli, et elle nous lisait un passage du livre qui parlait de Beulah. Joss Puddle disait que c'était vraiment chiant, et qu'il trouvait que Gob, c'était beaucoup mieux. Mais moi j'aimais bien Beulah, parce que c'est le même nom que notre ferme, et d'ailleurs ça nous appartenait d'une certaine façon, vu que mon père faisait monter ses moutons dans la montagne et qu'il entretenait le coin. Mrs Lavery disait que la bergerie était probablement plus ancienne même que notre ferme.

En tout cas, personne pouvait dire que notre versant à nous n'était pas plus beau que celui de Lang Neb, qui était vraiment très à pic, avec des cailloux et des blocs de pierre partout. Quand il pleuvait, il y avait des ruisseaux et des chutes qui couraient sur les versants, alors que sur le Neb c'était trop raide et ça tombait droit comme de la pluie qui sort d'une gouttière bouchée. Le vieux Tory Simkin, il disait souvent qu'avec toutes les cavernes dans le sol du Neb, il y avait plus d'eau que de roche. Et il nous racontait des histoires d'enfants qui s'endormaient en plein soleil sur les pentes du Neb, qui se faisaient attraper par des nix et ce genre de créatures, et qu'on ne revoyait jamais.

Mais il a arrêté de nous raconter ces histoires quand ça a vraiment commencé à arriver. Les enfants qui disparaissaient, je veux dire.

Jenny Hardcastle a été la première. C'était tout au début des grandes vacances, et on était tous en train de patauger dans Wintle Pool, là où White Mare's Tail arrivait en bas de la montagne. D'habitude, les petits se faisaient gronder quand ils jouaient là-haut ; mais là, c'était tellement peu profond que même les plus petits pouvaient jouer en sécurité.

Plus tard, on nous a demandé à quelle heure Jenny était partie ; mais les enfants qui jouent par une belle journée d'été, ça ne fait pas attention au temps. Et puis on nous a demandé si on avait vu dans les parages quelqu'un qui nous aurait regardés, ou quelque chose comme ça. Mais on n'avait vu personne. J'avais aperçu au loin Benny Lightfoot qui remontait la montagne, mais je n'en ai pas parlé, pas plus que je n'aurais parlé d'un mouton. D'ailleurs Benny, il était comme un mouton, il appartenait à la montagne, et si vous vous approchiez de lui, il y avait toutes les chances qu'il détale. Alors je n'ai pas parlé de lui, en tout cas pas avant qu'ils me parlent de lui en particulier.

Mon amie Madge Telford a dit que Jenny lui avait raconté qu'elle en avait marre de barboter toute la sainte journée dans l'eau comme un bébé, et qu'elle allait dans Wintle Wood cueillir des fleurs pour sa maman. Mais Madge pensait qu'en fait elle était vraiment vexée, parce qu'elle aimait beaucoup être le centre d'attraction et que, quand Mary Wulfstan s'est pointée, on en avait fait tout un foin.

Mary, c'était pas possible de ne pas l'aimer. Et pas seulement parce qu'elle était jolie, avec ses longs cheveux blonds et son sourire charmant. Mais elle était pas plus jolie que

Jenny, ou même que Madge, qui avait les plus beaux cheveux de toutes, comme l'eau dans le lac quand le soleil est bas. Seulement Mary était aussi tellement gentille qu'on ne pouvait pas faire autrement que l'aimer, même si on ne la voyait que pendant les vacances, et aussi pendant quelques week-ends.

C'était ma cousine, enfin une espèce de cousine. Sa maman venait de la vallée, ce n'était pas une étrangère ; mais en fait ils utilisaient Heck comme une maison de vacances, maintenant. Le pépé de Mary était le cousin de mon pépé à moi. Il s'appelait Arthur Allgood, et il exploitait la ferme de Heck qui était juste au bord du lac, tout en bas du village. La maman de Mary était la seule enfant d'Arthur, et je dois dire qu'on la considérait comme « rien qu'une fille », comme moi. Mais au moins elle a pu se rendre utile à la ferme en se mariant. Après un fils fermier, le mieux, c'est un gendre fermier, enfin si on est propriétaire de la ferme, s'entend. Arthur Allgood était propriétaire de la ferme de Heck ; de notre côté, on était juste les métayers de Low Beulah ; un fils, ça peut hériter d'un métayage, mais une fille, ça n'a aucun droit.

En fait, la maman de Mary, Tatie Chloe — en fait ce n'était pas vraiment ma tante, mais c'est comme ça que je l'appelais —, elle n'avait pas épousé un fermier. Elle s'était mariée avec Mr Wulfstan, qui avait une affaire à lui. Ils ont vendu à Mr Pontifex la plus grosse partie des terres et des bâtiments de Heck, mais ils ont gardé la maison pour les vacances.

Mr Wulfstan, on pouvait pas dire qu'il aimait la vallée, il la respectait, plutôt. Maman disait qu'il n'était pas distant, mais c'était difficile de le comprendre. Quand il a modernisé Heck pour rendre la maison plus confortable, qu'il a fait traiter correctement la cave contre l'humidité et qu'il a fait installer des casiers pour conserver ses bonnes bouteilles, il a donné le plus de travail possible aux habitants de la région. Et des gens comme le père de Madge, qui tenait la menuiserie du Stang avec son frère, ils disaient que c'était un gars bien.

Mais avec tout ça, j'oublie Jenny. Peut-être qu'effectivement elle était partie vexée à cause de Mary, ou peut-être Madge avait tout inventé et qu'elle était vraiment partie cueillir des fleurs pour sa maman. C'est là qu'ils ont trouvé la seule trace d'elle, dans Wintle Wood. Son débardeur bleu.

Mais peut-être qu'elle l'avait laissé tomber en chemin sans s'en apercevoir. Quand on jouait dans l'eau et qu'il faisait très chaud, on enlevait tous nos habits sauf nos culottes, et on n'était pas du tout pressés de se rhabiller, on attendait d'être attrapés pour le faire. On courait dans le village comme de vrais petits païens, qu'elle disait ma mère.

Mais tout ça s'est arrêté quand la police est arrivée. Ils ont posé des questions et des questions, on était tous effrayés et excités, mais peut-être plutôt excités au départ. Quand le soleil brille et que tout a l'air comme d'habitude, c'est dur pour des enfants d'avoir peur longtemps. Et puis, Jenny était connue pour être entêtée et elle s'était déjà sauvée chez sa mémé à Danby après s'être disputée avec sa mère ; alors, peut-être que ça lui avait repris. Et même quand les jours ont passé et qu'on n'avait aucune nouvelle d'elle, la plupart des gens pensaient qu'elle avait monté le Neb et qu'elle était tombée dans un des trous ou quelque chose comme ça. La police avait mis des chiens sur la piste, ils reniflaient le débardeur, mais les cabots n'ont jamais trouvé une piste sérieuse. Ça n'a pas empêché Mr Hardcastle de sortir tous les jours avec ses colleys, il appelait sa fille en hurlant. Il avait deux autres enfants plus grands, Jed et June, mais on aurait dit qu'il avait tout perdu. Mon père disait qu'il n'avait jamais été très bon comme fermier ; maintenant il ne s'intéressait plus à Hobholme — c'est leur ferme —, même si c'était un métayer de Mr Pontifex, comme Papa. Et comme l'endroit allait bientôt être inondé, j'imagine que ça n'avait pas d'importance.

Quant à Mrs Hardcastle, on la rencontrait autour du bois de Wintle, elle ramassait de grandes brassées de patiences parce qu'on dit que c'est une plante qui ramène les enfants perdus. Elle en avait partout à Hobholme et, quand c'était à elle de s'occuper des fleurs à l'église, elle mettait aussi des patiences dans les vases ; ça ne plaisait pas au pasteur qui disait que c'était païen, mais il les laissait en place jusqu'à la semaine suivante, en attendant que ce soit le tour de quelqu'un d'autre.

Les gens de la vallée, ils n'ont pas tardé à retrouver leur train-train comme avant. Ce n'est pas qu'ils s'en fichaient, mais pour nous, les enfants, avec un si beau temps, on avait du mal à prolonger le chagrin plus de quelques jours, et les grandes personnes étaient encore plus occupées que jamais, avec tous ces préparatifs pour le grand déménagement.

C'était juste pour dans quelques semaines ; pour moi, ça paraissait une vie entière. J'avais surpris des choses, mais je n'avais pas bien réalisé, et c'était en tout cas plus que ce que je pouvais comprendre. Les filles plus grandes comme Elsie Coe, elles étaient toujours contentes de frimer en montrant qu'elles savaient beaucoup de choses. C'est elle qui m'a dit qu'il y avait de grandes discussions sur les compensations, mais moi ça ne me concernait pas parce que mon papa n'était que métayer ; Mr Pontifex, ça faisait longtemps qu'il avait vendu Low Beulah et Hobholme avec tout le reste des terres dans Dendale et dans la montagne du côté de Highcross Moor. Certains autres qui étaient propriétaires de terres se défendaient dur contre la Compagnie des Eaux. Des cinglés, mon père il disait : une fois que Mr Pontifex avait vendu, il n'y avait pas d'espoir pour les autres et ils n'avaient qu'à faire comme ce vieux connard. Maman lui disait de ne pas parler comme ça de Mr Pontifex, qui lui avait promis la première ferme qui se libérerait sur ses terres du côté de Danby ; elle avait entendu dire que Stirps End risquait d'être disponible bientôt. Alors Papa lui disait qu'il le croirait quand ça arriverait, ce vieil enfoiré nous avait déjà trahis une fois, pourquoi est-ce qu'il ne recommencerait pas ?

Des fois, mon père, il parlait vraiment comme un furieux, surtout quand il était descendu au *Holly Bush*. Et Maman, elle pleurait, ou alors elle se taisait et elle restait tranquille ; mais alors tranquille, on aurait pu lui faire éclater un ballon contre l'oreille qu'elle n'aurait rien entendu. Au moins, quand elle était comme ça, je pouvais me balader toute la journée en culotte, ou même sans rien du tout, elle ne s'en souciait pas. Papa non plus, d'ailleurs.

Et puis ma meilleure amie, Madge, s'est fait prendre. Et là, tout à coup, les choses ont paru très différentes.

J'avais été jouer avec elle, Maman m'avait emmenée. Elle était dans un de ses bons jours, et même si la plupart des gens pensaient que Jenny était tout simplement tombée dans un trou du Neb, nos mamans étaient encore un peu réticentes à nous laisser nous éloigner trop toutes seules.

Le Stang où Mr Telford avait sa boutique de menuiserie était juste en bordure de village. Il faisait une chaleur de bœuf, mais il y avait de la fumée qui sortait de la cheminée, comme d'habitude ; pourtant, je ne voyais personne travailler. On est arrivées à la maison, et Mrs Telford a dit à Maman :

— Entrez donc, Lizzie, vous prendrez bien une tasse de thé ? Betsy, va retrouver Madge dans le jardin. Elle cherche des fraises, mais je pense que les limaces sont passées avant elle.

Je suis sortie par la laiterie et je suis arrivée dans le jardin, tout long et étroit, qui remontait jusqu'au flanc de la montagne. Je crois avoir vu quelqu'un par là, pendant un moment très court ; très probablement, ce n'était que Benny Lightfoot. Je ne voyais pas Madge, mais comme il y avait des gros buissons de groseilliers à mi-chemin, j'ai supposé qu'elle était derrière. Je l'ai appelée, et puis je suis descendue plus bas que les buissons.

Elle n'y était pas. Sur l'herbe, près des plants, il y avait une seule fraise qui avait été grignotée par un animal. Rien d'autre.

D'une certaine façon, je sentais que je méritais des reproches : elle se serait trouvée là si je n'étais pas sortie pour aller à sa recherche. Je ne suis pas revenue directement le dire à Maman et à Mrs Telford. Je me suis assise dans l'herbe, et j'ai fait semblant d'attendre qu'elle revienne, même si j'étais sûre que ça n'arriverait pas. Je ne sais pas comment je le savais, mais je le savais. Et effectivement, elle n'est pas revenue.

Peut-être que si j'étais rentrée tout de suite dans la maison, elles seraient sorties pour la chercher et elles l'auraient rattrapée avec lui. Mais probablement que non, ce n'est pas la peine de pleurer. Maintenant, on parlait d'un *lui*, il y en avait un, ça ne faisait pas l'ombre d'un doute.

À partir de ce moment-là, il y a eu des policiers partout, tout le temps. On avait un bobby pour nous, dans le village. Il s'appelait Clark, mais tout le monde l'appelait Nobby le Bobby. Il était grand et il avait l'air féroce, et on pensait toutes que c'était quelqu'un de très important. Jusqu'au jour où on a vu comment les autres le traitaient, surtout ce gros policier qui était responsable de ceux qui n'avaient pas d'uniforme.

Ils se sont installés dans la salle des fêtes du village. Mr Wulfstan a fait un vrai ramdam quand il s'en est aperçu. Il y en avait qui disaient qu'il avait parfaitement raison, qu'on voulait tous que ce fou soit arrêté, mais que c'était pas pour ça qu'il fallait laisser la police nous marcher sur les pieds.

Si Mr Wulfstan a tant râlé, c'est à cause du concert. Son entreprise parrainait le Festival Estival de Musique des Vallées du Mid-Yorkshire, et il était président du comité d'organisation. Le festival est surtout centré sur Danby. Je pense que c'est comme ça qu'il a rencontré Tatie Chloe. Elle aime ce genre de musique, et elle allait souvent à Danby. Après ils se sont mariés, elle a hérité de Heck, et il a eu cette idée d'un concert à Dendale. Ils en donnaient un peu partout mais il n'y en avait jamais eu ici, parce qu'il y avait trop peu d'habitants qui vivaient dans la vallée et que la route n'était pas en très bon état. Le conseil municipal avait tenu une réunion publique pour discuter de ça, l'année d'avant. Certaines personnes, comme mon papa, ont dit qu'ils se fichaient de ce genre de musique et qu'ils se demandaient à quoi ça servait de faire venir des gens dans la vallée alors que, dans un an, il n'y aurait rien d'autre à voir que de la flotte. Ça a mis en colère pas mal de gens, enfin c'est ce qu'on m'a dit, « parce que tout n'était pas joué » ; ils espéraient encore que Mr Pontifex refuserait de vendre. Ce n'est pas que ça aurait fait une différence sauf de faire traîner les choses un peu plus longtemps. Mais la réunion, elle était faite pour qu'on vote à propos du concert, surtout que Mr Wulfstan a dit qu'il aimerait que la chorale de l'école présente aussi quelque chose.

C'est comme ça que, l'année d'avant, on a eu notre premier concert. Le chanteur principal venait de Norvège, mais il parlait si bien anglais qu'on n'aurait pas imaginé qu'il était étranger jusqu'à ce qu'il donne son nom, Arne Krog. C'était un ami de Mr Wulfstan, il était descendu à Heck, en même temps que la dame qui l'accompagnait au piano : Inger Sandel, elle s'appelait. Arne — tout le monde l'appelait Arne — était vraiment très apprécié, surtout par les filles, tellement il était grand et beau. Il chantait souvent des choses étrangères qui ne plaisaient à personne. Il était revenu cette année, et il a été tout déçu quand on a cru qu'il n'y aurait pas de concert. Moi aussi, j'étais déçue, j'allais à la chorale de l'école et cette année je devais chanter en solo.

Les gens de la vallée aussi étaient déçus, en général. Le concert devait avoir lieu pas longtemps avant le grand déménagement, et l'année prochaine on n'aurait pas de salle, et pas de vallée, pour la représentation.

Et puis on a appris que Mr Wulfstan avait convaincu le révérend Disjohn de nous permettre d'utiliser l'église St Luke à la place, et c'est comme si on avait gagné une bataille.

Mais malgré tout ça, on n'oubliait pas que Madge avait disparu. On y pensait à chaque fois qu'on voyait la police, et on la voyait tous les jours. La dame policier, elle avait posé des questions à tous les enfants qui connaissaient Madge, et surtout à moi, parce qu'on était très amies toutes les deux. La dame, elle était très gentille, et ça me faisait rien de lui parler. C'était mieux que répondre aux questions de Mr Telford. J'aimais beaucoup Mrs Telford, et aussi Tonton George, le frère du papa de Madge qui travaillait avec lui à la menuiserie. Mais Mr Telford, il me faisait un peu peur ; c'est peut-être parce que c'est lui qui fabriquait les cercueils pour les morts de la vallée, et qu'il s'habillait en noir aux enterrements. Madge, elle était fille unique, comme moi, mais il y avait une différence entre nous : nos pères. Moi, j'aurais pu aussi bien ne pas exister. Mais pour Mr Telford, Madge, c'était une princesse, ou une déesse, ou quelqu'un comme ça. Ça ne l'empêchait pas de se mettre en colère contre elle, mais c'était juste parce qu'il se faisait beaucoup de souci. C'est comme quand elle rentrait en retard après l'école, même pour dix minutes seulement. Il lui disait qu'il allait l'enfermer avec les cercueils jusqu'à ce qu'elle lui obéisse. Je ne pense pas que ça aurait dérangé Madge. De temps en temps, on allait en douce dans la vieille grange où il rangeait les cercueils, on jouait autour, et même des fois on se mettait dedans. Je dis pas que j'aurais aimé être toute seule là-dedans, mais ça aurait été mieux que des coups de ceinture. De toute façon, il l'a jamais fait. Quand il se mettait à voir rouge, en général il accusait quelqu'un d'autre, moi par exemple, de l'avoir retenue trop tard. Maintenant, il était après moi tout le temps, il cherchait quelqu'un ou quelque chose à accuser, je suppose. Mais je pense que peut-être c'était contre lui qu'il en avait le plus. Ce serait différent si seulement elle revenait, qu'il disait, je ne la laisserais plus jamais hors de vue.

Mais en fait, je pense qu'il savait, comme moi, qu'elle ne reviendrait jamais.

La dame policier m'a posé toutes sortes de questions. Par exemple, est-ce que Madge a parlé un jour d'un monsieur qui l'embêtait ? Comment est-ce qu'elle s'entendait avec son papa, avec son oncle George ? J'ai dit que non, et que tout se passait bien. Et puis elle m'a parlé de l'après-midi où elle avait disparu. Quand je cherchais Madge dans le jardin, est-ce que j'avais remarqué quelqu'un près de la maison des Telford ? J'ai dit non. Elle m'a dit : « Même pas Benny Lightfoot ? » Alors j'ai répondu : « Ah si, je pense que je l'ai vu remonter le versant de la montagne, mais personne ne fait attention à Benny. » Alors elle m'a demandé si j'avais vu Benny la fois où on jouait dans l'eau et où Jenny était partie. Je lui ai répondu que je croyais l'avoir vu, en effet. Quand elle m'a demandé pourquoi je n'en avais pas parlé, j'ai expliqué que je pensais que ça n'avait pas d'importance que j'aie vu Benny.

Dans la vallée, personne n'imagine que Benny Lightfoot peut faire du mal, et on a trouvé totalement honteux que la voiture de police ait pris le chemin de terre qui conduit à Neb Cottage, juste sous le Neb, où il habitait avec sa grand-mère. Nobby Clark a expliqué que le gros qui n'avait pas d'uniforme avait continué à l'asticoter pour savoir s'il y avait quelqu'un d'un peu bizarre qui vivait dans le coin. « Je lui ai dit que, ici, il y en avait pas beaucoup que je ne trouvais pas un peu bizarres », qu'il a dit. C'est une blague qui a beaucoup plu et que l'on s'est transmise très rapidement dans toute la vallée. Mais il devait lui parler de Benny.

Benny avait à peu près 19 ans. J'ai entendu dire qu'il avait eu un accident quand il était petit et qu'il avait un morceau de métal dans la tête, et peut-être que c'était pour ça qu'il était si timide, surtout avec les filles. On pouvait voir sa longue silhouette toute mince qui tournicotait autour de Village Hall les soirs de fête, ou quand il montait jusqu'à Wintle Wood, là où les jeunes gens ont l'habitude de traînasser quand les soirées sont belles. Mais un jour qu'il s'est aperçu qu'on l'avait vu, il a disparu si vite qu'on aurait pu se demander si on n'avait pas rêvé en le voyant. « Jamais vu un couillon qui porte aussi bien son nom », qu'on disait ici, parce que Lightfoot, ça veut dire « pied léger » ; et tout le monde a bien rigolé quand ils ont appris que, pendant que la voiture de police s'arrêtait en face de Neb Cottage, le Benny il sortait par l'arrière et filait dans les collines.

Il y a un des bobbies qui a essayé de le courser, mais ça n'a servi à rien. Une fois, on avait réussi à convaincre Benny de participer aux Danby Tops, c'est une grande course en montagne qui fait partie de la Foire de Danby, au mois d'août. On lui a fait prendre le départ et au moment du coup de pistolet, il est parti ventre à terre comme un lévrier. Et quand, une demi-heure plus tard, les autres sont arrivés en haut de Lang Neb du côté de Danby, lui il avait 800 mètres d'avance. Il redescendait, on aurait dit une pierre qui dévalait la montagne, il bondissait de rocher en rocher, toujours sans un seul concurrent en vue. Alors il a entendu la foule qui l'acclamait, il s'est arrêté à une centaine de mètres au-dessus du champ de foire qui était sur le terrain communal, et il a regardé tous les gens.

Ensuite il a tourné les talons, et le voilà qui s'est mis à remonter la montagne aussi vite qu'il l'avait descendue. Je pense qu'il a pas fait un seul arrêt avant de passer la crête et de se retrouver dans le cottage de sa grand-mère, à Dendale.

Donc, comme je disais, il y a pas mal de monde qui s'est marré en entendant ça parce qu'ils étaient bien d'accord que ça ne servait à rien de le poursuivre, surtout que ce n'était pas quelqu'un du coin qui avait fait le coup ; pour sûr, c'était un étranger, très probablement un des types qui travaillaient à la construction du barrage.

Ils étaient sur place depuis longtemps. Ils avaient commencé à travailler dès que Mr Pontifex leur avait vendu ses terrains à Dendale. Ils ne pouvaient pas commencer le barrage avant le résultat de l'Enquête, mais ça ne changeait rien, c'est ce que mon père m'a dit après. Les gens de la Compagnie des Eaux savaient qu'ils allaient obtenir le résultat qu'ils voulaient, et avant que ce soit officiel, ils avaient posé de nouveaux tuyaux là-haut à Black Moss entre le Neb et les Hauts de

Beulah sur Highcross Moor ; et comme ça ce qui avait été des grandes chiottes était maintenant un gros lac de montagne qui attendait de se répandre dans la vallée. Et à Dale End, ils avaient dégagé le terrain, et fait des chemins en remblayant avec des grosses machines, et construit des baraquements pour leurs gars.

Ils étaient là depuis longtemps, très longtemps, en ce long été très chaud ; le barrage était presque fini et la vallée s'était habituée à eux. Il y a eu quelques ennuis, mais pas trop. Quand on a volé des poulets à la Noël et que quelqu'un a commencé à lacérer des dessous sur les cordes à linge, tout le monde a dit que ça devait être les ouvriers. Nobby Clark est venu leur parler ; à part ça, c'était des gens sans problèmes. Ils descendaient de temps en temps boire un verre au *Holly Bush*, mais sinon ils avaient leur bar, leur cantine et une salle de jeux là-bas, à Dale End, et on avait l'impression qu'ils préféraient rester entre eux. Mais il y en avait un qui était différent : il s'appelait Geordie Turnbull.

Geordie, ce n'était pas quelqu'un d'important, il conduisait une de ces grosses machines qui creusait la terre. Mais il aimait venir au village pour boire un coup au pub ou faire des courses au bureau de poste. Tout le monde l'aimait bien, sauf peut-être quelques hommes qui n'appréciaient pas la façon qu'il avait de s'entendre si bien avec les femmes.

Même Mrs Winter, qui était notre vieille directrice, elle trouvait qu'il était formidable ; et miss Lavery avait l'air pas mal atteinte aussi. Quelques mois plus tôt, la Compagnie des Eaux avait organisé des conférences à la salle des fêtes pour tout expliquer sur le barrage, j'ai entendu mon père dire que c'était ennuyeux à mourir. Il s'était levé et avait posé des questions et ça avait dégénéré en dispute ; il voulait casser la gueule du conférencier, mais d'autres personnes l'ont empêché, même si la plupart des gens pensaient comme lui. Toujours est-il que la Compagnie des Eaux a demandé à Mrs Winter s'ils pouvaient envoyer quelqu'un à l'école ; et elle a refusé en disant que ça risquait fort d'inquiéter les enfants, mais que si c'était une personne qu'on connaissait tous comme Geordie Turnbull qui venait nous expliquer le barrage, elle serait d'accord.

Et donc Geordie est venu.

Il avait une drôle de façon de parler, miss Lavery disait que c'était parce qu'il venait de Newcastle. Au lieu de parler tout seul, il a organisé une conversation avec nous et il a répondu à nos questions. Je me rappelle, il nous a demandé : « Dites, les enfants, quels sont ceux d'entre vous qui ont déjà essayé de faire un barrage sur un ruisseau ? » On a tous levé la main, et il a dit : « Très bien, alors mes cocos, qu'est-ce qu'il vaut mieux utiliser pour empêcher l'eau de couler ? » Certains ont répondu de la terre, d'autres des pierres, d'autres des branches. Geordie a approuvé en hochant la tête et nous a dit : « C'est bien, vous avez tous donné une bonne réponse. Quelque chose de plus difficile, maintenant : quel est le pire matériau pour votre barrage ? » Tout le monde s'est mis à réfléchir, et puis Madge a hurlé : « C'est l'eau ! » Alors Geordie a éclaté de rire très fort, et on a tous rigolé parce qu'il fallait rire en même temps que lui. Alors il a soulevé Madge, il l'a installée sur ses épaules, il a dit : « Eh oui, c'est l'eau. » Et puis il l'a prise dans ses bras et a dit : « L'eau, c'est ce que vous essayez de retenir, et elle lutte contre ça. Et donc, quand il fait très chaud et sec comme actuellement, c'est un peu plus facile de construire un barrage que quand le temps est froid et humide. En fait, on peut dire que pour faire un barrage, il faut que le barragomètre soit au beau fixe. » On a tous rigolé encore une fois, et même Mrs Winter a dû sourire.

Ensuite il a fait redescendre Madge, il lui a fait un bisou, et il lui a dit que si jamais elle voulait travailler en remuant la terre, elle n'avait qu'à venir voir Geordie Turnbull.

Donc ça a été un succès, et Geordie est devenu encore plus populaire à partir de ce moment-là. Tout le monde disait que c'étaient les richards qui avaient des grands bureaux dans la grande ville qui étaient responsables du fait qu'on allait noyer la vallée, et que ce n'était pas la peine d'accuser les ouvriers parce que c'était simplement des travailleurs ordinaires qui essayaient de gagner leur croûte.

Mais quand Madge s'est fait prendre, tout a changé. D'un seul coup, on nous a dit de ne pas aller près du barrage, de ne pas parler à ceux qui y travaillaient ; si quelqu'un nous adressait la parole, il fallait se sauver à toute vitesse et aller tout raconter au constable Clark.

Et surtout, on nous a dit de ne pas parler à Geordie Turnbull. Quand il nous avait parlé à l'école, ça n'avait dérangé personne qu'il mette Madge sur ses épaules, qu'il lui fasse un bisou et qu'il lui dise de passer le voir si elle voulait trouver un travail. Mais maintenant, tout le monde parlait de ça, on ne voulait plus le servir au *Holly Bush*, et ça a failli dégénérer en bagarre quand il n'a pas voulu partir. Et puis un jour, on l'a vu filer dans une voiture de police ; tout le monde a dit qu'il avait été arrêté et qu'il fallait le lyncher. Pourtant, deux jours plus tard, il était à nouveau au travail, mais il n'a plus jamais remis les pieds au village. Ça n'avait pas d'importance, parce qu'il est arrivé quelque chose de nouveau qui occupait l'esprit des gens.

Les bobbies n'avaient pas réussi à mettre la main sur Benny Lightfoot, mais à la fin ils ont reçu un papier comme quoi ils pouvaient fouiller sa chambre. La vieille Mrs Lightfoot a dit qu'il faudrait plus qu'un document officiel pour entrer chez elle. Elle a lâché ses chiens sur eux, mais finalement ils sont entrés et en haut, dans la chambre de Benny, ils ont trouvé des livres avec des photos cochonnes et certaines petites culottes qui avaient disparu des cordes à linge. Je ne pense pas qu'ils voulaient que ça se sache tout de suite, mais une heure après, tout le monde était au courant dans le village.

À partir de là, ils ont vraiment eu très envie d'attraper Benny. Ils ont caché deux hommes à eux dans la vieille étable à côté de Neb Cottage. Tout le monde a dit qu'il fallait être complètement givré pour imaginer que Benny ne les surveillait pas depuis le Neb ; et puis au bout de deux ou trois jours, une voiture est arrivée en brinquebalant sur le chemin et elle a emmené les deux hommes qui s'étaient planqués. Ce que personne ne savait, c'est qu'ils avaient en même temps débarqué un autre type qui était sorti par l'arrière de la voiture, et qui était allé se cacher à son tour dans l'étable. Cette nuit-là, quand Benny est descendu pour aller chez sa grand-mère, il lui a sauté dessus. Ensuite, il s'est enfermé avec Benny dans l'étable, et il a demandé du renfort par radio, ce qui était pas plus mal. Quand les autres sont arrivés, ils ont trouvé la vieille

Mrs Lightfoot devant l'étable, avec ses chiens et un fusil. Elle essayait d'enfoncer la porte.

Ils ont emmené Benny en ville. Tout le monde était bien désolé pour la vieille, mais en même temps on espérait bien que ce serait terminé. Seulement, quatre ou cinq jours plus tard, Benny était revenu. D'après ce que Nobby Clark a raconté, ils l'avaient interrogé sans arrêt, mais il avait répété qu'il n'avait pas fait de mal, qu'ils devaient lui fournir un avocat et que, même s'ils le retenaient aussi longtemps qu'ils le pouvaient, ils seraient bien obligés au bout du compte de le relâcher.

Dans la vallée, on ne savait plus quoi penser. Mais toutes les mamans ont dit la même chose à leurs enfants : si jamais vous voyez Benny Lightfoot, sauvez-vous à toutes jambes. Et certains papas, après quelques pintes de bière au *Holly Bush*, ils voulaient monter jusqu'à Neb Cottage pour lui régler son compte ; mais mon père, il a dit qu'il y avait pas mal d'idiots qui avaient perdu la cervelle en pissant contre le mur. Ça aurait pu finir en bagarre, mais Mr Wulfstan était dans le bar avec Arne Krog, et quelqu'un lui a demandé ce qu'il en pensait. Les gens avaient beaucoup de respect pour Mr Wulfstan, même si c'était un étranger. Il avait épousé une fille du pays, il n'avait rien contre la chasse, et il dépensait son fric dans la vallée. Et puis surtout, il avait lutté pied à pied contre la Compagnie des Eaux. Alors, ils l'ont écouté quand il leur a dit qu'il fallait faire confiance à la Justice. La meilleure chose à faire, c'était d'avoir en permanence les enfants à l'œil jusqu'à ce qu'on doive tous abandonner la vallée, ce qui était pour bientôt.

C'était curieux : plus les parents s'inquiétaient pour leurs enfants et moins ils s'occupaient du barrage. En fait, certaines mamans disaient que ce serait une bénédiction de déménager et de laisser tout ça, pour recommencer une nouvelle vie ailleurs, loin de Benny Lightfoot. Comme si sa grand-mère et lui n'allaient pas être obligés de partir, eux aussi.

La canicule continuait. Le niveau du lac baissait, le barrage montait. Les gens disaient que quand il n'y avait pas d'eau à retenir, ça ne ressemblait vraiment pas à un barrage, mais plutôt à une grande muraille qui tenait les étrangers à l'écart, comme le mur d'Hadrien, au nord.

Sauf que les étrangers, il n'avait pas été efficace avec eux, puisqu'on en avait déjà deux : Arne Krog et Inger Sandel.

Je les connaissais très bien, parce que Tatie Chloe m'invitait souvent à Heck pour jouer avec Mary. Et puis aussi, Arne se souvenait que j'avais participé à la chorale de l'école l'année précédente ; cette année, quand il m'a entendue chanter *The Ash Grove*, il m'a demandé de la chanter une fois pour lui tout seul. J'étais si contente que je m'y suis mise tout de suite, sans attendre qu'il m'accompagne au piano. Il m'a écoutée jusqu'au bout, puis il s'est assis au piano. C'était un quart-de-queue, Mr Wulfstan jouait un peu lui-même, mais en réalité il l'avait acheté pour que Mary s'exerce pendant les vacances. Mary, elle m'avait dit qu'elle n'aimait pas trop ça. Moi j'aurais bien aimé apprendre à jouer, mais chez nous il n'y avait pas de piano et ça ne risquait pas de changer. En tout cas, Arne a joué une note et m'a demandé de la chanter. On a continué comme ça petit à petit, et il a fini par jouer cinq ou six notes et m'a demandé quelle était celle qui était à la fin de la deuxième ligne de *The Ash Grove*.

J'ai répondu, il s'est tourné vers Inger et lui a dit :

— Dis donc, tu as entendu ? Cette petite Betsy pourrait bien avoir l'oreille absolue !

Elle l'a regardé, d'un air absent ; ça ne voulait rien dire, parce que c'est comme ça qu'elle regarde d'habitude. Elle était capable de parler anglais aussi bien que lui, mais elle le faisait seulement quand elle ne pouvait pas faire autrement. Moi, même si je ne comprenais rien de ce qu'ils se racontaient, j'étais vraiment vachement contente d'avoir quelque chose qui faisait plaisir à Arne.

Il fallait transporter le piano à l'église St Luke pour le concert. Il y en avait bien un vieux dans la salle des fêtes, mais il n'était pas assez bon pour un chanteur de ce niveau ; et celui de l'école, il ne valait pas mieux. Si un chat avait marché sur tout le clavier, il aurait fait un son à peu près aussi harmonieux que miss Lavery quand elle essayait d'en jouer. Donc, il nous fallait le quart-de-queue de Mr Wulfstan.

Mon papa est arrivé à Heck avec une remorque tirée par

son tracteur. Il avait déblayé la plus grosse partie du fumier sur le plancher de la remorque et avait mis dessus un peu de paille fraîche, ça ne faisait pas trop sale. Pour sortir le piano de la maison, il a fallu Papa plus deux gars du village, pendant que Tatie Chloe et Arne donnaient des conseils. J'ai voulu donner un coup de main, mais Papa m'a dit de dégager avant de faire un croche-patte à quelqu'un. Alors je me suis mise à côté de Mary, et elle m'a donné la main. Son père à elle, jamais il ne lui parlait comme ça. S'il ne la voyait pas pendant plus d'une demi-journée, il faisait plus de remue-ménage que le mien quand je suis rentrée de l'hôpital au bout de deux jours après m'être cassé la jambe.

Mr Wulfstan n'était pas là ce jour-là. Il était allé en ville en voiture pour s'occuper de ses affaires, comme il le faisait à peu près tous les jours. C'est dans une espèce de procession qu'on a traversé le village : Papa conduisait le tracteur, les gars étaient debout dans la remorque pour empêcher le piano de glisser ; et à pied, derrière, il y avait Arne, Inger, Tatie Chloe, Mary et moi. Les gens sortaient de chez eux pour voir ce qui se passait et il y a eu pas mal de rigolades à ce moment-là, on n'avait pas entendu ça depuis longtemps. Personne n'avait oublié ce qui était arrivé à Jenny et à Madge, mais comme disait Maman, c'est pas le chagrin qui permet de payer le loyer. Même les policiers qui étaient dans la salle des fêtes ont regardé dehors et ont souri.

Le révérend Disjohn attendait à l'église. On a eu du mal à faire passer le piano par la porte : St Luke n'est pas un grand bâtiment chic comme on voit ailleurs. On nous avait tout raconté dessus, à l'école. Il y a deux siècles, il n'y avait pas d'église à Dendale, et il fallait faire un long trajet à pied en franchissant la montagne pour assister à l'office à Danby. Le pire, c'est quand quelqu'un mourait et qu'il fallait trimbaler le cercueil. Alors, ils ont fini par construire une église près de Shelter Crag au pied de la montagne, à l'endroit où on sortait les cadavres des cercueils et où on les attachait avec des courroies aux poneys qui les emmenaient jusqu'à Danby. Et quand ils ont bâti l'église, ils ont appliqué la même règle que pour les maisons : à grande porte, grand courant d'air.

Enfin ils ont réussi à rentrer le piano et à l'installer. Papa et les gars sont repartis avec la remorque. Inger s'est assise au piano et l'a essayé. Il avait gardé un bon son même s'il avait dû être trimbalé sur la remorque et passer par cette porte d'église étroite, et elle s'est installée pour l'accorder. Tatie Chloe a dit qu'elle avait des choses à faire au village et qu'elle nous reverrait en rentrant à la maison. Mary et moi, on a demandé si on pouvait rester et revenir avec Arne et Inger. Elle nous a donné la permission, à condition qu'on ne sorte pas de l'église. Arne lui a dit qu'il nous aurait à l'œil, et Tatie Chloe est partie. Arne a fait le tour de l'église pour regarder les bois sculptés et tout ce genre de choses. Le révérend s'est assis sur un banc pour regarder Inger jouer. J'ai souvent remarqué que, quand elle était dans le coin, il ne la lâchait pas des yeux. Mais elle était trop occupée pour faire attention à lui : elle jouait des notes, puis elle allait traficoter à l'intérieur du piano. C'était très ennuyeux pour Mary et moi, alors on est sorties discrètement pour aller jouer dans le cimetière. C'est amusant de jouer à cache-cache au milieu des tombes. Ça fait un peu peur, mais c'est une peur agréable, à partir du moment où le soleil brille et qu'on sait qu'il y a des adultes pas loin. Enfin, pas n'importe quel adulte. On voit encore la vieille Corpse Road qui part de Shelter Crag et monte le versant de la montagne en tournant. Je m'étais cachée derrière une grosse pierre dans le bas du cimetière et je voyais très bien le porche d'entrée. J'ai vaguement aperçu une silhouette à cet endroit. Comme j'ai dit ensuite aux policiers, j'ai pensé que c'était Benny Lightfoot, mais je ne pouvais pas en être absolument sûre. Et puis comme Mary est arrivée par-derrière la pierre et m'a attrapée par surprise, j'ai eu très peur et j'ai oublié le reste.

Ensuite on a changé : c'était à elle de se cacher, à moi de chercher. Elle était dure à trouver, parce qu'elle arrivait à rester immobile comme une souris et à s'empêcher d'avoir le fou rire, alors que les autres, ils n'y arrivaient pas.

J'ai tourné autour de l'église, sans la repérer. En passant devant la porte, j'ai entendu Arne qui se mettait à chanter. Probablement, Inger avait fini d'accorder le piano, et ils l'essayaient. Je suis entrée pour les écouter.

Les paroles n'étaient pas en anglais, mais j'avais déjà

entendu Arne les chanter, et il m'avait dit ce que ça voulait dire. Ça parlait d'un homme qui chevauchait dans l'obscurité avec son jeune fils, et voilà que l'enfant voit cette sorte de lutin qu'on appelle gobelin, qui l'appelle. Le père essaye d'aller plus vite, mais ça ne sert à rien, parce que le gobelin a pris son enfant ; et quand il arrive chez lui, son fils est mort. Je n'aimais pas beaucoup cette histoire parce qu'elle était vraiment terrifiante, mais il fallait bien que je l'écoute.

Arne m'a aperçue dans l'encadrement de la porte ; tout à coup, il s'est arrêté, et il a dit :

— Non, ça ne va pas, il y a quelque chose qui cloche ici. Peut-être que c'est l'acoustique, ou alors tu n'as pas correctement accordé le piano. Il faut que je rentre à la maison. Tu pourrais jouer tes gammes à la petite Betsy, je pense qu'elle a une meilleure oreille que quiconque. Elle va te dire ce qui ne va pas.

J'ai très précisément en tête les mots qu'il a dits. Il me regardait fixement en parlant, avec une espèce de sourire. Il avait des yeux d'un bleu éclatant, comme le ciel par une de ces journées d'hiver, quand le froid est vif et que la gelée ne fond pas même quand le soleil brille.

Il m'a prise dans ses bras, m'a installée sur ses épaules et m'a emmenée jusqu'au bas-côté. Je me rappelle comme il faisait frais dans l'église, surtout par rapport à la chaleur dehors. Et je me suis rappelé la fois où Papa m'avait mise sur ses épaules dans le grenier à foin.

Arne m'a déposée sur un banc tout près du pasteur et il m'a ébouriffé les cheveux, enfin le peu que j'avais. Et puis il m'a dit : « À plus tard » ; il a souri à Inger, mais elle ne lui a pas rendu son sourire, elle a juste eu un drôle d'air, et elle s'est mise à faire ses gammes pendant qu'il sortait de l'église. De temps à autre, elle faisait une pause et me regardait. Des fois je faisais oui de la tête, et des fois non. Je ne sais pas comment je sais si c'est correct ou pas ; je le sais, c'est tout.

On a dû rester là une demi-heure encore, ou un peu plus. À la fin, elle a été satisfaite, et on a dit au revoir au pasteur. Il voulait dire quelque chose, mais je peux dire que ça n'intéressait pas Inger, alors on est sorties. On a eu l'impression d'entrer dans un bain chaud, après être restées dans une église bien fraîche ; et on a été éblouies par le soleil.

Alors je me suis rappelé Mary.

Je l'ai appelée. Pas de réponse. C'était comme si je me retrouvais dans le bas du jardin de Madge.

Inger l'a appelée à son tour, alors le révérend Disjohn est sorti de l'église et nous a demandé ce qui se passait :

— Oh ! rien, a répondu Inger. Je pense que Mary est rentrée avec Arne.

Elle a dit ça d'une façon complètement décontractée ; mais en voyant la façon dont elle et le pasteur se regardaient, j'ai bien compris qu'ils étaient sacrément inquiets. Je ne me sentais pas bien, mais je n'étais pas inquiète. On est inquiet quand on ne sait pas ce qui s'est passé. Et je savais que Mary avait disparu.

On s'est dépêchées de rentrer à Heck : Arne y était, et Tatie Chloe aussi. J'ai bien cru qu'elle allait mourir sur place quand on a demandé si Mary était revenue. J'avais déjà entendu pas mal de fois des gens dire que quelqu'un était devenu blanc comme un linge ; mais là, pour la première fois, j'ai vu ce que ça voulait dire.

Le pasteur s'était arrêté à la salle des fêtes en traversant le village, et la police était sur nos talons.

J'ai dit tout ce que je savais. « Mais tu es sûre que c'était Lightfoot ? » qu'ils me demandaient tout le temps. Et moi je répétais : « Je crois que c'était lui. » Alors Arne a dit :

— Dites, vous ne pensez pas que cette jeune personne a eu sa dose ?

Et il m'a prise par les épaules, m'a fait sortir et m'a ramenée à la maison.

Ils sont retournés faire des recherches là-haut dans le Neb, avec les chiens et tout le bataclan, exactement comme pour la dernière fois. Et comme la fois d'avant, ils sont revenus bredouilles.

Alors ils sont repartis chercher Benny, et ils n'ont pas réussi à le trouver.

Sa grand-mère a dit qu'il avait passé tout l'après-midi chez elle, jusqu'à ce qu'il voie les voitures de police qui arrivaient par le chemin. Il avait filé parce qu'il ne supportait pas qu'on lui pose d'autres questions. Personne n'a cru la vieille, en tout cas sur le fait qu'il était avec elle pendant l'après-midi.

Et puis Mr Wulfstan est rentré, il avait l'air d'un fou. Il est arrivé chez nous et m'a demandé ce qui s'était passé. Au départ, il a essayé d'être gentil et sympathique avec moi ; mais au bout d'un moment, il s'est mis à parler plus fort avec une voix si violente que je me suis mise à pleurer.

— Comment ça, tu ne savais pas où elle s'était cachée ? il a dit. Qu'est-ce que ça veut dire, tu as vu Lightfoot ? Qu'est-ce que ça veut dire, tu as arrêté de jouer pour aller écouter de la musique dans l'église ?

À ce moment-là, il m'a attrapée, et j'ai pleuré toutes les larmes de mon corps. Maman, qui était sortie de la pièce pour préparer du thé, est arrivée à toute vitesse. Elle lui a demandé ce qu'il était en train de faire, nom de Dieu. Je ne l'avais jamais entendue jurer avant. Mr Wulfstan s'est calmé, il a dit qu'il était désolé, mais on sentait bien à sa voix qu'il ne le pensait pas vraiment. Et il s'est dépêché de sortir, sans même prendre un thé. On a appris plus tard qu'il était monté jusqu'à Neb Cottage et qu'il s'était beaucoup disputé avec la vieille Mrs Lightfoot. La police a dû intervenir pour qu'il s'en aille ; il leur a dit que tout ça c'était leur faute parce qu'ils avaient laissé partir Lightfoot au lieu de le garder en prison, et que si quelque chose était arrivé à Mary, il s'assurerait que chacun d'entre eux en pâtirait.

J'ai demandé à ma maman pourquoi il était si en colère après moi. Elle m'a dit qu'en fait il s'en voulait à lui de ne pas avoir pris soin de ce qu'il aimait le plus au monde. Alors j'ai dit que ce n'était pas sa faute si Mary s'était fait prendre. Elle m'a répondu que oui, mais qu'il pensait qu'il était responsable, et que c'était pour ça qu'il cherchait quelqu'un d'autre sur qui faire retomber la faute. À ce moment-là, je me suis demandé si mon papa ferait la même chose si moi je me faisais prendre. Les semaines ont passé, ils n'ont pas retrouvé Mary. Et ils n'ont pas trouvé Benny non plus. Le concert a été annulé. Arne et Inger sont partis. Et puis est arrivé le jour où on a tous dû quitter nos maisons.

Moi, j'étais drôlement contente de partir. Tous les autres avaient l'air triste, il y en avait qui pleuraient en gémissant.

Papa allait ici et là, comme s'il cherchait quelqu'un sur qui cogner ; et Maman, qui était une fois de plus dans ses mauvais jours, a eu beaucoup de mal à se traîner dehors. Mais moi, j'étais assise à l'arrière dans la voiture, je serrais fort Bonnie dans mes bras, et je me mordais l'intérieur des joues pour m'empêcher de sourire. Je n'avais que 7 ans, je vous rappelle, et à cet âge-là je pensais que le chagrin, la culpabilité et la peur, c'était des choses qu'on pouvait abandonner, comme les maisons, les granges et les champs, et qu'elles seraient noyées avec le reste.

Quand on a descendu pour la dernière fois la rue du village, le pare-brise a reçu les premières gouttes de pluie. Ça faisait près de quatre mois qu'on n'en avait pas eu. Alors j'ai repensé à ce qu'avait dit le révérend Disjohn sur le Déluge, et j'ai été sûre que Dieu envoyait à nouveau Ses flots bénis pour purifier un monde souillé par tous nos péchés.

2

Et maintenant le soleil se lève, et il luit
Comme si l'horreur n'avait frappé la nuit,
Cette horreur qui, moi seule, m'a frappée.
L'astre pour tous va briller.

— Belle voix, commenta Peter Pascoe, la bouche pleine de quiche. Dommage que ce soit accompagné au tuba.

— C'était un klaxon de voiture, tu manques d'oreille au point de ne pas faire la différence ? Mais là, aucun doute, c'est le gros qui appuie dessus comme un sourd.

— Et pourquoi crois-tu que j'engloutis mon repas aussi vite ?

— Oui, j'ai remarqué. Peter, on est dimanche, tu n'es pas de service aujourd'hui. Tu n'as pas à aller travailler.

Il eut un sourire bizarrement grave et lui répondit doucement :

— Je peux rester ici, effectivement. Cela dit, je pense que

je vais y aller. Ça te donnera l'occasion de faire quelque chose de ton dimanche.

C'était une allusion aux ambitions littéraires d'Ellie, attestées par la présence d'un bloc et de trois stylos dans le patio près de sa chaise longue.

— Impossible de me concentrer avec une chaleur pareille. Oh ! nom de Dieu, ce gros lard va réveiller toute la rue !

L'avertisseur émettait des variations sur l'ouverture de la Cinquième de Beethoven.

— Ne t'en fais pas, répondit Pascoe en ignorant le bruit. Si ça se trouve, tu es déjà célèbre, mais on ne te l'a pas encore dit.

Ellie avait déjà écrit trois romans ; aucun d'entre eux n'avait été publié. Le dernier manuscrit était resté trois mois chez un éditeur qui lui avait passé un coup de fil : on l'étudiait très sérieusement. L'espoir né de cet appel était nettement plus débilitant pour la créativité que la pire des canicules.

La sonnette retentit : le gros lard en question était descendu de sa voiture. Pascoe fit descendre la quiche avec une gorgée de vin, se pencha pour embrasser sa femme. Avec Ellie, un baiser était toujours digne de ce nom. Une fois, elle lui avait dit que ça ne la dérangeait pas qu'on lui fasse une bise sur la joue, à partir du moment où elle n'était pas assise dessus : référence à l'analogie morphologique entre une joue et une fesse. Pour l'heure, elle décolla du transat son corps vêtu d'un bikini et lui offrit une langue vigoureuse.

La sonnette interpréta la fin de l'Ouverture 1812, accompagnée par le pilonnement de boulets de canon de poings frappés sur la porte.

À contrecœur, Pascoe s'écarta de sa femme et rentra dans la maison. En traversant l'entrée, il saisit une veste de pluie légère. Il n'avait pas plu depuis des semaines, mais Andy Dalziel faisait ressortir son côté boy-scout.

Il ouvrit la porte :

— Oh ! la vache !

Le Superintendant Andrew Dalziel, qui réservait toujours des surprises, portait une chemise hawaïenne aux couleurs si vives qu'elle aurait réussi à faire cligner des yeux un aigle.

— Salut, toujours votre optimisme à la mords-moi-le-nœud,

hein ? dit-il en regardant le vêtement de pluie. Tiens, qu'est-ce que c'est, là ? Je connais cet air.

Alors ça, c'était encore plus fort que la chemise ! Comme un enfant qui perçoit la musique du Joueur de Flûte de Hamelin, le Gros bouscula Pascoe et traversa la maison jusqu'au patio où était allumée la radio.

— *« Ne blâmez pas ces ténèbres infernales, Noyez-les dans la lumière éternelle »*, chantait une forte voix de femme mezzo-soprano.

— Andy ? dit Ellie en levant les yeux d'un air surpris. Je pensais que vous étiez pressé. Vous avez le temps de boire quelque chose, ou de prendre une part de quiche ?

Elle tendit la main pour couper la radio.

— Non, non, laissez. C'est du Mahler, non ?

Ellie évita de regarder son mari :

— Exact. Vous êtes un fan ?

— Je n'irais pas jusque-là. En général, c'est chanté en boche, hein ?

— Oui, c'est la première fois que j'entends des paroles en anglais.

— *« Aux tréfonds de mon cœur une petite flamme est morte. Salut, matin joyeux, nouveau de la cohorte ! »*

La voix s'estompa. La musique serpenta mélancoliquement pendant une trentaine de secondes, puis mourut elle aussi.

« Elizabeth Wulfstan interprétait le premier Chant pour les enfants morts, de Mahler, indiqua le présentateur. Une voix nouvelle pour moi, Charmian, très prometteuse. Mais, pour un premier disque, elle a fait un choix vraiment curieux. De plus, je crois que c'est elle-même qui a traduit le texte.

— Oui, et il est bien rare que l'on souhaite s'attaquer à ce genre d'œuvre quand on a 22 ans. Mais il faut reconnaître qu'à cet âge-là une pareille maturité dans la voix est rare.

— Peut-être, mais je persiste à penser que c'est un mauvais choix. Il y a une recherche d'effet, comme si elle ne faisait pas confiance à la musique et aux paroles pour faire leur part respective de travail. Nous écouterons d'autres morceaux plus tard. En attendant, voici *Coming Out*, l'actualité hebdomadaire des nouveautés. »

Ellie éteignit la radio.

— Ça va, Andy ?

Le Gros restait debout, absorbé.

— Ouais, ouais. J'ai seulement l'impression que quelqu'un a marché sur ma tombe.

Cette fois-ci, les Pascoe se regardèrent. Message reçu de part et d'autre : la sortie allait être bigrement longue...

— Cette nana, il a bien dit qu'elle s'appelait Wulfstan ?

— Oui. Elle va chanter au Festival des Vallées. J'ai vu une publicité pour son disque dans *The Gramophone*. Prix spécial par correspondance, et je l'ai commandé. Mais peut-être ne l'aurais-je pas fait si j'avais entendu cette critique plus tôt. Andy, en tant qu'expert, qu'est-ce que vous en pensez ? Vous êtes toujours sûr que vous ne voulez rien boire ?

— Non, jeune fille. Je n'y connais rien en musique. Et on n'a pas le temps de boire quelque chose. Désolé de vous l'arracher un dimanche, quand même.

Il avait prononcé *l'arracher* comme s'il s'était agi d'un acte physique.

Ellie était déconcertée par trois choses qui dépassaient son entendement : Dalziel avait reconnu un morceau de Mahler ; il avait refusé un verre ; il ne lui avait pas maté les nichons sans vergogne.

— Ça a l'air urgent, lui dit-elle.

— Ouaip ; des gosses qui disparaissent, c'est toujours urgent. Tiens, où est la jeune Rosie ?

L'association des deux phrases était suffisamment abrupte pour être troublante. Pascoe s'empressa de lui répondre :

— Elle passe le week-end chez une copine d'école. Une dénommée Zandra, avec un Z, vous vous rendez compte... Zandra Purlingstone, ça vous dit quelque chose ?

Il y avait dans son ton une interrogation taquine à laquelle Dalziel réagit en un éclair.

— Purlingstone ? C'est pas la fille de Purlingstone Cale-Sèche ? s'exclama-t-il.

Derek Purlingstone était le Directeur général de la société anonyme Mid-Yorks Water, la version privatisée de l'ancienne Compagnie des Eaux. Au début de la sécheresse, il avait minimisé la menace de pénurie en se moquant gentiment des préoccupations hygiénistes des Anglais : « Après tout, quand on veut nettoyer un bateau, on ne le met pas dans un bain, hein ? On le met en cale sèche. »

Il avait appris à ses dépens que seuls ceux qui pâtissent sont autorisés à rire de leurs malheurs. Dalziel était surpris : d'habitude, Ellie avait une profonde aversion pour ce genre d'homme.

— Elle-même, confirma Pascoe. Elle est dans la même classe que Rosie à Edengrove, et ce sont les meilleures amies du monde.

— Ah oui ? Avec tout leur pognon, j'aurais pensé qu'ils l'auraient mise dans le privé. Mais bon, c'est une école réputée, et j'imagine que c'est sympa et commode d'habiter juste à côté.

Il n'y avait pas de méchanceté dans les paroles de Dalziel, mais Pascoe comprit qu'Ellie y voyait de la provocation. Sans doute l'école primaire d'Edengrove était-elle très cotée, avec à sa tête une directrice renommée, miss Martindale. C'était peut-être tout près de chez les Purlingstone, mais ça faisait 4 bons miles vers le nord pour les Pascoe, alors que l'école de Bullgate n'était qu'à un mile au sud. Mais Ellie s'était renseignée auprès d'un ami inspecteur à l'Éducation Nationale :

— Il y a beaucoup de choses qui sont très originales et tout à fait uniques, à Bullgate. Par exemple, pendant la récréation, les élèves jouent à chat avec des marteaux.

Après cela, elle avait fait des démarches pour obtenir une dérogation, et c'est ainsi que Rosie finit par atterrir à Eden grove.

— Si Derek est assez démocrate pour envoyer sa fille dans le public, pourquoi essayer de prouver qu'il aurait tort de refuser que Rosie soit amie avec Zandra ? demanda-t-elle sur un ton de défi.

En temps normal, Dalziel aurait particulièrement apprécié de faire bisquer Ellie Pascoe. Mais ce matin-là, se trouvant dans cet agréable patio sous la chaleur du soleil, il ressentit un tel désir de s'affaler dans une chaise longue, d'accepter une bière fraîche et de passer la journée en compagnie de ces gens qu'il aimait plus qu'il ne l'aurait avoué, qu'il n'éprouva pas l'envie de livrer ne serait-ce qu'un faux combat.

— Effectivement, jeune fille. Le fait d'être sympa avec

votre gamine, ça rendrait bon n'importe qui. Mais je croyais que sa meilleure copine s'appelait Nina ou quelque chose comme ça, pas Zandra en tout cas. L'autre soir quand j'ai téléphoné chez vous, c'est Rosie qui m'a répondu. Je lui ai demandé ce qu'elle faisait, et elle m'a dit qu'elle jouait au docteur avec sa meilleure amie, Nina. Elles se sont brouillées, ou quoi ?

Pascoe rit et dit :

— Nina a peut-être beaucoup de qualités, mais elle n'a ni un poney ni une piscine. Pas pour de vrai, en tout cas. Nina, c'est la meilleure amie imaginaire de Rosie. Depuis que Wieldy lui a donné ça au dernier Noël, elles sont inséparables.

Il rentra dans la salle de séjour, en ressortit avec un livre plutôt mince à couverture brillante qu'il tendit au Gros.

Le titre, *Nina et le nix*, couronnait un dessin : dans une caverne très haute de plafond, on voyait une étendue d'eau au bord de laquelle se tenait un humanoïde couvert d'écailles, aux dents pointues et au visage orné d'un collier de barbe. Cet être tendait le bras par-dessus l'eau vers une petite fille située de l'autre côté, qui avait mis ses mains sur ses oreilles et dont la bouche et les yeux étaient tout arrondis de terreur. Sous l'illustration, on pouvait lire Eendale Press.

— Tiens, dit Dalziel, ce n'est pas cette boîte tenue par ce vieux vicieux pour lequel notre Wieldy s'est pris d'amitié ?

— Si, effectivement : Edwin Digweed.

— Dix guinées, y'a marqué. Ben dites donc, j'espère qu'il a eu une remise. Vous êtes sûrs au moins que c'est pour les enfants ? Des dessins comme ça, c'est du genre à faire faire des cauchemars aux petites gamines.

On dirait un grand-père qui marquerait son désaccord, se dit Pascoe.

— Les illustrations sont de Caddy Scudamore, vous vous souvenez d'elle ?

— Cette artiste, là ? (Dalziel fit claquer un baiser grivois.) Elle ressemble à un beignet à la confiture qu'on vient de sortir de la poêle et qu'on enrobe de sucre. Mmm, délicieuse.

L'image est digne d'une conférence à Oxford donnée par un professeur de Poésie, pensa Ellie en disant d'un ton sage :

— Je suis assez d'accord avec vous pour les dessins, Andy.

— Allons, allons, objecta Pascoe, les dessins animés de Walt Disney sont pires que ça. Non, moi, c'est Nina qui me tracasse : l'autre jour, il a fallu que j'achète une glace pour elle.

— Ça, c'est parce que tu n'as jamais eu un ami imaginaire, rétorqua Ellie en riant. Moi, j'en ai eu une, jusqu'à l'âge de 10 ans. C'est seulement quand on est enfant qu'on en a.

— Mais non, ça arrive aussi aux adultes, rétorqua Dalziel. Le chef constable en a plusieurs, et j'en suis. Et ça raconte quoi, cette histoire ?

— Ça parle d'une petite fille qui se fait enlever par un nix ; le nix, c'est une espèce de gobelin aquatique.

Une brise légère souffla, tout juste capable d'agiter les pétales des roses, mais assez forte pour faire courir un frisson sur une peau surchauffée par le soleil.

— J'aurais pu le boire, ce verre, finalement, dit Dalziel à Pascoe d'un ton accusateur. Il est trop tard, maintenant. Allez, venez, on a déjà perdu assez de temps.

Il fourra le livre dans les mains d'Ellie et regagna la maison.

Pascoe regarda sa femme. Elle eut l'impression qu'il cherchait les mots justes pour dire quelque chose d'important. Mais tout ce qu'il finit par émettre fut :

— Bon, à tout à l'heure, pense à moi.

— Mais je pense toujours à toi, répondit-elle. À tout à l'heure.

Il se retourna, fit une pause comme s'il était dans un lieu inconnu, puis franchit la porte du patio.

Elle le regarda s'éloigner, troublée. Elle savait ce qui clochait, et elle savait quand cela avait commencé. À la fin de l'année précédente. Une affaire qui était devenue personnelle d'une façon ravageuse, et qui ne s'était terminée que devant les tribunaux. Quant à savoir si elle parviendrait un jour à percer la psychologie de son mari, c'était une autre histoire.

La porte d'entrée se ferma. Elle tenait toujours le livre de Rosie : elle regarda le dessin de la couverture, posa le livre sur le sol et ralluma la radio.

Elle entendit à nouveau la voix jeune et puissante d'Elizabeth Wulfstan :

Regarde-nous maintenant, demain nous serons loin
Ces yeux qui brillent matin après matin
Sur toi luiront, chaque nuit, lendemain après lendemain.

3

Pascoe s'assit à la place du mort, vitre descendue à fond. L'air brûlant lui frappa le visage comme le souffle d'une bombe, lui donnant une excuse pour fermer les yeux alors que le bruit empêchait toute conversation.

Ç'avait été un moment très bizarre, quand ses pieds avaient refusé de traverser l'entrée et que sa bouche essayait de former les mots « Je ne veux pas y aller ».

Mais ce moment avait été de courte durée. Maintenant Pascoe savait qu'il avait été déterminant, un peu comme quand quelqu'un arrête de prétendre que ses douleurs de poitrine sont de la dyspepsie.

S'il avait décidé de ne pas y aller, y serait-il retourné un jour ?

Il l'avait su quand Dalziel l'avait appelé. Il le savait tous les matins quand il se levait et allait en service depuis pas mal de semaines.

Il était comme un prêtre qui aurait perdu la foi : il continuait à assurer les offices et à administrer les sacrements parce qu'il avait conservé le sens de ses responsabilités, mais tout cela n'était plus que pur automatisme dans l'espoir que le doute ne serait que temporaire.

Après tout, même si c'était grâce à la foi et non au travail bien fait qu'on entrait dans le Royaume des Cieux, ce n'était pas parce qu'on était incroyant qu'il fallait renoncer à bosser correctement...

Il se sourit à lui-même ; il arrivait donc encore à sourire. Plus la comédie est noire, plus on rit, n'est-ce pas ? Et il s'était trouvé impliqué dans la classique comédie policière noire où le détective menant d'impartiales investigations sur un crime découvre que c'est sa propre famille, sa propre histoire sur laquelle il enquête, et finit par s'interpeller lui-même. Ou tout au moins, quelque chose en lui se fait arrêter. Ou plutôt...

Non. En fin de compte, les métaphores, les analogies, les parallèles, tout ça c'était une fuite.

La vérité, c'est que ce qu'il avait découvert sur le passé et le présent de sa famille l'avait empli d'une rage qu'il avait à peine identifiée au départ. Après tout, qu'est-ce que cette réaction avait à voir avec Pascoe le libéral, le décontracté, le logique, le compréhensif, le calme, avec ce Pascoe que tout le monde connaissait et appréciait ? Mais cela n'avait cessé de croître, tel un arbre empoisonné dont les racines s'étendraient sur chaque parcelle de son être et auquel il consacrerait tant d'énergie pour le maîtriser et le dissimuler qu'il ne lui resterait plus de force pour rien d'autre.

Il était revenu aux métaphores, et en plus il les mélangeait toutes...

Ensuite, simplement, il lui était arrivé de temps à autre d'être tout proche de la violence physique, de l'agression ; pas seulement contre ces mecs pas très catholiques qu'il était amené à rencontrer dans son boulot, et dont le bavassage aurait éprouvé la patience d'un saint. Dieu merci, sa femme et sa fille étaient épargnées, mais certainement pas ce mec grossier, ce tonneau de saindoux, qui était assis à côté de lui.

— Vous vous êtes fait trappiste, ou est-ce que vous vous contentez de bouder ? beugla le tonneau en question.

Prudemment, Pascoe remonta la vitre.

— Non, simplement j'attends que vous me mettiez au courant.

— Je pensais l'avoir déjà fait, commenta Dalziel.

— Non, monsieur. Vous avez téléphoné pour m'apprendre la disparition d'un enfant à Danby ; vous m'avez dit que vous passiez devant chez moi vingt minutes plus tard pour me prendre.

— Eh bien, je n'ai rien de plus à dire. Une gamine de 7 ans, Lorraine Dacre, est allée se promener avec son chien alors que ses parents n'étaient pas encore levés. Le cabot est rentré, pas elle.

Pascoe réfléchit pendant qu'ils traversaient la rocade et sa chenille de circulation qui rampait vers la mer, à l'est. Puis il dit doucement :

— C'est mince, pour l'instant.

— Vous voulez dire que ce n'est pas suffisant pour faire foirer vos cocktails dans le patio ? Ou peut-être que vous envisagiez de passer chez Cale-Sèche pour faire trempette dans sa piscine ?

— Ça n'avancerait pas à grand-chose. On va passer bientôt devant le Château Purlingstone : regardez bien au-dessus de la clôture de sécurité. La piscine est vide. C'est pour ça qu'ils ont emmené les filles à la mer aujourd'hui. Ils nous avaient proposé de venir avec eux, mais ça ne me disait rien de faire le trajet pare-chocs contre pare-chocs. Je m'aperçois maintenant que j'ai eu tort.

— Parce que vous vous imaginez que je ne serais pas venu vous récupérer par hélicoptère ? grommela Dalziel.

— Là, je veux bien vous croire. Mais pourquoi ? Bon, d'accord, un enfant qui disparaît, c'est toujours sérieux, mais on en est encore à prendre connaissance du dossier. Si ça se trouve, elle a glissé et s'est bousillé une cheville quelque part dans la vallée, ou pire, elle s'est fracturé le crâne. Alors le poste local organise des recherches, et ils nous tiennent informés. Ils ne trouvent rien, et alors seulement on se retrouve sur le terrain.

— Oui, vous avez raison. Mais cette fois-ci, le terrain, c'est Danby.

— Et ça veut dire ?

— Ça veut dire que la vallée de Danby, c'est la suivante après Dendale.

Il eut un silence éloquent.

Pascoe se tritura l'esprit pour chercher un rapport ; comme ils venaient de parler de Purlingstone Cale-Sèche, il trouva l'eau.

— Le barrage de Dendale, dit-il. Il devait régler tous nos problèmes d'eau pendant un millénaire. Il y a eu une enquête d'utilité publique, non ? Les écolos contre le bien commun. Je n'étais pas dans la région, mais on a un livre là-dessus à la maison. Enfin, c'est Ellie qui l'a acheté. Elle est fana d'histoire locale et de problèmes d'environnement. *La Sub-*

mersion de Dendale. Si ma mémoire est bonne, c'est plus un bouquin à poser sur une table basse qu'une analyse sociologique. Est-ce que je me trompe ?

— Vous chauffez, mais vous n'y êtes pas encore, grogna le Gros, qui montrait depuis quelque temps des signes d'impatience croissante. Cet été-là, juste avant que Dendale soit noyé, il y a trois gamines qui ont disparu. On ne les a jamais retrouvées, et l'enquête n'a pas donné le moindre résultat. Je sais bien que vous n'étiez pas dans le coin, mais vous avez bien dû en entendre un peu parler ?

Autrement dit, mes échecs sont plus célèbres que les triomphes des autres... Pascoe fit une réponse de diplomate :

— Ça me rappelle effectivement quelque chose, mais mes souvenirs sont minces.

— Je me rappelle, moi, dit le Gros. Et les parents, je parierais qu'ils s'en souviennent, eux aussi. Une des gamines s'appelait Wulfstan. C'est ce qui a fait tilt quand j'ai entendu ce nom.

— La chanteuse, vous voulez dire ? Quel rapport ? Ce n'est pas un nom bien courant.

— Peut-être. En tout cas, ce n'est pas leur fille, ils n'en avaient qu'une, la petite Mary. Le père, il a complètement disjoncté après la disparition de la gamine. Il nous a balancé pas mal d'injures, et a menacé de nous attaquer pour incompétence, tout ça.

— Et il avait un bon dossier ? s'enquit Pascoe.

Dalziel le fixa d'un regard glacial, mais l'autre ne cilla pas. La rage contenue, ça offrait des compensations ; et parmi celles-ci, le fait d'être complètement indifférent à toute menace.

— Il y avait ce type du coin qui était suspect, répondit brusquement le Gros. Il ne m'a jamais vraiment plu, on l'a appréhendé après la deuxième gamine. Comme on ne pouvait rien retenir contre lui, on a dû le relâcher. Et puis Mary Wulfstan a disparu, et son vieux a pété les plombs.

— Et le gars du pays en question ?

— C'était Benny Lightfoot, il a disparu lui aussi. Sauf qu'ensuite il a été vu par Betsy Allgood, une autre petite fille ; elle s'est fait attaquer, mais c'était bien après, plusieurs semaines plus tard. Elle a dit qu'elle était sûre que c'était Lightfoot. La plupart des gens pensent la même chose, et surtout ces salauds de journalistes. Ils considèrent que la police l'avait chopé et l'avait laissé filer ensuite.

— Vous n'étiez pas d'accord avec eux ?

— Ou je ne voulais pas l'admettre. Ce n'est jamais facile de faire la différence.

Un tel aveu de faiblesse avait quelque chose de troublant, comme une toux qui viendrait d'un cercueil.

— Et alors, vous êtes parti à sa recherche ?

— Alors là, il y avait plus de témoignages que de fans d'Elvis ayant aperçu leur idole. Quelqu'un l'a même vu participer au Marathon de Londres, à la télé. Ça se comprenait, il se montrait à la hauteur de son nom. Léger de la tête, léger du pied, qu'il était, Benny. Il aurait aussi bien pu décoller du sol, ou rentrer dedans, comme pensaient ceux du coin.

— Pardon ?

— Rentrer dans le Neb. C'est comme ça qu'on appelle la montagne entre Dendale et Danby. Sur une carte, elle est désignée sous le nom de Long Denderside. C'est plein de méchants trous, surtout sur le côté Dendale. C'est pas la même roche sur le versant Danby, ne me demandez pas pourquoi. Il y a plein de grottes et de tunnels, la plupart sont pleins de flotte, sauf en période de sécheresse.

— Vous les avez explorés ?

— Une équipe de secours spécialisée a fouillé après la disparition de la première gamine, et a recommencé pour rechercher les deux suivantes. Pas un seul indice. Les gens d'ici disent que ceux qui cherchaient n'étaient pas comme Benny Lightfoot ; que leur Benny, il aurait pu se glisser dans une fissure du trottoir.

— Et c'est là qu'il se serait caché pendant quinze ans ? demanda Pascoe sur un ton moqueur.

— J'en doute, dit Dalziel. Mais il aurait pu se terrer dans un trou pendant une semaine environ, et sortir la nuit pour trouver de quoi bouffer en faisant les poubelles. Betsy Allgood, la gamine qui s'en est sortie, a dit qu'il avait l'air à moitié mort de faim. Et trempé, en plus. La sécheresse avait cessé, les cavernes du Neb s'étaient remplies. J'ai toujours espéré qu'il était parti roupiller par là-bas et qu'il s'était réveillé cerné de flotte.

La radio crépita avant que Pascoe ait pu examiner en détail cette intéressante hypothèse, et le Contrôle Central débita les dernières informations sur l'affaire.

Lorraine Dacre, 7 ans. Unique enfant de Tony Dacre, 30 ans, chauffeur des Services Postaux, casier judiciaire vierge, et de Elsie Dacre, née Coe, pas d'antécédents non plus. Mariés depuis huit ans. Domicile : 7 Liggside, Danby. La petite Lorraine ne figurait sur aucun fichier des Affaires Sociales ou d'une association contre l'enfance maltraitée. Le sergent Clark, du poste de Danby, avait fait appel à son équipe de quatre constables. Trois d'entre eux étaient montés dans la vallée pour superviser une recherche préliminaire. Les renforts avaient été mis en état d'alerte et seraient mobilisés sur demande du superintendant Dalziel. Le sergent Clark rejoindrait son supérieur à Liggside.

Le Gros réagissait un peu trop, pensa Pascoe. Une vieille culpabilité qui lui rongeait les boyaux ? Ou y avait-il autre chose ?

Il rumina là-dessus pendant qu'ils parcouraient les quelque trente kilomètres qui les séparaient de Danby. La route, agréable, serpentait à travers les plaines du Mid-York divisées en petites parcelles. Avec l'approche du plein été, les champs étaient verts et dorés sur l'un des deux versants, et prometteurs de bonnes récoltes ; mais sur l'autre côté, des taches couleur terre d'ombre et Sienne révélaient à quel point la bataille contre la sécheresse était rude. Et plus haut, là où il n'y avait rien pour irriguer une terre desséchée, ni tuyaux, ni canaux, ni systèmes de pulvérisation, le soleil vorace avait aspiré le vert des fougères et la magnificence des bruyères, transformant une lande de climat tempéré en savane tropicale.

— C'était déjà comme ça, il y a quinze ans, commenta Dalziel, semblant suivre le fil des pensées de Pascoe comme si celui-ci avait parlé tout haut.

— Vous pensez que la canicule pourrait être un facteur déclenchant ? demanda l'autre, sceptique. Depuis cette époque, on a eu pas mal d'étés chauds. En fait, Derek Purlingstone dit qu'il est tombé plus de pluie sur le Sahara que sur le Mid-Yorkshire au cours de ces dix dernières années.

— Oui, mais cet été est particulier, la chaleur dure depuis plus longtemps, répondit Dalziel avec obstination.

— Et alors, simplement parce qu'il y a une sécheresse et que Danby est la vallée voisine de Dendale...

— Et Danby, c'est aussi l'endroit où la plupart des gens de Dendale ont été relogés, ajouta Dalziel. Et puis, il y a encore autre chose. Un signe...

— Un signe ! répéta Pascoe avec ironie. Attendez que je devine. Vous avez entendu le nom de Wulfstan à la radio, c'est ça ? Mon Dieu, monsieur, la prochaine fois, vous entendrez des voix.

— Continuez donc à vous foutre de moi, et je vous frappe si fort que vous allez entendre des cloches, menaça Dalziel d'un air grave. Quand je parle d'un signe, c'est vraiment un signe. Plusieurs signes, même. Clark m'a téléphoné directement, il savait que ça m'intéresserait. Maintenant, tenez-vous bien, voilà le premier.

Il freina si fort que Pascoe aurait eu la tête dans le pare-brise s'il n'avait pas mis sa ceinture.

— Nom de Dieu, lâcha-t-il en haletant.

Il ne comprenait pas du tout pourquoi Dalziel avait pilé. Devant eux, il y avait une route déserte qui passait sous un pont de chemin de fer désaffecté. Il jeta un regard de côté vers le Gros, vit que celui-ci avait les yeux levés, la tête inclinée comme s'il était occupé à une action de grâces. Mais son expression n'avait rien de religieux ; et ce qu'il regardait, ce n'était pas le ciel, mais le parapet du pont.

Quelqu'un y avait tracé un graffiti avec une bombe de peinture rouge : BENNY EST REVENU !

— Clark pense que ça a dû être écrit la nuit précédant la disparition de la petite. Des inscriptions comme ça, il y en a deux ou trois autres en ville. Coïncidence, plaisanterie de très mauvais goût ? Pourquoi pas, après tout ? Mais les gens d'ici, surtout ceux qui viennent de Dendale, quand ils voient ça et qu'ils entendent parler de l'histoire de Lorraine, surtout ceux qui ont de jeunes enfants...

Il ne termina pas sa phrase, c'était inutile. Il se dit qu'il s'est planté une fois, et il ne veut pas que ça recommence, pensa Pascoe.

Les deux hommes poursuivirent leur route en silence.

Pascoe pensa à des petites gamines, à sa propre fille Rosie, qui était en sécurité au bord de la mer.

Il se surprit à remercier Dieu, alors qu'il n'était pas croyant.

Et Lorraine Dacre... Un jour comme celui-ci, elle s'était réveillée... Comment une journée comme celle-là pouvait-elle signifier autre chose pour un enfant que jouer et s'amuser ?

Lui le mécréant, il pria Dieu pour qu'Il lui fasse payer son manque de foi en s'arrangeant pour que la réponse les attende à Danby, que la petite Lorraine soit revenue saine et sauve chez elle, effrayée par tous les problèmes qu'elle avait créés.

Le Dieu auquel Pascoe croyait était assis près de lui. Andy Dalziel pensait lui aussi aux réponses qui les attendaient à Danby, à la petite fille qui s'était peut-être réveillée pour la dernière fois, un jour comme celui-ci...

4

La petite Lorraine ouvre les yeux de bonne heure, mais le soleil a été encore plus matinal qu'elle.

Ces longues journées d'été s'étirent à l'infini dans toutes les enfances heureuses ; on s'éveille dans un air doré et l'on s'endort au bout de mille aventures, caressé par une lumière que même le rideau le plus épais ne peut changer qu'en doux crépuscule.

Dans le cottage, il n'y a pas le moindre signe de vie. Le dimanche est le seul jour de la semaine où Papa et Maman s'autorisent le luxe d'une grasse matinée.

Elle sort de son lit, s'habille rapidement et sans bruit, puis descend à la cuisine. Tig l'y accueille d'un jappement de bienvenue. Elle le fait taire d'une voix impérieuse : il se tait, il est très bien éduqué, Papa a insisté sur ce point. « La seule chose qui est pire qu'un chien mal élevé, c'est une fille mal élevée », avait-il prévenu. Et Maman avait eu un petit sourire, car elle savait à quel point Lorraine arrivait à embobiner son père.

Un petit déjeuner vite expédié, puis elle se juche sur un tabouret pour tirer le verrou du haut de la porte de la cuisine. La voilà dans la cour, juste en bordure de Ligg Common. Des sentiers serpentent à travers les ajoncs et les bruyères, et elle arrive sur la berge du Ligg Beck ; les eaux, autrefois turbulentes, ont été domestiquées par la sécheresse en un filet à peine ridé.

Aucune importance. Le sentier qui le longe et qui monte lentement dans les hauteurs de la vallée s'en trouve élargi. Là-bas, il y a des lapins que Tig chasse, des papillons sur lesquels il bondit, et de minuscules orchidées que Lorraine cherche pour les cueillir. Tout autour, les alouettes s'élancent de leurs nids de bruyère pour chanter la certitude que le soleil brillera toujours dans un ciel éternellement bleu.

Tony Dacre s'éveille une heure plus tard. Le soleil emplit la pièce de lumière et de chaleur. Il s'assied, se rappelle qu'on est dimanche, sourit. En bougeant, il a à moitié réveillé Elsie, sa femme. Elle se met sur le dos, ouvre les yeux un court instant. Par cette chaleur, ils dorment nus, sans couverture. Elle est mince, presque maigre, et le contour de ce corps léger sous le drap sans couverture accélère le battement de son pouls. Il approche ses lèvres des siennes, mais elle secoue la tête et articule silencieusement : « Un thé, s'il te plaît. » Il balance les jambes sur le côté du lit, se lève, enfile un slip. Ce n'est pas qu'il soit bégueule, mais il pense que les parents n'ont pas à se balader à poil devant leurs enfants.

En arrivant à la cuisine, il s'aperçoit que ces précautions sont superflues : il voit une miche de pain mal tranchée, un pot ouvert de confiture de framboise, un verre de lait pas terminé, des miettes de pain qui dessinent sur le sol une piste menant à la porte du fond. Il regarde dans la cour : pas de trace de Lorraine. Il secoue la tête, sourit. Il prépare du thé, monte deux tasses pleines.

Elsie s'assied dans le lit pour boire son thé. De temps à autre, il a un regard de côté, observe les petits seins aux aréoles brunes, surveille le niveau du thé. Voilà, elle a fini sa tasse.

Elle se penche au-dessus de lui pour la poser sur la table de chevet. Elle se redresse et il la prend dans ses bras. Elle lui sourit.

— Quand je pense à tout ce fric que j'ai claqué pour toi en gin, alors que j'aurais pu t'avoir pour une tasse de thé... lui dit-il.

Ils font l'amour. Après, il chantonne dans la salle de bains en se rasant. Quand il regagne la chambre, elle est déjà descendue. Il s'habille, la suit.

— Lorraine a déjà pris son petit déjeuner, dit-elle en fronçant les sourcils.

— Oui, je sais.

— Ça ne me plaît pas, qu'elle utilise ce couteau à pain, il a une lame vraiment très tranchante. Et puis, monter sur un tabouret pour déverrouiller la porte... Tony, il va falloir qu'on ait une conversation avec elle.

— Oui, oui, promet-il.

Elle secoue la tête pour marquer son exaspération :

— Non, je m'en chargerai toute seule.

Ils prennent leur petit déjeuner, il n'est que 9 heures et demie. Voici qu'arrivent les journaux dominicaux. Il va s'asseoir dans la salle de séjour, lit la page des sports. On entend des voix de petites filles, dehors.

Elles sautent à la corde. Il y en a deux qui font tourner une longue corde, et les autres sautent à tour de rôle d'une extrémité à l'autre, puis s'écartent avec violence.

Toutes ensemble, elles chantent :

Un pied ! Deux pieds ! Pied noir ! Pied blanc !
Trois pieds ! Quat'pieds ! Pied gauche ! Pied droit !
Aucune court si vite que Benny Lightfoot !
ET TOI, MAINTENANT, TU SORS !

Tony appelle :

— Sally ?

Sally Breen, c'est une petite boulotte qui habite deux portes plus loin :

— Oui, Mr Dacre ?

— Tu as vu Lorraine ?

— Non, Mr Dacre.

— Et les autres ?

Les filles se regardent, et leur chanson faiblit ; toutes, elles secouent négativement la tête.

Tony rentre dans la maison ; Elsie est à l'étage, en train de faire les lits. Il lui parle du bas de l'escalier :

— Chérie, je vais faire un petit tour, dire deux mots à ce vieux Joe à propos du club de bowling.

Il sort par la porte du fond, traverse la cour, puis le terrain communal. Il a fait tellement de promenades avec sa fille qu'il connaît son itinéraire favori. Il a bientôt rejoint le ruisseau asséché, et se met à monter le sentier d'un pas ferme.

Au bout d'un moment, quand il est sûr d'être hors de portée de voix de Liggside, il appelle :

— Lorraine ! Lorraine !

Pendant un long moment, il ne se passe rien. Puis il distingue un aboiement au loin. Il frémit de soulagement, continue son chemin, franchit un repli. Il aperçoit Tig, tout seul, qui vient vers lui en boitant.

Voilà les alouettes qui jouent les espions aériens et se mettent à chanter : *Elle est là, elle est blessée ! Elle est là, elle est blessée !* Et dans leur danse, les papillons disent : *Elle est partie, partie pour toujours.*

Il se penche vers le chien blessé :

— Tig, où est-elle ? Allez, cherche. CHERCHE !

Mais l'animal s'écarte de lui, comme s'il craignait d'être battu.

Pendant une demi-heure, Tony parcourt fébrilement le versant de la montagne. Finalement, l'espoir s'étant évanoui, il redescend. Tig est resté au même endroit. Il le prend dans ses bras, sans tenir compte du glapissement de douleur.

— Elle doit être rentrée maintenant, tu vas voir, tu vas voir.

Mais au plus profond de lui-même, il sait bien que jamais Lorraine n'aurait laissé Tig tout seul, blessé, dans la vallée.

Chez eux, Elsie commence déjà à se faire du souci sans pour autant identifier la nature de son inquiétude. Elle prépare le déjeuner dominical comme si, en refusant d'abandonner cette routine, elle pouvait obliger les événements à reprendre un cours normal.

La porte s'ouvre brusquement, Tony apparaît dans l'encadrement, portant le chien :

— Elle est revenue ?

Alors elle pâlit, et son teint prend la couleur de la farine qu'elle a sur les mains.

Toutes les fenêtres sont ouvertes. Dehors, les gamines continuent à jouer. Mari et femme fixent la table de la cuisine ; chacun attend de l'autre qu'il sourie, qu'il dise que tout va bien. Pendant ce temps, on entend les petites filles chanter :

Un pied ! Deux pieds ! Pied noir ! Pied blanc !
Trois pieds ! Quat'pieds ! Pied gauche ! Pied droit !
Aucune court si vite que Benny Lightfoot !
ET TOI, MAINTENANT, TU SORS !

5

À en croire un récent article de l'*Evening Post*, Danby représentait l'un des rares exemples d'une véritable *success story* rurale.

Échappant à l'habituelle tendance au dépeuplement et au déclin, ce gros bourg était devenu une petite ville grâce à l'impulsion apportée par l'établissement d'un Parc des Sciences et des Affaires en bordure sud.

Ce n'est pas bien beau, mais ça marche, se dit Pascoe en dépassant, d'un côté l'entrée du Parc, et de l'autre celle d'un grand supermarché construit pour la nouvelle clientèle d'un lotissement récent.

Ceci étant, il faut plus que l'avancée de la modernité pour troubler le repos dominical d'un coin de province d'Angleterre : le centre ancien était aussi calme qu'un *pueblo* à l'heure de la *siesta*. Et même les consommateurs des trois pubs devant lesquels ils passèrent, et qui arrachèrent à Dalziel un léger soupir d'envie, semblaient aussi immobiles que des gravures.

Le principal signe d'activité était un homme qui frottait vigoureusement une vitrine ; il tentait d'effacer les mots

BENNY EST REVENU ! qui restaient obstinément déchiffrables ; un autre homme masquait le même message à la peinture noire sur un mur-pignon.

Aucun des deux policiers ne prononça un mot avant de sortir de la ville ; la campagne, désormais, n'était plus constituée de prairies, mais de lande.

— Ce Liggside, c'est bien sur la droite ? demanda Pascoe.

— Ouais, à côté de Ligg Common, le terrain communal. Ligg Beck est un ruisseau qui vient de la vallée. Là-bas, c'est le Neb.

Le soleil éclairait le paysage comme une diapo de vacances. La vallée de Danby était devant, orientée au nord puis s'infléchissant vers le nord-est. Le Neb se dressait à l'ouest. La route qu'ils empruntaient se poursuivait sur le bras inférieur de la vallée, côté est, et ses courbes blanches évoquaient des os sur le sable d'une plage.

— La prochaine à gauche, si je me rappelle bien, dit Dalziel.

Et il avait bonne mémoire, évidemment. Entre un cartographe de l'Administration, un champion de l'orientation et Andy Dalziel, Pascoe savait parfaitement qui il choisirait de suivre s'il était perdu dans le brouillard en plein Mid-Yorkshire.

Liggside était un groupe de cottages modestes et gris alignés le long d'un trottoir. On repérait facilement le numéro 7 : il y avait une voiture de police stationnée dehors, un constable en uniforme à la porte, et des badauds répartis en deux petits groupes se tenant à une distance décente — dans le Mid-Yorkshire, la distance décente correspond à environ trois mètres.

Prêt à verbaliser, le constable s'avança vers Dalziel qui se garait en double file. Mais, heureusement pour lui, il reconnut à temps le conducteur : il ouvrit la portière dans un geste théâtral de portier.

Pascoe sortit de voiture, s'étira, embrassa la scène du regard. Les cottages étaient petits et peu avenants, mais solides. Le constructeur en avait été suffisamment fier pour graver dans le linteau central la date d'achèvement : 1860. L'année de naissance de Mahler. Il se dit que cette venue au monde n'avait pas dû beaucoup remuer les habitants de Danby. Quel autre grand événement avait donc pu occuper l'esprit des premiers habitants de Liggside ? La Guerre de Sécession ? Non, elle s'était déclenchée l'année suivante. La prise de la Sicile par les Chemises Rouges de Garibaldi ? Probablement, ce nom ne devait rien évoquer pour la plupart des natifs de Danby. Mais n'était-il pas en train de faire preuve d'un élitisme condescendant ? Il était bien difficile de connaître avec certitude ce que savaient vos ancêtres.

Ce dont il était sûr, c'est qu'en divaguant ainsi mentalement il tentait de prendre du recul par rapport à la douleur et les craintes qui, il le savait, les attendaient derrière cette porte, avec sa boîte à lettres en laiton toute brillante et son seuil rouge.

Le constable ouvrit la porte d'entrée et les annonça à voix basse. Quelques secondes plus tard apparut un sergent en uniforme : Pascoe reconnut Clark, responsable du poste annexe de Danby. Il ne parla pas, se contentant de secouer la tête pour indiquer qu'il n'y avait rien de neuf. Dalziel le poussa pour passer devant lui, suivi par Pascoe.

La petite salle de séjour était pleine de monde ; rien que des femmes mais, à la pâleur de son visage, il n'était pas difficile de repérer qui était la mère de la petite disparue. Elle était assise au bord d'un canapé en vinyle blanc, recroquevillée dans une position presque fœtale : on avait l'impression qu'elle s'écartait plutôt qu'elle ne se rapprochait d'une grosse dame blonde.

Tous les regards se tournèrent vers Dalziel quand il entra. Elles attendaient toutes un signe d'espoir, mais quand elles comprirent qu'il n'y en avait pas elles fixèrent la chemise du nouveau venu.

— Qui est donc ce bouffon ? demanda la blonde d'une voix rendue rauque par le tabac.

— Le superintendant Dalziel, chef du département d'enquêtes criminelles, lui indiqua Clark.

— Pas possible ? Et dans un moment pareil, il se pointe ici fringué qu'on dirait une tente de foire ?

Dalziel ne releva pas, s'accroupit avec une surprenante souplesse devant la dame au visage pâle :

— Mrs Dacre, Elsie... Je suis venu dès que j'ai été prévenu, sans perdre de temps à me changer.

Simples lueurs dans des trous noirs, les yeux se posèrent sur lui :

— Votre tenue, personne ici n'en a rien à faire. Est-ce que vous pouvez la retrouver ?

Et là qu'est-ce qu'il va dire, ce vieux faiseur de miracles ? se demanda Pascoe.

— Je ferai tout ce qui est en mon pouvoir, assura Dalziel.

— Et là, pour l'instant, qu'est-ce que vous faites ? demanda la blonde.

Dalziel se leva :

— Sergent Clark, il nous faudrait un peu de place ici. Allez, tout le monde dehors, qu'on ait un peu d'air.

La blonde ne répliqua pas, mais tout dans son attitude indiquait clairement qu'elle n'était pas disposée à bouger. Dalziel lui lança :

— Pas vous, Mrs Coe. Enfin, si Elsie veut bien de vous, et si vous vous tenez tranquille.

— Mais comment diable connaissez-vous mon nom ? s'exclama-t-elle.

Il y avait effectivement de quoi s'interroger, mais pas outre mesure, finalement. Coe était le nom de jeune fille de Mrs Dacre ; et une femme plus âgée qui assumait le rôle de consolatrice en chef sans présenter un air de famille ou donner l'impression d'être une amie intime était, selon toute vraisemblance, une parente par alliance.

Dalziel la fixa d'un air absent. Il ne tenait pas à dissiper cette impression d'omniscience qui amenait les gens à lui dire la vérité, ou tout au moins à se sentir si nerveux qu'ils ne parvenaient pas à dissimuler leur anxiété.

— Parfait, sergent, dit-il une fois que Clark eut refermé la porte derrière la dernière personne sortie. Alors, où en est-on ?

— J'ai mes gars dans la vallée...

— Ouais, trois hommes, c'est toute la troupe qu'il a, le coupa Mrs Coe avec mépris.

Clark poursuivit :

— Tony, enfin Mr Dacre, a voulu retourner là-bas, ce qui est bien normal. Et comme des gens du pays ont souhaité l'aider, je me suis dit que le mieux était que les recherches soient dirigées par la police.

Dalziel hocha la tête d'un air approbateur. Dans une affaire d'enlèvement ou de meurtre, si les premières investigations sont effectuées de façon anarchique et non par des professionnels, il est difficile, plus tard, de faire un ratissage au peigne fin.

— Très bien, confirma-t-il. Si ça se trouve, la gamine s'est tordu la cheville et elle est assise là-bas à attendre qu'on vienne la chercher.

Un optimisme aussi désinvolte irrita manifestement Mrs Coe, mais elle ne dit rien. C'est Elsie Dacre qui réagit ; elle commença à parler avec une douceur qui se chargea progressivement d'une violence que l'on avait à peine sentie venir :

— Ne nous passez pas de pommade, Mr Dalziel. On sait tous de quoi il s'agit, hein, on le sait tous.

— Désolé, j'essayais simplement de...

— Je sais ce que vous essayez de faire, et je sais ce que vous allez faire ensuite. Mais la fois précédente vous n'êtes arrivés à rien, n'est-ce pas ? Alors qu'est-ce qui a changé, cher monsieur, voulez-vous me le dire ? Qu'est-ce qui a changé, nom de Dieu ?

Elle avait maintenant une voix étranglée, des yeux furieux, un visage déformé par la colère et la peur.

— Non, écoutez-moi, dit Dalziel d'un ton très sérieux. On en est au tout début, il est trop tôt pour parler de la fois précédente. Je comprends très bien que vous ayez ça en tête, moi aussi je l'ai, seulement je vais le garder au fond de moi le plus longtemps possible. Je ne vais surtout pas me précipiter sur ce genre de choses, et vous ne devriez pas non plus.

— Vous vous souvenez de moi ? demanda Mrs Dacre en regardant intensément Dalziel, comme si elle pouvait trouver un réconfort à être gravée dans la mémoire du Gros.

— Et comment ! Quand j'ai entendu votre nom de jeune fille, je me suis dit que ça pouvait être un des Coe qui habitaient Dendale. Vous étiez la plus jeune, c'est bien ça ?

— J'avais 11 ans quand ça a commencé. Je me rappelle, c'était la canicule comme maintenant, et tous les gamins craignaient pour leur vie. Je me suis dit que je n'oublierais jamais. Mais vous oubliez, hein ? Ou en tout cas, comme vous dites si bien, vous le gardez si loin dans votre cerveau que c'est comme si vous l'aviez oublié. Et puis on grandit, on commence à se sentir en sécurité, on a un gosse et on s'empêche toujours de penser que... Mais c'est là où vous vous gourez, cher monsieur ! Si je me l'étais mis juste sur le devant, au lieu de le ranger derrière... Parce que c'est si important, un truc comme ça, c'est trop terrible... de le garder au fond.

Elle laissa échapper un flot de larmes, et sa belle-sœur l'étreignit d'une façon irrésistible. La porte s'ouvrit alors, livrant le passage à une femme plus âgée. Cette fois, il était impossible de ne pas remarquer une ressemblance.

— Elsie, j'étais chez Sandra, dit-elle. Je viens d'entendre...

— Oh ! Maman ! s'exclama Elsie Dacre en pleurant.

Elle repoussa sa belle-sœur, serra sa mère dans ses bras, comme si ce geste permettait d'exprimer espoir et réconfort.

— Mrs Coe, si vous nous prépariez à tous une tasse de thé ? suggéra Dalziel.

Les trois policiers et la femme blonde passèrent dans la cuisine. C'était aussi bien, la pièce était envahie de vapeur qui s'échappait, dans un sifflement explosif, d'une bouilloire sur le gaz. Mrs Coe se servit d'un torchon comme d'une manique pour retirer la bouilloire du feu.

— Ça va faire un excellent thé, il faut que ce soit vraiment bouillant, commenta Dalziel. Dites-moi, Mrs Coe, qu'est-ce que vous pensez de Tony Dacre ?

— Que voulez-vous dire ?

— Je vous pose une question toute simple : qu'est-ce que vous pensez de votre beau-frère ?

— J'aimerais bien savoir pourquoi vous me demandez ça ?

— Ne jouez pas les andouilles, vous connaissez très bien la réponse. Si j'ai la possibilité de l'éliminer de la liste des suspects, ça m'évitera d'avoir à démonter cette maison.

L'honnêteté n'est pas seulement la meilleure des politiques, elle est parfois aussi la meilleure forme de brutalité policière, pensa Pascoe en observant les traits massifs de la femme qui se relâchaient sous le choc.

Dalziel poursuivit :

— Réfléchissez avant de vous mettre à me gueuler dessus, ma bonne dame. Vous voulez m'obliger à demander à cette pauvre femme si son mec se met facilement en rogne ou porte un intérêt particulier à sa propre fille ? Vous n'êtes pas stupide, vous savez très bien que ce sont des choses qui arrivent. Alors dites-moi simplement s'il y a quelque chose qu'il serait bon que je connaisse sur Tony Dacre ?

Elle retrouva sa voix :

— Non, rien. Je ne l'apprécie pas beaucoup, mais c'est juste un avis personnel. Lorraine, il lui voue une véritable adoration, mais d'une façon normale pour un père. En fait, si vous me demandez ce que je pense vraiment, il la gâte jusqu'à la pourrir, et il ne se mettrait même pas en colère si elle foutait le feu à la maison. La vache ! Même pour mille livres, je ne voudrais pas faire votre boulot. Vous ne trouvez pas qu'il y a déjà suffisamment de saloperies pour éviter d'agiter les pieds ?

Elle répondait avec véhémence, mais suffisamment bas pour éviter que le son de sa voix dépasse la cuisine.

— Parfait, répondit Dalziel en lui adressant un sourire amical. Vous nous apportez le thé quand il est prêt ?

Il sortit et referma la porte. Derrière, il y avait un panier à chien, ce que Pascoe remarqua pour la première fois. Dedans, un petit bâtard, un mélange entre l'épagneul et le terrier. Il avait les yeux ouverts, mais ne bougeait pas du tout. Pascoe se pencha sur lui : l'animal rabattit les oreilles en arrière, émettant un profond grognement de gorge. Pascoe répondit avec des bruits rassurants : le chien accepta alors de se laisser gratter le dessus de la tête, même si son regard restait méfiant. Quand Pascoe avança la main jusqu'à son épaule, l'animal se mit de nouveau à gronder de façon menaçante et se redressa vivement.

— Quelqu'un a appelé un vétérinaire ? demanda-t-il.

— Mais enfin, pour l'amour du Ciel, ma nièce a disparu et vous, tout ce qui vous inquiète, c'est ce foutu cabot ! s'insurgea Mrs Coe.

— Pas que je sache, précisa le sergent. Avec tout ce qui s'est passé...

— Faites-en venir un maintenant, voulez-vous ? Je n'aime

pas voir une bête souffrir, mais je veux aussi savoir comment elle a été blessée.

— Oh ! je n'y avais pas songé, répondit Clark tout penaud. Je m'en occupe tout de suite.

Mrs Coe, qui s'était donné une contenance en préparant le thé, passa devant eux d'un air furieux. Clark, qui la suivait, s'arrêta sur le seuil de la pièce :

— Y a-t-il autre chose à laquelle j'aurais dû penser, monsieur ?

— À moins que Lorraine ne réapparaisse saine et sauve dans la demi-heure qui vient, toute cette affaire va devenir une enquête majeure. Il va nous falloir un bureau des enquêteurs. Un endroit très spacieux, pas trop loin d'ici. Vous auriez une idée ?

Le sergent réfléchit puis il finit par dire :

— Il y a St Michael's Hall. C'est partagé entre l'église et l'école primaire, et c'est tout près d'ici...

— Ça a l'air pas mal. Bon, maintenant, allez chercher le vétérinaire. C'est bien d'y avoir pensé avant le superintendant, hein ? dit Pascoe dans un sourire.

Clark sourit lui aussi au bout d'un moment, puis quitta la pièce.

Il ouvrit la porte du fond de la cuisine, qui donnait sur une courette bien entretenue, avec un carré de gazon et une remise en bois. Il sortit dans l'air doux pour jeter un œil dans l'appentis : quelques outils de jardin, une vieille poussette, un vélo d'enfant.

Dominant soigneusement ses pensées, il alla ensuite à la porte de la cour qu'il déverrouilla. Il se retrouva devant une prairie usée et desséchée, parsemée de touffes d'ajoncs dont les fleurs jaunes éclatantes semblaient défier le soleil. Ce devait être Ligg Common avec, au-delà, la longue étendue de Danbydale qui montait vers le nord jusqu'à Highcross Moor.

La lumière du soleil déforme les distances, et la vallée semblait à peine à une demi-heure à pied, tandis que la longue crête du Neb donnait l'impression d'être à portée d'un joueur de base-ball, à condition qu'il ait un bon bras. Pascoe regarda le fond de la vallée. Là, il vit un éclair de soleil qui se réfléchissait sur le pare-brise d'une voiture qui descendait, et qui paraissait minuscule : d'un seul coup, les perspectives prirent leurs justes proportions.

Cela faisait une énorme superficie, plus que ne pouvaient explorer correctement quelques dizaines d'hommes. Et quand on y ajoutait tous les bâtiments, les granges et les étables depuis la périphérie de la ville jusqu'aux limites cultivées de la montagne, il fallait prévoir une opération de masse.

Il resta debout à sentir le soleil fouiller sa peau claire et sa crinière de cheveux châtains. Encore quelques minutes et il allait virer au rose, puis peler comme une pomme de terre nouvelle. Encore une heure environ, et il allait avoir le cerveau en fromage blanc ; généralement, il éprouvait cet état d'insensibilité due à l'ivresse du soleil pendant ses vacances au bord de la Méditerranée ; Ellie, de plus en plus en forme, bronzait parfaitement, brunissant de plus en plus.

Parfois, l'insensibilité était le sort le plus enviable.

— Vous avez pris racine, ou quoi ?

Il se retourna, aperçut Dalziel dans l'embrasure de la porte de la cour :

— Je réfléchissais, monsieur. Y a-t-il du nouveau ?

— Non. Elle s'est calmée. C'est beaucoup mieux avec la mère qu'avec la belle-sœur. Où est Clark ? Il faut que je lui pose des questions sur Dennis Coe, le frère.

— Le mari de Mrs Coe ?

— Mais dites donc, vous, on finira par faire de vous un détective ! Si ma mémoire est bonne, il doit avoir six ou sept ans de plus qu'Elsie. Il faut qu'on s'en occupe sérieusement.

— Pourquoi, il figurait parmi les suspects il y a quinze ans ? demanda Pascoe en se disant que le joli coup de Dalziel avec le nom de Mrs Coe ressemblait maintenant à un tour de passe-passe tout simple.

— Quand des gosses disparaissent, tous les enfoirés en âge de bander sont dans le collimateur. À l'époque, il devait avoir à peu près 18 ans. Le mauvais âge. Et puis, toutes les gamines qui ont disparu étaient blondes, et lui-même a épousé une blonde...

— Allons, allons, continuez comme ça et vous êtes mûr pour passer dans X-files. De toute façon, j'aurais tendance à penser que la blondeur de Mrs Coe vient d'un flacon.

— Donc il l'aurait épousée brune, mais lui aurait dit ensuite qu'il préférait les blondes. OK, arrêtez de faire frémir vos narines sinon des hirondelles vont faire leur nid dedans. En tout cas, vous ne pouvez pas nier que c'est l'oncle de Lorraine, et que les oncles figurent souvent dans les statistiques de ce genre d'affaires.

Pascoe secoua la tête et dit d'un ton morne :

— Mrs Coe m'a dit qu'elle ne voudrait pas faire notre boulot même pour mille livres. Elle est extraordinaire : par moments, un million ne suffirait pas par rapport à la façon dont on doit considérer les choses.

— En parlant de considérer, qu'est-ce que c'est que ça ?

Le Gros fixait le nord. Au-dessus de l'horizon, la brume de chaleur s'était transformée en quelque chose de plus épais.

— Ce n'est pas possible que ce soit un nuage ? dit Dalziel.

— Pas un nuage de pluie, en tout cas, estima Pascoe. Je dirais que c'est de la fumée. Avec ce temps, la moindre étincelle déclenche un feu.

— Le mieux est de s'assurer qu'on n'est pas les seuls à l'avoir remarqué, dit Dalziel.

Il sortit son téléphone mobile, composa un numéro, parla, écouta.

— Oui, dit-il avant de raccrocher. Ils sont au courant. C'est un gros incendie, et pas le seul non plus. La brigade de pompiers est en état d'alerte générale et elle utilise nos gars en uniforme ; et ça, c'est une mauvaise nouvelle si on doit tirer le signal d'alarme.

— Quand ? demanda Pascoe. Vous ne pensez pas qu'il y a...

Il fut interrompu par le sergent Clark qui parlait de la maison :

— Excusez-moi, monsieur, mais le vétérinaire est arrivé : Mr Douglas. On l'a joint sur son portable alors qu'il revenait d'une ferme.

— Un vétérinaire ? Qu'est-ce qui se passe, vous ne vous sentez pas bien ? demanda Dalziel à Pascoe.

Ils allèrent dans la cuisine et y trouvèrent un homme massif à la barbe grise, agenouillé près du panier. L'examen qu'il mena arracha un grondement au chien, mais pas aussi menaçant toutefois que le rugissement provoqué par la palpation maladroite de Pascoe.

Il finit par se redresser et porta son attention sur les humains.

— Peter Pascoe, inspecteur-chef, se présenta Pascoe en tendant la main. Et voici le superintendant Dalziel.

— On s'est déjà rencontrés, répondit brièvement Douglas avec un accent écossais.

— Oui, ça va, Dixie ? répondit Dalziel. Alors, quels sont les dégâts ?

— L'épaule et la cage thoracique sont sérieusement contusionnés. Je ne crois pas qu'il y ait de fracture, mais il faut une radio pour en être sûr. Peut-être des lésions internes. Quoi qu'il en soit, je pense qu'il vaut mieux que je l'emmène avec moi à la clinique. Vous avez des nouvelles de la petite ?

— Pas encore, répondit Pascoe. Ces contusions, à votre avis, elles ont été provoquées par quoi ?

— Pas par un accident, ça c'est certain, répondit le vétérinaire d'un ton catégorique. J'aurais tendance à dire que la pauvre bête a reçu un méchant coup de pied. Allez, bonne journée.

Il souleva avec précaution le chien du panier, puis sortit de la cuisine.

— Il est bien ce type, il s'occupe vraiment des animaux malades, commenta le sergent Clark d'un ton approbateur.

— Ouais, il soutient une association qui fait des raids dans les labos, dit Dalziel. Donc, quelqu'un a donné un coup de pied au chien. C'est une information suffisante pour qu'on déploie la grosse cavalerie. Félicitations d'avoir fait examiner le cabot.

Pascoe ajouta :

— Oui, vous avez très bien fait, sergent Clark. Que voulez-vous que je fasse, monsieur ? Je convoque nos troupes et j'organise un bureau des enquêteurs ?

— Oui, il vaut mieux suivre la procédure, dit Dalziel sans enthousiasme. Vous avez des suggestions à faire, sergent ? Si je me souviens bien, votre poste n'est même pas assez grand pour balancer un coup de poing.

— St Michael's Hall, monsieur, dit Clark avec vivacité et

efficacité. J'ai eu au téléphone Mrs Shimmings, la directrice de l'école. Vous allez vous souvenir d'elle, elle était à Dendale, comme moi. À l'époque, elle s'appelait miss Lavery. Elle est vraiment très affectée. Elle a dit qu'elle irait à l'école pour être disponible si on a besoin de son aide, pour parler de la petite, et tout ça.

Dalziel le regarda d'un air pensif :

— Bien joué, sergent. Vous prévoyez tellement les choses que vous allez finir diseur de bonne aventure. OK, Peter, allez-y. Dites-leur qu'il me faut quelqu'un en civil qui sache reconnaître sa gauche de sa droite pour diriger l'équipe de recherches. Maggie Burroughs fera très bien l'affaire. Ah, il me faudra aussi un camion-cantine, parce que ça va donner soif de se balader dans la montagne. Et puis aussi une caravane d'information pour le terrain communal. Je serai là-bas pour voir comment ils se débrouillent. Des questions ?

— Non, monsieur, répondit Pascoe. Allez-y, sergent, je vous suis.

Clark sortit. Pascoe lui emboîta le pas, mais s'arrêta en entendant Dalziel :

— Un petit conseil, mon gars...

— Il est toujours le bienvenu, répondit Pascoe.

— À la bonne heure ! Voilà : faites une faveur à Nobby Clark, ne le laissez pas vous payer en monnaie de singe. Veillez à ce qu'il se crève le cul. D'accord ?

Là, ce n'est pas un simple tour de prestidigitation, pensa Pascoe. Il sait vraiment tout.

— Oui, monsieur. Il va vraiment se défoncer.

6

Tout comme Danby, l'école primaire de St Michael s'était agrandie.

L'édifice de brique original avait apparemment été modelé sur la vieille église qui lui avait donné son nom. Il avait engendré plusieurs extensions modernes et peu seyantes qui, à défaut de grâce, offraient espace et clarté. La salle des fêtes, située entre l'église et l'école, avait manifestement été conçue par le même architecte ; il y avait même un clocher et des vitraux qui filtraient une lumière faible éclairant un intérieur haut de plafond, spacieux, avec une scène à une extrémité et une petite galerie à l'autre.

Pascoe plissa le nez : l'odeur de renfermé lui rappelait à la fois les cours d'éducation physique au gymnase et des séances de cinéma amateur dans des salles municipales emplies de courants d'air. En tout cas, ici, les distractions proposées n'avaient rien d'amateur : il repéra, sur le panneau d'affichage indiquant le programme des spectacles à venir, une affiche pour le concert d'ouverture du XVIIIe Festival Estival des Vallées du Mid-Yorkshire, le mercredi suivant : récital avec Elizabeth Wulfstan, mezzo-soprano, et Arne Krog, baryton.

Ce nom, une fois de plus... Il se rappela cette voix jeune et puissante qui chantait avec mélancolie : *Et maintenant le soleil se lève, et il luit / Comme si l'horreur n'avait frappé la nuit...*

La canicule semblait installée pour plusieurs jours, sinon plusieurs semaines, mais il doutait fort qu'il y ait désormais d'autres matins ensoleillés pour les Dacre.

Pour l'amour du Ciel, ne vois pas tout en noir ! s'admonesta-t-il.

— Ça fera très bien l'affaire, dit-il à Clark avant de sortir son portable.

Il avait déjà lancé l'opération à Liggside et voulait simplement confirmer où il se trouvait. On lui indiqua que les premiers renforts devraient arriver dans une demi-heure.

— Je vais dire deux mots à Mrs Shimmings, dit-il. Ça va bien, sergent ?

L'homme était pâle et avait les traits tirés, comme sous la morsure du vent pendant une journée d'hiver.

— Oui, ça va, excusez-moi. C'est le fait de me retrouver dans une école pour organiser un bureau des enquêtes. Jusqu'à maintenant, j'ai fait semblant de penser que c'était différent de la dernière fois, à Dendale, je veux dire. Enfin, ça ne commençait pas de la même façon, on se disait qu'au pire ce serait un accident, on retrouverait la petite Jenny Hardcastle, ou elle arriverait à rentrer toute seule...

— Alors vous savez comment ça marche, dit Pascoe avec dureté. On a une chose à régler rapidement, c'est cette histoire de Benny. Quelqu'un les a bien écrits, ces graffitis. Il faut qu'on découvre de qui il s'agit, ensuite on pourra se demander pourquoi il l'a fait. Vous avez des idées ?

— Je suis dessus, répondit Clark. C'est peut-être une plaisanterie de mauvais goût, ou une coïncidence ? Parce que, finalement, ça a été fait la nuit dernière, alors que Lorraine n'a disparu que ce matin. Et le coupable ne l'aurait pas fait à l'avance, pas vrai ?

— Moins de chances de se faire prendre, répondit Pascoe.

— Mais ça voudrait dire que tout était prévu !

— Et ce serait pire que quelque chose de spontané ? Ça oui, enfin c'est pire pour nous, en tout cas. Des traces, on en laisse quand on agit par impulsion, mais quand on a planifié on les dissimule. D'un côté comme de l'autre, il nous faut choper notre artiste à la bombe.

— Oui, monsieur, dit Clark. Euh, monsieur...

— Oui ? encouragea Pascoe.

— À propos de Benny, Benny Lightfoot. Y a-t-il une information que vous connaîtriez et qui me manquerait ? Au QG, vous avez peut-être pris connaissance d'un élément que vous auriez préféré ne pas me transmettre, pour éviter de rouvrir d'anciennes blessures...

— Parce que, selon vous, Benny pourrait *vraiment* être revenu ? demanda Pascoe d'un air sombre. Personnellement, j'en doute. Mais le simple fait que vous posiez la question est la preuve qu'il est très important de suivre cette piste. Occupez-vous-en.

Il traversa la cour de récréation et entra dans l'école. Il vit le visage de la directrice derrière la vitre d'une classe qu'il devina être celle de Lorraine.

Il la rejoignit :

— Désolé, Mrs Shimmings, mais il fallait que j'organise un peu les choses.

— Je vous en prie, je sais bien comment ça se passe, dit-elle.

Il se rappela alors que, tout comme Clark, elle était là avant. Il la regarda de près, détecta chez elle les mêmes symptômes :

elle avait l'impression d'entrer à nouveau dans un cauchemar qu'elle pensait avoir laissé derrière elle.

C'était une femme mince, aux yeux bruns et au regard franc, aux cheveux châtains qui grisonnaient. Elle approchait de la cinquantaine, donc elle avait plus de 30 ans quand on avait noyé Dendale.

— Donc vous pensez au pire ? demanda-t-elle.

— On s'y prépare, répondit doucement Pascoe. Parlez-moi de Lorraine.

— C'était... enfin c'est, corrigea-t-elle, une enfant brillante, intelligente, un peu vieux jeu par certains côtés. Ça ne m'étonne pas qu'elle se soit levée de bonne heure et ait décidé d'aller se promener avec son chien. Elle n'est pas solitaire, bien au contraire : elle est très sociable et a beaucoup d'amis. Mais elle n'a jamais aucun problème à faire des choses toute seule. Il arrive, si elle a le choix, qu'elle préfère agir en solo plutôt que d'opter pour une activité collective.

Elle avait réussi, après un premier lapsus, à se tenir au présent, avec une détermination qui confinait à l'affectation. Pendant qu'elle parlait, Pascoe avait laissé son regard errer dans la salle de classe. Étant lui-même père, son œil s'était habitué au cadre d'une école. Il appréciait la qualité de ce qui décorait les murs, les preuves de réflexion et d'ordre, l'utilisation d'éléments stimulants sur un plan esthétique, intellectuel ou mathématique. Tout respirait la qualité dans cette classe. La maîtresse ne s'était pas ruée vers la sortie le vendredi après-midi, elle était restée après le départ des enfants, pour peaufiner leurs efforts de rangement et s'assurer que la salle était parfaitement prête pour le lundi matin. Il se dit qu'elle serait complètement anéantie quand elle découvrirait ce qui était arrivé à une de ses élèves.

— Elle serait du style à suivre un inconnu ? demanda Pascoe.

— Certainement pas quelqu'un qui lui proposerait des bonbons dans la rue, ou lui demanderait de monter dans une voiture. Mais vous dites qu'elle est allée se promener dans la vallée. Et les choses sont différentes, là-haut, Mr Pascoe. Vous êtes randonneur ?

— Oui, un peu, répondit-il.

Pascoe pensait à Ellie qui, au printemps dernier, avait réussi, à force de cajoleries, à entraîner mari et fille dans le Circuit des Trois Sommets.

— Alors vous savez que si, dans la rue, un inconnu vous dit bonjour, vous pensez qu'il est un peu dérangé. Mais que si vous croisez quelqu'un dans les collines, vous échangez systématiquement un salut. Parfois même, vous vous arrêtez pour avoir une petite conversation. Ce qui serait anormal, ce serait justement de ne rien dire. Je pense que, aujourd'hui, on éduque tous les enfants dans une très grande méfiance à l'égard des inconnus. Mais ils apprennent par l'exemple plutôt que par précepte. Et en pleine campagne, ce qu'ils voient, c'est qu'on salue des étrangers comme si on les connaissait depuis longtemps.

— Donc, elle aurait pu s'arrêter pour discuter avec quelqu'un ?

— En tout cas, elle n'aurait pas été surprise si on l'avait abordée, et elle ne se serait pas sauvée. Mais là-bas, à quoi cela aurait-il servi ? Après tout, elle était avec son chien.

— Oh, vous savez, on surestime beaucoup la protection qu'assure un chien, répondit Pascoe. On ne devrait pas laisser une petite fille toute seule avec ce type d'animal, sauf s'il est très gros et féroce. Celui-ci a peut-être essayé de la défendre, il a reçu de méchants coups de pied. Parmi ces dessins, y en a-t-il de Lorraine ?

Son regard se promenait sur des œuvres réalisées par les enfants et regroupées sous le titre « Ma famille ».

Il repéra lui-même « LA FAMILLE DE LORRAINE », écrit avec application sous un dessin représentant un papa, une maman et un chien. Les parents étaient représentés à peu près de la même taille, tous deux avec un sourire large comme une tranche de melon. Comparé à eux, le chien était aussi imposant qu'un poney des Shetland. Un psychologue aurait probablement conclu qu'elle n'avait pas de problèmes avec ses parents, mais qu'elle était vraiment folle de Tig. Rien que de très normal chez une petite fille de 7 ans. Il se rappela à quel point il avait été angoissé, quelque temps auparavant, quand Ellie lui avait montré, sans commentaire, un dessin de Rosie : elle avait représenté sa mère debout, grande comme une géante de foire, et son père réduit à une simple forme floue dans une voiture qui s'éloignait à toute vitesse.

— Cadre familial harmonieux ? demanda-t-il.

— Oui, très heureux. J'ai connu sa mère toute gamine.

— Bien sûr. J'en déduis que vous étiez déjà enseignante à Dendale avant la construction du barrage.

— Exactement. J'ai dû déménager, comme tout le monde. Le tribut à payer au progrès.

— Mais au bout du compte, certains ont été contents de partir, même si on a noyé la vallée ?

— Vous pensez que la disparition de Lorraine pourrait avoir un rapport avec ce qui s'est passé à cette époque ?

— C'est à vous de me le dire, Mrs Shimmings, je n'étais pas sur place à cette époque. Êtes-vous au courant de ces graffitis, « Benny est revenu » ?

Elle le confirma d'un mouvement de tête.

— Alors, il pourrait être de retour ? Mais alors, où était-il passé ? J'ai entendu dire qu'il était un peu simplet.

— Peut-être a-t-il vécu chez des gens qui ne posaient pas de questions ou qui ne portaient pas de jugements ? suggéra-t-elle. Comme ces voyageurs New Age. Toujours est-il que Benny n'était pas simple d'esprit. Il était très intelligent, au contraire.

— Ah, excusez-moi. On m'a dit qu'il avait eu un accident. Une histoire de plaque dans la tête, ou quelque chose comme ça...

Elle écarta l'allusion d'un ton dédaigneux :

— Oh, ça, Mr Pascoe... J'ai enseigné à Benny, et je peux vous dire qu'il était toujours aussi vif après l'accident qu'avant. Ce qu'il y a, c'est qu'il était toujours différent. Et on a nettement tendance à confondre *pas comme les autres* avec *idiot*, dans le Yorkshire comme ailleurs. Non, non, il n'était pas simplet. Il était, comment dire... bizarre, c'est le meilleur qualificatif, à mon avis. Il a été mon élève jusqu'à l'âge du secondaire : autrement dit, l'âge de prendre l'autobus pour quitter la vallée, et ça ne lui plaisait pas trop. Mais voilà, son père lui avait dit d'y aller et de faire de son mieux. Or Benny tenait beaucoup compte des opinions de Saul, son papa. Et puis, quand Benny avait 12 ans, son père est mort.

— Comment ? demanda Pascoe dans un réflexe de policier.

— Il s'est noyé. C'était pourtant un homme très athlétique, commenta Mrs Shimmings. (Un observateur romantique aurait surpris son regard vague.) Il avait l'habitude d'aller se baigner dans le lac. C'était un bon nageur, mais on suppose qu'il s'est empêtré dans une branche d'arbre qui était restée bloquée sous l'eau. Ce pauvre Benny, il en a été complètement anéanti ! Toute la famille vivait à Neb Cottage, avec la grand-mère, la vieille Mrs Lightfoot. Ils ne devaient pas être bien au large, avec trois enfants : Benny, plus un frère et une sœur plus jeunes, Barnabas et Deborah. Mais tant que Saul vivait, tout se passait bien. On dirait aujourd'hui qu'il avait du charisme. Et c'était un canon, comme le qualifieraient les jeunes filles.

Pascoe sourit, regarda discrètement sa montre. C'était bien joli d'en apprendre plus sur l'histoire locale ; mais pour l'instant, il avait des responsabilités qui ne pouvaient pas être reportées.

— Je vous retarde, excusez-moi, lui dit Mrs Shimmings.

Il avait oublié qu'il était face à une directrice d'école qui avait l'œil pour les petits détails révélateurs du comportement.

— Oh non, je ne peux rien entreprendre avant l'arrivée de mes hommes, lui assura-t-il. Je vous en prie, continuez.

— Eh bien, ça n'a jamais été la grande entente entre la mère de Benny, Marion, et la vieille Mrs Lightfoot. Marion, ce n'était pas une fille du pays : Saul l'avait rencontrée à un bal en ville. Après son décès, rien ne la retenait plus à Dendale. Donc, rien d'étonnant à ce qu'elle ait déménagé avec ses enfants après avoir trouvé un emploi ailleurs. Il arrivait à Benny de revenir pour voir sa grand-mère, et j'avais l'impression qu'il n'était pas heureux. Il ne parlait pas beaucoup, il devenait de plus en plus renfermé. Et puis sa mère a dû rencontrer un autre homme, qui s'est installé avec elle. Je pense qu'ils ont fini par se marier, mais juste pour faciliter les choses, parce qu'ils avaient décidé d'émigrer, en Australie je crois. Benny ne voulait pas aller là-bas. La nuit précédant leur départ, il s'est enfui et s'est réfugié chez sa grand-mère. Sa mère est venue le chercher, il a refusé catégoriquement de la suivre, et la vieille Mrs Lightfoot a dit qu'il pouvait rester chez elle. C'est ainsi que ça s'est passé. Je pense qu'il s'est dit pas mal de choses qu'il aurait mieux valu garder pour soi. Résultat, la famille a quitté l'Angleterre, et Benny s'est installé à Neb Cottage. Si je me rappelle bien, il a abandonné l'école tout de suite. Le surveillant est venu plusieurs fois, ainsi que les services sociaux. Mais Benny filait dans le Neb dès qu'il voyait quelqu'un de vaguement officiel, c'est-à-dire quelqu'un qu'il ne reconnaissait pas. À la fin, ils ont plus ou moins renoncé à le rechercher. Je suis persuadée qu'ils ont trouvé une formule leur permettant de sauver la face pour régulariser la situation.

— Et comment donc régularisez-vous l'absentéisme ? s'étonna Pascoe.

— Oh, c'est le temps qui s'en charge, répondit Mrs Shimmings. J'imagine que, à l'Académie, on a dû pousser un grand soupir de soulagement quand Benny a eu 16 ans révolus. Seulement, le mal était fait au plan psychologique. Le gosse était méfiant, insaisissable, introverti, solitaire, dépourvu de capacités sociales. Autrement dit, il était simple d'esprit pour la plupart des gens, tout bonnement.

— Est-ce qu'il aurait pu être responsable des disparitions ?

— Le sexe est un moteur puissant chez les jeunes hommes. Mais jusqu'à l'agression contre Betsy Allgood, j'étais très réservée. Cela dit, après... (Elle secoua la tête.) Ce que vous avez dit avant est parfaitement juste. À la fin, je pense effectivement que pas mal de gens ont été contents de quitter Dendale et de voir le site inondé. Les plus religieux y ont vu une réplique du Déluge, destinée à noyer la vilenie.

— Sympa, commenta Pascoe. Seulement, la vilenie, ça sait bien nager. Et vous, qu'est-ce que vous en dites, Mrs Shimmings ?

La question semblait innocente ; pourtant, il se sentit désemparé en voyant qu'elle avait les yeux remplis de larmes. Elle se détourna vivement pour les dissimuler avant d'aller jusqu'au bureau de la maîtresse.

— Je me sens toute chose. En vous attendant, j'ai fait un tour à la petite bibliothèque dont nous disposons. Et j'ai repéré ça.

Elle prit un livre posé sur le bureau, montra la couverture pour que Pascoe puisse voir le titre.

La Submersion de Dendale.

— Je le connais, mon épouse en a un exemplaire, indiqua Pascoe.

Il se rappelait : le genre de livre qu'on pose sur une table basse, un ouvrage carré réunissant beaucoup de photos mais comportant peu de texte. Il se composait de deux parties, « La Vallée » et « La Submersion ». La première illustration était une vue panoramique de la vallée, baignée par une lumière vespérale. Au-dessous du sous-titre, on lisait *Différents points de vue sur un petit coin de bonheur en pleine campagne*.

— Paradis perdu, poursuivit Mrs Shimmings. Cela résume ma disposition d'esprit, Mr Pascoe. C'était peut-être un coin pourri, mais c'était comme si on avait quitté le Paradis.

Un avertisseur de voiture retentit à l'extérieur. Pascoe alla à la fenêtre, heureux de cette diversion.

Il vit arriver toutes sortes de véhicules qui transportaient le nécessaire pour installer le Centre. Meubles, téléphones, radios, ordinateurs, matériel de restauration, et bien sûr le personnel. Ça doit ressembler à ça, la guerre, pensa-t-il. Avant une grande offensive. Comme lors de la bataille de Passchendaele, en Belgique, en 1917. Tourbillon et effervescence, plein d'hommes et de machines, et la défaite qui semblait inconcevable. Mais ils avaient échoué, pourtant, et des milliers et des milliers de soldats avaient été tués pour rien. L'un d'eux, son homonyme, son arrière-grand-père, ne s'était pas noyé dans la boue, n'avait pas été anéanti sous les pilonnages : il était mort attaché à un poteau d'exécution, fusillé par des balles britanniques...

— On se reverra plus tard, Mrs Shimmings, dit-il.

Et il sortit pour superviser les opérations de montage.

7

Souvent me prend l'idée qu'en balade parties
Bientôt elles reviendront dans les rires et les cris.
Mais le soleil luit, ne sois donc pas si pâle :
Elles sont tout juste allées arpenter notre val.

— Qu'est-ce que c'est, du narcissisme ou la réaction de l'artiste à une critique justifiée ?

Elizabeth Wulfstan appuya sur la touche « Pause » de sa télécommande et tourna la tête vers l'homme qui venait d'entrer.

Le temps s'était montré bienveillant envers Arne Krog. C'était aujourd'hui un quadragénaire dont le visage, franc et lisse, était encadré par une tignasse dorée et un collier de barbe de même couleur : il évoquait nettement plus un moniteur de ski jeune et sexy qu'un baryton d'âge moyen. Les années avaient été moins généreuses avec lui en termes de réputation et de récompenses, mais il veillait à ce que cela ne se voie pas.

— La plus grande partie de ce que tu as dit était exact, lui répondit-elle. Tu es content, hein ?

Elle parlait avec un fort accent du Yorkshire qui surprenait ceux qui l'avaient seulement entendue chanter.

— Ce qui me fait plaisir, c'est que tu aies vu ton erreur. Ne t'en fais pas, ce sera un disque de collection, quand tu seras vieille et célèbre. Peut-être alors, par esprit de contradiction, feras-tu ton dernier enregistrement avec des chansons qui seraient mieux adaptées à une voix jeune et fraîche. Mais de préférence dans la langue d'origine.

— Je voulais que les gens comprennent les paroles, dit-elle.

— Alors donne-leur une traduction à lire, et pas seulement ton chant à entendre. La langue, c'est quelque chose d'important. J'aurais pensé que quelqu'un d'aussi fidèle à ses propres racines et à son propre accent aurait compris cela.

— Je ne vois pas pourquoi je devrais parler comme toi rien que pour faire plaisir à quelques branleurs de la haute, ripostat-elle avec un bref sourire.

Elle avait des traits réguliers, des yeux sombres qui ne cillaient pas, une épaisse couche de maquillage de teinte pâle, des cheveux blond cendré qui lui tombaient jusqu'aux épaules. Son visage avait l'aspect légèrement menaçant d'un masque jusqu'à ce qu'elle sourie, puis il s'éclaira jusqu'à parvenir à une beauté distante : comme un paysage arctique qui serait frappé par un soleil intermittent. Elle mesurait 1,85 mètre, ou un peu plus ; mais elle paraissait encore plus grande, dans ses vêtements en Lycra noir qui moulaient sa silhouette mince.

Le regard de Krog laissait transparaître son admiration ; mais il pensait encore à la musique.

— Donc, tu vas changer ton programme pour le concert d'ouverture ? lui dit-il. Parfait, Inger aussi sera contente. Elle n'a jamais aimé la transcription pour piano.

— Elle te parle, hein ? répondit Elizabeth. Cette musique est bien, je serais peut-être vachement contente de faire plaisir à notre Inger, seulement voilà : il est trop tard pour changer.

— Il reste trois jours, lui dit-il avec impatience. Tu as le répertoire, et je t'aiderai de mon mieux.

— Merci, lui répondit-elle avec sincérité. Et j'apprécierais vraiment ton aide. Mais pour ce qui est de changer le programme, je maintiens qu'il est trop tard, là-dedans.

Elle se toucha la poitrine.

Il prit un air exaspéré :

— Pourquoi es-tu si obsédée par l'interprétation de ces chants ?

— Et pourquoi es-tu si embêté que je les chante ?

— Je ne suis pas embêté ; dans les circonstances présentes je trouve qu'elles sont plutôt inopportunes.

— Les circonstances présentes ? répéta-t-elle en regardant autour d'elle avec un air faussement stupéfait.

Ils se trouvaient dans la maison des Wulfstan, dans un élégant salon haut de plafond. Des portes-fenêtres donnaient sur un jardin en longueur, inondé de soleil. On entendait faiblement le grondement d'une musique d'orgue s'estompant progressivement derrière la montée d'un chœur de jeunes voix. Les tours massives de la cathédrale s'élevaient non loin, vers l'est ; leurs gargouilles semblaient tendre des langues de plus en plus longues dans cette sécheresse interminable.

— Je n'imaginais pas que les circonstances entraient en ligne de compte dans des endroits comme celui-ci, dit Elizabeth.

— Tu sais très bien ce que je veux dire. Walter et Chloe...

Elle l'interrompit :

— Si Walter voulait se plaindre, il en a eu l'occasion, et il en a la voix.

— Et Chloe ?

— Ah oui, Chloe. Tu te l'envoies toujours ?

— Mais qu'est-ce que tu racontes, bon Dieu ? demanda-t-il à voix basse.

— Allons donc, Arne. S'envoyer, c'est l'un des rares mots anglais qu'on n'a pas besoin de traduire. Ça a duré pas mal de temps, hein ? Ou peut-être qu'il faudrait dire, ça va, ça vient, avec tous les voyages que tu fais. Ce doit être un sacré réconfort pour elle que tu continues à la faire répéter. C'est comme le chant, il faut continuer à faire des vocalises.

Il dit avec un effort raisonnable pour parler d'une voix légère :

— Ma chère, tu ne devrais pas croire tout ce que tu entends : des commérages de troupe de comédie musicale.

— De troupe ? Ah oui, vraiment ?

— Ça t'avance à quoi, Elizabeth ? lui dit-il doucement. Qu'est-ce que tu veux ?

— Ce que je veux ? Je ne vois pas de quoi tu parles. En revanche, ce que je ne veux pas, c'est qu'on fasse du mal à Walter. Ou à Chloe.

— C'est très très... filial de ta part. Mais tu travailles beaucoup sur ce rôle, non ? Celui de la fille aimante, et aimée. Même si à la fin, hélas, comme dans tous nos rôles, il faut bien finir par enlever son maquillage et ôter sa perruque pour se retrouver, une fois encore, face à soi-même.

Il y avait du venin dans sa voix, mais elle se contenta de sourire :

— Tu me donnes l'impression de t'être levé du mauvais pied. Et sacrément tôt, en plus. Arne, un homme de ton âge, ça a besoin de sommeil.

— Comment sais-tu à quelle heure je me suis levé ? On me surveille vingt-quatre heures sur vingt-quatre, maintenant ?

— Je me suis levée en même temps que le jour, je suis une fille de la campagne. J'ai entendu ta voiture.

— Ça aurait pu être celle d'un autre.

— Non, tu es le seul couillon qui change trois fois de vitesse entre ici et le bout de la rue.

Il haussa les épaules :

— J'étais énervé, moi aussi j'ai été réveillé à l'aube. J'ai eu envie d'aller me promener, mais pas à un endroit où j'aurais été cerné de maisons.

— Ah oui ? Tu as vu quelqu'un de ta connaissance ?

Il tournicota les poils soyeux de sa barbe, qui finirent par faire un point sous le menton :

— Il était tellement tôt que je n'ai pratiquement croisé personne.

— Frappe chez nous la prochaine fois, peut-être bien que je viendrai avec toi. Bon, puisque tu es là, tu vas pouvoir m'aider pour deux ou trois choses dans Mahler.

Il secoua la tête d'un air éberlué :

— Toi, tu es vraiment incroyable ! À mon avis, tu as tort de choisir ces chants pour ton premier enregistrement, et tu vas faire une autre erreur en les interprétant en concert. Toi, tu ne tiens pas compte de mon conseil, tu portes des accusations scandaleuses, et ensuite tu voudrais que je t'aide pour faire exactement l'inverse de ce que je pense !

— Arne, ce n'est pas un problème personnel, c'est une question de technique. (Elle semblait perplexe de constater qu'il ne faisait pas la distinction.) Je pourrais me dire que tu es un connard, mais je t'ai toujours considéré comme un bon conseiller. C'est peut-être ça que tu aurais dû faire comme métier, au lieu de te produire en public. Bon, maintenant, j'ai un phrasé qui ne me plaît pas, ici.

Elle appuya sur un bouton de la télécommande, et la musique reprit :

Oh oui, tout juste allées arpenter notre val.
Bientôt elles reviendront dans les rires et les cris.
Ne sois donc pas si pâle, car le soleil luit.
Elles sont tout juste allées jusqu'aux Hauts de Beulah.

— Tu as repéré où est le problème ? demanda-t-elle en appuyant à nouveau sur la touche « Pause ».

— Mais pourquoi as-tu dit « jusqu'aux Hauts de Beulah » ? C'est une traduction qui n'est pas correcte : le texte allemand, c'est *auf jenen Höh'n*.

— Bon, bon, calmons-nous. Alors disons *jusqu'aux hauts, tout là-bas*, ça ne détruit pas la rime. Et maintenant, est-ce que tu peux *écouter* ?

Elle remit la chanson. Cette fois, Krog concentra toute son attention sur la voix, à tel point qu'il n'entendit pas la porte s'ouvrir derrière lui.

— Chloe, qu'est-ce qu'il y a ? Que s'est-il passé ? demanda Elizabeth.

Chloe Wulfstan était entrée dans la pièce et s'appuyait contre le dossier d'un canapé, en se balançant doucement. Bien qu'ayant pris beaucoup de poids en quinze ans, elle avait relativement peu changé de silhouette, mis à part une poche peu seyante sous le menton.

— J'ai écouté les nouvelles locales, dit-elle. Ça recommence.

Krog alla à elle et entoura ses épaules de son bras. Sentant son contact, elle s'écarta du canapé pour lui confier tout son poids, à tel point qu'il dut la soutenir. Les yeux d'Arne croisèrent le regard neutre d'Elizabeth ; il haussa légèrement les épaules, comme pour demander ce qu'il était censé faire maintenant.

— Qu'est-ce qui recommence ? demanda-t-il d'une voix calme et monocorde. Qu'est-ce que tu as entendu ?

— Il y a un enfant qui a disparu, une petite fille. Dans la vallée qui surplombe Danby.

Le regard de l'homme croisa à nouveau celui d'Elizabeth, mais cette fois ils étaient aussi dénués d'expression l'un que l'autre.

Et tout autour d'eux, la voix jeune et puissante continuait son chant plaintif :

Elles ont marché si bien qu'elles devancent nos pas,
Mais ne rentreront pas dans les rires et les cris.

8

Ellie Pascoe était prête pour la renommée. Elle avait longtemps répété ses réponses aux médias. Pour les journalistes littéraires qui font des articles de fond dans les journaux chic, elle avait préparé un certain nombre d'observations sages et merveilleuses sur la vie, l'art, le prix de la viande et du poisson ; le tout formulé en termes si élégants qu'il aurait été impossible de les améliorer, et criminel de ne pas les reproduire intégralement.

Pour les grandes gueules de la radio et de la télévision, ces Messieurs Je-Sais-Tout, elle avait aiguisé tout un carquois de remises en place spirituelles qui leur ferait regretter d'avoir essayé de jouer au con avec Ellie Pascoe...

Et pour ses amis, elle avait tissé une robe de modestie ironique qui les ferait s'étonner qu'une femme dévoilée comme tellement *différente* puisse trouver le moyen de rester à ce point la même.

Elle avait même élaboré un compte rendu de son évolution créatrice dans la perspective d'une Histoire de la Littérature Anglaise :

Elle refusa fermement de publier son premier roman ; mais celui-ci, découvert dans ses papiers après sa disparition, fut l'événement littéraire de l'année 2040 — non, pardon, 2060. Il s'agit typiquement d'une œuvre autobiographique, égocentrique et picaresque, caractéristiques qui annoncent bien souvent l'arrivée d'un génie sur la scène mondiale. Si elle s'y montre le plus souvent candide et même naïve, un œil un tant soit peu perspicace peut repérer les capacités de pénétration, d'observation et d'éloquence qui sont les marques de sa maturité.

C'est au sommet de sa gloire qu'elle publia son deuxième roman, après avoir subi de fortes pressions et mené à bien une importante refonte du texte. Il relate l'histoire d'une jeune intellectuelle, qui épouse un militaire et tente de survivre dans un monde auquel elle est totalement étrangère, dominé par l'action, l'autorité et les comportements virils. Ici, les éléments autobiographiques sont nettement plus maîtrisés. Elle n'a pas simplement régurgité une expérience personnelle, elle l'a d'abord digérée pour produire une très belle œuvre... d'art.

Cette métaphore demandait un peu de travail, s'était-elle dit en souriant.

Mais c'est avec son troisième roman qu'elle fut propulsée en tête des meilleures ventes. Pour la première fois, on entend dans toute sa gloire la voix d'une artiste arrivée à maturité, assurée, amusée, amusante, passionnée, compatissante, fascinante.

Ce dimanche matin, après le départ de Peter, elle resta quelque temps allongée dehors au soleil en jouant mentalement au jeu de la renommée ; mais elle s'en lassa rapidement. Finalement, si la gloire devait venir, les choses ne se passeraient probablement pas comme elle l'imaginait. Les critiques littéraires, les intervieweurs et les responsables de programmes avaient beau être les parents pauvres au grand Banquet de la Littérature, il y avait un morceau de choix qui leur était réservé, à savoir le Dernier Mot.

Sa réflexion se tourna finalement vers celui qu'elle avait cherché à éviter en pensée : Peter.

Elle savait depuis quelque temps qu'il se passait en lui quelque chose dont il ne parlait pas. Ce n'était pas un homme réservé, ils partageaient la plupart des choses. Elle connaissait tous les éléments de l'affaire qui avait vomi la vérité accablante sur l'histoire de sa famille. Ils en avaient longuement parlé, et elle croyait que les blessures guériraient ; le processus avait commencé et s'achèverait, avec le temps. Elle était persuadée qu'il l'avait pensé, lui aussi. Mais il s'était trompé, et pour une raison ou une autre il n'était pas encore capable de le lui avouer.

Pour l'instant, elle n'avait pas fait pression sur lui. Mais elle allait le faire. En tant que femme, amante, amie, elle devait savoir. Ou alors, elle avait toujours la possibilité de revendiquer son droit inaliénable de Grande Romancière de mettre le nez dans l'esprit des autres.

À cette pensée, elle prit son carnet et son stylo, se mit à

examiner les notes qu'elle avait prises pour son prochain opus. Mais ces annotations semblaient être un monceau d'âneries, avec ces soucis personnels qui lui encombraient la tête et ce soleil qui tapait.

Mécontente, elle se leva et rentra dans la maison pour chercher quelque chose qui lui détendrait l'esprit. Elle ne trouva rien d'autre qu'une grande pile de repassage en retard, et se mit au travail après avoir allumé la radio.

Elle s'aperçut que finalement ce n'était pas une façon déplaisante de passer une heure sans réfléchir ; elle n'aurait jamais envisagé en convenir, hormis dans un confessionnal, ce qui ne risquait pas d'arriver puisqu'elle était une fervente athée. De temps à autre, elle sortait pour bronzer un peu puis reprenait une bonne gorgée de jus de pomme glacé, tandis que la radio jacassait. Elle en arriva même à repasser certains draps, avec le plus grand soin. Elle considérait en temps normal que, comme il suffisait d'une nuit pour qu'ils aient autant de plis que le visage de Jeanne Calmant, ça ne valait pas le coup de faire beaucoup plus que quelques rapides passages d'un fer brûlant. Mais elle se dit que Rosie avait dû dormir la veille dans les draps douillets et bien amidonnés de Jill Purlingstone : si les Pascoe ne pouvaient pas s'aligner au niveau de la piscine et du poney, ils pouvaient au moins éviter que leur fille se sente privée quand il s'agissait de linge de maison.

La radio parla du temps magnifique qu'il faisait et de l'ingéniosité dont les Britanniques faisaient preuve avec tant d'intelligence pour en profiter : comme provoquer un départ de feu dans la lande, ou se traîner pare-chocs contre pare-chocs sur la route menant au bord de mer, à l'aller comme au retour.

Finalement, après avoir terminé le repassage et remplacé le jus de pomme par un gin-tonic, elle s'assit vers 6 heures, apaisée. Juste à temps pour entendre parler aux informations d'un gros accident de circulation sur la grand-route aboutissant à la côte.

On donna un numéro de téléphone pour les auditeurs inquiets. Elle le composa — occupé —, essaya le numéro des Purlingstone — répondeur —, tenta à nouveau la ligne d'urgence — occupé, toujours —, reposa violemment le combiné avec agacement ; en réaction, l'appareil se mit à sonner. Elle sauta dessus :

— Allô ? fit-elle d'un ton sec.

— Oui, c'est moi, dit Pascoe. Tu as entendu parler de l'accident ?

— Oui, qu'est-ce qui s'est passé, bon Dieu ? C'est grave ? Où...

— Du calme, tout va bien. J'appelle juste pour te dire que je suis allé à la coordination des secours dès que j'ai été au courant. Ne sont concernés ni les Purlingstone ni aucun enfant de l'âge de Rosie. Donc, ne te fais pas de souci.

— Merci mon Dieu, merci. Mais il y a eu des victimes ?

— Quatre morts et plusieurs personnes grièvement blessées. Allons, ne te mets pas à culpabiliser sous prétexte que tu es soulagée. Rien de tel pour survivre que d'éviter de tout compliquer.

— C'est ce que tu fais, toi, mon chéri ? Où en êtes-vous ? Aux informations, on ne donne pas de précisions.

— Parce qu'il n'y en a pas à fournir. On a pour l'instant deux équipes de chiens qui sont dans la montagne, et autant d'hommes que j'ai pu trouver, compte tenu de ce qui se passe ailleurs. Tu as entendu parler des feux ? Ah mon Dieu, les gens... Je vais contacter la Société pour l'Observation du Jour du Seigneur et leur demander de décréter que c'est un péché de s'écarter de chez soi de plus de cinq cents mètres un dimanche.

Elle perçut sans mal un état de déprime derrière son ton badin.

— Les pauvres parents, dit-elle. Comment prennent-ils la chose ?

La mémoire du policier lui renvoya l'image d'Elsie Dacre et de son visage blafard, de Tony Dacre qui avait fini par redescendre, les jambes flageolantes, triste, épuisé et affamé :

— Comme des gens qu'on a éteints. Comme si l'air qu'ils respirent était chargé de chlore. Comme s'ils étaient morts et qu'ils cherchaient un endroit pour s'écrouler.

— Et là, qu'est-ce qui se passe ?

— On continue à chercher jusqu'à la tombée de la nuit, et

on reprend demain matin. Il y a quelques autres petites choses en cours.

Rien qui lui donne beaucoup d'espoir ou dont il ait envie de parler. Elle chercha quelque chose de réconfortant à dire et s'apercevait qu'elle n'y parvenait pas, quand la sonnette retentit. Elle entendit le bruit de ferraille de la boîte aux lettres, et Rosie qui criait avec impatience :

— Maman, maman, c'est moi, on est rentrés. Maman ?

— Peter, Rosie est revenue, annonça-t-elle.

— Je pensais bien reconnaître sa voix suave.

— Il vaut mieux que j'aille ouvrir avant qu'elle démolisse la porte.

— Embrasse-la pour moi.

Ellie ouvrit, et la petite entra en trombe en criant :

— Regarde-moi, je vais être aussi bronzée que toi. On a eu cinq glaces et trois pique-niques, et la voiture d'Oncle Derek souffle de l'air vraiment froid, et j'arrive à battre Zandra au dos crawlé.

Ellie la prit dans ses bras, la serra contre elle, la balança en l'air. Je me rappelle, quand j'avais son âge, pensait-elle. J'avais tellement de choses à raconter, avec des cordes vocales qui ne me paraissaient pas adaptées. Ce qu'il aurait fallu en réalité, c'est une espèce de communication à fibres optiques capable de véhiculer des milliers de messages en même temps.

Sur le pas de la porte, Derek Purlingstone lui souriait. C'était un grand et bel homme, style italien ; il avait environ 35 ans, mais en paraissait 6 ou 7 de moins. Avec un père mineur dans le Yorkshire, il était d'origine très modeste ; mais aujourd'hui, la chemise Armani et la montre Gucci étaient des signes d'une prospérité qu'il semblait avoir trouvée au berceau.

Elle lui rendit son sourire :

— Trois pique-niques, tout ça m'a l'air un peu excessif !

— En fait, il y en a eu un pour le petit déjeuner, un pour le déjeuner et un autre pour le thé ; et puis on est passé dans un incendie.

— Un incendie, vous étiez près de l'accident ? demanda-t-elle d'un air effrayé.

— Vous faites allusion au carambolage sur la grand-route ?

J'en ai entendu parler aux informations, mais nous on avait pris une route secondaire : c'est un peu plus long en distance, mais nettement plus rapide en temps. Non, l'incendie était au-dessus de Highcross Moor quand on est rentrés. Il y avait beaucoup de fumée, mais aucun danger. Cela dit, il semblait y avoir pas mal de policiers autour de Danby.

— Oui, Peter y est actuellement. Il y a un enfant qui a disparu ; une petite fille.

Il prit une expression inquiète, puis sourit à nouveau :

— Eh bien Ellie, ça a été un plaisir de vous voir... surtout quand il y a tant à voir.

Il avait une intonation à la fois lubrique et théâtrale ; son regard courait sur le corps d'Ellie, vêtue d'un simple bikini, dans une parodie de convoitise effrontée. Ellie se rappela une phrase qu'elle avait lue peu de temps auparavant dans un livre de psychologie de cuisine : *Pour dissimuler ce qui est impossible à dissimuler, on fait semblant de faire semblant.* Purlingstone était ce que sa mère aurait qualifié de sacré dragueur. Cela ne posait pas de problème à Ellie, mais parfois elle se demandait si, au bureau, les choses ne frisaient pas le harcèlement sexuel sur des femmes plus jeunes et en position d'infériorité hiérarchique.

Malgré cela, et malgré son job de singe grassement payé dans l'industrie privée, elle aimait vraiment bien ce type ; ainsi que sa femme, Jill, qui s'habillait chez Marks and Spencer, et qui avait insisté pour que la petite Zandra aille à Edengrove plutôt que, comme elle disait, « là où l'on vous fait payer les yeux de la tête pour avoir des petites culottes chiffrées à son monogramme ».

— Vous n'avez pas le temps de boire quelque chose ? demanda-t-elle.

— Désolé, mais il vaut mieux que je rentre. Zandra n'est pas très en forme, je pense qu'elle a trop pris de soleil. Elle a la peau claire de sa mère : tout l'inverse de nous autres qui avons le type latin, et qui pouvons cuire après nous être arrosés d'huile d'olive, pas vrai ?

Encore ce regard chaud, puis une main qui avance en serpentant. Pendant une seconde, elle crut qu'il avait des vues sur sa poitrine, mais il se contenta d'ébouriffer les courts cheveux noirs de Rosie avant de se diriger vers sa Mercedes : un break dont le hasard voulait que le coloris soit assorti à celui des jeans de son propriétaire. Coïncidence, vraiment ? se demanda Ellie. Ce mec devait plutôt avoir une voiture par tenue. Allons, allons ! L'envie n'était pas son fort et vraiment elle appréciait Derek. Simplement, par ce temps, ce serait plutôt sympa d'avoir une climatisation un peu plus sophistiquée que les courants d'air qui passaient par les trous du four sur roues dans lequel elle se déplaçait.

Les cris de Rosie la tirèrent de ses pensées :

— Maman, tu ne m'écoutes pas !

— Mais si, ma chérie. Enfin, maintenant je t'écoute. Viens t'asseoir et raconte-moi tout. Quel dommage que Zandra ne se sente pas bien.

— Oh, ça va aller, répondit la fillette d'un ton dédaigneux. Où est Papa ?

— Il a dû s'absenter. Il va falloir que tu recommences ton récit quand il rentrera.

Manifestement, la perspective d'un second auditeur captif ne déplaisait pas à Rosie. Elle raconta sa journée dans un torrent de paroles mêlant heures, lieux, sensations et émotions. Les seuls moments marquants avaient été que Zandra ne s'était pas sentie bien pendant le trajet de retour, et que Rosie avait perdu sa croix. Les Purlingstone étant catholiques, Zandra portait au cou un minuscule crucifix passé dans une fine chaîne d'argent. Rosie avait déclaré qu'il manquerait quelque chose à sa vie si elle n'en avait pas un elle-même. Ellie s'y était résolument opposée, pour de nombreux motifs. Mais quand, faisant preuve d'une extraordinaire ingéniosité, sa fille avait « emprunté » une boucle d'oreille en forme de dague qu'elle avait trouvée dans le coffret à bijoux d'Ellie, l'avait enfilée sur un morceau de ruban bleu et se l'était mise autour du cou, aucun de ses parents n'avait eu le cœur de la lui ôter.

Ellie nota de cacher la seconde boucle d'oreille, puis se sentit coupable. Réagissait-elle ainsi du fait de son opposition franche à toute forme de religion révélée ? Elle était heureuse que sa fille ait passé une excellente journée, mais elle éprouvait un léger ressentiment car elle l'avait passée sans elle.

Il y avait quelqu'un d'autre qui était absent aussi. Il aurait été intéressant d'observer comment, au cours de cette dernière quinzaine, la réalité — représentée par Zandra — avait doucement poussé vers la sortie la fiction — dont le rôle était joué par Nina.

Elle dit d'un air détaché :

— Nina n'était donc pas là ?

— Non, répondit Rosie d'un ton sans appel. Le nix l'a reprise. Est-ce que je peux avoir quelque chose de frais à boire ? J'ai un peu chaud.

Tant pis pour l'amitié imaginaire, pensa Ellie. Tantôt tu es là, Nina, tantôt tu retournes dans le livre d'histoires.

— Pas étonnant que tu aies chaud après une pareille journée, répondit-elle. On va aller voir ce qu'il y a au réfrigérateur ; ensuite, je te mettrai un peu de ma lotion après-soleil, parce qu'il ne s'agit pas de se mettre à peler comme un vieil oignon, d'accord ?

— D'accord. Papa sera revenu avant que j'aille me coucher ? demanda Rosie en bâillant.

Le récit de sa journée semblait l'avoir vidée de toute son énergie.

— Ça m'étonnerait. Quand je te regarde, je me dis que, si on arrive à te mettre au lit avant que tu ne t'endormes, on aura de la chance.

— Mais il reviendra dès qu'il aura retrouvé la petite fille ?

Et merde... Voilà autre chose à se rappeler : les oreilles des gamins sont très fines pour relever des bribes de conversations des adultes.

Elle se rappela la façon dont Peter avait décrit les parents de la petite disparue — *comme quelque chose qui a été éteint* —, et elle pensa à un vers : *Aux tréfonds de mon cœur une petite flamme est morte.*

Elle passa les bras autour des épaules de Rosie et la serra contre elle :

— Viens, on va chercher cette boisson fraîche.

9

Elles sont longues, ces journées de plein été. Et c'est précisément leur longueur qui leur confère leur beauté ; le soleil et la chaleur apparemment interminables rappellent la béatitude éternelle qui était la nôtre avant que le Grand Banquier du Ciel ne reprenne possession du jardin d'Éden.

Mais cela ne touchait pas les policiers qui travaillaient à Danby. Il n'y avait ni cette impression d'une urgence grandissante qui envahit en général une équipe d'enquêteurs à l'approche de la nuit, ni ce ressentiment d'avoir à interrompre l'opération pour cause d'obscurité. Un sentiment d'inutilité les habitait. Il provenait, pensait Pascoe, du souvenir de ce qui était arrivé quinze ans plus tôt au même endroit, de ce lien qui existait, pour tant d'habitants, entre les trois enfants de Dendale disparus sans laisser de traces, et Lorraine Dacre.

En apparence, Andy Dalziel luttait contre ce sentiment, mais d'une certaine façon il semblait à Pascoe qu'il y contribuait. Non qu'il donnât l'impression de manquer de persévérance et d'engagement. Au contraire, il semblait plus impliqué personnellement dans cette affaire que dans n'importe quelle autre. Simplement, il semblait sentir que toute la logistique physique et bureaucratique de l'enquête — les recherches, le bureau des enquêteurs, le porte-à-porte — était une sorte de routine qui ne servait qu'à rassurer l'opinion publique.

Pour Pascoe au contraire, cette machine routinière était un réconfort. Elle recueillait des fragments d'information ; certains négatifs, comme par exemple telle parcelle de terrain, ou tel appentis que l'on avait fouillé sans rien y trouver ; certains positifs. On mettait ces fragments en place, on les assemblait soigneusement comme quand on relie des points numérotés dans un coloriage d'enfant, et finalement, avec un peu de chance, il en sortait une forme reconnaissable.

Il aurait bien voulu que Wieldy soit là. Quand il s'agissait d'assembler correctement des pièces, personne n'arrivait à la cheville du sergent Wield. Mais son mec et lui étaient partis pour le week-end chiner dans les Borders, en Écosse. En tout cas, c'est ce que faisait son partenaire, Edwin Digweed, qui était marchand de livres anciens. L'intérêt de Wield pour les livres avait commencé et s'était arrêté avec les romans d'aventures de H. Rider Haggard, écrivain qui avait vécu en Afrique du Sud et était mort en 1925. Il était juste parti pour la balade, comme l'avait exprimé Andy Dalziel avec son instinct salace quand il avait été question de l'indisponibilité du sergent.

À 8 heures environ, Dalziel entra dans le bureau des enquêtes ; il dit à Pascoe qu'il avait donné des instructions pour que les recherches soient interrompues pour la nuit.

— Mais il va encore faire jour pendant à peu près deux heures, objecta Pascoe légèrement surpris.

— On manque d'hommes, répondit Dalziel. Et en plus, ceux qu'on a sont complètement crevés. Alors il va leur échapper des choses à la nuit tombante, ils vont commencer à penser à leur foyer, s'arrêter pour fumer une clope, ensuite on va avoir un autre feu d'herbes et tout le monde sera sur le pont toute la nuit. J'ai appelé les Dacre.

— Comment prennent-ils tout ça ?

— À votre avis ? riposta le Gros d'un ton hargneux. (Il s'adoucit.) J'ai joué le morceau du « Pas de nouvelles, bonnes nouvelles » : on ne parle de mort que quand on a un cadavre devant soi.

— Mais vous ne le pensiez pas réellement, n'est-ce pas ? sonda Pascoe. Depuis le début, vous êtes persuadé qu'elle a disparu pour toujours.

— Ah bon ? Ouais, ça a dû m'arriver de me le dire. Prouvez-moi que j'ai tort, mon gars, et je vous fais un gros patin baveux.

Face à une telle menace, Pascoe insista avec noblesse :

— Ça pourrait être un enlèvement. On n'a pas encore retrouvé toutes les voitures signalées.

Il se raccrochait vraiment à n'importe quoi. Tous les témoignages à propos des véhicules avaient été éliminés, à l'exception de trois. Un fermier du coin avait vu une voiture bleue qui remontait la route de Highcross Moor, à une vitesse dangereuse selon ses dires ; plusieurs personnes avaient remarqué une berline blanche garée sur le bord de Ligg Common, le terrain communal ; et Mrs Martin, une dame myope qui était allée tôt le matin à l'église de St Michael pour s'occuper des fleurs — c'était son tour cette semaine-là — pensait avoir entendu une voiture qui remontait Corpse Road.

— Corpse Road ? répéta Dalziel.

— Oui, c'est comme ça qu'on appelle l'ancienne route ici...

— Mais oui, celle qui mène à Dendale en traversant le Neb, celle qu'ils prenaient pour amener les morts à St Mick avant qu'ils n'aient leur église à eux, compléta Dalziel. Mon petit gars, ne jouez pas les fortiches en histoire locale, je suis moi-même un sacré expert.

Il se gratta le menton d'un air pensif, puis ajouta :

— Ça vous dirait d'aller faire une balade ? Ça vous fera du bien, vous m'avez l'air un peu pâlot.

— Une promenade ? Mais où ?

— Vous verrez. Allez, venez.

Dehors, le Gros plongea un bref instant dans le coffre de sa voiture. Il en émergea avec un petit sac à dos qu'il lança à Pascoe :

— Vous le porterez à la montée, et moi à la descente.

— À la montée ? répéta Pascoe avec inquiétude.

— Ouaip, à la montée.

Prenant la tête, il passa le petit portail du cimetière, marcha à travers les pierres tombales recouvertes de mousse, dépassa l'église et sortit par le porche d'entrée, sur le côté opposé. Un agréable chemin tapissé d'herbes s'étirait au loin entre de vieux ormes et des ifs. Enfin, agréable, il l'était pendant au moins les trente premiers mètres ou à peu près, car ensuite il devenait de plus en plus raide et caillouteux.

— Pour passer ici, il faut un 4 × 4, ou peut-être même un tracteur, dit Pascoe en haletant. Le sol est trop dur pour conserver des traces.

— Eh bien merci, Sherlock, dit Dalziel. Qu'est-ce qui est venu par là, alors ? Un troupeau de vaches en bottes de caoutchouc ?

Dans une clairière juste à côté du chemin, il désigna du doigt l'herbe foulée et la terre où l'on voyait clairement des traces de pneus.

— Eh bien oui, effectivement, reconnut Pascoe. Un véhicule est venu ici. Bien vu, monsieur.

Il tourna les talons et redescendit de quelques pas.

— Hé, coco, y'a pas le feu, on n'est pas encore allé par là.

Il regarda derrière lui, vit que Dalziel continuait à monter à l'endroit où le chemin émergeait des arbres, et se mettait à tracer ses sinuosités sur le versant.

— Mais pourquoi, je pensais que vous... Et puis merde ! dit Pascoe, qui suivit son chef.

En fait, le chemin serpentait assez doucement en remontant le versant, creusé pendant des siècles par les pas pesants qui avaient composé toutes ces processions affligées. Comme la mélancolie menaçait de le submerger, il pensa aux pas plus légers de ceux qui revenaient joyeusement jusqu'à Dendale après la veillée mortuaire.

Au moins, comme c'était le flanc du Neb orienté à l'est, on était à l'ombre ; cela ne l'empêcha pas de transpirer avant de parvenir péniblement à la crête éclairée par le soleil.

— Quarante-cinq minutes, indiqua Dalziel en s'asseyant, confortablement adossé à un rocher. J'aurais pensé qu'un type comme vous, jeune et en pleine forme, aurait torché ça en une demi-heure.

Pascoe s'affala à terre à côté de lui et tenta de ne pas haleter trop fort.

— Passez-moi donc le sac, demanda le Gros.

Pascoe se tortilla pour l'ôter de ses épaules, le tendit.

Puis il baissa les yeux et fixa son attention sur Dendale.

Il réalisa alors à quel point le Neb avait dû constituer une véritable frontière pour les gens qui vivaient autrefois dans la vallée. De ce côté-ci, la montagne était beaucoup plus à pic ; et au-dessous de lui, sur le versant de Danby, les sinuosités de Corpse Road se muaient en zigzags très prononcés. Par ailleurs, alors que Danby avait un pied et la moitié de son âme dans la grande plaine fertile du Mid-Yorkshire, la vallée de Dendale, étroite et de relief glaciaire, appartenait complètement aux moors, une région de lande.

Il supposa que c'était précisément ce caractère sauvage et cet isolement qui avaient attiré ici ces messieurs en costume gris et col blanc, en quête de l'emplacement idéal pour un barrage. Il ne savait rien de ces recherches ni des circonstances de la sélection d'un site, mais il devina que cela avait dû être humiliant : références à l'amélioration des conditions de vie du plus grand nombre, on ne fait pas d'omelette sans casser des œufs dont le jaune, s'écoulant tel de la lave en fusion, détruit toutes les vies et toutes les habitations se trouvant sur son passage.

Il avait dû y avoir une enquête d'utilité publique, il y en a toujours dans ces cas-là. Dans quelques siècles, des archéologues de la linguistique travaillant à reconstituer les mots en usage à la fin du XXe siècle en viendraient probablement à la conclusion que, pour quelque raison obscure, on appelait « Enquête d'Utilité Publique » l'espace de temps séparant le choix d'un site et le début des travaux...

Et donc l'inévitable s'était produit et la vallée avait changé. Au point de ne pas pouvoir être reconnue ? C'était possible. De façon irrémédiable ? C'était probable. Dans un sens, elle était encore plus sauvage qu'avant, car il ne s'y trouvait plus d'humains pour y travailler et y vivre.

Mais l'empreinte de l'homme était bien visible, dans la longue courbure du mur du barrage.

Quand même, la nature était une sacrée dure à cuire. L'homme essayait par son art de la perfectionner, et par sa science de la contrôler. Mais, à chaque fois, elle haussait les épaules et redevenait elle-même...

Voici donc ce fameux barrage, construit avec l'argent public pour le bien public, à une époque où la privatisation des services publics n'était encore qu'une atroce lueur dans les yeux d'un démon. Mais maintenant, bien sûr, c'était un élément clef dans le plan directeur grâce auquel la Mid-Yorkshire Water S.A. espérait bien continuer à alimenter en eau ses usagers — oh, pardon, ses clients —, et en généreux dividendes ses actionnaires, pour les cent ans à venir.

Et voilà que la Nature, simplement en ouvrant son grand œil tout rouge dans le ciel pendant deux mois, avait anéanti tous ces projets.

Autour des eaux sombres du barrage coulait un large filet pâle de roche lavée et de boue cuite, le long d'un ancien mur, sur lequel des tas de pierres taillées apparaissaient là où des morceaux du village englouti remontaient à la surface comme s'ils cherchaient de l'air.

— Une bière ? demanda Dalziel.

Pascoe se retourna, vit le Gros qui lui en tendait une.

— Tiens, comme je l'ai montée, maintenant je vais me la descendre, dit-il.

C'est avec plaisir qu'il prit une grande gorgée. Pendant ce temps, Dalziel avait posé sa cannette et sorti du sac à dos une paire de jumelles avec lesquelles il scrutait la vallée.

Qu'est-ce que j'ai embarqué d'autre là-dedans, un évier ? se demanda Pascoe.

— C'est là que tout a commencé, mon gars, dit le superintendant. C'est pour ça que je voulais que vous voyiez à quoi ça ressemblait.

— Merci d'y avoir pensé, monsieur. Y a-t-il quelque chose que je dois regarder en particulier, ou est-ce seulement l'esthétique générale dont je dois m'imbiber ?

— C'est ça qu'on appelle l'ironie ? interrogea Dalziel. C'est des sarcasmes d'intellectuel, non ? J'ai perdu le fil. Ah, voilà : je voulais simplement que vous ayez une idée de ce à quoi ça ressemblait, et de ce qu'ils ont pu ressentir il y a quinze ans quand on leur a dit qu'il fallait décamper. Je pense que ça en a achevé plus d'un. Je sais bien que vous imaginez que je me suis lavé les dents à la bière ; mais si je dois être traité comme un demeuré, j'aimerais bien l'être par un autre demeuré qui comprend à peine de quoi je lui parle. Vous me suivez, mon gars ?

— J'essaie, monsieur.

— C'est tout ce que vous pouvez faire ?

— Je me suis toujours dit que si jamais Satan m'emportait un jour très haut avec lui, j'aurais tendance à approuver pratiquement toutes ses paroles jusqu'à ce que je redescende sain et sauf, répondit Pascoe. Donc allez-y, faites-moi une visite guidée.

— Pas besoin, dit Dalziel, j'ai une carte. Elle était dans le dossier, et le reste des archives est dans la voiture. Vous pourrez les rapporter chez vous ce soir pour les lire. Voilà.

— Je reconnais cette belle écriture : oui, voilà, les initiales magiques, E.W, dit Pascoe en souriant.

— Ouaip : Wieldy. Ah, rappelez-vous que ce qu'il a figuré comme étant des constructions est maintenant réduit à des tas de décombres.

— L'action de l'eau ?

— Non, la Compagnie des Eaux les a rasées au bulldozer. La direction se disait que s'il restait des bâtiments debout sous l'eau, elle allait devoir dédommager des veuves de noyés pendant pas mal de temps. Ils ont démoli même les maisons qui ne devaient pas être noyées : ils n'avaient aucune envie que quelqu'un vienne s'y réinstaller.

Pascoe étudia la carte, et Dalziel lui passa les jumelles.

— Commencez par le centre du village, lui indiqua-t-il. Si vous descendez Corpse Road, vous allez voir qu'elle se termine à un énorme rocher : c'est Shelter Crag, l'« abri ». On l'appelle comme ça parce que c'est là que les gens déposaient leurs morts, tout bien enveloppés et tout froids pour leur voyage jusqu'à St Mick, de l'autre côté de la colline. Quand il a été question qu'ils aient leur propre église, il a paru logique de la construire à cet endroit-là : c'est pourquoi ça fait un gros tas de pierres.

Lentement, Dalziel guida Pascoe sur toute la vallée ruinée, avec le soin et la précision d'un messager qui aurait fait le trajet beaucoup trop souvent pour pouvoir l'oublier. Une fois que l'on avait repéré l'église, il était facile de localiser le cœur du village ; de toute façon, ses décombres étaient suffisamment importants pour frapper immédiatement l'œil. En revanche, il était moins aisé d'identifier les bâtiments isolés. Hobholme, la ferme où avait vécu la première petite disparue, ne posait pas trop de problème ; mais le Stang, où se trouvait la menuiserie de la vallée, semblait s'être éparpillé sur un grand rayon. Heck, l'ancienne maison des Wulfstan, avait émergé sous la forme d'un imposant tas de pierres. Et du côté opposé, on situait sans difficulté le mamelon arrondi le long duquel s'élevait Low Beulah, la ferme de la gamine qui avait survécu.

Toutefois, il était extrêmement dur de repérer Neb Cottage, où vivait le suspect numéro un, Benny Lightfoot, et où avait eu lieu la dernière agression. Peut-être parce que la maison était suffisamment en altitude pour ne pas avoir été submergée ; peut-être que, comme le type lui-même, elle avait réintégré la terre.

Il ne partagea pas cette pensée avec le Gros, mais ajusta les jumelles de façon à avoir le mur du barrage dans son champ de vision.

Selon la légende, il existait une vallée où les habitants naïfs construisirent un mur pour retenir le coucou et pouvoir ainsi jouir à tout jamais du printemps. Ici, la construction avait eu des fondements scientifiques, mais n'avait pas été efficace pour autant. Avec deux tiers de sa hauteur en argile desséchée, lapé par des vaguelettes mouchetées de soleil qui n'auraient pas réussi à faire couler une boîte d'allumettes, le mur du barrage avait l'air aussi opportun qu'un avant de rugby dans une école de danse.

Il leva les yeux sur la douce concavité, jusqu'au parapet protégé par une balustrade : il y avait quelqu'un, un homme, qui se déplaçait avec une très grande aisance. Étant donné la distance et l'angle de vision, il était difficile de distinguer son visage. En tout cas, il était grand, avec de longs cheveux noirs ramenés vers l'arrière.

— Il y a un type, là-bas, indiqua Pascoe.

— Tiens donc ? On serait venus un peu plus tôt, vous auriez risqué d'en voir des douzaines. Des historiens de la vie locale, des gens qui observent les oiseaux, des randonneurs. La Compagnie des Eaux n'arriverait à les empêcher de venir qu'en faisant appel à un garde en armes. Jetons un coup d'œil.

Dalziel prit les jumelles pour scruter le barrage, puis les abaissa :

— Il cst parti, ou alors vous avcz cu dcs visions. Mais y'a quelqu'un sur les Hauts de Beulah, quand même.

Il avait levé les jumelles jusqu'à la crête de la montagne située en face.

— Beulah Heights et Low Beulah, les Hauts de Beulah et le Bas de Beulah. Eh bien, il y a quelqu'un qui devait être sacrément optimiste, commenta Pascoe d'un air songeur.

— Est-ce que je suis censé demander pourquoi ? demanda Dalziel. Pas la peine, gros malin : « Tu seras appelé Hephzibah, et cette terre Beulah. » Isaïe, 62, 4. Et *Le Voyage du Pèlerin*, dernier arrêt avant le ciel, la Terre de Beulah « où le soleil brille nuit et jour ». C'est presque vrai. Remarquez, y'en a qui disent que ça vient de l'anglo-saxon, *beorh-loca* ou quelque chose comme ça : ça voudrait dire « une enceinte dans la colline ». Là-haut, il y a les restes d'un vieux fort, on pense qu'il remonte à l'âge de pierre. Plus tard, les fermiers s'en sont servis de carrière pour faire une bergerie au-dessous du col.

— Vous n'auriez pas pris des cours du soir ? demanda Pascoe, étonné.

— Vous n'avez encore rien entendu. Il se pourrait aussi que le nom vienne du repli de terrain : *bought* ou *bucht*, repli, et *law*, colline.

— Dans ce cas, le *Height* de Beulah Heights ferait un peu pléonasme, non ? En tout cas, ça a un côté un peu écossais.

— Parce que vous ne savez pas qu'on a envoyé des missionnaires là-bas pour civiliser ces couillons ? demanda Dalziel. De toute façon, y'en a encore d'autres qui disent que, en réalité, c'est *Baler* Heights : *bale*, le feu, parce que c'est à cet endroit-là qu'on a allumé un feu d'alarme pour avertir de l'arrivée de l'Armada, en 1588. On a bien dû vous apprendre ça au collège, ou est-ce que par hasard ils n'avaient pas le droit de vous parler de l'époque où on avait l'habitude de foutre une branlée aux métèques ?

Esquivant la provocation et légèrement vexé que les rôles éducatifs soient inversés entre eux, Pascoe répondit :

— Et Low Beulah, alors ? Ils ont allumé un feu pour prévenir les canards, peut-être ?

— Ne racontez donc pas d'âneries. *Low*, c'est un tumulus ; et ce petit tertre, juste à côté de l'endroit où se trouvait la ferme, ça pourrait bien en être un.

Pascoe savait reconnaître quand il était battu :

— Je suis très impressionné, vous avez vraiment bien étudié vos leçons, il y a quinze ans.

— Ouaip. Tout ce qu'il fallait savoir sur Dendale, je l'ai appris par cœur, répondit gravement Dalziel. Et vous savez quoi ? C'est comme toutes ces dates et tous ces trucs que j'ai ingurgités à l'école, ça ne m'a avancé à rien du tout.

Il se leva et regarda Dendale d'un air mauvais. Il ressemblait à un général romain qu'on aurait envoyé pacifier une province rebelle, et qui aurait découvert que, sur un terrain comme ça et contre des malins comme ça, la tactique classique de l'infanterie était foutrement inadaptée.

Mais il avait trouvé une solution. D'ailleurs, ils en trouvaient toujours une, les généraux romains comme Andy Dalziel.

Sauf bien sûr que, dans cette affaire, il n'examinait pas la vallée qu'il fallait.

Comme en réaction à cette idée critique, Dalziel dit :

— Je sais bien que ce qu'il y a là, c'est de l'histoire ancienne, mon gars ; et que du côté de Danby, c'est une affaire nouvelle. Mais il y a une chose que j'ai comprise il y a quinze ans, qui me paraît bien utile aujourd'hui.

— Et qu'est-ce que c'est ? demanda Pascoe d'un ton respectueux.

— Dans pareil endroit, et avec pareil temps, le salaud qui a enlevé la première gamine ne s'est pas arrêté, ou n'a pas pu s'arrêter, jusqu'à ce qu'il en ait chopé deux autres et essayé de faire la même chose sur une quatrième. Voilà ce que j'ai appris. C'est pour ça que je vous ai emmené ici, pour essayer que ça rentre dans votre caboche. Il y a des choses qu'on ne peut pas apprendre dans les livres. Mais rapportez chez vous le dossier Dendale, de toute façon. Je vérifierai demain que vous l'avez ouvert.

— Et vous me gardez en retenue si j'échoue ?

— En l'occurrence, je pense qu'on sera tous consignés, répondit Dalziel. Bon, maintenant, redescendons tant qu'il fait encore suffisamment clair pour voir de combien de mètres on pourrait tomber.

Et il se dirigea à grands pas vers Corpse Road.

Pascoe jeta un dernier regard circulaire sur la vallée. Le soleil couchant emplissait d'un étang d'or le repli de terrain entre les deux sommets des Hauts de Beulah. *Dernier arrêt avant le ciel.* Ça, on pouvait le croire, par une nuit comme celle-ci.

— Eh ben alors ?

— J'arrive, j'arrive.

Et, suivant son grand guide, il pénétra dans les ténèbres.

NINA ET LE NIX
ÉDITÉ PAR THE EENDALE PRESS

DEUXIÈME JOUR

Nina et le nix

Préface de l'éditeur

L'homme est issu de l'eau et, si certaines théories sont exactes, à l'eau nous retournerons.

Cet élément occupe 72 % de la surface de la Terre, et représente 60 % du poids du corps humain.

Dans les régions du globe menacées en permanence par la sécheresse, comme l'Arabie ou le Mid-Yorkshire, l'eau apporte à certains des richesses, et à d'autres la mort.

Et au fil des siècles, l'homme a peuplé l'eau de très nombreuses créatures : des sirènes, des ondines, des naïades, des néréides, des krakens, des kelpies, et bien d'autres encore. Chacune d'entre elles est adaptée à la période et à la culture particulières qui les ont engendrées.

Dans le Mid-Yorkshire, c'est le nix qui est l'entité mythique aquatique la plus communément citée.

Le nix se situe entre le lutin anglais et le nicor scandinave.

Dans certaines histoires, le nix est représenté comme une sorte de lutin, la plupart du temps bienveillant envers les hommes. Dans d'autres, il est beaucoup plus proche de son cousin nordique, qui émerge la nuit de son repaire liquide pour dévorer ses proies humaines. Les Grendel qui sont évoqués dans la saga de Beowulf sont une forme de nicor.

Nina et le nix est une histoire que j'ai apprise il y a de nombreuses années de la bouche du vieux Tory Simkin, de Dendale. L'un et l'autre nous ont malheureusement quittés, l'homme et la vallée. Je suis troublé à la pensée de tous ces pans du passé que nous avons perdus, alors que la technologie moderne permet de conserver, grâce à la perpétuité qu'autorise l'électronique, les âneries de notre propre époque, qui sont probablement celles qui mériteraient le plus l'oubli. Je remercie Dieu qu'il existe quelques fous complètement démodés, dont je suis, considérant qu'il est intéressant de consigner ces anciennes histoires avant qu'elles ne soient perdues à jamais.

Si ceci n'est que vanité ou blasphème, alors voyez en l'éditeur un blasphémateur vaniteux auprès duquel vous pouvez obtenir d'autres exemplaires de ce livre ainsi que des renseignements concernant les autres publications de The Eendale Press, Enscombe, Eendale, Mid-Yorkshire.

Edwin DIGWEED

Nina et le nix

1

Il était une fois un nix qui vivait près d'une mare, dans une caverne sous la montagne.

Pour se nourrir, il mangeait tout ce qui nageait dans l'eau ou rampait dans la boue qui l'entourait.

Il avait pour tout ami une chauve-souris, accrochée au plafond de la grotte, même si souvent quand elle lui parlait, il avait l'impression que sa petite voix grinçante venait de quelque part très haut dans le toit de sa propre tête.

En général, le nix attendait la nuit pour s'aventurer hors de la caverne. Mais, de temps en temps, il entendait des voix d'enfants qui jouaient dans le village, loin en bas ; alors il sortait furtivement en pleine journée, et s'installait à l'ombre sur le versant de la colline, pour les observer.

Le mieux, c'est quand ils jouaient dans la mare du village et s'éclaboussaient les uns les autres, et qu'ils couraient tout autour en criant, avec l'eau qui dégoulinait de leurs visages brillants et de leurs membres blancs.

L'enfant qu'il préférait regarder était une petite fille appelée Nina. Elle était aussi blonde que lui avait les cheveux noirs, et sa peau était aussi lisse que la sienne était écailleuse.

Il vint un été où le soleil fut si chaud et le ciel resta si longtemps sans nuages que pas même la perspective de voir Nina ne put pousser le nix à affronter une pareille canicule et une telle clarté. Il resta assis à l'abri dans sa grotte froide et humide, en attendant un changement du temps. Mais le temps ne changea pas et, au bout d'environ une semaine, il s'aperçut que, quand il s'agenouillait pour boire, l'eau de la mare était plus basse que d'habitude.

Les jours se succédèrent, aussi secs les uns que les autres. Le soleil était si brûlant que le nix en ressentait la chaleur qui pénétrait dans la grotte. Il n'y avait pas une seule goutte de pluie pour s'infiltrer dans les fissures du flanc de la colline ou pour remplir la mare. Et le niveau de celle-ci baissait de plus en plus. Bientôt, les créatures aquatiques commencèrent à mourir, ainsi que celles qui vivaient dans la boue, qui s'étendait de plus en plus tout en devenant de plus en plus sèche. Et bientôt le nix eut très faim.

— Tu comptes rester assis à te morfondre jusqu'à dépérir complètement ? lui demanda la chauve-souris.

— Je ne vois pas ce que je pourrais faire d'autre, dit le nix.

— Tu pourrais aller chercher de la nourriture, dit la chauve-souris.

— Mais j'ai cherché, cherché, et il n'y a plus rien pour me nourrir, dit le nix.

— Je ne parlais pas de t'alimenter, mais d'alimenter la rivière, rectifia la chauve-souris.

— Hein ? dit le nix.

— Tu n'as pas remarqué ? Cette mare dans le village, elle n'a pas beaucoup diminué. Et tu sais pourquoi ?

— Non, dit le nix.

— Parce que ces petites gamines appétissantes, elles passent leur temps à s'éclabousser autour, dit la chauve-souris. Attrapes-en une, et tu verras que très rapidement ta mare va se remplir à nouveau.

Alors le nix remonta à la surface pour chercher. Il faisait si clair et si chaud qu'il ne put rester là que trente secondes ; mais c'était suffisant pour lui permettre de constater que la chauve-souris avait dit vrai. La mare était encore pleine d'eau, et les petits enfants étaient encore en train de patauger.

Il redescendit dans sa grotte :

— Tu as raison, dit-il à son amie. Seulement, ça ne m'aide pas beaucoup, ce que tu m'as dit. Comment faire pour en attraper une et l'amener ici ? Elles sont toutes bouclées chez elles la nuit ; et si je sors pendant la journée, je vais me ratatiner à cause de la chaleur et mourir.

— Alors il faut que ce soit elle qui vienne à toi, répondit

la chauve-souris. Sors cette nuit et prends les plus belles fleurs que tu trouveras, puis replante-les autour de l'entrée de la grotte. Ensuite, assieds-toi et attends.

Donc, cette nuit-là, le nix sortit discrètement. Il alla bien loin sur la colline et dans la vallée, déterra toutes les fleurs qu'il trouva : des pâquerettes et des *stepmothers*, des molènes et des gaillets ; mais surtout pas des patiences, parce que c'est une plante que les nix et les êtres de leur genre ne peuvent pas supporter. Et il les planta autour de l'entrée de sa caverne.

Le lendemain matin, Nina alla se promener sur la colline avant que le soleil ne tape trop fort. Elle voulait cueillir des fleurs pour sa maman ; mais elle n'en trouva pas beaucoup, parce que la canicule avait séché le sol et l'avait cuit si fort que même l'herbe était brune. Puis elle repéra soudain cette ouverture dans le flanc de la colline, qui était si fleurie qu'elle ressemblait à un jardin. Elle se pressa d'y arriver et entreprit de cueillir les plus belles fleurs. C'est alors qu'elle entendit une voix :

— Mais qu'est-ce que tu fais là, fillette ? Ça t'arrive souvent, de voler des fleurs dans les jardins ?

— Oh ! je suis désolée ! cria Nina. Je ne me suis pas aperçue que c'était une propriété privée.

— Eh bien, maintenant tu le sais, dit la voix.

Elle ne voyait pas qui parlait, mais la voix semblait provenir de ce trou dans le flanc de la colline. Elle s'en approcha donc, et dit d'une voix timide :

— Je suis vraiment navrée. Je vous les déposerai ici, d'accord ?

— Non, maintenant qu'elles sont coupées, tu peux les garder, répondit la voix.

— C'est très gentil à vous, dit Nina. Mais vous ne voulez pas sortir pour aller dans votre jardin ? Je pourrais vous voir.

— Oh non, fillette, je ne supporte pas cette chaleur, dit la voix. En fait, j'étais en train de me préparer une carafe de limonade bien glacée. Tu en veux ?

Comme Nina avait très chaud et très soif, elle répondit avec enthousiasme :

— Oh oui, s'il vous plaît.

— Très bien, je t'en verse un verre. Entre et sers-toi.

Donc elle écarta le rideau de fleurs devant la porte du tunnel qui menait à la caverne, et entra.

Elle se sentit saisie par ses longues nattes blondes. Avant d'avoir pu crier, elle fut entraînée jusque dans les entrailles de la terre.

Elle gisait dans l'obscurité nauséabonde, en pleurant toutes les larmes de son corps.

Finalement, n'ayant plus de larmes, elle s'assit pour regarder autour d'elle.

Dehors, le soleil brillait si fort qu'un peu de lumière filtrait par l'entrée du tunnel. Grâce à cette faible lueur, elle constata qu'elle se trouvait dans une caverne. Le sol était parsemé de rochers et de toutes sortes de choses. Au milieu de la caverne, il y avait une petite mare nauséabonde, sur le bord de laquelle elle vit... cette chose.

Son corps était long et recouvert d'écailles, ses doigts et ses orteils palmés avaient de longs ongles recourbés, son visage décharné et creusé montrait un nez crochu, un menton pointu et barbu, des yeux très enfoncés au regard fixe, et une bouche tordue par un sourire moqueur qui découvrit des dents pointues et blanches quand il se mit à parler :

— Comment vas-tu, Nina ? dit la chose.

— Bien, et toi, Nix ? répondit-elle d'une voix très basse.

— Tu sais donc qui je suis ? dit le nix.

— Oui, ma maman m'a parlé de toi, dit Nina.

Ce que lui avait dit sa maman, c'était de ne jamais grimper seule dans la montagne, autrement elle se ferait attraper par le méchant nix qui habitait sous la terre.

Maintenant, elle regrettait de toutes ses forces de ne pas avoir écouté sa maman !

— Eh bien, Nina, c'est gentil à toi de me rendre visite, dit le nix.

— Oh, c'est gentil à toi de me recevoir, répondit poliment Nina, comme on le lui avait appris. Mais maintenant j'aimerais bien rentrer à la maison, s'il te plaît, c'est presque l'heure du déjeuner.

— L'heure du mien, ça fait longtemps qu'elle est passée, riposta le nix avec hargne. (Il esquissa à nouveau son terrible sourire.) Dis-moi, Nina, il fait très chaud, pourquoi ne ferais-tu pas une petite trempette avant de partir ?

Nina regarda l'affreuse mare, puis secoua la tête :

— Non, merci. Mon papa m'a dit qu'il ne fallait pas que j'aille nager toute seule, qu'il fallait toujours qu'il y ait quelqu'un de plus grand que moi pour me surveiller.

— Alors, tu n'as rien à craindre, répondit le nix en se mettant debout. Je suis plus grand que toi, et je vais veiller sur toi.

Il s'approcha d'elle en contournant la mare. À ce moment, elle entendit une voix qui parvenait par le tunnel, loin au-dessus :

— Nina ! Nina !

C'est Papa ! cria Nina. J'arrive, j'arrive !

Et elle se dirigea en courant vers le tunnel. Mais elle n'avait parcouru qu'une faible distance quand de terribles mains l'attrapèrent aux chevilles et l'entraînèrent vers le bas pendant qu'elle hurlait.

Elle entendait encore la voix de son papa, très loin plus haut ; mais cette voix s'estompait ; bientôt, elle ne la distingua plus du tout.

Elle était allongée au bord de la mare, le nix debout près d'elle.

— Tu vas voir, quand mon papa va te mettre la main dessus, sanglota-t-elle. Il va te tordre le cou comme s'il préparait un poulet pour la cocotte.

— Encore faudrait-il qu'il m'attrape, répondit le nix en riant. Et maintenant, allons nous baigner.

Nina leva les yeux sur lui, et vit qu'il était suffisamment puissant pour lui faire faire tout ce qu'il voulait : ce n'était pas la peine de lutter. Qu'est-ce que sa maman avait l'habitude de dire, déjà ? « Dieu a donné la force aux hommes, et l'intelligence aux femmes. » Pourquoi utiliser ses poings alors qu'on pourrait faire d'abord appel à sa caboche ? D'ailleurs, son père se vantait toujours de ce qu'elle avait l'esprit très vif.

Eh bien, le moment était venu de le prouver.

— D'accord, répondit Nina. Mais avant, il faut que je me prépare.

Elle se leva et se mit à ôter la poussière de sa robe. Puis elle défit les rubans qui retenaient ses nattes, déplissa ses cheveux et les lissa des doigts de façon qu'ils tombent en cascade sur ses épaules comme une chute d'eau limpide.

Le nix la regardait faire et ses yeux brillaient comme des braises.

— Voilà, je suis prête, annonça Nina. Mais il faut que tu sautes dans l'eau avec moi pour m'aider à nager.

— Méfie-toi, Nix, glapit la chauve-souris. Ces gamines-là, elles sont rusées comme des renards.

Mais le nix n'écoutait pas. Il avait le regard et les pensées entièrement concentrés sur Nina.

Elle lui prit la main et le mena sur un gros rocher au bord de la mare :

— Je vais compter jusqu'à trois, et à ce moment-là on saute tous les deux ensemble, d'accord ?

— D'accord, dit le nix.

— Un, dit Nina.

« Deux, dit Nina.

« Et trois », dit Nina.

Et ils sautèrent.

Mais pas dans le même sens : le nix en avant dans la mare, et Nina en arrière sur le sol après avoir lâché sa main.

Puis elle se retourna et remonta le tunnel en courant plus vite qu'elle avait jamais couru.

Il ne fallut qu'une seconde au nix pour réaliser qu'il avait été berné.

Alors, en hurlant de rage et dégoulinant de boue nauséabonde et d'eau, il se traîna hors de l'eau et partit à sa recherche.

Oh ! elle pouvait aller vite, il était plus rapide qu'elle.

Elle n'osait pas perdre du temps à regarder derrière elle, mais elle l'entendait : elle percevait le crissement de ses ongles pointus sur le roc, comme une craie sur une ardoise, et le halètement de sa respiration qui sentait mauvais, qui ressemblait au bruit du soufflet de Bert, le forgeron.

Ses longs cheveux flottaient derrière elle, et elle sentit qu'il arrivait à les toucher. Elle courut alors plus vite encore, de plus en plus vite, jusqu'à ce qu'elle ne le sente plus. Mais il était encore tout près, alors qu'elle sentait ses forces décliner. Elle sentit sa main à nouveau, suffisamment proche pour lui saisir une boucle de cheveux.

Elle sentit qu'il resserrait sa prise, qu'il lui tordait les cheveux. Mais au-dessus d'elle, elle vit l'anneau de lumière du jour qui marquait la fin du tunnel.

Pourtant, il était trop tard. Il avait fermement empoigné les cheveux, il tirait dessus pour l'arrêter.

Elle tendit les bras vers la lumière, en hurlant : « Papa, Papa ! »

Juste au moment où l'espoir l'abandonnait et qu'elle sentait qu'elle allait très bientôt être entraînée vers les profondeurs, on lui saisit les mains.

Pendant un moment, elle fut tirée des deux côtés, comme une corde disputée par deux équipes rivales. Et puis, comme dans ce jeu de corde, quand on sent que les équipes sont de force si comparable qu'elles pourraient rester ainsi pour toujours, tout à coup l'une des équipes trouve la force nécessaire pour effectuer une dernière traction ; et alors l'autre équipe s'étale au sol, impuissante. Nina sentit la traction vers le haut l'emporter, tandis que celle vers le bas se relâchait.

Elle se retrouva à flanc de colline, dans la lumière dorée du soleil, sur l'herbe, aux pieds de son père.

Mon Dieu, comme ils se serrèrent dans leurs bras et s'embrassèrent ! Sans que Nina reçoive la moindre réprimande ou que son père lui rappelle qu'elle avait désobéi.

Ensuite, son papa roula un énorme bloc de pierre pour barrer l'entrée de la grotte :

— Et voilà, ça tiendra ce nix à sa place. Maintenant, je te ramène chez nous. On va rapporter des fleurs à maman pour égayer la maison.

Et ils cueillirent des pâquerettes et des *stepmothers*, des molènes et des gaillets ; sur le chemin du retour, ils trouvèrent un talus couvert de patiences, cette plante que détestent les nix. Ils en prirent aussi.

Très vite après, quand la maman de Nina sortit de la maison pour scruter avec inquiétude le flanc de la colline, elle sentit son cœur bondir de joie en voyant son mari et sa petite fille qui descendaient vers elle, leurs yeux brillants comme des étoiles, leurs voix pleines d'une joyeuse émotion, et leurs bras emplis de fleurs.

2

Le soleil se leva ce lundi dans un ciel inévitablement bleu, avec la sérénité radieuse d'Alexandre entrant dans une province conquise.

Ce réveil silencieux qui frappa la fenêtre à petits carreaux de Corpse Cottage — la maison du Macchabée —, à Enscombe, ne troubla pas le lourd sommeil d'Edwin Digweed, marchand de livres anciens et fondateur des éditions Eendale Press. Mais ce n'est pas pour rien qu'un de ses anciens amants avait surnommé Edgar Wield Macumazahn, « Celui-Qui-Dort-Les-Yeux-Ouverts ».

Il se leva en prenant soin de faire le moins de bruit possible. Edwin n'était pas au mieux de sa forme si on le réveillait trop tôt. Il avait compris cela durant leur première année de vie commune.

Il descendit, prépara son café. Deux cuillerées d'instantané en poudre et trois de sucre délayées dans du lait bouillant : rien à voir avec le café de Colombie fraîchement moulu auquel Edwin tenait absolument à toute heure du jour. Puis il partit pour sa promenade matinale.

Passant par le cimetière, il arriva dans le parc de Old Hall, propriété des Guillemard, châtelains d'Enscombe depuis près de mille ans. Confrontée à des difficultés financières, la famille avait été sauvée par le sens des affaires de Gertrude, connue de manière trompeuse sous le nom de Girlie : celle-ci avait attiré des visiteurs dans le domaine par toutes sortes d'attractions, y compris un parc zoologique pour enfants. Là, dans des enclos ou en liberté, selon ce que réclamait la nature de chacun, il y avait des veaux, des agneaux, des chevreaux, des porcelets, des animaux de basse-cour, des oiseaux sauvages, des loirs, des rats des champs, ainsi qu'un rat appelé Guy.

Wield se dirigea vers un chêne de haute taille qui tenait les restes d'une cabane dans sa fourche, et se mit à siffler doucement.

Immédiatement apparut une petite silhouette qui descendit les quelque dix mètres de hauteur sans pratiquement toucher le tronc ou les branchages, et vint se blottir dans ses bras.

— Bonjour Monte, dit Wield. En forme ?

Monte était un singe. Un ouistiti, avait précisé le vétérinaire du coin qui avait fait un examen complet de l'animal : c'était une précaution indispensable compte tenu de ses origines. Car Monte était un fugitif, évadé d'un laboratoire de recherches pharmaceutiques, et qui s'était réfugié dans la voiture de Wield. Le sergent l'avait fait sortir clandestinement.

Cet épisode avait constitué le premier véritable test pour sa nouvelle relation. Edwin Digweed n'avait rien contre les animaux, mais il avait clairement indiqué qu'il n'avait pas l'intention de partager son domicile avec un primate en liberté :

— Le ménage à trois, ça peut avoir son intérêt ; mais la ménagerie à trois, ça n'en a aucun, avait-il précisé.

Wield l'avait fixé de son regard impassible et Digweed s'était rappelé une anecdote que l'on attribuait à John Huston. Sommé par sa maîtresse de l'époque de choisir entre elle et un singe aux habitudes particulièrement répugnantes, le réalisateur avait réfléchi une trentaine de secondes, puis avait déclaré : « Je garde le chimpanzé. »

Digweed avait retenu son souffle, craignant soudain que le monde s'effondre sous ses pieds.

Mais Wield avait dit :

— Il ne reviendra pas ici, il s'est échappé.

— Mais c'est un singe, pas le comte de Monte-Cristo ! s'était exclamé Digweed en cachant son soulagement. Bon, on ne peut pas le renvoyer là-bas, mais l'endroit approprié pour lui, c'est un zoo.

— Au lieu de dire *lui*, parle de Monte, c'est comme ça qu'on l'appelle, répondit Wield. Quant au zoo, j'ai ma petite idée.

Il avait emmené Monte chez Girlie Guillemard. Celle-ci

avait été très impressionnée par le petit animal qui avait légèrement moins tendance qu'elle à mordre, à griffer ou à agresser les gosses qui se tenaient mal. Elle lui avait donc offert un refuge dans le parc animalier.

Aussi surprenant que cela paraisse, ce déménagement avait très bien fonctionné. Wield rendait visite au ouistiti le matin, chaque fois qu'il le pouvait ; il lui apportait des cacahuètes et des fruits. Il y avait eu une crise quand le devoir l'avait empêché de venir pendant environ une semaine. Monte avait fini par partir le chercher à Corpse Cottage. Il n'y avait trouvé qu'Edwin endormi dans le lit. Monte l'avait réveillé en lui soulevant les paupières, sans doute pour faire sa petite enquête.

— Naturellement, la première pensée qui m'est venue, ça a été que j'avais été enlevé par un singe, avait raconté le libraire. Alors je me suis allongé et j'ai pensé à l'Afrique...

Wield souleva délicatement l'animal de sa tête où il cherchait des poux avec application. Wield avait beaucoup d'affection pour le petit singe, et avait tenté d'expliquer à Edwin qu'il ne s'agissait pas simplement de sentimentalisme. En fait, de toutes les décisions qu'il avait prises en tant qu'homosexuel, aucune ne lui semblait aussi importante que le sauvetage de Monte ; pas même son installation avec Digweed.

De quelque façon que l'on regarde les choses, il l'avait volé, et il avait joué sa carrière. Aurait-il agi ainsi avant de se mettre en ménage avec Edwin ? Il en doutait. C'était comme si sa propre mare de bien-être s'était remplie jusqu'à un niveau si inattendu qu'il y avait un trop-plein constant : il n'avait pas pu ignorer la détresse du singe en novembre dernier. Un an plus tôt, son sens du devoir l'aurait empêché de le voler.

Edwin avait préparé des *huevos a la flamenca* en écoutant son partenaire faire une auto-analyse hésitante, ce qui ne lui ressemblait pas :

— N'oublie pas de me signaler quand il te prendra le béguin pour les poulets non fécondés, avait-il fait remarquer d'un ton caustique.

Après ça, pourtant, à chaque fois que Monte arrivait à la

recherche de Wield qui n'était pas venu, il était accueilli avec beaucoup de gentillesse, et repartait pour Old Hall en voiture.

Dalziel n'était pas au courant pour Monte, en tout cas pas de façon officielle.

— Restez comme ça, avait conseillé Pascoe, qui savait tout. Autrement, il va se servir de la bête pour vous retrouver un jour où vous penserez être hors de portée.

La veille, effectivement, le Gros avait dû se contenter du téléphone. Quand Wield et Digweed étaient revenus de leur journée de chinage dans les Borders, le sergent avait trouvé un message sur le répondeur. Après une description succincte de la situation, Wield avait été invité avec une courtoisie ironique à faire une apparition au bureau des enquêtes à Danby aux aurores le lendemain matin, si toutefois le temps et les contraintes sociales le lui permettaient.

Ce n'était pas bien agréable comme perspective. Wield, lui aussi, avait des souvenirs de Dendale. Sur la liste de ce qui lui donnait des insomnies, cela figurait en très bonne place. Bien sûr, Danby c'était différent, c'était florissant, c'était un village qui était devenu une ville, pas encaissé et certainement pas condamné comme Dendale l'avait été. Seulement, c'était juste à quelques kilomètres de là vers l'ouest, juste un peu après Corpse Road...

— Mais un homme doit faire... quelque chose, dit Wield. Salut, Monte, arrange-toi pour ne pas trop chier sur les gosses.

Il lança le singe en l'air dans les basses branches du chêne, et s'éloigna.

Une demi-heure plus tard, alors qu'il descendait en roue libre le chemin de Corpse Cottage sur sa vieille moto Thunderbird pour ne pas réveiller Edwin, il pensait encore au plaisir qu'il aurait ressenti à rester au lit par une matinée pareille. Oui mais voilà, Danby avait appelé. Et Dalziel avait appelé.

Il mit le contact, appuya du pied sur le starter ; au moment où le moteur rugit en se ranimant, il cria à un chat surpris en pleine chasse aux oiseaux : « Allez Silver, dégage ! »

Chez les Pascoe aussi, on traînait les pieds.

Pascoe lui-même, après s'être levé tôt et avoir commencé

à lire le dossier Dendale, s'était endormi dans son fauteuil ; il ne se réveilla pas avant qu'Ellie ne commence à préparer Rosie pour l'école.

Son premier instinct fut de déguerpir sans s'être rasé ni avoir avalé quoi que ce soit. Mais, grâce à ses conseils réfléchis, Ellie l'avait fait redescendre sur terre. Il avait appelé St Michael's Hall à Danby et avait reçu l'assurance de la part de l'officier de permanence que la seule chose qui troublait le calme matinal était le grondement de la moto du sergent Wield qui arrivait.

Il s'était assis pour goûter le plaisir assez rare de prendre le petit déjeuner avec sa fille.

Toutefois, il ne semblait pas que le plaisir fût partagé. Rosie cligna des yeux face au soleil qui entrait à flots par la fenêtre de la cuisine, et déclara :

— Je ne suis pas très bien.

Ses parents échangèrent un regard. Quelques semaines plus tôt, alors qu'il était seul avec elle, Peter avait été pris pour cible : elle avait émis de petits soupirs, de petits sanglots en se forçant à avaler ses céréales. Il avait fini par craquer :

— Tu te sens mal ?

— Oh oui, très mal, avait-elle répondu.

— Alors, ce serait peut-être mieux que tu n'ailles pas à l'école.

Il était secrètement très content de la garder à la maison toute une journée avec lui.

Vers le milieu de la matinée, elle s'était souvenue que sa classe avait une sortie l'après-midi, pour observer des oiseaux. Elle se rétablit alors rapidement, insistant avec beaucoup de noblesse sur le fait que ce n'était pas bien de manquer l'école pour de fausses raisons.

Depuis, cependant, elle utilisait l'expression « Je ne me sens pas bien » pour ouvrir le cœur de son père quand le besoin s'en faisait sentir.

Ellie Pascoe, quant à elle, était plus solide :

— Je t'avais bien dit de garder ton chapeau de soleil sur la tête, hier, dit-elle avec indifférence.

— Mais je l'ai fait, Maman, tout le temps.

— Mais bien sûr, tout le temps, ironisa Pascoe. Même quand tu as nagé sous l'eau.

— Oh, ne dis pas de bêtises, fit-elle avec hargne. Il aurait flotté et il serait parti. Alors, il faut vraiment que j'aille à l'école ?

— Je pense que oui, lui répondit son père. Je pense avoir vu Nina qui t'attendait au portail, juste à l'instant.

— C'est pas vrai. Je t'ai déjà raconté, elle s'est fait reprendre par le nix. Je l'ai vue se faire prendre.

Pascoe regarda Ellie, dont la mimique lui indiquait qu'elle avait oublié de lui en parler.

— Peut-être que son papa a réussi à la sauver cette fois encore, hasarda-t-il.

Pas encore, ça s'est passé hier. Tu serais bien désolé si, moi aussi, je me faisais attraper.

— Eh bien, essaye donc de traîner le plus possible, lui dit-il avec désinvolture. Tu sais, c'est la même chose pour moi, je préférerais rester à la maison.

— Non, c'est pas pareil, dit-elle d'un air renfrogné. Toi, tu n'as pas un torticolis.

— Ah bon, parce que tu en as un ? Comme le peuple d'Israël, on aurait dû t'appeler Rose de Sharon, répondit-il en riant.

Rosie était une enfant curieuse de nature, qui en général insistait pour qu'on lui explique les plaisanteries qu'elle ne comprenait pas. Pourtant, ce matin-là, elle se contenta de répliquer, très agacée :

— Ne dis pas de bêtises.

— Je vais essayer, l'assura Pascoe en se levant. À ce soir.

Il l'embrassa, elle était chaude.

Arrivé à la porte d'entrée, il dit :

— Je la trouve effectivement rouge.

— Tu le serais tout autant si tu t'étais agité comme elle toute la journée en plein soleil, répliqua Ellie.

— Mais c'est bien ce que j'ai fait moi aussi, et je vais continuer aujourd'hui, à coup sûr.

— Eh bien, garde ton chapeau sur la tête, lui dit Ellie d'un ton résolument enjoué.

À son retour la veille au soir, elle avait eu droit à un récit fatigué des frustrations de la journée. Elle l'avait serré contre elle pendant un moment, lui avait versé un whisky bien tassé, puis lui avait parlé joyeusement du voyage de Rosie au bord de la mer. Au départ, il avait pensé qu'elle racontait cela uniquement pour le distraire ; mais après quelque temps, il avait pris conscience qu'elle se distrayait elle aussi, de son insupportable empathie pour Elsie Dacre. Il alluma donc le téléviseur en prétendant regarder les informations ; au lieu de cela, il était tombé sur une émission de deuxième partie de soirée, consacrée au problème croissant que représentaient les fugues d'ados. Y participait une psychiatre du nom de Paula Appleby : ses opinions bien arrêtées, sa facilité d'élocution et son physique télégénique lui avaient valu son surnom de « la femme pensante de l'homme pensant ».

— Quand un enfant disparaît, au lieu de se contenter de le rechercher, on ferait bien mieux de s'arrêter d'abord sur les parents, qui sont souvent la cause de ce qui s'est passé, et puis ensuite sur la police, qui fait souvent partie du problème alors qu'elle devrait apporter la solution.

— Bon, au lit, avait dit Pascoe en éteignant.

Il leva les yeux sur le ciel parfaitement bleu ; il devina que, des heures plus tôt, les yeux rouges des Dacre l'avaient regardé tandis qu'il passait du noir au gris puis du rose au doré ; et qu'ils avaient cherché dans ce retour de la lumière et dans les chants des oiseaux un peu de cette fraîcheur et de cet espoir qui avaient toujours été présents auparavant, mais qui maintenant les avaient abandonnés.

En pensée, il remonta jusqu'à Corpse Road, franchit le Neb dont la crête était frangée de soleil, et descendit dans Dendale qui se remplissait de lumière nacrée.

Il lui sembla voir au loin en bas une silhouette floue qui regardait vers le versant illuminé de la montagne, puis qui leva les bras dans un signe de bienvenue ou de dérision, avant de se glisser nue et en silence dans les eaux sombres et paisibles du lac.

Des visions diurnes, maintenant, pensa-t-il. Était-ce mieux ou pire que de se réveiller dans le noir en sentant toujours la boue de Passchendaele ?

— Peter ? lança Ellie sur un ton qui lui indiqua qu'elle l'avait déjà appelé précédemment.

— Oh excuse-moi, j'étais à des kilomètres.

— Oui, j'ai remarqué. Dis-moi, tu ne penses pas que...

Mais le moment n'était pas venu. Une voix lança « Encore une belle journée, putain ! », et ils virent le facteur qui remontait l'allée. Il tendit deux paquets à Pascoe, un gros et un petit, tous deux destinés à Ellie ; elle prit le plus petit, négligeant l'autre.

— Ah très bien, dit-elle en déchirant l'emballage. Mon disque de Mahler.

— Les *Chants pour les enfants morts*... Dis donc, c'est parfait pour l'été, lui dit-il en le lui prenant des mains pour le remplacer par l'autre paquet, qui portait le logo d'un éditeur renommé. Et ça, qu'est-ce que c'est ?

— Pour me remonter le moral, je vais écouter Mahler, dit-elle.

— Peut-être qu'ils te retournent ton manuscrit en te proposant d'y apporter des modifications mineures ? suggéra-t-il.

— Foutaises, j'ai des doigts à déchiffrer le braille. « Va te faire foutre », voilà ce qu'ils arrivent à lire à travers six épaisseurs de papier kraft. Drôle de pochette.

Elle était résolue à ne pas parler du roman. Il regarda le disque ; l'illustration représentait le profil d'une fille ou d'un chérubin ; une ligne de musique sortait de sa bouche. Il se surprit à penser à Dendale ; la relation était bien mince. Mais il comprit pourquoi. Dans l'angle inférieur droit, il y avait les initiales E.W. : comme sur le dossier Dendale. Cette fois-ci, bien évidemment, il ne s'agissait pas d'Edgar Wield, mais d'Elizabeth Wulfstan, comme il put le vérifier en lisant ce qui était écrit derrière le disque.

— Elle a traduit le texte, elle chante, et elle a conçu la couverture, commenta Pascoe. Je me demande si c'est aussi elle qui joue des instruments de l'orchestre...

— Très probablement. Il y a des gens qui ont tous les talents : ça explique pourquoi il reste si peu de travail pour les autres, répondit Ellie avec découragement.

Il la prit dans ses bras :

— Mais ça va venir, ma chérie, vraiment. Dans tes petits doigts, il y a plus de talent d'écriture que chez n'importe lequel de ces Londoniens qui se lèchent mutuellement le cul dans leurs critiques du dimanche.

Ils s'étreignirent comme s'il retournait au front après une trop courte permission.

Puis il monta dans la voiture et s'éloigna.

3

— Combien de fois, mon enfant ? s'enquit le père Kerrigan.

— Cinq.

— Mon Dieu ! Avec le même homme, n'est-ce pas ?

— Oui, mon Père, dit d'un air indigné Shirley Novello, détective constable.

— Et le jour du sabbat, en plus.

— Est-ce que c'est une circonstance aggravante ?

— Ça ne les atténue pas, en tout cas. Cinq fois... C'est cette canicule que j'incrimine. Cet homme, il fait partie de mes ouailles ? Oh, ne me répondez pas, je le reconnaîtrai bien à sa démarche lasse. C'est ce qui explique que je ne vous aie pas vue hier à l'église ? Vous étiez trop occupée à forniquer...

— Non, mon Père, je vous l'ai expliqué : on est allés passer la journée au bord de la mer, et voilà, c'est arrivé.

— Non, non, ma fille. Une fois, ça peut être un accident ; cinq fois, ça demande de l'enthousiasme.

En quittant l'église quelques instants plus tard, Shirley Novello se dit que, décidément, ce n'était pas facile d'être en même temps une femme moderne, une bonne catholique et une détective constable. Pour ses sœurs de race, une bonne baise, c'était quelque chose qui mettait de l'exubérance dans la sexualité. Pour le Saint-Père, c'était ni plus ni moins qu'un péché de luxure. Quant à son job, il y avait des fois où il exigeait qu'elle se comporte de façon aussi grossière envers les femmes qu'envers le Saint-Père...

Elle arriva au bureau des enquêtes cinq minutes plus tard. Pas de trace de Dalziel — *merci au moins pour cela, mon Dieu* — ni de Pascoe. En revanche, Wield était là :

— Excusez-moi, sergent, j'étais à confesse.

Dans des circonstances pareilles, inventer un mensonge ne semblait pas opportun.

— J'espère que c'est enregistré, dit Wield.

Était-ce une plaisanterie ? Elle essaya de deviner, sourit.

— Vous n'étiez pas là hier ? Moi non plus. Installez-vous ; ensuite j'aimerais bien que vous regardiez de plus près ces trois témoignages sur des voitures repérées dans le coin.

— Le superintendant est là ?

— Il est en haut dans la vallée, avec l'inspecteur Burroughs et l'équipe de recherches.

— Et Mr Pascoe ?

— Il sera là bientôt, il est en train de vérifier le magasin.

Une excuse pour un retard ? Ces deux-là, ils se couvraient mutuellement.

Elle avait dû avoir une expression éloquente, car Wield ajouta :

— Ou peut-être qu'il est en train de se confesser, lui aussi. Il paraît que plus on est vieux, plus ça prend de temps.

Une autre plaisanterie ? Aujourd'hui, il était d'humeur bizarre. Elle s'installa devant un ordinateur et se mit au travail.

Trois voitures. Au début de ce genre d'enquêtes, on récupère vraiment beaucoup de fatras, avec les équipes de recherches sur le terrain, les enquêtes en porte-à-porte, les appels aux médias. C'est pourquoi la meilleure partie de l'enquête, c'était l'élimination. Pas facile. Si ça se trouve, le temps qu'elle débrouille ces trois-là, il y en aurait plusieurs autres de signalées. Le dimanche, c'était un mauvais jour pour les témoignages, les gens s'absentent de chez eux et rentrent tard. Il allait y avoir des trous énormes dans le porte-à-porte d'hier. Oh, ce n'était pas son problème. Pas encore.

Elle repéra sur la carte les emplacements des voitures signalées. Le plus proche, qui était un témoignage auditif et non visuel, était localisé sur Corpse Road. Quelqu'un avait ajouté une annotation : *stationnement remarqué à 200 mètres au-dessus : 4 × 4.* Ça ne valait pas le coup de s'y attarder. Mais d'un autre côté... Elle regarda sa montre, se leva et sortit en sifflant un cantique : le sergent Wield se demanda si un excès de religion pouvait gêner le travail de cette demoiselle.

En fait, le cantique était « Dans le matin sérieux de la vie », mais il avait là une signification profane. Novello avait autrefois logé chez une famille qui possédait un chien, un caniche bien éduqué. Tous les matins, celui-ci demandait à sortir en poussant un jappement bien sonore ; son maître, tout aussi bien éduqué, lui mettait sa laisse et se dirigeait vers la porte d'entrée en chantant le cantique.

Elle passa devant l'église, s'assit sur une pierre en bas de Corpse Road. Il suffit de cinq minutes pour que sa foi soit récompensée. Un springer spaniel descendit le chemin, s'arrêta brusquement en la voyant, et s'approcha d'un air méfiant. Elle tendit la main et lui parla doucement. Il accepta finalement de se laisser gratter le dessus du crâne.

Quelque temps plus tard apparut une femme trapue, hors d'haleine, vêtue d'un ample pantalon de coton et d'un débardeur rose.

— Ah, te voilà donc, Zebedee, dit-elle. N'ayez pas peur, il ne mord pas.

— Moi non plus, répondit Shirley Novello.

Elle se leva et se présenta. Son interlocutrice fit de même : Janet Dickens, Mrs Janet Dickens. Elle habitait à une dizaine de minutes à pied.

— C'est au sujet de cette petite fille ? demanda-t-elle. C'est vraiment affreux. Tous les dimanches, je vais voir ma sœur, près de Harrogate. Hier, nous sommes partis toute la journée. On a été mis au courant par les informations, en rentrant.

— Vous aviez promené Zebedee, avant de vous mettre en route ? demanda Novello.

— Oui, bien sûr. Jamais il ne me laisserait partir sans avoir fait son petit tour matinal.

— Et c'est toujours le même trajet que vous faites ?

— Oui, il prend ses airs si jamais j'essaie de l'emmener ailleurs.

— Alors, auriez-vous vu un véhicule qui aurait remonté ce chemin, hier matin ?

— Un véhicule ? Ah, vous parlez du Discovery ? Oui, il était là, une fois de plus. Mais pourquoi ? Vous pensez...

— Non, nous ne pensons rien, coupa Novello avec fermeté. Il fait simplement partie d'un certain nombre de véhicules que nous devons contrôler afin de procéder par élimination. Donc, vous dites qu'il s'agissait d'un Land Rover Discovery ?

— Oui, c'est ça. De couleur verte. J'ai vu à la plaque qu'il date de cette année, et qu'il vient du Mid-Yorkshire. Dans les chiffres de l'immatriculation, il y a un 6, je crois bien ; mais je ne me rappelle pas les autres, désolée.

— Oh, vos observations sont très utiles, dit Novello en notant les renseignements. Mais vous avez dit *il était là, une fois de plus*. Qu'est-ce que ça signifie ?

— Je l'ai vu quatre ou cinq fois pendant la dernière quinzaine. Ça explique pourquoi je me souviens un peu du numéro. Je suis tellement tête de linotte que, si je ne l'avais vu qu'une fois, j'aurais été capable de vous dire qu'il s'agissait d'une Porsche, immatriculée 007. Dites, qu'est-ce que vous allez faire maintenant ? Donner l'alerte ?

Il fallut bien deux minutes pour persuader Mrs Dickens qu'elle n'allait pas, comme par magie, faire apparaître la Brigade volante et une meute de limiers. Elle finit par continuer son chemin après avoir été assurée qu'une équipe d'enquêteurs risquait fort d'être sur le pas de sa porte à ce moment précis.

Novello retourna à St Michael's Hall. Ne trouvant pas Wield, elle transmit les informations recueillies au Contrôle et demanda une liste de possibilités. Puis, ayant traité une piste, et se sentant en forme pour les intuitions, elle se mit en chasse sur une autre.

Les deux témoignages concernant la présence de la voiture blanche en bordure de Ligg Common étaient vagues et contradictoires. Le véhicule était petit pour un témoin, et gros pour l'autre. L'un pensait à une Ford Escort, le second était certain qu'il s'agissait d'une Vauxhall, tout en étant incapable de préciser le modèle.

Mais il y avait eu un troisième témoignage encore plus vague, recueilli lors du porte-à-porte. Mrs Joy Kendrick était passée tôt le matin en voiture près du terrain communal ; elle pensait avoir vu un véhicule, peut-être bien qu'il était blanc. Mais elle n'en était pas absolument certaine, les gosses pleurnichaient à l'arrière parce qu'ils n'aimaient pas passer la journée chez leur grand-mère — c'est là qu'elle allait les déposer.

En sortant pour aller sur Corpse Road, Novello avait remarqué qu'il y avait des enfants qui commençaient à arriver pour l'école. Quand elle revint sur ses pas, elle constata qu'ils étaient nettement plus nombreux. Du fait des allées et venues incessantes des voitures de police et compte tenu de la proximité du bureau des enquêtes, on avait installé une rangée de barrières de police pour renforcer le mur bas qui séparait la cour de récréation du parvis de St Michael's Hall. D'un naturel curieux, les gamins se pressaient en rangs serrés contre ces barrières. Mais il y avait aussi beaucoup d'adultes : après les nouvelles de la veille, les parents prenaient des précautions supplémentaires, alors qu'en temps normal ils se seraient contentés de déposer leurs enfants devant l'école ou de les laisser y aller à pied.

Au moment où Novello sortait à nouveau du Centre, deux enseignants longeaient les barrières en incitant les enfants à rentrer à l'école. Novello pénétra dans la cour de récréation et s'approcha d'une enseignante à laquelle elle présenta sa plaque de police.

— Je suis Dora Shimmings, la directrice, répondit la femme. Voilà, je me suis mise d'accord hier avec Mr Pascoe sur le point suivant : on ne posera des questions d'ordre général aux enfants de la classe de Lorraine que quand la journée scolaire sera terminée.

Elle parlait avec une autorité sereine : Novello se félicita de ne pas avoir eu l'intention de la contredire.

— Il ne s'agit pas de cela, lui répondit-elle sur un ton rassurant. Je voulais simplement savoir si Joy Kendrick était un parent d'élève d'ici.

— Oh oui, elle a trois enfants scolarisés ici. Mais aucun n'est dans la même classe que Lorraine.

— Quel âge ont-ils ?

— Les jumelles ont 6 ans, et Simon 8. Tenez, ils sont là-bas.

Shirley Novello se retourna. Elle vit une femme à l'air excédé, avec des cheveux blonds coupés au carré auxquels il manquait la brillance d'un shampooing et un bon coup de peigne. Elle faisait passer trois enfants par le portail d'entrée : deux petites filles qui, par de méchants coups de pied, démentaient l'image de proximité et de complicité que l'on a généralement des jumeaux ; et un garçon plus grand, Simon. Celui-ci avait un air distant et ennuyé que seul peut prendre un gamin de 8 ans affligé de sœurs jumelles.

— J'aimerais bien leur parler, juste quelques secondes, promit Novello.

Contrairement aux promesses généralement faites par les policiers, celle-ci fut tenue.

Après les présentations, Novello demanda :

— Mrs Kendrick, vous avez discuté avec l'officier qui a appelé chez vous hier. Est-ce qu'il a parlé avec les enfants ?

— Non, ils n'étaient pas là, si ma mémoire est bonne. Je ne suis pas allée les chercher avant 7 heures.

— Très bien. Dis-moi Simon, ta maman a dit que, hier matin, elle a vu une auto blanche qui était garée devant le terrain communal. Tu l'as remarquée aussi, cette voiture ?

— Ouais, répondit-il.

Cette brève réponse ne manifestait ni un manque d'intérêt ni un manque d'éducation. Il revint en tête à Novello que les enfants ont tendance à répondre à la question qu'on leur pose. Pas comme les adultes, qui veulent toujours savoir pourquoi on leur pose la question.

— Et qu'est-ce que c'était, comme voiture ?

— Une Saab 900, décapotable.

— Tu te rappelles son numéro ?

— Non, mais c'était le dernier modèle.

Et voilà ! Elle remercia le gamin et sa mère, qui avait tenu les jumelles à l'écart comme deux adversaires gonflés à bloc dans le combat pour un titre ; maintenant, elle continuait à les entraîner vers l'entrée de l'école.

— Très astucieux, commenta Mrs Shimmings.

— Oh, c'est plutôt de la chance, j'aurais pu tomber sur un gamin qui ne s'intéresserait qu'au football. Mais pourquoi donc Mrs Kendrick a-t-elle largué ses gamins chez la mémé pendant toute la journée d'hier ? Ça n'a rien à voir avec l'affaire qui nous occupe, c'est juste de la curiosité de ma part.

— Un petit ami, la renseigna Mrs Shimmings d'un ton laconique. Le père a filé l'année dernière ; Joy s'est dégoté un autre homme, mais Simon le hait. Et c'est impossible de faire l'amour correctement quand il y a un meeting de protestation de l'autre côté de la porte de la chambre, pas vrai ?

— Je ne sais pas, je n'ai jamais essayé, répondit Novello dans un sourire.

Elle retourna à St Michael's Hall. Toujours pas de trace de Wield. Toujours pas de réponse du Contrôle au sujet du Discovery. Elle aurait dû donner à quelqu'un ce qu'elle avait récolté, mais elle ne voyait personne en qui elle avait suffisamment confiance. La plupart de ses collègues hommes, même s'ils ne pensaient pas que la place d'une femme est dans la cuisine, étaient d'accord pour dire qu'elle devait rester au second plan. Y a-t-il un homme qui, complimenté sur sa tenue, dise : « C'est ma femme qui a choisi la cravate, qui a repassé le costume, qui a lavé la chemise, qui a amidonné le col et les poignets » ?

En tout cas, elle brûlait, elle avait le vent en poupe. Déjà deux de faites, une autre à dégommer.

Elle partit à la recherche de Geoff Draycott, de Wornock Farm : il avait vu le break bleu qui remontait la route de Highcross Moor à toute vitesse.

4

Deux hommes étaient occupés à effacer le graffiti BENNY EST REVENU tracé sur le pont de chemin de fer, quand Pascoe passa au-dessous.

Ça n'avait pas l'air d'avancer. Peut-être allaient-ils tellement frotter qu'ils allaient complètement user la pierre.

Quand il s'était plongé dans le dossier Dendale ce matin-là, avant de se réfugier dans le sommeil, il avait éprouvé de la réticence à entrer dans la réalité telle qu'elle était présentée ; et d'ailleurs, avec n'importe quel fait tel qu'il était présenté. Il préférait glisser dans des rêveries surréalistes. Il y avait eu une période où la vie lui paraissait suivre une pente douce : une progression régulière qui partait de la frivolité de l'enfance, passait par l'impétuosité de la jeunesse pour aboutir aux certitudes de l'âge mûr, ce qui arrivait au début de la cinquantaine ou à peu près. Mais on s'en apercevait brusquement, en réalisant qu'on cessait de s'inquiéter pour les discours à faire en fin de repas ; on croyait vraiment aux opinions politiques qu'on avait exprimées à des dîners en ville, on ne nouait plus le lacet gauche avant le droit pour éviter la poisse, et on n'avait pas besoin de lire le mode d'emploi chaque fois qu'on programmait le magnétoscope.

Eh bien, voilà, c'était un plateau ensoleillé qu'il n'atteindrait jamais. Pas une montée régulière, mais une errance le long du dédale des sentiers de la région. Parfois le plaisir d'une clairière ensoleillée ou le murmure d'un ruisseau cristallin ; parfois la terreur provoquée par un arbre qui tombe, des rugissements et des bruits d'écrasement dans les sous-bois ; et parfois aussi le chemin qui serpente et vous ramène au point de départ.

Son psy, le Dr Pottle, lui avait demandé s'il pensait être unique, ou s'il croyait que tout le monde ressentait la même chose :

— Ni l'un ni l'autre, avait-il répondu. Je suis certain que beaucoup de gens n'ont pas cette impression-là, et je suis tout aussi sûr que je ne suis pas unique.

— Alors, adieu à la religion et à la politique, avait dit Pottle. Après tout, ça pourrait indiquer que vous faites le boulot qui vous convient.

Mais justement, il n'en était pas convaincu. C'est curieux à quel point, alors que Ellie semblait, tout au moins en apparence, de plus en plus résignée devant l'ambiguïté de son boulot, lui trouvait, au moins intérieurement, cette ambiguïté de plus en plus difficile à supporter.

Une enfant disparue — une enfant morte, voilà comment Dalziel voyait sûrement les choses. Il ressentait la douleur des parents. Et après être monté jusqu'à la crête du Neb, et lu le dossier Dendale, il ressentait la douleur de tous les autres parents dont les enfants avaient disparu et n'avaient jamais été retrouvés.

Malgré cela, il ne voulait pas se fatiguer à retrouver l'homme, le monstre, qui était responsable de ces disparitions. Non, tout ce qu'il souhaitait, c'était rentrer chez lui, rester chez lui, et veiller sur sa propre fille pour l'éternité. Oublier le monde, se faire oublier par lui. Cultiver son jardin. Il n'y a rien de pire que la société des hommes.

Tout à ses songeries, il se retrouva dans Danby comme s'il avait fait le chemin sur pilotage automatique : il était juste à côté de St Michael's Hall. Près de la porte principale, il trouva une place libre indiquée DCI (inspecteur-chef). Il sourit : Wield avait bien les choses en main, comme on pouvait s'y attendre.

Une activité bien ordonnée régnait à l'intérieur. Le sergent se leva, se mit au garde-à-vous et dit : « Bonjour, monsieur. »

— 'Jour, répondit Pascoe, qui pensait que même les machines d'une usine marchaient plus régulièrement quand Wield se pointait. (Pourtant, son visage n'avait rien de régulier, lui. En fait, on pouvait supposer que son penchant pour l'organisation était d'autant plus fort que ses traits ressemblaient à ce qu'avait été la création, un parsec après le Big Bang.) Ça fait plaisir, de voir pareille ruche, continua-t-il. Vous avez tout ce qu'il vous faut ?

— Oui, à part le réfrigérateur, qui va arriver, dit Wield.

— Un réfrigérateur ? Vous pensez avoir des échantillons ?

— Non, c'est pour les boissons, dit le sergent. Je peux vous faire un café, quand même. Ah, il y a pour vous une note qui vient de Nobby Clark, je l'ai vu quand je suis arrivé. Il a beaucoup insisté pour que je vous la donne en main propre. Je pense que vous avez fait une touche ici.

Il avait dit cela avec un visage impassible, ou plutôt tordu, ce qui dans le cas de Wield revenait au même en termes d'impénétrabilité.

Il ouvrit l'enveloppe : elle contenait un papier sur lequel était écrit JED HARDCASTLE.

— C'est tout, pas de message ? demanda Pascoe.

— Il a parlé de peinture, répondit Wield en lui tendant un mug de café. J'ai l'impression qu'il voulait vous donner quelque chose que vous pourriez sortir de votre chapeau.

— Dieu me préserve, dit Pascoe. Qu'est-ce qu'on attend de moi ? Je dis à Andy Dalziel que l'artiste auteur du graffiti s'appelle Jed Hardcastle ; mais je ne sais pas qui il est, ni où il habite ?

— C'est le fils de Cedric et Molly Hardcastle : le frère de Jenny, la première gamine à avoir disparu à Dendale, le renseigna Wield. Adresse actuelle, Stirps End Farm, Danby.

— Ah, c'est ce Jed Hardcastle-là... dit Pascoe d'un ton légèrement irrité ; irrité surtout contre lui-même, qui n'avait pas fait la relation alors qu'il avait lu le dossier Dendale environ deux heures avant — décidément, son esprit refusait vraiment d'entrer dans la réalité.

Il sirota son café, puis dit :

— Donc, un autre lien avec la dernière fois.

— Quelle dernière fois ?

— Dendale.

— Ah oui. C'est officiel, alors ? La dernière fois, c'était à Dendale ?

— Le Gros a l'air de le croire. Il m'a fait lire le dossier. Il m'a même fait monter tout en haut de Corpse Road hier soir.

— Ah bon ? Effectivement, ça fait très officiel.

— Ça n'a pas l'air de vous faire plaisir ?

— Oh, je pense qu'il est un peu tôt pour parler de *cette fois-ci* et de *la dernière fois*, voilà tout.

— Et Lightfoot ? insista Pascoe. Vous avez bien dû le rencontrer, qu'est-ce que vous en pensez ? Certaines personnes ont prétendu que c'était l'idiot du village, mais j'ai entendu dire qu'en fait il était très intelligent.

— Oh, il était pas mal intelligent. Seulement, il y avait

quelque chose : on avait l'impression qu'il venait d'un autre monde.

Venant du sergent, la phrase était d'une surprenante imprécision :

— Un autre monde, qu'est-ce que vous voulez dire ? dit Pascoe. Quel autre monde ? Le Ciel ? L'Enfer ? Jupiter ? Le pays de Galles ?

— Oh, pas si loin que ça... Non, son autre monde, c'était... Dendale.

— Je ne comprends pas. D'accord, c'est là où il vivait. Et je sais aussi qu'il était si furieux quand sa mère a décidé d'émigrer qu'il s'est réfugié chez sa grand-mère. Cela étant, il y a pas mal de gens avec lesquels il faudrait recourir à la dynamite pour les faire bouger.

— Mais il a effectivement fallu de la dynamite pour les déplacer de Dendale, vous ne vous rappelez pas ? C'est vrai que la plupart se sont sentis déracinés ; mais les racines, dans un sol semblable, ça reprend. La majorité des gens s'est réinstallée autour de Danby, et tous les rapports indiquent que l'implantation a été réussie. Mais ce qui est curieux... eh bien, c'est que depuis que j'habite Enscombe, j'ai un point de vue différent sur le rapport que les gens entretiennent avec leur foyer. Là où je vis, aucun des habitants ne voudrait partir. C'est ce que je ressens, moi aussi, et pourtant je n'y suis pas depuis assez longtemps pour avoir chié l'équivalent de mon poids, comme on dit. Mais je connais certaines personnes, les Toke par exemple, vous vous souvenez des Toke ? Eh bien, ce sont des gens que je considère comme impossibles à déraciner : vous arriveriez à couper les tiges au niveau du sol, c'est tout.

Les Toke : une mère et son fils qui habitaient Enscombe, mêlés à l'affaire qui avait conduit à la rencontre de Wield et de Edwin Digweed.

— Ah oui, je me rappelle, dit Pascoe. Et alors, Lightfoot était de ce genre-là ?

— D'une certaine façon, oui. Vous savez, les gens disent « J'appartiens à tel ou tel endroit ». En général, c'est juste une figure de rhétorique. Mais pour Lightfoot comme pour Toke, on doit prendre ça au pied de la lettre. C'est l'endroit qui les possède, pour le meilleur et pour le pire, pour le bien ou pour le mal.

— Eh dites donc, Wieldy, attendez voir. Vous êtes en train de marcher sur mes plates-bandes. Celui qui fait de la métaphysique ici, c'est moi, compris ? Vous, vous êtes Mr Circuit Intégré, l'homme aux oreilles pointues.

Wield se gratta l'un de ses organes auditifs qui, bien que de forme certainement irrégulière, n'était pas véritablement taillé en pointe.

— C'était pour vous montrer à quel point la vie à la campagne peut vous influencer.

Tout comme Shirley Novello un peu plus tôt, Pascoe eut du mal à discerner si le sergent plaisantait ; en tout cas, il se mit à rire.

— Mais je suis d'accord avec vous sur le fait de s'en tenir à *cette fois*, répondit-il. Travaillons avec ce que nous avons. Il y avait ces témoignages sur des voitures qui n'ont pas été retrouvées...

— J'ai mis Novello dessus, dit Wield. En fait, elle vient de les recevoir il y a seulement quelques minutes. Je suppose que c'est pour ça qu'elle n'est pas dans les parages pour l'instant.

— Mais si, elle est là, dit Pascoe qui venait de voir Novello passer la porte.

Il regarda la feuille de papier que Wield lui avait tendue. C'était une liste de Land Rover Discovery de couleur verte, qui avaient été immatriculées dans le coin l'année précédente.

— Bonjour, Shirley, dit-il.

Dalziel l'appelait Ivor. Pascoe avait veillé à ce qu'il soit bien le seul : les chefs excentriques, il fallait les suivre et pas les imiter, sinon le *Victory* de l'amiral Nelson n'aurait eu que des marins borgnes.

— Bonjour, monsieur, répondit-elle en regardant avec un peu d'inquiétude la liste qu'il tenait en main.

Pascoe devina qu'elle aurait aimé la voir avant Wield : elle aurait préparé son interprétation avant de la présenter. Tout comme Clark, elle en était encore au stade où on croit impressionner les gradés en sortant des lapins de son chapeau. Mais à l'inverse de Clark, elle changerait probablement d'opinion. Elle avait un visage plein de caractère et d'intelligence mais qui, selon les canons classiques, n'était pas beau. Elle s'était bien intégrée au département qu'elle avait rejoint quelques mois plus tôt ; toutefois, elle était encore sur ses gardes. Peut-être, se dit Pascoe, est-ce permanent pour une femme dans la police ? Que pourrait-il faire pour l'assurer qu'ici, en plein Mid-Yorkshire, aucun ennemi tapi dans l'ombre n'attendait l'occasion de lui couper l'herbe sous les pieds ?

— Vous faites des progrès, commenta-t-il en lui tendant la liste.

Tout en y jetant un coup d'œil, elle expliqua comment elle avait obtenu les informations ; elle passa ensuite au cabriolet Saab, pour finir par la voiture qui roulait sur la route de Highcross Moor.

Elle les conduisit devant une carte murale pour illustrer ce qu'elle avait trouvé :

— Geoff Draycott, 32 ans, marié, métayer à Wornock Farm, là. Il était dans son champ, ici, vers 8 heures et demie-9 heures moins le quart, quand il a vu cette voiture qui montait la route en venant de la ville. Elle allait très vite, c'est ce qui a attiré son attention. Remarquez, il trouve que tout ce qui emprunte cette route va trop vite. Il semble qu'elle ait été bien améliorée dans les dix dernières années avec le développement du Parc des Sciences et des Affaires, et pas mal de gens d'ici l'utilisent comme voie rapide, au lieu de prendre par le sud et l'est. Mais l'amélioration n'a pas été jusqu'au clôturage. Et Draycott considère qu'il perd au minimum deux moutons par an à cause de la vitesse excessive des voitures et des camions.

— La voiture devait être sacrément puissante si elle fonçait, dit Wield en regardant les courbes de niveau.

— Il dit que c'était un gros break, de couleur bleue, mais il n'a pas pu reconnaître la marque, et il n'a pas pu voir le numéro. Il pense qu'elle aurait pu s'arrêter ici.

Elle montra du doigt sur la carte un virage signalé par le symbole indiquant un beau point de vue.

— Il y a de quoi se garer, c'est un endroit apprécié par

les pique-niqueurs. Il a vu un reflet de soleil dans un pare-brise très peu de temps après, mais il n'est pas certain qu'il s'agisse de la même voiture.

— Un peu tôt pour un pique-nique, commenta Wield. Autre chose ?

— Pas sur ce sujet-là. Mais quand j'ai rattrapé Draycott, il conduisait un pick-up Ford rouge. C'est un véhicule très courant chez les fermiers : dans le coin, j'en ai repéré trois autres. J'ai fini par me demander si certains n'ont pas oublié de les mentionner — ces pick-up ou d'autres véhicules de ferme — tout simplement parce qu'ils leur sont tellement familiers qu'ils en deviennent pratiquement invisibles. Comme le facteur dans l'histoire de Chesterton.

Elle est pour moi, celle-là ? se demanda Pascoe, amusé. Il espéra qu'elle était assez intelligente pour ne pas l'avoir essayée sur Andy Dalziel, qui aurait probablement répondu...

— Un facteur, un dimanche ? C'est ça qui est bizarre !

Ils se retournèrent : il était là. Parfois il arrivait en rugissant comme une locomotive à vapeur, parfois il se pointait avec la douceur d'un corbillard. Corbillard qu'il aurait pu suivre aujourd'hui, puisqu'il portait un costume assez sombre pour convenir à un entrepreneur de pompes funèbres, et une chemise assez blanche pour faire un linceul.

— Non, monsieur, je fais référence au père Brown... ce détective catholique, héros des romans de Chesterton, dit Novello.

— Le père Brown ? Je croyais que vous étiez une des ouailles du père Kerrigan. On n'a pas cherché à vous recruter, quand même ?

Il était temps de venir à son secours :

— Shirley était en train de tester une idée sur nous, monsieur, indiqua Pascoe. Une idée très intéressante. Mais il vaut mieux commencer par ce qu'on a obtenu en premier, qu'en pensez-vous ?

Il fit à Dalziel un résumé de ce qu'avait trouvé Novello. Le Gros arbora un air dédaigneux :

— Un break bleu, qui fonce ? Dès qu'on dépasse leur tracteur, tous ces foutus fermiers s'imaginent qu'on fonce. Et si le conducteur était si pressé, pourquoi se serait-il arrêté en haut de la colline ? Et cette Saab blanche, elle était très exposée, non ? En bordure du terrain communal, à la vue de tout le monde. Pas vraiment ce qu'on pourrait appeler du discret, hein ?

— Le Discovery était très bien dissimulé, lui, objecta Pascoe.

— Sauf quand on passe à côté en promenant son chien, dit Dalziel. Hier soir, je vous ai bien dit qu'il s'agissait d'un 4 × 4, c'est ça ?

— Je pense, pour être tout à fait précis, que c'est moi qui vous l'ai indiqué, rectifia Pascoe. Mais on a une liste de noms, et il va falloir les contrôler...

— Ouais, ouais, présentez-moi donc la note des heures sup', répondit sombrement Dalziel. Cet abominable Dan va m'apprécier, tiens.

Venant de quelqu'un pour qui les budgets de la police et l'affection de son chef constable étaient négligeables, le commentaire sonnait aussi faux que l'indignation d'un politicien.

— Il y en a un, ici, qui pourrait bien vous intéresser, dit Wield.

Il posa un doigt en bas de la page. Pascoe regarda pardessus l'épaule du Gros.

Walter Wulfstan.

Ce nom, une fois de plus. Le regard de Pascoe erra jusqu'à l'affiche encore visible sur l'une des rares parties du panneau qui n'était pas recouverte par les papiers de la police.

Elle annonçait le concert d'ouverture du Festival de Musique des Vallées du Mid-Yorkshire : Elizabeth Wulfstan qui chantait les *Kindertotenlieder*, les *Chants pour les enfants morts*. Par rapport à l'endroit et aux circonstances, c'était une programmation qui manquait de tact.

Il lui vint à l'esprit que l'endroit en question était celui où ils se trouvaient. Quelqu'un avait-il dit aux organisateurs du festival que le lieu prévu pour l'ouverture avait été réquisitionné ?

Observant que Dalziel, pour la seconde fois en deux jours, semblait pensif à l'apparition de ce nom émergeant du passé, Pascoe posa la question à Wield :

— Le secrétaire du conseil municipal était ici très tôt ce matin, dit le sergent. Je lui ai dit qu'il pouvait certainement tout annuler pour cette semaine. Pour la semaine prochaine, il faudrait qu'on attende de voir ce qui se passe.

— Ça n'a pas dû lui faire plaisir.

— Curieusement, il a dit que c'est Mr Wulfstan qui ne serait pas content. Il semble qu'il soit président du comité d'organisation du Festival de Musique.

— Tiens, il y est revenu ? demanda Dalziel, qui ne laissait jamais l'extase empêcher ses oreilles de traîner.

— Revenu ? répéta Pascoe.

— Oui, après Dendale, il a quitté le Yorkshire. Il donnait l'impression de vouloir se déraciner complètement. Il a liquidé sa maison en ville, cédé son affaire à ses associés, et il s'est installé dans le Sud. Il était leur directeur des ventes pour l'international, il passait son temps à courir dans toute l'Europe, tout ça. Il parle bien le frenchie et le boche, il a dû se débrouiller correctement. Il y a sept ou huit ans, voilà que la société, qui a besoin de plus d'espace, fait construire un nouveau bâtiment à l'extérieur de Danby. C'était le point de départ de ce Parc des Sciences et des Affaires. Il a fallu pas mal de fric, et c'est Wulfstan qui en a fourni la plus grosse partie. Et finalement, il s'est réinstallé en ville, où il a acheté une maison « à portée de cloche », dans Holyclerk Street.

L'expression « à portée de cloche » faisait référence au quartier de la cathédrale, qui était le plus cher.

— Très chouette, commenta Pascoe.

— Continuez à jouer à la loterie, dit Dalziel. Ivor, appelez la boîte de Wulfstan au Parc des Affaires, voulez-vous ? Si jamais il y est, je vais faire un saut là-bas pour lui dire deux mots.

— Il y a d'autres noms sur la liste, monsieur, hasarda Pascoe.

— Non, non, c'est lui que je veux, répliqua Dalziel en écartant l'objection. Qu'est-ce qu'il y a, ma fille, vous ne savez pas comment marche un téléphone ?

— Comment s'appelle la société ? demanda Novello, qui n'avait pas bougé.

— Ah oui, bien sûr. Un nom bizarre... Ah voilà : Helioponic, c'est bien ça, Helioponic. Il faut avoir passé au moins son brevet pour savoir ce que ça veut dire.

— Ça m'a l'air d'une dénomination de circonstance, par analogie avec hydroponique, suggéra Pascoe.

— Je crois qu'ils ont commencé à faire des panneaux solaires pour maisons individuelles, indiqua Wield. Mais aujourd'hui, ils s'occupent de toutes sortes d'énergies douces et de leurs applications.

— Nom de Dieu, Wieldy, vous avez des actions ou quoi ?

Wield eut un regard vide, ce qui lui était facile. En fait, c'était Edwin qui était actionnaire d'Helioponic. Entre les deux amants, il existait un pacte non écrit de transparence financière :

— Si tu sais à quel point je suis pauvre, avait dit Digweed, ça t'évitera d'espérer que je te paie des vacances à l'étranger qui coûtent la peau des fesses, et que tes truands d'amis t'offrent sans aucun doute dans leurs villas des Bermudes.

— Monsieur ? appela Novello. Mr Wulfstan était effectivement au Parc des Affaires, mais il vient de partir pour retourner en ville. Il semble qu'il ait dû organiser une réunion en urgence, concernant le Festival de Musique : il faudrait qu'il trouve un autre lieu.

— Ça doit adoucir les mœurs, commenta Dalziel. Dans le temps, il se serait pointé ici pour nous passer une engueulade. Bon, je vais me mettre à autre chose, alors. Vous êtes sur quoi, vous, Pete ?

— Il faut que je voie Clark, il a peut-être une piste sur cet artiste à la bombe.

— Ah oui ? Pour l'instant, il est dans la vallée avec Maggie Burroughs, j'en viens. Comme elle a bien organisé les recherches, essayez de ne pas donner l'impression que vous contrôlez, vous aussi, ce qu'elle fait : je sais à quel point vous pouvez être lourdingue. Wieldy, vous maintenez les choses en état de marche jusqu'à ce que George Headingley montre sa sale gueule, et ensuite vous cherchez quelque chose d'utile à faire. Bon, c'est tout ?

— Monsieur, dois-je continuer sur ces véhicules qu'on a

signalés ? demanda Novello. J'ai deux ou trois idées là-dessus.

— Des idées, tiens ? Une gentille jeunesse comme vous, ça ne doit pas avoir d'idées, dit Dalziel. Non, laissez, ils s'en occuperont. Est-ce que quelqu'un est allé voir les gamins de la classe de Lorraine ?

— Pas encore, répondit Wield. Mrs Shimmings veut qu'ils aient cours normalement, avant.

— Ça m'étonnerait que ça donne grand-chose, mais il vaut mieux y aller quand même. Ça, c'est un boulot pour vous, Ivor. Allez, zou, et plus vite que ça.

Novello s'empressa de quitter la pièce avant que son indignation soit visible.

— Elle s'est bien débrouillée, observa Pascoe d'un ton neutre.

— Elle a fait son taf, c'est tout, grommela Dalziel.

Pascoe jeta un regard à Wield, qui se frottait le menton.

— Même Jésus s'est repenti, ajouta le Gros.

Il alla jusqu'à la porte restée ouverte, et beugla :

— Vous vous êtes bien débrouillée, Ivor !

Puis il se retourna vers les deux autres :

— Là. Supporte pas l'idée que vous me regardiez toute la journée comme si j'avais noyé votre chaton. Bon, et maintenant, on peut sortir faire ce pour quoi on est payés, ou c'est-y qu'il vous faut un gros bisou baveux de maman pour vous faire avancer ?

5

Décidément, Rosie Pascoe passait une mauvaise journée à l'école.

Dès son entrée dans la cour, elle avait cherché Zandra qu'elle n'avait pas réussi à repérer ; miss Turner, sa maîtresse, lui avait dit que Mrs Purlingstone avait téléphoné : Zandra était souffrante, elle resterait chez elle ce jour-là.

Au moins, ça voulait dire qu'elle serait la seule à parler

de ses histoires de sortie et d'aventures au bord de la mer. Mais à l'heure de la récré, à mesure que la chaleur augmentait, elle s'aperçut qu'elle n'avait pas son énergie habituelle et préféra se tenir à l'écart du tourbillon des jeux.

Toutes les voix lui paraissaient distantes, comme si on avait baissé le son d'un téléviseur ; les enfants qui jouaient passaient devant elle comme des personnages sur le petit écran. Cette impression d'éloignement n'était pas désagréable du tout. Cette disposition d'esprit lui permettait en général d'entrer en contact avec son amie Nina. Mais de Nina, aucun signe ; et puis elle se rappela qu'elle s'était fait reprendre par le nix et était probablement retenue prisonnière dans la caverne.

Du coin de l'œil, elle entrevit une silhouette derrière la haute clôture en fil de fer qui marquait la limite de la cour. Le cœur plein d'espoir, elle s'approcha. Elle fut éblouie par le soleil. Elle avait été irritée toute la journée par cette lumière, sa vue était troublée ; pourtant, en s'approchant, elle sut qu'il ne s'agissait pas de Nina ; en clignant des yeux, elle s'aperçut qu'en fait il n'y avait personne, et elle se retrouva cramponnée au treillage comme un ouistiti en cage.

Elle sentit qu'on lui touchait l'épaule, se retourna vivement.

C'était miss Turner : une femme de petite taille, un peu plus petite que sa maman. Mais aujourd'hui, d'une certaine façon, elle avait l'air très grande.

— Allez Rosie, la récréation est finie, c'est l'heure de retourner en classe, dit-elle avec une voix distante et irréelle.

À quelques miles plus au nord, Shirley Novello passait elle aussi un mauvais moment à l'école. Les gamins ne l'ennuyaient pas, mais elle n'en raffolait pas. Ce qui la dérangeait, en revanche, c'était le principe selon lequel, en tant que femme, elle était la personne la plus indiquée pour parler aux enfants de la classe de Lorraine. De plus, elle avait l'impression d'avoir fait du bon boulot dans l'enquête sur les voitures. Mais elle avait mieux à faire que se plaindre, en plein milieu d'une affaire concernant une enfant qui avait disparu. Ici, si on vous dit qu'il faut lutter dans la boue, on lutte dans la boue.

Toutes les fenêtres de l'école étaient grandes ouvertes, mais il n'y avait pas un souffle d'air.

Les enfants étaient léthargiques : en partie à cause de la chaleur, en partie parce que l'excitation provoquée par les policiers s'était atténuée. Progressivement, ils prenaient conscience de la raison de leur présence. Mrs Shimmings et miss Blake, la maîtresse, firent de leur mieux pour détourner leur attention et les distraire ; mais elles étaient elles-mêmes alourdies par leurs propres craintes pour leur élève disparue ; et elles avaient du mal à cacher leur appréhension.

Il sortit très peu de choses des déclarations des enfants. Certaines dirent que Lorraine avait une cachette, là-haut, du côté de Ligg Beck ; mais quand Novello les pressa de dire où c'était, elles la regardèrent comme si elle était complètement abrutie : « Ben on peut pas savoir, puisque c'est un endroit secret ! » Finalement, elle poussa trop loin, et provoqua chez une petite fille une vague de sanglots qui se communiqua rapidement aux autres. Il fallut alors clore la discussion.

— Je vais continuer à leur en parler, promit Mrs Shimmings à Novello, alors qu'elles marchaient toutes deux dans le couloir. Ça ne sert à rien de mettre la pression sur des gosses de cet âge-là. Il faut laisser les choses venir.

Ben voyons... pensa Novello. Mais toi, tu n'as pas à répondre à un groupe de mecs qui ne se laissent impressionner que si on a quelque chose de positif à signaler.

Par « groupe de mecs », elle entendait bien sûr Dalziel et Pascoe et, dans une moindre mesure, Wield. En intégrant le département d'enquêtes criminelles, elle avait très rapidement pigé ce qui était le plus important chez un officier ambitieux : la cote qu'on avait auprès de ce trio infernal.

Elle avait observé avec intérêt, mais sans commentaires, la façon dont avaient réagi ses collègues masculins. Dalziel leur instillait la crainte de Dieu. Quand il se mettait en colère, c'était comme si on se faisait écraser par un tank Centurion. Mais d'un autre côté, c'est sûr que, quand on part à la bataille, le fantassin n'aime rien davantage que d'avancer derrière un tank Centurion.

Pascoe était OK. Il s'inquiétait beaucoup pour ses troupes. Il avait longtemps survécu au handicap d'être diplômé. En fait, la plupart d'entre eux n'y penseraient jamais si ce n'était une occasion pour le Gros de bons mots bien lourdingues.

Et puis Wield... Oh ! Wield, c'était Wield. Aussi difficile à déchiffrer qu'une encyclopédie en chinois, mais contenant tout ce qu'un flic avait besoin de savoir. On racontait sur sa vie privée des choses qui auraient pu ruiner la carrière d'un autre homme. Mais, à la manière des vagues contre un récif, ces histoires venaient se briser et disparaissaient.

Quand Dalziel parle, on obéit ; quand Pascoe parle, on écoute ; et quand Wield parle, on prend des notes. Voilà ce qui se disait.

Mais Novello avait fini par voir les choses assez différemment.

Elle ne tenait pas compte des rumeurs concernant Wield. Il lui paraissait tellement évident qu'il était homo qu'elle ne comprenait pas pourquoi il fallait chuchoter sur le sujet. C'était un bon flic, qui pouvait lui apprendre beaucoup. Mais elle pensait aussi qu'il avait choisi de rester au grade de sergent plutôt que de s'exposer davantage en prenant du galon. Tout en le comprenant très bien, elle n'avait aucunement l'intention de le prendre pour modèle.

Pascoe, maintenant. Elle l'avait apprécié, au départ. Quand elle avait intégré l'escouade, il s'était montré accueillant, serviable, protecteur. Et il l'était toujours, d'ailleurs. Mais quand elle en avait parlé à Maggie Burroughs qui l'avait beaucoup aidée pour obtenir sa mutation au département d'enquêtes criminelles, l'autre lui avait dit : « Méfie-toi des gens sympa, ils sont parfois pires que les autres. » Et quand, quelques minutes plus tard, elle avait commencé à parler aux gamins, Pascoe avait passé la tête dans la classe : il souhaitait dire deux mots à Mrs Shimmings ; tout cela en lui adressant un sourire d'excuse indiquant que ce qu'il faisait, lui, était nettement plus important que ce qu'elle faisait, elle.

Restait Dalziel. Un tank, ce n'est jamais qu'une machine ; mais une machine, ça a besoin de quelqu'un pour la faire fonctionner. Un mécanicien. Ou Dieu. Il circulait des plaisanteries sur la Sainte-Trinité, dans lesquelles on attribuait généralement le rôle du Fils à Pascoe et celui du Saint-Esprit à Wield. Pour sa part, en tant que bonne catholique en quelque sorte, elle penchait pour Pascoe en Saint-Esprit. Mais dans tous les cas de figure, c'était le gros Dalziel qui était le Tout-Puissant. Si on lui chatouillait un peu trop les narines, le mieux qu'on pouvait espérer, c'était un énorme éternuement qui vous projetterait très loin. Personne n'était à l'abri, mais quelle piètre consolation ! Même ce Saint-Esprit, Pascoe, l'avait appris à ses dépens. *Je crois en toi, Andy Dalziel*, c'était donc la première et la dernière proposition du credo du département d'enquêtes criminelles. Mais la foi sans le travail, ça ne mène jamais au Ciel et, même si le gros prophète avait prédit qu'elle perdrait son temps à parler aux gamins, il s'attendait à un certain résultat.

Elle constata donc avec soulagement que Wield était seul dans le bureau des enquêtes. Il était plongé dans un gros dossier, et tenait à la main une petite bouteille d'eau minérale.

— Le frigo est arrivé, servez-vous, lui dit-il.

Reconnaissante, elle prit une cannette de limonade. Elle aurait bien aimé la mettre sous son T-shirt et l'y rouler pour se rafraîchir la peau ; mais, d'instinct, elle évitait tout ce qui pouvait attirer l'attention de ses collègues hommes sur son sexe. Même quand il s'agissait de Wield.

Elle se dit qu'ils avaient peut-être beaucoup de choses en commun...

— Alors, bonne pêche ? lui demanda-t-il sans lever la tête.

— Pas grand-chose. Certains enfants disent que Lorraine avait une cachette du côté de Ligg Beck, mais aucun ne sait où elle est.

— Bien sûr, puisque c'est un endroit secret, répliqua Wield avec une logique enfantine que reconnut Novello.

Il referma le dossier, elle en déchiffra le titre à l'envers : DENDALE.

— Et vous sergent, rien du côté de l'équipe de recherche ?

— Absolument rien.

— Ça pourrait vouloir dire qu'elle est partie loin.

— Le superintendant a l'air de penser qu'ils sont encore dans les parages.

Elle nota qu'il avait dit « ils ». Il remarqua qu'elle avait remarqué, mais ne rectifia pas sa phrase.

— Qu'est-ce que vous en dites, sergent ?

Il la fixa d'un air pensif. Pour la première fois, Novello s'aperçut qu'il avait d'assez beaux yeux : des cercles de bleu Méditerranée autour d'un centre gris foncé, enchâssés dans un champ de blanc immaculé, sans aucune veinule rouge. C'était comme si on trouvait des bijoux dans une ruine.

— Je pense que vous avez une idée que vous aimeriez bien exposer. Quelque chose qui a un rapport avec ce break bleu, à mon avis.

L'ouverture était suffisante. Elle traversa la pièce et se planta devant la carte murale :

— La route de Highcross Moor : quand on est dessus, sur environ 7 km, il n'y a pas d'intersection à part quelques chemins de ferme. Ensuite, elle oblique vers l'est pour rejoindre la grand-route : ici. Il y a un pub au carrefour, le *Highcross Inn*. Ce que je voudrais, c'est vérifier dans les fermes le long de la route, et aussi dans le pub, si quelqu'un aurait remarqué le break bleu.

Maintenant qu'elle l'avait dit, ça avait l'air bien peu convaincant. Elle fut contente de ne pas avoir été devant le Gros.

— Mais il y a des hommes à nous qui sont passés dans toutes les fermes, objecta Wield.

— Oui, sergent. Seulement eux, ils ont fouillé les granges, les dépendances, les étables, etc. Moi, je veux poser une question précise sur une voiture en particulier.

— Vous avez une intuition sur ce break bleu, hein ?

— En quelque sorte, admit-elle à contrecœur.

— Vous avez déjà gagné à la loterie ?

— Dix livres.

— Ce n'est pas assez pour prendre sa retraite si jamais Mr Dalziel vous surprend à suivre une intuition. Mais comme je ne vois pas ce que vous pourriez faire ici, allez-y. Gardez le contact, quand même. Et si jamais je vous bipe pour que vous rappliquiez, ne faites pas l'andouille en disant que vous me recevez mal à cause des collines ou autres foutaises : vous revenez vite fait. OK ?

— OK, sergent, merci.

Elle tourna rapidement les talons et sortit en vitesse. Elle se retrouva dans l'étreinte moite du soleil.

En montant dans sa voiture, elle aperçut la Lada étincelante de l'inspecteur George Headingley qui virait pour entrer dans le parking. Elle fit rugir sa Golf déglinguée, le dépassa en lui adressant un signe de la main décontracté. George avait toujours eu la réputation d'être méticuleux ; mais à mesure que la retraite approchait, sa minutie avait tourné à l'obsession. En privé, il ne dépensait pas un penny de façon inconsidérée, et à en croire la rumeur il avait déterminé l'heure, sinon la minute précise, à laquelle il valait mieux qu'il prenne sa retraite. Professionnellement, il suivait le règlement à la lettre. Et si jamais il ne trouvait pas de consigne, il faisait ce qu'il pensait faire plaisir au chef constable et à Andy Dalziel, et pas forcément dans cet ordre.

À dix minutes près, elle n'aurait certainement pas pu suivre son intuition. Il lui aurait dit :

— Préparez-nous donc une tasse de café, Shirl. Et puis, veillez bien à répondre au téléphone jusqu'au retour du superintendant.

Maintenant, en un seul bond puissant, elle était libre. Elle prit à toute vitesse la route qui montait, descendit sa vitre et remonta son T-shirt pour que le courant d'air vienne rafraîchir sa peau brûlante.

Elle parcourut d'une traite la portion de route qui la séparait du virage où Geoff Draycott pensait que le break bleu s'était arrêté. Reconnaissant qu'on était tenté de s'arrêter là pour admirer le panorama, les autorités avaient, lors de l'amélioration de la route pour répondre à la prospérité croissante de Danby, aménagé des places de stationnement et installé une poubelle, réalisant ainsi un petit parking rudimentaire.

L'homme est-il donc la seule race au monde qui, visitant un site naturel d'une grande beauté où on n'a pas installé de poubelle, laisserait ses ordures partout autour de lui ? se demanda-t-elle.

Elle descendit de voiture, examina le paysage, car cela valait effectivement le coup de regarder dans toutes les directions. Elle avait emporté des jumelles et elle scruta les toits paisibles de Danby, les ardoises grises et bleues, les tuiles rouges, jaunes, brunes et ocre, qui cuisaient au loin. Puis elle remonta le contour sinueux de Ligg Beck dans la vallée. Elle sentit fondre son intuition en apercevant une Range Rover de la police, et se rappela pourquoi elle était là.

Elle repéra Maggie Burroughs, qui portait un bonnet de paille très peu officiel : elle était penchée sur une carte géographique dépliée sur le hayon ouvert, et parlait dans une radio. Un peu à l'écart, en pleine conversation avec le sergent Clark, il y avait Peter Pascoe, en chemise à manches courtes, avec sa peau claire qui rosissait. Il avait l'air d'un jeune gentleman des années vingt en randonnée.

Elle dépassa la double rangée de personnes appartenant à l'équipe de recherche, qui avançaient lentement à un demi-mile de la Range Rover.

Elle finit par boucler le cercle et regarda au plus près ce qu'elle avait juste au-dessous d'elle.

Voilà qui *était* intéressant. La vallée se rétrécissait avec l'altitude ; si on considérait l'emplacement du belvédère, sur un contrefort, on réalisait que l'entaille profonde marquant le cours du ruisseau était relativement proche. Bien sûr, du fait des plis et replis du terrain, une grosse partie en restait cachée. Mais un homme qui se serait tenu debout ici et aurait aperçu un enfant qui marchait le long du sentier à côté du cours d'eau pourrait descendre le flanc de la vallée, nettement moins escarpé de ce côté que de celui du Neb, et bloquer la gamine.

Elle abaissa les jumelles et étudia l'endroit. Maintenant, tout cela semblait très distant. Il n'y a aucune raison pour que quelqu'un qui s'arrête ici n'ait pas une paire de jumelles. Grâce à elles, il est très facile de distinguer une fillette toute seule, accompagnée simplement d'un chien de petite taille...

Tout cela, bien sûr, c'était de la théorie. Pas de quoi l'étaler devant le regard sceptique de la Sainte-Trinité. Mais si on l'associait à deux ou trois faits pertinents...

Elle scruta le sol en bordure de la place de stationnement,

dans l'espoir de voir une trace indiquant que quelqu'un avait descendu la pente. Elle réalisa rapidement qu'il était inutile d'y passer du temps. Elle n'était pas voyante et ne saurait pas lire dans le virage et la bruyère l'identité de la personne qui était passée par là. D'ailleurs, tous les enfants de toutes les familles qui s'étaient arrêtés ici avaient sans doute fait des glissades sur le flanc de la montagne.

Elle retourna à la voiture, y prit une paire de gants en plastique pour examiner le contenu du sac de la poubelle. Il était plein à craquer. Il avait dû y avoir pas mal de monde la veille, et la présence d'un tabloïd du dimanche, sur le dessus, indiquait qu'elle n'avait pas été vidée depuis. Elle renversa le contenu sur le sol, se mit à passer le fond du sac au crible. Le mot *haruspex* lui revint en tête, venu des cours de latin de son école religieuse : un devin qui prédisait l'avenir en lisant dans les entrailles d'animaux. Un bon terme pour ces enquêteurs du FBI dont elle avait lu qu'ils se spécialisaient dans l'interprétation des détritus. Peut-être en existait-il quelques-uns à Scotland Yard ou au MI5 ; mais en tout cas, cela n'était pas très en vogue dans le programme de formation du Mid-Yorkshire. Un expert aurait peut-être trouvé beaucoup à exploiter dans les récipients et emballages alimentaires qui constituaient la plus grosse partie des ordures ; mais Novello se concentrait sur le reste. Au bout de quelques minutes, elle avait isolé une pile au lithium de 3 volts du type de celles que l'on utilise pour les appareils photo, un paquet vide de Marlboro Lights, deux journaux du dimanche (un grand format et un tabloïd), une boucle d'oreille cassée, et un mouchoir en papier avec une tache brune qui pouvait être du sang.

Elle mit ses trouvailles dans un sac. Elle replaça le reste dans le sac en plastique, qu'elle scella avec du ruban adhésif et qu'elle plaça dans le coffre de sa voiture. Elle n'avait pas vraiment espoir que l'un de ces éléments ait un quelconque rapport avec l'affaire qui l'occupait ; mais si c'était le cas, elle ne voulait pas avoir à dire à Dalziel que le reste des preuves potentielles se trouvait dans une décharge municipale.

Ensuite, elle étudia la carte. Quatre fermes méritaient une

visite. Elle avait de grands espoirs, elle sentait que les choses se passaient bien.

Environ deux heures plus tard, plus rien n'allait. Il avait été facile de trouver les fermes, mais nettement plus ardu de trouver tous les gens qui s'étaient baladés ce dimanche matin-là. Bientôt, alors qu'elle marchait à travers la bruyère touffue et s'écorchait les coudes et les genoux à escalader les murs en pierre sèche, tout ce qui restait de ses intuitions se réduisit à des douleurs musculaires.

Mais elle restait résolue : parmi les choses dont on pourrait l'accuser, elle n'allait pas mettre le manque de conviction à l'ordre du jour. Un vieux professeur lui avait dit un jour que la minutie était la propre récompense de la minutie. En passant devant la dernière ferme, elle dut reconnaître qu'elle n'avait récolté aucune récompense.

Elle descendit donc jusqu'au *Highcross Inn*.

6

Il y avait un panneau PARKING RÉSERVÉ AUX RÉSIDENTS à chaque extrémité de Holyclerk Street.

Dalziel se gara rapidement sur une place de stationnement devant une vieille dame qui scruta furieusement son pare-brise à la recherche d'un autocollant de résident ; elle n'en trouva pas, commença à descendre de sa voiture pour protester, aperçut cet énorme visage qui la considérait avec la bienveillance d'un Bouddha, sentit se dissiper sa colère d'automobiliste et poursuivit son chemin.

Si elle avait suivi son instinct initial et lancé une allumette enflammée dans le réservoir, Holyclerk Street n'aurait pas été surprise. Au cours de sa longue histoire, la rue avait pratiquement tout vu de l'émotion et des appétits humains.

Le nom de la rue faisait allusion au lien avec la grande cathédrale qui se dressait au-dessus des habitations, tel un paquebot transatlantique dominant une flotte de canots d'approvisionnement. La voie se trouvait « à portée de cloche », c'est-à-dire que toute personne vivant dans ce périmètre pouvait se mettre en route à la première note d'un appel à l'office, et se trouver parmi les fidèles avant la dernière. À l'époque, une maison située « à portée de cloche » coûtait en général au moins 20 % de plus qu'une autre située en dehors de cette zone, mais il n'en avait pas toujours été ainsi.

La rue médiévale d'origine, qui contenait le séminaire d'où dérivait son nom, était, durant le règne de la reine Anne, tombée presque complètement en ruines et en discrédit. Si on possédait un peu de fortune, si on jouissait d'une position sociale, on n'aurait pas rêvé d'y habiter. Ces bâtiments avaient décliné jusqu'à devenir des tavernes basses, des pensions infestées de vermine et des maisons closes.

La plupart des bons bourgeois considéraient comme une offense à Dieu et à l'Homme le fait que pareille plaie civique puisse avoisiner la cathédrale. Mais comme un nombre important de ces bons bourgeois étaient propriétaires de ces maisons et en partageaient les profits, l'Homme mit tant de retard à apporter un remède que l'impatience de Dieu alla grandissant ; et une nuit noire de septembre, après s'être assuré que le vent soufflait du bon côté, Il fit trébucher une moins que rien bourrée et son amant gâteux qui montaient l'escalier pour regagner leur lit puant. Il les envoya voler comme des météores à travers un trou dans les planches pourries, jusqu'à la cave où ils atterrirent dans un tonneau ouvert de brandy frelaté.

Le feu laissa une cicatrice cendrée que, pendant de nombreuses années, on considéra comme la preuve frappante de la colère du Dieu vivant ; mais lorsqu'une combinaison de bidonvilles et de marché pour Irlandais tenta de se développer en ces lieux, les édiles, cette fois-ci, décidèrent de devancer la divinité ; ils débarrassèrent le secteur des indésirables et entamèrent un programme de construction d'habitations.

Ces élégantes résidences n'impressionnaient pas Dalziel. Il connaissait peu de chose de l'histoire médiévale et des incendies du XVIIIe siècle, mais il pouvait se rappeler l'époque où les gens aisés avaient étalé leur richesse en migrant dans la Ceinture Verte, laissant ceux de Holyclerk

Street morceler leurs demeures en appartements pour étudiants et en entreprises douteuses. Mais l'Église fit jouer son bras financier — c'était avant que ses officiers n'aient démontré leur incompétence à servir Dieu ou le Veau d'Or en perdant plusieurs millions de livres sterling. Elle acheta et rénova, puis ramassa un joli paquet quand un téléfilm à succès, adapté de la série *Barchesterles Novels* d'Anthony Trollope, jeta un éclairage romantique sur le quartier de la cathédrale et ranima la notion de « à portée de cloche ».

Le soleil étendait sa lame d'or au milieu de la rue, et on ne trouvait d'ombre nulle part. Dalziel pensa à suivre l'exemple du propriétaire du cabriolet blanc, garé devant lui en laissant la voiture décapotée, découvrant aux yeux de tous les passants une coûteuse installation hi-fi. Certainement, dans ce cadre ecclésiastique, une telle confiance était-elle justifiée ? Il baissa un peu sa vitre, descendit de voiture et fit un ou deux pas, se souvint des officiers de l'Église, rebroussa chemin pour aller remonter la vitre.

En passant une seconde fois devant le cabriolet blanc, il nota qu'il s'agissait d'une Saab 900 appartenant à une entreprise nationale de location de véhicules. Il vérifia le disque de stationnement de résident. Il portait la mention *temporaire*, ainsi que l'adresse : 41 Holyclerk Street. La maison des Wulfstan.

Il jeta un coup d'œil sur la tour de la cathédrale, hocha la tête avec admiration, et poursuivit sa route.

Arrivé au numéro 41, il appuya sur le bouton de sonnette, recula et attendit.

À l'époque huppée, il se doutait que les portes d'entrée de cette rue auraient été ouvertes par des bonnes en uniforme ; mais aujourd'hui, les domestiques s'étaient faits rares dans le coin ; ceux qui avaient perdu leur travail n'étaient pas disposés à faire des courbettes aux abrutis qui avaient besoin de gens de maison.

Malgré les quinze ans écoulés depuis leur dernière rencontre, il reconnut immédiatement la femme qui lui ouvrit la porte.

Et il vit, à l'expression de Chloe Wulfstan, que la réciproque était vraie :

— Mr Dalziel, dit-elle.

Elle n'avait pas beaucoup changé depuis. En fait, elle faisait nettement plus jeune que la dernière fois, mais ce n'était pas si surprenant. À l'époque, la nouvelle de la disparition de sa fille avait vidé son visage de son sang. Pourtant, jamais il ne l'avait vue pleurer, et d'une certaine façon il savait qu'elle n'avait pas non plus cédé aux larmes, en privé. Toute son énergie avait servi à se maintenir.

De toute façon, pas la peine de perdre son temps là-dessus.

— Excusez-moi de vous déranger, Mrs Wulfstan. Vous avez dû entendre parler de cette gamine qui a disparu de Danby ?

— Oui, à la radio ; et puis dans le journal de ce matin. Vous avez du neuf ?

Elle parlait d'une voix égale, avec une politesse conventionnelle, comme si elle avait devant elle un vicaire qu'elle aurait invité à prendre le thé. Il se souvint que, quinze ans plus tôt, elle avait gardé une légère pointe d'un accent qui trahissait son origine sociale et son éducation à Heck Farm : il montrait de l'instruction certes, mais il était encore suffisamment présent pour rappeler que c'était une fille du Mid-Yorkshire. Aujourd'hui, il avait totalement disparu : on aurait pu lui confier la présentation de l'émission *Woman's Hour*, sur BBC4.

Derrière elle, Dalziel vit une entrée dont les murs étaient ornés de gravures ayant la musique pour thème. Par un large escalier parvenaient le murmure d'un piano et la voix d'une femme qui chantait :

Quand ta très chère mère approche de ma porte
Et que toutes mes pensées à la voir se rapportent,
Mon regard ne va pas d'abord à son visage
Mais, juste derrière elle...

On entendit un son discordant, comme si quelqu'un avait frappé la main sur le clavier, puis une voix masculine :

— Non, non, c'est trop, et c'est trop tôt. À ce stade, il essaie encore d'être terre à terre, d'être rationnel sur son propre comportement, qui est irrationnel.

Cette voix. Il pensa la reconnaître. Les deux voix, en fait. La femme, c'était celle qu'il avait entendue chanter à la radio, la veille chez Pascoe. Le même foutu cycle de chants, aussi. Il se remémora la première fois où il les avait entendus... Il revint à l'autre voix, celle de l'homme. Cet anglais un peu trop parfait. Sûrement le Navet. Dalziel persistait à faire ce jeu de mots très lourd — *Suede* signifiant aussi rutabaga, même si Wield lui rappelait fréquemment qu'Arne Krog n'était pas suédois, mais norvégien. Cette pédale avait osé corriger son anglais, et Dalziel était un Dieu impitoyable.

— Mr Dalziel ? appela Chloe Wulfstan.

Il s'aperçut qu'il n'avait pas répondu à sa question :

— Non, rien de nouveau.

— J'en suis désolée. Comment vont... Non, c'est inutile que je vous pose la question.

— Vous voulez dire, comment vont les parents ? Comme vous pouvez l'imaginer. Vous devez connaître la maman, elle vient de Dendale. Elsie Coe, de son nom de jeune fille.

— Ah, la fille de Margaret Coe ? Oh, mon Dieu... Margaret a été très malade l'année dernière, et c'est presque un miracle qu'elle se soit rétablie. Maintenant, je me demande si ce n'était pas une malédiction. Est-ce une mauvaise chose à dire, Mr Dalziel ?

Il haussa les épaules d'un air imperturbable, montrant qu'il refusait de prendre position sur ce qu'elle venait de dire.

Elle poursuivit d'un ton pensif :

— Vous savez, j'ai pris l'habitude de penser à de mauvaises choses. Quand je voyais des visages compatissants, des femmes comme Margaret Coe, je me disais : « Au fond de vous-même, vous êtes vraiment contente que ce soit tombé sur moi ; que ce soit ma petite Mary qui ait disparu, et pas votre Elsie, ou telle autre. » (Elle s'interrompit, comme si quelqu'un lui avait rappelé ses devoirs de maîtresse de maison. Puis elle parla avec vivacité :) Est-ce Walter que vous souhaitiez voir ? Il est ici effectivement, mais en pleine réunion au sujet du Festival de Musique. Il faut qu'ils trouvent un autre endroit pour le concert d'ouverture. Mais vous êtes au courant de cela, bien sûr. Je fais vraiment preuve de grossièreté en vous laissant là, sur le pas de la porte, entrez donc. Je vais lui dire que vous êtes là.

Il avança dans l'entrée, soulagé d'être hors de portée directe des rayons du soleil. Mais la canicule pénétra en même temps que lui, car toutes les fenêtres étaient ouvertes.

— On aurait quand même pu penser qu'un type qui bosse dans l'énergie solaire se serait fait installer l'air conditionné ! grommela-t-il.

Chloe Wulfstan frappa doucement à une porte, l'ouvrit et se glissa à l'intérieur.

Dalziel aperçut une pièce qui ressemblait à un bureau lambrissé de chêne, comme on faisait autrefois. Il vit trois personnes : l'une de face, l'autre de profil ; la troisième tournait le dos, sa tête dépassait du dossier de son fauteuil. C'est justement l'arrière de ce crâne qui concentra son attention. Pendant une seconde, il sentit en lui quelque chose qui se serrait : l'estomac, le cœur, impossible d'être précis, mais en tout cas c'était le genre de sensation qu'il ne se rappelait pas avoir éprouvée depuis très longtemps.

La porte se rouvrit et Mrs Wulfstan sortit. À l'étage, le son du piano avait repris.

Mais, juste derrière elle, cherche dans son sillage,
Là où apparaissaient tes propres traits chéris
Illuminés d'amour, et ton rire...

La femme assise dans le fauteuil avait tourné la tête, et son regard fixait Dalziel. Leurs yeux se rencontrèrent, puis la porte se referma.

— Pouvez-vous lui accorder juste une minute ? s'excusa Chloe Wulfstan. Il devrait terminer sa réunion dans très peu de temps ; ensuite, les autres participants n'auront pas besoin d'attendre le retour de Walter. Voulez-vous vous installer ici ?

Elle le conduisit jusqu'à une pièce de réception située à l'arrière de la maison ; des portes-fenêtres grandes ouvertes donnaient sur un jardin tout en longueur dont l'état de la pelouse montrait l'intensité de la sécheresse.

— On est tenté, bien sûr, ajouta-t-elle en suivant son

regard. Mais on fait tous attention à l'eau, et si jamais quelqu'un trouvait notre gazon un peu trop vert... Quand je pense qu'on a abandonné Dendale pour ne plus avoir de problèmes d'approvisionnement en eau... Ça fait réfléchir, non ?

Elle avait maintenant une intonation chaleureuse, polie et enjouée.

— Effectivement, répondit Dalziel. Le niveau du barrage est très bas. Ça ne vous arrive jamais de retourner là-bas pour voir, Mrs Wulfstan ?

— Non, jamais, Mr Dalziel.

Il l'observa un moment, tout en tirant sur son épaisse lèvre inférieure. Son regard prit une expression sceptique.

— Voulez-vous une boisson fraîche ? demanda Chloe Wulfstan.

— Quoi ? Oh oui, c'est sympa, dit-il. Au fait, il y a une voiture dehors : une Saab blanche, avec un disque de stationnement visiteur.

— C'est la voiture d'Arne. Arne, vous vous rappelez : Arne Krog, le chanteur. Il habite chez nous pendant la durée du festival. Et Inger, son accompagnatrice, elle est ici aussi.

— Eh bien, c'est ce qu'elle devait faire, l'accompagner.

Dalziel avait prolongé sa phrase d'un sourire destiné à faire comprendre qu'il faisait un bon mot ; mais elle le regarda d'un air un peu désorienté et quitta la pièce.

Les vieilles habitudes ont bien du mal à disparaître. Dalziel se mit immédiatement à arpenter la pièce, jeta un coup d'œil sur des papiers posés sur un bureau, tenta d'ouvrir un tiroir, mais le cœur n'y était pas. En haut, le piano s'était tu à nouveau, et l'on entendit des éclats de voix. Tout à coup, la porte s'ouvrit et une femme, grande et mince, entra à grandes enjambées. Elle portait un pantalon de coton noir ainsi qu'un T-shirt de même couleur, qui accentuaient la blancheur de sa peau et la pâleur de ses cheveux blond cendré. Elle s'arrêta net en voyant Dalziel, le regarda d'un air impassible de ses yeux gris ardoise ; ils paraissaient sans âge, par rapport au reste du corps auquel on donnait un peu plus de 20 ans.

Il accorda son intonation à l'endroit :

— Comment allez-vous, miss Wulfstan ? Superintendant Dalziel.

S'il avait espéré impressionner avec son intuition, c'était raté. Elle parut amusée, et un vague sourire éclaira son long visage immobile comme un premier rayon de soleil sur un petit lac de montagne.

— Et vous, superintendant ? On s'occupe de vous, ou vous êtes entré par effraction ?

Pendant une seconde il pensa qu'elle se foutait de lui en prenant son accent. Avant d'avoir choisi entre le dénigrement indirect (*alors, cocotte, on a mal à la gorge d'avoir trop chanté ?*) et le direct (*dites-moi, je pense que vous serez devenue une adulte vraiment bien quand ce que vous avez dans la tête rattrapera vos nichons*), une autre femme entra dans la pièce : blonde elle aussi, mais moins grande, plus trapue, et avec une vingtaine d'années de plus.

— On a fini ? dit-elle. Si oui, je vais prendre un bain de soleil.

— C'est pas à moi qu'il faut le demander, ma chérie. C'est pas moi qui fais tout ce raffut. Tu ferais mieux d'aller demander au Seigneur et Maître, c'est lui qui sait tout.

L'accent du Yorkshire était toujours là : finalement, elle ne se foutait pas de sa gueule. Dalziel se sentit reconnaissant de ne pas avoir parlé, mais sans plus. La gêne ne figurait pas en tête de liste de ses punitions.

— Arne t'aidera tant que tu demanderas de l'aide, répondit l'autre.

C'était Inger Sandel, la pianiste. En quinze ans, elle avait pris un peu de poids, et il aurait pu ne pas reconnaître son visage. Mais cette voix avec cet accent scandinave plat, ce fut un déclic dans ses souvenirs. Elle n'avait pourtant pas beaucoup parlé quinze ans auparavant, et cela n'avait rien à voir avec le fait de s'exprimer dans une langue étrangère. Si l'on excluait l'accent, son anglais était excellent. Simplement, elle ne disait rien de plus que ce que la situation exigeait. Peut-être réservait-elle son énergie au piano ; pourtant elle avait choisi d'être seulement accompagnatrice. Dans la tête de Dalziel, une voix dit : « Dans les récitals de *lieder*, le pianiste et la cantatrice sont sur un plan d'égalité. » Mais pour Andy Dalziel, une accompagnatrice était encore quelqu'un qui cognait sur les touches pour sortir un rythme entraînant, pendant que les mecs au bar beuglaient leur amour pour Annie Laurie ou leur dégoût de Hitler.

— À l'aide ! s'exclama Elizabeth Wulfstan. Tu n'arrêtes pas de critiquer les « à l'aide », hein ?

Il y avait peu de chaleur dans sa voix : elle avait une intonation comme pour une vraie question.

— Je pense que tu as de la chance d'avoir un homme qui a l'expérience de Arne pour te conseiller, dit Inger d'un ton détaché.

— Tu crois ? Eh bien alors, s'il est vachement bon, pourquoi il ne chante pas à cette foutue Scala ?

— Parce qu'à cette période de l'année, il fait beaucoup plus frais dans le Mid-Yorkshire qu'à Milan. C'était comme ça avant, en tout cas, répondit Arne Krog, qui arrivait si à propos que Dalziel devina qu'il avait écouté la conversation du couloir, pour faire une bonne réplique.

Quel enfoiré, ce mec... En tout cas, pour un enfoiré, il était indéniable que le Navet avait bien vieilli ; un peu enrobé de partout, mais toujours cette même aisance de mouvements, ces mêmes traits agréables et réguliers, avec cette légère trace d'amusement continu autour de la bouche, qui avait déjà pas mal gonflé Dalziel.

Ils se serrèrent la main.

— Heureux de vous voir, Mr Krog. Enfin, malgré les circonstances présentes. Vous avez dû entendre parler de la disparition d'une gamine, hier matin à Danby ? On est en train de chercher d'éventuels témoins.

— Et c'est pour ça que vous venez me voir ? demanda Krog en hochant la tête comme pour montrer qu'il s'y attendait à moitié. Oui, bien sûr, je me trouvais à Danby hier ; cela dit, je ne pense pas pouvoir vous servir à grand-chose. Mais je vous en prie, posez-moi donc vos questions : j'ai pu voir quelque chose sans en réaliser la portée.

Krog montrait là une ouverture d'esprit qui n'impressionna pas Dalziel. Le fait de laisser sa voiture, au vu de tous, près de l'endroit où a été commis un crime peut être aussi bien une preuve de culpabilité que d'innocence ; et même si on peut rester serein tant qu'on s'imagine ne pas avoir été repéré, une fois que le doute s'installe, les choses vont vite.

— Peut-être bien. Vous vous êtes garé en bordure de Ligg Common, c'est bien ça ?

Il avait pris la décision de l'interroger devant les deux autres : l'ambiance serait plus décontractée, moins menaçante. Et puis, elles connaissaient beaucoup mieux Krog que lui ; si jamais il était gagné par la trouille, les autres le remarqueraient et réagiraient.

Aucune des deux femmes ne proposa de quitter la pièce ; elles ne dissimulaient pas leur intérêt pour le dialogue qui s'était engagé.

— Effectivement, oui.

— Pourquoi ?

La plupart des gens auraient montré de la perplexité, ou l'auraient feinte, pour l'obliger à être plus précis. Krog réagit différemment :

— Je me sentais énervé hier matin, oppressé par la chaleur et la ville. Alors je suis parti dans la campagne. J'avais envie de faire une petite balade, seul, quelque part où l'air serait frais : un endroit où, si j'ouvrais mes poumons et que je chantais quelques gammes, il n'y aurait qu'un troupeau de moutons qui pourrait s'effrayer. J'ai choisi Danby parce que je connais ses environs. Au cours des festivals, il m'est souvent arrivé d'y chanter, et j'apprécie toujours de faire un petit tour tout seul avant de me produire.

Très détaillé, tout ça, se dit Dalziel.

Il jeta un coup d'œil à Elizabeth Wulfstan : il y avait en elle quelque chose qui le tracassait. Peut-être ce regard si vieux dans un visage très jeune.

— Et vous ? Vous aussi, vous aimez faire quelques pas avant d'entrer en scène ? lui demanda-t-il.

Elle secoua la tête :

— Non, pas moi. Je mets mon habit de bouffon et je me cuite avec de la piquette.

— Et vous, miss ? continua-t-il en s'adressant à Sandel.

— Non : l'exercice, j'en fais par nécessité, pas pour me détendre pendant mes loisirs.

Dalziel reporta son attention sur Krog :

— Donc, où êtes-vous allé ?

— Après le terrain communal, vers la droite, l'est, c'est ça ? Moi et les points cardinaux...

— Ouais, l'est. Donc, vous n'avez pas remonté le chemin du ruisseau.

— Non. J'y avais pensé au début, mais quand j'ai réalisé à quel point il faisait chaud, j'ai décidé d'aller dans la direction opposée. Il y a des cultures par là-bas, avec des arbres ; pas des bois très importants, juste quelques taillis, mais enfin de quoi trouver un peu d'ombre. La petite fille, elle a remonté le chemin du ruisseau, c'est ça ? Avec le recul, je regrette de ne pas être parti par là, j'aurais peut-être pu...

Chloe Wulfstan était revenue dans la pièce avec la boisson destinée à Dalziel. Elle la lui tendit : derrière son dos, Krog fit au superintendant un petit signe de la tête pour lui demander d'attendre qu'elle soit partie avant de continuer l'interrogatoire.

Dalziel se mit à siroter la citronnade fraîchement pressée et poursuivit en ignorant la prière muette :

— Merci cocotte, c'est parfait. (Puis, à Krog :) Donc, vous n'avez rien vu ?

— J'ai vu le ciel, la terre et les arbres ; j'ai entendu des oiseaux, des moutons, des insectes. Mais des gens, je ne me rappelle pas, désolé.

— Très bien. Vous avez aussi vu le Neb, bien sûr.

— Pardon ?

Pour la première fois, il donnait l'impression de ne pas être au courant.

— Le Neb. Comme vous étiez de l'autre côté de la vallée, je me disais que vous n'aviez pas pu manquer de le regarder. Ça ne vous est pas venu à l'esprit de remonter, disons, par Corpse Road, pour avoir une vue plongeante sur Dendale ?

Dalziel continuait à parler par-dessus l'épaule de Mrs Wulfstan, qui le fixait sans ciller.

— Non, répliqua Krog avec colère. Mr Dalziel, je vous ai déjà dit tout ce que j'avais fait. Si vous avez d'autres questions à me poser, il vaudrait mieux que cela se passe ailleurs ; à défaut de la courtoisie la plus élémentaire, ce serait plus décent.

— La vache, vous, je dois dire que vous causez anglais mieux que la plupart des British, Mr Krog.

Tout en parlant, Dalziel avait croisé le regard d'Elizabeth Wulfstan, et d'un clin d'œil il lui fit signe de s'esquiver. Il reçut en retour, à nouveau, ce léger et bref sourire.

— Si vous avez terminé ici, superintendant, Walter a fini sa réunion, indiqua Chloe Wulfstan. Il a pensé que vous préféreriez lui parler en privé : il vous attend dans le bureau.

— Merci, trésor.

Dalziel vida son verre de citron pressé, le lui tendit, fit un aimable signe de tête aux deux autres femmes, et quitta la pièce.

Arne Krog le suivit :

— Vous allez voir Walter au sujet de la petite de Danby ? demanda-t-il.

— Peut-être bien, dit Dalziel.

— Vous pensez vraiment que ça a quelque chose à voir avec Dendale, après tant d'années ?

— Vous pensez qu'il devrait y en avoir, Mr Krog ?

— Hier matin, je suis allé à Danby, vous vous souvenez ? poursuivit Krog d'un air sombre. Eh bien, j'ai vu une phrase écrite à la peinture sur le vieux pont de chemin de fer. Sur le coup, je n'ai pas fait attention. Aujourd'hui, les graffiti c'est comme la publicité : on voit des signes sans enregistrer le message, en tout cas pas de façon consciente. Mais plus tard, quand j'ai entendu parler de...

— Ne tirez pas de conclusions hâtives, le coupa Dalziel avec la douce autorité de quelqu'un qui, en son temps, a sauté pour faire des raccourcis beaucoup plus saisissants que le cheval Red Rum.

— Oui, bien sûr, vous avez raison. Mais je vous en prie, pensez à Chloe, à Mrs Wulfstan. Ici, on essaye d'éviter toute allusion qui pourrait lui rappeler cette affreuse période.

Son intonation était clairement accusatrice.

— C'est très attentionné de votre part, mais c'est peine perdue.

— Comment cela ?

— Mr Krog, vous ne vous imaginez quand même pas que, depuis quinze ans, il s'est passé un seul jour sans qu'elle pense à sa fille ? dit Dalziel. Un truc comme ça, il suffit d'ouvrir les yeux le matin pour que ça vous revienne.

Le ton de sa voix était si sincère que Krog le regarda avec curiosité :

— Vous aussi, superintendant, je crois que vous y avez pensé tous les jours.

— Ouais ouais, j'y ai pensé. Mais pas tous les jours, et pas de la même façon qu'elle. Moi, dans l'histoire, j'ai juste perdu un suspect, pas une fille.

— À mon avis, si cela vous était arrivé, vous n'auriez pas non plus perdu le suspect, répliqua Krog en faisant un geste de couperet de la main droite.

— Dites donc, vous, vous n'êtes pas si givré que ça, pour un étranger.

7

Comme disait Ellie, Peter Pascoe n'était pas précisément un homme moderne : il était plutôt du genre première main conduite par une dame soigneuse, faible kilométrage, justificatifs d'entretien disponibles. En tant que tel, il avait fait tout son possible pour essayer d'apprécier l'inspecteur Maggie Burroughs, mais il n'y était pas véritablement parvenu. Elle était efficace, une espèce de déléguée syndicale pour toutes les femmes officiers de police du Mid-Yorkshire bourrées d'ambition, qui avaient adopté le principe de Margaret Thatcher : « Je suis à bord, vous pouvez retirer la passerelle. » On admettait généralement aussi qu'elle était agréable, sensée et désirable.

Oui, mais...

— Je ne pense pas que je l'aurais appréciée même si ça avait été un homme, avait dit Pascoe à sa femme pour la convaincre qu'il n'était pas sexiste.

Il avait été un peu déconcerté par la réaction d'Ellie : elle avait hésité entre les hurlements de rage et le rire. Fort heureusement, elle avait opté pour la seconde solution, même quand il aggrava sa condescendance involontaire en ajoutant :

— Mais je t'assure, elle a de l'avenir dans la police.

— Exactement. Et comme la plupart des hommes qui atteignent un âge intéressant, tu ne peux pas regarder l'avenir avec sérénité.

Peut-être avait-elle raison. Mais pas sur tous les plans.

L'aversion de Pascoe envers Burroughs tenait à un facteur identifiable, mais il ne pouvait pas en parler : il s'était aperçu qu'elle n'aimait pas Ellie. Et ça, surtout venant d'une autre femme, ça dénotait une carence au niveau du jugement qui dépassait les possibilités de clémence.

Les antipathies de Dalziel, elles, se voyaient comme le nez au milieu de la figure ; Pascoe, à l'inverse, dissimulait les siennes. Il sourit d'un air aimable :

— Bonjour Maggie, comment ça va ?

— Pas très fort. Je commence à penser comme les gens du pays, elle n'est pas ici.

— La bagnole, vous vous rappelez ? Shirley Novello est en train de s'en occuper. Ça ne donne pas grand-chose, remarquez.

Il prit une expression désabusée pour exprimer qu'il se désolidarisait des critiques du Gros envers la jeune détective constable ; mais Maggie Burroughs secoua la tête :

— Non non, pas une voiture : des fantômes, des vampires, des trucs qui tuent la nuit, ou le matin en l'occurrence. Ils sont tous persuadés que c'est Benny qui a enlevé la gamine, et c'est contagieux. Quelle est la position officielle là-dessus, monsieur ? Je veux dire, tout ça c'est des foutaises, pas vrai ?

— Benny est à Danby ce qu'en bandes dessinées Freddy était à Elm Street : une légende qui s'appuie sur une terrible réalité, commenta Pascoe.

Il la surprit dissimulant un sourire, se dit qu'il avait dû prendre un ton un peu trop solennel :

— Veillez à ce qu'il ne reste pas un pouce de terrain inexploré, dit-il avec brusquerie. Est-ce que le sergent Clark est dans le coin ?

— Oui. Il utilise sa connaissance de la région, pour obtenir des résultats étonnamment minces, répondit Burroughs avec mépris.

— C'est un type bien, plaida Pascoe. Vous savez qu'il était constable à Dendale au moment des événements, il y a quinze ans ?

— À mon avis, il a tellement bassiné tout le monde avec ça que tous ceux qui ont plus de 2 ans sont au courant, riposta Burroughs. Enfin, bref, il n'est pas loin.

Une maxime vint à l'esprit de Pascoe : *Si tu n'es pas assez fort pour t'en faire un ennemi, fais-t'en un ami.* Mais il la garda pour lui. Peut-être Burroughs était-elle la future version d'Andy Dalziel. Sa philosophie à lui, c'était : *Il ne faut pas se réjouir d'avoir à supporter les imbéciles, mais la plupart du temps ça vaut le coup de souffrir en silence.* Pascoe ne pensait pas que Clark était un imbécile : c'était un type sérieux, flegmatique, vieux jeu, tout simplement. Mais fonceuse comme elle l'était, Burroughs le considérait forcément comme un dinosaure.

Il trouva Clark en train de tirer sur une cigarette, à l'ombre d'un massif d'ajoncs squelettique.

Il lâcha sa clope d'un air coupable en voyant Pascoe venir vers lui, écrasa le mégot sous son talon.

— Vérifiez qu'elle est bien éteinte, dit Pascoe. Je préfère que vous vous ruiniez les poumons plutôt que de foutre le feu à la montagne. Bon, parlez-moi donc de Jed Hardcastle.

— Ah oui, Jed. C'est le plus jeune des Hardcastle de Dendale...

— Oui, oui, le coupa Pascoe avec impatience. Il habite Stirps End, et il a une sœur qui s'appelle June, et ils ne s'entendent pas avec leur père : tout ça, je connais. Mais ce que je voudrais savoir, c'est ce qui vous donne à penser que c'est lui l'auteur des graffiti.

C'est Mrs Shimmings qui lui avait livré le tuyau, et il n'avait pas imaginé à quel point ça avait fait chier Shirley Novello qu'il interrompe l'entretien.

— Jed Hardcastle ? avait-elle dit. Oui, je le connais bien. L'aînée de ses sœurs était une des gamines qui ont disparu à Dendale. Mais vous êtes certainement au courant.

— Oui, oui, parlez-moi donc de Jed, demanda Pascoe.

— C'était le dernier des trois petits Hardcastle. Il n'avait que 2 ans quand ils se sont installés ici, donc il a fait toute sa scolarité à Danby.

— Par conséquent, le déménagement n'a pas dû beaucoup l'affecter ? avança Pascoe.

— Quand on grandit dans une famille dont un gosse disparaît, j'imagine que ça a une incidence, répondit-elle doucement. Surtout chez les Hardcastle. On n'a jamais laissé les enfants oublier ce qui était arrivé à Jenny. Cedric s'est beaucoup culpabilisé de ne pas avoir surveillé sa fille de plus près. Du coup, il a élevé June, la cadette, comme si c'était la future impératrice de Chine. Elle ne pouvait rien faire sans être surveillée de près. Tant qu'elle était gamine, ça n'a pas eu trop d'importance. Mais quand elle est devenue adolescente... Je vous laisse imaginer, vous savez comment sont les filles à cet âge-là.

— J'attends avec impatience de le découvrir, la mienne n'a que 7 ans, rectifia Pascoe.

— Au moins, vous voilà prévenu. À 7 ans, June était une enfant paisible et docile. Quand elle en a eu 15, elle s'est beaucoup rebellée. Un jour, elle s'est barrée à la ville. Ils l'ont retrouvée et ramenée. Un an plus tard, elle a refait une fugue, cette fois à Londres, et ça a duré des mois. Ils ont finalement réussi à entrer en contact avec elle, mais elle a fait clairement comprendre qu'elle n'entendait pas revenir.

— Et Jed ?

— C'est la même histoire, en un peu différent. Il a souffert de deux choses. D'une part d'une protection excessive alors qu'on aurait dû lui apprendre à voler de ses propres ailes. Et d'autre part du principe qui prévaut chez les fermiers du Yorkshire : quand on est l'unique garçon, on succède à son père, mais tant qu'il est encore là, on est un simple travailleur agricole, pas payé et sans aucun privilège. Jed n'a pas été aidé, il est fluet et très sensible, en plus. Dans ce contexte, ce n'est pas très encourageant de s'entendre dire que sa sœur qui est morte rendait plus de services même quand elle était deux fois plus jeune que lui.

— Mais il n'a pas suivi June, il n'a pas été attiré par la ville ?

— Non. Il a donné quelques soucis mais rien de grave, vandalisme et autres choses du même style. Et j'imagine que la vie à la ferme peut se résumer à un très long échange d'insultes avec son père. Dieu seul sait comment les choses auraient pu tourner. Mais Mr Pontifex — c'est le propriétaire de la ferme que loue Cedric — Mr Pontifex a senti le vent tourner, alors il a pris le jeune Jed sous son aile. Il lui a donné un job dans le bureau du domaine. Comme je dis, c'est un garçon intelligent, qui pige vite ; très capable, à condition d'être dans l'environnement approprié.

— Donc, pas pour nettoyer les étables ?

— Surtout quand votre père passe son temps à vous seriner que vous êtes un bon à rien, approuva Mrs Shimmings.

— Mais il vit toujours chez ses parents ?

— Ah ça, c'est le hic, tout le monde est bien d'accord là-dessus. Si jamais Jed quitte la maison à son tour, c'est sûr, il y aura un drame : soit sa mère se suicide, soit elle tue son mari.

Très probablement, Pascoe aurait pu être tuyauté là-dessus par Clark. Mais quand il s'agissait du profil psychologique d'un des jeunes de Danby, il préférait la version de Mrs Shimmings, qui avait un point de vue plus subtil du fait de son métier.

— Après notre discussion d'hier, j'ai dressé une liste des possibilités, indiqua Clark. On a eu quelques soucis avec ces plaisantins à la bombe de peinture et je suis remonté jusqu'à une petite équipe de cinq ou six...

— Mais pas Hardcastle, dit Pascoe. J'ai cherché son nom dans l'ordinateur. Il n'y a rien.

— Pas assez de preuves pour se retrouver devant un tribunal, alors je me suis débrouillé tout seul, répondit Clark en faisant un petit geste de couperet de la main droite.

Pascoe le fixa d'un regard vide. On disait qu'il y avait eu une époque où un bon pain dans la gueule envoyé par le flic du coin, ça donnait de bons citoyens intègres. Pascoe n'approuvait pas ce principe, même s'il était forcé d'admettre qu'une saine terreur à l'approche du gros Andy semblait effectivement avoir un effet salutaire, temporairement en tout cas.

— Donc, vous avez fait une présélection. Comment en êtes-vous venu à retenir Hardcastle ?

— Oh, j'ai fait ma petite enquête, répondit vaguement l'autre. Trois des mecs à qui j'ai parlé ont accusé Jed et son copain, Vernon Kittle.

Cette fois-ci, il ne refit pas son geste, mais Pascoe imaginait parfaitement comment s'était passée la petite enquête en question. Ce qui était plus important de toute façon, c'était la fiabilité des réponses.

— Ce Kittle, connu ?

— Un peu jeune pour ça. Il se prend pour un dur à cuire. Il impressionne Jed, qui est à peu près le seul à se laisser berner.

— Alors, pourquoi n'avez-vous pas tenté quelque chose hier soir ? demanda Pascoe.

— C'était dimanche. Tous les couillons sont de sortie, pour une raison ou pour une autre, alors il m'a fallu jusqu'à la nuit dernière pour mettre la main dessus.

— Quand même...

— Et Jed n'était pas chez lui, poursuivit Clark. Parti à la mer avec Kittle et deux nanas, dans la fourgonnette de Kittle. Molly, je veux dire Mrs Hardcastle, elle a dit qu'il ne raconterait rien en rentrant. Les gars... enfin, vous connaissez. Alors j'ai pensé que je pouvais aussi bien attendre le lendemain et vous transmettre le dossier.

Le superintendant avait donc eu raison. C'était le prix à payer pour avoir protégé le sergent du courroux de Dalziel le jour précédent. Les gens du Yorkshire n'apprécient pas qu'on les regarde ; ni d'ailleurs qu'on les traite comme des imbéciles, comme Maggie Burroughs l'apprendrait bien un jour à ses dépens.

— Dites-moi, Nobby, dit-il, tout ce qu'on dit sur Dendale, qu'est-ce que vous en pensez ? On perd son temps, ou ça pourrait mener quelque part ?

Le sergent hésita. Il finit par dire :

— C'est possible. Mais j'espère pas.

— Pourquoi ? S'il s'avère qu'il y a un rapport, on pourrait résoudre quatre mystères pour le prix d'un.

— Peut-être. Mais si jamais à l'inverse on réveillait pas

mal de vieux démons pour rien ? Les gens étaient arrivés à penser à Dendale sans se souvenir de ces pauvres gamines. Ça a été un coup terrible, mais la vie est pleine de choses terribles, et on ne devrait pas laisser gâcher ce qui est beau.

Il parlait d'un ton de défi, comme s'il anticipait les objections ou, plus probablement, les railleries que susciteraient ses mots recherchés.

— Et Dendale, c'était beau, hein ? demanda Pascoe.

— Ah ! oui, alors. C'était un endroit magnifique, plein de gens extraordinaires. Il y en avait bien quelques-uns qui l'étaient moins, on a eu des hauts et des bas, mais on a toujours réussi à s'en sortir tout seuls. Très franchement, j'aurais été très heureux de terminer ma carrière là-bas, même en sacrifiant mon avancement.

La ferveur qu'il exprimait fit sourire Pascoe :

— À vous entendre, on dirait le Paradis.

— En tout cas, si ce n'était pas le Paradis, c'était la porte à côté, répondit Clark. Et puis les choses ont commencé à se gâter. La plupart des gens situent ça à partir du moment où Mr Pontifex a vendu ses terres.

— Et quel rôle joue Mr Pontifex là-dedans ? Celui du serpent, ou simplement de cette pauvre naïve d'Ève ?

Il réalisa immédiatement qu'avec sa touche d'ironie il était allé trop loin. Dans le Yorkshire, on apprécie un bon gros sarcasme, mais on soupçonne à juste titre que l'ironie légère dissimule le ver de la condescendance.

— Jugez par vous-même, dit le sergent d'un ton bourru. Jed travaille pour lui ; donc, si vous souhaitez parler à ce gars, il faut qu'on aille au Manoir.

— Oui, oui, je veux lui parler. Allons-y.

Le Manoir surprit agréablement Pascoe. Il s'attendait à tomber sur un sévère bloc de granit comme le sont les demeures seigneuriales dans le Yorkshire : en fait, c'était une maison élisabéthaine, longue et basse, construite dans la pierre d'York, de couleur ocre.

Le bureau du domaine occupait une construction qui devait être une ancienne écurie. Il n'y avait aucun indice de la présence de chevaux, à l'exception de ceux qui se dissimulaient sous le capot de la Daimler bleue stationnée devant la maison.

Ils se garèrent à l'ombre de quelques ifs vénérables, traversèrent la cour en direction du bureau. Alors qu'ils s'approchaient, la porte s'ouvrit et un homme sortit. C'était un septuagénaire aux cheveux gris, au visage étroit et assez hautain. Il portait une canne, dont la poignée d'argent en forme de renard était parfaitement assortie à sa chevelure. En fait, l'objet semblait destiné à en jeter plutôt que d'aider véritablement à la marche ; en effet, il vint à eux d'un pas souple et guilleret.

— Bonjour, sergent Clark, dit-il. C'est une affaire épouvantable. Est-ce le superintendant Dalziel que j'ai l'honneur de saluer ?

La réponse qui jaillit dans l'esprit de Pascoe fut de se dire qu'un homme capable de penser une chose pareille est capable de croire n'importe quoi ; heureusement, il parvint à se retenir.

— Non, monsieur : inspecteur-chef Pascoe. Mr Dalziel vous présente ses compliments, mais il est retenu en ville.

Le sourire qui apparut sur le visage de l'homme modifia totalement son apparence :

— Effectivement, ce n'est pas le genre de discours que l'on peut attendre de Mr Dalziel, si j'en crois mes espions. Et maintenant que je vous regarde de plus près, je vois que vous n'êtes pas non plus le même type d'homme. Je vous présente toutes mes excuses, il faut vraiment que j'apprenne à éviter de parler trop vite.

Il s'était approché très près, avait saisi la main de Pascoe. Celui-ci réalisa tout à coup la raison de cette expression paumée et apparemment arrogante : l'homme était myope comme une taupe. Selon toute vraisemblance, la canne lui permettait de détecter les obstacles quand il se trouvait dans un environnement inconnu.

Clark avait avancé de quelques pas en direction du bureau. Il fit une pause, regarda Pascoe d'un air interrogateur. Celui-ci lui adressa un petit signe affirmatif, et le sergent entra.

— Dites-moi, Mr Pascoe, y a-t-il du nouveau ?

— Malheureusement non, il nous reste l'espoir.

— Et la prière. J'ai entendu dire que dans la région on parle de ce Lightfoot, le même auquel bon nombre de personnes imputent les disparitions de Dendale. Il est certain qu'il n'y a rien de vrai là-dedans, n'est-ce pas ?

Pascoe releva que « il est certain » avait été prononcé avec une conviction particulière.

— Pour l'instant, nous n'excluons aucune piste, monsieur, répondit-il.

Bien qu'ayant relâché sa main, l'homme se maintenait à une distance si faible qu'elle en était gênante. Pascoe se détourna comme pour regarder la maison, ce qui lui permit de reculer.

— C'est vraiment un bel édifice, dit-il d'un ton admiratif. De style élisabéthain ?

— Purement élisabéthain. Il y a eu des ajouts plus tard, mais toujours dans le même style.

— Vous avez de la chance que vos ancêtres aient eu autant de goût.

— Pas véritablement. La famille Pontifex n'habite ici que depuis peu : mon père avait un tel empressement à moderniser l'intérieur qu'il a sans doute commis à lui seul plus de dommages à la maison qu'elle n'en avait connu pendant quatre siècles.

— Ah ! C'est lui qui a acheté le domaine ?

— Oui, tel qu'il était à la fin des années vingt. Le précédent propriétaire a sombré pendant la Grande Dépression : trop de mauvais placements. Mon père s'est installé ici, et a commencé à agrandir la propriété, en achetant tout ce qui se présentait. C'est comme cela qu'il a acquis bon nombre de fermes situées à Dendale ; mais pas suffisamment pour constituer un ensemble viable. Pour être exploitable, un domaine doit avoir une certaine unité, être contenu à l'intérieur d'une limite commune. Il y avait trop de distance entre les propriétés de Dendale. Même sans le barrage, il aurait fallu vendre les parcelles.

Pascoe eut le sentiment d'entendre une excuse soigneusement mise au point et répétée à de multiples reprises. Pontifex qui vendait, le barrage qui se construisait, les enfants qui disparaissaient : le policier se dit que, pour certains, ce qui était simplement une suite d'événements était devenu une chaîne de causes et de conséquences. Mais il était surprenant qu'un homme d'affaires qui avait vraisemblablement la tête sur les épaules se laisse aller à une conversation aussi futile.

— Il est parti, monsieur, indiqua Clark en surgissant du bureau.

— Parti ? Où ça ?

— Le régisseur m'a dit qu'il a disparu dès qu'il nous a aperçus par la fenêtre.

— Ah, c'est Jed que vous vouliez voir ? demanda Pontifex en montrant un soulagement évident. Pour une raison précise ?

Pascoe opta pour un faux-fuyant :

— Nous faisons des recherches systématiques pour vérifier si quelqu'un n'aurait pas remarqué une personne bizarre dans les parages, hier.

— Oui, bien sûr ; un de vos collègues a appelé. J'ai été bien incapable de lui être utile, malheureusement : avec ma mauvaise vue...

Les deux hommes se serrèrent la main, et le policier prit congé. En retournant vers les voitures, Pascoe questionna Clark :

— Est-ce que Pontifex a une famille ?

— Une fille. Il est divorcé, c'est sa femme qui en a obtenu la garde.

— Donc, il vit seul ici. Il aide beaucoup de gars, ou est-ce que Jed est le seul ?

Clark le fusilla d'un regard désapprobateur et lui répondit avec répugnance :

— Rien de tout *ça* ; il n'y a jamais rien eu l'ombre de *ça*.

— Mais je ne faisais pas allusion à *ça*, protesta Pascoe. À moins que... ? Si j'ai bien compris, *ça* mérite encore la lapidation du côté de Danby. On ferait mieux de prévenir Wieldy !

— Je pense que ce qu'il y a, c'est que Mr Pontifex se sent redevable de quelque chose envers les Hardcastle, poursuivit Clark. Pas mal de gens seraient d'accord avec moi. Je veux dire, s'il n'avait pas vendu ses terres...

— Mais il aurait été exproprié, non ? objecta Pascoe.

— Il y a une sacrée différence entre l'obligation et le profit, répondit Clark avec une sévérité sortant tout droit de l'Ancien Testament.

— Donc vous pensez qu'il serait blâmable, peu ou prou, dit Pascoe avec curiosité.

— Eh bien, si c'est quelqu'un de la région comme Benny Lightfoot qui a enlevé les gamines, peut-être que le fait d'être délogé et déplacé a déclenché quelque chose en lui qui, autrement, aurait pu rester enterré jusqu'à la fin de ses jours.

Et voilà, on part de l'Ancien Testament pour arriver à un babillage psy bien de notre temps ! Ce qui n'excluait pas qu'il puisse y avoir quelque chose d'intéressant là-dedans. Pourtant, rien dans le dossier ne le suggérait.

— Est-ce que le cottage des Lightfoot faisait partie du domaine Pontifex ? s'enquit Pascoe.

— Non, il appartenait à la vieille Mrs Lightfoot, la grand-mère de Benny. C'était la maison qui était rattachée au terrain de Heck au moment où Arthur Allgood était en activité. Quand le père Lightfoot est mort, c'est son fils Saul qui a repris l'exploitation de Heck en même temps que le cottage.

— Saul, c'est le père de Benny, celui qui s'est noyé ?

— Vous alors, vous avez les écouteurs bien branchés, dit Clark. Oui, c'est bien ça. Donc il est mort, Marion s'est brouillée avec la vieille et elle est repartie vivre en ville avec ses mômes. Tout le monde pensait qu'Arthur ne tarderait pas à la virer de Neb Cottage pour y mettre quelqu'un d'autre. Mais avant qu'il en ait eu le temps, voilà-t-il pas qu'il passe l'arme à gauche lui aussi ! Si ça s'était passé un siècle plus tôt, j'imagine qu'on aurait pris la vieille pour une sorcière.

— Mais qu'est-ce que ça a changé ? Le cottage restait attaché à la ferme, non ?

— Oui ; sauf qu'il appartenait à la fille d'Arthur, Chloe Allgood, celle qui a épousé Mr Wulfstan. Ils voulaient garder Heck comme maison de vacances, mais ils ont été bien contents de vendre le reste. Naturellement, l'agent de Mr Pontifex s'est pointé en moins de deux.

— Mais Pontifex n'a pas acheté Neb Cottage !

— Non, effectivement. Il s'est trouvé que la vieille est allée trouver Chloe juste après qu'on eut mis son père dans le trou, et elle l'a persuadée de lui vendre le cottage. Personne ne sait comment elle a payé ; on dit qu'elle avait touché un peu de sous de l'assurance à la mort de son mari, et qu'elle avait tout mis sur une assurance plus importante pour son fils. Tant que Saul était en vie, elle serait tranquille, mais si jamais il clamsait, elle savait qu'elle aurait des problèmes.

— Futée, la dame, commenta Pascoe.

— Ah oui, alors. Il faut se lever tôt pour arriver à faire passer une affaire sous le nez de Mr Pontifex, confirma Clark en riant. J'imagine qu'il n'a pas été très content de s'apercevoir qu'il ne pourrait pas acheter Neb Cottage en même temps que le reste du domaine de Heck.

— Et qu'est-ce qui s'est passé quand Pontifex a décidé de vendre à la Compagnie des Eaux ?

— Ça, ça a vraiment été le commencement de la fin. La plupart des propriétaires ont cédé et ont vendu. À Heck, Mr Wulfstan a fait tout un souk, mais sans résultat. La vieille Mrs Lightfoot a tenu bon jusqu'au bout : il aurait fallu envoyer les huissiers pour la déloger, si elle n'avait pas eu une attaque. C'était trop pour elle, ce déménagement et toute cette histoire avec Benny. Alors ils l'ont emmenée en ambulance, et ils se sont dépêchés de raser le cottage au bulldozer. C'était vraiment honteux de lui faire terminer son existence dans la vallée comme ça. Encore une chose qui pèse sur la conscience de Mr Pontifex.

— Et les gens ont rejeté la responsabilité sur lui ?

— Ouais. Pour tout, le déplacement, les disparitions : vous comprenez, pour eux, c'était lié. Et dans l'esprit de Mr Pontifex aussi, d'ailleurs. C'est ce qui explique pourquoi il a donné Stirps End à Ced Hardcastle ; et Stirps End, au dire de tous, il l'avait promis à Jack Allgood, qui était deux fois plus compétent que Cedric. Et ça ne s'est pas arrêté là. Quand il a vu comment ça se passait entre Jed et son père, il est intervenu et il a fourni au garçon un boulot dans son bureau.

— Après tout ce temps passé ? demanda Pascoe. C'est une âme sensible...

— Oui. Vous savez, certaines personnes sont comme le gibier : plus elles faisandent, plus elles s'attendrissent.

Pascoe eut un sourire, reprit :

— Dites-moi, sergent, vous n'avez jamais songé à écrire pour un épisode de la sitcom *The Archers* sur BBC4 ? Pour ce genre de phrases, ils paient bien.

Ils avaient rejoint leurs voitures, garées à l'ombre d'un if de belle taille, qui dispensait une agréable fraîcheur.

— Donc, où va-t-on, sergent ?

— Monsieur ? demanda l'autre, perplexe.

— C'est votre secteur. Où allons-nous dégoter ce gars ? dit Pascoe.

— Mais il sera rentré chez lui, c'est sûr ! D'ailleurs, où pourrait-il être, sinon ? répondit Clark avec confiance. Vous allez bien, monsieur ?

Pascoe avait tout à coup tendu le bras pour poser la main contre l'écorce rugueuse de l'if :

— Très bien. Quelqu'un a dû marcher sur ma tombe. Voilà ce que c'est, de rester sous un arbre de cimetière.

Très pâle, il se dirigea rapidement vers sa voiture.

— Vous êtes sûr que ça va ? demanda Clark avec inquiétude.

— Oui, oui, répondit Pascoe d'un ton irrité. Il y a du boulot à faire. Sergent, veuillez nous mener à Stirps End de toute urgence.

8

Ellie Pascoe était déjà en excès de vitesse avant même d'être sortie de la courte allée de son jardin. Elle se rendait bien compte que c'était stupide, et il lui fallut un gros effort de volonté pour ralentir jusqu'à 50 km/h. L'école n'était qu'à 6 km : sur un trajet aussi court, le gain de temps séparant un conducteur raisonnable et un dingue n'était pas significatif.

Miss Martindale l'accueillit avec une expression placidement rassurante qui correspondait à sa voix au téléphone :

— Rien d'inquiétant, Mrs Pascoe. Miss Turner a simplement trouvé qu'elle avait l'air un peu distante, c'est le mot qu'elle a employé. La petite rechigne à se mettre au travail, et elle monte sur ses grands chevaux si on insiste. On a tous des jours comme ça, où on préférerait passer du temps à l'intérieur de soi-même plutôt que d'affronter les demandes de l'extérieur. Moi, ça m'arrive tout le temps. Alors miss Turner s'est aperçue que Rosie était un peu chaude et rouge : sans doute un début de rhume, sans plus. Quand les enfants passent leur temps à se réchauffer et à se refroidir, ils s'enrhument facilement. Ce n'est pas vraiment un problème, mais il vaut mieux enrayer ça tout de suite avec la moitié d'un cachet d'aspirine et envoyer la gamine au lit pour le restant de la journée.

Le flot apaisant de mots détendit Ellie.

Rosie était assise sur le bord du lit, dans la petite infirmerie ; elle était veillée par la secrétaire de l'école, qui montrait des élans maternels prononcés. Quand la petite vit sa mère, elle lui annonça d'un ton accusateur :

— Je t'avais bien dit que je n'aurais pas dû aller à l'école ce matin.

Merci beaucoup, ma cocotte, pensa Ellie.

Elle serra sa fille dans ses bras, puis l'examina de près. Effectivement, elle avait le visage un peu rouge.

— Alors, on ne se sent pas très bien, mon trésor ? interrogea-t-elle en essayant d'adopter un ton neutre. Rien de tel qu'un bon lit, je te ramène à la maison.

Elle remercia miss Martindale, qui lui adressa un sourire rassurant ; en revanche, la secrétaire lui décocha un regard furieux et accusateur : ces mères qui envoient leur gosse malade à l'école parce qu'elles ne veulent pas sacrifier leur vie sociale... Ellie répliqua par un gentil sourire.

Sur le chemin du retour, elle parla joyeusement, mais n'obtint pratiquement pas de réponse de la part de Rosie. En arrivant à la maison, Ellie lui dit :

— Allez, file au lit. Je vais t'apporter une boisson bien fraîche, qu'est-ce que tu en penses ?

Rosie approuva de la tête, laissa sa mère déboutonner sa

robe. Ces derniers temps, elle ne l'aurait pas accepté : *mais je peux le faire toute seule !*

Ellie l'installa confortablement dans son lit ; puis elle descendit à la cuisine, remplit deux verres de limonade. Quand on est cloué au lit, on a bien droit à quelques douceurs.

— Tiens, ma chérie, annonça-t-elle à sa fille. J'en ai aussi apporté pour Nina, au cas où elle aurait soif.

— Mais tu n'écoutes donc jamais ? demanda Rosie. Je te l'ai pourtant dit une bonne centaine de fois, Nina est retournée dans la caverne du nix. Je l'ai vue se faire reprendre.

Cet échange sembla épuiser la fillette. Elle ne prit qu'une gorgée de limonade avant de s'enfoncer dans son oreiller.

— Je lui laisse le verre de toute façon, dit Ellie d'un ton enjoué. Peut-être que, quand son papa l'aura délivrée, elle sera bien contente d'en boire.

— Tu dis des bêtises, c'était la dernière fois, marmonna Rosie.

— La dernière fois ? répéta Ellie en remontant le drap sur le petit corps mince. Mais ça ne s'est passé qu'une seule fois, non, ma chérie ?

Pendant un moment, Rosie la considéra avec un mélange d'affection et d'exaspération, renversant ainsi les rôles. Puis elle ferma les yeux.

Ellie descendit au rez-de-chaussée, se demandant si cela valait le coup d'appeler un médecin. Alors qu'elle était toute prête à monter sur des barricades pour défendre ses droits à la sécurité sociale, elle ne voulait pas devenir une de ces mères qui demandent des antibiotiques pour soigner la moindre crise de foie.

Elle se prépara une tasse de thé, alla dans le salon. Le lecteur de CD était allumé : quand miss Martindale avait appelé, elle était en train d'écouter son nouveau disque de Mahler.

Le plus gros des deux paquets n'avait pas encore été ouvert.

Rien de tel qu'un enfant malade pour remettre les ambitions littéraires à leur place : le moment était le bienvenu pour se prendre un gadin.

Elle déchira l'emballage, en sortit son manuscrit, auquel était jointe une lettre :

... texte prometteur, mais dans le contexte actuel... les livres de fiction se vendent mal actuellement... tous nos regrets... bla bla bla...

Ce qui tenait lieu de signature était un gribouillage illisible. Elle se dit qu'elle ne pouvait pas leur en vouloir.

Peut-être fais-je fausse route, tout simplement ? Qui diable peut bien avoir envie de lire l'histoire de la vie angoissée d'une femme de la fin du XXe siècle ? Si je me lançais dans quelque chose de complètement différent... un roman historique, peut-être ? Son goût pour la fiction historique lui avait toujours inspiré de la culpabilité, car elle la considérait comme un refus d'affronter les réalités de la vie. Mais nom de Dieu, les lettres de ce genre étaient effectivement une réalité à laquelle elle serait sacrément contente d'échapper !

Morose, elle prit la télécommande de la chaîne et mit en marche le CD.

Enfin je pense comprendre pourquoi
Ces sombres flammes brillent dans tous ces yeux.

Le deuxième chant des *Kindertotenlieder*. Elle se détendit, emportée par la richesse de cette jeune voix :

Je ne pouvais saisir, perdue dans le grand noir
D'un destin aveuglant...

Grand noir ? Pas bien beau, cette expression. Mais elle approuvait la traductrice.

... Même quand ton regard tourné vers la maison
Revenait à la source de l'illumination.

Qu'est-ce qui poussait un compositeur à adapter sur une musique un poème plutôt qu'un autre ? Dans la brève notice de présentation des chants, elle avait lu qu'Alma Mahler avait fermement résisté aux obsessions de son époux pour le thème de la mort d'enfants, craignant avec superstition que cela ne tente le destin de s'attaquer à sa propre famille.

C'était irrationnel, mais Ellie compatissait en se rappelant l'impulsion qui l'avait poussée à enfreindre toutes les lois de la circulation pour arriver à Edengrove.

Seulement, voilà... Malgré tous ses efforts pour éviter le stéréotype de la mère folle d'inquiétude, elle avait fini par y succomber, comme Alma Mahler... Sauf que Alma, elle, avait eu raison, n'est-ce pas ? Lorsque, deux ans plus tard, leur fille aînée avait été emportée par la scarlatine, elle avait dû se rappeler ses appréhensions et regretter de ne pas avoir plus protesté.

Ces yeux qui brillent matin après matin
Sur toi luiront chaque nuit, lendemain après lendemain.

Et c'est une consolation ? Elle interrompit le mélancolique épilogue de l'orchestre ; puis elle tendit la main vers le téléphone et composa le numéro de Jill Purlingstone.

Le *Highcross Inn* avait autrefois servi de solides repas aux cochers, toucheurs de bestiaux, cavaliers et voyageurs à pied qui s'apprêtaient à traverser la lande pour rejoindre Danby ; et ceux qui allaient dans le sens inverse se récompensaient du chemin fait en s'y restaurant.

Le moteur à combustion interne avait bouleversé la situation. Ce qui était pénible était devenu aisé, et la plupart des voyageurs qui empruntaient la route de la lande prenaient un raccourci pour rejoindre le grand axe nord-sud.

Extérieurement, l'auberge avait fort peu changé en deux siècles et demi, si l'on exceptait les panneaux indiquant que la bouffe était bonne et la pizza moelleuse ; ainsi qu'une mention rédigée par un journaliste aussi obscur que le guide qui le publiait, qui se prétendait un expert du nord de l'Angleterre. En fait, il était parti pour Londres à l'âge de 18 ans, et n'avait remis les pieds dans le Yorkshire que pour enterrer deux de ses parents. À certains endroits, la peinture écaillée donnait l'impression d'être d'origine.

À l'intérieur, les choses étaient effectivement différentes. Au départ, le cadre ressemblait à celui de n'importe quel autre pub de campagne. Mais un brasseur avait dû décider qu'il fallait que l'endroit corresponde davantage encore à un vieux pub de campagne. Tout ce qui était authentique et original avait disparu.

Novello aimait beaucoup cet endroit. Jeune et citadine, elle s'imaginait que les pubs étaient ainsi. Elle s'assit au bar, commanda une bière blonde avec du cassis. Quand elle avait été initiée au *Black Bull*, le pub du département d'enquêtes criminelles du Mid-Yorkshire, elle avait eu la bêtise de demander ce mélange quand on l'avait invitée à commander. L'ouverture du septième sceau n'aurait pas provoqué un silence plus assourdissant. Le regard que lui avait lancé Dalziel confirmait la rumeur selon laquelle, quand il était agent en uniforme, son matricule avait été le 666, le nombre de la Bête. Et puis, quelque ange bienveillant lui avait délié l'esprit et la langue, et elle avait ajouté :

— Et je prendrai une pinte de la meilleure bière.

Pascoe était allé la lui chercher et avait murmuré en lui tendant le verre :

— Vous avez peut-être des principes complètement en loques, mais au moins votre âme est hors de danger.

Dans le pub presque désert, la femme derrière le comptoir avait du temps pour bavarder. Elle était d'âge moyen, taille 52, très musclée — sans doute à cause des manettes des pressions qu'elle tirait et des cageots qu'elle trimballait toute la journée. Elle avait un large et beau visage. Toute sa cordialité disparut quand Novello produisit sa plaque. Sa méfiance s'envola aussi rapidement lorsqu'elle connut la nature de l'enquête :

— Moi, ces salauds, je vous les châtrerais sans même une anesthésie ; et ensuite, je les pendrais par ce qui leur resterait ! En quoi puis-je vous aider, mon chou ?

Novello choisit une voie indirecte. Sa seule piste, c'était ce break bleu, et elle préférait obtenir tous les renseignements qu'il y avait à recueillir sans trop en dire. Parfois, l'empressement à coopérer se révélait aussi frustrant que la réticence à parler.

Elle commença par poser des questions d'ordre personnel. Bella Postlethwaite était la gérante du pub avec Jack, son mari. Ils étaient là depuis cinq ans et vivotaient de la circulation de transit.

— Ici, il n'y a pas beaucoup à faire avec les gens du coin. D'ailleurs, voyez vous-même, on ne peut pas dire qu'il y ait beaucoup de monde qui vit par ici, hein ? Et il faut pas compter sur la brasserie. Ah ! les salopards, ceux-là ! En voilà d'autres que j'aimerais voir pendus haut et court.

Décidément, cette dame avait une forte attirance pour le principe de suspension... Novello aiguilla la conversation sur le dimanche matin. Elle s'était levée tôt, Jack avait fait une petite grasse matinée. Non, elle n'avait rien remarqué qui sortait de l'ordinaire. Ah, qu'est-ce que c'était, l'ordinaire ? Oh, rien que des conneries, pas la peine de passer le réveillon là-dessus. Deux ou trois tracteurs. D'autres véhicules ? Un peu de circulation sur la grand-route. Pas trop, pensez donc un dimanche, mais toujours un peu quand même. Et sur la route de la lande ? Ah oui, il y avait eu une voiture. Elle était sortie pour arroser les bacs de fleurs pendant qu'ils étaient encore à l'ombre, et cette voiture avait quitté la route de la lande pour prendre le grand axe. Comme ça, sans s'arrêter au stop, mais il faut dire qu'on a une bonne visibilité de ce qui arrive sur la grand-route et il y avait très peu de circulation le dimanche. Le modèle de la voiture ? Allons, ne dites pas de bêtises, ma cocotte, pour moi tous ces engins c'est du pareil au même. La couleur, alors ? Bleue, pensait-elle. Oui, bleue, sûre, maintenant.

Son mari arriva à ce moment-là. Il était aussi mince qu'elle était large. Les présentations faites et après avoir été mis au courant, il anéantit tout espoir que Bella puisse fournir des informations utiles sur un véhicule à moteur :

— Elle arrive tout juste à faire la différence entre notre Vauxhall Cavalier et le camion de la brasserie, alors... affirma-t-il.

Admettant spontanément ses défauts, sa femme n'était pas disposée à les voir claironnés par quelqu'un qui n'avait même pas assez de chair sur les os pour qu'elle puisse l'appeler sa moitié.

— Moi au moins, j'étais levée et je m'affairais, j'étais pas en train de me prélasser au pieu comme certain dont je pourrais donner le nom, rétorqua-t-elle avec indignation. Peut-être que si tu n'avais pas passé une bonne partie de ton samedi à siroter nos bénéfices, tu aurais eu assez d'entrain pour aider cette gamine au lieu de me critiquer.

Sans être bien vieille, Novello avait suffisamment d'expérience pour savoir que les querelles entre mari et femme obéissent à des scénarios écrits depuis longtemps, et que l'on a beaucoup de mal à les interrompre une fois qu'ils sont lancés. Elle parla donc d'une voix forte et ferme :

— Donc, ce n'était pas une Vauxhall Cavalier. C'était une voiture plus grosse ?

— Oh ! oui, plus grosse, répondit Bella en jetant à son époux un furieux regard de défi.

— Nettement plus grosse ? Quelque chose comme une camionnette, peut-être ?

— Non, y'avait trop de vitres.

— Un genre de jeep, alors, vous savez, une Land Rover comme en ont les fermiers ? Un véhicule assez haut sur roues.

— Non, non. Ça ressemblait plutôt à un de ces machins en longueur, un peu comme une voiture de pompes funèbres ou ce genre de bagnole. Comme celle que conduit Geordie Turnbull.

Ça, c'était dirigé vers son mari. Peut-être demandait-elle une trêve en faisant appel à sa compétence ? Mais le ton de voix n'y était pas : c'était plutôt un coup en traître tiré avec un fusil caché. Postlethwaite cracha vicieusement :

— Ah ouais, tu te rappelles donc tout ça...

Novello s'empressa de poser une question avant que le six-coups du mari ne parte :

— Quel est le type de voiture de ce Mr Turnbull ?

— Un break Volvo, répondit-il. Ouais, et il est bleu.

— Bleu comment ? Clair, foncé ?

— Bleu clair.

— Et le véhicule que vous avez vu, Mrs Postlethwaite, il était clair ou foncé ?

— Plutôt clair, admit-elle en croisant le regard de son mari où se lisait une égale colère. Mais c'était pas la voiture de Geordie.

— Qu'est-ce que t'en sais ? railla-t-il. Tout ce que tu as examiné de près, dans sa bagnole, c'est son toit, et de l'intérieur.

Mais nom de nom, ça tournait au corps à corps à la baïonnette ! Bella inspira profondément et parut prête à attaquer à la jugulaire. Mais devant le regard suppliant de Novello, elle se ravisa et décida de remettre son plaisir à plus tard, quand ils seraient seuls tous les deux.

Elle lança à son époux un coup d'œil furieux, lui signifiant qu'il ne perdait rien pour attendre :

— Si j'avais un cerveau aussi creux que le tien, je cultiverais des champignons dedans. Et je sais très bien que ça ne pouvait pas être la voiture de Geordie : parce que, à l'arrière, il y avait un enfant. Là !

Elle réalisa soudain ce qu'elle venait de dire. À ce moment-là, le scénario changea : de mélo qui traîne en longueur, il devint tragédie.

Dix minutes plus tard, Shirley Novello, téléphone portable en main, parlait à Wield qui se trouvait à St Michael's Hall.

Le sergent l'écouta avec concentration :

— Cette Bella, comment la jugez-vous ? lui demanda-t-il quand elle eut terminé.

— Pas bien bonne en modèles de voitures. Meilleure en couleurs : je l'ai testée sur des bagnoles qui passaient sur la grand-route. Sans avoir le coup d'œil de l'artiste, elle est capable de distinguer le bleu du noir, du gris et du vert.

— Et le gosse ?

— Elle l'a vu de façon fugace. Une petite fille blonde qui regardait par la fenêtre, assise à l'arrière.

— Elle avait l'air terrorisé, en détresse ? Elle faisait des signes de la main ? Ou autre chose ?

— Non, elle regardait, sans plus. Bella n'a remarqué personne d'autre dans la voiture, elle est incapable de dire s'il y avait quelqu'un d'autre à part le conducteur. Mais même en ne l'ayant qu'entrevue, elle est absolument certaine que c'était une fille.

— Elle n'a pas signalé le fait dès le début, cependant.

— Elle n'avait pas de raison de le faire. Je ne voulais pas risquer de l'influencer.

Novello expliqua le stratagème utilisé pour l'interrogatoire.

— Bien joué, apprécia Wield. Et ce type, là, Turnbull ?

— Elle est catégorique, ce n'était pas sa voiture.

— Pourtant, c'est elle qui en a parlé en premier.

— Oui, mais seulement pour faire bisquer son mari. Voilà comment je vois les choses : ce Turnbull passe à l'auberge assez régulièrement. Il a un beau brin de conversation que la dame apprécie. Peut-être qu'il se passe quelque chose entre eux, mais peut-être aussi qu'elle en a simplement marre des insinuations jalouses de son mari. D'un côté comme de l'autre, j'aurais tendance à penser que ça brouille les pistes. Bella n'y connaît peut-être rien aux voitures, mais elle insiste sur le fait que celle-ci était beaucoup plus neuve et plus propre que celle de Turnbull.

— Mais ici aussi, il existe des lavages automatiques, répliqua Wield. Est-ce qu'elle n'essaierait pas de lui décrocher l'hameçon qu'elle pense lui avoir mis ?

Il se fait l'avocat du diable pour me faire vérifier mes conclusions à deux fois, se dit Novello. Elle répondit prudemment :

— Avant, elle m'avait dit comment elle traiterait les gens coupables d'agressions sexuelles sur des enfants ; et je n'arrive absolument pas à l'imaginer en train de protéger quelqu'un qui serait soupçonné de ça.

— Mais si elle est absolument persuadée que ce Turnbull n'est pas notre homme... Il y a bien des mecs qu'on boucle pour plusieurs meurtres, et qui ont des mères et des femmes qui protestent quand même de leur innocence.

— Donc, vous pensez que je devrais m'intéresser à lui ? lui demanda Novello sans vraiment savoir si elle devait lui en vouloir.

— Vous savez où il habite ?

— Oh oui ! Jack vous ressemble beaucoup, sergent, et il a tenu à me donner des détails précis. Turnbull a une affaire de travaux publics à Bixford, sur la route de la côte à une dizaine de miles. Il vit sur place, mais s'il n'y est pas, Jack dit qu'il est facile à trouver. Il suffit de chercher des bulldozers marqués GEORDIE TURNBULL en grandes lettres rouges : des engins qui avancent au pas et qui foutent la pagaille dans la circulation, et...

Wield la coupa :

— Attendez, qu'est-ce que vous venez de dire ? Vous avez parlé de *Geordie* Turnbull ?

— Ben oui, c'est ça.

— Ne quittez pas.

Silence. Est-ce que par hasard le Gros venait de se pointer ? Le silence se prolongeait. Elle se dit qu'elle pourrait proposer qu'on passe une cassette pour faire patienter au bout du fil. La musique de « Deux flics à Miami » ? Non, trop gros. Judy Garland interprétant « L'homme qui s'est échappé » ? Son grand-père avait eu un faible pour Judy. Elle connaissait toutes ses chansons par cœur à force de les avoir entendu cracher par son vieux tourne-disque. Maintenant qu'il approchait les 80 ans, ses goûts se portaient vers la musique italienne qui avait bercé son enfance...

— Allô, vous êtes toujours là ?

— Oui, sergent.

— Ne bougez pas, j'arrive.

Il avait une voix aussi peu expressive que son visage, mais Novello détecta une excitation sous-jacente qui lui emplit la tête de questions. Wield avait une telle réputation d'impassibilité. Alors pour qu'il se sente excité...

Elle avait tiré tout ce qu'elle pouvait des Postlethwaite ; elle emporta donc son verre jusqu'à une table, s'assit sur le banc en essayant de séparer dans son esprit le véritable souci qu'elle se faisait pour l'enfant disparue, et l'avancement qu'elle pouvait espérer si elle avait découvert quelque chose.

Wield arriva :

— Je vais revoir tout ça avec eux, annonça-t-il.

— Mais bien sûr, sergent.

— Si je vous dis ça, ce n'est pas pour vous blesser, c'est pour être sûr que vous écouterez bien au lieu de vous sentir trop impliquée.

Et il revit tout ça. Quand il eut terminé, il déclara :

— Merci beaucoup à tous deux, votre aide a été très précieuse.

Ils prirent la voiture de Novello et se dirigèrent vers le nord, cherchant le panneau qui indiquait la direction de Bixford, vers l'est.

— Alors, qu'est-ce que vous en dites ? lui demanda-t-il. Vous avez remarqué quelque chose qui vous aurait échappé la première fois ?

— Elle était un peu plus affirmative. Ça n'avait pas l'air d'être une vieille Volvo.

— Comme je le disais tout à l'heure, peut-être qu'elle s'arrangeait pour que la Volvo paraisse la moins ancienne possible ?

— Oui, peut-être, sergent. Mais si ça avait été une voiture qu'elle connaissait bien, vous ne pensez pas qu'elle l'aurait reconnue tout de suite ? Et puis, son mari...

Elle fit une pause pour rassembler ses pensées. Wield ne la poussa pas, attendant impatiemment qu'elle poursuive.

— L'impression que j'ai, c'est que lui aimerait vraiment que ce Turnbull ait maille à partir avec la police. Mais même s'il en veut à ce type, il n'arrive pas à se résoudre à croire qu'il puisse tremper dans ce genre d'histoire. Peut-être qu'il a du mal à imaginer comment quelqu'un peut fantasmer à la fois sur une femme du genre de Bella et sur de jeunes enfants.

— Et c'est ce que vous pensez, vous ?

— De façon instinctive, oui. Mais je n'ai pas une expérience suffisante pour savoir si mon intuition se rapproche un tant soit peu de la réalité. Je suis vraiment curieuse de rencontrer ce dénommé Turnbull.

— Pourquoi donc ? demanda Wield.

— Vous aussi, vous l'êtes, sergent. Est-ce que je peux savoir pourquoi ?

— Mais c'est tout simple : Geordie Turnbull, c'est le nom d'un des hommes qu'on avait interrogés il y a quinze ans, quand on enquêtait sur les disparitions de Dendale. Il était conducteur de bulldozer sur le chantier du barrage.

Novello émit un sifflement : le sifflement était l'un des attributs sonores du mâle qu'elle avait appris à produire comme faisant partie de son camouflage professionnel. Finis les fous rires, les cris perçants, et tout ce qui pouvait être attribué à une femme. Pourvue d'une bonne oreille, elle avait rapidement maîtrisé, ou plutôt « maîtressisé », toute une gamme d'intonations, d'accents et de rythmes. Elle était même parvenue à abaisser sa voix d'une demi-octave. En fait, elle y était allée un peu trop fort et avait obtenu un enrouement sexy qui, étant contraire au but recherché, l'avait amenée à remonter de deux tons.

— Mais vous ne l'avez pas maintenu dans le collimateur ?

— Pour ainsi dire, je le gardais dans le coin de gauche. Rien qui prouve qu'il ne pouvait pas se trouver dans les parages aux moments cruciaux, mais rien ne prouve non plus qu'il y était. La seule raison qui explique qu'il se soit retrouvé au premier rang, c'est que les gens du coin le montraient du doigt.

— Donc, il n'était pas vraiment apprécié ?

— C'était au contraire un des hommes les plus appréciés que j'aie jamais rencontrés, la détrompa Wield. Tout le monde le trouvait formidable : les hommes, les femmes, les enfants, et jusqu'aux maris jaloux. Mais quand les problèmes ont surgi, ce qui comptait c'était la loyauté, et pas le fait de bien aimer quelqu'un. Les gens du pays voulaient croire que le coupable était un étranger, pas quelqu'un de chez eux.

— Mon Dieu ! Petits villages, petits esprits, dit-elle avec la supériorité d'une citadine de 20 ans face à n'importe quel bouseux. Pas vrai ?

— Pardon ?

— Les communautés du style de Dendale, expliqua-t-elle. Il doit finir par y avoir une telle consanguinité que ce n'est pas étonnant qu'il se passe des choses aussi horribles dans des bleds pareils.

— Vous voulez dire que, d'une certaine façon, ils méritent ce qui leur arrive ?

La voix de Wield ne montrait rien d'autre qu'un intérêt poli ; mais elle se souvint que le sergent vivait avec son petit ami quelque part en pleine cambrousse, dans la vallée ou ailleurs. Elle tenta de se rattraper :

— Non, bien sûr que non. Simplement, comme vous l'avez dit vous-même, les collectivités isolées ont toujours tendance à se serrer les coudes et à rejeter la responsabilité sur celui qui n'en fait pas partie. C'est dans la nature humaine.

— Oui, effectivement. Mais c'est également dans la nature humaine de vouloir que la vie soit aussi belle que l'endroit où on la passe.

C'était la première fois qu'elle entendait Wield émettre quelque chose d'aussi proche d'un jugement personnel.

— J'ai l'impression que vous aimiez bien Dendale, sergent, dit-elle.

— Si j'aimais Dendale ? Ah là là, oui. C'était vraiment un endroit qu'on pouvait aimer, en dépit du travail qu'on y faisait. On ne peut pas regarder le soleil et ne voir que des éclipses, hein ?

De mieux en mieux, dommage que je n'aie pas un magnétophone sous la main.

— Vous voulez dire qu'on regarde toujours le mauvais côté des choses...

— D'une certaine façon, oui. Je me rappelle qu'un jour... (Elle attendit. Au bout d'un moment, elle se dit qu'elle n'avait pas besoin d'un magnétophone, mais d'une machine à lire les pensées.)... Un jour où il n'avait pas de mission particulière, il était monté vers les Hauts de Beulah, justifiant son absence en suivant une équipe de maîtres-chiens dont les animaux ratissaient de plus en plus large à la recherche des fillettes disparues.

C'était en début de soirée : deux ou trois heures avant le coucher du soleil, mais il y avait déjà cette lumière crépusculaire qui confère quelque chose de magique à tout ce qu'elle touche. Et à mesure qu'il s'éloignait de la vallée, il sentait le fardeau de l'affaire glisser lentement de ses épaules.

Debout dos à Dendale sur le plus haut des deux sommets de Beulah, il surplombait des collines et des landes. Il arrivait à voir loin, mais pas distinctement. La chaleur noyait l'horizon dans la somnolence d'une brume dorée ; un homme pouvait se croire capable d'y entrer et de s'y fondre. Même après s'être retourné, attiré par le bêlement des moutons et les aboiements des chiens, il parvint à conserver cette impression. Entre les deux sommets, une paroi rocheuse descendait à pic jusqu'à une zone herbeuse relativement plane ; la construction d'un mur de pierres sèches en demi-lune avait transformé l'endroit en parc à ovins. Wield avait lu les guides touristiques sur Dendale avec autant d'assiduité que son patron ; ils avaient désespérément cherché le moindre élément qui pourrait éclairer les événements. Il savait donc que les pierres du mur avaient sans doute servi à édifier le fort qui s'était dressé là à l'époque préhistorique. L'enclos était à présent empli de nombreux moutons qui, tout comme les collies de leur éleveur, étaient gagnés par l'agitation à mesure qu'approchaient les chiens participant aux recherches.

Pendant un moment, il sentit que le berger avec sa longue houlette sculptée et les animaux faisaient partie de quelque chose qui avait existé longtemps avant lui et qui durerait bien longtemps après.

Puis un des chiens policiers et un des collies se lancèrent dans un affrontement bref mais bruyant ; le berger et le maître-chien les séparèrent au milieu des cris et Wield se sentit ramené à la réalité.

Le temps qu'il descende jusqu'à l'enclos, les équipes de recherches étaient parties. Cherchant à retrouver l'état d'esprit qu'il avait quelques instants plus tôt, il salua joyeusement le berger :

— Quelle belle journée, Mr Allgood, une belle journée de plus. C'est vraiment un temps idéal pour faire son boulot dans la montagne, n'est-ce pas ?

Dans la vallée, il connaissait le visage et le nom de tout le monde à l'époque. Il s'agissait de Jack Allgood, de Low Beulah : un type mince comme une mèche de fouet, avec une peau tannée par le vent et la vie en plein air, et le regard noir impassible du gars qui, en quelques secondes seulement, sait estimer la valeur exacte d'un mouton ou d'un homme.

— Ah bon, c'est ce que vous pensez ? rétorqua Allgood. Alors comme ça, il faudrait que j'aie de la reconnaissance ? Peut-être bien que vous devriez vous en tenir à votre taf à vous, sergent... Encore que ça ne paraît pas vous passionner.

Il avait la réputation d'être soupe au lait.

— Excusez-moi si je vous ai offusqué, dit Wield avec douceur.

— Ouais, bon, j'imagine que c'est pas votre faute. Si je

prépare mes bêtes à descendre à cette époque de l'année, c'est parce qu'il le faut : voilà la vérité. Parce que vous, vous vous imaginez que nous, on va nous déloger de nos maisons et que pendant ce temps le bétail va pouvoir rester ici tout seul ?

— Non, non, je suis désolé. Ça doit être dur, de quitter un endroit, une maison, tout, quoi.

Pendant un moment, les deux hommes restèrent à regarder le fond de la vallée : le village avec son église et son pub, les fermes éparpillées, le lac tout bleu, le ciel qui s'y reflétait. Puis leur regard se fixa sur le chantier du barrage, ses engins en mouvement, ses groupes de bâtiments préfabriqués, et le mur lui-même, qui était presque terminé maintenant.

— Ouais, c'est dur, commenta Allgood.

Il se retourna pour rejoindre ses moutons, et Wield se mit à descendre le versant de la montagne. Le soleil était toujours aussi chaud, la journée aussi claire, la vue aussi belle. Pourtant, à chaque pas, il sentait ce poids qui se reconstituait peu à peu sur ses épaules...

— Vous disiez, sergent ? l'encouragea-t-elle.

— Pour Bixford, il faut prendre la prochaine à droite. Ralentissez, sinon vous allez la manquer.

9

— Mr Dalziel, cela fait si longtemps, dit Walter Wulfstan.

Le *si* longtemps ne ressemble pas à un *trop* longtemps, pensa le superintendant.

Ils se serrèrent la main, se donnèrent de leurs nouvelles respectives. L'homme qui se tenait devant Wulfstan avait peu changé par rapport à la créature aux cheveux ras et au poids excessif qu'il avait connue autrefois. Il l'avait alors publiquement traité de grossier personnage, répugnant et incompétent. Dalziel, quant à lui, avait du mal à reconnaître son interlocuteur. Quinze ans plus tôt, l'homme était un battant, maigre et débordant d'énergie, doté d'un bronzage coûteux, d'un regard vif et impatient et d'une masse de cheveux noirs. La disparition de sa fille l'avait atteint comme un conifère peut l'être par un ouragan. Il s'était d'abord courbé, puis avait, d'une certaine façon, récupéré : stimulé par la douleur, la rage et le désespoir, il était devenu la parodie de lui-même. En fait, cela n'avait été que l'éclat trompeur d'un sapin de Noël. De toutes ces années, il ne restait plus que des aiguilles sèches et un bois en train de mourir. Ses cheveux avaient disparu, son teint était gris et ses yeux profondément enfoncés dans les orbites. Peut-être par désir de dissimulation ou de compensation, s'était-il laissé pousser un collier de barbe, mais pas de moustache. Le Gros se dit que cela ne l'arrangeait pas.

— Venons-en tout de suite au fait, invita Wulfstan sans proposer à Dalziel de s'asseoir, et en restant lui-même debout. Je suis très occupé, j'ai déjà passé pas mal de temps à trouver un autre endroit pour le concert d'ouverture.

— J'en suis désolé, monsieur, mais dans les circonstances présentes... répliqua l'autre en baissant la voix.

— Excusez-moi, serait-ce un reproche ?

Si ce type veut jouer au con, on sera deux, pensa Dalziel.

— Je veux dire qu'un enfant a disparu, il nous faut une base pour organiser les recherches. Je pensais, monsieur, que vous auriez montré un peu plus de compassion.

Wulfstan répondit d'une voix douce :

— Mais naturellement, quand j'apprends que des parents ont perdu une fille et qu'ils comptent sur vous et vos collègues pour la retrouver, j'éprouve une profonde sympathie, superintendant.

Bien envoyée, celle-là ! Le naturel de Dalziel lui commandait de rendre coup pour coup ; mais il savait par expérience que, si on s'écrase, l'adversaire a souvent tendance à considérer qu'il faut en rester là. Alors, il ne se méfie plus et baisse sa garde. En vertu de quoi, le policier soupira, se gratta sans discrétion le sternum, puis s'installa dans un fauteuil :

— Nous voulons la retrouver très vite, si elle est toujours vivante à l'heure où je vous parle. Et pour cela, nous avons besoin de toutes les aides possibles.

Wulfstan resta debout, sans bouger, pendant un moment ;

puis il approcha un siège à l'aspect élégant mais inconfortable et s'assit juste en face du Gros :

— Allez-y, demandez-moi ce que vous voulez.

— Où étiez-vous hier matin, disons entre 7 et 10 heures ?

— Vous le savez déjà, quelqu'un a dû remarquer ma voiture.

— Monsieur, je sais effectivement où se trouvait le véhicule ; ça ne veut pas dire que c'est vous qui le conduisiez.

Wulfstan admit le fait d'un hochement de tête :

— J'ai garé le Discovery sur Corpse Road, pas très loin de l'église de St Michael, il devait être 8 heures et demie environ. Je suis allé me balader, et j'ai repris la voiture peu après 10 heures.

— Seul ?

— Seul.

— Et où vous êtes-vous promené ?

— J'ai remonté Corpse Road jusqu'au col et je suis redescendu par le même chemin.

— Ça représente 30, 35 minutes aller, et 20 pour le retour. Qu'avez-vous fait le reste du temps ?

— Je suis resté au col, à regarder Dendale, répondit Wulfstan d'une voix monocorde.

Dalziel faillit lui demander s'il s'était intéressé à quelque chose de particulier dans le paysage, mais il s'abstint : l'homme s'efforçait de coopérer :

— Avez-vous remarqué autre chose, en montant, en descendant, ou pendant que vous étiez là-haut ?

Wulfstan se pencha en avant, appuya son front sur ses index. La position conventionnelle de quelqu'un qui réfléchit ; chez lui, elle donnait l'impression d'une totale concentration :

— Deux ou trois voitures étaient garées à Dendale, près du barrage, dit-il. Il y avait des gens qui descendaient de l'une d'elles, des touristes, j'imagine. Avec la sécheresse, on voit les ruines du village, ça ajoute de l'intérêt au site. Mais pendant que je marchais, je n'ai vu personne. Désolé.

— Ça vous arrive souvent, de vous promener sur cette route ?

— Souvent, qu'est-ce que vous entendez par souvent ?

— La personne qui a repéré votre voiture nous a dit qu'elle avait remarqué sa présence à plusieurs reprises au cours des quinze derniers jours.

— Rien d'étonnant à cela : ma société possède une unité de recherche et un magasin d'exposition dans le Parc des Sciences de Danby. Quand j'y vais, j'en profite souvent pour m'arrêter et me dégourdir les jambes.

— C'est vrai, rien de tel qu'un peu d'exercice, répondit Dalziel en se tapotant le ventre avec la suffisance d'Arnold Schwarzenegger quand il joue du biceps. Mais on était dimanche, hier.

Wulfstan répliqua d'un ton acerbe :

— Je sais, superintendant, figurez-vous que j'ai fait des études d'ingénieur et que la première chose qu'on nous ait apprise, c'est les jours de la semaine. Est-ce que, par hasard, le fait de ne pas observer le jour du Seigneur est redevenu une infraction passible de poursuites, dans le Yorkshire ?

— Bien sûr que non, monsieur. Simplement, je me disais que vous alliez travailler un dimanche, et de bonne heure. Vous m'avez dit que c'est pour ça que vous alliez à Danby ; pour des raisons professionnelles, et pas simplement pour marcher un peu ?

— Exactement, et c'est ce que je fais depuis des années, superintendant ; vous pouvez le vérifier, encore que je ne voie pas pourquoi cela vous intéresserait. Ça prend tellement de temps de diriger une boîte qu'on risque toujours de perdre de vue ce qui fait marcher les affaires. Je suis ingénieur plutôt que businessman. Dans mon boulot comme dans le vôtre, il est facile de quitter sa zone de compétence.

La Circulation, tu veux dire, pensa Dalziel, qui se leva en souriant :

— Eh bien, merci beaucoup pour votre aide, monsieur. Ah ! une dernière chose. Vous étiez évidemment au courant de la disparition de cette gamine, par la presse. C'est la raison pour laquelle vous deviez trouver un nouveau lieu de concert. Vous saviez aussi que vous étiez sorti dimanche matin. Il ne vous est pas venu à l'esprit de nous passer un coup de fil, au cas où on aurait signalé votre véhicule et où nous passerions un certain temps à éliminer cette piste ?

Wulfstan se leva à son tour :

— Vous avez raison, Mr Dalziel, j'aurais dû vous téléphoner. Mais connaissant les questions que vous poseriez, sachant que je n'aurais rien à vous dire qui puisse vous aider, j'ai considéré que mon appel nous ferait perdre du temps à tous les deux. La suite des événements l'a prouvé, d'ailleurs.

— Oh, je ne dirais pas cela, mais alors pas du tout, rétorqua Dalziel en lui tendant la main.

Il aimait bien que les gens pensent les pires choses de lui, parce que alors le meilleur se révélait souvent une désagréable surprise.

— Veuillez remercier Mrs Wulfstan pour le verre. J'espère que tout se passe bien pour le concert, ajouta-t-il en arrivant à la porte d'entrée. Au fait, vous avez trouvé un autre endroit ? Vous pourriez utiliser l'église, peut-être ?

Le rappel de ce qui s'était passé à Dendale ne déclencha aucune réaction.

— L'acoustique est déplorable à St Michael, malheureusement, répondit Wulfstan. Cela étant, la religion peut nous aider quand même : il y a une vieille chapelle qui pourrait faire l'affaire.

— Une chapelle ? répéta Dalziel d'un ton dubitatif. J'aurais tendance à penser que votre concert est un peu trop frivole, pour ce que je connais des curetons.

— Frivole, Mahler ? Pas du tout. Mais profane, peut-être. Quoi qu'il en soit, et ça tombe bien, pour nous en tout cas, la chapelle est désaffectée. La secte qui l'avait construite a disparu de la région avant la guerre : je crois me rappeler qu'on les appelait les Baptistes de Beulah.

— Beulah ? Comme dans *Le Voyage du Pèlerin* de John Bunyan ?

— Ah, vous l'avez lu ? demanda Wulfstan d'un ton surpris qui frisait l'insulte. Vous devez donc vous rappeler que, depuis la Terre de Beulah, les pèlerins ont été sommés de traverser la rivière pour entrer au Paradis ; la chose a été facile pour certains, périlleuse pour d'autres.

— Mais ils y sont tous arrivés, compléta Dalziel. Quand ils ont goûté l'eau qu'ils devaient franchir, ils l'ont trouvée un peu amère au palais, mais elle s'est avérée plus douce ensuite. Un peu comme la Guinness.

— Effectivement. Eh bien, dans le Mid-Yorkshire, il semble que, s'inspirant du texte de Bunyan, les Baptistes de Beulah aient pratiqué une forme d'immersion totale qui faisait passer les convertis d'une rive à l'autre. Cela se faisait dans la Strake : vous savez sans doute que c'est un cours d'eau relativement peu profond, mais dont le courant est extrêmement puissant. Les candidats au baptême étaient aidés par deux Aînés que l'on désignait sous le nom de Radieux, comme dans le livre. Malheureusement, à la fin des années trente, la rivière a connu une crue très importante. Et lors d'une cérémonie, la force des Radieux n'y a pas résisté. L'eau a emporté les deux hommes et l'impétrant, un garçon de 10 ans : ils se sont noyés tous les trois. Ce drame a suscité une telle réaction dans la région que la secte s'est volatilisée. Je suis surpris que cette histoire ne vous dise rien, on a taxé la police d'incompétence pour avoir laissé se perpétuer un rite aussi dangereux. Avec la mort d'un seul enfant, peut-être a-t-on considéré que tout cela ne méritait pas de figurer dans les annales...

Dalziel s'était demandé si, en montrant à Wulfstan qu'il connaissait lui aussi *Le Voyage du Pèlerin*, son interlocuteur n'allait pas changer d'attitude à son égard ; il devait se rendre à l'évidence : il avait eu tort d'espérer. Pour détourner l'agressivité, il opta pour une réponse apaisante :

— Donc, cette chapelle pourrait vous convenir ?

— Par ici, on se rappelle que c'était un endroit absolument parfait pour chanter. Ce qu'il faut voir maintenant, c'est si on peut la rendre utilisable dans un délai aussi serré. Pendant des années, elle a été louée à un menuisier du coin qui en avait fait son atelier. Vous devez vous souvenir de lui : Joe Telford, de Dendale.

Et meeerde... Décidément, il ne laissait pas de répit. Dalziel, dont l'une des occupations favorites était l'étude de la vengeance et de la haine éternelle, conçut presque de l'admiration pour l'autre.

— Telford, Telford, répéta le policier en entrant dans le jeu. Ce n'est pas lui dont la fille...

— Oui, c'est ça, Mr Dalziel, « c'est lui dont la fille... », coupa Wulfstan. Telford a transféré son activité à Danby, mais son cœur est resté là-bas. C'est son frère — George, vous vous en rappelez ? — qui a maintenu l'affaire. Joe est devenu de plus en plus solitaire. Sa vie de couple en a souffert, et pour finir sa femme ne l'a plus supporté. Elle est partie. Avec George.

Il parlait d'un ton monocorde, mais cela donnait encore plus de poids à ses paroles ; bien plus que s'il avait franchement accusé l'incompétence de la police d'être responsable de cette tragédie.

— Ça a drôlement dû le secouer, dit Dalziel.

— Il paraît que Joe s'en est à peine rendu compte.

— Et sa menuiserie ?

— Je crois que, maintenant, il ne fait plus que des petits boulots. Mais il est toujours locataire de la chapelle de Beulah. On pourra utiliser l'endroit pour autant qu'on arrive à s'entendre avec lui, débarrasser tout son bazar, nettoyer partout, et obtenir l'agrément des pompiers : tout ça en quarante-huit heures. Nous sommes une association de bénévoles, nous ne pouvons compter que sur nous-mêmes pour faire la plus grosse partie du travail. Alors, peut-être ai-je montré quelque impatience envers vous...

L'ébauche d'une excuse. C'est curieux à quel point les gens croient pouvoir offenser un type comme lui, dont ils ne voient que la carapace.

— Mais non mais non, je sais ce que c'est qu'être sous pression, répondit Dalziel.

Ils se serrèrent la main. Match nul. Mais au fond de lui, Dalziel savait que jamais, à l'issue d'une rencontre avec cet homme, il ne pourrait se considérer comme le vainqueur. Parmi les fillettes de Dendale, Mary Wulfstan avait été la dernière à disparaître. À l'époque, il avait passé assez de temps sur place pour le savoir. « Tu as sous la main un gros suspect, tu manques de temps, tu casses la jambe du type pour éviter de le relâcher. » Il se rappela avec affection l'ancien patron qui lui avait donné ce conseil. S'il avait créé un « accident » au moment où on sortait Benny Lightfoot de cellule, peut-être que Mary Wulfstan serait encore en vie...

Il ne s'appesantit pas sur cette idée et en laissa une autre la remplacer, pendant qu'on le raccompagnait jusqu'à la porte d'entrée.

Hier matin, Wulfstan était entré dans Danby et avait traversé la ville. Il devait donc avoir vu l'inscription BENNY EST REVENU. Pourquoi ne l'avait-il pas mentionnée ?

Ça valait peut-être le coup d'élucider ce point. Il se retourna ; la porte du bureau était pratiquement refermée. Dalziel ne bougea pas. Son envie de reprendre l'interrogatoire s'était envolée quand son regard était tombé sur sa voiture, garée un peu plus bas dans la rue.

Debout à côté du véhicule, il y avait quelqu'un qui le regardait.

Il cligna des yeux devant l'éclat du soleil et sentit monter une bouffée de chaleur qui n'avait rien à voir avec la canicule.

C'était cette femme qu'il avait aperçue à la réunion de comité de Wulfstan. Cette femme à qui il devait les quelques connaissances qu'il avait sur Mahler ; et bien d'autres choses.

Elle le regarda approcher en esquissant un léger sourire de ses lèvres charnues :

— Ça va, Andy, en forme ?

Elle imitait sa façon de parler, on ne pouvait s'y méprendre. Mais pas comme Elizabeth Wulfstan, qu'il soupçonnait fortement de vouloir le tourner en ridicule. La mise en boîte entre amants, même quand ils ont rompu, est l'expression d'une intimité, d'une affection véritable.

— Quand je te vois et qu'en plus je m'envoie deux pintes de la meilleure bière, tout va mieux, Cap.

Amanda Marvell, surnommée Cap par ses amis, laissa son sourire s'épanouir et tendit la main :

— Allons terminer le traitement, qu'est-ce que tu en penses ?

10

Dans le soleil, Stirps End Farm ressemblait à un vieux navire échoué sur un banc de sable, environné de la houle des prairies envahies de chardons et du déferlement de la montagne. Tout dans cette ferme et sa cour semblait dire : « Nous avons perdu, vous avez gagné ; laissez-nous pourrir ici, détrempés par la pluie, desséchés par le soleil ; ne nous dérangez pas, nous ne vous dérangerons pas non plus. »

Ils poussèrent la barrière qui ne reposait plus sur ses gonds ; il aurait été plus facile de franchir le mur de pierres sèches effondré en plusieurs endroits envahis par les orties.

— Je n'y connais pas grand-chose en fermes, mais celle-ci n'a pas l'air de première catégorie, dit Pascoe.

— Cedric a toujours tiré le diable par la queue mais, ces dernières années, il ne la tient plus que par le bout, répondit Clark.

— Et vous considérez que Pontifex lui a accordé un bail à cause d'un sentiment de culpabilité, commenta Pascoe en contemplant avec dégoût les vestiges rouillés des machines agricoles qui jonchaient la cour. Dites donc, il devait y avoir une sacrée culpabilité pour supporter pareil chantier pendant quinze ans.

— Par rapport à la perte d'un enfant, qu'est-ce que c'est que quinze ans ? riposta Clark avec réprobation.

Un homme sortit de la grange : celle-ci prolongeait la maison d'habitation, et les deux bâtiments semblaient s'appuyer l'un sur l'autre pour se soutenir mutuellement. Il resta debout dans le losange sombre formé par l'embrasure gauchie de la porte, en les regardant avec méfiance et hostilité :

— Qu'est-ce que vous voulez, Nobby ? demanda-t-il.

Il parlait d'une voix rude et râpeuse, comme s'il ne s'en était pas servi depuis longtemps. Seul un expert en médecine aurait pu lui attribuer un âge : tout était possible entre 40 et 60 ans. Un nez pointu, des joues creuses, un menton poivre et sel qui indiquait peut-être une barbe naissante ou une absence de rasage depuis plusieurs jours. Il était large d'épaules et de hanches, mais l'ample bleu de travail, râpé et taché, flottait autour de lui.

— Comment va, Cedric ? Je vous présente l'inspecteur-chef Pascoe. On voudrait toucher deux mots à Jed.

— Il est au boulot, si on peut appeler ça du boulot, répondit Hardcastle. Parce que vous vous figurez peut-être qu'ici il n'y a rien à faire ?

Pascoe se dit que, pour arriver à penser une chose pareille, il fallait beaucoup — ou pas du tout — d'imagination.

— Non, non, il est ici, sergent, dit une voix féminine.

Une femme était apparue dans l'encadrement de la porte de la maison ; elle sortait de sa cuisine, comme en témoignait la farine sur ses mains. Petite et soignée, elle portait un tablier bleu marine sur une robe grise. Ses cheveux longs étaient retenus dans un carré de soie bleue. Elle aurait pu passer pour une religieuse avec sa robe grise ; son calme et la douceur de sa voix semblaient refléter une grande sérénité intérieure.

— Comment allez-vous, Mrs Hardcastle ? Ça ne vous dérange pas si on entre ? demanda Clark.

Pascoe fut frappé du contraste entre ces salutations usuelles et l'échange des deux hommes. Mais il eut l'impression qu'il n'y avait pas de rapport entre la politesse de la demande et la chaleur des sentiments. Au contraire, même.

C'était un véritable soulagement de quitter l'air chaud chargé d'une odeur de fumier pour trouver la fraîcheur à l'intérieur. Mais la différence ne tenait pas uniquement à la température : ici, tout était impeccablement tenu. Les vieux meubles de chêne brillaient de cet éclat profond du bois astiqué avec amour pendant des années. Les chandeliers de cuivre étincelaient sur la cheminée, encadrant de façon quasi religieuse la photographie d'une petite fille. On trouvait ailleurs d'autres portraits de la même enfant : dans une niche près du foyer, sur chacun des deux appuis de fenêtres près de bouquets de fleurs des champs — Pascoe reconnut des digitales et des piloselles, qui brillaient comme la flamme des bougies qu'on allume pour éclairer la maison d'un marin perdu.

— Avec cette chaleur, vous prendrez bien un verre de sirop d'orgeat ? offrit-elle.

— Ce sera avec grand plaisir, merci, répondit Pascoe.

— Jed ? Tu as de la visite, appela-t-elle par l'escalier de pierre situé à une extrémité de la pièce, dont le plafond bas s'ornait de poutres apparentes.

Elle gagna la cuisine et, pendant quelque temps, on n'entendit pas un bruit. Puis, au moment où elle revenait avec des verres et une cruche sur un plateau, on entendit des pas dévaler l'escalier et un jeune homme fit irruption dans la pièce.

Il n'avait ni la méfiance de son père ni le calme de sa mère. Il émanait de sa personne une énergie nerveuse, même quand il restait debout sans bouger, ce qui lui arrivait rarement. C'était un garçon mince, vêtu d'un T-shirt noir et d'un jean très moulant. Il avait le profil de mâle qui plaît aux amateurs de ballets. Pascoe se demanda ce qui se passait quand il était excité...

— Oui, c'est pour quoi ? demanda-t-il en fixant Clark d'un air de défi.

— Ça me fait plaisir de vous voir, Jed, répondit le sergent. Il y a deux ou trois questions qu'on aimerait bien vous poser. Au sujet de samedi soir.

Le jeune homme regarda Pascoe, qui dégustait son sirop d'orgeat, aussi rafraîchissant qu'un flic assoiffé peut le souhaiter.

— Qui c'est, celui-là, votre garde du corps ?

Décidément, ce qui est excessif est insignifiant, se dit Pascoe. Surtout quand ça vient d'un type qui n'a jamais été plus loin que le bureau du domaine. Il avait eu l'intention de rester en retrait et de laisser faire Clark, qui connaissait bien le pays et ses habitants. Mais cette familiarité était un handicap : on a plus de compréhension pour les faibles ; et dans les circonstances présentes, il paraissait difficile d'utiliser contre Jed l'arme la plus efficace dont disposait Clark, à savoir le marron dans la gueule.

Il se rapprocha donc du jeune homme et lui dit aimablement :

— Je suis l'inspecteur-chef Pascoe. J'enquête sur la disparition d'une fillette, hier matin. Pouvez-vous m'indiquer votre âge, Jed ?

— J'ai 17 ans, tout juste. (Il jeta à sa mère un regard énigmatique où perçait une accusation.) Vous comptez m'envoyer une carte de félicitations, ou quelque chose dans ce genre ?

— Pas du tout, répondit Pascoe avec calme. Simplement, je veux vérifier si vous êtes adulte au regard de la loi. De cette façon, il ne sera pas nécessaire d'ennuyer vos parents en les obligeant à vous accompagner au poste de police. Emmenez-le, sergent.

Puis il se détourna. Mrs Hardcastle le regardait comme s'il venait de condamner son fils à mort. Son mari, qui se tenait dans l'encadrement de la porte, montrait un visage furieux. Clark lui-même donnait l'impression d'être en état de choc.

Pascoe interrompit sa progression vers la porte, se retourna :

— Bien évidemment, si vous consentez à répondre ici à quelques questions, on n'aura pas besoin de vous importuner plus longtemps. Lequel d'entre vous a joué de la bombe ? C'est toujours intéressant de vérifier si, d'une personne à l'autre, les histoires correspondent. Alors, c'était vous ou Kittle ?

Le gosse demanda :

— Ah, vous avez parlé à Vern ? Qu'est-ce qu'il vous a dit ?

Pascoe eut un sourire énigmatique :

— Écoutez, vous connaissez Vern...

— Qu'est-ce que cet enfoiré est en train de raconter, bon Dieu ?

Tiens, le père Hardcastle venait enfin de retrouver sa voix !

— Je parle de graffiti : BENNY EST REVENU. Il y en a plusieurs qui ont été tracés avec une bombe de peinture par votre fils et son copain, sur le vieux pont de chemin de fer et aussi en d'autres endroits autour du village. Et ça m'intéresse de savoir pourquoi ils ont écrit ça, compte tenu du fait que Lorraine Dacre a disparu hier matin.

— J'ai rien à voir avec cette histoire, protesta le garçon.

On les a faits samedi soir. Et à ce moment-là, on n'avait jamais entendu parler de la fille Dacre.

— Alors, pourquoi ? Ça vous a pris tout à coup, vous pensiez que ce serait drôle ? Si ça se trouve, c'est en voyant les graffiti que quelqu'un s'est mis dans la tête d'enlever la petite. Et si ça se trouve, peut-être que ça vous a donné des idées... à vous, ou à Vernon.

— Non ! lança le jeune homme. Si j'ai fait ça, c'est parce que j'en ai vraiment ma claque de ce foutu Benny Lightfoot. Toute ma vie, il a tourné autour de la maison. Regardez autour de vous, est-ce que vous voyez une seule photo de moi ou de June ? Eh bien non, il n'y en a pas : seulement celles de Jenny, celle qui s'est fait choper par Benny Lightfoot, il y a des années de ça. On a même droit à un gâteau le jour de son anniversaire, avec bougies et tout le bastringue, non mais vous imaginez une chose pareille ? Figurez-vous que samedi, c'était le mien, d'anniversaire. J'avais fait une grande grasse matinée et je me suis pointé pour le déjeuner. Je m'imaginais qu'il y aurait des cadeaux, des cartes de vœux, et un repas de fête. Et vous savez sur quoi je suis tombé ? Sur une situation de merde ! Une mère qui tremblait dans un fauteuil, et un père déchaîné de colère. Et pourquoi ? Parce que ma mère avait aperçu Benny Lightfoot. C'était le jour de mes 17 ans, et la seule chose qu'on m'offrait, c'était des lamentations, il est de retour, « Benny est revenu ». Alors j'ai foutu le camp ; un peu plus tard, j'ai pris quelques bières avec Vern et il m'a dit : « Écoute, puisqu'il est revenu, on va le faire savoir à tout le monde. Comme ça, on verra si ça peut aussi gâcher l'anniversaire d'autres connards. »

— Et donc, vous avez décidé de l'écrire. C'était pas mal pensé, dit Pascoe.

Le jeune homme tremblait d'émotion après cette sortie, mais sa mère semblait dans un état pire que le sien :

— Oh, Jed, je suis désolée... Vraiment, vraiment...

— Mrs Hardcastle, commença Pascoe, il faut que je vous demande...

Mais Clark était passé devant lui, le poussant presque de l'épaule, et avait pris la femme par le bras :

— Je m'en occupe, monsieur, dit-il avant de la conduire jusqu'à la cuisine.

Intéressant, pensa Pascoe, qui se tourna vers le père Hardcastle :

— Et vous aussi, vous avez vu Benny Lightfoot ?

— Non, cracha l'autre. Vous croyez que, si je l'avais vu, j'aurais pu me retenir de lui arracher les yeux ? J'ai toujours su qu'il reviendrait un jour. Je le dis depuis des années, c'est pas fini, pas encore, loin de là. Tous ces gens qui se croyaient préservés, qui avaient des poses si solennelles dans l'église et qui nous disaient à quel point ils étaient tristes. Toujours, ils se disaient : « Merci mon Dieu que ça ne soit pas tombé sur moi, merci mon Dieu. » La petite qui vient de disparaître, c'est bien la gamine d'Elsie Dacre ? Enfin, Elsie Coe, comme elle s'appelait avant : elle était petite quand ça s'est passé. J'entends encore son père dire que ça ne se produirait jamais chez lui, même s'il devait enchaîner sa gosse. Et pourtant c'est arrivé, hein, c'est arrivé ?

— Nous ne le savons pas à l'heure actuelle, monsieur ; mais nous devons envisager toutes les possibilités.

Pascoe se retourna vers le jeune homme ; on ne voyait plus de défi ni de colère. Son visage était celui d'un enfant perdu aux yeux gonflés de larmes.

Hardcastle avait raison : quelle que soit la vérité sur le retour de Lightfoot, ce n'était pas fini, ni pour ce garçon ni pour sa sœur disparue ; parce que ce ne serait jamais fini pour leurs parents.

— Jed, vous avez fait quelque chose de stupide, dit-il d'une voix douce. Il est possible que j'aie besoin de vous parler encore. Mais en attendant, vous feriez peut-être mieux de retourner travailler.

Le garçon aquiesça avec reconnaissance, passa devant son père sans dire un mot.

Ah ! les joies de la famille, se dit Pascoe.

Il entra dans la cuisine, Clark ayant eu le temps d'agir. Il le trouva assis tout près de Mrs Hardcastle devant une longue table dont le bois était presque blanc, récuré par des générations de solides campagnardes.

À son arrivée, Clark se leva :

— Merci beaucoup Mrs Hardcastle, je vous recontacterai.

Pascoe se laissa guider jusqu'à la porte d'entrée. Arrivé dans la cour, il s'arrêta et dit d'une voix douce :

— Eh bien, sergent, vous devez me convaincre que je n'ai pas besoin de revenir ici pour interroger moi-même Mrs Hardcastle.

— Elle m'a dit tout ce qu'elle savait.

— Racontez-moi, alors.

— Elle est sortie samedi matin pour cueillir des myrtilles, parce que Jed adore la tarte aux myrtilles et qu'elle voulait lui en faire une pour son anniversaire. Le meilleur endroit pour en trouver, c'est tout en haut, de l'autre côté de la vallée, parce que là-bas elles ont le soleil du matin. Elle est montée, montée, montée, et elle s'est retrouvée sur la crête. Elle a eu envie de regarder Dendale, parce qu'elle avait entendu dire qu'on pouvait apercevoir le village à cause de la sécheresse et du faible niveau des eaux, mais elle ne tenait pas à le voir de plus près. Et quand elle a regardé en bas, elle a eu un choc : Benny Lightfoot se baladait, tout près de Neb Cottage.

— Et qu'est-ce qu'elle a fait ?

— Elle est restée debout à regarder, jusqu'à ce qu'il lève les yeux vers elle. Il était pourtant à bonne distance, mais elle m'a dit l'avoir vu sourire. Alors elle a lâché ses myrtilles, elle a tourné les talons et elle est rentrée en courant.

Quand elle raconte qu'il se baladait, elle voulait dire qu'il marchait, sur ses pieds ? Et pas qu'il flottait au-dessus du sol ?

Clark inspira profondément :

— Monsieur, elle n'est pas givrée. Ce qu'elle a vécu aurait brisé pas mal de femmes, mais elle a encore toute sa tête.

— Et toute sa vision, elle l'a encore aussi ?

— Je ne l'ai pas entendue s'en plaindre, et elle ne porte pas de lunettes.

— Peut-être qu'elle devrait... Quel âge semblait avoir Lightfoot ?

— Pardon ?

— Le même âge que la dernière fois où elle l'a vu, ou quinze ans de plus ?

— Ah ! ça, je ne sais pas, je n'ai pas posé la question.

Pascoe secoua la tête, irrité. Les vertus rafraîchissantes du sirop d'orgeat et d'un intérieur protégé du soleil se dissipaient rapidement sous l'effet d'un air chaud, pénible à supporter.

— Vous comprenez bien qu'il va falloir que je lui parle, n'est-ce pas ? Il me faut un témoignage correct.

— Oui, bien sûr, monsieur ; mais pas maintenant, dit Clark d'un ton suppliant.

— Excusez-moi de vous poser une question indiscrète, mais vous n'avez pas une histoire avec Mrs Hardcastle, au moins ?

— Non, s'exclama Clark, qui poursuivit d'une voix plus douce. Enfin, plus maintenant. Il y a longtemps de cela, il y a eu... quelque chose entre nous. Mais elle avait trois enfants et ça ne paraissait pas correct, même si Cedric et elle... Enfin, qui sait comment les choses auraient tourné ? Toujours est-il que la petite Jenny s'est fait enlever, voilà. Certaines femmes auraient foutu le camp, après ça. Elle, elle y a vu une sorte de condamnation. Cedric était effondré, elle s'est dit qu'elle ne pourrait jamais le quitter, quoi qu'il arrive. Elle me l'a dit, mais de toute façon je m'en étais bien aperçu moi-même. Et maintenant, il y a d'un côté le sergent Clark, et de l'autre Mrs Hardcastle. Mais je ne lui ferai jamais aucun mal.

Il parlait d'un ton méfiant.

— Je préfère ça, commenta Pascoe. Écoutez, je pense qu'il vaut mieux qu'on la voie au poste, une fois que Mr Dalziel sera revenu. Retournez la voir et dites-lui qu'il faudrait qu'on la voie en bas dans, disons, deux heures. Ça nous laisse le temps de trouver le superintendant.

— Très bien, je vais aller le lui demander, monsieur.

— Non, vous ne le lui demandez pas, vous le lui *dites*, répliqua Pascoe d'un ton féroce. Sergent, il n'y a pas place pour les sentiments personnels quand on est en pleine enquête.

Il se demanda si Clark n'allait pas finir par être un poids mort. C'est ce qu'il désignait sous le terme d'effet Dendale. Un peu comme le syndrome de la Guerre du Golfe : difficile à définir, mais impossible à nier une fois qu'on a rencontré quelques personnes qui en souffrent. Y compris peut-être le Gros lui-même.

Il aurait préféré croire que Dendale n'avait aucun rapport avec cette affaire, mais toutes les pistes semblaient y revenir ; et il faudrait les suivre tant qu'on ne verrait pas un panneau dont la flèche serait résolument tournée dans une autre direction, même si c'était une impasse.

— Sergent ? appela-t-il.

Clark, qui retournait sans se presser à la maison, se retourna, le visage peu réjoui :

— Oui, monsieur ?

— Ce type, là, Benny Lightfoot, de qui était-il proche ?

— Ah ! ça, de personne, un vrai solitaire.

— Donc, s'il est revenu, vous ne voyez pas où il aurait pu aller ?

— À part Dendale, non, et là-bas il n'y a plus rien pour l'attirer maintenant, même avec la sécheresse. Tous les bâtiments ont été rasés au bulldozer avant que la vallée soit noyée, y compris Neb Cottage où il vivait avec sa grand-mère.

— Sa grand-mère... Vous m'avez dit qu'elle avait eu une attaque : qu'est-ce qui lui est arrivé exactement ?

— Elle s'est retranchée dans la maison après avoir prévenu qu'il faudrait qu'ils la sortent de chez elle. Elle s'était barricadée à l'intérieur. Je suis monté là-haut pour la convaincre de montrer un peu de bon sens. J'ai regardé par la fenêtre, et je l'ai vue étendue par terre. À quelques heures près, c'est sûr qu'elle y passait.

— Elle a eu de la chance que vous ayez été si consciencieux, commenta Pascoe.

— Oh ! je ne suis pas sûr qu'elle ait vu les choses de cette façon : quand je suis allé à l'hôpital, elle ne m'a pas paru particulièrement reconnaissante.

— Elle s'est rétablie ?

— Tout dépendait de la personne qui lui parlait, se rappela Clark avec un sourire. Dès qu'on lui posait de façon officielle une question sur Benny, elle perdait la mémoire et la parole. Elle avait sans aucun doute un esprit un peu confus et du mal à trouver les mots, mais ça ne l'a pas empêchée d'être vite assez en forme pour poser des problèmes aux infirmières. On l'aurait bien laissée sortir plus tôt, seulement il fallait lui trouver un endroit où aller : elle n'était pas autonome, vous voyez. Elle a à peu près recouvré ses facultés d'élocution, mais elle était hémiplégique. Il fallait donc qu'elle aille en maison de retraite, et elle a mené une vie d'enfer aux services sociaux quand ils se sont mis à lui faire des propositions.

— Finalement, elle y est entrée ?

— Non, parce qu'une de ses nièces s'est pointée. Elle vivait du côté de Sheffield ; elle a dit qu'elle pouvait s'en occuper. C'est la dernière personne à l'avoir vue ici.

— Donc, Mrs Lightfoot pourrait être encore vivante ?

— Elle doit être très âgée maintenant, mais elle est du style à rester en vie pour l'éternité s'il y a des gens qui attendent sa mort.

— La nièce, vous ne vous rappelez pas son nom ?

— Non, mais peut-être qu'il figure encore dans les archives des services sociaux.

— Mmmh... Ça dépend de la personne qui s'occupait du dossier, estima Pascoe sans optimisme.

— Je peux vous le dire : c'est une femme du nom de Plowright.

— Quoi ? Vous ne parlez pas de Jeannie Plowright, celle qui dirige aujourd'hui les services sociaux au niveau du comté, demanda Pascoe qui reprenait espoir.

— Si, si, c'est elle, elle s'est très bien débrouillée. J'en étais sûr, d'ailleurs : quand on arrive à survivre en s'occupant de la vieille Mrs Lightfoot, la réussite est assurée !

Clark rentra dans la maison, pendant que Pascoe sortait son téléphone portable :

— Hôtel du Comté, bonjour.

— Pourrais-je avoir Mrs Plowright, des services sociaux ?

Suivit une pause, heureusement pas envahie par une attente musicale — merci, mon Dieu ; puis une voix d'homme :

— Allô ?

— Bonjour, je souhaiterais parler à Jeannie.

— Je suis désolé, elle est sortie. Puis-je vous être utile ?

— Non. Pouvez-vous m'indiquer quand elle sera de retour ?

— Pas avant la fin de l'après-midi, ou même le début de la soirée. Si cela concerne...

— Non, coupa Pascoe, cela concerne une chose pour laquelle vous ne pouvez pas m'aider. Pouvez-vous vous assurer qu'elle recevra bien mon message ?

— Je pense que oui. Mais, écoutez...

— Non, je n'écoute pas, c'est vous qui allez écouter. Mon nom est Pascoe, inspecteur-chef Pascoe. Dites à Mrs Plowright que je la rappellerai pour la rencontrer dans son bureau, demain matin à 9 heures. C'est une affaire de police, urgente et confidentielle, on est bien d'accord ? Objet de la réunion, Mrs Agnes Lightfoot, anciennement domiciliée à Neb Cottage, Dendale. C'est bon ? Parfait, merci.

Il raccrocha.

Si vous me voyez arriver, vous avez intérêt à vous écarter. J'engueule Clark parce qu'il a des sentiments personnels, me voilà qui me fous complètement d'un pauvre diable dont je n'ai même pas cherché à connaître le nom ni la fonction. Encore quelques trucs comme ça, et on n'arrivera plus à me distinguer de Dalziel !

Le téléphone sonna :

— Oui ? aboya-t-il.

— Peter, c'est moi. Écoute, ne t'inquiète pas, mais Rosie ne se sentait pas bien et miss Martindale m'a appelée pour que j'aille la chercher à l'école ; je l'ai ramenée à la maison en pensant que c'était juste un coup de soleil ou quelque chose comme ça. Mais ensuite, j'ai pensé à Zandra, alors j'ai téléphoné à Jill qui m'a dit que Zandra allait encore plus mal et que le médecin était là. J'ai commencé à me faire du souci, donc j'ai appelé le docteur Truman. Il est chez nous pour l'instant, et il aimerait que Rosie aille passer certains examens à l'hôpital... Peter, est-ce que tu peux rentrer bientôt... je t'en prie...

C'était la première fois qu'il entendait Ellie parler de la sorte. Le monde chancelait comme si le grand océan de la lande avait haussé les épaules et libéré Stirps End Farm de son banc de sable.

— J'arrive tout de suite, dit-il.

Fini, les affaires difficiles, pensa-t-il. Finies les critiques contre les gens qui laissaient leurs sentiments personnels entrer en ligne de compte. Dalziel avait raison, finalement. S'il y avait un Dieu, il aimait sacrément la plaisanterie.

— Sergent Clark ? rugit-il.

Et il piqua un sprint jusqu'à la voiture.

11

En arrivant à Bixford, Wield et Novello constatèrent qu'ils n'auraient pas à demander leur chemin. La ville souhaitait la bienvenue aux conducteurs prudents. Ce panneau était surmonté par un autre qui annonçait la proximité de GEORDIE TURNBULL DEMOLITION & EXCAVATION LTD.

La société en question était entourée par une haute clôture électrifiée qui courait sur un demi-hectare. Au centre du terrain était tapi un bungalow entouré par des engins de terrassement. Près d'un bulldozer jaune sur lequel le nom de Turnbull s'étalait en rouge vif, il y avait un break Volvo bleu clair.

Le véhicule étincelait sous le soleil ; on ne voyait aucune trace de salissure ou de poussière.

Novello franchit le portail ouvert et alla se garer juste à côté.

Wield descendit de voiture, fit lentement le tour du break en regardant à l'intérieur. Novello alla jusqu'au bâtiment et sonna à la porte qui, après une brève attente, s'ouvrit sur un homme courtaud et trapu, vêtu d'un short kaki, d'un tricot de corps à grosses mailles et d'espadrilles. Il avait des cheveux blonds et drus, ébouriffés, et il bâillait en se frottant les yeux comme si on venait de le tirer de son sommeil. Mais il ferma prestement la bouche, son regard s'éclaira quand il vit Novello et un large sourire de bienvenue s'étala sur son visage rond et rougeaud :

— Salut, j'étais en train de faire un somme mais je ne regrette pas d'avoir été réveillé. Que puis-je faire pour vous, jeune fille ?

Chez lui, le prénom Geordie était bien plus qu'un dérivé de George : il parlait avec l'accent caractéristique de la région de Newcastle, à un point tel qu'on avait l'impression d'entendre le clapotis des eaux de la Tyne.

— Vous êtes bien Mr Turnbull ? demanda-t-elle en remarquant que le duvet doré de ses bras nus et musclés semblait refléter la lumière du soleil.

— Ouais, c'est bien moi. Voulez-vous entrer pour échapper à cette foutue chaleur et vous rafraîchir avec une cannette de bière ? Ou une limonade, si vous êtes venue pour me parler de Jésus.

Elle se surprit à lui sourire.

C'était extraordinaire à quel point, en l'espace de quelques secondes, Turnbull était passé du gros porc d'âge moyen au mignon koala, sympathique et amusant. Cela tenait à l'éclat de son sourire et à son regard admiratif, à la fois franc, doux et flatteur ; mais sans doute aussi, dans une large mesure, à son empressement à offrir une boisson à une personne dont il ignorait le motif de sa visite. Par nature, un Anglais sur le pas de sa porte est une créature soupçonneuse qui s'attend toujours au pire. Dans son métier, Novello avait eu l'occasion de tirer pas mal de sonnettes. Son aspect n'était pas particulièrement menaçant, elle n'avait pas du tout l'air d'une femme flic, tout au moins l'espérait-elle ; pourtant, les premières réactions à son égard, avant qu'elle ne décline son identité et sa fonction, allaient en général de la neutralité mêlée de circonspection à une hostilité déclarée.

Elle présenta sa plaque :

— Détective constable Novello. Mr Turnbull, j'aimerais avoir une petite conversation avec vous.

Mis à part un comique mouvement de sourcil, il conserva son expression accueillante pour lui répondre :

— Ce sera donc une limonade, hein, cocotte ? Entrez donc.

Alors seulement il y eut un changement, comme l'ombre

d'un petit nuage haut dans le ciel, qui passe rapidement sur un paysage inondé de soleil, si vite qu'on a à peine le temps de s'en apercevoir.

— Mr Turnbull ?

Wield venait d'entrer. Turnbull le reconnut et elle sentit que ça ne l'enchantait pas. Intéressant de voir comment l'homme allait réagir.

Turnbull ajouta immédiatement un kilowatt à la puissance de son sourire :

— Mais c'est Mr Wield, c'est bien lui ! Vous savez, sergent, on est du même bois, tous les deux : quand on nous a vus une fois, pas de danger qu'on nous oublie.

La remarque aurait pu être blessante, mais Turnbull voulait simplement dire que l'apparence de Wield ne comptait pas. Il le flattait en l'incluant dans le même club que lui.

Wield serra la main tendue :

— Ça fait pas mal de temps, depuis Dendale...

— Ah ! ça oui, mais pour moi c'était hier, pour ainsi dire, répondit Turnbull avant de prendre un ton plus grave. Entrez donc, il fait plus frais à l'intérieur.

Novello savait par Bella Postlethwaite, l'aubergiste, que Turnbull était célibataire ; mais son intérieur ne souffrait pas de l'absence d'une femme. Pourquoi serait-ce le cas, d'ailleurs ? Avec un type de ce genre, la liste d'attente bien fournie de dames désireuses de lui faire la cuisine et le ménage et plus généralement de le chouchouter devait être longue. Cette idée aurait dû provoquer chez Novello une pointe d'indignation ; au lieu de cela, elle se surprit à redresser une têtière avant de s'asseoir dans le fauteuil qu'il lui offrait.

Attention, Novello, ce mec a l'âge d'être ton père, se dit-elle. Elle jeta un regard autour d'elle. À part le *Daily Mirror*, on ne voyait rien qui puisse se lire dans la pièce. Les meubles étaient vieux mais pas anciens, et leur bois avait cette jolie teinte qui vient d'un entretien fréquent. Encore la main d'une femme ? D'autant que la cheminée accueillait un vase au cuivre étincelant, rempli de fougère fraîche. Sans doute les dames de la paroisse faisaient-elles un roulement pour s'occuper des fleurs de l'église avant de venir s'occuper de Mr Turnbull. Ah, ça me reprend ! pensa-t-elle. La cheminée, voilà quelque chose d'intéressant ! Une belle pièce de style victorien, un peu trop grande pour les dimensions de la pièce, et certainement pas contemporaine de la maison.

Turnbull revenait de la cuisine avec trois verres et une cruche de limonade glacée sur un plateau. À leur arrivée, il y avait une chope et une cannette de bière sur une table basse, mais leur hôte avait débarrassé le tout. Pour garder l'esprit clair ?

— À la vôtre, dit-il en levant son verre. Que puis-je faire pour vous, Mr Wield ?

— Les affaires ne marchent pas fort ? attaqua le sergent.

— Pardon ?

— On vous trouve chez vous en plein milieu de la journée, et le bulldozer est là.

— Ah ! mais non, ce serait plutôt le contraire, heureusement. Ça tourne tellement bien que le patron peut se permettre de laisser ses gars au boulot pendant qu'il classe ses papiers.

Wield jeta un regard au *Daily Mirror*, ce qui fit rire l'autre :

— Pas ce genre de papiers. Vous m'avez surpris pendant ma pause. Non, vous devriez voir mon bureau.

— Merci, c'est par où ? demanda Wield en se levant.

Pendant un moment, Turnbull parut décontenancé d'être pris au pied de la lettre, mais il quitta son siège et guida les visiteurs.

Le bureau occupait une pièce qui, à l'origine, avait dû être une chambre : effectivement, une seule suffisait ici, se dit Novello. D'une certaine façon, on pouvait penser que s'il invitait quelqu'un à dormir chez lui, c'était dans son propre lit. Le problème, c'est que plus elle voyait en lui un « homme à femmes », plus elle avait de mal à l'imaginer en agresseur d'enfants.

— Quelqu'un s'occupe de l'administration pour vous, Mr Turnbull ? demanda-t-elle.

— Mon Dieu oui, c'est bien trop compliqué pour un esprit simple comme le mien. Il y a cette charmante dame qui tient la maison.

— Oui, j'imagine bien. Elle n'est pas là, aujourd'hui ?

— Non, je lui ai accordé un jour de congé.

Novello se força à ne pas regarder Wield d'un air sous-entendu. Libérer une aide le lendemain d'un enlèvement... enfin, d'un éventuel enlèvement... ça pouvait être révélateur.

— C'est quelqu'un du coin ? reprit-elle.

— Ah ! oui. Tout à fait. (Il partit d'un rire communicatif auquel il était difficile de ne pas résister.) Je parie que vous êtes en train de penser qu'il s'agit d'une ravissante idiote, n'est-ce pas, beauté ? J'ai effectivement envisagé d'en prendre une de ce genre-là, mais je prévoyais toutes sortes de problèmes. Ne jamais mélanger le travail et le plaisir, comme disait l'évêque à la prieure. Et là, j'ai eu un coup de pot : Mrs Quartermain. Soixante-cinq ans, veuve, aimant bosser. Elle habite un peu plus loin dans la rue, au presbytère.

— Au presbytère ?

— Mais oui, mon chou, c'est la mère du vicaire. Il est bien content que de temps en temps elle lui lâche les baskets, et moi ça m'arrange qu'elle s'occupe des miennes. Mais je la lui laisse quand il en a besoin pour une occasion spéciale. Aujourd'hui, c'est la sortie du troisième âge ; et les vieux, ils ne quitteraient pas le village s'il n'y avait pas Maman Quartermain.

Il lui adressa un sourire, l'invitant à partager sa gaieté. Elle se surprit à sourire de nouveau.

Wield avait lentement fait le tour du bureau, il avait soigneusement étudié le meuble de classement, le tableau d'affichage, le fax, le photocopieur et tout ce qui occupait l'espace, sans pour autant l'encombrer. Tout était bien organisé, comme peut le faire un homme lui-même bien organisé. Capable de gérer avec la même précision sa vie sentimentale et ses désirs les plus intimes ? se demanda le sergent, qui en connaissait un rayon sur la question.

— Très impressionnant, finit-il par dire. C'est vraiment une belle réussite. Mais dites-moi, vous n'aviez pas votre propre affaire quand vous travailliez au barrage de Dendale ?

Dendale, cité pour la seconde fois. Et comme précédemment, l'évocation de ce nom sembla assombrir le tempérament de Turnbull. Mais après tout c'était bien normal, toute personne ayant vécu là-bas réagirait de la même façon.

Putain, ce type est en train de m'utiliser pour sa défense ! pensa Novello.

— Non, à l'époque je travaillais pour Tommy Tiplake. J'étais une sorte d'associé junior, en réalité, parce que je suis resté avec lui même durant les moments difficiles. Ce vieux Tommy, il n'avait pas de famille ni personne autour de lui. Et on s'entendait bien. Quand il a dû se mettre à la retraite, c'est moi qui ai repris le flambeau. Pour ça, j'ai eu de la chance. Je n'ai rien fait pour le mériter, mais je remercie Dieu tous les jours pour Ses bienfaits.

Tout en discutant, ils étaient retournés dans la salle de séjour. Turnbull fit à nouveau un mouvement de sourcil quand Novello se rassit, exprimant ainsi très clairement qu'il rangeait la donzelle dans la catégorie des bienfaits du Ciel.

— Je ne vous savais pas croyant, commenta Wield.

— Oh ! ça doit venir avec l'âge, et puis croire, c'est parier sur un bon cheval, pas vrai ? C'est peut-être pour ça que j'emploie la mère du vicaire.

— Et religieux comme vous l'êtes, vous étiez à l'église dimanche matin ? s'enquit Wield.

— Oui, effectivement. Pourquoi me posez-vous cette question ?

Tu sais très bien pourquoi on te demande ça, pensa Novello. On en a parlé aux informations, dans la presse, dans le *Daily Mirror*. À moins que tu ne l'aies su avant...

Elle devait lutter pour éviter de succomber au charme qui avait amené un employeur à transmettre sa boîte, un vicaire à prêter sa mère, et Dieu sait quoi encore...

— À quel office avez-vous été ? poursuivit Wield.

— Celui du matin.

— Ça fait 11 heures, c'est bien ça ?

— Tout à fait.

— Et avant ?

— Avant ? Attendez que je réfléchisse... (Il fronça les sourcils, prit l'expression caractéristique de quelqu'un qui cherche.) Je me suis levé vers 9 heures. Je me rappelle que je me suis rasé pendant l'émission d'Alistair Cooke sur BBC4, *Letter from America*. Puis je me suis préparé un café et des toasts, je me suis installé dehors parce qu'il faisait déjà chaud, et j'ai lu le journal du dimanche. Ça a dû me prendre jusqu'à 10 heures moins le quart, à peu près. Ma réponse vous satisfait, ou vous voulez plus de détails ?

Là, il y avait une colère sous-jacente qu'il ne parvenait plus à dissimuler. Ou peut-être aurait-il pu le faire, mais il ne le voulait pas. Ou peut-être n'était-il pas du tout furieux.

— Vous étiez seul ? Vous n'avez vu personne, et personne ne vous a vu ?

— Pas avant que je sorte pour aller à l'église.

— Elle est loin ?

— À l'autre bout du village : environ un kilomètre et demi.

— Vous y allez à pied ?

— Ça m'arrive ; ça dépend du temps, et de ce que j'ai à faire après.

— Et hier ?

— J'ai pris la voiture : je devais aller chercher un ami pour passer la journée au bord de la mer après l'office.

— Vous laissez toujours votre voiture au même endroit ?

— Non, pas systématiquement. Il m'arrive de la rentrer au garage.

— Et samedi soir ?

Une hésitation. C'était donc si difficile à se rappeler ? Peut-être que, comme Novello, il cherchait à comprendre où Wield voulait en venir. Et comme elle, il avançait.

— Au garage.

Autrement dit, si, mettons, le petit livreur de journaux se souvenait que, quand il avait livré Turnbull avant environ 9 heures du matin, il n'avait pas vu la voiture, ça ne voulait rien dire.

Elle regarda Wield. Elle connaissait sa réputation de minutie. Il n'allait pas lâcher tant qu'il n'aurait pas trouvé quelqu'un dans le coin qui aurait vu Wield sortir en voiture de chez lui un samedi matin tôt. Elle corrigea sa pensée : jusqu'à ce que *moi* j'aie trouvé un témoin.

Turnbull sortit de la pièce. Ils l'entendirent composer un numéro de téléphone dans le couloir :

— Allo, Dickie ? C'est Geordie Turnbull... Ouais, pas trop mal compte tenu du contexte. J'ai de la visite, figurez-vous.

La police. Non, non, pas de souci, mais j'aimerais quand même bien que vous passiez ici pour me donner un coup de main. Merci, mon vieux.

Il revint dans la pièce :

— Dick Hoddle, mon avocat, arrive pour se joindre à nous. J'espère que vous n'y voyez pas d'inconvénient, Mr Wield ?

— Vous êtes ici chez vous, répondit Wield avec indifférence.

— Effectivement, et j'y reste, et c'est pour ça que je veux que Dickie vienne. Mr Wield, il y a une chose qui doit être bien claire entre nous. Je n'ai absolument pas l'intention que vous m'emmeniez à Danby pour vous aider dans votre enquête. Tant que je ne suis pas en état d'arrestation.

— Mais vous saviez très bien l'objet de notre visite ?

— Oui je le savais, simplement je n'arrivais pas à y croire. Vous m'avez déjà fait le coup une fois, vous vous rappelez ? Je n'imaginais pas que vous recommenceriez, mais c'est bien ce que vous êtes en train de faire, hein ?

— Nous continuons à n'exclure aucune hypothèse dans l'enquête sur la disparition de Lorraine Dacre, effectivement, répondit Wield.

— Vous avez bien raison, et j'espère que vous arriverez à coincer ce salaud. Seulement, vous, les flics, vous vous pointez avec des bottes pleines de boue dans la vie des gens, sans jamais vous inquiéter des saletés que vous laissez derrière vous. Je refuse d'aller dans des endroits où il y a des photographes et des journalistes. Si vous voulez quelque chose de moi, vous l'obtiendrez ici ; sinon, vous n'aurez rien.

— Ça tombe bien, je me sens très bien ici. Pour commencer, sachez que j'apprécie votre coopération. Nous aurons besoin de fouiller la maison, et aussi d'examiner votre voiture. Vous êtes d'accord ?

— Est-ce que j'ai le choix ?

— Mais oui : entre maintenant et plus tard.

— Allez-y, alors, dit Turnbull en lançant ses clefs de voiture par terre aux pieds de Novello. Faites ce que vous voulez : comme d'habitude...

Il y avait dans sa voix beaucoup d'amertume, mais une

amertume diluée dans quelque chose d'autre, pensa Novello en ramassant les clefs. Quelque chose qui était là pratiquement depuis le départ, très proche... du soulagement ?

Mais le soulagement de quoi ? De voir qu'il était rattrapé par ses crimes ? Ou peut-être simplement qu'une chose qu'il avait redoutée était en train d'arriver ?

Elle sortit, alla jusqu'à la voiture.

Wield arpenta la salle en sifflotant.

— Belle pièce, commenta-t-il après avoir terminé son circuit et rejoint l'autre devant la cheminée.

— Comme je dis, j'ai eu de la chance. Et puis, il y a des gens qui ont été bons avec moi. Tommy Tiplake. Les gens du quartier. Ils parleront en ma faveur, Mr Wield.

C'était presque un appel, qui faillit toucher Wield :

— C'est bien, d'avoir des amis, répondit-il. Elle est vraiment magnifique, cette vieille cheminée.

— Oui.

— Peut-être un peu trop grosse pour la pièce. Et puis, comment dire, il me semble que je la connais.

— Vous avez une sacrée mémoire, le complimenta Turnbull. Elle vient du *Holly Bush* de Dendale. Vous vous rappelez, l'arrière-salle ? Ne vous inquiétez pas, elle a été payée. Tommy et les autres démolisseurs se sont arrangés avec la Compagnie des Eaux pour avoir le droit de prendre ce qui leur plaisait. Ça doit figurer dans les archives.

— Oh, certainement. Une belle pièce comme ça, il vaut mieux que ça se retrouve dans une belle maison plutôt que finir en morceaux au fin fond d'un lac, pas vrai ?

De la porte d'entrée, Novello appela le sergent. Il sortit.

Elle lui montra deux sacs contenant des pièces à conviction : dans l'un, une basket d'enfant rose et blanc, dans l'autre, un ruban de soie bleu avec un nœud.

— Le ruban se trouvait sous le siège arrière, dit-elle. Et la godasse était planquée sous une pile de trucs dans le coffre.

Wield réfléchissait et Novello devina à quoi il pensait. Fallait-il confronter Turnbull à ces découvertes tout de suite ou attendre que les Dacre identifient les objets ?

L'homme apparut dans l'encadrement de la porte.

— Qu'est-ce que c'est que ça, mignonne ? demanda-t-il.

Sa voix ne trahissait pas d'inquiétude. Peut-être même pas assez dans les circonstances présentes, pensa Novello. Wield ne tint pas compte de la question :

— Allez à la radio... Non, faites plutôt ça par téléphone, dit-il. Expliquez-leur ce qui se passe, et indiquez-leur que j'aimerais voir ici, le plus vite possible, une équipe d'enquêteurs et un médecin légiste.

Après cela, il dirigea son attention vers l'homme, et commença à déclamer :

— George Robert Turnbull, il est de mon devoir de vous prévenir que...

12

Andy Dalziel et Cap Marvell étaient installés l'un en face de l'autre dans l'arrière-salle du *Book and Candle*. C'était un endroit qui ne pouvait accueillir qu'une demi-douzaine de chaises et deux tables étroites, sous lesquelles on se cognait les genoux ; plus exactement, Andy et Cap avaient les jambes qui se mêlaient. Dalziel avait bien poussé un grognement d'excuse mais, n'obtenant pour toute réponse qu'un sourire ironique, il s'était détendu et avait décidé d'apprécier ce contact.

Ce pub ne faisait pas partie de ceux qu'il fréquentait régulièrement, car il n'était pas adapté à la plupart des rencontres professionnelles d'un homme du département d'enquêtes criminelles : il était situé « à portée de cloche », et il y régnait une ambiance ultrarespectable. Pourtant, Dalziel connaissait l'établissement et y était connu, car il se trouvait dans son secteur. Le patron ne fut donc pas surpris quand le superintendant commanda un spritzer — vin blanc étendu d'eau gazeuse — et trois pintes de bière, et de la meilleure, pas plus qu'il ne marqua de l'étonnement quand son client lui demanda de considérer l'arrière-salle comme fermée pendant la demi-heure suivante.

Il but la première pinte et la moitié de la deuxième avant d'entamer la conversation :

— Tu m'as manqué, dit-il d'un ton brusque.

Cap Marvell eut un grand rire :

— Tu pourrais répéter ça, Andy ? Crois-tu que tu arriverais à perdre le ton de l'écolier qui s'est masturbé et qui n'arrive pas à en parler ?

Il prit une autre longue gorgée de bière :

— Tu ne m'as quand même pas manqué à ce point, grogna-t-il.

Elle lui coinça une jambe entre ses genoux :

— Toi, tu m'as manqué à un point que je n'aurais pas pu imaginer.

Cet aveu provoqua en lui un sentiment qu'il ne reconnut pas tout à fait. En cherchant à l'identifier, il dit d'un ton revêche :

— C'était ton choix.

— Non, répondit-elle avec calme. Il n'y avait pas de choix possible, à l'époque.

— Et pourquoi es-tu ici maintenant ?

— Parce que, maintenant, il se pourrait bien qu'il y en ait un.

— Et ?

— Et si c'est le cas, je vais choisir.

— Tu devrais peut-être attendre qu'on te le demande, rétorqua Dalziel, qui venait de trouver ce qu'il ressentait : un mélange de gêne et de grande joie.

D'une certaine façon, cela le contrariait : encore un peu, et il allait se mettre à rougir.

— Oh non, ça c'est une échappatoire. Tous les choix importants se font à l'avance.

Il la regarda ; ce qui lui avait manqué, ce n'était pas simplement la beauté d'un visage, la solidité d'un corps et la grosseur de ses nichons : mais surtout son humour, son indépendance, et aussi cette façon qu'elle avait, parfois dissimulée, parfois soulignée par son accent distingué de dire les choses. C'est tout ce qui restait de sa vie d'avant : à peine sortie de l'école, elle était entrée par mariage dans les couches inférieures de la pairie, avait donné naissance à un garçon et l'avait regardé grandir — autant que pouvaient le permettre les nounous et les pensionnats. C'était devenu un jeune officier, porté disparu et supposé mort, pendant la guerre des Malouines.

Cela avait été une expérience révélatrice et l'avait amenée à un examen de sa vie que rien n'aurait pu empêcher, pas même l'annonce que son fils était vivant. Les événements s'étaient alors succédé : le divorce, la ruine de toutes les anciennes certitudes morales, la débauche, le dévouement à des causes radicales. Et, pour finir, Dalziel.

Ils s'étaient rencontrés lors d'une enquête pour meurtre. Le groupe de défense du droit des animaux dont elle était la présidente y était impliqué. Ils étaient si éloignés l'un de l'autre : quelques années, plusieurs couches sociales et leur attitude face à la vie les séparaient ; pourtant, cela ne les avait pas empêchés de ressentir une attirance assez puissante pour combler toutes ces différences. Mais elle souhaitait pouvoir lui faire confiance ; lui était trop accro à ses certitudes professionnelles ; les choses étaient devenues impossibles entre eux.

— Pendant qu'on réfléchit au choix, on pourrait discuter, proposa-t-elle. Qu'est-ce qui t'amène chez Walter ? Je crois avoir lu que tu t'occupes de cette affaire de disparition d'enfant ?

Ainsi, elle avait remarqué son nom dans le journal. Il en fut flatté, mais dissimula son plaisir :

— Oui. On a repéré sa voiture garée près de l'endroit où la petite habitait... euh, où la petite habite. Ainsi d'ailleurs que celle du Navet.

— Pardon ?

— Krog, le Suédois.

— Norvégien, je crois ; en tout cas, il est à peine poli.

— Poli ? Peut-être que ce n'est pas moi qui t'ai manqué, alors.

— Va savoir... Donc, tu voulais les voir, Walter et le... et Krog.

— Ouaip, pour éliminer des suspects.

— Je croyais que tu envoyais des sergents pour faire ce genre de choses.

Elle faisait allusion à Wield, qui était allé l'interroger quand les choses s'étaient mises à chauffer.

— Pas quand il s'agit de quelqu'un comme Wulfstan.

— Andy, tu n'es tout de même pas en train d'insinuer que les riches et les puissants sont mieux traités que les prolos ? se moqua-t-elle.

Son front se plissa. Elle n'aurait pas dû dire ça si elle connaissait l'histoire des Wulfstan.

— Tu les connais bien, les Wulfstan ? demanda-t-il.

— Pas tellement. Elle, pratiquement pas ; et Walter, en tant que président du comité d'organisation du festival. Quand je me suis installée ici il y a quelques années, je me suis mise à aller aux concerts donnés dans la région ; j'ai quelques amis dans les cercles musicaux. Avant que tu me demandes des noms, je m'empresse d'ajouter que ce sont des gens qui n'ont rien à voir avec mes autres activités. Je m'étais particulièrement liée avec une femme qui faisait partie du comité. Quand elle a été mutée et qu'elle a dû quitter le district, elle m'a recommandée pour que je la remplace : c'est comme ça que j'ai fait la connaissance de Walter.

— Ah oui ? Est-ce que tu l'as impressionné avec ton expérience d'organisatrice de piquets de grève, de manifestations et de raids dans des bâtiments privés ?

— Andy, j'ai une vie très bien compartimentée. Quand on fait un trou dans une digue, les ennuis se mettent à couler : on est bien placés, toi et moi, pour le savoir. C'est la première année que je fais partie du comité, et donc je tâtonne encore.

— Je pensais que tu avais de grandes responsabilités, maintenant.

— Pas de danger, répondit-elle dans un sourire. Tout est tellement bien huilé qu'il nous reste très peu de choses à faire. Le changement de lieu de concert est en fait notre première véritable crise et Walter semble avoir vraiment la situation bien en main.

— J'imagine... Tu vas aller à Danby pour déménager les meubles ?

— Pas aujourd'hui, mais j'ai offert mes services pour demain, s'ils ont besoin de moi. Walter mène tout le monde à la baguette et n'a pas besoin de tire-au-flanc. C'est tout ce que je sais de lui, superintendant, n'essayez pas de me soutirer d'autres informations.

— Loin de moi cette idée, je sais ce dont j'ai besoin. Je pense que ce serait pas mal que tu le saches aussi, au cas où tu aurais envie de lui dire que tu es une de mes amies.

Elle commença par plaisanter de la chose, mais s'arrêta net en voyant la tête qu'il faisait. À mesure qu'il lui racontait les disparitions de Dendale, elle affichait une expression aussi sombre que celle de son interlocuteur :

— Les malheureux parents... Je sais ce que j'ai ressenti quand on m'a appris, pour Piers...

— Ça m'étonne que tu n'aies pas lu cette affaire dans les journaux, lui dit-il d'un ton à demi accusateur.

— Peut-être que si, mais tu sais, Andy, j'avais autre chose en tête il y a quinze ans. Maintenant, je comprends pourquoi tu traites Walter avec tant de ménagements. Le pauvre homme... Mais ça explique pourquoi ils ont adopté.

— Elizabeth ? Oui, effectivement, ce n'est pas leur fille biologique. Dis donc, tu en sais des choses, pour quelqu'un qui connaît à peine les Wulfstan.

Sous ce commentaire peu galant se cachait en fait un rappel de leur intimité passée : à cette époque, elle lui avait transmis de précieuses informations.

— Mais je n'ai rien fait pour être au courant, on me l'a dit spontanément, protesta-t-elle avec vigueur. Et ça ne vient ni des Wulfstan ni de qui que ce soit d'ici, mais d'une coïncidence. Il se trouve que j'ai à Londres une amie, Beryl Blakiston, qui dirige l'école qu'a fréquentée Elizabeth pendant quelque temps.

— La vaaache ! commenta-t-il d'un ton admiratif. Avec quelqu'un d'aussi classe que toi, on n'a vraiment pas besoin d'Internet...

Elle le regarda de près, car elle soupçonnait les connaissances de Dalziel sur Internet d'être à peu près aussi vagues que les siennes sur la tactique des joueurs de rugby au centre d'une mêlée. Mais elle avait appris qu'il est risqué de provoquer quelqu'un quand on n'a pas de certitudes ; elle poursuivit donc son histoire :

— J'ai déjeuné un jour avec Beryl, au printemps. Je lui ai parlé de mes nouvelles responsabilités en tant que membre du comité d'organisation du festival : ça la rassure de savoir que je garde un pied sur le droit chemin. Et elle m'a demandé si ce Wulfstan dont je parlais était le père de la chanteuse. Alors j'ai dit oui, parce que je savais qu'Elizabeth était inscrite comme chanteuse possible pour le festival de cette année. Voilà, ça s'arrête là.

Il prit une longue gorgée qui délesta très nettement la deuxième pinte :

— Foutaises, proféra-t-il.

— Pardon ?

— Primo, tu as déjà dit que ta copine Beryl t'avait confié que la gamine avait été adoptée. Deuzio, avec deux ou trois gin-tonic dans le nez et une bouteille de bourgogne sur la table, ça m'étonnerait que des nanas dans vot' genre lâchent un sujet intéressant avant d'être complètement nases.

— Pourquoi parles-tu de quelqu'un que tu ne connais pas comme d'une nana dans mon genre ?

— Parce que tu ne continuerais pas à déjeuner avec elle, sinon. Donc, qu'est-ce qu'elle a dit ?

Cap Marvell le fixa d'un regard froid et évaluateur :

— Andy, j'espère bien que ce n'est pas officiel. Prendre un verre avec un vieil ami est une chose mais, si la conversation tourne à l'interrogatoire, je veux que mon avocat vienne tenir la chandelle.

Il eut un air peiné :

— Mais non, fifille, je te l'ai déjà expliqué : si je suis venu par ici pour voir Wulfstan, c'est uniquement à cause de ce qui s'est passé avant. C'est une enquête de routine, et pas un coup monté. Tout ce que je fais ici, c'est une conversation polie jusqu'à ce que je voie de quel côté le toast va tomber. Si tu préfères, on peut parler de l'équipe anglaise de cricket... ou du gouvernement. Ça te fait chialer, hein ?

— Quoi, le gouvernement ? Ne dis pas de bêtises, veux-tu. Je ne verse pas de larmes sur ces enflures.

Elle se mit à rire :

— OK, je te crois, Andy. Donc, Beryl m'a dit qu'Elizabeth

était une enfant adoptée, qu'elle avait posé des problèmes dans le temps, mais qu'elle s'était calmée...

— Des problèmes ? la coupa Dalziel. Les problèmes, j'adore ça : raconte-moi.

— Elle n'est pas entrée dans les détails : même après une bouteille de bourgogne, il existe un truc qui s'appelle le secret professionnel. Mais j'ai eu l'impression que cela avait trait à des attentes non satisfaites de part et d'autre, du côté de la fille et de celui des parents adoptifs. Les choses ont été suffisamment sérieuses pour nécessiter les services d'un psychologue, ou d'un psychiatre, je ne suis pas sûre. Mais finalement, tout s'est arrangé ; Beryl pense que c'est surtout parce que la gamine avait un talent musical qui bourgeonnait.

— Bourgeonnait, répéta Dalziel d'un air rêveur. J'aime quand tu utilises des mots recherchés, même quand je ne comprends pas la moitié de ce que tu racontes.

— Je dis que c'est par le chant qu'Elizabeth a découvert le sens de sa propre valeur et s'est mise à croire que ses parents adoptifs l'appréciaient. Après, il lui a été possible de reprendre un développement normal.

— Ah bon, normal ? Avec la façon qu'elle a de parler ?

— Son accent, tu veux dire ? Je suis très surprise que tu voies quelque chose d'anormal dans un accent, Andy... répondit-elle en ouvrant les grands yeux de l'innocence.

— Ha, ha, ha ! L'accent, ça va bien pour un sale môme ignorant comme moi ; mais une gamine élevée par les Wulfstan, qui va dans des écoles et des collèges chics dans le Sud, si elle parle comme ça, c'est qu'elle l'a choisi. Il n'y a qu'à l'entendre chanter pour le savoir.

— Parce que tu l'as entendue chanter ?

— Ouais, à la radio. Tu sais, ce truc chiant que tu mettais tout le temps.

— Ce truc chiant... C'est un mot-valise pour désigner tous mes disques, ou est-ce que tu as en tête quelque chose de particulièrement ennuyeux ?

— C'était un chant sur des enfants morts. Un truc de Mahler. Simplement, c'était chanté en anglais, et pas avec l'accent du Yorkshire.

— Ah, les *Kindertotenlieder* ? Oui, je les ai écoutés. Très intéressants.

Le Gros eut un rire :

— Tu ne les aimes pas trop, hein ?

— Qu'est-ce qui te fait dire ça ?

— J'ai un type dans mon équipe qui s'appelle Peter Pascoe, ça devrait te rappeler quelque chose. Le mari d'Ellie Pascoe, un type cultivé, avec diplômes et tout et tout. J'ai essayé de le décoincer mais y'a rien à faire ; c'est comme le palu, une fois que tu l'as, ça reste dans le sang et tu ne sais jamais quand la tremblote va te prendre. Toujours est-il que j'ai remarqué que lui, et les couillons de son style, à chaque fois qu'ils n'aiment pas trop quelque chose qu'il n'est pas poli ou pas tendance de trouver nul, ils disent que c'est très intéressant.

Cap Marvell sourit :

— Tu as raison, Andy. Je n'ai pas vraiment aimé la traduction, et en plus j'ai trouvé qu'elle n'avait pas encore la voix qu'il faut pour ce genre de chants.

— Mais pourquoi elle les a choisis ? Et pourquoi la maison de disques l'a-t-elle laissée choisir ?

— Ses raisons, je ne peux pas les deviner. Mais celles de la maison de disques... C'est un petit label, bien trop petit pour s'offrir quelqu'un de vraiment important ; alors ils se focalisent sur de jeunes espoirs, les font s'engager pour trois ou quatre disques en espérant que certains deviendront des vedettes. Elizabeth a un très grand potentiel. Après le concert, elle part pour Rome où elle a été prise par Claudia Albertini, un des plus grands maîtres de chant d'Europe. J'imagine que, si elle a menacé de ne pas signer si elle ne commençait pas par les *Kindertotenlieder*, la direction de la maison de disques a préféré courir le risque. Surtout quand elle a dit qu'elle les interpréterait dans sa propre traduction.

— Qu'est-ce que ça change ?

— Ça fait un sujet de conversation. Ils acceptent tout ce qui suscite de l'intérêt et qui entraîne des articles dans la presse. On ne peut se le permettre qu'avec quelqu'un de bon. Mais si ce quelqu'un est à la fois bon et vendable, il atteint les sommets beaucoup, beaucoup plus vite. Nigel Kennedy, c'en était une bonne illustration dans les années quatre-vingt.

— Il s'est mis à parler d'une drôle de façon, lui aussi ?

— Effectivement, répondit Cap. Et tu as peut-être raison. Beryl considère qu'elle a commencé à parler comme ça à l'école simplement pour affirmer son individualité : « Vous savez, j'ai peut-être été adoptée, mais je ne dépends de personne. » Et maintenant qu'elle commence sa carrière, elle pourrait considérer son accent comme un élément de son image. En fait je ne sais pas, je ne la connais pas du tout, comme je te l'ai déjà dit. En tout cas, je ne trouve pas que ce soit un bon choix de chanter ce cycle-là mercredi.

— À cause de Lorraine Dacre ?

— Oui ; et puis aussi, d'un point de vue musical. Je n'ai jamais entendu ces chants sans l'accompagnement d'un orchestre. Inger Sandel est certes une merveilleuse pianiste, mais forcément on va perdre quelque chose.

Un téléphone sonna : il fallut une seconde à Dalziel pour réaliser qu'il sonnait dans sa poche.

— Nom de Dieu, pas moyen d'échapper à ces trucs même quand on est aux chiottes. Oui ? Ah, bonjour Wieldy, qu'est-ce qui ne va pas ? Ne quittez pas, je vous entends à peine.

Il se leva :

— J'ai fait un repère sur mon verre, dit-il à Cap en quittant l'arrière-salle.

Quand il revint, elle commenta :

— Tu n'as pas été long, j'ai à peine touché à ta bière.

Il termina la deuxième pinte, regarda la troisième d'un air triste :

— Il faut que je parte.

— Le boulot avant le plaisir...

— Ouais, cette affaire, dit-il sombrement. Ils ont chopé quelqu'un. Ce n'est qu'un interrogatoire, rien de précis, mais il faut que j'y sois. Désolé...

— Mais je t'en prie. Euh, Andy... ajouta-t-elle en hésitant.

Elle s'était attendue à avoir plus de temps pour négocier un éventuel rendez-vous avant qu'ils se quittent. Elle n'avait pas encore déterminé la façon dont elle comptait s'y prendre, mais de toute façon ce n'était plus le moment de tergiverser :

— Andy, on a encore beaucoup de choses à se dire : promets-moi de m'appeler. Ou mieux, passe à la maison. J'ai toujours plein de tofu au réfrigérateur.

Cette dernière phrase lui tira un sourire : Cap était végétarienne.

— Je le note, dit-il. À bientôt.

Il se hâta alors vers la sortie en laissant, probablement pour la première fois de sa vie, une pinte de bière intacte sur la table.

Elle la prit, en sirota un peu.

L'écart n'était pas comblé, mais en tout cas ils avaient commencé à jeter un pont ; même si ce n'était qu'un pont flottant qui obéissait aux mouvements des courants et des marées, et même s'il couvrait les passages les plus périlleux vers le rivage de l'autre.

13

La porte de l'hôpital à laquelle se présenta Pascoe était barrée par un panneau RÉSERVÉ AUX SORTIES DE VÉHICULES.

Pascoe entra dans un rugissement de moteur et remonta l'allée vers le bâtiment gris.

Il vit une place de stationnement libre, réservée par une plaque DIRECTION GÉNÉRALE à côté de l'entrée principale. Il s'y gara vivement en évitant de justesse une Jaguar XJ5 qui faisait marche arrière. Il descendit de voiture, claqua la portière et s'éloigna en courant. Un homme furieux le héla par la fenêtre ouverte de la Jaguar :

— Eh vous, là, c'est ma place !

Sans ralentir son allure, Pascoe lui répondit par-dessus son épaule :

— Allez vous faire foutre !

Il était déjà venu dans cet hôpital et connaissait donc bien la disposition des lieux. Dédaignant l'ascenseur, il s'élança par l'escalier jusqu'au troisième étage. La montée ne lui demanda aucun effort et il arriva sans être essoufflé, comme si son organisme pouvait se passer de respirer. Ellie était dans la salle d'attente située au bout de la salle des enfants. Il entra et elle se réfugia dans ses bras.

— Comment va-t-elle ? demanda-t-il.

— Ils sont en train de faire des analyses, ils se demandent si ce n'est pas une méningite.

— Oh, mon Dieu... Où est-elle ?

— La première porte à gauche, mais ils m'ont dit qu'on devait attendre avant qu'ils nous disent...

— Nous disent quoi ? la coupa-t-il. Qu'il est trop tard ?

— Peter, je t'en prie... Derek et Jill sont là.

Il remarqua alors la présence des Purlingstone, cramponnés l'un à l'autre sur un canapé. Le mari tenta un sourire qui eut aussi peu d'effet sur son visage tendu qu'une allumette mouillée sur un grattoir.

Pascoe, lui, n'essaya même pas de le lui rendre.

Il se libéra de l'étreinte d'Ellie, sortit de la pièce et fila tout droit jusqu'à la première porte à gauche.

C'était une petite salle annexe ne comportant que deux lits. Dans l'un, il vit la tête blonde de la petite Zandra Purlingstone et, dans l'autre, Rosie.

Elles avaient autour d'elles des médecins et des infirmières. Sans prêter attention aux représentants du corps médical, il alla au chevet du lit et prit la main de sa fille :

— Rosie, ma chérie... C'est papa... Je suis là, mon trésor, je suis là.

Il lui sembla pendant une fraction de seconde que les cils tremblotaient, et que des yeux presque noirs le reconnaissaient. Puis ils disparurent et plus rien n'indiqua qu'elle respirait encore.

Quelqu'un le prit par le bras :

— Monsieur, il faut sortir et attendre à l'extérieur. Laissez-nous faire notre travail.

Puis il entendit la voix d'Ellie :

— Allez viens, Peter, fais-le pour Rosie.

Il retourna dans le couloir et la porte se ferma. Sa fille était désormais hors de vue.

— Elle m'a reconnu, dit-il à Ellie. Vraiment, elle m'a

reconnu, pendant une seconde. Elle sait que je suis là, ça va aller.

— Mais oui, bien sûr que ça va aller.

Deux hommes s'approchèrent d'eux. L'un portait l'uniforme de l'équipe de sécurité de l'hôpital, l'autre un costume d'été en lin de coupe élégante.

— C'est lui. Ah, le salaud, quel culot ! s'emporta le costume.

— Excusez-moi monsieur, Mr Lillyhowe dit que vous vous êtes garé sur un emplacement qui lui est réservé, indiqua l'uniforme.

Pascoe les regarda un long moment d'un air absent, puis répondit lentement :

— Je ne sais pas...

— Eh bien moi, je le sais, j'en suis absolument sûr, aboya le costume. C'était bien vous et, en plus, vous m'avez injurié...

— Non, non, poursuivit Pascoe en fermant le poing. Je voulais dire que je ne sais encore lequel d'entre vous je vais cogner en premier.

Le costume recula d'un pas ; l'uniforme, d'un demi-pas.

Ellie s'interposa entre son mari et les deux hommes :

— Calmez-vous, pour l'amour du Ciel, dit-elle d'une voix acerbe au costume, on a une fille ici...

Le ton tranchant s'estompa, s'effrita. Elle inspira profondément, fit une nouvelle tentative :

— Notre fille est... Rosie est...

Elle constata avec surprise que les mots manquaient.

Elle alla s'asseoir dans la salle d'attente, fixa une affiche qui proclamait les promesses de la Charte des Patients. Peter se trouvait lui aussi dans la pièce mais, après quelques tentatives, ils ne firent aucun effort pour se parler. À quoi bon parler quand les mots sont usés ? Les Purlingstone n'étaient plus dans la salle. Peut-être dans une autre comme celle-ci. Peut-être qu'ils étaient en train de ramener chez eux une petite Zandra miraculeusement rétablie. De toute façon, ça lui était égal. Leur soulagement, leur joie la laissaient complètement froide. Pour l'instant, en tout cas. En cet instant impuissant, désespéré, interminable.

Quelque chose se produisit. Un bruit. Le téléphone mobile de Peter. L'heure d'y retourner ?

Il répondit, esquissa des lettres avec les lèvres, sans rien prononcer. Déé, èll. Dalziel, ce gros Andy. Elle se le rappela comme dans un rêve, tellement gonflé, tellement vieux, tellement vulgaire. Peter lui demanda si ça allait, elle fit oui de la tête. Pourquoi cela n'irait-il pas ?

— Je sors, lui dit-il.

Arrivé dans le couloir, Pascoe porta à nouveau l'appareil à son oreille. Le geste avait quelque chose de superflu, car Dalziel braillait à pleins poumons :

— Allô ? ALLÔ, ALLÔ ? Vous êtes là ? Ah, saloperie d'engin qui marche pas !

— Oui, oui, je suis là.

— Ah ben dites donc, où vous trouvez-vous ? Au fond d'un puits de mine ?

— À l'Hôpital central, c'est là qu'est Rosie. Ils disent qu'elle a peut-être une méningite.

Il y eut un silence, puis le bruit d'un terrible fracas, comme un poing qui frapperait quelque chose de dur. La voix de Dalziel déclara alors d'une voix féroce :

— Je ne le supporterai pas !

À qui ou à quoi s'adressait-il ? Ce n'était pas clair. Un autre silence, beaucoup plus bref, puis il se remit à parler de son ton habituel, plus détaché :

— Pete, ça va aller. C'est une dure à cuire cette gamine, comme sa maman. Elle va s'en sortir, ne vous en faites pas.

D'une certaine façon, cette assurance catégorique, cette absence de compassion étouffante, cette absence de demande de détails, firent plus pour le moral de Pascoe que toutes les phrases de réconfort de l'ensemble du personnel médical.

— Merci beaucoup, dit-il. Elle est... inconsciente.

Il réalisa qu'il n'arrivait pas à dire « dans le coma ».

— C'est la meilleure chose qui puisse lui arriver, commenta Dalziel avec la certitude d'un ponte de Harley Street. Ça lui donne du temps pour reprendre des forces. Écoutez Peter, si je peux faire quelque chose... quoi que ce soit.

Rien de conventionnel dans cette offre, encore une fois.

Pascoe se dit que si jamais il insinuait que l'hôpital n'en faisait pas suffisamment, son directeur général allait se retrouver dans une salle d'interrogatoire, avec une proposition qu'il ne pourrait pas refuser...

— C'est très gentil à vous, monsieur, répondit-il. Vous m'appeliez pour une raison particulière ?

— Non, non, pas du tout. Enfin, en fait, on a quelqu'un en vue. Je suis en route pour Danby. Vraisemblablement pour rien. Laissez tomber le boulot pour l'instant, Pete... Enfin, je n'ai pas besoin de vous le dire. Mais avez-vous fait quelque chose que je devrais savoir ?

— Je ne pense pas, répondit Pascoe. Nobby Clark peut vous renseigner sur... Ah, attendez, j'ai pris un rendez-vous pour 9 heures demain matin avec Jeannie Plowright, des services sociaux. Au sujet de Mrs Lightfoot, la grand-mère : il y a des histoires qui courent selon lesquelles on aurait vu Benny. Clark peut vous donner des détails, et je pense que la vieille est bien la seule personne avec laquelle Benny voudrait entrer en contact ; du moins si elle est toujours en vie, ce dont je doute, et s'il est vraiment dans les parages, ce dont je doute encore plus. On se raccroche vraiment à une chimère. Ce serait peut-être plus simple d'annuler, si vous avez quelque chose de mieux à vous mettre sous la dent.

— Non, on va maintenir le rancard, au moins le temps que je voie quelle tournure prennent les choses. Je vous rappellerai, Pete. Et si jamais je peux faire quelque chose, hein ? Embrassez Ellie de ma part, et dites-lui...

Pour une fois, la logorrhée de Dalziel semblait tarie :

— Oui, oui, je le lui dirai, répondit Pascoe.

Il resta sur place pendant un moment, répugnant à bouger, comme si les pendules s'étaient arrêtées et qu'un mouvement risquait de les remettre en marche. Une infirmière passa devant lui, interrompit sa marche, se retourna :

— Excusez-moi, monsieur, mais les téléphones portables sont interdits ici : ils peuvent provoquer des interférences.

— Des interférences ? Ah oui, bien sûr : excusez-moi.

Il retourna dans la salle d'attente, prit Ellie par le cou :

— Andy te transmet plein de choses, il dit qu'elle va s'en sortir.

— Ah bon, il dit ça ? On peut rentrer à la maison, dans ce cas-là.

— Allons, allons, la gronda-t-il. Côté optimisme, tu préfères qui, le pape ou le gros Andy ?

Elle réussit à esquisser un sourire :

— Tu as raison, finalement.

— Écoute, il y a une machine à café à l'étage en dessous, c'est pour ainsi dire à côté. Descendons nous offrir un gobelet.

— Et si jamais il se passait quelque chose pendant ce temps-là...

— Mais on en a pour une minute. Ça vaut mieux que de rester assis là... Nettement mieux. Tout va bien se passer, ma chérie. C'est l'oncle Andy qui l'a dit, tu te rappelles ?

La porte s'ouvrit, et une femme entra. Ils savaient qu'elle s'appelait Curtis. C'était la consultante en pédiatrie.

Elle alla droit au but :

— Elle est très malade, mais nous ne pouvons pas encore confirmer s'il s'agit d'une méningite.

— Quelle forme de méningite ?

— La pire...

Pascoe l'aurait deviné à l'expression d'Ellie même s'il ne l'avait pas su lui-même.

Il posa la main sur son épaule mais elle s'échappa, cherchant quelque chose dans quoi cogner : exactement comme lui avec le directeur général et l'agent de sécurité.

— Ellie ? appela-t-il.

Elle se tourna vers lui et hurla :

— Et qu'est-ce qu'il prédit maintenant, l'oncle Andy, hein ? Qu'est-ce qu'il prédit, ce gros porc ?

14

Edgar Wield se sentait parfaitement content de lui. Il avait commencé l'enquête à Bixford, et fait transférer Geordie Turnbull à Danby sans pour l'instant attirer l'attention de ces bandes de charognards qui s'intitulent journalistes. L'ennui, c'est que l'avocat de Turnbull était là aussi au poste de police, enfermé avec son client dans une petite salle d'interrogatoire.

Nobby Clark arriva alors et lui parla des soucis de Pascoe. Sans entrer dans les détails, disant juste que Rosie était hospitalisée. Wield sentit la nausée l'envahir. Les Pascoe étaient des gens qui lui étaient chers et, depuis que sa sœur avait émigré, il les considérait comme ce qui se rapprochait le plus de sa famille. Edwin... Edwin, c'était différent. Plus intime, bien sûr. Mais, plus important ? Non... aussi important, mais autrement. Il regarda le téléphone : il pouvait appeler pour savoir plus précisément ce qui s'était passé. Pourtant il hésita, et tenta de comprendre pourquoi. Redoutait-il ce qu'il risquait d'entendre ? Ça, c'était sûr. Mais il y avait autre chose. Il continua à chercher et se sentit déconcerté en découvrant que cela ressemblait à de la culpabilité. Mais de quoi était-il coupable ? Était-il assez mesquin pour mal supporter cet accroc dans son récent bonheur personnel ? Cela suffirait à ce qu'il se sente fautif. Mon Dieu, pourvu que ce ne soit pas cela... Mais si ce n'était pas cela, qu'est-ce que c'était donc ? Après avoir cherché plus profondément, il y vit plus clair mais refusa d'y croire. Et pourtant, il fallait se rendre à l'évidence. Il se sentait responsable : il y avait un lien avec ses sentiments concernant l'affaire de cette enfant disparue. Au fond de lui-même, il y avait quelque chose de cynique et d'auto-méprisant qui pensait qu'il n'était pas fait pour le bonheur ; il était certain que, s'il était heureux, ce serait au détriment de quelqu'un d'autre. C'était absurde ; l'égotisme, d'une certaine façon, était aussi répugnant que la vanité égoïste.

Pourtant, il hésitait toujours à décrocher le téléphone : il avait peur, en le faisant, de déclencher quelque nouvelle monstrueuse.

— Le superintendant vient d'arriver, il se gare dans la cour, annonça Clark en entrant dans le bureau, où il vérifia sa tenue dans la photo sous verre représentant la Reine.

Il est sain de craindre Dalziel, mais croire qu'on peut calmer le chef avec une plaque bien astiquée, des bottes cirées ou ce genre de conneries, ça veut dire qu'on a de bonnes raisons d'avoir peur, pensa Wield, laissant là son introspection.

Wield sortit, alla jusqu'à la cour où il vit le Gros assis dans sa voiture, comme s'il répugnait à en descendre. Le sergent s'approcha, ouvrit la portière tel un voiturier.

— Comment allez-vous, monsieur ? J'ai de mauvaises nouvelles pour vous : Clark m'a dit que le DCI...

— Oui, oui, je lui ai parlé. Ils pensent à une méningite, elle est dans le coma.

Voilà, c'était arrivé : le pire. Non, non, pas tout à fait le pire. Le pire restait à venir, et attendait peut-être son coup de fil...

— Oh merde, lâcha-t-il.

— Ouais, c'est pas mal résumé. Mais comme on ne peut rien y faire, on va aller bosser.

Et Dalziel sortit de voiture. Wield, pas dupe de cette démonstration d'indifférence stoïque, fixa son regard sur le tableau de bord qui était fissuré.

— Vous avez eu un problème, monsieur ?

— Un peu, confirma Dalziel en se frottant la main gauche. Le téléphone a déconné, alors je lui ai foutu une beigne.

— J'espère que ça ne m'arrivera pas à moi, murmura Wield en refermant délicatement la portière.

Wield était le Schubert des rapports : il arrivait à comprimer en peu de mots ce que d'autres se seraient démenés pour exprimer en romans-fleuves. Son esprit était accaparé par les nouvelles concernant Rosie, mais il réussit à informer le Gros pendant la courte marche qui les mena du parking au poste de police, où la vue de Dalziel fit se redresser le sergent Clark.

Dalziel sourit en apprenant la présence de l'avocat de Turnbull. Il aimait quand les suspects réclamaient leurs défenseurs à cor et à cri.

— Dick Hoddle ? C'est pas un type qu'a le nez qui part d'un côté et les dents de l'autre ?

— Oui, c'est bien lui.

— Un peu trop friqué pour Geordie Turnbull, me semble-t-il.

— Mais il a bien réussi, monsieur. Son ancien patron lui a transmis son affaire, ou quelque chose comme cela.

— Il faut, effectivement, commenta Dalziel. Ça ne m'a pas frappé que c'était le genre de gazier à mettre des ronds de côté. Qu'est-ce que vous dites de tout ça, Wieldy ?

— Turnbull est aussi coopératif qu'un agneau. C'est vrai qu'il a appelé Hoddle, mais tout le monde aurait fait pareil dans les mêmes circonstances. Il n'a pas assisté à la fouille de la maison alors qu'il en avait le droit ; ça n'a pas trop plu à Hoddle. Geordie a dit quelque chose du genre : s'il s'agissait d'une histoire de drogue ça aurait été différent, tout le monde sait les flics capables de planter du shit partout ; mais même le département d'enquêtes criminelles du Mid-Yorkshire n'irait pas jusqu'à monter un coup contre quelqu'un dans une affaire comme celle-ci.

— Il n'est pas si givré que ça, ce mec... Et la basket et le ruban qu'on a retrouvés dans la voiture ? demanda Dalziel.

— Novello les a emportés pour les montrer aux parents. Ils ne correspondent pas exactement à la description de ce que portait vraisemblablement la petite quand elle a disparu, mais finalement ils n'en sont pas trop éloignés.

— Et qu'est-ce qu'en dit Turnbull ?

— Il prend souvent des enfants dans sa voiture. Il le fait beaucoup pour les gens du quartier : il transporte des gens, emmène des gamins à des matches de foot, ce genre de choses. Mais pas uniquement des enfants : des vieux, des handicapés, etc. C'est un type très apprécié.

— Le duc de Windsor l'était aussi, en son temps, répondit Dalziel. Mais vous ne m'avez toujours pas donné votre opinion.

— La même chose qu'à Dendale. Je pense que, si ce type était le coupable, ça étonnerait ceux qui le connaissent et même un mari qui ne l'aimerait pas, répondit Wield. Et moi aussi, cela me surprendrait. Ce qui veut dire ceci : soit il est très, très intelligent, soit il faut qu'on trouve une autre piste.

— Ah oui ? Vous auriez une idée ?

Wield prit une profonde inspiration :

— Peut-être feriez-vous mieux d'en parler au sergent Clark, monsieur.

— Je discuterai avec lui quand il se sera remis de sa crise. Dites, sergent, vous m'entendez, ou vous en êtes au stade de la rigidité cadavérique ?

Clark, qui avait opté pour une sorte d'attitude de demi-veille, selon le principe du « mieux vaut être sain et sauf que désolé », relâcha ses muscles.

— Eh ben c'est mieux comme ça, mon gars. Dites donc, j'imagine que vous avez plein d'histoires de fantômes à me raconter ? Allez-y.

Clark avait nettement moins de talent de narrateur que Wield, et Dalziel montra des signes d'impatience :

— Alors comme ça, Mrs Hardcastle, que tout le monde estime, est devenue un peu dérangée par le chagrin et s'est mise à voir des choses ? Moi, j'ai l'impression qu'au lieu de parler à des flics débordés de boulot, elle ferait mieux d'aller consulter un médecin. Vous ne pensez pas, mon gars ?

Clark n'était pas assez rusé pour dissimuler son amertume devant les remarques dédaigneuses de Dalziel envers Molly Hardcastle :

— Je pense qu'elle a effectivement vu quelque chose, dit-il.

— Quelque chose ? cracha Dalziel, comme il l'aurait fait d'une cerise à cocktail qu'il aurait trouvée au fond d'un verre de single malt. Vous voulez dire quelque chose du genre d'un mouton, d'un buisson, ou quoi ?

L'entrée de Shirley Novello épargna à Clark le test de résistance :

— Ivor, venez donc éclairer ma journée, dit Dalziel. Dites-nous que les Dacre ont reconnu les objets que vous avez trouvés dans la voiture de Turnbull.

— Pour la basket, c'est un non catégorique, répondit-elle ; pour le ruban, c'est peut-être. Lorraine aimait beaucoup les rubans, elle les collectionnait, elle en échangeait avec ses copines, et donc elle a fini par en avoir une boîte entière. Ce qui fait qu'ils ne peuvent pas savoir exactement ce qui était dedans, ni lequel elle a mis le matin de sa disparition. Les cheveux sur celui qui vient de la voiture de Turnbull sont notre meilleur atout. Ils vont les comparer avec des échantillons provenant de la chambre de la petite ; seulement, ça va prendre un petit moment.

— Mais c'est tout simplement merveilleux, ce que vous me racontez, grogna Dalziel. Avec tout ça, je me retrouve avec un furet accroché à mes basques.

Autrement dit, devina Novello, si jamais il retenait Turnbull trop longtemps, le suspect se mettrait à mordre ; mais s'il le relâchait trop vite, l'autre disparaîtrait sans tarder dans le premier terrier venu.

Le Gros la considérait d'un air menaçant :

— C'est bien vous qui vous êtes pointée chez Turnbull la première, hein ?

— Avec l'assistance du sergent Wield, admit-elle avec prudence.

— Non non, rendons à César ce qui est à César. Vous avez bien fait. Continuez.

Au ton de sa voix, il ne donnait pas l'impression d'espérer qu'elle en fasse une habitude.

— Donc, qu'est-ce que vous pensez ? Du temps de Dendale, on le considérait un peu comme un gigolo. J'aimerais bien le point de vue d'une bonne femme à ce sujet. Alors, il a de beaux restes ?

— Il est... attirant, dit-elle. Je veux dire, attirant pas physiquement ni dans sa tenue. Mais il a... du charme.

— Du charme ? répéta Dalziel en savourant le mot. Les enfants l'aimeraient bien, alors ?

— Ah ! oui, je pense.

— Et lui, est-ce qu'il pourrait aimer les enfants ?

— Du point de vue sexuel ? Je ne sais pas... J'aurais tendance à penser qu'il est pas mal focalisé sur les femmes d'âge mûr : de préférence, celles qui sont solidement mariées et à qui ça fait plaisir de se payer du bon temps sans pour autant avoir envie de perturber leur ménage.

— Mais... ? dit Dalziel qui pouvait repérer les « mais » avant même que son interlocuteur pense à le dire.

Novello hésita, puis jeta toute prudence aux vents :

— Mais ce pourrait être un double bluff. Ou bien pas de bluff du tout ; j'entends que ce pourrait être quelque chose de pas conscient. Il pourrait courir après les femmes parce qu'il ne veut pas s'avouer à lui-même que ce sont les petites filles qui l'intéressent vraiment...

L'expression de Dalziel lui fit regretter de ne pouvoir inverser le sens des vents...

— Eh bien merci, Mrs Freud, commenta-t-il. Vous êtes pétée au vin de messe, ou est-ce que vous avez la moitié de l'ombre d'une raison pour débiter de pareilles conneries ?

— En tout cas, je peux vous dire qu'il est inquiet de quelque chose, répliqua-t-elle d'un air de défi.

Cela lui semblait beaucoup plus faible et moins intéressant que ce qu'elle avait dit auparavant ; elle fut donc très surprise de voir Dalziel hocher la tête d'un air presque approbateur et répondre :

— Eh bien, c'est déjà quelque chose. Wieldy ?

— Oui, j'ai la même opinion, dit le sergent.

Novello eut envie d'embrasser son collègue. Peut-être ce Prince charmant allait-il se changer en grenouille ?

— Parfait, alors allons-y pour une petite discussion avant que Hoddle ne commence à appeler l'Intérieur.

— Puis-je venir ? demanda Novello avec espoir.

Dalziel réfléchit, secoua négativement la tête :

— Non, pas de distraction. (Puis, voyant l'expression déçue que, cette fois, elle ne parvenait pas à masquer :) Ce Turnbull, je m'en souviens, et je connais ce genre de mecs : les femmes les font pétiller, personne n'y peut rien. Vous les pendez par les pieds au-dessus d'une baignoire remplie d'asticots et vous faites venir une femme dans la pièce : instantanément, ils se sentiront mieux. Or je n'ai pas envie que ce loustic ait une raison de se sentir mieux, je veux au contraire qu'il ait vraiment les foies. Allez, on y va, Wieldy. Et n'oubliez pas les asticots.

En les regardant s'éloigner, Novello se sentit presque désolée pour Geordie Turnbull.

Trois heures plus tard, c'est Dalziel qui se sentait désolé, mais exclusivement pour lui. En plus, il avait un mal de tête carabiné.

Le mal de tête s'appelait Dick Hoddle et n'était pas près de partir, à moins d'emmener Geordie Turnbull avec lui.

Comparée à la salle d'interrogatoire, l'arrière-salle du *Book and Candle* (dont il se souvenait avec une grande nostalgie) ressemblait à l'Albert Hall. Il était impossible d'ouvrir l'unique fenêtre de la pièce, ce qui était plus imputable à la rouille et à l'épaisseur de la couche de peinture qu'à des raisons de sécurité ; et même en laissant la porte entrouverte, la température était telle qu'on aurait pu faire cuire des meringues...

Manifestement, Hoodle était un homme méticuleux. Toutes les soixante minutes, quand l'heure sonnait, il argumentait pour que l'interrogatoire se termine, en des termes qui devenaient de plus en plus forts. Or, on en était à la troisième heure :

— Mon client s'est montré coopératif au-delà de la civilité, dans toutes les principales acceptions du terme...

Il fit une pause, comme pour inviter Dalziel à se faire préciser les principales définitions ; mais le Gros n'en eut pas l'amabilité. Il y avait eu une époque, avant que les magnétophones deviennent un élément incontournable des salles d'interrogatoire, où il aurait pu proposer à l'avocat de lui redresser ses ratiches et son pif de travers s'il ne la bouclait pas pour laisser son client s'exprimer tout seul. Cela n'aurait pas été complètement justifié, car à plusieurs reprises Turnbull avait donné spontanément des réponses malgré les recommandations de son conseiller. Mais Dalziel en avait marre, tout simplement.

— Et comme il m'est apparu clair, en tant qu'individu doué de raison, il y a deux bonnes heures, qu'il n'avait aucun rapport avec cette affaire, je ne peux que supposer que vous-même devez maintenant être arrivé à la même conclusion. Ceci étant, vous êtes, bien sûr, en droit de vous accrocher à lui pendant vingt-quatre heures à compter du moment de son arrestation...

— Et douze de plus par-dessus le marché, si j'en donne l'ordre, commenta Dalziel.

— C'est exact. Mais convenez-en, superintendant, vous n'avez aucun espoir d'être en mesure d'inculper mon client pour quelque chef d'accusation que ce soit. En conséquence, toute tentative destinée à prolonger l'interrogatoire risquerait d'être considérée comme la manifestation d'une pure malveillance : nul doute que cela apporterait de l'eau au moulin d'une éventuelle action que Mr Turnbull pourrait déjà être en train d'envisager contre la police pour harcèlement et arrestation arbitraire.

— Non, non, déclina fermement Turnbull, pas question. Une fois sorti d'ici, je serai trop heureux de ne plus avoir aucun contact avec la justice d'une façon ou d'une autre pendant les quinze années qui viennent.

Dalziel remarqua l'intervalle de temps. Il essaya d'y voir l'aveu que l'envie de tuer lui était passée et ne se manifesterait pas avant une décennie et demie : il n'y parvint pas, et se gratta le dessous du menton avec une vigueur telle qu'il fit bondir l'aiguille du magnétophone indiquant le volume sonore.

La porte s'ouvrit dans son dos, il se retourna. C'était Wield, qui avait été appelé par Novello quelques minutes plus tôt. Son expression était difficile à déchiffrer.

Au moins, cela permit à Dalziel de quitter momentanément la pièce. Il suspendit l'interrogatoire, écarta la machine et sortit dans le couloir.

— Ah, remontez-moi donc le moral, demanda-t-il.

— Ils servent une excellente bière au pub du coin, au *Queen's Head*, répliqua Wield en regardant avec sympathie le Gros dont le front était perlé de sueur.

— C'est tout ?

— Si vous voulez que je vous réconforte, oui, monsieur. Résultats de l'expertise : les cheveux sur le ruban n'appartiennent pas à Lorraine Dacre, c'est catégorique. Et pour l'instant, on ne trouve rien dans la voiture qui pourrait nous donner à penser qu'elle y soit jamais montée. Idem pour les machins que Novello a trouvés dans cette poubelle.

— Et meeerde... lança Dalziel.

— Vous imaginez vraiment qu'il a fait le coup, n'est-ce pas, monsieur ?

— Quand on est dans la merde, on aime ce qu'on a, comme dirait le fossoyeur au macchabée. Nom de Dieu, je hais ce salaud ! Ça me plairait vraiment de pouvoir le boucler et foutre la clef en l'air.

— Qui, Turnbull ? demanda Wield d'un ton surpris.

— Non, non : Hoddle, cet avocat de mes deux. D'autres nouvelles ?

— Pas en provenance de Bixford. Si Turnbull s'était présenté aux législatives, il aurait été élu. Les dames le trouvent charmant, les hommes pensent que c'est un mec super à partir du moment où ce n'est pas leur propre femme qu'il drague, et le pasteur est prêt à mettre l'argenterie de l'église au mont-de-piété si ce cher Geordie a besoin de verser une caution. Et ses ouailles confieraient nettement plus volontiers leurs gosses à Geordie Turnbull qu'aux maisons d'accueil pour enfants du docteur Barnardo.

— Ah bon ? Eh ben, ce sera une autre histoire une fois que la nouvelle va se répandre et qu'on commencera à jaser. Ces chrétiens, ils peuvent tout pardonner sauf l'innocence. Vous le croyez innocent, vous, Wield ?

Wield haussa les épaules :

— Que je le croie ou non, cela ne change rien, n'est-ce pas ? À moins qu'on n'avance, ne serait-ce qu'un peu, je trouve qu'on est complètement dans le brouillard. Et vous, monsieur, quel est votre sentiment ?

— Je n'en sais rien, répondit le Gros. Il y a quelque chose là-dedans qui sent mauvais... il n'est pas suffisamment furieux, c'est peut-être ça qui me gêne. Hoddle nous accuse d'arrestation arbitraire, et pendant ce temps-là Turnbull est très décontracté et prêt à pardonner. Et c'est un type de Newcastle ! Quand ces connards de là-bas ont fini de vous dire combien de fois ils ont gagné la Coupe, ils se mettent à énumérer tous les hors-jeu qu'on leur a collés depuis 1893.

— Je doute que cela tienne la route devant la justice, estima Wield.

— Peut-être pas. Et du côté de Burroughs ?

— Absolument rien. Ils ont ratissé toute la vallée puis sont redescendus. Elle attend qu'on lui dise ce qu'elle doit faire maintenant.

Dalziel réfléchit, sa large face s'assombrissant comme celle de Dieu devant un soulèvement de la croûte terrestre délicat à réaliser.

— Qu'ils fouillent tous ces foutus bâtiments, à nouveau,

finit-il par dire. Tous, je veux qu'on les retourne tous : les fermes, les granges, les étables, les porcheries, les cages à lapins, les appentis, les oua-oua au fond des jardins. Tout. Elle est tout près, Wield, je le sens.

Un brave homme en quête de décoration aurait pu faire remarquer qu'il avait ressenti à peu près la même chose à Dendale pas mal d'années auparavant. Or Wield, sans être un couard, n'était pas pour autant un chasseur de trophées. Il dit :

— Et Turnbull, monsieur ? Vous le relâchez ?

— Ne racontez donc pas de conneries ! Quoi que dise Hoddle, ce type ne partira pas avant l'expiration du délai de vingt-quatre heures. Pas question qu'un enfoiré puisse aller dire que j'ai libéré un type qui a peut-être tué des mômes, avant d'y être obligé par la loi. Pas cette fois-ci.

— Non, monsieur. Novello se demandait si, maintenant que les choses traînent depuis longtemps, elle ne pourrait pas assister à l'interrogatoire.

— Non, répondit Dalziel d'un ton irrité. D'abord à cause de ce que j'ai déjà dit. Ensuite, si jamais on introduit une nouvelle personne, Hoddle sera ab-so-lu-ment certain qu'il va nous mettre la pâtée. Dites-lui de prendre le dossier Dendale et de l'apprendre par cœur. Peter a pris un rendez-vous pour demain matin 9 heures avec cette dame Plowright qui dirige les services sociaux. Il pensait pouvoir trouver une piste avec la vieille Mrs Lightfoot, qui doit être morte à l'heure qu'il est. Mais au cas où elle serait encore en vie, c'est elle que Benny voudrait retrouver si jamais il revenait, ce dont je doute fort. Ivor pourrait y aller à la place de Pascoe.

— J'ai l'impression que ce serait une perte de temps, dit Wield.

— Mieux vaut perdre le temps d'une détective constable que celui d'un DCI, répliqua Dalziel. Vous vous rendez compte des économies que ça fait ? Au fait, des nouvelles de la petite ?

— J'ai appelé l'hôpital, répondit Wield d'une voix monocorde qui dissimulait l'effort de volonté que ce simple coup de fil avait exigé. Pas d'évolution.

Il ne s'était toujours pas résolu à essayer de contacter Pascoe directement, considérant que la situation nécessitait un face-à-face. Mais il n'était pas sûr de croire lui-même ce qu'il pensait.

— La vie, c'est une vraie saloperie, hein, Wieldy ? demanda Dalziel d'un ton las.

— Oui, monsieur. Et puis après, on meurt, termina Edgar Wield.

Le deuxième jour d'enquête sur la disparition de Lorraine Dacre tire à sa fin.

Les ombres s'allongent et les parents de la petite, incapables à ce stade de supporter d'autre compagnie que la leur, se tiennent mutuellement les mains, assis dans la minuscule salle de séjour de leur cottage ; aucun d'entre eux ne tire le moindre réconfort de ce contact, excepté l'éventualité d'en apporter un peu à l'autre. L'espoir qui habitait leur cœur est mort : tout ce qui reste, c'est la dissimulation du désespoir.

Entre Peter et Ellie Pascoe aussi, il y a le silence né d'un secret ; mais en l'occurrence, le secret n'est pas la mort de l'espérance, mais sa survie au contraire. La vie sans Rosie étant inconcevable, ils refusent de l'imaginer. Comme des hommes primitifs dans une caverne, ils observent l'obscurité qui court vers eux le long des montagnes car ils savent qu'elle retient le danger ; mais ils savent aussi que, demain, le soleil se lèvera à nouveau et fera en sorte que tout aille bien.

Et Rosie Pascoe ?

Rosie Pascoe est dans la caverne du nix.

Il y fait bien sombre, mais un peu de lumière filtre par le long tunnel menant à l'entrée de la grotte. Ses yeux s'habituent progressivement, les formes et les reliefs commencent à émerger de l'obscurité.

Elle est au bord d'une petite mare d'eau sombre. Enfin, au départ elle lui semblait sombre ; mais à mesure qu'elle fixe l'étendue d'eau, un peu de lumière provenant du monde éclairé, bien au-dessus d'elle, frappe la surface et la polit en passant ; la mare brille alors comme un miroir qui serait tenu face au ciel nocturne.

Dans ce miroir sombre, elle voit la voûte de la caverne, si haut au-dessus d'elle, comme celle d'une imposante cathédrale. Et tout là-haut, il y a quelque chose qui remue : oh pas bien fort, juste assez pour attirer son attention.

C'est une chauve-souris pendue par les pattes, au point le plus haut de la caverne.

Rosie frissonne et son regard balaie la surface de la mare, jusqu'à son bord plus éloigné. Et là, dans le miroir noir, elle voit un autre visage : des yeux brillants, un nez pointu et fureteur, des joues creuses, des moustaches aux bords irréguliers, et des dents comme celles d'une scie, plantées dans une bouche qui esquisse une parodie de sourire.

Elle se met à pousser des cris et son regard terrifié s'élève du reflet jusqu'à la réalité.

C'est le nix lui-même, accroupi à l'opposé de la mare. Voyant que la petite fille l'a repéré, il lève le bras gauche avec lenteur et lui fait un signe de son doigt long et fin terminé par une griffe.

Rosie secoue la tête.

Le nix se lève, tout droit. Quand il était accroupi, il avait quelque chose d'une grenouille : une grande grenouille à vrai dire, mais qui au moins donnait la promesse réconfortante d'une démarche maladroite de grenouille hors de l'eau. Maintenant, il se redresse pour ressembler à un petit homme mince. Ses longues jambes ont déjà parcouru la moitié de la circonférence de la mare avant que la fillette ne ressente une peur qui la paralyse. Puis la peur devient terreur et elle retrouve toutes ses forces. Elle se sauve en passant par-dessus les pierres et les ossements qui jonchent le sol de la caverne.

Sa première pensée est de garder l'eau entre elle et lui, ce à quoi elle parvient pendant un moment. Mais elle ressent une fatigue croissante dans ses petites jambes ; et à son troisième tour de la mare, il lui semble que le mince rai de lumière qui perce par le tunnel d'entrée se transforme en une lueur dorée ; comme si le soleil frappait directement l'entrée de la caverne, loin tout là-haut dans la montagne grise.

Le chemin est long et difficile, elle le sait, très escarpé aussi. En ligne droite, elle se dit qu'elle n'a pas beaucoup de chances face aux longues jambes maigrelettes du nix. Mais l'appel du soleil est trop fort.

Elle s'échappe, se précipite dans le tunnel.

Mon Dieu, comme ce sol est caillouteux, comme ce passage est plein de zigzags et de tournants, comme ce plafond est bas !

Elle se réconforte en se disant que ce qui est malaisé pour elle doit être très difficile pour le nix ; mais quand elle risque un regard en arrière, elle voit que son poursuivant avance accroupi près du sol : il se déplace à toute vitesse comme une énorme araignée.

Cette vision lui apporte un surcroît d'énergie. Et puis la clarté grandit en portant en elle la lumière et la chaleur du soleil.

Elle aborde une nouvelle courbe : elle aperçoit un minuscule cercle de ciel bleu, encore bien loin au-dessus d'elle mais désormais bien visible. Le bleu devient un cadre autour d'un visage qu'elle connaît bien, et elle entend une voix familière l'appeler par son nom :

— Rosie, Rosie !

— Papa, Papa, répond-elle en faisant plus d'efforts encore pour le rejoindre.

Mais le bruit de course précipitée derrière elle est maintenant tout proche. Elle sent les doigts osseux se refermer autour de ses chevilles, les ongles pointus se planter dans sa chair.

Et elle voit le cercle bleu se réduire aux dimensions d'une tête d'épingle puis disparaître complètement : le nix la ramène dans sa caverne lugubre, vers cette mare noire et insondable.

TROISIÈME JOUR

La submersion de Dendale

1

BETSY ALLGOOD (PAWW : 11.6.1988)
TRANSCRIPTION N° 2
Exemplaire 2/2

Une fois que la pluie a commencé, elle est tombée comme si elle voulait à tout prix rattraper en une semaine la sécheresse qu'on avait eue pendant les mois précédents.

Le premier jour, il y a eu une violente averse, puis un déluge permanent s'est installé. Parfois, il se calmait un peu, mais sans jamais vraiment s'arrêter. À Dendale, on a entendu dire qu'ils étaient en train de terminer les travaux de déblaiement, de dégager tous les gros trucs qui restaient, d'arranger les circuits électriques et tout ce genre de choses. Et une fois qu'ils ont eu fini tout ça, ils ont rasé les bâtiments au bulldozer. Ça n'avait pas d'importance qu'ils doivent être noyés ou pas : la Compagnie des Eaux ne voulait pas qu'une seule construction reste debout pour éviter que les gens ne viennent l'explorer, qu'elle soit ou pas sous l'eau.

Pour pouvoir inonder la vallée, on a donc démoli l'école, le pub, l'église, les habitations, les granges, les étables, tout, *absolument tout.* Le barrage était presque terminé, les ruisseaux débordaient, le Neb dégorgeait de l'eau comme un seau qui aurait fui, et White Mare's Tail frétillait à nouveau à pleine force ; Dender Mere était pratiquement remonté à son ancien niveau, et là-haut au col de Black Moss, entre le Neb et Beulah, le nouveau lac de retenue prenait de la largeur et de la profondeur, prêt à libérer ses eaux dans la vallée.

Tout ça, je l'ai découvert comme les enfants apprennent

en général les choses : en traînant autour des grandes personnes, bouche fermée et oreilles grandes ouvertes. Je n'ai pas vu les choses par moi-même, on m'avait prévenue comme tous les autres gamins, qu'on n'avait pas le droit de s'approcher de Dendale. Si on nous l'a interdit, c'est en partie parce que nos papas et nos mamans avaient encore peur de Benny Lightfoot, ou du nix, bref, de celui qui avait enlevé les trois petites filles. Mais je pense que c'est aussi parce que les parents savaient que ça leur ferait très mal au cœur de voir leurs maisons démolies et noyées, et ils imaginaient que ce serait aussi pénible pour eux que pour leurs enfants.

En ce qui me concerne, ils se sont complètement trompés : j'ai vraiment bien aimé Danby, je m'y suis adaptée très vite. Et à la rentrée des classes, je me suis aperçue que Mr Shimmings n'avait plus son bandeau sur l'œil. Il en avait porté un parce qu'il avait eu l'œil abîmé dans un accident, et il fallait qu'il le protège le temps qu'il soit réparé. Et puis il n'avait pas une canne pour les corrections, mais simplement pour marcher parce que, depuis l'accident, il boitait. En fait il était très gentil, et lui et miss Lavery s'entendaient vraiment bien.

Ah, j'ai oublié de dire que miss Lavery avait été prise à l'école primaire de St Michael. Je n'étais plus dans sa classe, mais quand on se croisait, elle s'arrêtait toujours pour discuter un peu avec moi.

Dans le quartier, il y avait beaucoup de visages que je connaissais de Dendale. Mr Hardcastle travaillait au domaine de Mr Pontifex, comme mon papa. Les frères Telford avaient installé leur menuiserie à Danby ; enfin, j'ai entendu dire que c'était surtout George, l'oncle de Madge, qui travaillait, et que Joe, le père de Madge, semblait incapable de se fixer sur quelque chose. Les Wulfstan avaient emménagé en ville, et puis ensuite ils avaient vendu pour aller habiter Londres. Personne n'a plus revu Tatie Chloe, mais comme l'affaire de Mr Wulfstan était encore là, lui continuait à venir ; et on racontait qu'on le voyait marcher dans la montagne comme s'il espérait encore retrouver une trace de Mary. On disait aussi que ses avocats attaquaient en justice la police qui n'avait pas fait correctement son travail, mais rien ne s'est passé.

Benny Lightfoot, lui, il avait disparu sans laisser de trace. Sa grand-mère avait fait un vrai foin parce qu'elle ne voulait pas quitter la vallée et, le moment venu, elle s'était enfermée dans Neb Cottage. Alors ils sont montés pour essayer de la persuader de partir, mais comme personne ne répondait, ils ont forcé la porte : et là ils l'ont découverte, elle avait eu une attaque à cause de toutes ces émotions, et ils l'ont emmenée à l'hôpital. Elle aurait probablement fini dans une maison de retraite si une de ses nièces de Sheffield n'était pas venue la chercher pour s'en occuper chez elle.

Tout ça, je l'ai appris, mais rien ne m'a dérangée. Dendale, la chaleur, la disparition de Jenny, de Madge et de Mary, tout ça me paraissait à des kilomètres et des années de moi. On avait un cottage tout près de l'école, en bordure de Danby. Un homme de la ville aurait eu l'impression de vivre à la campagne ; mais pour moi qui venais de Low Beulah, c'était comme si on habitait au milieu d'une grande cité, parce que tous les jours je voyais des gens différents et des choses différentes.

Je pense que ce changement a fait du bien au début à maman, aussi. Elle donnait l'impression d'avoir plus d'entrain, elle s'est fait de nouvelles amies et il lui arrivait même de sortir avec elles. Papa aussi, il allait un peu mieux. Il était responsable des bergers de Mr Pontifex. J'ai entendu Maman dire à quelqu'un que s'il se mêlait de ce qui le regardait et arrivait à la fermer, il dégoterait Stirps End Farm quand un des métayers prendrait sa retraite, ce qui faisait pour la prochaine fête de l'Annonciation ou, au plus tard, pour le solstice d'été. Papa disait souvent qu'il ne savait pas si ça valait vraiment le coup de se lancer dans l'aventure : moi, je savais que, dans ces moments-là, il pensait que je n'étais qu'une fille. Et c'est peut-être pour ça qu'en ce temps-là, ça ne me dérangeait pas du tout de me faire couper les cheveux court et je portais presque toujours une salopette ou un jean : je pensais que comme ça, peut-être, je pourrais faire comme un garçon et reprendre la ferme.

Je le sais bien, ça paraît complètement idiot, mais c'est ce que j'imaginais en tout cas. Et j'ai essayé de ne plus du tout penser à Dendale. Et comme je dis, Dendale m'a très vite paru aussi loin que Londres, et je n'aurais pas envisagé d'y retourner si ça n'avait pas été pour Bonnie, mon chat.

Le déménagement semblait l'avoir beaucoup perturbé. S'il n'avait pas tant plu, je pense qu'il ne serait jamais entré dans notre maison. Il se baladait tout le temps dans le quartier, il n'arrêtait pas. Si je l'enfermais avec moi dans une pièce, il voulait sortir et, quand je fermais une porte qui l'empêchait de rentrer, il voulait être à l'intérieur. Dans tous les cas, il miaulait jusqu'à ce qu'il obtienne ce qu'il voulait ; et ça, ça agaçait vraiment Papa. De toute façon, il n'avait jamais aimé Bonnie, et donc je m'arrangeais pour éviter qu'ils se rencontrent.

Et puis une nuit, tout est allé de travers. Papa est entré dans la cuisine par la porte du fond, Bonnie s'est fourré dans ses jambes et il a failli le faire trébucher.

Alors Papa s'est mis à jurer et lui a envoyé un coup de pied, et sa botte a frappé Bonnie juste dans les côtes.

Le chat a poussé un cri strident et a filé par la porte ouverte. Moi aussi, je me suis mise à hurler, et Maman est arrivée pour voir ce qui se passait.

— C'est Bonnie, j'ai expliqué en sanglotant. Papa lui a donné un coup de pied, alors il s'est sauvé.

— Dis donc, c'est vrai ? a demandé Maman d'un ton sévère.

— Cette foutue bestiole, elle sert à rien, a répondu Papa. Je serais bien content de ne plus jamais la revoir. Une bête qui sait pas gagner sa vie, elle ne vaut pas la peine qu'on la garde.

Ça m'a fait pleurer encore plus fort, et pas uniquement pour Bonnie.

Maman a essayé de me consoler en me disant que Bonnie reviendrait dès qu'il s'apercevrait qu'il se faisait tremper en restant dehors. Et même Papa, qui devait se sentir un peu fautif, a dit que c'était pas la peine de s'inquiéter, que Bonnie reviendrait se foutre dans ses pattes le lendemain.

Seulement, il n'est pas revenu. Aucune trace de lui.

J'ai pleuré pendant tout le petit déjeuner et tout le trajet pour aller à l'école. Personne ne l'a remarqué au début parce qu'on était tous tout mouillés. C'était vraiment une journée épouvantable, la pluie tombait en sifflant, si fort qu'elle remontait en remplissant l'air d'une brume qui faisait des tourbillons, on n'arrivait même pas à voir le fond de la cour. Mais une fois qu'on est entrés dans l'école et qu'on s'est essuyé le visage, mes amies n'ont pas tardé à s'apercevoir que je pleurais, et elles m'ont demandé pourquoi. Mes copines ont toutes été vraiment gentilles avec moi ; mais il y a un des garçons, Joss Puddle, celui dont le Papa avait tenu le *Holly Bush* à Dendale, qui a dit :

— Je sais pas pourquoi tu chiales comme ça. Je sais où il est, moi : il est rentré chez lui.

— Non justement, imbécile, il n'est pas revenu, je viens de le dire.

— Je parle pas de la maison de Danby, mais de son ancienne maison. Alors, qui de nous deux est l'imbécile, hein ? Et puis je vais te dire autre chose. S'il est retourné à Low Beulah, il risque bien d'être noyé, parce que c'est aujourd'hui qu'on libère les eaux de Black Moss.

J'ai pensé à ça pendant toute la matinée jusqu'à la récréation. Plus je réfléchissais, plus je me disais que Joss avait raison. Bonnie avait été énervé depuis le déménagement. Après le coup de botte de Papa, où est-ce qu'il aurait pu se sauver sinon à Dendale ? Pendant la récré, j'ai demandé à Joss de dire à la maîtresse que j'étais rentrée chez moi parce que j'avais mal au ventre.

Quand j'y repense, je sais que ce que je voulais faire était complètement idiot. Même si Bonnie était retourné à Low Beulah, j'avais très peu de chances de le retrouver. J'en avais beaucoup plus de glisser et de me casser une jambe. Mais j'avais dans la tête cette image de Bonnie assis près du lac, et de ce grand mur d'eau qui descendait de Black Moss et qui l'emportait.

Donc, je me suis mise à remonter Corpse Road en direction de Dendale.

Ça montait très fort, mais j'avais pas mal de forces pour mon âge et le chemin était assez lisse ; je l'ai suivi facilement même quand les tourbillons de brume se sont rapprochés. La pluie tombait toujours, ce qui fait que, très vite, j'ai été trempée jusqu'aux os ; mais comme le vent venait du sud, la pluie n'était pas froide, et en plus je marchais aussi vite que je pouvais, et donc j'avais toujours chaud à l'intérieur.

En arrivant sur la crête du Neb, j'ai entendu White Mare's Tail qui grondait. Mais il y avait aussi un bruit que je n'ai pas reconnu. C'est seulement quand je suis arrivée à la moitié de la vallée et que la brume s'est ouverte que j'ai vu d'où venait ce bruit.

Depuis Black Moss, ce qui avait été toute une série de petits ruisseaux qui ressemblaient à des fils d'argent s'était tricoté pour former une grande force qui faisait une chute. Elle se précipitait jusqu'au fond de la vallée ; et là, elle rejoignait le ruisseau de la Jument Blanche pour continuer en rugissant jusqu'au lac.

Le lac était plein comme je ne l'avais encore jamais vu, même pendant des crues de printemps. Il recouvrait les champs et les murs et il clapotait autour des ruines des maisons qui autrefois étaient tout près de l'eau.

Je suis restée là, et j'ai ressenti... non, je ne sais pas ce que j'ai ressenti. Je regardais un endroit où j'avais passé la plus grande partie de ma petite vie, et je ne le reconnaissais pas. C'était comme si je m'observais dans un miroir et que je voyais le visage de quelqu'un d'autre.

À travers la brume, je pouvais juste distinguer sur l'autre côté du lac la petite colline de Low Beulah. Et puis elle a disparu, et en un rien de temps je pouvais à peine voir à plus de deux ou trois pas. Mais c'était assez facile de redescendre jusqu'à Shelter Crag par la route de Macchabées. Je marchais sur des blocs de pierre qui venaient de bâtiments démolis, et j'avais du mal à savoir exactement où j'étais. J'ai essayé d'arriver au petit pont en dos d'âne qui passe au-dessus du ruisseau de la Jument Blanche et qui me ramènerait jusqu'à la route autour du lac d'où je monterais jusqu'à Low Beulah. Mais quand j'ai atteint le bord du ruisseau, enfin le bord de la rivière comme il était devenu, j'ai réalisé que j'avais été complètement folle. Le pont n'existait plus : s'il n'avait pas été démoli, il se trouvait maintenant sous les eaux. J'étais tellement trempée que j'ai pensé me mettre à l'eau pour traverser ; mais j'ai vu que c'était trop profond, et de toute façon il y avait tellement de courant que j'aurais été emportée.

Alors je suis restée à appeler « Bonnie ! Bonnie ! » par-dessus l'eau pendant un moment. Et puis j'ai réalisé quelque chose : si moi, je ne pouvais pas traverser, un chat n'y arriverait pas non plus. S'il y avait une chose que détestait Bonnie, c'était bien d'être mouillé. Il avait été vraiment malheureux rien qu'en étant dehors sous la pluie, il n'allait donc pas chercher à franchir une rivière à la nage.

Qu'est-ce qu'il ferait alors ? Essayer de s'abriter, j'ai pensé.

Je me sentais un peu plus heureuse, maintenant. L'eau montait rapidement, mais pas assez vite pour pouvoir attraper un chat. Et même si la nouvelle rivière coulait fort, elle était loin de l'énorme vague s'abattant sur la vallée que j'avais vue dans mon imagination.

J'ai recommencé à appeler « Bonnie ! Bonnie ! » et je suis remontée au-dessus de ce qui restait du village. La pluie tombait plus fort maintenant, on avait l'impression qu'elle sortait du sol pour rejoindre la brume, et en marchant je pouvais vraiment la sentir comme une caresse sur mon visage, mes bras et mes jambes. C'était une impression rigolote, mais j'étais tellement mouillée à ce moment-là que je m'en fichais. En fait, je pense que ça m'aurait même beaucoup amusée si seulement je n'avais pas été si inquiète pour Bonnie. Je ne voyais pas grand-chose, mais je me disais que ça n'avait pas d'importance pendant la montée, et pendant tout ce temps-là je n'ai pas arrêté d'appeler mon chat.

Et puis, je l'ai entendu qui me répondait par un miaulement.

J'ai tout de suite su qu'il y avait quelque chose qui clochait. Je connais tous les sons que Bonnie produit : son miaulement quand il a faim et qu'il veut son dîner, celui qu'il pousse quand il trouve qu'il est resté enfermé trop longtemps et qu'il se met en rogne contre vous. Ça n'a rien à voir avec son cri quand il a peur.

Je me suis dit qu'il s'était peut-être blessé : je l'ai donc appelé à nouveau, il m'a répondu, et je me suis dirigée vers sa voix.

La première chose que j'ai vue, c'est un grand tas de pierres. Et puis j'ai entendu Bonnie qui miaulait une fois de plus, j'ai vu ses yeux : c'étaient deux éclats verts qui brillaient dans l'obscurité. Mais ils étaient très hauts, et j'ai pensé qu'il était perché sur le tas de cailloux. Et puis j'ai vu autre chose au-dessus de ses yeux : quelque chose de pâle, et une autre paire d'yeux. Alors je me suis rapprochée d'un pas, et il y avait quelqu'un qui serrait Bonnie fort dans ses bras.

Et au même moment, j'ai réalisé que le tas de pierres, c'était tout ce qui restait de Neb Cottage, et que l'homme qui tenait Bonnie, c'était Benny Lightfoot.

Il a dit :

— C'est toi, Betsy Allgood ?

Il parlait avec une voix basse et pas naturelle. Et avec sa figure si mince et son regard si immobile, il ressemblait tout à fait à un des nix que j'avais vus dans un vieux livre d'images. Jamais de ma vie je n'ai eu une peur pareille, ni avant ni après ça. Seulement il avait Bonnie, et je savais que les nix mangeaient tous les animaux qu'ils attrapaient, les agneaux comme les chiens ou les chats.

Alors j'ai répondu :

— Oui, c'est bien moi.

— Et tu es venue me chercher ? il a demandé d'un air émerveillé.

— Non, je cherchais mon chat.

J'ai compris pourquoi il avait mal compris, et je lui ai expliqué :

— Mon chat, il s'appelle Bonnie, et je l'appelais : Bonnie, pas Benny.

— Bonnie, pas Benny, il a répété.

Alors il a eu une espèce de sourire, et il m'a dit :

— En tout cas, tu es bien là maintenant, Betsy Allgood. Approche.

— Non, non, je veux pas, j'ai dit.

— Tu es en train de me dire que tu veux pas ton chat ?

Avec ses deux mains, il tenait Bonnie en l'air, et il a dû

trop le serrer ou quelque chose comme ça, parce que Bonnie a poussé un cri de douleur. J'ai pas vraiment décidé quelque chose, je me suis aperçue que je marchais vers lui.

Il était plus en hauteur que moi, parce qu'il était sur le versant et, en plus, sur une des pierres du cottage, et il me tendait Bonnie. J'ai levé les bras pour le prendre mais, juste au moment où j'avais les doigts qui allaient toucher sa fourrure, Benny l'a ramené vers lui avec une main, et avec l'autre il m'a agrippée par le bras.

Je me suis mise à crier, alors il m'a tirée plus près de lui. Il me serrait tellement le bras que j'ai pensé qu'il allait me casser l'os. Son visage s'est approché du mien et je sentais son souffle sur ma figure, et puis ses lèvres froides et humides contre mon cou pendant qu'il me parlait dans un horrible murmure, en haletant :

— Écoute, écoute, ma petite Betsy. Je ne veux pas te faire de mal, je veux simplement que tu...

À ce moment-là, comme je me débattais beaucoup pour libérer mon poignet, il a dû relâcher sa prise sur Bonnie, qui a jailli en l'air et s'est agrippé avec ses griffes au visage de Benny pour éviter de tomber.

Maintenant, c'était au tour de Benny de hurler. Il m'a lâchée pour rattraper le chat, mais Bonnie était déjà en train de glisser au sol, je me suis baissée vers le sol et je l'ai pris. Benny m'a attrapée encore une fois, je sentais ses doigts toucher mes cheveux ; mais comme ils étaient très courts et tout mouillés, il n'a pas trouvé de prise. Alors je me suis sauvée aussi vite que je le pouvais avec Bonnie dans les bras.

Combien j'ai couru, je ne sais pas. Pas tant que ça, en tout cas. Le sol était humide et glissant et couvert de pierres, et très vite j'ai trébuché et je suis tombée. Je sentais que j'avais mal à la cheville, et je n'ai pas essayé de me remettre debout : je me suis laissée rouler sous un gros bloc de pierre, et je suis restée là. Je haletais si fort que j'avais l'impression qu'on m'entendait respirer à un kilomètre. Et puis, petit à petit, ma respiration est redevenue normale ; et Bonnie, que je serrais fort contre moi, semblait sentir que ce n'était pas le moment de faire du bruit. Pour finir, j'ai entendu la pluie qui se remettait à siffler, et le grondement de White Mare's

Tail, et le rugissement de cette force nouvelle qui descendait de Black Moss.

Il y avait aussi d'autres bruits : on bougeait, on respirait, c'était peut-être Benny qui me cherchait. Alors j'ai fermé les yeux, et je suis restée allongée aussi immobile que je pouvais, en essayant de réciter les prières que le révérend Disjohn m'avait apprises. Mais je n'arrivais pas à les dire dans ma tête, et je n'osais pas parler tout haut, j'avais peur des oreilles qui risquaient de m'entendre. Je pense que j'ai fini par m'endormir ; ou peut-être que j'ai commencé à mourir. Peut-être d'ailleurs que c'est la même chose : à un moment, on est ici, au moment d'après, on n'est plus nulle part.

Et puis, tout à coup, j'ai été arrachée de cette obscurité tranquille par des bras qui m'ont serrée, et par une voix qui me criait dans les oreilles. Pendant une seconde, je me suis débattue férocement parce que je pensais que Benny m'avait rattrapée. Mais ensuite, l'odeur du corps contre lequel on me pressait et la voix dans mes oreilles m'ont indiqué que c'était mon papa qui m'avait retrouvée. Alors je me suis serrée contre lui le plus fort que je pouvais, en sachant que maintenant tout allait bien se passer, et en pensant que ce serait pour toujours.

2

Au troisième jour de l'enquête sur la disparition de Lorraine Dacre, Shirley Novello se réveilla d'une humeur massacrante.

Il lui avait fallu une bonne minute pour identifier d'où venait ce ras-le-bol. Il lui arrivait parfois de se réveiller de très bonne humeur. Elle restait couchée en s'abandonnant alors avec délices au plaisir de ne penser à rien.

Ce jour-là, elle ouvrit les yeux, vit la lumière du soleil au travers des épais rideaux de coton, bâilla, et se souvint.

Andy Dalziel, le Pol Pot du Mid-Yorkshire, le King-Kong de la femme pensante, lui avait demandé d'aller au rendez-vous que Peter Pascoe avait pris pour ce matin-là avec cette foutue Jeannie Plowright, qui dirigeait les services sociaux.

Elle essaya de se dire qu'elle devrait être flattée de remplacer le DCI. Mais elle en avait marre. Comme la veille. C'est elle qui s'était tapé le travail le plus fastidieux sur les voitures, et ensuite on l'avait écartée en l'envoyant à l'école pour qu'elle discute avec les moutards. Elle avait réussi à se remettre en selle en persuadant Wield que cela valait le coup de poser des questions sur le break bleu tout le long de la route de Highcross Moor. Il avait accepté, plutôt, pensait-elle, parce qu'il ne voyait rien de mieux à lui faire faire que parce que ce serait utile. Eh bien, elle lui avait prouvé qu'il avait tort. Résultat, ils tenaient un suspect. Personne ne semblait vraiment y croire ; d'un autre côté, personne n'était revenu avec un poisson plus intéressant. Pour l'instant, Turnbull était au centre de l'enquête. La pendule tournait ; il faudrait le relâcher dans la journée si on n'aboutissait à rien de concret. Mais cela leur donnait plusieurs heures de plus pour travailler d'arrache-pied. Et elle aurait dû être avec eux pour les aider. Au lieu de cela, on l'avait poussée vers le bord du chemin une fois de plus, simplement parce que ces mecs lamentables avaient peur que ne revienne les hanter une chose vieille de quinze ans, sur laquelle ils s'étaient complètement plantés.

C'est pas juste, se dit-elle. Elle avait passé une bonne partie de la nuit précédente à étudier le dossier Dendale. En voyant les photos de ces trois blondinettes, elle avait eu la gorge serrée comme si une main glacée s'était posée sur elle ; elle avait dû se verser un verre pour se remettre. Il y avait aussi la photo de la quatrième petite fille, Betsy Allgood, celle qui avait réussi à s'échapper : une étrange gamine joufflue, aux cheveux noirs coupés court. Elle ressemblait à un garçon plutôt qu'à une fille, si l'on exceptait ses grands yeux perçants qui semblaient appartenir à quelque créature de la nuit. Qu'était-elle devenue ? Son âme était-elle marquée à jamais par l'attaque de Lightfoot ? Ou la plasticité de son esprit enfantin lui avait-elle permis de s'en libérer, pour avancer indemne dans la vie ?

En tout cas, sûr que si jamais Novello s'était trouvée

embringuée dans pareille affaire sans trouver de conclusion satisfaisante, ses rêves en seraient hantés pour le restant de ses jours. En fait, s'ils ne parvenaient à aucun résultat dans l'enquête sur Lorraine Dacre, peut-être dans quinze ans...

Elle repoussa cette pensée : ils allaient y arriver. Et tant mieux si le souvenir de Dendale poussait le Gros à vouloir encore plus coincer le coupable.

Cet intérêt pour la vieille Mrs Lightfoot avait tout du faux espoir, à coup sûr. Quinze ans plus tôt, elle était déjà vieille et malade. Elle devait être morte depuis longtemps : Dieu ait son âme, ajouta-t-elle en se signant. Quand on travaille dans la police, on s'endurcit face à la mort, dans le sens physique du terme : on est capable, sans dégueuler tripes et boyaux, de regarder toutes sortes de cadavres. En cela, elle faisait des progrès ; pour autant, elle voulait à tout prix éviter de s'endurcir émotionnellement et spirituellement.

La raison pour laquelle le DCI ne pouvait honorer son rendez-vous lui revint à l'esprit et sa colère se teinta de culpabilité.

Elle se glissa hors du lit, s'agenouilla immédiatement devant une horrible image de la Sainte Vierge achetée à Lourdes par sa mère qui lui avait fait promettre de l'accrocher au mur de sa chambre. Novello récita une courte prière d'intercession pour la petite Pascoe ; puis elle se releva et se regarda dans la glace.

Une véritable épave. Et alors, merde ? Même avec une gueule pareille, une femme policier brillerait au milieu de tous ces monstres qui hantaient les bureaux des services sociaux : des bonnes femmes pas maquillées, habillées avec des sacs à pommes de terre et des blouses !

Elle eut donc un choc quand, à 9 heures, elle se trouva face à une femme grande et élancée, vêtue d'un tailleur que n'aurait pas renié Gucci.

La directrice des services sociaux paraissait déçue :

— Mais j'attendais le DCI Pascoe, dit-elle.

— Il a eu un contretemps, répondit Novello avant d'en donner les raisons.

— Oh mon Dieu, mais c'est terrible !

Plowright griffonna quelque chose sur un bloc, puis brusquement, professionnelle :

— Que puis-je faire pour vous ? Le message qu'on m'a transmis parlait de Mrs Lightfoot, de Dendale.

Novello expliqua les choses, pensant faire preuve de la même vivacité professionnelle que son interlocutrice. Mais quand elle eut terminé, la directrice des services sociaux lui dit :

— Et vous pensez que c'est une perte de temps ?

Merde, se dit Novello. Note de service destinée à elle-même : la profession de Plowright, tout comme la sienne, exigeait une sensibilité aux messages sous-jacents. Et dans ce domaine, l'autre avait une expérience nettement plus longue...

Elle essaya le malentendu :

— Je suis désolée, je sais que vous êtes très occupée...

— Je ne parlais pas de mon temps, mais du vôtre, répondit Plowright dans un sourire.

Elle sortit un étui à cigarettes doré, en offrit une : Novello déclina d'un mouvement de tête. Le tabac était une forme de camouflage des hommes du département d'enquêtes criminelles auquel elle résistait fermement. Plowright ne lui demanda pas si la fumée la dérangeait et alluma sa cigarette. Mais après tout, elle était dans son bureau.

— Mais j'imagine que Peter, enfin le DCI Pascoe, ne prenait pas ce rendez-vous pour une perte de temps.

— Mr Pascoe est un homme très minutieux, indiqua Novello qui était décidée à reprendre le dessus. Il aime travailler par élimination, même sur des hypothèses peu probables. En l'occurrence, pouvez-vous nous aider, Mrs Plowright ?

— Appelez-moi Jeannie, répondit-elle. Oui, je pense pouvoir vous être utile. Tout cela remonte à fort longtemps, mais heureusement nous archivons nos dossiers. J'ai commencé à m'occuper d'Agnes, la vieille Mrs Lightfoot, après qu'elle eut suffisamment récupéré de son attaque pour pouvoir quitter l'hôpital. À l'époque, la situation de la Sécurité sociale était nettement meilleure ; mais on constatait déjà une pénurie croissante de lits, et les directeurs d'hôpitaux ne tenaient absolument pas à devenir les gardiens d'infirmes âgés.

— Ce qui veut dire qu'Agnes n'avait plus besoin de traitement ?

— Plus exactement, elle avait besoin d'attentions. Il était inconcevable qu'elle puisse s'occuper d'elle-même de façon autonome. Sur le plan mental, elle avait recouvré toutes ses facultés ; mais elle ne pouvait pas marcher sans être aidée, et ne pouvait faire qu'un usage limité de son bras et de sa main gauches. Comme on ne pouvait espérer aucune amélioration au niveau physique, l'hôpital s'est adressé à nous. Notre mission... ou plutôt *ma* mission, consistait à lui trouver une place dans une maison de retraite ou un membre de sa famille ayant la capacité et la volonté de s'occuper d'elle. Mais cette dernière possibilité ne me paraissait pas envisageable.

— Pourquoi ?

— Elle avait perdu son fils, sa belle-fille s'était remariée et était partie en Australie. Son parent le plus proche, à ce qu'elle nous avait dit, était son petit-fils, Benny, mais personne ne savait où le trouver. J'imagine que vous savez tout cela.

— Et que s'est-il passé ensuite ? demanda Novello en ignorant la pique.

— J'ai commencé à chercher une place dans l'une des maisons agréées par nos services. Mais Agnes ne s'est pas montrée coopérative. Vous savez, il y avait des formulaires à remplir, des détails à vérifier, enfin la bureaucratie habituelle ; or, elle a refusé de répondre aux questions, ou même de signer. Et puis, sa nièce s'est présentée.

— Dans quelles circonstances ?

— J'étais tombée sur ses coordonnées dans les papiers d'Agnes, par hasard. Et elle avait une vieille connaissance de Dendale qui venait la voir : c'est elle qui m'a dit que cette Winifred Fleck était la nièce d'Agnes. Les deux parentes s'envoyaient des cartes de vœux tous les ans parce que c'est quelque chose qui se fait en famille, mais il n'y avait aucune affection particulière entre elles. Je m'étais décidée à lui écrire de toute façon, parce que je suis comme Peter Pascoe :

je crois en l'élimination, même si le possible paraît improbable.

Elle souriait en parlant, probablement pour montrer qu'elle plaisantait sans intention moqueuse. Novello lui sourit afin de montrer qu'elle ne se formalisait pas et dit :

— Et, en l'occurrence, le possible improbable s'est produit, c'est bien ça ?

— Exactement. Winifred Fleck est arrivée un jour à l'hôpital, elle a eu une discussion avec Agnes, et ensuite elle a informé les autorités qu'elle allait emmener sa tante vivre chez elle.

— Une dame gentille et humaine, commenta Novello d'un ton approbateur.

— Elle me paraissait avoir les qualifications pour cela. Elle avait été aide-soignante dans une maison de retraite, et donc elle connaissait le genre de soins à donner.

— Mais vous ne l'aimiez pas beaucoup ? s'enquit Novello, pas mécontente de montrer à Jeannie Plowright qu'elle n'était pas la seule à relever les nuances.

— Pas trop, mais ça ne veut rien dire. De même, je n'irais pas jusqu'à affirmer que j'adorais la vieille Agnes. On était bien obligé d'admirer sa volonté et son indépendance, c'est sûr ; mais, pour elle, je représentais l'autorité, et elle n'avait aucune envie de me montrer son meilleur visage. En tout cas, elle était saine d'esprit ; et donc, même si la nièce avait tabassé les patients dans une salle de gériatrie, je ne pouvais pas empêcher Agnes de s'installer chez elle si elle le souhaitait.

— Et c'est ce qui s'est passé ?

— Oui. Elle a signé à l'hôpital tous les documents de décharge, elle n'a pas pris la peine de remercier qui que ce soit, Winifred l'a aidé à monter en voiture, et voilà.

— Vous n'en avez plus entendu parler ?

— J'ai transmis les papiers aux services sociaux compétents, à Sheffield, et je les ai appelés une quinzaine de jours plus tard. On m'a dit que tout se passait bien, que Mrs Fleck prenait ses nouvelles responsabilités avec beaucoup de sérieux, et qu'elle avait fait les démarches pour toutes les subventions, allocations, etc.

— Et c'est cela qui prouve qu'elle prenait les choses à cœur ?

— Ce n'était pas une preuve en soi, mais cela donnait aux organismes verseurs un droit d'accès et de contrôle. Vous savez, nous ne distribuons pas des largesses d'une main généreuse sans réaliser de suivi.

— Effectivement, excusez-moi. Et depuis ?

— Depuis, rien. J'ai déjà assez à faire ici sans avoir envie de regarder dans l'assiette du voisin.

— Oui, bien sûr. Encore que vous ayez grimpé assez haut...

— Vous voulez dire que c'est de là que la vue est meilleure ? repartit Plowright en souriant. Tout dépend dans quelle direction on regarde. Je suis sûre que vous vous en apercevrez vous-même un jour. On a terminé ?

— Il me reste à vous demander l'adresse de Mrs Fleck.

Tout était déjà tapé à la machine, sur une feuille de papier sans en-tête.

Winifred Fleck, 9 Branwell Close, Hattersley, Sheffield (South).

Novello plia le document et le glissa dans son sac, tout en se disant que cette femme avait dû se lever dès potron-minet pour dénicher toutes ces vieilles archives et se préparer aussi méticuleusement à un entretien. Aurait-elle montré autant de conscience professionnelle et de coopération si elle avait su, dès l'origine, qu'elle rencontrerait une nana de vingt et quelques années, et non son jeune supérieur ?

Elle se leva, tendit la main :

— Merci pour votre aide si précieuse.

— Ah bon ? Vous avez donc changé d'opinion, ce n'était pas une perte de temps ?

Elle s'était exprimée d'un ton très sérieux, et pendant une seconde Novello se débattit entre la mauvaise foi courtoise et l'impolitesse honnête.

Jeannie Plowright éclata alors d'un rire franc :

— Ne vous en faites pas, ma chère. Parfois, Peter met bas le masque, lui aussi. J'espère vous revoir bientôt.

Novello descendit précipitamment l'escalier. Elle était furieuse.

La garce, quelle condescendance ! Au moins, avec un homme, on sait où on est, même si on se fait tabasser dans un caniveau.

Avant d'arriver au rez-de-chaussée, elle s'était un peu calmée. C'était peut-être sa faute. Elle était consciente de s'adresser à l'inspecteur Maggie Burroughs avec une sorte de méfiance agressive, de crainte de lui donner l'espoir d'une quelconque solidarité féminine. Elle n'était pas opposée à en profiter, simplement elle ne voulait pas que l'on voie qu'elle l'attendait. *I'll do it my way* : J'agirai à ma façon, comme le disait Frank Sinatra dans *My Way*. C'est peut-être cette attitude qui avait influencé son contact avec Jeannie Plowright.

I'll do it my way ! Drôle de choix pour une féministe à la pointe du combat...

C'était un peu comme si Marie-Antoinette s'était consolée en sifflotant *La Marseillaise*...

Elle sourit, évacuant les restes de sa colère, et se mit à la recherche d'un téléphone en fredonnant l'hymne *Ol'Blue Balls*.

Une fois connectée au poste de police de Danby, elle demanda à parler à Wield, et lui fit un rapide compte rendu de l'entretien.

— Que dois-je faire maintenant, sergent ? demanda-t-elle ensuite.

Il hésita, finit par dire :

— Écoutez, le superintendant est actuellement ici avec Turnbull...

— Et qu'est-ce qui se passe ?

— Pas grand-chose. Quand le délai aura expiré, il faudra bien qu'on le libère. Je pense que vous devriez exploiter votre filon, ne serait-ce que pour vous assurer que ce n'est pas une bonne piste. Je vais régler la chose avec Sheffield, pour éviter qu'on ne vous arrête en pensant que vous vous faites passer pour un officier de police.

— Si vous le dites, sergent, dit-elle d'un ton découragé.

— J'aimerais bien venir avec vous, croyez-moi : ce ne sera pas l'endroit rêvé, ici, quand Geordie va rentrer chez lui.

En montant dans sa voiture, elle se demanda si Wield avait

seulement fait preuve de politesse. Après tout, peut-être le pensait-il ?

Un peu des deux, supposa-t-elle.

Tout en roulant vers le sud, elle ne pouvait pas se défaire de l'idée qu'elle était en train de s'éloigner du centre même du dossier.

3

Peter Pascoe avait regardé le soleil se lever de la terrasse de l'hôpital.

— Très bien, dit-il en applaudissant lentement. Toi qui es si intelligent, montre-moi donc ce que tu es capable de faire pour ma fille.

Il entendit quelque chose derrière lui, se retourna : Jill Purlingstone était assise sur le garde-fou, appuyée contre le treillage anti-suicide, et fumait une cigarette. Il supposa qu'elle avait délibérément traîné les pieds ou fait du bruit pour lui faire comprendre qu'elle avait surpris ses paroles. De toute façon, il s'en tapait complètement.

— J'ai l'impression qu'on va avoir une belle journée, lança-t-il.

— Chez nous, ce sont les jours de pluie qu'on appelle les belles journées.

Elle avait l'air complètement épuisée.

— Je ne savais pas que vous fumiez.

— J'ai arrêté quand j'ai su que j'étais enceinte.

Superstition, se dit-il. Mais le moment est mal choisi pour s'y remettre.

— J'ai besoin de quelque chose, et me bourrer la gueule ne me paraît pas une bonne idée, précisa-t-elle sur la défensive, comme si elle avait compris sa pensée.

— Ça a son charme, pourtant.

Pascoe aimait bien Jill : une femme avec les pieds sur terre. Elle et son mari étaient issus du niveau inférieur de la classe moyenne, mais elle avait très peu changé en acquérant une certaine richesse (pas de mystère là-dedans : leurs salaires et l'achat des actions de la Mid-Yorkshire. Les responsables étaient fréquemment critiqués par divers articles de la presse locale). Derek Purlingstone, à l'inverse, s'était littéralement recréé, délibérément ou par instinct : aujourd'hui, c'était devenu le clone parfait du gosse de riche.

Pascoe, Ellie et Jill avaient passé la nuit à l'hôpital. Comme il y avait peu de lits pour les visiteurs, on avait incité les hommes à rentrer chez eux. Purlingstone s'était laissé convaincre, mais Pascoe n'avait même pas écouté jusqu'au bout. Il avait émis un non catégorique, puis s'était éloigné.

— Il a fait si beau, dimanche, dit Jill. Vous savez, une de ces journées parfaites.

Mais pourquoi donc parlait-elle de dimanche ? Puis il comprit, et le regretta. Elle cherchait des fragments pour étayer sa propre ruine ; et ce dimanche, qui était le dernier jour avant que la maladie ne frappe, elle le retouchait pour en faire une image parfaite.

— Tout se passait si bien, comme cela se produit parfois, vous voyez ? continua-t-elle après avoir allumé une nouvelle cigarette avec le mégot de la précédente. On s'est levés tôt, on a chargé la voiture. Et j'étais en train de mettre la table pour le petit déjeuner quand Derek m'a dit de ne pas m'embêter avec ça, qu'on allait le prendre en route. Alors on a tout fourré dans le coffre : le lait, les corn flakes, le jus d'orange, les petits pains, tout quoi ; et puis on s'est arrêté au bout d'un moment, et on a déjeuné assis dans l'herbe, comme pour un pique-nique. On a vu un aigle avec les jumelles de Derek ; enfin ce n'était pas un aigle, Derek a dit que c'était un faucon pèlerin. Mais les filles étaient tellement excitées de voir un aigle qu'on aurait eu honte de les détromper ; on voyait à des kilomètres et des kilomètres, j'aurais bien voulu rester là toute la journée, mais les autres avaient tellement envie de se remettre en route. Ils avaient raison d'ailleurs, on a eu très peu de circulation sur les petites routes, et on s'est installé en pleines dunes, dans un endroit charmant...

— Il vaudrait mieux que je rentre, signala Pascoe. Ce serait bien qu'Ellie puisse prendre un peu de repos.

Il vit à son expression qu'il avait été plus brusque qu'il ne l'aurait souhaité ; mais il ne supportait pas qu'en étant de quart pour les vivants, elle en arrive à faire une veillée mortuaire.

Ou alors, était-ce parce qu'il n'avait pas participé à cette journée ? Cela faisait-il si longtemps qu'il avait passé une journée idéale en famille sans connaître une seule interruption due au travail ? Mais pourquoi rejeter la responsabilité sur le travail ? Lui aussi en était responsable, avec ses propres préoccupations, ses propres problèmes. En fait, même quand il était avec Rosie et qu'il appréciait sa compagnie, n'y avait-il pas un peu d'égoïsme à utiliser l'énergie et la joie de sa fille comme une thérapie pour son esprit assiégé ?

Il dévala l'escalier comme s'il cherchait à fuir quelque chose. La colère intérieure qui l'accompagnait depuis si longtemps maintenant avait un objet, ou plutôt un double objet : ce monde dans lequel sa fille pouvait tomber aussi gravement malade, et lui-même pour avoir laissé ces choses arriver. Mais il n'avait aucun moyen de l'exprimer.

Quelqu'un le regardait descendre, sur le palier inférieur.

— Wieldy ! Mais qu'est-ce que vous faites là ?

C'était sans doute la question la plus stupide qu'il ait jamais posée, mais cela n'avait pas d'importance : il avait atteint le palier et, ne résistant pas à son impulsion, se précipita dans les bras ouverts.

Ils restèrent ainsi pendant un long moment ; puis Wield s'écarta :

— J'ai vu Ellie, elle pensait que vous étiez sur la terrasse. Pete, je suis désolé de ne pas être venu hier soir.

— Mon Dieu, vous avez dû partir hier soir pour être ici si tôt.

— Oui, mais vous savez, je me lève tôt. Ellie m'a dit qu'il n'y avait pas d'évolution.

— Non, mais il y en a eu hier soir. Ellie n'était pas dans la chambre ; j'étais en train de parler à Rosie, et pendant un court instant j'ai cru qu'elle allait sortir du coma. Ce n'est pas mon imagination, c'était la réalité, elle a vraiment réagi.

— C'est super, dit Wield. Écoutez, tout le monde est...

enfin, vous savez ce que je veux dire. Andy est très, très affecté.

— Oui, je l'ai eu au téléphone. Il avait l'air... en colère. Comme moi d'ailleurs, et ça ne m'a pas passé. Je me sens en colère depuis longtemps : vous savez, une colère généralisée contre... plein de choses. Ce que j'avais à la maison me protégeait contre ça. Maintenant, il y a quelque chose de précis contre quoi être en rage ; mais cette chose m'a détruit mon refuge en même temps.

Il passa sa main sur son visage mince et pâle, et eut soudain la certitude que cet autre Peter Pascoe avait fait le même geste alors qu'il attendait son dernier lever de soleil, en ce matin gris de 1917.

— Écoutez, Pete, j'ai failli ne pas venir. Ne me demandez pas pourquoi, c'était stupide, j'avais peur.

— Pas grave, moi aussi j'ai horreur de ce genre d'endroits, l'assura Pascoe.

— Non, non : si je vous en parle, c'est simplement parce que maintenant je suis content. Parce que tout va s'arranger. Depuis que je suis arrivé ici, je le sens. Je ne peux pas l'expliquer autrement.

Ils se regardèrent pendant un moment, puis détournèrent les yeux, gênés.

— Merci, Wieldy. Comment ça se passe ? Je parle de l'affaire, bien sûr. Andy m'a dit que vous aviez trouvé un éventuel suspect.

— Ouais, un certain Geordie Turnbull. Il a une affaire de travaux publics. Si vous lisez le dossier Dendale, vous allez peut-être vous rappeler que, déjà à l'époque, il faisait partie des suspects. C'est donc une sacrée coïncidence, mais je doute que cela aboutisse cette fois.

— Dommage, dit Pascoe sans arriver à retrouver un peu d'intérêt. (Il poursuivit, un peu honteux :) Savez-vous si Andy a fait quelque chose au sujet de mon rendez-vous avec Jeannie Plowright ce matin ?

— Oui, il envoie Novello.

Pascoe sourit d'un air las :

— Ah bon. De toute façon, ce n'était pas une bonne idée.

— C'est un peu sexiste, ce que vous dites.

— Non, non, elle est bonne dans son boulot. Simplement, je pense qu'Andy y serait allé lui-même s'il avait eu le moindre espoir de trouver quelque chose d'intéressant.

— Andy va être très occupé à serrer les boulons à Danby ; c'est là que je me rends.

— Vous avez fait un sacré détour : merci beaucoup, Wieldy.

— Je vous en prie. Je vous recontacterai ; et tenez bon, hein ? Allez, salut.

— Salut.

Il serra le bras de Pascoe, se retourna et s'éloigna.

L'autre le regarda partir. Ce contact physique lui avait indéniablement apporté un réconfort. Mais voilà qu'il se retrouvait à nouveau seul. Contre quoi en avait-il en descendant l'escalier, déjà ? Ah oui, le monde, et puis lui-même.

Il retourna dans la chambre de Rosie.

— Tu as vu Wieldy ? lui demanda Ellie.

— Oui.

— Ça fait du bien de le voir.

— Oui.

Son regard passa du visage d'Ellie à celui de Rosie, de la fleur au bouton. Il se dit que si jamais quelque chose arrivait ici, il n'y aurait pas de moyen d'esquiver ses responsabilités, et pas de moyen non plus de le supporter. Le monde n'avait rien à craindre. Sa rage devrait frapper là où commençait son ombre.

— Pourquoi n'irais-tu pas faire quelques pas ? lui proposa-t-il avec douceur. Jill est là-haut sur la terrasse, en train de fumer une cigarette. Vas-y, je reste ici.

— D'accord, accepta-t-elle, incapable de résister à la douceur de sa demande. Je ne serai pas longue.

Elle quitta la pièce comme une somnambule.

Et merde, se dit-il. La voilà qui s'en veut, elle aussi. Ce qui est complètement fou, puisque tout est ma faute, tout.

— Et même l'Angleterre qui ne gagne pas le test-match, c'est ma faute, dit-il à haute voix. Tu entends, fifille ? Ton père n'a peut-être pas dix millions en actions, mais c'est probablement lui qui est responsable de la pénurie d'eau.

La vieille technique d'exagération des craintes jusqu'à ce

qu'elles deviennent absurdes sembla être efficace. Il s'assit près du lit, prit la main de la petite :

— Tout va bien, ma chérie, c'est moi. Mais ça, tu le sais bien. J'ai des doigts lisses et doux de pianiste de concert, tout à fait différents des moignons de ta mère, qui sont rugueux et caleux. Mais tu sais, elle passe toutes ses journées les bras jusqu'aux coudes dans l'eau savonneuse, quand elle n'est pas dehors à ramasser du sisal.

Il fit une pause, se demandant si le fait de parler à Rosie servait à quelque chose. Ça ne peut pas faire de mal, de toute façon, conclut-il évasiment. Parfait. Ce qu'il avait besoin de savoir, c'est si elle l'entendait. Non, pas *besoin*. Quand bien même il n'y aurait qu'une chance infime que le son de sa voix ait un quelconque effet, il parlerait jusqu'à l'enrouement. Mais pour dire quoi ? Il n'était pas sûr que ces introspections décousues pouvaient avoir un effet thérapeutique. Que Rosie sache que son papa était un névrosé égocentrique, qu'est-ce que cela lui apportait ?

Il regarda tout ce qu'ils avaient apporté pour elle : ses poupées préférées, des vêtements, des livres (une grande pile pour rassurer les parents : bientôt, elle serait convalescente).

En haut de la pile, il y avait *Nina et le nix*. Il prit le livre, l'ouvrit et se mit à lire à voix haute :

— « Il était une fois un nix qui vivait près d'une mare, dans une caverne sous la montagne... »

4

Hattersley était un domaine résidentiel tentaculaire situé à la périphérie sud-ouest de Sheffield. Sa disposition était telle qu'à côté le dédale de Hampton Court n'était qu'une petite impasse. La confusion était encore entretenue par l'appellation des rues, qui célébraient exclusivement les membres de la famille Brontë. On avait même pensé à Maria et Elizabeth, les deux sœurs mortes en bas âge. Autrement dit, il n'y avait que sept noms disponibles. On avait pallié cette carence en appliquant à chacun un terme désignant une voie ; chaque membre de la famille avait donc rue, route, voie, rond-point, avenue, bosquet, place, passage, boulevard et clos.

Novello se dit que c'était sans doute dans ce secteur que l'on affectait les mauvais postiers, pour les punir.

Il lui fallut une demi-heure pour trouver son chemin pour Branwell Close. Et quand elle y parvint, elle ne descendit pas tout de suite de voiture : pas parce qu'elle avait chaud et qu'elle était énervée, mais à cause du numéro 9.

Dans sa carrière, elle avait souvent eu l'occasion de se rendre dans des maisons si mal entretenues qu'on était surpris de découvrir que des gens y vivaient. Le bungalow des Fleck suscitait la même impression de surprise, mais pour la raison exactement opposée. Il ressemblait plus à une maquette d'architecte qu'à une véritable habitation : peinture brillante, briquetage parfait, carré rigoureusement tracé de la petite pelouse vert émeraude, bordures de gazon soigneusement taillées, fleurs disposées avec élégance, vitres étincelantes, rideaux de dentelles absolument symétriques. Avec une grille en fer forgé si brillante que, quand Novello eut enfin rassemblé assez de courage pour bouger, elle hésita à toucher le loquet que ne maculait aucune trace, et à marcher sur les dalles rose pastel de l'allée.

C'est alors qu'un rideau de dentelle fut brusquement tiré, et que le charme fut rompu.

La porte d'entrée s'ouvrit avant qu'elle ait eu le temps d'y parvenir : sans doute pour éviter les marques de doigts inconnus sur le bouton de sonnette.

Winifred Fleck était de ces femmes minces, droites et nature, dont on ne peut dire si elles ont atteint la cinquantaine, mais qui donnent le sentiment d'avoir toujours eu le même âge. Elle portait une blouse de nylon aussi stérile que celle d'un chirurgien. Le chiffon à épousseter qu'elle tenait à la main droite était d'un jaune si agressif que, sans aucun doute, la poussière se sauvait dès qu'elle le voyait.

— Mrs Fleck ?

— Oui, c'est bien moi.

— Bonjour madame, je suis le détective constable Novello, département d'enquêtes criminelles du Mid-

Yorkshire, se présenta-t-elle en montrant sa plaque. C'est au sujet de votre tante, Mrs Agnes Lightfoot. Je crois savoir qu'elle vivait avec vous.

Elle avait utilisé l'imparfait sans y penser. Jetant un regard à l'intérieur par la porte ouverte, elle obtint la confirmation que les dieux de la géométrie et de l'hygiène régnaient aussi dans la maison. Il n'était pas possible de s'occuper d'une parente âgée dans un environnement pareil, à moins qu'elle ne soit moribonde et prisonnière d'une camisole faite de draps blancs bien amidonnés.

— Oui.

Il semblait que les mots étaient polluants, eux aussi. Moins on en utilisait, moins on courait de risque.

— Eh, qu'est-ce qui s'est passé, elle est morte ?

Novello avait tenté d'instiller dans son intonation une dose convenable de sympathie, mais elle sentit qu'elle n'y était pas totalement parvenue. De toute façon, la sympathie semblait être un article inutile, ici. Novello ne put s'empêcher d'espérer que cette vieille dame soit décédée paisiblement. Comme cela, elle pourrait abandonner cette mauvaise piste, et revenir vers le véritable travail d'enquête qui se poursuivait sans elle du côté de Danby.

— Non, dit Mrs Fleck.

— Non ? répéta Novello.

Décidément, pour en dire plus, cette femme avait besoin d'un stimulant. Elle envisagea froidement les différentes possibilités, sélectionna la meilleure avec soin :

— Peut-être pourrions-nous en parler à l'intérieur ? Il fait si chaud dehors que je transpire comme un bœuf. Je donnerais mon bras droit contre une boisson fraîche et une clope.

En fait, Novello ne fumait pas, mais la menace de sa présence dans ce temple de l'hygiène, avec la dispersion de sueur et de cendres à la clef, devait être une bonne monnaie d'échange.

Elle ne s'était pas trompée :

— Elle est à Wark House, la maison de retraite.

— Ah... Mais elle vivait chez vous ?

— Pendant un temps. Ensuite, ça faisait trop pour moi. À cause de mon dos.

— Je vois. Elle est restée longtemps chez vous ?

— Quatre ans, pratiquement.

— Quatre ans. Et ensuite, ça faisait trop pour vous.

Mrs Fleck eut un regard furieux comme si elle sentait un affront :

— Elle a eu une nouvelle attaque. Nous ne pouvions plus nous en occuper. Pas avec mon dos.

Nous : il y avait donc un monsieur Fleck. Probablement pendu dans un placard, pour ne pas froisser les têtières des fauteuils.

— Et elle est toujours en vie ?

— Mais oui.

Le ton de voix était très affirmatif à défaut d'être enthousiaste.

— Vous lui rendez visite ?

— J'y passe quand je suis dans le coin, je donne un coup de main à l'occasion. Enfin, juste pour de petits travaux, maintenant. À cause de mon dos.

Et Plowright qui avait dit qu'elle avait été aide-soignante dans une maison de retraite. Avec un dos pareil...

Novello se reprocha son manque de charité. Après tout, cette dame avait pris sa tante chez elle à une époque où il n'y avait personne d'autre pour s'en occuper. Et entre une personne âgée qui vacille un peu et une invalide clouée dans son lit, il y a une sacrée différence. Novello se demanda comment elle réagirait ; elle eut un frisson en y pensant, et fit à Mrs Fleck un sourire inspiré par la culpabilité en disant :

— Si vous me donniez ses coordonnées, je ne vous prendrais plus de votre temps.

Elle obtint l'adresse et les indications pour s'y rendre, prit congé. Alors qu'elle s'éloignait, Mrs Fleck lui dit :

— C'est à quel sujet ?

Un peu de curiosité, enfin. Novello s'était demandé si la dame en avait.

— Oh, juste un renseignement, rien qui vous concerne.

Elle ferma la grille, résista à la tentation de l'essuyer avec son mouchoir et monta dans sa voiture. Ce fut presque un plaisir de retrouver cette caisse chaotique et insalubre. Il lui fallut bien deux ou trois minutes pour retrouver sa carte routière. Les indications de Mrs Fleck étaient précises ; rien d'étonnant à cela, mais Novello était résolue à ne plus perdre de temps.

En fait, Wark House s'avéra aussi facile à trouver que la dame le lui avait dit. Elle suivit la route nationale jusqu'à ce qu'elle sorte soudainement de la ville dans un paysage de lande. Elle vit au loin sur sa droite un bâtiment isolé qui se détachait sur l'horizon, comme la maison de Bates dans *Psychose*. Elle prit une route secondaire qui montait et, cinq minutes plus tard, franchit une entrée qui n'aurait pas détonné dans une petite cité fortifiée.

De là, on jouissait d'une vue magnifique : la lande s'étendait sur des kilomètres, attrayante maintenant dans sa robe dorée par le soleil ; mais par temps bas et pluie battante, cela n'avait vraiment rien pour réconforter les vieux et les mourants.

Arrivée à l'intérieur, elle inspira profondément, se rappelant la technique du père Kerrigan pour évaluer les maisons du troisième âge qu'il visitait : « Si vous sentez la pisse dès l'entrée, commencez à vous poser des questions. »

Wark House réussit l'examen de passage, ce qui fut un soulagement. En fait, elle s'aperçut en jetant un regard autour d'elle que l'intérieur formait un agréable contraste avec un aspect extérieur inhospitalier.

Une infirmière sortit d'une pièce, la remarqua et lui demanda si elle pouvait lui être utile.

— Pourrais-je voir la directrice, s'il vous plaît ?

Elle fut conduite jusqu'à une pièce dont porte et fenêtre étaient ouvertes ; une petite femme noire d'environ 40 ans était assise derrière un bureau encombré de papiers. Elle portait une tenue d'infirmière, mais n'en avait pas l'agressivité habituelle. Son sourire tenait plus du naturel que du professionnel.

— Shirley Novello, se présenta la visiteuse en serrant la main qu'on lui tendait.

— Billie Saltair. Que puis-je pour vous ?

Novello regarda vers la porte pour s'assurer que l'infirmière était trop loin pour entendre.

— Fermez, si vous voulez. Moi, si je la laisse comme ça,

c'est pour que tout le monde voie à quel point je travaille. Et puis aussi, à cause du temps. Ici, en général, quand on ouvre une fenêtre, on reçoit une grande bourrasque qui éparpille tous ses papiers partout dans le bâtiment en dix secondes. C'est d'ailleurs probablement le meilleur moyen de s'en occuper.

Novello ferma la porte :

— Je suis officier de police, dit-elle. Ne vous inquiétez pas, il y a parfois des gens qui se font des idées fausses.

— Ah oui ? dit Saltair d'un ton légèrement amusé. Vous avez peut-être intérêt à me donner la vraie idée avant que je ne rejoigne ceux qui en ont de mauvaises.

— Je crois savoir qu'il y a ici une dame qui s'appelle Agnes Lightfoot.

— C'est exact.

— Comment va-t-elle ?

— Bien, compte tenu d'un certain nombre de choses.

— Qui sont ?

— Qui sont qu'elle ne peut plus marcher, qu'elle est à moitié aveugle, qu'elle a des problèmes d'élocution, et qu'elle ne reçoit pratiquement jamais de visites.

— Pas même de Mrs Fleck ?

— Ah, vous connaissez Winifred, dit la directrice d'un ton neutre.

— Je l'ai rencontrée. Elle travaille ici, n'est-ce pas ?

— De temps à autre.

— Ah oui, bien sûr. Son dos.

— Vous avez aussi rencontré son dos, donc ?

Les deux femmes se regardèrent d'un air impassible pendant quelque temps, puis se sourirent.

— Je ferais peut-être mieux de vous expliquer, se lança Novello.

Avec Saltair, il y avait de grandes chances que la franchise appelle la franchise.

Elle campa succinctement le contexte de l'affaire et termina en disant :

— Donc, tout ce que vous avez à faire, c'est me confirmer que, dans les deux ou trois dernières semaines, Mrs Lightfoot n'a pas eu la visite d'un inconnu d'une trentaine d'années ; ensuite, je pourrai vous laisser tranquille.

Saltair fronça les sourcils en hochant négativement la tête :

— Je suis désolée, je ne peux pas vous le dire.

— Allons, ce n'est quand même pas un secret médical !

Novello était agacée, surtout parce que sa sympathie pour cette femme l'avait conduite à dépasser ses propres limites en matière de discrétion professionnelle.

— Vous m'avez mal comprise, dit la directrice. Je ne peux pas vous dire qu'Agnes n'a pas reçu la visite d'un homme correspondant à votre description. Car effectivement, quelqu'un est venu la voir la semaine dernière, vendredi matin pour être précise. J'étais absente à ce moment-là, mais on m'en a parlé quand je suis rentrée. Pensez, qu'elle ait une visite, c'était une nouvelle ! Malheureusement, c'est Sally qui l'a reçu quand il s'est présenté à l'entrée. Sally est notre infirmière la plus jeune, elle vient de commencer chez nous. Normalement, tous les visiteurs qu'on ne connaît pas doivent d'abord passer par ici, juste pour qu'on jette un coup d'œil sur eux, et aussi pour qu'on les tienne au courant sur la personne qu'ils veulent voir, une fois bien sûr que nous les avons jugés sérieux. Seulement, Sally n'a pas emmené cet homme rencontrer mon adjointe : elle l'a directement conduit jusqu'à la chambre d'Agnes et les a laissés tous les deux. Et l'oiseau s'était envolé avant qu'elle ne signale le fait à Mary, mon adjointe.

— Pourrais-je parler à Sally ? demanda Novello en s'efforçant de parler avec détachement, alors qu'elle avait l'estomac noué par l'excitation.

Jusqu'à présent, elle avait adopté l'hyper-méfiance d'un Pascoe qui couvrait tous les angles. Dans une enquête, il trouvait des coins que les autres flics n'arrivaient pas à atteindre. Le détective constable Dennis Seymour, l'un des collègues hommes avec lequel elle s'entendait le mieux, l'avait invitée un jour à dîner avec sa charmante épouse irlandaise ; ils avaient prolongé la soirée en buvant du Old Bushmill et Dennis lui avait dit : « Le gros Andy, il est facile à suivre : il passe à travers les murs, et il suffit d'entrer derrière lui par le trou qu'il a fait. Mais avec ce Pascoe, c'est totalement différent. Il s'insinue dans les fissures, et personne ne sait par où ce finaud va vous prendre. »

Saltair alla à la porte et cria à quelqu'un de demander à Sally de descendre dès qu'elle aurait un moment.

— Y a-t-il autre chose que vous pourriez me dire sur ce type ? demanda Novello.

— Je vous ai dit tout ce qu'on m'a raconté, le mieux est d'attendre Sally, répondit Saltair.

— Très bien. Donc, revenons à Agnes. Vous étiez déjà dans la maison quand elle est arrivée ici ?

— Bien sûr que j'y étais, j'y travaille depuis son ouverture. Ici, avant, c'était le domicile de l'un des médecins consultants de l'hôpital où je travaillais. Il a perdu sa femme, ses enfants sont partis et, comme il se morfondait tout seul, il a décidé de déménager. Mais quand il a vu la tournure des choses dans les années quatre-vingt et les perspectives de croissance dans le secteur de l'accueil du troisième âge, il a préféré ne pas vendre et a aménagé la maison telle que vous la voyez aujourd'hui. Et il a fait à son infirmière préférée, moi en l'occurrence, une offre que je ne pouvais pas refuser. Tout ça, c'était il y a dix-sept ans déjà. Mon Dieu, comme le temps passe...

— Et Winifred Fleck ?

— Elle est arrivée dès le début, elle aussi, comme aide-soignante. Elle avait une bonne expérience et elle travaillait bien. Ce n'est peut-être pas une surdouée de la compassion, mais vous avez dû remarquer que, quand il s'agit d'hygiène et d'ordre, elle n'a pas sa pareille.

— Ce qui m'a effectivement frappée, c'est que sa pelouse avait l'air d'être sous film plastique, confirma Novello.

— Oui, enfin, il ne faut pas s'en moquer. Pas trop, en tout cas. Vous savez, l'hygiène est vraiment importante dans ce type d'établissement, et le fait d'avoir parmi nous quelqu'un comme Winifred nous forçait à être vraiment vigilants. Je dois dire que, en revanche, on a tous été un peu surpris en apprenant qu'elle allait prendre en charge une tante invalide.

— Oh, je suppose qu'on a tous tendance à chouchouter des parents aisés, suggéra Novello d'un ton léger.

— Effectivement et, si cela avait été la raison, je l'aurais comprise. Seulement, Agnes a quelques centaines de livres à la banque, et rien d'autre. Je le sais parce que, quand elle a eu sa seconde attaque et qu'elle est arrivée ici, elle a été intégralement prise en charge dès le début.

— Excusez-moi, mais qu'est-ce que cela veut dire ?

— Pour simplifier, plus vous avez économisé, plus votre contribution à nos honoraires est importante. Mais si vos disponibilités sont inférieures au seuil relativement modeste qui était en vigueur il y a dix ans, c'est la Sécurité sociale qui paie. Ce seuil a très nettement été relevé depuis, et beaucoup de gens aisés se sont plaints de ce que c'était un impôt sur l'épargne.

— Les services sociaux font des contrôles ?

— Et comment ! Ils exigent des relevés de comptes bancaires et toutes sortes de documents financiers, en remontant à deux ans avant l'admission pour s'assurer qu'il n'existe pas de retraits importants de fonds dans la perspective d'une entrée en maison.

— À quelle banque est-elle ?

La question surprit à la fois la directrice et Novello elle-même. Mais Saltair chercha dans ses dossiers :

— The Mid-Yorkshire Savings.

Novello nota l'information tout en réfléchissant tout haut :

— Donc, Agnes n'avait rien, ou pratiquement rien, quand elle a été admise ici. Naturellement, cela ne veut pas forcément dire qu'elle était démunie quand elle est allée vivre chez Winifred.

Elle s'aperçut immédiatement qu'elle avait eu une mauvaise idée : Billie Saltair pinça les lèvres comme si elle suçait un citron :

— Il y a une chose qui doit être bien claire, détective constable. Winnie Fleck est peut-être très chiante, et je sais très bien qu'elle n'hésiterait pas à ramasser un penny par terre, dos en compote ou pas. Mais il n'y a pas plus honnête qu'elle. Si la vieille Agnes avait une fortune, c'est sûr qu'elle considérerait sa part comme un dû au moment de l'héritage. Mais qu'elle lui ait soutiré de l'argent, ça, certainement pas.

— Je suis désolée, dit Novello, avec humilité.

L'arrivée d'une jeune infirmière aux cheveux roux coupés court et à l'air inquiet lui épargna d'autres excuses.

— Sally, je vous présente Shirley Novello. (Manifestement, la directrice considérait que mentionner la fonction de la visiteuse aurait pour effet d'augmenter la tension qui habitait la jeune fille.) On était en train de parler d'Agnes, et miss Novello se demande si elle ne connaîtrait pas le visiteur qui est venu la voir la semaine dernière. Comme vous êtes la seule à l'avoir vraiment vu, j'aimerais que vous racontiez tout ce que vous vous rappelez. Rassurez-vous, il n'y a rien de grave.

Elle lui sourit d'un air rassurant : la fille se détendit un peu et se mit à parler :

— Eh bien, il est entré, je lui ai parlé et, quand il m'a dit qu'il était le petit-fils d'Agnes, j'ai été tout excitée parce que je savais qu'elle recevait très peu de visites. Alors, je l'ai emmené directement à sa chambre ; en général, on la descend dans la salle commune après 11 heures du matin, mais comme elle ne s'était pas sentie trop en forme ce jour-là, il paraissait préférable de la laisser allongée et de voir comment ça allait après le déjeuner...

L'infirmière déversait un flot de paroles qu'un linguiste aurait été content d'observer jusqu'à ce qu'il se tarisse spontanément. Mais Billie Saltair eut le courage d'y plonger :

— Parfait, Sally, maintenant on a compris le contexte. Miss Novello ?

— Il vous a bien dit qu'il était le petit-fils d'Agnes ? demanda Novello.

— Ah oui, c'est bien pour ça que je l'ai conduit tout de suite à elle. Il m'a dit « Bonjour, je crois que vous avez chez vous Mrs Agnes Lightfoot, ma grand-mère », alors j'ai dit oui.

— Il vous a donné son nom ? demanda-t-elle.

— Non, mais quand je l'ai emmené et que j'ai annoncé « Agnes, j'ai un visiteur pour vous, votre petit-fils », elle a dit « Benny, Benny, c'est toi, je savais bien que tu viendrais un jour, je l'ai toujours su » ; alors il lui a pris la main, il s'est assis à son chevet, et moi je les ai laissés seuls parce que je ne voulais pas m'interposer dans leur conversation.

— Vous avez très bien fait, Sally, commenta Novello en souriant. Vous avez vraiment eu raison : ils avaient besoin d'être seuls tous les deux. Pensez, son petit-fils, au bout de tant d'années ! Et à quoi ressemblait-il ? Ce n'était pas un petit gros, hein ?

— Ah non alors, il était très grand et très mince, même son visage, un visage étroit et tout en longueur, et basané, je veux dire à cause du soleil ; je sais bien qu'actuellement tout le monde est tout bronzé avec cette vague de chaleur qu'on a, mais son visage à lui avait un côté tanné comme s'il vivait tout le temps en plein air, et ça n'est pas surprenant, parce qu'en Australie ils ont toujours un temps comme ça...

— Attendez, attendez, interrompit Novello. Pourquoi parlez-vous de l'Australie ?

— À cause de sa façon de parler, il avait cet accent, vous savez, une sorte de cockney mais pas tout à fait quand même, bref il parlait comme dans les films australiens et comme dans le feuilleton *Neighbours* à la télé.

— Et ses vêtements ?

— Une chemise à carreaux bleus et blancs, à manches courtes, un pantalon en coton bleu foncé, des mocassins noirs, répondit Sally avec une précision presque choquante par rapport à sa faconde habituelle.

— Son âge ? poursuivit Novello en espérant pouvoir rester sur la même longueur d'onde.

— La trentaine, peut être : difficile à dire, avec ce visage tanné.

— Combien de temps est-il resté ?

— Ah ! ça, je ne sais pas exactement, on avait pas mal à faire avec Eddie, enfin je veux dire Mr Tibbett, il avait fait une chute et il a fallu qu'on le mette au lit et qu'on appelle le médecin pour être sûr qu'il n'y avait rien de grave, et quand j'ai passé la tête dans la chambre d'Agnes il était parti, enfin je parle du petit-fils...

Manifestement, elle était meilleure pour les vêtements et le visage.

— Avez-vous vu comment il était arrivé ici ? demanda Novello. En voiture, en taxi, à vélo ?

— Là, je suis désolée. Il était déjà dans l'entrée quand je

l'ai aperçu, je n'ai pas vu s'il y avait une voiture ou quoi que ce soit...

Elle ne pouvait pas en dire plus, ce qui provoqua chez elle une expression de détresse.

— Ce n'est pas grave, rassura Novello d'un ton joyeux. Vous nous avez vraiment beaucoup aidées. Ce n'est pas si important que ça. Dites donc, le petit-fils d'Agnes ! J'imagine que depuis sa visite elle ne parle plus que de ça.

— Pas vraiment, répondit Sally. Elle ne parle pas beaucoup. Elle a des difficultés à trouver ses mots, vous voyez. J'ai voulu me renseigner sur lui, vous savez, juste pour faire un peu de conversation. Mais tout ce qu'elle a dit, c'est « Je savais qu'il viendrait, c'est un bon garçon, malgré ce qu'on raconte ». Et quand j'ai essayé de lui poser quelques questions, elle a fermé les yeux, alors je me suis tue. Je me suis dit que peut-être elle voulait garder ce souvenir pour elle toute seule, parce que si ça se trouve, c'est tout ce qui lui restait.

Novello sourit :

— Mais non, elle a de bonnes amies et de bonnes infirmières comme vous, et c'est beaucoup, l'assura Novello. Merci, Sally, vous nous avez vraiment beaucoup apporté.

La jeune fille rougit, regarda la directrice qui la congédia d'un signe de tête, et quitta la pièce à grandes enjambées.

— Vous savez bien manier les gens, estima Saltair.

— Merci. Et encore une fois, désolée au sujet de Winifred.

— Mais vous allez vérifier quand même ?

— Et moi, si je vous disais qu'un de vos pensionnaires n'est pas cardiaque, vous le noteriez sans broncher dans son dossier ?

— Certainement pas, mais Winifred n'est pas une de nos patientes. Je veux dire qu'elle n'a rien à voir avec cette autre affaire, n'est-ce pas.

— Pas à ce que je vois. En fait, je n'y vois pas grand-chose.

— Mais Sally ne vous a pas été utile ?

— D'une certaine façon, bien sûr que si. Mais il y a des fois où un supplément d'information provoque un surcroît de confusion.

— C'est un sentiment que je connais, c'est pareil avec les symptômes : ils ne permettent pas forcément d'arriver au bon diagnostic.

Novello lui tendit la main :

— En tout cas, merci pour votre aide. Je ne vois pas de motif d'importuner Agnes, maintenant ; maintenant ou plus tard, d'ailleurs. Mais il se peut que d'autres voient les choses différemment. Il faut que je parle de tout ça avec mes supérieurs, et peut-être voudront-ils lui parler.

— Il faudra d'abord qu'ils discutent avec moi, répondit Billie Saltair avec un sourire gourmand. Personne ne me dicte ce que je dois faire à Wark House.

— Pas même votre patron ?

— Mon patron ? répéta Saltair d'un air surpris.

— Oui, le propriétaire. Ce médecin consultant qui vous a fait une proposition que vous ne pouviez pas refuser.

— Ah, vous voulez parler de mon mari ? (Elle se mit à rire devant l'expression de Novello.) Oui, j'aurais dû vous le dire : c'était ça, la proposition impossible à décliner. Il est à la retraite, maintenant. (Elle sourit d'un air plutôt malicieux.) Je lui ai indiqué qu'il y avait un lit qui l'attendait ici aux premiers signes de sénilité, comme par exemple une tentative d'interférer dans la façon dont je dirige la maison. Je pense qu'il m'a crue à moitié.

Moi aussi, pensa Novello en se dirigeant vers la sortie et la clarté sauvage de ce soleil sur la lande.

Moi aussi, vraiment !

5

Wield bâilla.

Le sergent Clark, qui n'était pourtant pas très imaginatif, se surprit à penser à la visite d'une grotte pendant ses vacances, des années auparavant.

— Vous disiez, Nobby ?

L'expression de Wield avait repris un air absent dans son visage taillé à coups de serpe.

— Oui, elle dit qu'elle préférerait vous parler plutôt qu'au superintendant, si c'était possible.

Tiens donc, la détective constable Novello me trouve plus convivial que le gros Andy, pensa Wield. Est-ce que je dois m'en flatter ?

Il bâilla à nouveau. S'il était fatigué, ce n'était pas uniquement parce qu'il s'était réveillé encore plus tôt qu'à l'accoutumée. C'était l'énergie émotionnelle qu'il avait dépensée pour sa visite à l'hôpital, plus les heures qu'il avait passées depuis dans cette salle d'interrogatoire qui rendait claustrophobe, à tourner en rond autour de la piste en cercles de plus en plus petits, sous le claquement de fouet d'un Monsieur Loyal qui s'appelait Hoddle.

En tout cas, c'était fini maintenant. L'interruption de Clark avait été le signal d'abandonner tout espoir, même s'il restait dix minutes d'horloge.

Il prit le téléphone :

— Wield à l'appareil.

Il écouta attentivement ce qu'elle lui disait en prenant des notes dans son carnet. Quand elle eut terminé, il demanda :

— Et là, qu'est-ce que vous allez faire ?

— Mais c'est pour cela que je vous appelais, sergent, pour recevoir des instructions, répondit-elle, surprise.

— Oui, mais c'est vous qui êtes sur la piste. Comment voyez-vous la prochaine étape ?

Elle hésita, puis dit :

— Je sais que le moment est mal choisi, mais je me demande si quelqu'un ne devrait pas parler de ça au DCI. Je veux dire, c'est lui qui avait appelé, et peut-être a-t-il réfléchi à cela plus que nous autres. Enfin, c'est comme ça qu'il procède d'habitude, hein ? Je ne veux pas dire...

— Je sais ce que vous voulez dire, l'interrompit doucement Wield. Vous avez parfaitement raison, il faut que quelqu'un l'avertisse.

— Enfin, je vois les choses comme ça, dit Novello soulagée. Et qu'est-ce que je dois faire en attendant de nouvelles instructions ?

— De ma part ?

— Ou du superintendant ou de n'importe qui d'autre.

— Vous donnez dans la délégation, à ce que je vois. Non, cette fois-ci c'est à vous de jouer. Vous avez un stylo ? Je vais vous donner le numéro du portable de Pascoe.

— Sergent, je ne pourrais pas... ce n'est pas la meilleure... Peut-être qu'un ami, plutôt...

— C'est ce que vous direz la prochaine fois qu'on vous ordonnera d'interroger une femme qui vient de voir son mari se faire tabasser à mort, hein ? Vous ne considérez pas Mr Pascoe comme votre ami ? Alors notez, et tenez-moi au courant.

Alors qu'il raccrochait, le téléphone sonna à nouveau :

— Pourrais-je parler à Mr Dalziel ? demanda une voix de femme.

— Mr Dalziel est... (Il s'apprêtait à dire « occupé », mais comme le Gros entrait dans le bureau à ce moment-là en s'épongeant le front d'un mouchoir kaki, il corrigea :) ... ici.

— Allô ? grogna Dalziel.

— À votre place, je regarderais de plus près Walter Wulfstan.

Et l'interlocutrice raccrocha.

— Quelque chose vous tracasse ? demanda Wield en voyant Dalziel reposer violemment le récepteur.

— Une cinglée qui me dit de regarder Wulfstan de plus près.

— Et vous allez le faire ?

— Pour l'instant, il n'y a vraiment qu'un mètre de pintes de bière que j'ai envie de regarder de près. Filons par l'arrière pendant que Turnbull et Hoddle attirent sur l'avant ces mouches de journalistes.

Le *Coach and Horses* n'était qu'à quelques mètres. Ils s'assirent dans la fraîcheur et l'obscurité du bar. Le Gros avala sa première pinte cul sec et entama la deuxième pendant que Wield le mettait au courant du compte rendu de Novello.

— Et vous lui avez demandé d'appeler Pete ? C'est peut-être un peu dur, non ?

— Pour qui, monsieur ?

— Mais pour les deux ! Pour elle qui doit appeler, et lui qui doit répondre.

Ça, c'était une situation inédite : Dalziel qui jouait Monsieur Gentil devant Wield qui faisait Monsieur Méchant.

Il répondit prudemment :

— Quand j'ai vu Pete ce matin, il m'a semblé que ce dont il avait le moins besoin, c'était d'être laissé à lui-même. Je dirais qu'il n'est pas vraiment dans son assiette depuis cette histoire à propos de son arrière-grand-père, et que cette affaire avec sa gamine est... comment dire ? Ce pourrait être la goutte d'eau qui fait déborder le vase. Même si tout ce que Novello obtient de lui est une engueulade, au moins ça lui fera une diversion.

— Donc, ça fait du bien à Pete. Et la demoiselle ?

— Ça fait partie de la courbe d'apprentissage, c'est bien comme ça qu'on dit, n'est-ce pas ?

— Ah bon, il s'agit de cela ? Eh bien, les femmes n'ont pas les mêmes courbes que les hommes, mais peut-être ne l'avez-vous pas remarqué. Il me semble qu'elle a fait quelque chose à partir de rien, et qu'elle mériterait d'être encouragée.

— C'est exactement ce que je pense. Encouragement.

— Ah oui ? Et vous, à Enscombe, vous vous récompensez comment ? Vous vous tabassez mutuellement ?

Dalziel termina sa deuxième pinte, fit signe qu'on lui en apporte une troisième. Il se souvint tout à coup de celle qu'il avait abandonnée intacte au *Book and Candle*.

Wield changea de sujet :

— Alors qu'est-ce que vous en pensez, monsieur, de ce visiteur ? Est-ce que ce pourrait être Benny ?

— Benny qui se sauve en Australie rejoindre sa mère, qui revient maintenant pour faire un petit voyage, qui va faire un brin de causette avec sa grand-mère, et puis qui décide de revenir ici pour reprendre les choses là où il les avait laissées, en tuant des gamines ? Faites donc un bon livre avec ça, Wield, moi j'attends le film.

— Mais, monsieur, les faits...

— Les faits ? Qu'est-ce qu'une jeunesse de 20 ans peut bien avoir entendu de la bouche d'une vieille qui est à moitié aveugle et à moitié barjo ?

— Mais par rapport aux déclarations de Mrs Hardcastle...

— Ça aussi, c'est un fait ? Juste un fait sur son glandu de fils qui se défoule avec un pistolet à peinture. (Il fit une pause, but à petites gorgées un autre quart de pinte.) Il aurait dû y faire attention, hein, Wieldy ? S'il y a un homme sur cette Terre qui aurait dû remarquer une inscription BENNY EST REVENU, c'est bien Walter Wulfstan. Or il ne l'a jamais mentionnée. Et maintenant, on reçoit de curieux coups de fil.

Il vida son verre et se leva.

— Où allons-nous, monsieur ? demanda Wield en sirotant une dernière gorgée de son panaché.

Dalziel hésita, puis finit par dire :

— Non, pas vous mon gars, vous retournez à St Mike et vous vous assurez que George Headingley n'est pas en train d'utiliser les ordinateurs pour calculer sa retraite.

— Et vous, monsieur, où serez-vous ? Au cas où j'aurais besoin de vous.

— Je pense que je vais sortir pour une autre petite conversation avec Wulfstan.

— Au Parc des Sciences ?

— Peut-être plus près que ça. (Il éleva la voix et s'adressa à l'homme qui était derrière le bar.) Dites-moi, patron, je sens un accès de religion qui m'arrive dessus. Comment faire pour arriver à la chapelle de Beulah ?

En fait, si la culpabilité est le point de départ de la religion, la plaisanterie de Dalziel avait un fond de vérité, car il se sentit légèrement fautif en quittant Wield pour se mettre en quête de la chapelle.

C'était exact, il avait une bonne raison de penser que Wulfstan pouvait s'y trouver cet après-midi-là ; mais il avait aussi le sentiment, ou l'espoir, ou autre chose, que Cap Marvell pourrait aussi se trouver dans les parages. Wield connaissait cette femme, il était au courant de leur relation passée. Dalziel était beaucoup trop pachydermique pour s'inquiéter de ses collègues qui spéculaient au sujet de sa relation avec Cap.

Le Gros était donc mal à l'aise d'avoir renvoyé le sergent

au poste, mais curieusement aussi parce qu'il doutait de lui-même : dans une affaire pareille et à une heure pareille, avait-il le droit d'avoir des préoccupations aussi privées et personnelles ?

Il secoua la tête pour écarter ce sentiment de gêne, comme un ours qui délogerait une abeille, et regarda où il se trouvait. À gauche sous une arcade, descendre un petit chemin étroit bordé de murs, la chapelle est dans la cour en bas, avait expliqué le patron.

Ah, voilà l'arcade. Il tourna pour passer dessous. Par contraste avec la rue ensoleillée, le chemin ressemblait à un tunnel ferroviaire. Aussi, quand la voix se mit à parler, il eut du mal à en déterminer l'origine :

— Je vois qu'il est revenu, donc.

— Hein ? dit Dalziel en équilibre sur la pointe des pieds, les poings légèrement serrés, prêt à frapper ou à se colleter. Des voix étranges dans des endroits sombres, ça ne présageait pas toujours des ennuis, mais ça valait le coup de ne pas faire l'impasse.

— Ce dingue, là, Lightfoot. Il est revenu. Je pensais que vous étiez au courant.

La voix, à l'intonation légèrement détachée, avait le ton aigu d'une personne âgée ou peut-être d'un adolescent. Dalziel se détendit quelque peu et cligna vivement des yeux jusqu'à ce que sa vision se soit adaptée au manque de lumière.

Il vit d'abord une forme, suffisamment petite pour être celle d'un garçon. Mais le visage qu'il vit ensuite le fit rapidement sauter à l'autre bout de l'éventail des âges : creusé, avec une peau marquée de profonds sillons qui soulignaient les pommettes et fendaient le front, au-dessus duquel pendaient quelques mèches de cheveux fins et grisonnants.

Il avait aussi quelque chose de familier.

— Telford ? demanda Dalziel d'un ton incertain. Joe Telford, c'est bien vous ?

— C'était moi, oui, répondit l'autre. Ça fait longtemps qu'on ne s'est pas vus, Mr Dalziel.

Effectivement. Mais pas aussi longtemps qu'en témoignait l'apparence de l'homme. Il doit pourtant être encore quadra, pensa le superintendant. Et même s'il n'avait jamais été bien grand, c'est sûr qu'il n'était pas aussi petit que ça.

Il avança de quelques pas vers la lumière du soleil, au bout du chemin, et l'homme recula devant lui comme une épave que la marée remonterait sur une grève. Maintenant, la perte de taille avait une origine évidente : Telford marchait courbé, penché lourdement sur un gros bâton en bois de frêne. Le costume brun dont il était vêtu, qui ne faisait aucune concession à la chaleur, avait sans doute été ajusté autrefois ; mais aujourd'hui il pendait comme un torchon sur une poignée de porte.

Le chemin débouchait dans une cour pavée au fond de laquelle Dalziel vit la chapelle de Beulah. C'était un édifice imposant de brique rouge foncé, qui par rapport à sa situation paraissait plutôt déplacé, et à coup sûr disproportionné. Il s'en échappait un faible bourdonnement, comme celui d'un énorme essaim d'abeilles. La cour elle-même était parsemée d'un établi de menuisier, de plusieurs tréteaux qui supportaient du bois et de sacs en plastique bourrés d'outils.

Telford, qui avait fait une pause, se tenait encore dans l'ombre. Malgré son costume trop large pour lui, il offrait une apparence soignée : il était rasé de près, sentait le savon et la sciure. Cela était rassurant. Mais Dalziel avait rencontré trop de gens chez lesquels la propreté frisait l'obsession névrotique ; et ses capteurs internes lui disaient que Joe Telford était complètement fêlé.

— Et comment allez-vous, Mr Telford ? demanda le Gros.

— Ça se maintient. Malgré les soucis, quand même.

— Oui, je pense bien.

— Pourtant, avec un peu de chance, vous allez choper ce salaud, cette fois, et ça se finira bien.

C'était peut-être cette intonation détachée qui était l'élément le plus déroutant. En fait, c'était même le seul si l'on excluait ce vieillissement prématuré. Mais pourquoi cette envie fourmillante de faire la conversation ? Dalziel décida de recourir à un test psychologique subtil :

— Désolé pour votre dame, ça a dû être un choc.

Telford le regarda, se gratta le menton d'un air pensif :

— Le choc, il sera bien plus grand pour George quand il verra ce qu'elle arrive à faire à un tube de dentifrice.

Dalziel eut un sourire approbateur. Dix sur dix. C'est ce que l'on attendait d'un habitant du Yorkshire, réagir à des problèmes conjugaux en gardant les pieds sur terre.

— Alors comme ça, vous allez autoriser les chanteurs à utiliser la chapelle ?

— Oui, pourquoi pas ? Pour tout vous dire, Mr Dalziel, je ne passe pas beaucoup de temps ici. Et Mr Wulfstan a toujours été un bon client dans le passé. Quand il a eu des travaux à réaliser à Heck, il a toujours fait appel aux artisans du coin, et pas de la ville, comme pas mal d'étrangers. Ça lui fera plaisir, à lui aussi.

— Plaisir d'avoir un local pour son concert, vous voulez dire ? Oui, j'imagine.

— Non, non : ça lui fera plaisir que vous soyez tout près de dénouer l'affaire. Il sera pressé de voir sa petite fille, tout autant que moi.

— Voir sa fille ? répéta Dalziel. Ah ça, je pense bien, je pense bien.

Il pensait *restes*. Il n'avait pas besoin d'un conseiller en deuil pour savoir à quel point il était important pour la tranquillité d'esprit des parents d'organiser un enterrement digne, une prise de congé décente, même au bout de tant d'années.

Mais ce que lui dit ensuite Telford le renvoya à son diagnostic initial :

— Le soleil est sacrément pénible, quand même. Il va falloir en tenir compte quand vous les découvrirez. Ça pourrait leur bousiller les yeux, après toutes ces années passées dans l'obscurité. Mieux vaudrait attendre la nuit avant de les faire sortir.

— Les faire sortir ? Mais d'où, Mr Telford ?

— Ben, de ce trou dans le Neb qui les abrite depuis tout ce temps. Oui, ce serait vraiment mieux de nuit. Comme ça, elles pourront se réhabituer progressivement à la lumière.

Bordel, ce pauvre gars ne parlait donc pas de restes, mais de résurrection.

Ainsi, il s'imaginait que sa fille disparue allait sortir en clignant des yeux de quelque grotte de montagne où Benny l'avait retenue pendant des années. Pensait-il qu'elle avait vieilli ou que, par la magie d'une suspension du temps, elle aurait le même âge qu'au moment de sa disparition ? C'était l'un des rares problèmes qui dépassaient les compétences de Dalziel. Il se rappela la femme de Telford : une petite femme robuste qui, pour éviter de hurler quand elle avait entendu les nouvelles, s'était quasiment fourré son tablier dans la bouche. Il supposa qu'elle avait gardé le plus possible sa souffrance pour elle, qu'elle avait fini par s'y faire. Mais ce qui était au-delà de ses forces, ce qu'elle n'avait pas pu assumer après toutes ces années, c'était la folie détachée de son mari, la douce insistance qu'il mettait à affirmer que la petite Madge était vivante, quelque part sous le Neb, et qu'elle attendait qu'on vienne la délivrer. Alors, elle s'était barrée : pas bien loin, juste chez George, qui présentait une forte ressemblance avec son frère. Il paria qu'ils vivaient tout près les uns des autres, qu'ils surveillaient Joe de près. Et que les habitants de Danby devaient l'accepter. En termes de luxure extra-conjugale, les rustauds du Yorkshire pouvaient être aussi impitoyables qu'un député chargé de la discipline dans son parti ; mais au niveau du sens pratique, ils étaient souvent plus décontractés que les Latins.

— Nous ferons le nécessaire, Mr Telford, le rassura Dalziel. Est-ce que Mr Wulfstan est là actuellement ?

— Oui, lui et quelques autres. Là, j'attends que le camion arrive. Mr Wulfstan s'est organisé pour que mes affaires soient entreposées dans ses locaux, au Parc des Sciences. Je lui ai dit de ne pas se donner de mal, qu'elles ne s'abîmeraient pas par un temps pareil. Mais il a insisté. C'est un homme bon.

— Je vais aller dire deux mots à tous ces gens, Mr Telford. Au revoir.

Il traversa la cour à grands pas en se disant que ce n'était pas un endroit pour lui. Il ne faisait pas allusion à la chapelle de Beulah, mais à Danby. Très vite après avoir pris connaissance du dossier, il aurait dû se faire porter pâle, prendre un congé, refiler le bébé à Pascoe. Il se rappela alors quel autre drame était échu à son lieutenant, et se morigéna intérieurement : *Contrôle-toi, mec, sinon tu vas finir zinzin comme ce pauvre Joe Telford.*

Il se retourna pour regarder le chemin. L'homme avait regagné la profondeur de l'ombre, et on ne voyait plus que le blanc de ses yeux. S'il hantait les endroits sombres, c'était peut-être parce qu'il sentait que, d'une certaine façon, il restait ainsi en contact avec sa fille.

Écartant ces pensées déprimantes, Dalziel poussa la porte de la chapelle.

Il y avait plusieurs personnes à l'intérieur : trois d'entre elles manipulaient des pompes aspirantes, ce qui expliquait le bourdonnement qu'il avait entendu. Il n'y avait pas de bancs : peut-être les avait-on ôtés au moment où la chapelle avait été déconsacrée. Ou bien les adeptes de Beulah ne s'asseyaient pas pendant l'office. Il n'y avait rien d'inoffensif qu'une secte religieuse n'ait pas transformé en péché.

Il aperçut Wulfstan au bout de la chapelle, à l'endroit où avait dû se trouver l'autel — si toutefois ils étaient favorables aux autels ; il était dans un petit groupe comprenant entre autres les deux chanteurs. Derrière eux, Inger Sandel était assise devant un piano dont elle tirait des notes isolées, en les étudiant très longuement après qu'elles avaient cessé de résonner à l'oreille de Dalziel. Pas de trace de Cap Marvell : il ressentit une pointe de déception, puis se dit qu'il n'avait pas à être déçu puisque l'homme qu'il voulait voir était là.

Certains enquêteurs, quand les choses se bloquaient, s'en sortaient en s'asseyant et en repassant toute l'histoire au peigne fin. Dans son équipe, il y en avait deux capables de faire ça, chacun dans son style. Mais lui, sa méthode, c'était de faire en sorte que les choses arrivent, de les pousser légèrement, de ne jamais laisser de répit à l'ennemi, même si celui-ci n'était pas identifié. À Peter Pascoe, qui avait vu une certaine faiblesse dans cette technique, Dalziel avait répondu : « Pas grave. Ce salaud sait qui *je* suis et, aussi longtemps qu'il me verra m'agiter, pas de danger qu'il dorme tranquille. Poussez, poussez, et voyez ce que ça donne. »

— Superintendant, j'espère bien que vous n'avez pas décidé de réquisitionner aussi cet endroit ? demanda Wulfstan en guise de salut.

— Non, non, il est tout à vous, répliqua Dalziel avec magnanimité. Alors, tout le monde sera debout, comme au promontoire ?

— Euh, je pense que vous voulez dire promenoir, un espace où les gens restent debout alors que la majorité des spectateurs dispose d'un siège. Mais ici, tout le monde sera assis. On fera apporter les chaises dès qu'on aura correctement nettoyé l'endroit.

— Effectivement, je vois que vous y mettez un sacré coup, admira le Gros.

— L'atmosphère d'une menuiserie n'est pas très saine pour une voix de chanteur, dit Wulfstan. Plus tard, pour fignoler le travail, je vais faire descendre de l'usine un extracteur de poussière industriel. Puis-je vous être utile ?

— Je voudrais juste vous dire un mot ; en tête à tête.

Dalziel jeta un coup d'œil sur les autres membres du groupe. Les trois qu'il ne connaissait pas s'éloignèrent, mais Krog et la femme ne bougèrent pas.

— Je vous en prie, vous pouvez tout dire devant Elizabeth et Arne.

— Comme vous voudrez, répondit Dalziel en haussant les épaules. Dimanche matin, quand vous êtes allé à Danby, vous êtes passé sous le vieux pont de chemin de fer. Il y avait un grand graffiti, dessus : BENNY EST REVENU. Vous avez bien dû le remarquer... mais vous ne m'en avez pas parlé.

Il s'était placé de façon à avoir les trois personnes dans son champ de vision : le regard intense de la femme quitta le visage du policier pour se poser sur celui de son père, comme si la réponse suscitait de la curiosité chez elle. Pourquoi pas, après tout ? C'était bien légitime.

— Si je ne l'ai pas mentionné, c'est parce que ça ne me paraissait pas avoir de rapport avec cette affaire ; et en tout état de cause, il me semblait évident que vous l'aviez déjà repéré vous-même, ou qu'on vous l'avait fait remarquer.

Était-ce une explication qui se tenait ? Ou plutôt des explications, puisqu'il y en avait deux. Or, dans la conception mathématique de Dalziel, cela divisait par deux la valeur de la réponse au lieu de la multiplier d'autant.

— Comment, pas de rapport ? Après ce qui s'est passé à Dendale il y a des années ? J'aurais pensé que, même si personne n'avait fait le rapprochement, vous l'auriez fait, vous.

— Et que le choc de lire ce nom aurait tout fait remonter à la surface ? demanda Wulfstan avec un sourire las. D'abord, Mr Dalziel, rien ne s'est éloigné, tout est toujours présent. Il ne se passe pas un jour sans que je pense à Mary. C'est pour cela que j'ai été capable de revenir dans le Yorkshire : parce que j'ai réalisé que la distance ne changeait rien.

Dalziel regarda à nouveau Elizabeth pour voir si elle réagissait à cette déclaration claire sur l'ordre des choses : la fille biologique, morte, qui passait avant la fille adoptive, en vie. Rien ne se passa.

— Quant au nom de Lightfoot, poursuivit-il, il y a eu effectivement une période où ça me faisait quelque chose ; mais c'était il y a plusieurs années, la première fois que je suis retourné à Danby. Il était devenu partie intégrante du folklore local. Il y a son nom dans une comptine et, quand les enfants jouent à cache-cache, ils appellent Benny celui qui doit chercher. Dans les pubs, quand les hommes veulent parler de la rapidité d'un joueur de football, ils disent qu'il court comme Benny Lightfoot. Bien sûr, la majorité d'entre eux ne savent pas à qui ils font allusion. Travaillant ici, il a bien fallu que je m'habitue. Et j'y suis arrivé.

Dalziel hocha la tête avec sympathie :

— Eh oui... Sourire en serrant les dents, c'est tout le Yorkshire, ça.

La réflexion provoqua un bref amusement chez la femme.

— On a terminé, là ? demanda Wulfstan. Parce que j'attends l'inspection incendie d'un instant à l'autre, maintenant.

— Excusez-moi, je sais à quel point vous êtes occupé. Oui, on a... sauf que...

Si ce *sauf que* avait été une balle de cricket, elle aurait été parfaitement lancée : suffisamment haut pour que le batteur se demande comment elle allait retomber.

— Sauf que vous êtes installé à Danby depuis pas mal d'années, maintenant, c'est bien ça ? Or la personne qui a vu votre voiture garée sur Corpse Road nous a dit qu'elle n'avait commencé à la remarquer qu'au cours de la dernière quinzaine, alors que ça fait des années qu'elle promène son chien au même endroit, qu'il pleuve ou qu'il vente.

Wulfstan le regarda pendant un long moment d'un air sombre. Il ressemblait à... ah ! Dalziel n'arrivait plus à se rappeler. Puis il eut un sourire exaspéré, et répondit :

— Si le sens de votre question est pourquoi maintenant et pas avant, la réponse est tellement évidente ! J'aurais pensé que même un policier aurait pu la trouver tout seul, car il ne faut pas chercher bien loin. Curiosité morbide, superintendant : cette vague de chaleur dure depuis tellement longtemps que les vestiges de Dendale ont commencé à émerger. Alors je vais dans le Neb pour surveiller l'évolution des eaux. Et parfois, quand je remonte Corpse Road, il m'arrive de fantasmer : quand j'arriverai au Neb, je retrouverai tout comme avant, je dis bien tout. Voilà, vous voyez maintenant à quel niveau d'absurdité peut descendre un esprit rationnel.

— Oh vous savez, j'en ai connu qui étaient allés nettement plus loin, dit Dalziel. Merci pour votre franchise, et désolé de vous avoir dérangé.

— Mais je vous en prie. D'autant que le timing est parfaitement orchestré, je crois que voilà l'inspecteur de la sécurité incendie : excusez-moi.

Il se dirigea vers un homme qui, sitôt la porte franchie, s'était mis à regarder autour de lui avec l'air sceptique et circonspect qui est la première chose que l'on apprend pour travailler dans la sécurité incendie.

— Et nous, superintendant, vous en avez pour nous, des *sauf que* ?

L'accent d'Elizabeth Wulfstan le tracassait plus que son ironie.

— Non, je ne vois rien de spécial, miss. Sauf... les chants de ce boche sur des gamins morts, vous envisagez toujours de les chanter demain ?

— Mais oui. Vous cherchez un billet, sans doute ? On devrait pouvoir vous en trouver un. Encore que, pour un gabarit comme vous, je pense qu'il vous en faudrait plutôt deux ; et là, je ne suis pas sûre de pouvoir vous donner satisfaction.

— Je pensais que vous auriez pu changer d'avis, toutes choses bien considérées.

Le Navet approuva d'un signe de tête, mais la femme se contenta de hausser les épaules d'un air indifférent.

— De tout temps, et partout, il y a des enfants qui meurent, dit-elle. Citez-moi un endroit où je pourrais aller les chanter et où aucun enfant ne serait mort ?

— On ne parle pas en général, mais de ce qui se passe ici.

— Je pensais que la gamine de Liggside avait simplement disparu ; comme les autres d'ailleurs. Car c'est bien ça, n'est-ce pas ? Elles ont disparu, vous n'avez jamais retrouvé aucun corps ?

Elle s'exprimait d'une voix douce, comme s'ils discutaient d'un point mineur de protocole.

— Disparues depuis quinze ans, ça fait long, objecta Dalziel. Je pense que personne...

Il s'interrompit. Il avait failli dire que, à son avis, personne n'espérait les voir revenir ; mais sa rencontre avec Joe Telford avait surgi dans sa mémoire. Finalement, que savait-il vraiment de ce que pensaient Wulfstan et sa femme, ou encore les Hardcastle ? Il semblait que tous les membres de cette famille-là d'ailleurs, à en croire Clark, étaient devenus plus ou moins barges.

Peut-être que, dans tout le Mid-Yorkshire, il était le seul homme à être absolument certain que les enfants étaient mortes... Non, non, pas le seul : il y avait quelqu'un d'autre...

— De toute façon, ça ne me regarde pas, reprit-il. Vous pouvez chanter ce que vous voulez, cocotte, à partir du moment où ça n'offense pas la morale publique.

— Merci à vous, répondit-elle d'un ton sérieux. Mais je ne chanterai pas du tout si cet endroit ne s'y prête pas. Tu y es, Inger ?

Pas une seule fois Inger Sandel n'avait jeté le moindre regard en direction de Dalziel pendant toute sa conversation avec les Wulfstan. Elle était concentrée sur ce qui, à l'oreille inexercée du policier, semblait être un accordage superflu ; mais il avait le sentiment qu'elle n'avait rien raté de la discussion. Elle se cala sur son siège et commença à jouer une gamme, puis elle parcourut toute la longueur du clavier. Les notes emplirent la chapelle. Puis elle s'arrêta en écoutant mourir les derniers échos, avec une intense attention. Enfin, elle se tourna vers Elizabeth et lui fit un signe de tête à peine perceptible.

— Faisons un essai, alors, dit Elizabeth Wulfstan.

Dalziel se dirigea vers la porte, et Arne Krog lui emboîta le pas :

— Mr Dalziel, dit-il, je pense que vous avez raison, Elizabeth ne devrait pas chanter les *Kindertotenlieder*. Pour cet endroit, et puis aussi pour elle-même.

— Pour elle-même ?

Krog haussa les épaules :

— Elizabeth est forte, forte comme une porte blindée. On ne voit pas ce qu'il y a derrière. Mais vous savez bien que l'adulte se forme en fonction de la manière dont l'enfant a été façonné. Peut-être qu'il faudrait s'arrêter là-dessus.

Avant que Dalziel ait pu répondre, Inger Sandel se mit à jouer du piano : un torrent abrupt, rapide et inquiétant précédant les paroles qui s'accordaient à la musique :

Par un temps si infâme, par un temps si venteux,
Jamais je n'aurais dû les laisser en ces lieux.
On les a emmenées sous la force ou l'effroi.
Je n'ai pu par les mots les tenir sous mon toit.

Elle expulsait les mots avec une force telle que la chapelle de Beulah semblait secouée par un mini-orage qui aurait éclaté de façon indépendante en plein milieu d'une journée de plein soleil. Pendant qu'elle chantait, elle fixa à nouveau son regard sur Wulfstan, qui avait d'abord cherché à continuer sa conversation avec l'inspecteur de la sécurité incendie, puis avait rapidement tourné la tête pour observer la chanteuse.

Par un temps si infâme, sous la grêle et la pluie
Jamais je n'aurais dû les laisser ici.
Je craignais les assauts d'une vilaine maladie,
Maintenant cette peur me réjouirait l'esprit.

Elle s'arrêta brusquement, suivie par la pianiste.

— Il y a un peu d'écho, jugea Elizabeth. Mais ça devrait s'améliorer quand la chapelle sera pleine. Arne, toi qui sais tout, qu'est-ce que tu en penses ?

Elle avait parlé d'une voix assez basse, mais impérieuse. L'habitude de jouer la prima donna, ou est-ce que ça la dérange que j'aie une discussion personnelle avec le Navet ? se demanda Dalziel.

Il regarda Krog, attendant sa réaction. Une expression irritée passa sur le visage de l'homme ; puis il sourit d'un air contrit :

— Excusez-moi, on se reparlera plus tard, peut-être.

Et il s'empressa de rejoindre les deux femmes près du piano.

Dalziel, qui avait remarqué que Wulfstan n'avait pas manqué la moindre nuance de cet échange verbal malgré sa conversation avec l'inspecteur, murmura pour lui-même :

— Mais peut-être pas de ça, mon gars.

Puis il sortit, plongea dans le soleil.

6

Pascoe, décidément, avait l'impression d'être de garde.

On surveille, on s'assied et on regarde, rien ne se passe, on se fait relayer, on sort pour faire un brin de toilette et prendre un sandwich, on essaie de roupiller un peu, on revient pour la surveillance. Et plus le temps passe, plus on commence à craindre que cela ne serve à rien, penser que ce n'est qu'une perte de temps, que vos informations étaient erronées, que votre indic s'est fait démasquer, et que rien ne va se passer, ni maintenant, ni dans quelques minutes, ni jamais... jamais, jamais, jamais, jam...

— Tout va bien ? demanda Ellie.

— Hein ? Ah oui, enfin pas d'évolution...

— Tu as l'air en plus mauvais état qu'elle, estima Ellie dont le regard passa de la mince silhouette de sa fille aux traits tirés de son mari. Pourquoi n'irais-tu pas dormir un peu ?

Il secoua la tête :

— J'ai déjà essayé, c'est pire que de rester éveillé.

— Bon... Mais au moins sors de cette pièce, va au soleil respirer un peu.

— J'en ai marre, du soleil, je ne pourrais pas tester la pluie ? dit-il en se forçant à sourire.

Elle l'embrassa sur les lèvres avec douceur, et il quitta la chambre.

Le vaste parc de l'hôpital avait autrefois été un magnifique centre horticole. Mais depuis quelques années, les cordons de la bourse de l'argent public avaient été nettement resserrés ; du fait de la sécheresse et de l'interdiction d'arroser, il donnait l'impression d'un paysage désertique. Pascoe s'y promena un peu, puis s'assit sur un banc et regarda les passants entre le parking et l'entrée principale. Quand ils arrivaient, ils avaient la démarche lente et hésitante. À la sortie, en revanche, ils se déplaçaient avec aisance et vigueur. Ou peut-être son regard acéré d'enquêteur était-il faussé par l'épuisement et ce grondement de rage qui ne le quittait jamais, tel un orage dans la vallée voisine ?

Il dut finalement s'endormir, car il se réveilla brusquement, affalé sur le banc, ne sachant plus où il était, et cédant à la panique après s'en être souvenu.

Mais un coup d'œil à sa montre lui indiqua qu'il ne s'était absenté qu'une demi-heure. Il se leva, s'étira, rentra d'un pas vif et trouva des toilettes où il s'aspergea le visage d'eau froide.

Il prit un café au distributeur, puis remonta l'escalier. Il se dit qu'il était trop tôt pour retourner dans la salle : Ellie serait exaspérée et lui ferait un sermon. Le sermon ne le dérangeait pas. Comme dans la technique de l'interrogatoire entre Mr Gentil et Mr Méchant, le sermon représentait tantôt la tour de la force et tantôt le vaisseau plus faible. Et il faisait partie du mode de fonctionnement d'Ellie.

La porte de la salle d'attente était légèrement entrebâillée ; comme il s'apprêtait à y entrer pour terminer son café, il entendit la voix de Derek Purlingstone, qu'il n'avait pas encore vu ce jour-là. Peut-être la Compagnie des Eaux du Mid-Yorkshire avait-elle besoin de tout son personnel à l'extérieur, pour creuser des puits. Ou alors, il avait besoin de s'occuper pour éviter de devenir dingue.

Dingue, c'est bien l'impression que donnait le ton de sa voix ; il semblait fou de colère.

— Tu sais très bien qui je considère comme responsable, non ?

— Derek, je t'en prie... implora Jill.

— Cette foutue école ! Tout ça ne serait jamais arrivé si seulement tu avais accepté de l'envoyer dans un établissement décent. Non, non, n'approche pas, tu sens le cendrier plein. Nom de Dieu, tu avais besoin de te remettre à fumer ?

Avant que Pascoe puisse battre en retraite, la porte s'ouvrit en grand : Jill Purlingstone passa devant lui en larmes et s'éloigna en courant.

Pascoe pénétra dans la pièce. Son instinct lui commandait de faire semblant de n'avoir rien entendu ; mais quand il brisa un silence gêné, il se surprit à dire :

— Vous ne croyez pas vraiment que l'école a quelque chose à voir avec ça ?

— Il a bien fallu qu'elles chopent ça quelque part, répondit Purlingstone d'un ton hargneux.

— Et vous pensez qu'il y aurait eu moins de risques dans une « école décente » ?

Pascoe se trouvait encore dans un état d'esprit adapté à la conversation plutôt qu'à la polémique. Ils avaient eu de rares occasions de se rencontrer, en général pour des questions touchant les enfants. Il avait trouvé Purlingstone de compagnie plutôt agréable, et ils s'étaient découvert suffisamment de points communs pour pouvoir passer ensemble deux ou trois heures sans aborder les sujets qui fâchent. Et quand ils étaient arrivés sur des terrains sensibles, comme par exemple les responsabilités d'une police moderne ou la politique suivie par la Compagnie des Eaux du Mid-Yorkshire, ils s'étaient tous deux contentés de mises en boîte anodines.

C'était peut-être ce que Purlingstone s'efforçait de faire maintenant :

— Pas vous ? Vous savez, Peter, dans la vie, on obtient

les choses en fonction du prix payé. Oui, je sais bien qu'Ellie et vous, vous êtes des trotskards militants, mais j'ai toujours eu l'impression que, pour vous, ce qu'il fallait viser, c'était le meilleur pour Rosie, et qu'en la matière tout était permis.

— Le meilleur, au sein du système, certainement, répondit Pascoe. Quant à en sortir, là, je ne marche pas.

— Vous voulez dire que vous acceptez de solliciter quelques faveurs pour que votre fille soit inscrite là où vous le souhaitez, et que vous trouvez anormal que je paie quelques livres sterling pour obtenir le même résultat ?

— Mais qu'est-ce que vous me chantez là ? C'est une bonne école, et je suis content que Rosie y aille.

— Bien sûr que vous êtes satisfait, surtout que l'école de Bulgate est à 4 kilomètres plus près de chez vous dans la direction opposée. Combien de tickets de parking avez-vous dû composter pour l'inscrire à Edengrove, ça je me le demande.

Le sarcasme était sorti si naturellement que Pascoe devina qu'il avait déjà été utilisé pas mal de fois. Et alors ? Après tout, lui n'était pas toujours flatteur quand il parlait de Purlingstone. Il était temps de cesser cette prise de bec ; les deux hommes auraient dû être réunis par une inquiétude commune au lieu de se sauter mutuellement à la gorge.

En tout cas, c'était ce que son esprit lui conseillait, mais sa voix n'en tint pas compte :

— Bien sûr, bien sûr, vous avez parfaitement raison : les tickets de parking, j'en avais un tas énorme. Mais c'est parce que je ne suis pas un gros richard qui pète dans la soie, alors je ne peux pas me permettre d'acheter les gens.

Mais nom de Dieu, et ton self-control ? se morigéna-t-il. Marche arrière, toute. Il vit que l'autre était prêt à mordre, lui aussi. Quoi qu'il dise, ne réponds pas, passe ton chemin.

Mais ses pieds restèrent enracinés quand Purlingstone répliqua d'une voix haletante :

— Je ne vais quand même pas recevoir des leçons d'un prétentieux comme vous. Je bosse comme un fou pour gagner ma croûte, mon vieux. Je vis dans la réalité, moi, et le moindre penny que j'ai, c'est grâce à mon travail que je l'ai récolté.

— Vous plaisantez, ou quoi ? demanda Pascoe d'un ton incrédule. Vous faites exactement le même boulot qu'avant la privatisation. Et si vous touchiez des clopinettes avant, expliquez-moi pourquoi aujourd'hui vous êtes devenu un combinard avec un compte en banque bien garni ? Est-ce que vous savez d'où il vient, tout ce fric ? De nos poches à nous, les pauvres couillons qui n'arrivons même pas à avoir une eau correcte à nos robinets ! Nom de Dieu, si quelqu'un doit être responsable de ce qui arrive à nos gosses, c'est bien vous, avec vos plages polluées et votre distribution d'eau qui pue !

Purlingstone, le visage crispé, s'avança d'un pas. Pascoe ferma le poing. C'est alors qu'il sentit qu'on l'attrapait dans le dos pour le tirer hors de la pièce ; la porte claqua derrière lui.

— Mais enfin Peter, à quoi joues-tu ? lui demanda Ellie d'une voix basse mais tremblante de fureur.

— Je ne sais pas... Il a commencé à me dire... Et je me suis dit qu'il était temps de... Et merde, c'était complètement con. L'abcès est crevé, voilà, et chez lui aussi. Il m'a dit...

— Ce qu'il t'a dit ne m'intéresse pas, le coupa-t-elle. Tout ce qui m'intéresse, c'est notre fille. Et toi, tu es prêt à te colleter dans la salle d'attente d'un hôpital. Tu crois que c'est utile pour Rosie ? Écoute, si tu n'es pas capable de supporter d'être ici, pourquoi tu ne vas pas dehors ? Ou alors rentre à la maison, dors un peu.

Il inspira profondément pour retrouver la maîtrise de soi.

— Non, non, ça va bien maintenant. Je suis désolé, Ellie. Seulement, j'étais tellement énervé qu'il a fallu que je lâche les vannes. Ça aurait pu être pire, ça aurait pu être toi qui aurais pris la sauce. Mais d'ailleurs, qu'est-ce que tu fais là ? Tu n'es plus dans la chambre, il ne s'est rien passé, au moins ?

— Tu t'imagines que je gaspillerais du temps avec tes couillonnades s'il y avait quelque chose de grave ? Non, non, pas d'évolution ; j'allais aux toilettes, c'est tout. Et ça presse encore plus, maintenant.

— Prends tout ton temps, moi je retourne dans la chambre. Je vais essayer de trouver une infirmière à tabasser.

Elle sembla rassurée par cette mauvaise plaisanterie et s'éloigna en hâte. Pascoe regarda la porte de la salle d'attente, se demanda s'il devait y aller pour faire la paix, décida qu'il n'était pas tout à fait mûr pour cela, et emprunta le couloir jusqu'à la chambre de Rosie.

Une infirmière était en train de vérifier les écrans de contrôle. Elle lui adressa un gentil sourire avant de s'esquiver : il n'avait peut-être pas trop l'air de Mr Hyde. Il s'assit, prit la main de la petite :

— Bonjour, Rosie, c'est moi. Je viens de me disputer avec le papa de Zandra. Tu t'imaginais que les papas étaient capables de se battre, toi ? Eh bien, ici c'est comme dans la cour de récré. On est tranquille dans son coin, il y a quelqu'un qui dit quelque chose, on répond, et voilà qu'on se retrouve tous les deux par terre à essayer d'arracher l'oreille de l'autre. Enfin, je parle des garçons : vous, les filles, c'est différent. Ta maman dirait que les filles, c'est plus raisonnable. Peut-être qu'elle a raison. Ou alors, les femmes n'aiment pas la force. C'est sûr qu'elles sont toutes pour la paix, encore que parfois je me demande si la paix n'est pas la continuation de la guerre par d'autres moyens. Ça, c'est une plaisanterie de grande personne que tu comprendras un jour, quand tu seras devenue une femme. Et ça ne devrait pas prendre bien longtemps, ma chérie. Tu vas ramener à la maison un garçon épouvantable, et espérer que tes vieux parents ne te feront pas honte en bavant dans leur tasse ou en ôtant leur dentier pour enlever les graines de la confiture de framboises. Rosie, sois gentille avec nous, c'est la seule chose dont le monde ait besoin pour continuer à tourner : des enfants qui sont gentils avec leurs parents, des parents qui sont gentils avec leurs enfants, voilà la seule valeur familiale qui vaille, c'est le seul conseil de sagesse que j'ai à te donner. J'espère que tu entends ce que je te dis. Hein, ma chérie, tu m'entends ? Est-ce que tu m'écoutes, quelque part dans les profondeurs ?

Il se pencha sur la fillette et observa son visage avec intensité : pas de mouvement, pas de battement des paupières. Aucun signe de vie.

Pris de panique, il se tourna vers l'écran. Si, si, le pouls battait régulièrement. Il porta son regard sur sa fille, encore incrédule. Sur sa joue, un muscle bougea comme une minuscule brise sur la surface de l'eau. Il laissa échapper une longue expiration dont la durée le surprit lui-même.

Il se remit à parler, mais maintenant son monologue paraissait emprunté et forcé. Il attrapa donc *Nina et le nix* et reprit sa lecture à l'endroit où il l'avait laissée :

— « Dehors le soleil brillait intensément, et un peu de cette lumière filtrait par l'entrée du tunnel. Grâce à cette faible lueur, elle constata qu'elle se trouvait dans une caverne. Le sol était parsemé de rochers et de toutes sortes de choses. Au milieu de la caverne, il y avait une petite mare nauséabonde, sur le bord de laquelle elle vit... cette chose.

« Son corps était long et recouvert d'écailles, ses doigts et ses orteils palmés avaient de longs ongles recourbés, son visage décharné et creusé montrait un menton pointu et barbu, des yeux enfoncés au regard fixe, et... »

Il entendit tout à coup un bip automatique, et regarda l'écran de contrôle avec terreur pendant une fraction de seconde, avant de réaliser qu'il s'agissait de son portable. Furieux, il appuya sur le bouton et aboya :

— Oui ?

Il y eut un silence, comme si sa véhémence avait glacé d'effroi la personne au bout du fil. Puis il entendit une voix féminine :

— Allô, bonjour, Shirley Novello à l'appareil. Euh, j'appelais pour... savoir comment allait votre petite fille.

— Rien de nouveau, répondit Pascoe.

— Eh bien, c'est... enfin, je suis contente. J'espère que tout se passera bien, monsieur. Désolée de vous avoir dérangé.

— Mais je vous en prie, dit Pascoe en se radoucissant. Ça m'a fait plaisir de vous entendre. Seulement, je n'ai pas le droit d'utiliser mon portable ici, ça pourrait faire des interférences.

Tout en parlant, il regardait l'écran de contrôle avec inquiétude. Tout semblait être comme avant.

— Je suis navrée, je ne voulais pas... s'excusa Novello.

Écoutez, ce n'était pas une si bonne idée que ça, finalement, désolée. J'espère que tout se passera bien.

Tiens, tiens, pas une si bonne idée que ça ? Il lui vint à l'esprit que la raison de cet appel n'était peut-être pas dictée par la sympathie.

Il en conçut de la colère pendant une seconde, puis changea d'avis. Et merde ! Qu'est-ce qu'il voulait ? Que le monde entier s'arrête de tourner parce qu'ici, il s'était bloqué ? Cette nana, elle n'était pas censée savoir qu'il se trouvait au chevet de Rosie à observer un appareil pour voir si elle respirait encore.

— Donnez-moi votre numéro, lui dit-il.

Elle obéit, surprise. Il raccrocha sans en dire plus, sortit dans le couloir, poussa une cabine téléphonique sur chariot qu'il avait remarquée auparavant, la brancha.

— Bon, reprit-il après avoir contacté Novello. Maintenant que vous avez sorti le couplet de la compassion, vous avez deux minutes pour me parler du reste.

Le reste en question sortit rapidement et facilement : elle avait répété le morceau, se disant que, si jamais elle avait la chance d'en parler, mieux valait que ce soit bref.

— Vous avez le nom de la banque de Mrs Lightfoot ?

— La Mid-Yorks Savings.

— Donc, c'est Willie Noolan, un vieux copain de rugby du superintendant. Il sera très coopératif si vous mentionnez le nom de Dalziel et si vous souriez d'un air entendu. Dites-lui que vous aimeriez savoir quand et comment a été retirée la forte somme versée sur le compte de Mrs Lightfoot il y a une quinzaine d'années.

— Très bien, monsieur. Euh, quelle grosse somme ?

— L'indemnité pour Neb Cottage. J'ai découvert l'autre jour... enfin, hier... (Il fit une pause, et Novello supposa qu'il avait du mal à dissocier le temps réel du temps relatif.) Toujours est-il qu'il semble qu'Agnes était propriétaire de Neb Cottage, et que la Compagnie des Eaux a dû casquer pour ensuite être juridiquement en droit de la déplacer. Je ne sais pas combien ils ont versé, mais certainement plusieurs dizaines de milliers de livres, à mon sens. Si le fric a été retiré après qu'elle est partie vivre chez sa nièce, contactez Sheffield et demandez-leur de choper Mrs Fleck.

— Mais les gens des services sociaux ont déjà vérifié ce point quand elle est entrée à Wark House.

— Oui, mais en remontant deux ans en arrière seulement. Comme elle travaillait sur place, Mrs Fleck connaissait la procédure. Et sûr qu'alors elle s'est arrangée pour garder Agnes suffisamment longtemps après avoir mis la main sur le pognon. Bien évidemment, si la somme a été tirée avant sa première attaque...

Novello était maintenant sur la même longueur d'onde :

— Ce pourrait être Benny qui l'aurait eue, et cela expliquerait comment il a financé sa fuite, termina-t-elle.

— Exactement. Avec quarante ou cinquante mille livres en poche, ça n'a pas dû être trop difficile pour lui de quitter le territoire.

— Ah bon, vous le pensez vraiment ? demanda Novello d'un air dubitatif. Il ne passait pas pour quelqu'un d'un peu simplet ?

— Bizarre, pas simplet, au dire de Mrs Shimmings. Vous avez bien dit que ce visiteur de la maison de retraite avait un accent australien ? Eh bien, on vous a sans doute dit que c'était en Australie qu'était parti le reste de la famille. Et donc, où d'autre Benny aurait-il pu aller alors qu'on avait détruit son foyer en Angleterre ? En tout cas, c'est beaucoup plus vraisemblable que l'hypothèse selon laquelle il se serait évanoui dans le Neb, comme un nix ou une créature de ce genre...

Il regarda le livre qu'il avait posé sur le dessus-de-lit : le nix le lorgnait d'un regard malveillant. Il ne ressemblait pas vraiment à la description de Lightfoot qu'il avait trouvée dans le dossier.

— De toute façon, vérifiez, Shirley. Vérifiez tout, tout, tout, même ce qui semble improbable. On vit dans un drôle de monde, qui réserve pas mal de surprises...

Sa voix montrait une très grande lassitude.

— Eh bien, merci beaucoup, dit-elle. Je suis désolée de vous avoir dérangé, j'espère que tout finira bien. J'ai allumé un cierge pour Rosie, ce matin.

Elle n'avait pas eu l'intention de le lui dire. Au mieux, Pascoe était agnostique ; quant à sa femme, à en croire la rumeur, elle aurait envoyé tous les prêtres au pôle Nord, et cul nu encore. Mais c'était toute l'espérance que Novello était en mesure d'apporter.

— Merci, c'est très gentil à vous, merci, répondit Pascoe. (Il raccrocha.) Non mais, écoute bien, Rosie, il y a un cierge qui brûle pour toi. Espérons que c'en est un gros, hein, et qu'il va durer longtemps.

Il reprit *Nina et le nix*, se demandant si le livre avait un intérêt : était-elle capable d'entendre quoi que ce soit ?

Vaine question. Il se remit à lire.

Rosie Pascoe gît dans le coin où le nix l'a jetée. Elle est dans une position très inconfortable, car il y a plein de petits cailloux qui lui rentrent dans le dos. Mais elle n'ose pas bouger.

Le nix est assis à quelques pas seulement et la fixe comme s'il se demandait ce qu'il allait faire. Y a-t-il de la pitié dans son regard ? Rosie essaye désespérément d'en trouver, mais elle n'y voit qu'un terrible vide.

Et puis, quelque part loin au-dessus d'elle, elle entend la sonnerie d'un téléphone.

Le nix lève les yeux ; elle aussi. C'est alors qu'elle réalise que ce n'est pas un téléphone, mais le cri aigu de la chauve-souris suspendue par les pattes au plafond de la caverne.

Le nix regarde toujours en l'air. Il a mis ses mains palmées en entonnoir autour de ses oreilles pointues, et semble chercher à percevoir le moindre son. C'est une vision extrêmement comique, seulement Rosie n'a pas le cœur à rire. Elle se figure bien que, si la chauve-souris délivre un message, celui-ci ne sera pas fait pour améliorer sa situation.

Mais elle profite de ce que l'attention du nix est détournée pour enlever quelques-uns des cailloux qui la blessent. Seulement, quand elle les touche, elle réalise que ce n'est pas de la roche. Et quand elle regarde, elle s'aperçoit qu'il s'agit d'ossements.

Maintenant, elle tend l'oreille elle aussi, et se met à imaginer qu'elle est capable d'entendre ces sons étrangers. Il hoche la tête comme pour confirmer qu'il comprend... et qu'il obéira.

Peut-être est-ce sa dernière chance de s'échapper. Le nix est installé entre elle et l'entrée de la caverne, par laquelle filtre ce rai de lumière, promesse d'un monde éclairé, au-dessus. Est-il absorbé au point qu'elle pourrait passer à pas feutrés et tenter une fois de plus de remonter le tunnel ? En tout cas, il faut qu'elle essaie.

Elle commence à bouger, se soulève avec des précautions infinies de ce sol jonché d'os. Puis, alors qu'elle finit de s'accroupir, elle sent qu'on lui saisit la main.

Effrayée, elle baisse les yeux. Ce n'est pas une patte monstrueuse qui la retient : c'est la main d'un enfant. Son regard remonte le long d'un bras mince et blanc, et se retrouve face à une autre petite fille, comme elle. Enfin, pas tout à fait pareille, car elle a de longs cheveux blonds alors que Rosie les a noirs et coupés court. Ce qui les rapproche, c'est la terreur qu'elle voit dans la pâleur de ce visage. Et ce visage, elle le reconnaît, ou pense le reconnaître. D'abord, c'est Nina, la fillette du livre ; puis c'est son amie Zandra ; ensuite encore, c'est une autre petite blondinette qui lui est inconnue.

— Au secours, dit la nouvelle venue, je t'en prie, aide-moi.

Mais quand Rosie tourne la tête vers le nix, elle voit qu'il est trop tard pour être d'un quelconque secours. Les doigts palmés ne sont plus autour des oreilles pointues, le regard la fixe une fois de plus.

Et ces yeux, ils ont une expression, maintenant.

Ils sont ardents, mais ardents...

7

Shirley Novello avait toujours cru que, pour persuader les banques de briser le sceau de la confidentialité protégeant les comptes de leurs clients, il fallait au moins un ordre de la Haute Cour, sinon une dispense papale.

Or elle découvrait maintenant, comme bien d'autres avant elle dans le Mid-Yorkshire, que tous les sceaux volaient en éclats devant le Sésame-ouvre-toi que représentait le nom de Dalziel.

Ou peut-être est-ce mon sourire, se dit-elle, car elle avait suivi à la lettre les instructions de Pascoe en décochant un sourire entendu à Willie Noolan, de la Mid-Yorkshire Savings Bank.

Celui-ci le lui rendit, d'un air plutôt lubrique, puis se tourna vers son ordinateur :

— La vieille Agnes Lightfoot ? Elle est toujours en vie ? Ma foi, vous avez raison, dit-il en regardant l'écran. Cela dit, il n'y a pas grand-chose : quand elle cassera sa pipe, personne ne se retrouvera riche.

— Ça remonte à quinze ans, et ça intéresse Mr Dalziel, insista Novello.

— Ah ! la, la, avant qu'on soit informatisés, commenta Noolan avec nostalgie.

— Et donc, pas d'archives ? demanda Novello, déçue.

— Non mais, vous vous imaginez que, quand on est une banque, on jette les dossiers ? Non, non, ça doit être à la cave. Mon gars, Herbert, ne va pas tarder à le dénicher. Herbert !

Herbert, loin d'être un jeune homme, constituait la preuve vivante de la répugnance de la banque à se défaire de quoi que ce soit ; pour un œil neutre, il semblait avoir dépassé la date limite de consommation depuis un temps fou.

Il s'éloigna toutefois d'un pas leste, et très peu de temps après, soufflant plus encore qu'avant, il déposait sur le bureau de Noolan un dossier aussi poussiéreux et froissé que son propre costume.

— Merci, Herbert, dit le directeur. Allez donc vous allonger jusqu'à ce que vous repreniez votre souffle.

— Euh, il n'est pas un peu trop vieux pour travailler ? interrogea Novello après l'avoir vu quitter la pièce en haletant.

— C'est ce que vous pensez ? Et vous, vous n'êtes pas un peu trop jeune pour poser pareille question ?

— Désolée.

— Mais non, jeune fille, ne prenez pas cette mine penaude, dit Noolan en riant. Ça fait pas mal de temps qu'Herbert est à la retraite, mais il préfère être ici que chez lui. Il dit que sa femme a des exigences, et je vois bien de quoi il veut parler. Bon, maintenant, regardons ce dossier. Ah voilà, j'y suis, je pensais bien que ça me disait quelque chose : 50 000 livres payées par la Compagnie des Eaux à titre de compensation. C'était fin juillet. Puis, peu de temps après, un retrait de 49 000, en liquide. Oui, je me rappelle bien, maintenant. Pensez, quand on retire pareil montant, tout le monde veut se couvrir, il y a sur le bordereau plus de signatures que sur un traité de paix. Voilà, ça me revient : j'ai essayé de la dissuader, mais elle m'a dit que sinon elle changerait de crémerie. Et la voilà partie avec le magot dans un sac de voyage.

— Et ça, c'était il y a quinze ans ?

— Ben oui, je vous l'ai dit.

— Et l'argent n'est jamais revenu sur son compte ?

Il vérifia jusqu'à l'époque à laquelle le compte d'Agnes avait été informatisé :

— Pas un penny.

— Eh bien, je vous remercie beaucoup pour votre coopération, Mr Dalziel va être content.

— J'en suis heureux, ça me fait toujours plaisir d'aider la police ; mais dites-lui que ça fait longtemps qu'on a joué la troisième mi-temps. Vous n'êtes pas cliente chez nous, hein, cocotte ?

— Je ne gagne pas suffisamment pour épargner. Navrée !

Tout en sortant, elle examina les faits. Winifred était tirée d'affaire : comme le disait Billie Saltair, elle était peut-être cupide, mais elle n'avait rien fait de malhonnête. En réalité, c'est plutôt la vieille tante Agnes qui avait profité de cette avidité. Elle avait dû penser que la seule chose qui avait motivé l'autre à la prendre chez elle, c'était cette compensation financière. Et sûr que, pendant toutes ces années passées à Branwell Close, elle s'était arrangée pour que la nièce ne tombe jamais sur un relevé de compte. Mais elle avait baissé la garde quand elle avait eu sa seconde attaque, et là, Winifred avait vu la position bancaire : du coup, la route pour Wark House était ouverte. Enfin plutôt, l'itinéraire de retour avait été barré.

Maintenant le scénario complètement fou de Benny qui se barre en Australie grâce à l'argent de sa grand-mère et qui revient pour tuer d'autres enfants devenait plus réaliste.

Donc, il fallait que quelqu'un discute avec Agnes. *Quelqu'un* ! Autrement dit, il fallait qu'*elle* aille voir la vieille.

Ce qui voulait dire qu'elle devait commencer par parler à Billie Saltair.

Plutôt que revenir à Sheffield, elle préféra lui téléphoner. Ce fut une sage démarche.

— Pas aujourd'hui, indiqua la directrice avec fermeté. On vient de la mettre au lit, elle ne va pas bien du tout, elle a beaucoup de fièvre. Si les choses empirent, il va falloir faire venir le médecin. Rappelez-moi demain matin.

Est-ce que la Sainte-Trinité aurait insisté ? se demanda Novello. Le gros Andy était tout à fait capable d'interroger une femme âgée et fragile sur son lit de mort ; mais aurait-il réussi à bousculer Billie Saltair ?

Novello se serait bien payé une place au bord du ring pour voir le combat.

Elle préférait ne pas boxer avec quelqu'un d'une catégorie différente de la sienne, à moins d'y être forcée par une nécessité absolue :

— Demain matin, très bien.

Comme apaisée par cette complaisance immédiate, la directrice lui dit :

— Ah ! il y a quelque chose qui pourrait vous intéresser. Ça n'a probablement rien à voir avec le visiteur d'Agnes, mais un de nos hommes à tout faire avec qui je discutais s'est rappelé avoir vu une fourgonnette blanche, il a dit comme un camping-car, qui a dévalé l'allée ce vendredi matin-là.

Novello sourit : décidément, le métier de détective, c'était contagieux. Et même Billie Saltair n'était pas immunisée.

— Merci beaucoup, dit-elle en mettant cette fois de la chaleur dans sa voix. Je vous rappelle.

Elle raccrocha, décrocha à nouveau et composa le numéro du bureau des enquêtes de Danby. Wield étant dans le coin mais pas à proximité, c'est l'inspecteur Headingley qu'elle informa de ses dernières découvertes. Celui-ci la remercia d'un ton paternaliste, comme si elle était une gamine tolérée dans le monde des grandes personnes parce qu'elle avait un cheveu sur la langue et des boucles dorées. Mais d'une certaine façon, c'était préférable à la réaction prévisible du sergent qui, pensait-elle, aurait souhaité qu'elle ne revienne pas avec des éléments supplémentaires pour étayer la thèse d'un retour de Benny.

Mais était-il vraiment revenu ? En tout cas, quelqu'un était revenu.

Elle se tint debout devant la fenêtre de la pièce, grande ouverte dans l'espoir de favoriser un courant d'air frais. Mais elle n'obtint que gaz d'échappement et bruit de la circulation. Elle leva les yeux vers le ciel de la Madone au-dessus des toits gris, et dit : « Où es-tu maintenant, mon boy sauvage ? »

Si elle avait été un peu plus humble et avait baissé les yeux au lieu de les lever, elle aurait pu voir le « boy » en question s'arrêter devant l'entrée principale du quartier général de la police du Mid-Yorkshire. Il regarda la vieille lampe bleue qui était toujours accrochée au-dessus de la porte. Elle aurait pu observer que, pendant un moment, il donna l'impression de vouloir entrer pour partager son trouble.

Et puis ce moment passa, il tourna les talons, et disparut en quelques enjambées.

8

Dalziel trempa son biscuit dans son thé *post coitum*, se le fourra dans la bouche avant l'effondrement du tout, le mâcha :

— Oh, la vache, commenta-t-il.

— Mal aux dents ? demanda Cap Marvell avec sympathie.

— Non, non : c'est un Grannie's Golden Shortie.

— Et alors, où est le problème ?

— Ça en a posé à mon père, c'était sa recette.

Cap s'aperçut qu'elle ne connaissait rien de Dalziel avant sa carrière de policier, et très peu de choses avant qu'il ne devienne le superintendant qui avait, aussi incroyable que cela paraisse, glissé sa masse dans son lit et dans son cœur.

Et justement, il était revenu dans son lit parce que, en lui ouvrant la porte de son appartement ce soir-là, elle s'était aperçue qu'il avait toujours la même place dans son cœur.

Il était allé à l'hôpital pour rendre visite à la fille malade de son collègue. Cet après-midi-là, il y avait eu une espèce de crise, mais la situation s'était rétablie. Les parents avaient été aux cent coups et elle supposa que Dalziel avait usé de toute son énergie pour montrer un optimisme rassurant. Ce soir, il semblait complètement crevé : c'était aussi choquant de le voir ainsi que de partir visiter le Loch Lomond et de le trouver asséché. Il lui avait parlé de la gamine malade, de la fillette disparue, des enfants de Dendale, et ce d'une façon inhabituellement décousue, jusqu'à ce qu'il soit difficile de distinguer une histoire de l'autre. Ce qui était clair en revanche, c'est que d'une certaine façon il se sentait responsable, et la peine des parents pesait si lourdement sur lui que même ses larges épaules fléchissaient.

Elle lui avait donné du whisky, lui en avait reversé à trois reprises pendant qu'il parlait. Et il ne s'était interrompu qu'après avoir vidé son troisième verre : il s'était passé la langue sur les lèvres, avait humé, puis annoncé d'un ton accusateur :

— C'est un Macallan, 25 ans d'âge.

— Exact.

Pendant leur ancienne liaison, l'un des principaux points de friction entre eux tenait à l'indifférence qu'elle montrait envers les subtilités des *single malts*, et à sa prédilection pour l'achat de breuvages que Dalziel qualifiait de tord-boyaux.

— Tu attends la visite de quelqu'un d'important ?

— Pas encore ; mais tu sais, une nana ça peut toujours espérer, répondit-elle à Dalziel, qui perçut le double sens de la phrase.

Cette rencontre avait été marquée par la férocité plutôt que par la tendresse, mais cela lui avait parfaitement convenu. Quand il reprit son souffle et lui dit avec une envie passionnée « Dis donc, je serais capable de tuer pour une tasse de thé », elle s'était humblement glissée hors du lit pour aller lui en préparer.

Il y avait des fois, même dans la maisonnée la mieux réglée, où le vieil Adam battait l'Homme nouveau aux voix.

Le Golden Shortie avait été un petit plaisir qui semblait apporter des dividendes.

— Ton père était pâtissier ?

— Ouais, maître-pâtissier même. Il était descendu de Glasgow pour des raisons de santé, et il a été engagé chez Ebor.

La Ebor Biscuit and Confectionnery Company était l'une des principales entreprises du Mid-Yorkshire.

— Raisons de santé, il était malade ?

— Ne dis donc pas de conneries, dit Dalziel, qui éprouva du mépris à l'idée que les reins dont il était le fruit puissent ne pas être en parfait état. Simplement, il s'est brouillé à Glasgow avec des gens qu'il valait mieux avoir dans sa poche : une histoire de prêt d'argent. Lui, il faisait partie des petites gens. Il disait toujours que, sans la force de gravité, il n'aurait jamais compris qu'il fallait chier vers le bas.

— Ah, je vois maintenant d'où te vient cette richesse de style, observa Cap. Et alors, quel rapport avec les Golden Shorties ?

— À la maison, il fabriquait lui-même ses biscuits d'après une recette de ma grand-mère, et il en emportait souvent dans sa musette. Un jour, le grand patron s'est arrêté pour discuter un peu pendant la pause thé. Il a remarqué que papa mangeait ses biscuits, et il a dit : « Mais ça ne vient pas de chez nous ? », tu vois, d'un ton de reproche. Mon père, comme c'était un type culotté, il a répondu : « Non, et ça m'étonnerait que vous puissiez vous les offrir. » Le patron en a mangé un morceau. Puis un autre, et encore un autre, et alors il a dit : « Très bien, mon gars, vous pourriez peut-être me dire jusqu'à combien je peux aller, selon vous ? » Papa, qui savait que tous les autres écoutaient, s'est dit qu'il fallait taper vraiment très haut : « Le prochain bout, il va vous coûter 500 livres », qu'il a dit, et ça faisait beaucoup pour l'époque. « Dans ce cas, passez à mon bureau », a répondu le directeur. Et un quart d'heure plus tard, Papa se retrouvait parmi ses collègues, en étalant le plus gros paquet de billets que la plupart d'entre eux aient jamais vu.

— Donc, c'est une histoire qui s'est bien terminée.

— Ben, pas vraiment. C'est sûr qu'il est devenu quelqu'un d'important à l'étage de la boulangerie. Quand la première fournée de Grannie's Goldens est sortie, il a été sacrément fier. Ensuite, c'est devenu le produit Ebor le plus vendu. Mais après, quand il allait dans un magasin et qu'il voyait tous ces paquets de biscuits empilés, ça lui filait la nausée. Mon paternel, c'était un bon bougre, tu vois, mais quand il avait deux ou trois verres dans le nez et qu'il commençait à s'énerver d'avoir vendu un droit inné pour un plat de lentilles, nous les gosses on allait se planquer parce qu'il risquait de se mettre à casser des trucs. Tout ça, ça m'est revenu à l'instant, juste en prenant un biscuit.

— Donc, c'était plus qu'un simple biscuit, dit Cap en réservant le *nous les gosses* pour une autre conversation. Une madeleine en quelque sorte. Eh bien, il ne te reste plus qu'à écrire un roman en sept volumes sur ta vie et tes amours.

— Oh ! ça ne suffirait pas. Et puis, qu'est-ce que cette Madeleine vient faire dans cette histoire ? Ce ne serait pas la gonzesse qui s'est fait sauter dans cette saleté de poème ?

— Écoute, je ne me rappelle pas la saleté de poème en question.

— Bien sûr que si : si moi je l'ai appris à l'école, n'importe quel couillon le connaît. Mais tu vois bien, ces deux gouines, là, Sheets et Kelly, ou en tout cas une des deux, dit-il en confondant avec Keats et Shelley. Tu sais, le genre de poème qu'on te fait étudier avant que tu puisses réaliser à quel point c'était cochon.

— C'est un encouragement à apprendre qu'on n'a pas compris chez les Cheltenham Ladies, répliqua Cap.

Elle soupçonnait que, pour une bonne part, le côté philistin de Dalziel n'était qu'un appât destiné à l'attirer dans le piège de la condescendance.

Ou peut-être pas, finalement.

Elle l'observa attentivement et s'aperçut qu'il l'observait tout aussi soigneusement.

Il y avait beaucoup à observer, étant donné qu'ils étaient

peu couverts, ce qui représentait une situation dangereuse pour le consommateur de biscuits et de thé brûlant.

— Qu'est-ce qu'on va devenir, Andy ? demanda-t-elle.

Dalziel haussa les épaules :

— Ben, on baise un peu, on gueule un peu, et puis on meurt.

— Eh bien merci, monsieur de La Rochefoucauld. Je ne parlais pas de l'espèce humaine en général, mais de nous deux.

— Mais moi aussi. Il n'y a pas une femme avec laquelle j'ai plus envie de le faire qu'avec toi, cocotte.

— C'est un compliment ?

— Tu as besoin de compliments ?

— Je les *aime*, oui ; mais je n'en ai pas *besoin*.

— Alors, c'est un compliment. Oh ! bordel, qu'est-ce que j'ai foutu de mon futal ?

Il réagissait à une sonnerie stridente mais assourdie, qu'il avait reconnue comme celle de son téléphone portable.

— On a dû commencer dans la cuisine, se rappela Cap. Je hais vraiment ce genre d'appareils.

— Ça aurait pu être pire, il aurait pu sonner il y a un quart d'heure, dit Dalziel en roulant hors du lit.

Elle le regarda sortir à pas feutrés, et se rappela un article qu'elle avait lu dans le supplément d'un journal dominical : « Le lutteur de sumo, objet sexuel ». Sur le coup, elle n'avait pas pris cela au sérieux, mais peut-être que, après tout...

Dans la cuisine, Dalziel écoutait Wield lui rapporter les dernières découvertes de Novello.

— Ça avance, ou alors ça empire, dit Wield. Je pensais à ce camping-car que l'on a vu à Wark House. On a ratissé sans succès tous les hôtels et les bed & breakfast du coin. Mais s'il campe... j'ai donc fait un tour jusqu'à Dendale.

— Le camping, les caravanes et les véhicules à moteur non autorisés sont interdits sur le territoire de la Compagnie des Eaux de Dendale, récita Dalziel. Ils n'ont pas du tout envie que les gens pissent dans notre eau potable.

— Oui, je sais bien, monsieur. Mais plus bas dans la vallée, il y a un fermier qui loue un de ses champs à des campeurs et autres voyageurs de passage : un type nommé

Holmes. Un gars avec un regard de dément, et une barbe tout emmêlée comme un carré de ronces ; je pense qu'il préférerait me flinguer plutôt que me donner un coup de main. Mais il a une femme plus accommodante, qui l'a éloigné en l'envoyant nettoyer la porcherie ou quelque chose comme ça. Et elle m'a dit que, effectivement, il y avait un camping-car et que le mec qui logeait dedans parlait avec un accent qui pourrait bien être australien...

— Ces Holmes, ils sont du pays ?

— Vous voulez savoir s'ils ont connu Benny Lightfoot ? Lui, oui, mais il n'a jamais vu le type en question. C'est sa femme qui s'occupe du camping, lui n'y met jamais les pieds, pourvu que les locataires ferment bien les barrières et ne fassent pas peur au bétail. Elle, elle n'est pas de la région, elle vient de Pateley Bridge, dans le North Yorkshire.

— Et ce type avec un accent, il est arrivé quand ?

— Vendredi dernier, tard. Il est reparti hier matin.

— La vache, ce serait trop beau si c'était notre homme, estima Dalziel. Rien d'autre, Wield ? J'imagine qu'avoir le numéro d'immatriculation, c'est un peu trop demander ?

— Mrs Holmes croit se rappeler qu'il y a un C, un 2 et un 7. C'est plutôt mince, mais le bureau des cartes grises est sur le coup. Elle m'a donné le nom du gars : Slater, dit Wield en insistant sur le nom.

Dalziel réagit immédiatement :

— Slater, comme Marion Slater. Le nouveau nom de la mère de Benny quand elle est partie en Australie ? Au fait, on vous a répondu d'Adélaïde ?

— Pas encore.

— Bon, ne nous emballons pas. Après tout c'est un nom assez courant.

— C'est vrai, monsieur, mais il n'a pas un visage très commun, malgré tout.

— Quoi ? Mais vous m'avez dit que cette femme n'était pas d'ici ?

— Effectivement, mais j'ai ressorti du dossier une vieille photo de Benny, j'en ai fait une photocopie que j'ai un peu retouchée pour vieillir le gars, et je la lui ai montrée.

— Et alors ?

— Alors elle m'a dit que c'était bien lui, ce Mr Slater ; elle a été catégorique.

Cap observa Dalziel qui revenait dans la chambre les bras chargés de vêtements qu'il lâcha sur le lit avant de commencer à s'habiller.

— Tu pars ? J'espérais que tu resterais pour la nuit.

— Moi aussi. Désolé, il y a du neuf.

— Du neuf dont tu peux me parler ?

— Oh ! rien de sûr, juste une possibilité.

— Et vous l'avez chopé ?

— Non, ce salaud court encore. Mais si c'est bien lui, on va se le faire, je n'ai jamais eu de doute là-dessus.

Il parlait avec une telle véhémence qu'elle frissonna en s'imaginant poursuivie par un homme aussi impitoyable.

Il observa avec un intérêt non dissimulé l'effet de cette chair de poule sur ses seins.

— Prends donc une clef, au cas où tu aurais envie de repasser plus tard.

— Je vais voir ce que je peux faire.

Après le départ de Dalziel, elle passa un peignoir et se versa un scotch : un *Blend* de supermarché dont elle avait planqué la bouteille dans la cuisine.

Les choses évoluaient plus rapidement qu'elle ne l'avait espéré : le pieu, la clef. Trop vite, même ? Comment dire ? Ce morceau de musique, elle le jouait à l'oreille, et elle avait l'oreille moins sûre qu'avant. Elle avait besoin d'un signe, ou mieux encore d'un son, quelque chose qui lui donne le *la*.

Le téléphone sonna.

Tiens donc, un son. Serait-ce la réponse à ses attentes ?

Elle décrocha :

— Allô ? Oui, bonjour Beryl. Oui, oui, ça va. Non, je suis seule, enfin pour l'instant. Non, ça ne veut pas dire... Oui, peut-être... Dieu ! que tu as l'esprit mal tourné ! Mais si tu as une heure à perdre et que tu paies la communication, installe-toi bien et je vais tout te raconter.

9

— N'allez pas vous imaginer que, sous prétexte que vous le montrez pas, je n'ai pas compris que vous trouviez que c'est une sacrée perte de temps, dit Dalziel.

Wield, à ses côtés, regardait avec son impassibilité coutumière les haies trop hautes qui semblaient rétrécir encore le chemin déjà étroit sur lequel ils roulaient à une allure dangereuse. Il ne prit pas la peine de répondre.

Partis de Danby, ils se dirigeaient vers Nether Dendale où ils comptaient rencontrer à nouveau Mrs Holmes. Le sergent était certain d'avoir tiré de la dame tout ce qu'il y avait à en tirer, et fait tout ce qui était possible : il avait signalé aux collègues un camping-car blanc comportant un C, un 2 et un 7 dans son numéro d'immatriculation, avait fait des photocopies du portrait retouché de Benny Lightfoot afin de les distribuer à toutes les équipes de secours, avait faxé à Adélaïde pour indiquer l'urgence de la situation.

Pourtant, il ne pensait pas que cette nouvelle visite était une perte de temps. Le Gros était plein d'énergie frustrée, et un subordonné avisé devait saisir toutes les occasions pour la dissiper.

Mrs Holmes avait déjà tout dit à Wield. Dalziel continua à insister jusqu'à ce que, finalement, son mari se mette à râler dans sa barbe en broussaille :

— Écoutez, ça suffit comme ça, maintenant. Les mecs comme vous, ça ne leur arrive jamais d'aller dormir ? Vous l'avez loupé la dernière fois, qu'est-ce qui vous fait penser que tout ce raffut aujourd'hui va vous rapprocher de lui ?

Dalziel lui tomba dessus :

— Qu'est-ce que vous racontez, là ?

Holmes ne broncha pas :

— Je dis que ma bourgeoise vous a déjà tout dit, et qu'il est temps de...

— Non, non, le coupa Dalziel avec impatience. Vous avez bien dit « tout ce raffut », non ?

— Cela signifie tapage, ou désordre, en un mot bordel, intervint Wield avec obligeance.

— Merci bien, je sais parfaitement ce que ça veut dire, repartit Dalziel. Mrs Holmes, je suis désolé de vous avoir retenue si tard. Vous nous avez beaucoup aidés, merci. Quant à vous, Mr Holmes...

— Ouais ?

— Il me semble me rappeler qu'un agriculteur doit entretenir ses haies et éviter qu'elles n'obstruent la voie publique. Vous devriez faire le nécessaire avant qu'il n'y ait un accident. Bonne nuit.

Ils regagnèrent la voiture, mais au lieu de retourner vers Danby Dalziel remonta la vallée jusqu'à la barrière qui fermait la route du barrage.

— Ça vous dirait, une petite balade ? demanda-t-il.

Leurs torches furent inutiles : une lune presque pleine luisait comme un projecteur dans un ciel clair et leur permit de monter les marches jusqu'en haut du mur du barrage. Ils restèrent là à regarder les eaux argentées, depuis le lac bien diminué jusqu'aux silhouettes très nettes de Lang Neb et des Hauts de Beulah.

— Les recherches sont terminées du côté de Danby, dit Dalziel. Et l'abominable Dan veut que ses gars reviennent. Peut-être qu'on aurait dû chercher plus par ici, hein ? Ou tout au moins fouiller le lac. Je vais faire envoyer une équipe de sirènes demain à la première heure. Qu'est-ce que vous en pensez ?

— C'est une bonne idée ; si vous le souhaitez, je peux m'en occuper.

Wield se disait *in petto* qu'on allait gaspiller son temps à draguer le fond ; mais il savait aussi que, dans cette affaire, le Gros était animé par quelque chose qui dépassait le simple devoir. Il leva donc les yeux sur un magnifique champ d'étoiles, et garda ses opinions pour lui.

Il ne protesta pas non plus quand, de retour à Danby, et alors qu'il n'y avait rien de plus à faire, Dalziel le priva de son lit pendant encore au moins une demi-heure en émettant des hypothèses stériles. Finalement, crevés l'un et l'autre, ils se séparèrent pour regagner leurs domiciles respectifs. Pour être plus précis, Wield rentra chez lui, tandis que Dalziel se dirigea vers l'appartement de Cap Marvell.

Serait-il entré s'il n'avait vu aucune lumière à une fenêtre ? Il n'en savait rien, mais la question ne se posa pas, car Cap l'attendait. Elle le regarda d'un air interrogateur :

— Alors, du neuf ? demanda-t-elle.

— Rien qui tienne debout. Si Benny est effectivement revenu, il faut un cerveau plus astucieux que le mien pour piger pourquoi.

Cette vulnérabilité avouée la toucha profondément : elle s'approcha, le prit dans ses bras.

Cette fois-ci, ils firent l'amour d'une façon plus lente, plus profonde, mais l'apogée fut plus explosive que jamais.

— Mon Dieu, dit-elle, c'était comme... comme...

— Comme quoi ? s'enquit-il.

— Je ne sais pas. Comme si quelqu'un avait secoué une bouteille de champagne vers le ciel et fait sauter le bouchon, et que nous on était dans une des bulles qui se dispersent dans le cosmos. (Elle rit de son propre style.) Désolée pour ce morceau de bravoure, mais tu me comprends, n'est-ce pas ?

— Ouais, ouais ; mais si ça se trouve, c'était simplement Dieu qui pétait dans son bain.

Elle s'écarta suffisamment pour le frapper sur sa poitrine insensible, puis se laissa approcher à nouveau.

— Andy, comment ai-je bien pu me laisser entraîner dans une histoire avec un homme de Néandertal comme toi ?

— C'est l'uniforme.

— Mais tu ne portes pas d'uniforme, là.

— C'est une image. C'est l'autorité qui t'excite. Des museaux comme toi, j'en ai eu pas mal avant. C'est mon corps qu'elles veulent, pas mon fric.

— Je ne suis pas ton indic, protesta-t-elle.

— Ah bon ? Alors, ça doit être mon charme naturel. Je garde la clef, au cas où je pourrais revenir demain soir ?

— Je pense que c'est mieux que tu entres avec une clef plutôt qu'en enfonçant la porte. Mais demain, je ne rentrerai pas avant une heure très avancée. Je serai à Danby, aussi bizarre que cela paraisse. C'est le premier concert du festival.

— Mais je n'ai pas oublié : le Navet et cette jeune Wulfstan. J'ai pas mal pensé à elle.

— Moi aussi, dit-elle. J'ai fait plus qu'y penser, j'en ai parlé. Mon amie Beryl, tu te rappelles, la directrice qui avait Elizabeth dans son établissement ?

— Ouais, ouais, une de tes araignées sur la toile qui couvre le monde.

— Merci de tes bonnes paroles, Andy. Elle m'a appelée et, pendant notre conversation, j'ai tout naturellement mentionné le nom d'Elizabeth Wulfstan.

— Tu lui as tiré les vers du nez ! s'exclama Dalziel avec ravissement. Ah, j'ai toujours su que tu avais ça dans le sang.

— Ce qu'elle m'a dit était très intéressant. Mais comme je ne vois aucun rapport avec ton enquête, ce n'est que du commérage. Beryl ne connaissait rien de la petite enfance d'Elizabeth, sauf qu'elle est une parente éloignée de Chloe Wulfstan... Qu'est-ce qu'il y a ?

— Raffut, répondit Dalziel.

— Pardon ?

— Raffut. Ça veut dire beaucoup de désordre et de bruit. Le fermier a utilisé le mot ce soir. Il vient de Dendale. Ça m'a rappelé quelque chose, c'est le seul endroit où j'ai entendu utiliser ce mot.

— De la philologie, maintenant, commenta Cap avec impatience. Je peux continuer, oui ?

— La fille Wulfstan l'a utilisé, elle aussi, poursuivit Dalziel. Et encore d'autres mots typiques de Dendale. Soit elle se fout de moi, soit elle est vraiment de Dendale ! Et parente de Chloe, tu dis ?

Son esprit tentait de superposer deux images : une femme grande et mince aux longues boucles blondes lui arrivant aux épaules, une petite fille potelée aux cheveux noirs coupés court. Rien ne collait... sauf peut-être ces yeux sombres qui ne cillaient pas...

— Je peux y aller, maintenant ?

— Ouaip. Qu'est-ce qui s'est passé ?

— Eh bien, quelque chose de vraiment triste, bien que, heureusement, ça n'ait pas trop mal tourné. Quand Elizabeth est arrivée dans cette école, c'était une fillette potelée aux cheveux courts et noirs, qui ne payait pas de mine... Andy, j'aimerais bien que tu ne t'agites pas comme ça. C'est un regain de passion sexuelle, ou seulement les infos que je te donne ?

— Continue, la pressa-t-il.

— C'est la meilleure proposition que j'aie eue de toute la soirée, dit-elle. Mais ensuite, il y a eu du changement. Dis-moi, c'était une blondinette menue, la vraie fille des Wulfstan, celle qui a disparu ?

— Ah ! oui alors, et mignonne comme tout.

— Eh bien, cette image s'est sans doute glissée dans la tête d'Elizabeth. Tout le monde a pensé qu'elle cherchait à devenir l'enfant que ses parents adoptifs avaient perdue. Elle a beaucoup maigri, mais personne n'y a prêté attention. Les transformations de l'adolescence... Et puis, elle s'est laissé pousser les cheveux, sauf bien sûr qu'ils n'avaient pas la bonne couleur. Et c'est alors qu'est arrivée la tragédie, ou la presque tragédie. Un soir, elle s'est enfermée dans la salle de bains avec une bouteille d'eau de Javel, et elle a essayé de se teindre. Heureusement, Chloe l'a entendue hurler et l'a collée sous la douche. Elle a eu de la chance de ne pas en avoir dans les yeux. Et c'est à l'hôpital qu'ils se sont aperçus que, loin d'avoir simplement perdu un peu de poids, elle était anorexique à un niveau alarmant.

— Je le savais ! s'exclama Dalziel. Depuis le départ. Au début, j'ai pensé qu'elle se foutait de notre gueule en parlant comme ça. Même quand j'ai réalisé que ce n'était pas vrai, j'avais toujours l'impression qu'elle riait sous cape. C'était parce que je ne la reconnaissais pas.

— Tu la connaissais ? D'où, et de quand ?

— De Dendale, dit Dalziel. C'était la dernière des gamines à s'être fait attaquer, la seule qui s'en soit sortie. C'était la petite Betsy Allgood.

10

BETSY ALLGOOD (PA/WW : 18.6.1988)
TRANSCRIPTION N° 3
Exemplaire 2/2

Comme je disais, je pensais que maintenant tout irait bien, et pour toujours.

Mais mon père, il disait souvent que si les choses marchaient vraiment bien, les moutons auraient des bottes en caoutchouc.

Or ils n'en ont pas. Et Papa n'a pas eu Stirps End non plus.

Quand il a appris que c'était Mr Hardcastle qui l'avait eue, il a voulu se précipiter chez Mr Pontifex. Mais Maman s'est mise devant la porte pour l'empêcher de passer. C'est pas souvent qu'elle lui tenait tête quand il était très en colère, mais cette fois-là elle l'a fait. Elle lui a dit que la nuit portait conseil. Elle savait que ce n'était pas juste puisqu'on leur avait promis Stirps End, mais elle pensait que Mr Pontifex l'avait donnée à Cedric Hardcastle parce qu'il se sentait coupable.

— Ah oui, et coupable de quoi ? a hurlé mon papa.

— Il pense que la vente de ses terres à la Compagnie des Eaux a tout déclenché à Dendale. Il a donné la ferme à Ced parce qu'il a perdu Madge et que, dans l'histoire, c'est nous les moins malheureux : on n'a peut-être pas Stirps End, mais au moins il nous reste notre Betsy.

Quand elle a dit ça, j'ai vu mon papa tourner les yeux vers moi, ils étaient noirs comme du charbon ; et j'ai compris qu'il aurait préféré avoir la ferme.

Il a réussi à se retenir d'aller voir Mr Pontifex jusqu'au lendemain matin, mais ça n'a rien arrangé ; quand il est revenu, il a averti qu'il valait mieux qu'on décampe, parce qu'il avait dit à Mr Pontifex que le boulot, il pouvait se le foutre où il pensait, et que probablement ce vieux connard allait arriver avec des enfoirés d'huissiers pour nous foutre à la porte du cottage avant la tombée de la nuit.

Mr Pontifex est effectivement venu ce jour-là, mais il était seul. Il a parlé d'abord un long moment avec ma maman, parce que Papa était sorti dans le jardin quand il l'avait vu arriver ; ensuite il leur a parlé à tous les deux ensemble, et résultat, Papa est resté, comme responsable des moutons, en gagnant un peu plus de fric et avec la promesse d'une option sur la première ferme qui se libérerait. Mais Papa a dit que ça, c'était comme d'attendre qu'un méthodiste vous offre un verre, vu que toutes les fermes du domaine Pontifex étaient louées à des familles où il y avait des fils pour reprendre le bail. Et même s'il ne me regardait pas, je savais qu'il pensait à moi à ce moment-là.

Et donc tout était gâché maintenant. Après qu'on a quitté Dendale, j'ai pensé que tout allait bien se passer, et maintenant ça redevenait comme avant mais en pire, avec Maman et ses problèmes, et Papa qui marchait en rond comme s'il ne pouvait pas s'arrêter de bouger.

Ça se passait comme ça, vous voyez, enfin, pour nous tous. C'est drôle à quel point on peut savoir que tout est foutu et qu'on n'y peut rien et continuer à vivre comme si rien n'était changé, comme si ça avait un sens d'aller à l'école et de faire ses devoirs et apprendre ses leçons par cœur pour que ça serve pour l'avenir.

Je ne sais pas combien de temps ça a duré, ça aurait pu continuer toujours, je suppose. Papa disait qu'il y avait des gens qui étaient morts quarante ans avant leur enterrement. Je sais que j'étais dans la grande classe et que, l'année suivante, je passerais dans le secondaire. J'ai pensé que peut-être ça changerait un peu les choses pour moi. Un jour, on nous a donné beaucoup de devoirs, et j'ai voulu les montrer à Maman en rentrant.

Et je l'ai trouvée morte.

Non, non, je ne veux pas parler de ça, ça servirait à quoi ? Elle avait vécu, maintenant elle était morte, point.

Et je me retrouvais seule avec Papa.

Ils ont voulu me retirer de là et me mettre chez quelqu'un. Ils voulaient écrire tout de suite à Tatie Chloe, pour voir si elle pouvait faire quelque chose.

Mais moi, j'ai dit non, que j'allais rester à la maison et

m'occuper de Papa. De toute façon, il fallait bien quelqu'un pour s'en occuper, hein ? Et puis Maman avait été malade si souvent et si longtemps, et c'est moi qui m'occupais de la maison de toute façon. Alors, qu'est-ce que ça changerait ? Ils ont dit qu'il fallait que les services sociaux nous envoient quelqu'un pour nous aider, et j'ai dit que ce serait OK même si je n'en voulais pas, parce que je voyais bien que c'était le seul moyen pour qu'ils soient d'accord.

On a donc fait comme ça et ça a marché pendant un moment, et tout aurait pu aller bien pour toujours si seulement Papa avait eu sa ferme et que Maman n'était pas morte comme ça, et si...

Toujours est-il que, un matin, il est parti et que je ne l'ai plus jamais revu. On a dit qu'il avait remonté Corpse Road et qu'il était redescendu sur Dendale, en allant de l'autre côté du barrage, le plus près possible de Low Beulah. Alors, il a rempli ses poches de pierres, et il est rentré dans l'eau. Quand les plongeurs l'ont trouvé, il était près des ruines de l'ancienne maison.

J'ai dit que ce n'était pas vrai, qu'il n'était pas mort, qu'il était juste parti et qu'il me reviendrait un jour. Ils ont voulu que je regarde son visage avant qu'ils ferment le cercueil et l'enterrent, mais je n'ai pas voulu. Bien sûr, je sais qu'il est mort, mais ce n'est pas comme si je le savais de façon certaine, pas vrai ? Papa disait souvent ça. Il y a ce qu'on sait, il y a ce dont on est sûr ; entre les deux, il y a assez d'espace pour qu'un homme se perde. Et pour moi, c'est là qu'il est, dans cet espace-là. Perdu.

Après ? Après être venue vivre avec Tatie Chloe ? J'ai dû faire des choses. Les choses, ça ne s'arrête pas pour repartir comme si rien ne s'était passé. Mais les choses, elles peuvent changer. J'ai lu un livre sur cette cantatrice appelée Callas, la façon dont elle a changé physiquement alors qu'elle était quelconque et grosse. Et c'est ce que j'ai essayé de faire, changer. C'est pour ça que je me suis brûlé la tête et tout ça. Pour être comme Mary ? Oh oui, je voulais être comme Mary. Et comme Madge. Et comme Jenny. Je voulais être comme toutes celles qui manquaient...

Voilà, c'est tout. Vous m'avez dit qu'il fallait juste que je parle du passé et que c'était pas la peine de parler du présent si je ne voulais pas. Eh bien, pour le présent, c'est non. Et je ne veux pas que Tatie Chloe entende ça, c'est clair. Mais lui, ah oui, vous pouvez lui montrer ça si vous y tenez, lui faire entendre à quoi je ressemble. J'aimerais qu'il comprenne, ça c'est sûr. Parce que sinon, qui est-ce qui me reste au monde pour comprendre ?

QUATRIÈME JOUR

Chants pour des enfants morts

MAHLER
KINDERTOTENLIEDER
Chants pour des enfants morts
ELIZABETH WULFSTAN
Mezzo Soprano
MATT PIPPIN
The Oakbank Sinfonia
E.W.

1

Il est d'usage que les *lieder* se chantent dans leur langue d'origine, l'allemand ; mais la jeune mezzo-soprano Elizabeth Wulfstan considère qu'alors un auditoire anglophone passe à côté de quelque chose d'essentiel, puisque la majorité des participants à un concert saisit le sens des paroles à partir de notices figurant sur le programme. N'ayant pas réussi à trouver une traduction satisfaisante de ce cycle de Mahler, elle en a élaboré une elle-même en n'hésitant pas, de temps à autre, à plonger dans ses racines, le Yorkshire.

Les textes originaux sont l'œuvre du poète allemand Friedrich Rückert (1788-1866). La disparition de son fils lui avait inspiré plus de quatre cents élégies dont certaines étaient directement liées à ce décès, les autres étant plus universelles. Mahler utilisa cinq de ces poèmes pour son cycle de *lieder*. Initialement, il était animé par un intérêt purement artistique et sans relation avec son propre vécu puisque, lorsqu'il commença à travailler sur ces élégies en 1901, il n'était ni marié ni père de famille. En revanche, lorsqu'il termina le cycle en 1905, il avait épousé Alma Schindler et était père de deux enfants. Après leur naissance, son épouse ne comprit pas qu'il restât obsédé par cette œuvre, ce que, par superstition, elle considérait comme une téméraire façon de tenter le sort. La mort de leur fille aînée, en 1907, sembla confirmer les pires de ses craintes.

Voici ces poèmes, dans la version que nous devons à Elizabeth Wulfstan.

(1)

Et maintenant le soleil se lève, et il luit
Comme si l'horreur n'avait frappé la nuit,

Cette horreur qui, moi seule, m'a frappée.
L'astre pour tous va briller.
Ne blâmez pas ces ténèbres infernales,
Noyez-les dans la lumière éternelle.
Aux tréfonds de mon cœur une petite flamme est morte.
Salut, matin joyeux, nouveau de la cohorte !

(2)

Enfin je pense comprendre pourquoi
Ces sombres flammes brûlent dans tous ces yeux.
Ah, ces yeux ! Comme si en des regards de feu
Pouvait se concentrer de l'âme le désarroi.
Je ne pouvais saisir, perdue dans le grand noir
D'un destin aveuglant qui m'empêchait de voir,
Même quand ton regard tourné vers la maison
Revenait à la source de l'illumination.

Tu t'étais évertué à m'avertir ainsi :
Même si tout notre amour sur toi se réunit,
Nous devons nous plier aux ordres du Destin.
Regarde-nous maintenant, bientôt nous serons loin
Ces yeux qui brillent matin après matin
Sur toi luiront chaque nuit, lendemain après lendemain.

(3)

Quand ta très chère mère approche de ma porte
Et que toutes mes pensées à la voir se rapportent,
Mon regard ne va pas d'abord à son visage
Mais, juste derrière elle, cherche dans son sillage,
Là où apparaissaient tes propres traits chéris
Illuminés d'amour, et ton rire qui montait
Comme avant, fille aimée.

Quand de ma porte approche ta très chère mère,
Me prend le sentiment que doucement tu erres
Ici avec la claire flamme de la douce bougie,
Par-dessus moi dansant ! Lumière d'amour, de ris !
Trop tôt tu es partie, je suis triste et meurtri.

(4)

Souvent me prend l'idée qu'en balade parties

Bientôt elles reviendront dans les rires et les cris.
Mais le soleil luit, ne sois donc pas si pâle :
Elles sont tout juste allées arpenter notre val.
Oh oui, tout juste allées arpenter notre val.
Elles reviendront bientôt dans les rires et les cris,
Ne sois donc pas si pâle, car le soleil luit.
Elles sont tout juste allées jusqu'aux Hauts de Beulah.
Elles ont marché si bien qu'elles devancent nos pas,
Mais ne rentreront pas dans les rires et les cris.
Nous les rattraperons sur les Hauts de Beulah,
Dans la grande clarté de ce soleil qui luit.
Car il luit, le soleil, sur les Hauts de Beulah.

(5)

Par un temps si infâme, par un temps si venteux,
Jamais je n'aurais dû les laisser en ces lieux.
On les a emmenées sous la force ou l'effroi.
Je n'ai pu par les mots les tenir sous mon toit.
Par un temps si infâme, sous la grêle et la pluie
Jamais je n'aurais dû les laisser jusqu'ici.
Je craignais les assauts d'une vilaine maladie,
Maintenant cette peur me réjouirait l'esprit.
Par un temps si infâme, par un temps si venteux
Jamais je n'aurais dû les laisser en ces lieux,
De peur qu'elles ne puissent y mourir en peu de temps,
Mais cette peur n'est plus cause de mon abattement.
Par un temps si infâme, par un temps si venteux,
Jamais je n'aurais dû les laisser en ces lieux.
On les a emmenées sous la force ou l'effroi.
Je n'ai pu par les mots les tenir sous mon toit.
Par un temps si infâme, par un temps si venteux,
Sous l'assaut de la grêle et d'un mélange neigeux,
Elles gisent, reposant comme chez leur chère maman,
Sans être confondues par un temps orageux,
Car étant protégées par les mains du Bon Dieu,
Elles gisent, reposant comme chez leur chère maman.

2

Le matin du quatrième jour de l'enquête sur la disparition de Lorraine Dacre, Geordie Turnbull se leva de bonne heure.

Il avait une sacrée gueule de bois, mais pas envie de retourner dans son lit s'enfouir sous les draps pour rechercher l'obscurité et le sommeil. Là, c'était une gueule de bois du genre à vous faire tituber jusqu'à la salle de bains pour vous vider les boyaux, d'une façon ou d'une autre ; et souhaiter faire de même avec ce qu'on a dans la tête.

Dix minutes sous une douche froide réglée à débit maximum lui permirent d'envisager qu'il y avait une vie après le café.

Il ne s'était pas senti dans cet état depuis longtemps. La fin de sa garde à vue et son retour à Bixford ne lui avaient pas apporté le soulagement espéré. D'abord, la presse l'avait harcelé toute la journée, aussi bien sur place qu'au téléphone. Ensuite, l'attitude des gens du village. Quinze ans plus tôt, à Dendale, il avait été sidéré de voir à quelle vitesse il était devenu le Monstre des Montagnes, après avoir été ce bon vieux Geordie. Mais là-bas, il n'était qu'un étranger, toléré en tant qu'agréable compagnon. Il allait bientôt partir. Ici, à Bixford, il pensait avoir fait son trou, mais la souillure d'avoir été interrogé dans une affaire d'enlèvement d'enfant lui montrait à quel point il s'y était mal enraciné. On ne lui avait pas fait la moindre remarque : simplement, au pub, un murmure, un regard détourné, et même le ton exagérément compatissant utilisé pour parler de son épreuve, avaient suffi à le ramener tôt chez lui, à ses pensées, et à sa bouteille de whisky.

Se frictionnant vigoureusement avec une serviette, il erra de la salle de bains à la cuisine. Son cerveau essayait douloureusement de se hisser jusqu'au niveau normal de conscience ; mais il restait du chemin à faire. Il remplit la bouilloire et s'aperçut soudain que la porte du fond qui donnait sur le patio était grande ouverte.

Cela le secoua et lui remit les pieds sur terre. Quand il

entendit des pas derrière lui, il se retourna, battant l'air contre l'intrus à l'aide de sa bouilloire.

L'homme esquiva, évitant aisément tout contact. Puis il avança, écrasa son front contre celui de Geordie, s'arrêta pour juger de l'effet avant de lui assener un coup vicieux dans le ventre. Geordie se plia en deux ; son visage heurta le genou de son agresseur. L'homme tourna autour de sa victime agitée de hauts-le-cœur, poussa une chaise de cuisine, l'y assit en le tenant par les cheveux. Du sang, jailli du nez et de l'arcade sourcilière de Turnbull, éclaboussa son ventre et ses cuisses nues. L'homme tira quelques feuilles d'un rouleau de papier essuie-tout, les jeta sur ses genoux tachés de sang.

— Mouchez-vous, Mr Turnbull. Je pense que vous avez un truc sur la conscience, et que vous aimeriez bien vous en débarrasser. Quand vous serez prêt, j'aimerais en causer avec vous.

3

Le matin du quatrième jour de l'enquête sur la disparition de Lorraine Dacre, Elizabeth Wulfstan se leva de bonne heure, elle aussi.

Elle se glissa hors du lit et ouvrit prestement les rideaux, se baignant voluptueusement dans la lumière qui pénétrait à flots, sans tenir compte du fait qu'elle était nue et que la fenêtre donnait directement sur Holyclerk Street.

Salut, matin joyeux, nouveau de la cohorte ! Les mots se formèrent sur ses lèvres, mais elle ne les prononça pas.

Au-dessous d'elle, la rue était déserte : il n'y avait même pas un laitier pour apprécier le spectacle. Ce n'est pas que son corps fût très sensuel. Elle avait une poitrine de chanteuse bien développée, mais des seins petits, presque comme une adolescente ; il n'y avait pas suffisamment de chair pour masquer les ondulations de ses côtes. En fait, ce qui aurait frappé l'œil d'un laitier lubrique, c'est une totale absence de cheveux sur la tête, et de poils sur le pubis.

Elle, ce qui attira son regard, ce fut deux places libres dans la file des voitures de résidents garées le long du trottoir. Elle resta debout à la fenêtre à pratiquer divers exercices respiratoires, tout en vérifiant à droite et à gauche, mais en vain, si elle apercevait la Discovery de Walter ou la Volvo de Arne.

Elle termina ses exercices, traversa la pièce, ouvrit la porte et emprunta le couloir, toujours sans se soucier d'être vue dévêtue.

Elle se brossa les dents, se gargarisa doucement avec un antiseptique léger, puis examina avec un intérêt critique l'intérieur rose et humide de sa bouche.

Alors elle chanta, *pianissimo* :

Salut, matin joyeux, nouveau de la cohorte !

Elle prit une douche tiède pour éviter la formation excessive de vapeur, se frictionna vigoureusement avec une serviette, puis retourna dans sa chambre.

Vêtue d'un short et d'un débardeur, Inger Sandel était assise sur le lit.

Elizabeth ne s'arrêta pas mais alla à sa coiffeuse, s'assit et commença à se maquiller. C'était une entreprise longue et délicate. Elle avait un teint cireux, et il fallait un travail méticuleux pour obtenir la blancheur rosée qu'elle préférait.

Enfin satisfaite d'elle-même, elle croisa dans le miroir le regard de l'autre femme, puis tourna lentement sur le siège de son tabouret pour se retrouver face à elle.

Elle lui dit, sur le ton de la conversation :

— Tu es une gouine active, ou tu aimes simplement mater ?

— Si je suis une lesbienne pratiquante ? Oui, répondit Inger.

— Depuis toujours ? Excuse-moi, c'est stupide. Je veux dire, quand as-tu compris ? Quand tu étais petite fille, ou plus tard ?

— Je le sais depuis toujours.

— Alors, tu n'as jamais essayé avec un homme ? Même avec Arne ?

Inger délivra un de ses sourires dont elle était avare :

— Si, bien sûr avec Arne. Une fois. Je voulais travailler avec lui, et ça semblait nécessaire d'y passer. Mais une fois qu'il m'a sautée, ça s'est arrêté là. Et toi ?

— Pas avec Arne, en tout cas.

— Mais avec quelqu'un d'autre ?

— Un directeur d'études au collège. J'ai pensé qu'il valait mieux que j'y passe.

— Et alors ?

— Alors, j'y suis passée.

— Donc, il n'y a eu aucune relation ensuite, entre lui et toi ?

— Aucune.

— Tu es très sûre de toi, à ce que je vois. Mais lui ? Il ne voulait pas quelque chose de plus ?

— Eh bien, j'ai laissé un billet de cinq livres sur mon oreiller le lendemain matin, et je suis partie tôt. J'espère qu'il a bien reçu le message.

C'était le moment idéal pour échanger un sourire. Mais rien ne se produisit.

— D'autres questions ? demanda Elizabeth.

— Pourquoi te rases-tu le buisson ?

— Pour que ça aille avec ça, répondit Elizabeth en tapotant son crâne chauve. Ça t'excite de me regarder, n'est-ce pas ?

— C'est... agréable, oui.

— Agréable ? (Elle se leva, bâilla, s'étira.) Eh bien, ma chérie, inutile d'espérer.

Elle enfila un pantalon et mit un T-shirt noir, en prenant soin d'éviter tout contact avec son visage. Puis elle ôta la perruque blonde de son support, la mit et étudia son image dans le miroir de la coiffeuse.

— Mais je n'espérais rien, précisa Inger.

— C'est bien mieux comme ça. Il est toujours minuit quelque part, comme disait mon père. Mais si ce n'est pas l'espoir qui t'a amenée ici, qu'est-ce que tu fais recroquevillée comme ça au pied de mon lit ?

— C'est au sujet des *Kindertotenlieder*. Je pense comme les autres, que tu ne devrais pas les interpréter.

— Les autres, quels autres ?

— Arne, le gros policier, Walter.

— Walter n'a rien dit.

— Est-ce qu'il t'a déjà contredite ? Mais je le vois bien à son comportement quand tu chantes.

— Ah oui ? C'est très fort de ta part de remarquer ça pendant que tu tapes sur le piano. Tu as des yeux derrière la tête, sans doute ?

L'autre ne répondit pas ; elle resta simplement assise sur le lit, immobile, le visage impassible, les yeux fixant sans ciller Elizabeth qui procédait à quelques ajustements de sa perruque.

— Qu'est-ce que tu disais, donc, Inger ? demanda la cantatrice. Que tu vas emporter ton piano pour jouer dans une autre rue ?

— Non, chacun doit faire ses propres choix, et je n'effectuerai pas les tiens à ta place. Si tu chantes, je jouerai.

— Alors, tout est super, n'est-ce pas ? Bon, on descend pour le petit déjeuner, ou quoi ?

Sans attendre la réponse, elle quitta la pièce et dévala l'escalier. La porte du fond était ouverte et Chloe buvait une grande tasse de café, debout dans le patio. Long et étroit, le jardin était bordé d'arbustes et ombragé au fond par un grand poirier ; on y constatait partout les effets de la sécheresse, et le rectangle de pelouse paraissait aussi ocre et craquelé que la peinture à l'huile d'un primitif.

— Bonjour, lança Elizabeth en branchant la bouilloire électrique. Alors, on a fait pipi au lit ?

— C'est une idée, ça. Si on pissait tous sur le gazon, tu penses que ça servirait à quelque chose ? dit Chloe. Non, Walter est parti très tôt et il m'a réveillée, je me suis donc levée. Et je suis sortie avec l'espoir de voir un peu de rosée, mais il semble qu'elle a cessé de se déposer.

— Peut-être a-t-elle été interdite, comme les tuyaux d'arrosage. Quant à pisser, je ne m'y risquerais pas : c'est peut-être aussi interdit.

Chloe rentra dans la cuisine en souriant. Il ne pourrait jamais y avoir entre elles la proximité mère-fille ; mais parfois, leur origine commune — le Yorkshire — les rapprochait et leur permettait de s'amuser avec une familiarité truculente.

Parfois, seulement. La plupart du temps, Chloe avait l'impression d'avoir donné un toit à une étrangère.

— J'ai discuté avec Inger, elle considère que je ne devrais pas chanter le cycle de Mahler. Qu'est-ce que tu en penses, toi ? demanda Elizabeth avec brusquerie.

Chloe fit semblant de boire dans sa tasse vide, se demandant comment quelqu'un d'aussi direct pouvait être en même temps aussi insaisissable. Elle tergiversa :

— Ce que je pense t'intéresse ?

Elizabeth mastiqua une poignée de muesli prise sans lait et l'avala avec une gorgée de café noir.

— Elle m'a raconté que Walter, Arne et ce gros policier pensaient que je ferais mieux de m'abstenir. Mais comme elle n'a pas parlé de toi, je me suis dit que j'allais te demander si ça te gênait.

— À cause de Mary, tu veux dire ? Tu sais, mon chagrin est ancré en moi depuis si longtemps. De simples chansons ne peuvent pas le réveiller, indiqua Chloe.

— C'est bien ce que je pensais. Au fait, merci.

— Merci de quoi ?

— De m'avoir élevée.

Chloe ouvrit la bouche toute grande, d'une surprise qui n'était pas totalement feinte. Avant qu'elle ait pu répondre, la porte s'ouvrit et Inger entra. Elizabeth termina son café, saisit une poignée de raisins, dit « À plus tard », et quitta la pièce.

— Est-ce qu'elle mange suffisamment ? s'informa Inger.

— Pour une cantatrice ?

— Non, pour une femme. Ce matin, je l'ai vue nue. Comme elle a une bonne charpente, je n'avais jamais remarqué qu'elle a si peu de chair sur les os. Elle a été anorexique dans le temps, n'est-ce pas ?

Une autre adepte de la tendance directe, se dit Chloe, désabusée. Pour y faire face, deux solutions : se taire ou jouer la franchise. Elle s'assit :

— Quelque temps après l'arrivée de Betsy chez nous — à l'époque, c'était encore Betsy —, on a diagnostiqué une anorexie. Elle a été traitée, médicalement et psychologiquement, et finalement elle a été guérie.

Et voilà : comme c'était facile d'être directe en ne révélant pratiquement rien !

— Donc elle est passée par une phase que connaissent beaucoup d'enfants à l'heure actuelle et, comme vous l'avez souligné, elle a été suivie. Pourquoi vous sentez-vous si coupable ?

Ah ! ne rien dire, décidément. Qui était-elle en train de duper ? Certainement pas cette femme à l'ouïe si fine. Elle avait un jour demandé à Arne comment fonctionnait Inger. Elle avait été un peu jalouse d'elle. À cette époque, le jeune chanteur lui faisait découvrir des niveaux de plaisir à peine suggérés par son expérience avec Walter.

Arne avait ri :

— Inger est gay, alors pas besoin d'être jalouse, mon amour. Ne te sens pas supérieure pour autant. Les femmes hétéro pensent que les lesbiennes ne peuvent être des rivales. Inger comprend bien plus de choses que nous.

Après la disparition de Mary, elle avait rompu toute relation avec lui, sans raisons précises ; peut-être le sentiment d'avoir été punie de son infidélité ; peut-être son refus de voir sa souffrance diminuée par leurs caresses.

Mais au moment des problèmes de Betsy, les choses étaient différentes. Cette fois-ci, elle avait eu besoin de s'échapper d'elle-même, et elle y était parvenue grâce à la compagnie du chanteur.

Elle ne se rappelait plus exactement à quel point elle avait dévoilé ses sentiments à Arne. Mais s'il en avait parlé à Inger, ne serait-ce qu'un peu, c'était déjà trop.

Qu'elle connaisse les choses de source sûre, maintenant, après tout pourquoi pas ? Le cœur humain ne peut pas vivre constamment enfermé, et sa grotte à elle était pleine. Elle se lança :

— Vous savez, je ne voulais pas que Betsy vienne vivre chez nous. Nous avions déménagé dans le Sud, il m'avait fallu beaucoup de volonté pour fermer la porte sur Dendale et le passé ; et voilà que cette enfant menaçait de la rouvrir. Je ne l'ai jamais vraiment aimée, c'était une gamine quelconque, brune et grosse. Et puis bizarre aussi, on avait un sentiment de malaise ; si on se retournait, on tombait sur elle, qui vous regardait en attendant que vous la remarquiez, et qui demandait si Mary allait venir jouer dehors. On a mis ça sur le compte de sa mère, ma cousine Lizzie, qui avait toujours été très nerveuse : elle avait eu le baby-blues après la naissance de Betsy, et elle n'avait jamais semblé s'en être vraiment remise. Je pense que ça n'a surpris personne quand elle a fait une overdose. L'enquête a conclu que cela pouvait être involontaire. Jack, le père de Betsy, a été extrêmement secoué. C'était un vrai type du Yorkshire, avec les pieds sur terre. Un dur, et la plupart des gens pensaient qu'il était capable de tout surmonter. Alors, quand il s'est noyé volontairement...

— Il n'y a pas de doute là-dessus, cette fois ? interrompit Inger.

— C'est rare, qu'on aille se baigner avec les poches pleines de pierres. Et voilà que Betsy était orpheline, à 11 ans et demi. Sans un parent au monde, à part moi.

— Et donc vous l'avez prise chez vous ?

Chloe secoua la tête :

— Je me suis alitée. J'ai hurlé et j'ai chialé des torrents de larmes à chaque fois qu'on évoquait cette éventualité. C'est Walter qui m'a persuadée... non, pas persuadée, le mot implique un appel au rationnel. Disons plutôt qu'il m'a travaillée : vous savez, de la même façon que le soleil peut vous brûler même quand vous pensez être protégée par une bonne couche de nuages. Eh bien, je m'étais couverte de nuages, mais il y avait en permanence Walter qui, depuis tout là-haut, me chauffait. Et finalement, il a gagné.

Vous pensez qu'il a eu raison ?

— Mais bien sûr, cette enfant avait besoin d'un foyer. Et quand elle s'est installée chez nous, je me suis aperçue que c'était beaucoup plus facile que je ne l'imaginais. Bien loin de faire pression pour ouvrir cette porte que j'avais eu tant de mal à fermer, la petite ne manifestait aucune envie de parler de ses parents, de Dendale, ou de quoi que ce soit appartenant à l'histoire ancienne. En fait, elle s'exprimait très peu, et de moins en moins à mesure que le temps passait. Et j'ai pensé, si tant est que j'aie pensé, c'est parfait, elle aussi a fermé la porte sur son passé. Nous pouvions parfaitement coexister dans ce silence, qui n'avait rien de pénible.

— C'était une enfant, commenta Inger d'un ton neutre, qui laissait néanmoins percer la critique.

— Je sais, j'aurais dû... mais je ne l'ai pas fait. Elle m'avait l'air bien. C'est vrai qu'elle avait perdu un peu de poids, mais ça me convenait. Je lui disais souvent de ne pas manger autant de bonbons, de gâteaux et autres sucreries, et dans mon esprit elle était simplement en train de sortir de la phase potelée.

— Quel âge avait-elle quand vous vous êtes rendu compte qu'il y avait un problème ?

— Rendu compte ? répéta Chloe dans un rire amer. Jamais. Une nuit, j'ai entendu des hurlements terribles qui venaient de l'étage. Je me suis précipitée, et j'ai trouvé Betsy dans la salle de bains, avec la tête dans un état... Elle avait décidé de se teindre en blonde avec un mélange décolorant très concentré, à base de chlore. Je l'ai mise sous la douche, je lui ai crié de garder les yeux fermés. Et je l'ai laissée sous l'eau bien plus longtemps que je n'aurais dû. Pendant ce temps-là, j'avais l'impression de faire quelque chose de bien et je n'avais pas à réfléchir à ce que j'avais fait de mal. Finalement, je l'ai emmenée à l'hôpital. Ils se sont occupés d'elle, ils ont dit qu'elle avait le cuir chevelu si atteint par endroits que très probablement elle perdrait ses cheveux ; ils ne repousseraient que par plaques. Mais ce qui les inquiétait le plus, c'était son anorexie : ils voulaient savoir quel traitement elle suivait.

— Et vous ne vous étiez doutée de rien ?

— Je ne sais pas. Si, au plus profond de moi, mais je ne voulais pas qu'elle devienne un problème pour moi. Walter était parti pour un déplacement de longue durée, deux mois environ. Il aurait peut-être remarqué quelque chose, lui : il a toujours été plus proche d'elle que moi.

— Ça n'a pas l'air d'être le cas actuellement, dit Inger.

— Ah bon ? (Chloe sourit intérieurement : après tout, cette pianiste ne comprenait pas tant de choses que ça...) En tout cas, c'était manifeste à l'époque. Elle a été suivie par une pédopsychiatre : le Dr Paula Appleby, vous avez dû en entendre parler, je crois qu'elle est très connue aujourd'hui. Pour Walter, rien n'est jamais trop bien. Donc, ce médecin s'est occupé de Betsy pendant un an et demi ou deux ans, je ne me souviens plus. Moi je laissais faire, c'est Walter qui s'occupait de tout. Je me sentais coupable, c'est sûr, mais en même temps je ne voulais pas m'impliquer. J'avais définitivement fermé la porte sur Dendale. Betsy aussi, mais elle s'était enfermée en même temps, et je ne voulais absolument pas d'une réouverture. Quand le Dr Appleby m'a dit que, dans l'histoire des cheveux et de l'anorexie, il fallait voir la tentative d'une petite brune boulotte de se transformer en une fille blonde et svelte, pour être comme Mary et qu'on l'aime, je me suis sentie très mal. Je vous donne l'impression d'être un monstre ?

— Vous me donnez l'impression d'avoir autant besoin d'aide que Betsy ; et je suis surprise que Walter ne l'ait pas compris.

— Il était trop préoccupé par les problèmes de Betsy. Le Dr Appleby l'a fait parler du passé, et a voulu que nous prenions connaissance des transcriptions de ses déclarations. Elle a indiqué qu'il s'agissait d'un problème familial. J'ai refusé catégoriquement et je ne pense pas qu'on aurait pu me persuader. Betsy elle-même a dit que ça ne la dérangeait pas que Walter les voie, mais elle refusait que je les lise. Je pense que là, pour la première fois, j'ai ressenti pour elle quelque chose qui ressemblait à de l'affection.

— Parce qu'elle voulait vous épargner de la souffrance ?

— C'est la seule raison que j'imaginais. On s'est beaucoup mieux entendues une fois que le traitement a été terminé. Elle ne pourrait jamais être une fille pour moi, mais au moins il y avait ce lien du sang que nous ne pouvions renier ni l'une ni l'autre.

— Mais, objecta Inger, elle a continué à faire un régime et s'est mise à porter une perruque blonde ?

— Ses cheveux ne repoussaient pas correctement, il lui fallait une perruque. Elle en voulait une blonde ; elle m'a demandé si cela me gênerait, je lui ai dit que je ne voyais pas pourquoi. Quant à son régime, cela m'a effectivement beaucoup contrariée, et je lui faisais la guerre pendant les repas. Un jour, elle m'a montré un tableau, sur lequel on voyait soigneusement noté ce que représentait l'apport en calories de tout ce qu'elle mangeait. Elle m'a dit : « Il est hors de question que je me bourre de gâteaux et autres trucs de ce genre. Voilà ce que je bouffe, ça me suffit, et je ne vais pas aux chiottes pour me foutre les doigts dans la gorge et tout dégueuler. Alors arrête de te torturer, tout ira bien. » Après ça, j'ai arrêté de me faire du souci. Peu de temps après, elle s'est mise à prendre le chant au sérieux. Elle a toujours eu de la voix, vous le savez. Mais là, elle disait qu'elle voulait voir si elle pouvait en faire un métier. C'est à peu près à cette époque que nous l'avons adoptée. On l'avait toujours appelée Elizabeth et, pendant sa scolarité, il nous avait paru plus simple de dire que son nom de famille était Wulfstan.

— Ça ne l'a pas gênée ?

— Allez donc savoir ce qui se passe dans sa tête ? En tout cas, elle n'a pas réagi. Et quand Walter lui a proposé qu'on l'adopte légalement, elle a eu l'air presque heureuse.

— Et vous ?

— Moi, ça ne me dérangeait pas. À cette époque, je ne la considérais presque plus comme un rappel du passé. J'ai bien accueilli la perruque blonde ainsi que le changement de silhouette. La seule chose que Betsy Allgood avait gardée de Dendale, c'était son accent.

— Ça vous tracassait ?

— Non, mais je me disais que cela pourrait poser des problèmes, je veux dire avec ses camarades. Et plus tard, je lui ai proposé de prendre des cours de diction. Elle m'a répondu : « Pourquoi ? Je n'ai aucun problème de voix. » Et j'ai réalisé qu'elle parlait un anglais parfait, digne de celui qu'on entend à la BBC. Alors, elle a poursuivi : « Mais j'aurais pas honte de jacter comme Papa et Maman, et ceux qu'apprécient pas, y peuvent aller se faire voir. » Avec l'accent. Je n'ai plus abordé le sujet depuis.

— Et vous êtes devenues amies.

— Amies, c'est un bien grand mot, répondit Chloe. Mais comme je vous l'ai dit, on était de la même famille ; et les parents, on n'a pas besoin de les aimer tout le temps, n'est-ce pas ? Je pense qu'elle m'a aidée ; ou alors c'est le temps qui m'a aidée.

— À aller mieux, vous voulez dire ?

— Pas vraiment. C'est comme pour le cuir chevelu d'Elizabeth ; il n'existe pas de remède à ce qui a été détruit en moi. Mais on apprend à vivre avec une perruque. Quoi qu'il en soit, il y a quatre ans, j'ai eu l'impression que Walter passait de plus en plus de temps à l'usine ; et je me suis surprise à lui demander s'il ne serait pas judicieux qu'on aille s'installer plus près. Ça l'a cueilli à froid, et moi aussi d'ailleurs. Il m'a demandé : « Tu es sûre ? » Et comme je suis une femme qui ne laisse pas passer les occasions, je lui ai répondu : « Oui, mais à condition que tu puisses acheter une maison à portée de cloche. » Et voilà comment on est arrivés ici.

— Vous ne vouliez pas vivre à la campagne ?

Chloe se rembrunit, et dit avec douceur :

— Non. J'y suis née et j'y ai grandi, mais maintenant je ne supporte même plus de la regarder par la fenêtre d'un wagon ou d'une voiture. Eh bien, Inger, c'est tout ? Ai-je complètement satisfait votre curiosité ?

— Oh, c'est comme pour le sexe, je suis comblée... jusqu'à la prochaine fois.

4

Ce matin-là, Edgar Wield aurait apprécié de faire la grasse matinée.

Sa culpabilité l'avait réveillé le matin précédent, et le sentiment de culpabilité du Gros l'avait retenu jusque tard, la veille au soir. Mais il avait manqué sa visite matinale à Monte pour aller à l'hôpital ; un autre faux bond aurait ajouté à sa culpabilité. Il se glissa donc hors du lit à l'heure habituelle qu'Edwin qualifiait d'impie.

Peut-être pas si impie que ça, tout compte fait, puisqu'en traversant le cimetière il vit Larry Lillingstone, le pasteur, sortir de l'église. C'était un bel homme, jeune, en short et maillot de corps qui ressemblait plus à un compagnon d'Apollon qu'à une divinité anglicane.

Wield promena un regard admiratif sur les membres bronzés du pasteur, puis dit :

— Bonjour, Larry. Dites-moi, c'est ça qu'on appelle le christianisme musclé ?

— Je pars faire mon jogging, répondit Lillingstone en souriant. C'est vraiment le meilleur moment de la journée. On n'imagine pas qu'il puisse y avoir des problèmes dans le monde par des matinées comme ça, pas vrai ?

Wield pensa aux Dacre qui s'éveillaient du sommeil artificiel produit par les somnifères, aux Pascoe qui continuaient à veiller désespérément au chevet de Rosie. Mais la joie étant aussi rare et rafraîchissante que la pluie ces derniers jours, il rendit son sourire au pasteur :

— Parfaitement exact... Surtout quand on a la chance de se trouver une fille comme Kee Scudamore. Je suppose que les félicitations sont de mise ?

— Mais comment... ? On s'est décidés pas plus tôt qu'hier, et je n'en ai parlé à personne... (Lillingstone se mit à rire, puis poursuivit.) Mais qu'est-ce que je raconte, j'oubliais qu'on est à Enscombe. Eh bien oui, Kee et moi allons nous marier, et je suis le plus heureux des hommes... Nom de Dieu !

La surprise le fit blasphémer. Une petite silhouette pelucheuse, descendue des branches du vieil if sous lequel il se tenait, se percha sur la tête de Wield, où elle se cramponna en baragouinant :

— Comment ça va, Monte ? demanda le sergent en prenant avec douceur le petit singe dans ses bras. Qu'est-ce qu'il y a, Pasteur ? Vous pensez que c'est le diable qui est venu nous rendre visite ?

— Effectivement, c'est curieux à quel point l'esprit peut retourner aux temps médiévaux dans les moments de tension.

— Ne craignez rien. Simplement, je ne suis pas venu hier matin, et manifestement il a décidé que cela ne se reproduirait plus ; alors il est venu me chercher, n'est-ce pas, Monte ?

— Eh bien, si jamais vous êtes le second policier à disparaître d'Enscombe, sûr qu'on n'aura pas besoin d'organiser des recherches, dit Lillingstone en faisant allusion à l'événement qui avait amené Wield pour la première fois dans la localité.

— Non, ce sera vraisemblablement inutile, répondit Wield d'un air songeur. Excusez-moi, Pasteur, mais il faut que j'aille travailler, maintenant. Bon jogging ; et toi, petit gars, bon appétit.

Il mit un sac de cacahuètes dans les mains de Monte, poussa le minuscule animal dans l'if, et le regarda s'éloigner vers Old Hall. Puis, après un signe de la main destiné aussi bien au pasteur qu'au singe, il repartit par où il était venu.

La première personne qu'il vit à Danby en descendant de moto fut le sergent Clark, qui affichait l'air vaguement suffisant de celui qui en sait plus que vous.

— Le superintendant est dans le coin ? demanda Wield.

— Il est venu, il est reparti.

Wield attendit, sans poser d'autres questions. « Pas étonnant que ce type soit si bon dans les interrogatoires », avait un jour observé Dalziel en parlant de Wield. « Une gueule comme ça, ça vaut plus que mille questions intelligentes. »

— Il est allé à Bixford, poursuivit Clark. Il y a eu du nouveau, ce matin : Geordie Turnbull s'est fait agresser.

S'il espérait entendre des « ah bon » ou des « ho, la vache », il allait être déçu.

— Racontez-moi ça, dit Wield, imperturbable.

— Il y avait une voiture de police qui patrouillait dans le coin, tôt dans la matinée. Le superintendant, semble-t-il, avait dit de garder l'œil sur Turnbull. Le grand portail était ouvert alors qu'il est fermé d'habitude, sauf pour laisser passer les engins. Ils sont entrés pour voir s'il y avait un problème, et ils ont trouvé Turnbull qui avait l'air de sortir de trois rounds avec Mike Tyson.

Wield, qui abhorrait par-dessus tout le manque de précision, demanda avec impatience :

— Dans quel état était-il ?

— Il avait l'air plus mal qu'il ne l'était en réalité, admit Clark, presque à contrecœur. Quelques entailles et un nez écrasé. Il essayait de se rafistoler tout seul pour éviter que cela ne s'ébruite. Mais les gars ont quand même appelé un médecin.

— Bon réflexe, approuva Wield.

— Alors, qu'est-ce que vous en pensez ? Quand on l'a relâché, il y a pas mal de gens, dans le coin, qui ont dit qu'on aurait mieux fait de lui casser la gueule pour lui soutirer la vérité.

— Eh bien, j'espère que vous avez leurs noms, dit Wield. Parce que Mr Dalziel va vraisemblablement vouloir leur parler. En tout cas, une chose est sûre : si c'était *ça* le but du jeu, il est hors de cause.

— Comment ça ? demanda Clark, perplexe.

— S'il avait avoué quelque chose, on ne l'aurait pas laissé soigner ses blessures, non ? Dites-moi, Nobby. Ce vétérinaire sur lequel j'ai lu quelque chose... Douglas, c'est bien ça ? Où est-ce qu'il crèche ?

Clark le lui indiqua. Wield remit son casque, enfourcha sa moto :

— Mais vous ne rentrez pas ? demanda Clark. Qu'est-ce que je dois dire si quelqu'un vous demande ?

Wield eut un sourire qui ressemblait à une fissure dans de la roche :

— Que je suis parti voir un homme, au sujet d'un chien.

Pendant ce temps, Andy Dalziel était penché au-dessus de Geordie Turnbull ; il semblait disposé à commencer là où l'assaillant s'était arrêté :

— Geordie, vous ne rendez service à personne, à commencer par vous. Pourquoi ne pas me dire de qui il s'agissait et ce qu'il voulait, que je puisse m'en occuper ?

— Mais je vous l'ai dit, Mr Dalziel, c'est un type que je n'avais jamais vu. Il m'a sauté dessus, il m'a complètement sonné, et puis il a foutu le camp.

— Vous n'êtes qu'un fieffé menteur, rétorqua Dalziel. Si c'était vrai, vous nous auriez téléphoné immédiatement. Seulement, vous teniez tellement à ce qu'on ne le sache pas que vous ne vous êtes même pas fait soigner, de peur que quelqu'un ne raconte l'histoire. Cette arcade-là, elle aurait besoin de deux ou trois points de suture, il me semble. Et votre pif, ça pourrait aller s'il se retrouvait aligné avec votre clapet.

— C'est possible, mais au moins comme ça j'évite d'autres coups, repartit Turnbull avec entrain.

— Geordie, je pense que c'est *mes oignons* et que ça a un rapport avec les gamines qui ont disparu.

— Parce que vous vous imaginez que si je savais quelque chose là-dessus, je ne vous l'aurais pas dit ? Maintenant excusez-moi, mais je vais suivre votre conseil et aller me faire recoudre. Comme tout le monde est au courant dans le quartier, ça évitera aux gens de trouver une excuse pour venir zyeuter ici.

— Je finirai par trouver, vous le savez bien, Geordie, promit le superintendant.

— Mais, je n'en doute pas, Mr Dalziel. Seulement, comme ça risque de vous prendre encore quinze ans, je ne compte pas m'arrêter de respirer en attendant.

Ça, c'était une flèche que les défenses pourtant inébranlables du grand Andy Dalziel ne pouvaient parer.

Il regagna sa voiture en jetant un regard furieux vers un soleil déjà féroce, comme s'il envisageait de l'arracher du ciel. Mais en retour, l'œil de Dieu rayonna avec bienveillance, sachant que cette ardente colère n'était que l'inflammation d'une profonde blessure du désespoir.

L'œil de Dieu, qui n'opère aucune distinction entre les êtres, darda avec une égale bienveillance ses rayons sur le constable Hector qui, sortant du quartier général de la police du Mid-Yorkshire, entama sa lente déambulation dans le centre-ville. La démarche de ce gardien de la paix n'était pas précisément majestueuse : il se déplaçait comme s'il était entraîné par un stagiaire marionnettiste qui aurait emmêlé les ficelles de son personnage. D'ailleurs, cette métaphore s'appliquait également à ce que pensaient ses supérieurs hiérarchiques. Il avait été bien difficile de trouver une place adaptée aux compétences de cet homme. Pendant un temps, on avait sagement considéré que, pour le bien commun, il valait mieux le garder caché dans les entrailles d'un bâtiment administratif, où il pourrait « se rendre utile » aux archives ;

mais l'informatisation des services avait mis un terme à cette situation. On avait alors expressément interdit à Hector de toucher aux interrupteurs, aux boutons, aux lumières, à ce qui marche en faisant un bourdonnement ; malgré cela, d'une certaine façon, sa seule présence représentait un danger pour le bon fonctionnement du matériel électronique. « C'est un véritable virus humain », avait déclaré le sergent responsable de lui. « Il faut le sortir d'ici, sinon il s'introduira dans la salle de guerre du Pentagone sous quinze jours ! » Lors de son bref passage derrière le bureau de l'accueil, le public s'était plaint : on bénéficiait d'un meilleur service ailleurs, même à la Compagnie des Eaux du Mid-Yorkshire. Finalement, au moment où l'*Evening Post* soutenait une campagne locale pour que les bobbies fassent davantage de rondes sur secteur, une étude du département de psychologie appliquée de l'université du Mid-Yorkshire avait montré que l'installation dans les supermarchés de policiers grandeur nature découpés dans du carton diminuait par deux le nombre de vols à l'étalage. Hector fut donc renvoyé dans la communauté des hommes.

Non sans quelques précautions, tout de même. Il devait envoyer un message radio toutes les trente minutes, faute de quoi on envoyait un véhicule à sa recherche. Si on lui demandait autre chose que l'heure, il devait contacter le Contrôle pour recevoir des instructions. Il avait notamment reçu l'interdiction formelle de faire la moindre tentative de régulation de la circulation : la dernière fois qu'il s'en était mêlé, il avait provoqué un embouteillage qui avait fait rater son train au chef constable.

Mais quand, ce matin-là, on avait distribué les photocopies du portrait de Benny retouché par Wield, Hector avait pris la sienne ; et il enregistra que l'on ordonnait aux policiers de demander aux gens s'ils avaient vu l'homme en question. En fait, cela s'adressait aux officiers patrouillant en voiture, à qui on avait conseillé de vérifier tout particulièrement les stations-service du district, au cas où le conducteur du camping-car se serait arrêté pour faire le plein. Les enquêtes au porte-à-porte se concentraient dans la région de Danby. Mais Hector, ravi d'avoir à s'acquitter d'une tâche qu'il pigeait, brandit la photo devant chaque piéton qu'il rencontrait en demandant : « Vous avez vu cet homme ? » Il attendait rarement la réponse, son œil avide repérant déjà une nouvelle cible.

C'est avec une certaine irritation qu'il sentit qu'on lui tapotait l'épaule alors qu'il bloquait le passage à un jeune homme circulant sur un skateboard. Il se retourna et se retrouva face à la femme à qui il venait de poser la question.

— Qu'est-ce qu'il y a ?

— J'ai dit oui, dit la dame.

— Hein ?

— Vous m'avez demandé si j'avais vu cet homme, et je vous ai dit oui.

— Ah...

Perplexe, il fronça les sourcils. Le skateur en avait profité pour s'échapper.

— Bon. Donc, vous l'avez vu ?

— Ben, je viens de vous le dire, non ?

Ça, c'était indéniable...

— 'Tendez, demanda-t-il.

Il regarda sa radio. L'un des boutons avait été peint en orange fluo par un sergent qui avait écrit dans le carnet d'Hector : « Si vous voulez parler, appuyez sur le bouton orange. » Le constable se rappelait la manœuvre à suivre, mais il consulta quand même ses notes, pour en être bien sûr.

— Allô ? Hector à l'appareil. Terminé.

— Hector, mais vous êtes en avance. Vous ne devez nous appeler que dans dix minutes.

— Je sais. C'est à cause de cette photo que vous m'avez donnée. J'l'ai montrée à cette dame qui est près de moi, et elle me dit qu'elle a vu le type. Qu'est-ce que je dois faire ?

— La pho... ? Hector, où êtes-vous ?

— Quittez pas.

Il tourna lentement la tête à la recherche de quelque chose qui pourrait l'aider à se repérer.

— Vous êtes dans Braddgate, indiqua la femme. Dites, vous pourriez activer un peu, sinon je vais être en retard à mon travail.

— Elle dit qu'on est dans Braddgate, sergent, répondit Hector.

— Elle est encore avec vous ? Ah, merci, mon Dieu. Hector, restez où vous êtes. Et ne la laissez surtout pas partir, c'est compris ?

— Compris. Mais, comment que j'peux l'empêcher de partir ?

— Enfin bordel, vous êtes policier, oui ou non ? hurla le sergent. Alors, vous la retenez sur place !

— Compris, répéta Hector.

Il éteignit sa radio, la rangea avec soin. Puis il se tourna vers la dame.

— Qu'est-ce qui se passe ? demanda-t-elle.

— Vous êtes en état d'arrestation. Vous n'êtes pas obligée de dire quelque chose, mais je dois vous avertir que tout ce que vous direz sera pris en compte...

— Non mais, c'est complètement fou, cette histoire ! répliqua la dame. Moi, je me barre.

Et elle tourna les talons. Avec quelque difficulté, Hector sortit sa longue matraque nouveau style et en visa la récalcitrante.

Fort heureusement, son premier swing rata totalement son but ; et la voiture de police était déjà arrivée avant qu'il ait pu tenter un nouveau coup.

Les officiers installèrent la dame à l'arrière du véhicule pour qu'elle se calme, puis écoutèrent ce qu'elle avait à leur dire. Elle termina en précisant :

— Maintenant, il faut que j'aille au boulot. On travaille en sous-effectif à cause des restrictions budgétaires, et si je ne suis pas là en début de journée, ça va vraiment être le bordel.

— Il va falloir que quelqu'un du département d'enquêtes criminelles s'entretienne avec vous, indiqua le conducteur. Mais il semble préférable que cela se passe sur votre lieu de travail, de toute façon. Allons-y.

Par la fenêtre ouverte, Hector demanda :

— Qu'est-ce que je dois faire ?

La dame le lui indiqua...

— Je n'aurais pas pu mieux l'exprimer moi-même, commenta le chauffeur dans un large sourire.

Et il démarra.

Ce matin où pas mal de gens s'étaient levés tôt, Shirley Novello se réveilla en retard.

Elle s'accorda juste le temps nécessaire pour ne pas donner l'impression de sortir du lit, et fonça vers le quartier général au mépris total des limitations de vitesse et du code de la route.

Avant d'avoir garé sa voiture, elle était suffisamment réveillée pour juger de l'inutilité de sa course. À tout casser, elle avait dû gagner deux minutes. Et pour quoi ? Pour Dalziel, et Wield, et tous les gens *importants* qui pointaient à Danby. Il n'y avait guère que les figurants comme elle que l'on plaçait sur le périmètre de l'enquête, pour qu'ils mettent un peu d'ordre si nécessaire. Elle était confrontée à l'éventualité d'un autre voyage assommant jusqu'à Sheffield, si la vieille Mrs Lightfoot était assez requinquée pour qu'on puisse l'interroger.

Elle ouvrit la porte du département d'enquêtes criminelles, marcha nonchalamment comme si elle faisait des recherches dans les archives depuis une demi-heure.

Dennis Seymour leva les yeux de son bureau et dit d'une voix forte :

— Bonjour, Shirley. Vous êtes resplendissante, ce matin. Ça n'a rien d'étonnant d'ailleurs, avec les heures de sommeil que vous avez dû aligner, hein ?

Elle lui jeta un regard noir, furieuse de se faire montrer du doigt par quelqu'un qu'elle pensait être un copain. Puis elle s'aperçut que Seymour était seul dans la pièce.

— Mais où sont les autres ? demanda-t-elle.

— Ils sont occupés. La terre ne s'arrête pas de tourner quand vous dormez. Tous nos suspects ont donné de leurs nouvelles. Geordie Turnbull s'est fait agresser, et on a un témoignage irréfutable de la présence de Benny Lightfoot à Danby. On a même obtenu une bonne ressemblance grâce à notre Toulouse-Lautrec maison.

Il lança à Novello une photocopie du portrait vieilli par les soins de Wield.

— Dommage que je n'aie pas eu ça hier, quand j'étais à Wark House.

— Vous n'avez jamais entendu parler du fax, détective ? Emportez-la avec vous. Vous n'aviez pas dit à quelqu'un qu'il fallait que vous alliez parler à la vieille dame ?

— Si. Je l'aurais fait hier si elle n'avait pas été sur le point de casser sa pipe.

Seymour la sentit sur la défensive. Il lui dit :

— Mais vous vous dites qu'un homme dur et insensible aurait pu insister ? Si vous pensez à un homme dur, insensible et très gras, vous avez probablement raison. Mais ce n'est pas grave, il vaut bien mieux discuter avec la vieille quand elle est en état de répondre. Vous savez, les personnes âgées, elles ont une santé qui va et qui vient comme le coude du violoniste. Si ça se trouve, aujourd'hui, elle est fraîche comme une rose.

— Je l'espère. De toute façon, je vais faxer la photo. Plus vite on aura une confirmation, mieux ce sera.

Elle griffonna un petit mot à Billie Saltair pour lui demander de montrer le portrait à Sally, l'infirmière, et de noter ses réactions. Elle demanda par la même occasion des nouvelles de Mrs Lightfoot, insistant sur la nécessité d'un entretien avec elle au plus tôt.

Elle se dit que, même dans cette note, elle ne montrait pas la véritable assurance de ses collègues masculins. Mais bon Dieu, certains d'entre eux seraient encore en train d'interroger Winifred Fleck, pour sûr !

La réponse parvint dix minutes plus tard :

— Super ! s'exclama Novello qui lisait la réponse à mesure que la télécopie sortait de la machine. C'est le portrait craché du type qui est venu voir la vieille Agnes.

— Un nouveau triomphe, commenta Seymour d'un ton moqueur. Si vous continuez comme ça, ils vont vous permettre de rester au lit toute la journée.

— Oh meeerde ! lâcha Novello.

— Excusez-moi, je ne vous savais pas si susceptible.

— Mais non, ce n'est pas à cause de vous, mais d'Agnes Lightfoot. Elle est morte pendant la nuit. Je savais bien que j'aurais dû lui parler hier.

— Et qu'est-ce qu'elle aurait pu vous dire que vous ne saviez pas encore ?

— Ça, je ne le saurai jamais, répondit-elle brutalement.

Elle s'empara du téléphone, composa le numéro de Wark House.

— Saltair, dit la directrice de sa voix rauque. Ah, le détective Novello ? Je me disais bien que vous alliez m'appeler.

— Qu'est-ce qui s'est passé ?

— C'est la nature qui est passée, son heure était venue. Je pense qu'elle attendait un signal, et il semble que ce signal ait été son visiteur de la semaine dernière.

— A-t-elle dit quelque chose avant de mourir ? demanda Novello sans trop d'espoir.

— Oui, effectivement. Elle m'a pris la main et a levé sur moi un regard dur et vif. Elle m'a dit : « Je le savais bien qu'il viendrait, je le savais. Benny est revenu. » Et puis elle est morte, voilà. Y a-t-il autre chose que je puisse faire pour vous être utile ?

Novello réfléchit intensément :

— Oui. Si quelqu'un téléphone et demande Agnes, ne parlez pas de son décès, d'accord ? Dites simplement qu'elle est assez malade, trop en tout cas pour prendre un correspondant en ligne. Ça vous va ?

Il y eut une pause avant que Saltair ne réponde :

— Oui, en l'occurrence, je pense que je peux aller jusque-là. Mais c'est bien parce que personne n'a téléphoné pour elle depuis des années. Voyez-vous autre chose ?

— Oui, je me dis que ce serait bien qu'une personne de chez nous soit de permanence à Wark House, au cas où Benny en personne reviendrait pour discuter une seconde fois avec sa grand-mère.

— D'accord, mais avez-vous quelqu'un d'assez âgé pour tenir le rôle ?

— Nous enverrons un as du déguisement. Merci beaucoup ; je suis sincèrement désolée pour Mrs Lightfoot.

— Moi aussi. On voit ça constamment, mais on ne s'y fait jamais. Au revoir.

Novello raccrocha.

— Dites donc, demanda Seymour, qu'est-ce que c'est que cette histoire de déguisement ?

— On est tous les deux seuls ici, alors qu'est-ce que vous dites toujours, vous les machos ? Que ce n'est pas le boulot d'une femme de passer les menottes à un jeune criminel, en pleine forme et dangereux ?

— Je n'ai jamais dit ça, protesta Seymour avec indignation. Bernadette m'étriperait si jamais elle pensait que je peux raconter des trucs de ce genre.

— Bon, bon, excusez-moi. Mais il faut que quelqu'un y aille. Je suis sûre que si on pouvait mettre la main sur le Gros, il donnerait son feu vert. Dennis, il y a pas mal de points Brownie à gagner avec une initiative pareille.

— Ça, j'en suis certain. Mais alors, pourquoi ne vous précipitez-vous pas pour les collectionner ?

— Parce que je pense qu'il faut que j'en parle au DCI, répondit Novello d'un air malheureux.

— Mr Pascoe ? Mais il est...

— Oui, je sais, seulement c'est *son* filon. J'ai discuté hier avec lui, et il m'a été d'un grand secours. Je dois le tenir au courant pour vérifier si je ne passe pas à côté de quelque chose d'important. Je pense que, cette fois, je ferais mieux d'aller le voir en personne.

— À l'hôpital ? (Seymour sifflota, puis se leva.) Vous devez avoir raison, Shirley. À moi le beau rôle : dans les maisons de retraite, il n'y a que les vieux qui meurent.

5

— Mais Wieldy, qu'est-ce que vous portez donc ? demanda Maggie Burroughs.

Elle buvait une tasse de thé, debout à l'ombre de la caravane stationnée à Ligg Common.

Comme pour répondre à sa question, un jappement aigu s'échappa du panier sanglé à la moto du sergent.

— C'est Tig, le chien de Lorraine, expliqua-t-il. Le véto a dit qu'il allait suffisamment bien pour rentrer chez lui.

— Et vous pensez que ça va réjouir les Dacre ? dit-elle d'un ton dubitatif. Chaque fois qu'ils le regarderont...

— Oui. Mais on ne sait jamais comment réagissent les gens.

— Il y a toujours la SPA, dit Burroughs avec l'indifférence de quelqu'un qui n'aime pas les animaux. Mais pourquoi l'avez-vous amené ici ?

— Je me suis dit que ça valait peut-être le coup de l'emmener dans la vallée.

Elle le regarda d'un air de doute :

— Il y a deux jours, ça aurait pu être une bonne idée. Mais maintenant, je ne vois pas ce qu'on peut espérer alors que des hommes, des chiens et des appareils photo thermosensibles ont ratissé le coin sans rien trouver de plus intéressant qu'un mouton crevé. Vous savez qu'on a réduit les recherches ? Le superintendant a demandé qu'une équipe d'hommes-grenouilles inspecte le barrage. J'imagine que ça vaut le coup de jeter un œil là-bas mais, de ce côté, on est à court. La caravane va rester environ deux jours, pour prouver notre bonne volonté, peut-être rafraîchir la mémoire de quelqu'un, mais ça va s'arrêter là.

Penserait-elle par hasard que je lui demande sa permission ? se demanda Wield. Elle est chargée des recherches au niveau technique, c'est vrai. Mais là, ce n'était pas de sa compétence.

— Donc vous pensez que je ne devrais pas m'occuper de ça ?

La vieille technique : tu proposes, ou tu la fermes. Mais Maggie Burroughs ne se laissa pas piéger.

Elle sirota une longue gorgée de thé, lui sourit.

— Il ne m'appartient pas de dire au département d'enquêtes criminelles à quoi il doit occuper son temps, dit-elle. Allez, sergent, partez donc pour votre balade. Mais faites-moi plaisir : rédigez-moi un compte rendu. Ça conclura le rapport de recherches, et ça montrera qu'on a tout essayé.

Que *tu* as tout essayé, se dit Wield qui ne doutait pas de l'ambition de Maggie Burroughs.

— Merci, ma'ame, dit-il.

Il lança la moto sur le chemin poussiéreux et cahoteux qui courait le long du ruisseau.

Burroughs le regarda s'éloigner. Pour elle, un pédé d'âge mûr qui se déplace sur une moto de collection, ça ne correspondait pas à l'image d'un policier moderne. Mais il était proche de Dalziel, et elle pensait que se fâcher avec les chouchoux du Gros n'était pas la bonne méthode pour un officier désireux de faire son trou chez les flics du Mid-Yorkshire.

Wield resta à moto le plus longtemps possible, jusqu'à ce que le chemin soit trop raide et rocailleux pour être praticable. Il se trouvait presque à l'endroit où Tony Dacre avait retrouvé Tig dimanche. Considérant que l'animal, effrayé et blessé, s'était dirigé vers sa maison, l'agression devait avoir eu lieu plus en amont.

— Parfait, mon vieux. Et maintenant, un petit tour.

Craignant qu'il ne s'échappe, Wield le tint d'abord en laisse au départ. Mais le chien ne montra d'autre envie que celle de gambader sur un chemin qui lui était familier, en s'arrêtant de temps en temps pour lever la patte ou aboyer devant un oiseau ou un papillon ; le sergent prit alors le risque de le détacher.

Ils étaient maintenant assez haut dans la vallée. À l'ouest, le versant abrupt du Neb ; à l'est, une pente un peu plus douce qui descendait jusqu'à la route Danby-Highcross Moor. Le Ligg Beck courait dans un ravin à forte pente. Sans être le Grand Canyon, c'était suffisamment profond pour qu'on s'y rompe les os en cas de chute. En période de crue, il devait y avoir des cascades ; l'eau avait gravé cette fissure dans la roche pendant plus de mille ans. Mais cet été-là, il ne restait qu'un filet humide dans les profondeurs, où les fougères baissaient la tête et où s'accrochaient les mousses.

Wield souffla un moment. Il avait apporté une bouteille d'eau et, après s'être désaltéré, il versa un peu de liquide dans le creux de sa main pour offrir à boire au chien.

Burroughs devait avoir raison. C'était une perte de temps. Sauf que, pour un esprit méthodique comme le sien, toutes les hypothèses devaient être testées avant d'être triées.

Il scruta lentement la vallée avec ses jumelles. Aucun

signe de vie, à part des moutons çà ou là. S'il se mettait debout, il pourrait avoir une jolie vue sur les toits de Danby. On apercevait par moments la route de Highcross Moor en aval, mais juste au-dessus de lui, des plis de terrain la dissimulaient à sa vue ; il voyait pourtant l'arrière d'un panneau carré. Ce devait être celui qui interdisait le dépôt de détritus, au niveau de ce belvédère dans lequel la jeune Novello avait placé tant d'espoirs.

Sa théorie n'était peut-être pas si débile que ça. S'il arrivait à voir le panneau si distinctement, n'importe qui pouvait, avec des jumelles, repérer d'en haut une gamine qui marchait avec son chien sur ce chemin.

Turnbull n'avait pas de jumelles dans sa voiture ; en revanche, il en avait dans son bungalow.

Wield baissa ses jumelles pour bien évaluer les proportions réelles. La pente raide était presque partout couverte d'herbes. Il se dit que, en se pressant un peu, un homme pouvait arriver là-bas en quatre ou cinq minutes.

Remonter en transportant un enfant, c'était une autre paire de manches. Vingt minutes... oh, probablement trente, ça dépend de la forme qu'on tient. Turnbull paraissait avoir les épaules, mais avait-il les jambes assez exercées ?

En tout cas, c'était un sacré risque à prendre.

Mais face à une gamine seule et vulnérable, un malade comme ce type était-il capable d'évaluer un risque ?

Wield fut arraché à ses pensées par les aboiements de Tig.

Le cri semblait venir des entrailles de la terre, et le sergent pensa tout d'abord que ce maudit cabot s'était engagé dans un terrier de lapin. Puis il réalisa alors que le bruit provenait du ravin.

Tig était quelque part plus bas et, aux cris qu'il poussait, on avait l'impression qu'il avait trouvé quelque chose.

La descente jusqu'au ravin s'avéra facile. Il suivit une étroite piste à moutons qui descendait en biais et se retrouva à l'ombre ; mais très rapidement, il vit que l'espoir de s'y trouver mieux qu'en plein soleil était vain. C'était comme s'il pénétrait dans un bourbier d'air chaud et, pire encore, chargé de la puanteur de la décomposition.

Des hommes, des chiens, des appareils thermosensibles...

Enfin, ce n'était pas possible qu'ils soient passés à côté ! se dit Wield.

Effectivement, ils avaient manqué l'endroit. Le chemin dévalait jusqu'au fond du ravin pour remonter de l'autre côté ; un peu plus haut, il était barré par un bloc de pierre incliné à trente degrés environ. Il faisait alors demi-tour pour remonter en zigzag le restant de la pente.

En travers du chemin, près de la grosse pierre, il y avait les restes d'un mouton. Les charognards étaient passés par là, on voyait des os dispersés autour de la carcasse. Mais par cette canicule, la décomposition avait été assez rapide pour entraîner un pourrissement accéléré qui aurait dégoûté un renard affamé ; le cadavre avait donc été abandonné aux mouches, dont l'essaim se soulevait tel un suaire agité par le vent à chaque aboiement de Tig.

— Ne reste pas là, mon vieux ! l'appela Wield.

Le chien se retourna, fit vers lui un pas indécis, puis repartit vers la puanteur.

— Mais nom de Dieu, le véto ne t'a pas nourri ? Tu dois vraiment être au désespoir pour vouloir fourrer ta gueule là-dedans !

Il retint sa respiration, traversa le lit du cours d'eau et remonta dans l'intention d'attraper Tig et de continuer le chemin jusqu'en haut.

Le chien se débattit et il geignit pitoyablement quand Wield le souleva.

Tu dois vraiment être au désespoir... Il répéta mentalement ses propres paroles.

Obligé de respirer, il s'arrêta. Indifférent à l'odeur, il regarda l'endroit où reposait la carcasse. Juste au-dessus, le versant du ravin était presque à pic. Il était facile d'imaginer comment le mouton, broutant trop près du bord et essayant d'atteindre la végétation qui poussait entre les rochers, avait perdu l'équilibre et s'était trouvé précipité au fond, où il s'était brisé la colonne vertébrale.

Mais à coup sûr, ç'aurait été au *fond* du ravin, et pas à cet angle du chemin qui ne dépassait qu'à peine plus d'une quinzaine de centimètres au-dessus de la pente à pic.

Maintenant, le chien sommeillait dans ses bras, comme s'il avait senti qu'on ne le gronderait pas.

Wield descendit jusqu'au lit du cours d'eau presque à sec. Il trouva un peu de laine sur un rocher, ainsi qu'une tache brune qui pouvait être du sang. Il leva les yeux vers la carcasse. L'herbe de la rive était légèrement aplatie, et certaines fougères avaient été tassées. Comme si on avait traîné quelque chose. Plus en amont sur le chemin, il vit d'autres traces de laine.

Il posa le chien à terre, remonta jusqu'à la carcasse. Le sol était trop rocailleux pour qu'on puisse y creuser un trou. Mais ce bloc de roche, la façon dont il était disposé... Il y avait peut-être un espace en dessous, dans l'angle qu'il formait avec la paroi du ravin.

Il allait falloir déplacer le mouton, pour voir.

Malgré l'excitation, il n'envisageait absolument pas d'utiliser ses mains pour le faire. Il trouva une grande pierre plate dont il se servit comme d'une pelle. Avec des hauts-le-cœur provoqués par la puanteur, il commença à soulever le cadavre en décomposition, l'écartant ainsi du bloc. Les restes du mouton se dispersèrent en petits morceaux qui tombèrent dans le lit du cours d'eau. Des mouches entourèrent sa tête dans une spirale bourdonnante et fétide ; il la secoua tel un taurillon en colère. Tig, après avoir évité la chute des os, l'avait rejoint.

L'endroit sous le bloc était obstrué par des pierres, des herbes et des fougères tassées. Mais cela n'y était pas venu de façon naturelle, ça n'avait pas poussé là. S'aidant des mains puisqu'il ne s'agissait plus maintenant que de manipuler des cailloux et de la végétation, il entreprit de déboucher le trou. Soudain, sa main trouva le vide. La brèche était assez grande pour laisser passer un lapin, ou un chien de petite taille. Avant que Wield ait pu le retenir, Tig s'y était engouffré, et il aboya férocement pendant un moment. Puis les aboiements moururent en un gémissement pratiquement inaudible : c'était peut-être le bruit le plus terrible qu'ait jamais entendu le sergent.

Il essaya de procéder méthodiquement ; mais malgré ses résolutions, il se surprit à pleurer avec une telle violence que la sueur lui coula sur le visage et que le bout de ses doigts se gonfla de sang.

Il s'arrêta : il n'avait pas de torche. Grossière erreur, un homme ne devrait jamais se déplacer sans une bonne longueur de corde, un couteau et une torche.

Il s'agenouilla sur le chemin, sans se soucier des restes de la décomposition du mouton.

Il recula légèrement la tête pour laisser entrer dans le trou le plus de lumière possible, puis attendit.

Il ne vit rien au début, sauf des formes extrêmement floues. Puis, progressivement, ses yeux s'habituèrent, et il distingua des contours grâce à la lumière qui les caressait doucement. Comme il l'avait deviné, il y avait un espace triangulaire, presque comme une tente, qui faisait environ 75 cm de large, un mètre de hauteur et deux de profondeur. Au milieu, un tas ; Wield n'arrivait pas à préciser les choses, tant son esprit s'y refusait. La première chose qu'il identifia vraiment fut le regard luisant de Tig, puis ses dents quand il retroussa les babines en un grondement muet.

Le chien gardait quelque chose. Wield se mit à genoux, plissa les yeux jusqu'à ce que, lentement et inexorablement, il ne puisse éviter de voir ce à quoi il s'attendait depuis quelques minutes.

Il se remit debout, mal assuré sur ses pieds, fouilla dans sa poche. Il avait peut-être oublié la torche, mais pas son téléphone portable.

— Reste là, Tig, ordonna-t-il.

Il appuya sur les touches et se mit à parler, après être remonté hors du ravin, pour améliorer la réception ; au fond de lui-même, il savait bien qu'il voulait coûte que coûte échapper à l'obscurité et à la pestilence pour retrouver la lumière et l'air frais.

6

La dame s'appelait Jackie Tilney. Elle avait dépassé la trentaine, les limites de la surcharge pondérale, les limites du surmenage. Elle avait aussi dépassé les limites de la patience, excédée qu'elle était d'avoir raconté son histoire à trois différentes équipes de flics ; au point d'être prête à aller dire à la quatrième d'aller se faire sauter.

Seulement, cette fois, ce n'était pas une équipe, bien qu'elle fût en présence d'une quantité de chair suffisante pour habiller deux ou trois poulets de taille normale. Et celui-là, si jamais il avait pris ses instructions au pied de la lettre et bondi sur place, elle aurait craint pour les fondations de la bibliothèque dans laquelle elle travaillait.

C'est pourquoi elle raconta une nouvelle fois son histoire.

Elle était catégorique, elle avait vu l'homme qui était sur la photo. Et elle lui avait parlé. Et il parlait avec l'accent australien.

— La première fois, c'était...

— Attendez, la coupa Dalziel. La première fois ? Il y en a eu combien ?

— Deux. Vos sbires ne vous disent donc rien ?

Le superintendant la regarda d'un air pensif. Il aimait les femmes bien faites et hargneuses. Il se rappela que, en Cap Marvell, il avait précisément trouvé la reine de la Hargne, catégorie mi-lourd. Il sourit tendrement :

— Mais non, fillette, je ne vais pas gaspiller mon temps avec des pronostiqueurs alors que je peux accéder directement à la bouche du cheval. Allez-y.

Jackie Tilney décida qu'il devait y avoir un compliment quelque part là-dedans, et poursuivit donc :

— La première fois, c'était vendredi dernier. Il est venu à l'accueil, et il a demandé si on avait quelque chose sur la construction du barrage de Dendale. Je lui ai dit qu'il pouvait lire la presse locale correspondant à la période concernée, sur microfiches ; ainsi que ce livre.

Elle lui montra l'ouvrage : carré, pas très épais, intitulé *La Submersion de Dendale*. Il s'en souvint vaguement : il avait été rédigé par un journaliste du *Post*, et contenait moins de texte que d'illustrations. Il était conçu selon le principe avant/après.

— Il m'a demandé deux photocopies de ces cartes, poursuivit Tilney.

Elle les lui montra : l'une de Dendale avant, l'autre après le barrage.

— Vous avez discuté avec lui ?

— Un peu, il était agréable et décontracté. On a juste parlé du temps et ce genre de choses. Il m'a dit qu'il faisait nettement plus frais chez lui à cette période de l'année, et qu'il avait emporté trois imperméables parce qu'on lui avait dit qu'il pleuvait tout le temps en Angleterre.

— Vous avez l'impression qu'il essayait de vous baratiner ? Avec le physique que vous avez, ça n'aurait rien d'étonnant.

— Je dois être flattée ? Eh bien non, absolument pas de plat, on a juste bavardé gentiment. De toute façon, j'ai l'impression qu'il avait autre chose en tête.

— Comme quoi, par exemple ?

— Écoutez, je suis trop occupée à faire tourner une bibliothèque municipale qui manque de moyens financiers et de personnel pour avoir le temps de montrer mes pouvoirs métapsychiques. Je ne serais pas restée si longtemps avec vous si votre présence n'avait pas un rapport avec cette gamine qui a disparu.

— Mais qu'est-ce qui vous donne à penser ça, cocotte ?

— Je lis le *Post*, voilà tout.

Elle sortit le journal et l'ouvrit devant lui, à la page d'un article consacré à l'enquête. Avec des photos de Lorraine Dacre et de ses parents, des Hardcastle, de Joe Telford, de Geordie Turnbull et de son avocat ; et une de Dalziel soi-même, photographié pendant ce qui semblait être un moment de contemplation religieuse.

Avec cette subtilité et ce bon goût qui ont rendu les journalistes britanniques célèbres dans le monde entier, le rédacteur en chef avait choisi de faire imprimer sur la page opposée une chronique sur le Festival de Musique du Mid-Yorkshire. On y soulignait le fait que le concert d'ouverture avait lieu à Danby ; les *Chants pour les enfants morts* y seraient interprétés par Elizabeth Wulfstan, qui vivait à Dendale quinze ans plus tôt, et qui avait été la dernière victime — et la seule à en avoir réchappé — du ravisseur de trois petites filles.

Il y avait une photo en pied d'Elizabeth qui avait l'air sévère, un gros plan de Walter Wulfstan qui avait l'air en colère, un plan américain d'Inger Sandel assise sur un tabouret de piano et qui avait l'air de s'emmerder, et du Navet debout qui avait l'air charmant.

Sans qu'on puisse pour autant l'attaquer en justice, l'association de ces deux pages suggérait que la police était aussi larguée maintenant qu'il y a quinze ans.

— Il me semble que tout ce qui peut vous aider est bienvenu pour vous.

— Je l'admets, dit Dalziel. Donc là, c'était la première fois. Et la deuxième ?

— C'était hier après-midi. Il est revenu, il s'est replongé dans les journaux de l'époque, et ensuite dans le livre. Il notait des trucs. Ensuite j'ai constaté qu'il avait quitté sa place, et j'ai pensé qu'il était parti. Mais je l'ai aperçu là-bas, derrière ce rayonnage.

— Et qu'est-ce que vous rangez là-bas ?

— Des annuaires professionnels, principalement.

— Ah oui ?

Dalziel alla s'en assurer d'un pas nonchalant. Elle avait dit vrai. Pourquoi aurait-elle menti, d'ailleurs ? Il retourna au bureau.

— Et alors ?

— Alors, il est parti. Je pense qu'il avait l'intention de se rendre ailleurs en ville, je l'ai vu qui regardait un de ces plans qu'on donne dans les offices de tourisme. Ensuite, je ne l'ai pas revu, jusqu'à ce qu'un de vos constables me colle sa photo devant le nez ce matin. Tiens, au fait, c'est sûr que vous pouvez le lâcher comme ça, ce type ? Parce qu'il m'a attaquée avec sa matraque...

— Oh, c'est un jeune homme un peu impulsif. Mais un cœur d'or. Je vais avoir une petite conversation avec lui, de père à fils...

Il lui délivra un sourire féroce, suggérant ainsi que le père qu'il avait en tête n'était autre que Chronos.

— On a terminé ? demanda-t-elle.

Il ne répondit pas. Quand on a un bon témoin sous la main,

on ne le laisse pas partir tant qu'on n'a pas pressé tout le jus du citron. Bonne maxime, ça.

Un constable en uniforme s'approcha, nullement démonté par le regard furieux de Gorgone que lui lança Dalziel.

— Qu'est-ce qu'il y a ?

— Il faut que vous appeliez le sergent Wield. De la caravane, monsieur.

Autrement dit, téléphoner d'un poste fixe et non d'un portable, pour plus de sécurité. Autrement dit...

— Il y a un poste dans le bureau, vous serez tranquille là-bas, indiqua Jackie Tilney.

Il s'y rendit, composa le numéro. La moitié d'une sonnerie, et l'interlocuteur décrocha.

— C'est moi, dit Dalziel.

— On l'a retrouvée, monsieur.

Il comprit, au ton de voix. Morte. Voilà longtemps que sa raison avait abandonné tout espoir que cela se termine autrement ; mais un serrement au niveau du torse lui indiqua que son cœur, lui, était secrètement resté en éveil.

— Où ?

— Là-haut, dans la vallée.

Là où il avait lui-même ordonné l'abandon des recherches la veille au soir. Et merde...

— J'arrive. Vous avez tout lancé ?

Question superflue.

— Oui, monsieur.

— Le bœuf sur la langue, Wieldy.

Injonction superflue.

— Oui, monsieur.

Il raccrocha, revint à l'accueil.

— On va s'arrêter là, pépée, merci pour votre aide.

Son regard démentait les efforts qu'il faisait pour rester décontracté.

Il prit *La Submersion de Dendale* :

— Ça vous ennuie, si je vous l'emprunte ?

— Non, pourvu que vous payiez l'amende. Bonne chance.

— Merci.

Il quitta la bibliothèque à grandes enjambées : il se sentait soudain débordant d'énergie. La douleur liée à la confirmation de la mort de l'enfant était toujours présente, mais il éprouvait aussi un autre sentiment ; un sentiment moins louable et qu'il valait mieux cacher aux autres, mais qu'il ne pouvait se dissimuler à lui-même.

Au bout de quinze ans, il tenait enfin un corps. Et les corps, ça raconte des choses. Ils ont été en contact avec des meurtriers dans les moments les plus désespérés, les plus précipités, les plus irréfléchis. Une disparition, c'est la mère de toutes les rumeurs, des fausses pistes, des mythes et des suppositions. Mais un corps... !

Il aurait pu se haïr de penser une chose pareille, mais il ne put s'empêcher de marcher d'un pas souple vers sa voiture.

7

Le mercredi apporta une lueur d'espoir aux Pascoe.

Le médecin, Mrs Curtis, était encore loin de l'optimisme. Mais quand elle dit « Hier, pendant un moment, on a semblé très près d'échouer, mais pour l'heure il apparaît plus vraisemblable qu'en fait on avait simplement atteint le niveau le plus bas », Ellie ne releva même pas la condescendance médicale du *on* et prit la dame, qui en fut très gênée, dans ses bras.

Elle savait qu'il n'était pas encore question de fêter ça : Rosie n'avait toujours pas repris conscience. Mais au moins, enfin, avec le soleil venait l'espoir d'un espoir. Et avec lui, un espace pour que l'esprit se détende.

Vers le milieu de la matinée, Ellie était aux toilettes et s'examinait dans la glace d'un regard critique : elle avait l'air d'une véritable épave. Mais ce n'était rien à côté de Peter qui, lui, donnait l'impression d'avoir subi deux ou trois accidents. Ce qui n'était absolument pas éloigné de la vérité.

Elle avait souvent pensé qu'ils s'étaient tous deux trompés de carrière et qu'ils auraient dû les échanger. Il se serait prélassé en profitant des avantages de la vie d'universitaire, aurait essayé sa plume à l'introspection du roman, se serait occupé d'aller chercher et de conduire Rosie à l'école, aurait fait tourner la maison tout doucettement... Oh ! la, la, non, plus que tout doucettement. L'une des rares fois où il l'avait remplacée au repassage, elle l'avait trouvé en train de passer le fer sur des sous-vêtements, c'est dire ! Avec lui, on aurait des draps propres et bien apprêtés tous les soirs...

Et elle ? Elle serait dans de sales rues, à foutre des pains et à encaisser les coups, à passer d'une affaire à l'autre. Elle n'en garderait que des cicatrices, et pas ces profondes ecchymoses qui continuent à provoquer des hémorragies bien après que la chair s'est apparemment reconstituée en surface.

Alors qu'elle regagnait la salle, une infirmière s'approcha d'elle :

— Mrs Pascoe, il y a quelqu'un au téléphone pour votre mari. Elle dit que c'est sa collègue, et que c'est urgent.

— Ah oui ? Eh bien, c'est moi qui vais en juger.

Elle alla jusqu'à l'appareil :

— Allô, oui ?

Il y eut un silence, puis elle entendit une voix féminine :

— Allô, je cherchais à joindre le DCI Pascoe...

— Je suis Mrs Pascoe.

— Ah, bonjour madame. Détective constable Novello, à l'appareil. J'ai été absolument désolée d'apprendre... Comment va la petite ?

— Elle tient bon, répondit Ellie qui n'était pas disposée à partager l'espoir d'un espoir avec une femme qu'elle n'avait rencontrée qu'une fois. Mais dites-moi, miss Novello, qu'est-ce qui est donc si important ?

Un autre silence.

— Je, je voulais juste lui dire un petit mot, en vitesse. Écoutez, je suis navrée, je sais bien que c'est pour vous un moment terrible, mais... C'est simplement parce qu'il a démarré l'enquête sur une piste, et ça me serait très utile de savoir la façon dont il voit les choses... Excusez-moi... Oui, c'est vraiment un manque de sensibilité de ma part, surtout... En fait ça n'a pas vraiment d'importance. J'espère sincèrement que votre petite fille ira mieux bientôt.

C'est au sujet de cette enfant qui a disparu à Danby, se

dit Elsie. C'était cette nana qui avait déjà appelé la veille. Peter lui en avait un peu parlé, ce qui avait déclenché chez elle une explosion d'indignation devant pareille désinvolture. Et qu'avait-il répondu ? *Elle a allumé un cierge pour Rosie.*

Ellie n'avait pas de temps à perdre à des bondieuseries, mais ça ne nuisait pas de se couvrir avec un peu de bonne magie à l'ancienne :

— Ce cierge, il brûle toujours ?

— Pardon ?

— Laissez tomber. Que voulez-vous exactement, miss Novello ? En aucun cas je ne vous passerai Peter sans être au courant.

Cinq minutes plus tard, l'épouse de Pascoe regagnait la salle. Pascoe leva les yeux :

— Toujours pimpante et tranquille... Tu sors ?

Ellie s'était recoiffée, et avait recouru à son maquillage minimaliste pour obtenir un effet maximum :

— Ce n'est pas moi qui sors, c'est toi. Je veux que tu rentres à la maison, que tu prennes un bain, que tu dormes quelques heures dans un vrai lit. Non, non, ne discute pas. Viens ici.

Elle le conduisit à la fenêtre et s'en servit comme d'un miroir, en faisant pivoter le battant :

— Tu vois cette vieille ruine, juste à côté de cette femme splendide ? Eh bien, c'est toi. Si jamais Rosie ouvre les yeux et que c'est toi qu'elle voit en premier, elle va penser qu'elle a fait comme la Belle au Bois Dormant pendant cinquante ans. Alors tu rentres, et tu dors avec ton portable sous l'oreiller. À la moindre évolution, je laisse sonner jusqu'à ce que tu te réveilles, c'est promis.

— Non, Ellie...

— Si, le coupa-t-elle. C'est oui, et c'est tout de suite. Je me suis arrangée pour qu'on t'emmène à la maison. Cette gentille jeune femme de ton bureau... Shirley Novello, c'est bien ça ? Elle a dit qu'elle serait enchantée de te déposer. Elle t'attend en bas, sur le parking.

— Shirley, encore ? Oh mon Dieu...

— Oui, je suppose qu'elle est en contact avec lui aussi. Écoute, elle a besoin d'aide. Elle doit penser que tu es le seul capable de lui en apporter, puisqu'elle vient te chercher jusqu'ici. Peut-être qu'elle se fait des illusions, mais si tu peux l'aider, tu dois le faire.

Il secoua la tête, en signe non de dénégation, mais d'émerveillement.

— Toi alors, tu es... ineffable.

— Oh ! je n'en sais rien, dit-elle d'un ton léger. Et maintenant, ouste.

— Seulement si tu me promets de faire la même chose quand je reviendrai.

— De faire une virée avec une détective constable, tu plaisantes, j'imagine. Bon, bon, je te le promets.

Ils s'embrassèrent. Depuis que ces problèmes de santé s'étaient déclarés, c'était leur premier contact intime.

Elle le regarda s'éloigner en espérant que sa thérapie homéopathique serait efficace, si l'on pouvait décrire ainsi le fait de soigner le mal par le mal en lui faisant mesurer l'affliction d'autres parents dont la fille avait disparu. Non, la comparaison n'était pas bonne, se dit-elle en abaissant le regard sur Rosie. Eux, ils n'allaient pas perdre leur enfant, il y avait un cierge qui brûlait pour elle. Ellie se transformerait en cierge s'il le fallait.

— Bonjour, monsieur.

— Bonjour, Shirley, répondit Pascoe en s'installant dans la voiture. C'est gentil à vous de me ramener. Vous allez tout me raconter.

Novello se dit que, si on voulait savoir à quoi ressemblerait un homme quand il serait vieux, il suffisait de le laisser pendant deux ou trois nuits au chevet de son gosse malade.

Elle récita le résumé qu'elle avait préparé avec une concision et une clarté dignes de Wield.

Il ne lui fit pas de compliment. En fait, il sembla lui accorder assez peu d'attention, apparemment plus intéressé par les grésillements de son autoradio qu'elle avait laissé allumé.

Elle voulut tourner le bouton pour l'éteindre, mais il lui saisit la main :

— Non, laissez ça.

C'était la première fois qu'ils avaient un contact physique.

En d'autres circonstances et avec d'autres officiers de police, elle aurait soupçonné les préliminaires d'une tentative de patin, et aurait préparé sa défense.

Il resta ainsi une seconde, puis elle dut changer de vitesse et il lui lâcha la main.

— Donc, Benny a été vu dans Dendale et à la bibliothèque centrale par un témoin digne de foi. Agnes a tiré l'argent de son compte en banque, et Geordie Turnbull s'est fait agresser.

Novello avait donné cette dernière information dans le but de faire un compte rendu exhaustif :

— Oui, mais probablement par un cinglé du coin, un type comme ce Jed Hardcastle, peut-être...

— Geordie Turnbull vit à Bixford depuis des années, et il n'en a jamais fait mystère, à moins que vous ne pensiez que c'est être cachottier que d'avoir son nom écrit en grosses lettres rouges sur toute une flotte de bulldozers. Pourquoi, alors, avoir attendu si longtemps ?

— À cause de la petite Dacre qui a disparu, répondit Novello. Ça a tout redéclenché.

Elle fut surprise de l'entendre rire ou, en tout cas, émettre un son qui présentait une ressemblance familière avec le rire.

— Shirley, sortez-vous de l'esprit que ce qui est arrivé à ces familles dont un enfant a disparu est en train de se réveiller. C'est un état de choses permanent, qui durera toute leur vie. C'est comme quand on est amputé d'un bras : il faut apprendre à vivre sans lui, mais on ne peut jamais faire comme si on l'avait toujours.

Il parlait avec une véhémence qu'elle trouva inquiétante ; quand il réalisa l'effet qu'il produisait sur elle, il inspira profondément et s'obligea à se détendre.

— Excusez-moi, dit-il. Dans une affaire comme celle-ci, on ne partage le malheur des autres que dans la mesure où il se rattache à votre propre peine. Quand j'ai appris que Rosie était malade, le fait que la petite Dacre ait disparu, probablement enlevée et peut-être déjà tuée, ne m'est pas complètement sorti de l'esprit, mais en tout cas s'est effacé de ma conscience. Réaction initiale compréhensible, pensez-vous ? Peut-être que oui. Maintenant, je sais que si j'étais à deux doigts de mettre la main au collet de Benny ou d'un autre serial killer, et qu'au même moment quelqu'un me dise que Rosie a besoin de moi, je laisserais filer le type.

Il se rendit compte que ses confidences la troublaient. Il se rappela un épisode qui s'était passé il y a bien longtemps, au tout début de sa collaboration avec Dalziel : le Gros, qui avait un verre dans le nez, avait failli lui parler de son ménage brisé ; il avait évité la confidence, refusant d'apprendre quelque chose que son supérieur pourrait regretter ensuite d'avoir dit.

— Autrement dit, je pense qu'il faut chercher l'assaillant de Turnbull au-delà des familles de Dendale. Donc, il ne voulait pas que ça se sache ? Intéressant, ça.

— Oui, monsieur, répondit-elle. Mais je ne suis plus vraiment concernée par ce volet de l'enquête.

Pascoe perçut sa colère : tu n'as pas oublié que c'est toi qui avais pris la tête au départ, se dit-il. Il lui parla doucement :

— Je sais bien que, dans certains cas, ça fait vraiment mal de penser que les gens se foutent de vous. Mais il faut que vous considériez l'affaire dans son ensemble : c'est ce que font les gens dont vous pensez qu'ils vous malmènent. Au lieu d'enrager, décrochez une promotion. Depuis le départ, Mr Dalziel pense que la disparition de Lorraine Dacre a un rapport avec ce qui s'est passé à Dendale il y a quinze ans. Je ne pensais pas comme lui, mais plus je vois comment évoluent les choses, plus je me dis qu'il avait peut-être raison. Donc, les relations entre les choses, il ne faut ni les créer ni les laisser échapper.

— Bien, monsieur. J'ai relu les archives. Vous vous rappelez cette petite fille qui a réussi à échapper à Benny, Besty Allgood ? Eh bien, il semble qu'elle soit revenue, elle aussi.

Elle avança la main vers le siège arrière, prit le *Post* et le posa sur les genoux de Pascoe.

Pas si bonne que ça, comme idée, se dit-elle en voyant le DCI passer les deux minutes suivantes à étudier aussi bien la page traitant de l'affaire que celle consacrée au concert.

— Betsy Allgood... murmura-t-il. Il y avait une photo d'elle, dans le dossier Dendale. Elle a beaucoup changé.

— Nous grandissons. Nous commençons à ressembler à ce que nous voulons, pas à ce que nos parents souhaitent, comme vous allez sans doute vous en rendre compte vous-même.

Il lui jeta un regard perçant, puis la remercia d'un sourire pour sa façon détournée de le rassurer.

— Eh bien, c'est certainement un progrès, dit-il. Si ma mémoire est bonne, elle était plutôt ingrate, enfant.

Ce fut à elle de lui lancer un regard perçant. Il se morigéna : Pascoe, c'est assez malvenu de jouer les bêcheurs au sujet des enfants des autres, compte tenu des circonstances actuelles.

Mais la photo continuait à le tracasser ; ou plutôt, les photos. Parce que si Betsy/Elizabeth, qu'il avait déjà vue, lui semblait totalement inconnue, Walter Wulfstan lui donnait l'impression inverse : il lui disait quelque chose. Mais pourquoi pas, après tout. Un notable local, le genre d'homme qu'on est susceptible de rencontrer à la table d'honneur de ces cérémonies officielles où on l'avait envoyé représenter « le côté prout-prout de la police », comme disait Dalziel.

Mais une autre chose le turlupinait...

— Arrêtez-vous là, voulez-vous ? Près de cette cabine téléphonique.

Elle obéit, perplexe, mais resta assise sans parler pendant que Pascoe écoutait en fronçant les sourcils les grésillements de la radio.

— Il se passe quelque chose, dit-il.

— Je n'ai rien entendu...

— Non, non, je ne parle pas de ce qu'on me dit, mais d'une pause, d'une intonation de temps à autre... Peut-être que je déraille, mais faites-moi une faveur, Shirley. Vérifiez auprès du bureau des enquêtes de Danby.

— Très bien, obéit-elle en sortant son téléphone portable.

— Non. (Il lui indiqua du doigt la cabine.) Si je ne me trompe pas, vous n'obtiendrez rien si vous n'appelez pas d'une ligne fixe.

Elle rougit de sa propre lourdeur et descendit de voiture.

Pascoe se remit à étudier le journal, puis se retourna pour le poser à l'arrière. Il constata que Novello avait la même attitude qu'Ellie envers sa voiture : le siège du conducteur était dégagé, mais le reste de l'habitacle servait de poubelle. Il fronça les sourcils en voyant, parmi les détritus, deux sacs bien en évidence. C'était le genre de choses qu'on planquait dans un coffre fermé à clef jusqu'à ce que, le plus rapidement possible, on les remette à qui de droit pour examen ou stockage.

Il attrapa les sacs, les posa sur ses genoux. Ils portaient tous deux des étiquettes indiquant qu'ils étaient passés par le laboratoire d'examen. Le plus grand contenait un paquet de cigarettes, deux journaux du dimanche, et un mouchoir en papier taché ; le second, une pile pour appareil photo, ainsi qu'une boucle d'oreille d'argent en forme de dague.

Il était encore en train de regarder le contenu du second sac quand Novello remonta dans la voiture. Mais ce qu'elle lui dit repoussa au fond de son esprit toutes les questions qu'il se posait :

— On a retrouvé la gamine, indiqua-t-elle d'une voix monocorde et maîtrisée. Je viens d'avoir Mr Headingley en ligne. On n'a pas encore identifié formellement le corps, mais le sergent Wield est certain qu'il s'agit d'elle. Il est allé dans la vallée avec le chien de la petite...

— Quel finaud, ce vieux Wieldy, commenta Pascoe. Ça n'explique pas comment, avec des hommes, des chiens et des appareils thermosensibles, on a pu passer à côté.

— Il y avait une charogne de mouton, et par ce temps...

— Quel finaud, ce meurtrier, commenta à nouveau Pascoe. On a une idée de la cause de la mort ?

— Non, pour l'instant l'équipe est sur place avec le médecin. Ça démolit la conception que j'avais sur l'enlèvement.

Elle aussi cherchait à surmonter la situation en perdant le corps de l'enfant dans un monceau d'abstractions policières.

— J'imagine que le superintendant est content, dit Pascoe.

— Mais enfin, monsieur ! s'exclama Shirley Novello sans pouvoir cacher son indignation.

— Parce qu'il tient un corps. Ça faisait longtemps qu'il avait abandonné tout espoir de la retrouver vivante : à mon avis, depuis qu'il a appris sa disparition. Mais pour se lancer à la poursuite du meurtrier, il faut du concret, sinon on tape dans le vide. À part ça, quoi d'autre ?

— Le superintendant a briefé l'inspecteur avant de partir pour la vallée.

Elle transmit les résultats de l'entretien entre Dalziel et Jackie Tilney, avec un luxe de détails qui surprit Pascoe.

— Vous devez avoir beaucoup d'influence auprès de George Headingley, lui dit-il.

Celui-ci était de la vieille école : pour lui, trop parler à un détective constable ne faisait que lui embrouiller l'esprit ; parler à un détective constable de sexe féminin d'autre chose que du nombre de sucres dans son thé était une totale perte de temps.

— Je lui ai dit que les consignes venaient de vous, monsieur, et que vous vouliez un compte rendu détaillé. Ah, au fait, il vous envoie ses meilleurs vœux pour... vous savez pourquoi.

— Oui, je sais. Ce livre, là... *La Submersion de Dendale.* Je suis sûr qu'Ellie l'a chez nous, quelque part, elle s'intéresse à cet épisode de l'histoire locale. Mais pourquoi donc Benny voulait-il le consulter, et pourquoi avait-il besoin de photocopies de cartes ? Au dire de tous, il connaissait la vallée comme sa poche.

— Ça remonte à quinze ans, avant que la vallée ne soit noyée.

— Avec la sécheresse, ça se rapproche de ce que c'était à l'époque, objecta Pascoe.

— Sauf que tous les bâtiments ont été rasés au bulldozer, dit Novello qui démarra et s'éloigna du trottoir.

— Oui, j'imagine. Dites-moi, ces sacs, là...

Elle avait remarqué qu'il les avait sur les genoux et lui coupa la parole pour éviter ses reproches :

— N'ayez crainte, c'est à jeter, pas à conserver. Ce sont des trucs que j'ai dégotés dans la poubelle du belvédère de la route de Highcross Moor, alors que je pensais à un enlèvement. Le labo n'a rien trouvé, ce qui n'a rien d'étonnant puisque la petite a été découverte dans la vallée. Je les jetterai la prochaine fois que je ferai du rangement dans ma voiture.

— Très bien.

Il resta silencieux pendant le reste du trajet. Pas géniale, l'idée qu'elle avait eue, se dit Novello. Mais qu'est-ce qu'elle espérait ? La dernière fois, il avait été de bon conseil. Mais depuis, comme il le disait lui-même, l'affaire Dacre avait nettement rétrogradé dans ses priorités mentales.

Arrivé devant chez lui, il sortit en tenant toujours les sacs en plastique.

— Monsieur, monsieur ? appela-t-elle en les lui montrant du doigt.

— Quoi ? Ah oui, je vais les jeter dans notre poubelle. Entrez donc un moment, voulez-vous ?

Elle le suivit. Il se dirigea droit vers l'escalier, et elle se demanda si elle était censée venir avec lui. Elle s'en foutait complètement, d'ailleurs : en bas, derrière une porte ouverte, il y avait une pièce pour elle. Pascoe n'était pas un dragueur, mais on ne savait jamais, un homme soumis au stress a parfois des comportements étranges ; et pour une jeune femme, officier de police et ambitieuse, ce n'était pas très bon pour l'avancement de se faire agresser par un officier haut placé et apprécié, qui de surcroît avait un enfant en danger de mort.

Il redescendit un livre à la main.

— Voilà, je savais bien qu'on en avait un exemplaire : *La Submersion de Dendale.* Voyons si on trouve ce qui intéressait tant Lightfoot.

— Mais... les cartes, monsieur, on le sait, dit-elle avec la patience d'une institutrice de maternelle.

Il perçut l'intonation, lui sourit :

— Merci, madame la nounou. Seulement, les cartes, c'était la première fois, et il en avait eu des photocopies. Donc, qu'est-ce qui l'a conduit à revenir consulter le bouquin ?

Il entra dans le salon, s'assit et se mit à feuilleter. Debout derrière lui, Novello regardait par-dessus son épaule.

Il avait déjà dû mettre le nez dans ce livre, mais il n'en avait aucun souvenir, sauf de la première vue panoramique que Mrs Shimmings lui avait montrée. Mais maintenant qu'il avait vu ce qu'elle était devenue, qu'il avait vu ce qu'étaient devenus plusieurs de ses anciens habitants, ces illustrations faisaient revivre le passé. Et son imagination n'aurait jamais pu y parvenir sans cette aide.

Au fil des pages figuraient tous les bâtiments, aujourd'hui des décombres que l'on distinguait difficilement du flanc de la montagne.

Voici Heck : une solide bâtisse, plutôt sévère malgré le soleil qui inonde toutes les photos. On ne voit personne, mais on distingue la torsion des cordes d'une balançoire fixée à la branche d'un chêne, comme si un enfant venait d'en descendre pour s'éloigner tranquillement.

Voici Hobholme : une de ces vieilles fermes agrandie en longueur, les bâtiments s'appuyant les uns derrière les autres. La grange sur la maison, la bergerie sur la grange, l'abri d'agnelage sur la bergerie, et ainsi de suite. Un seau dans chaque main, une jeune femme marche d'un pas décidé le long de cet alignement. Pascoe identifia facilement les traits de Molly Hardcastle dans ce profil délicat. On la voyait vaquer avec le stoïcisme soumis d'une épouse de fermier de montagne : pas vraiment heureuse, l'esprit peut-être préoccupé par la comparaison entre les rudes attentes de son mari et la manière plus douce du constable Clark. Était-ce simplement des rêves futiles de femme très travailleuse ? Était-ce son amour pour ses trois enfants en bas âge, et peut-être le souvenir de Hardcastle qui, lui aussi, avait dû être tendre pendant un temps ? Ou envisageait-elle sérieusement d'affronter la colère d'un époux et les ragots des voisins et de s'accorder une pause pour connaître le bonheur ? Rêves futiles ou fermes résolutions, en tout cas, elle avait dû sentir qu'elle les payait quand la petite Jenny s'était éloignée de l'eau où s'amusaient les enfants...

Quelques pages étaient consacrées au Stang, avec l'appentis du menuisier plus grand que le cottage blanchi à la chaux, la fumée qui s'échappe en grosses volutes de la cheminée, pour rappeler au lecteur que le feu était un outil de travail indispensable, même quand il faisait si chaud que le soleil aurait pu cuire les pommes sur l'arbre. Près de la menuiserie se tiennent deux hommes torse nu ; des filets de sueur coulent sur leurs avant-bras et leur poitrine. Ils tiennent, l'un une scie, l'autre une planche, et ils sourient tous deux devant l'objectif, manifestement heureux de faire une petite pause bien méritée. Ils ont un air de famille très prononcé : c'est

Joe Telford et son frère George, mais quelqu'un les connaissant mal n'arriverait pas à reconnaître l'un de l'autre. Enfin, maintenant, sûr que ce serait facile.

L'église, aussi, St Luke, dont on voit sortir un couple qui vient de se marier, heureux et tout sourire ; et puis le *Holly Bush Inn* avec des clients installés dehors ; et puis Low Beulah, où vivaient les Allgood. On en voit sortir un homme mince aux cheveux noirs, au visage tanné, qui fronce les sourcils comme s'il voulait livrer au photographe une partie de ses pensées.

Et voici l'école du village.

Pascoe sentit son cœur se serrer, et Shirley Novello se raidir derrière lui. On voyait sur la photo tous les enfants de la vallée : environ vingt-cinq gamins, ceux du premier rang assis par terre, ceux du deuxième à genoux, ceux du troisième debout entre leurs maîtresses, Mrs Winter et miss Lavery. Le dossier Dendale comportait des photos des disparues, et il repéra une à une leur petite tête blonde au visage souriant. On reconnaissait facilement aussi Betsy Allgood, avec ses traits sombres et graves. Et puis il y avait aussi une autre enfant qui lui disait quelque chose, dans le troisième rang, celui des plus grands... Ça y est, il arrivait à faire le lien, ce devait être Elsie Coe à l'âge de 10 ou 11 ans. Impossible de se tromper quand on avait étudié la photo de Lorraine Dacre, sa fille.

Au-dessous, une légende : *Ils sourient à un avenir radieux, qui ne se passera pas à Dendale !*

Non effectivement, pas à Dendale.

Il y avait d'autres illustrations représentant des paysages : le lac, dans lequel on voyait quelqu'un nager ; les Hauts de Beulah, l'enclos à moutons édifié avec les pierres du château fort ; White Mare's Tail en pleine crue. Cette photo devait être antérieure aux autres, elle avait été prise avant la sécheresse.

Il arriva à la seconde partie du livre. Sous-titrée *La Submersion*, elle s'ouvrait par une épigraphe :

Coup du sort inattendu, pire que la Mort !
Dois-je donc te quitter, Paradis ?

Suivaient alors des photos de la construction du barrage et de l'évacuation de la vallée. Voici des gens qui chargent leurs biens dans des fourgonnettes ou sur des remorques tirées par des tracteurs ; voici des moutons qui redescendent de la montagne sous la conduite d'un homme, probablement Mr Allgood ; voici le cimetière, avec ses tombes grandes ouvertes, au milieu desquelles un pasteur à l'air inquiet regarde l'exhumation d'un cercueil ; voici le *Holly Bush Inn*, dont le patron décroche l'enseigne ; voici la salle de classe, désertée par les élèves et vidée de ses pupitres, dans laquelle seuls quelques dessins d'enfants collés aux fenêtres permettent de deviner la destination antérieure de la pièce ; et voici la mairie du village d'où sort un homme, les bras chargés de boîtes d'archives, qui referme la porte derrière lui d'un coup de talon.

Ce visage, comment ne pas le reconnaître : le sergent Wield. Parce que la police aussi avait dû faire ses malles, bien que le texte d'accompagnement ne fasse aucune référence à l'autre tragédie qui s'était jouée à Dendale pendant ce long été si chaud. C'était sans doute justifié pour ce genre d'ouvrage : ceux qui avaient participé à l'enquête n'avaient pas besoin qu'on leur rafraîchisse la mémoire.

Pascoe continua à feuilleter le livre en se demandant ce qui, mis à part les cartes, pouvait intéresser Benny Lightfoot, si tant est qu'il s'agisse de lui.

Dans la première partie, on n'apercevait Neb Cottage qu'une seule fois, en tout petit au loin ; en revanche, il y avait dans la seconde une vue prise de beaucoup plus près. Pourtant, ce n'était pas le genre de photo pouvant justifier qu'un type revenant au pays s'y attarde. Elle avait un côté théâtral, avec le soleil du soir qui semblait inscrire chaque point en caractère gras. On y voyait le cottage au moment précis de sa destruction. Un bulldozer, sur lequel se lisait distinctement le mot TIPLAKE sur le bras de la pelleteuse, escaladait le côté de la maison avec une rapacité de dinosaure. Les murs s'écroulaient comme des bêtes abattues par un chasseur, la cheminée s'était lézardée au-dessus du pignon et penchait vers l'arrière comme une bouche béante cherchant à pousser un atroce cri d'agonie.

Il continua à tourner les pages. L'avant-dernière illustration représentait la libération des eaux de Black Moss, au niveau du col entre le Neb et les Hauts de Beulah. Elle avait un côté sombre et lugubre, avec un ciel chargé de nuages annonciateurs du déluge qui avait mis fin à la sécheresse.

Sur la dernière photo, on voyait la vallée sous son nouvel aspect, avec son lac de retenue. Un décor aussi silencieux, aussi paisible, et aussi inanimé que le Jardin du Souvenir d'un crématorium.

Il leva les yeux vers Novello et dit :

— Il vient voir sa grand-mère, il va à la bibliothèque centrale pour consulter de vieux journaux ainsi que ce livre, il fait des photocopies des cartes et il campe près de Dendale jusqu'à hier matin ; ensuite il plie bagage et il retourne en ville, à la bibliothèque. Voilà tous nos éléments. Maintenant, qu'est-ce que vous voudriez savoir de plus ?

L'expression de la jeune femme, après avoir montré quelque vague espérance, indiqua qu'elle était complètement déroutée :

— Eh bien, j'aimerais savoir ce qu'il fabrique, pourquoi...

— Oui, la coupa-t-il. Et pourquoi voulez-vous savoir pourquoi ?

— Mais parce que... Parce que... (Soudain, elle y parvint :) Parce que si on savait pourquoi, ça pourrait nous aider à l'interpeller au plus vite pour vérifier s'il est impliqué dans le meurtre de Lorraine Dacre.

— Parfait. Ça *pourrait* nous aider. Mais très franchement, on a plus de chances de lui mettre le grappin dessus grâce à son camping-car, ou aux coups de fil qu'il pourrait passer à Wark House. Vous avez prévu la chose, j'imagine ?

— Oui, monsieur.

— Alors, ne vous torturez pas l'esprit à essayer de comprendre, dit-il d'un ton las. La curiosité, c'est bien, mais il vient un moment où il faut que vous rejoigniez l'équipe, même si c'est pour servir le thé. Vu ?

— Je pensais...

— Ce n'est pas un mal, de penser. De penser ici. Regardez le bouquin toute seule avant de partir. Claquez simplement la porte derrière vous, mais pas trop fort, hein ?

Il se leva, quitta la pièce. Elle l'entendit monter l'escalier.

Elle s'assit, ouvrit le livre au hasard : elle était tombée sur la photo du bulldozer en train de démolir Neb Cottage.

Elle était sûre que Benny avait passé pas mal de temps à regarder cette photo. Elle essaya de s'imaginer dans la même situation, devant la destruction de la maison jumelle dans laquelle elle avait été élevée, en banlieue ; elle aurait le cœur brisé de voir ainsi éventrées les seules pièces dans lesquelles elle se sentait en sécurité.

Elle referma toutefois l'ouvrage en se disant que Pascoe avait raison. Il ne fallait pas confondre la curiosité gratuite avec un bon boulot de flic. Il était temps de filer sur Danby, de voir comment avaient été réparties les missions à la suite de la découverte du corps, de jouer dans l'équipe, même en servant le thé...

— Et merde ! dit-elle à haute voix.

Elle rouvrit le livre, regarda à nouveau. Puis elle alla au pied de l'escalier et appela :

— Monsieur, monsieur ? Vous ne dormez pas encore ?

Il y eut un silence, puis elle entendit la voix de Pascoe :

— Oui ?

Elle monta les marches et resta debout devant la porte ouverte de la chambre. Pascoe était assis devant une coiffeuse sur laquelle il avait renversé ce qui semblait être le contenu d'un coffret à bijoux. Il leva les yeux sur elle et demanda d'un ton agacé :

— Qu'est-ce qu'il y a ?

— Auriez-vous une loupe ?

Elle s'attendait à quelques sarcasmes sur Sherlock Holmes, mais il se contenta de lui répondre impatiemment :

— Tiroir de gauche du bureau.

Puis il se remit à trier les bijoux fantaisie.

Elle descendit, trouva le bureau, la loupe, et prit le livre.

— Bingo ! s'exclama-t-elle.

— Ah, vous êtes encore là ? Parfait, dit Pascoe depuis le couloir.

— Venez voir, monsieur...

— Bon, bon, vous me raconterez tout ça dans la voiture. Il faut que vous me déposiez en ville.

— Mais je pensais que... Mrs Pascoe m'a bien dit...
— Emmenez-moi, point.
— Très bien, monsieur. À l'hôpital ?
— Non, aux bureaux de la Mid-Yorkshire Water.

8

Le rapport préliminaire établi sur place par le médecin légiste fut très bref.

L'enfant avait eu le crâne fracturé, ce qui avait sans doute provoqué le décès. Elle avait conservé tous ses vêtements et, selon les premières constatations, elle ne semblait pas avoir subi de violences sexuelles.

— D'autres éléments seront communiqués à l'issue de l'autopsie, conclut-il.

Dalziel reconnut bien dans ce laconisme brutal la façon dont on traitait habituellement la mort d'un enfant. Pour l'instant l'heure n'était pas à la méditation éplorée.

— Bien. On peut la descendre, dit-il.

La grotte où l'on avait trouvé le corps avait dû être cet endroit secret dont avaient parlé les amies de Lorraine : témoin une bougie, des bandes dessinées, une boîte en fer-blanc contenant des biscuits et portant l'instruction « Rassions de secour », ainsi qu'un os en caoutchouc sur lequel on distinguait la marque des dents de Tig. Il semblait bien que la petite avait confectionné l'écran d'herbes et de brindilles qui dissimulait l'entrée, mais aussi que le bouchon de roche et de terre dégagé par Wield avait été mis en place par le meurtrier.

— Donc il a traîné la charogne du mouton qui se trouvait au fond du ravin, dit le sergent. Ça a suffi à tromper à la fois les chiens et les appareils photosensibles. Seulement Tig, lui, savait où aller. Il ne suivait pas une odeur, il savait, tout simplement.

Pour amener l'animal à l'extérieur, il avait fallu faire appel à un maître-chien protégé par des gants. Mais une fois que

Tig avait retrouvé le grand air, sous la surveillance de Wield, il avait accepté sans protester qu'on lui passe sa laisse et qu'on l'attache. Il se leva lorsque le corps fut emmené, et regarda le cercueil que l'on descendait jusqu'à un véhicule. Puis il s'apaisa, comme s'il savait que la page de cette partie de sa vie était définitivement tournée.

— On va avoir besoin d'une identification formelle du corps, dit le superintendant.

Autrement dit, il fallait informer les Dacre, leur arracher la toute petite lueur d'espoir qu'ils gardaient au cœur.

— Je m'en occupe, indiqua Wield.

Ils savaient l'un comme l'autre que, en fait, cela ressortissait à la responsabilité de Dalziel ; mais on sentait à son intonation que jamais le Gros n'avait prononcé une phrase se rapprochant autant d'un appel au secours.

— C'est mon taf, protesta-t-il, peu disposé à confirmer la faiblesse qu'il avait montrée.

— Votre taf, c'est de mettre la main sur le salaud qui a fait ça. Vous pourrez leur parler quand vous l'aurez chopé.

Sans attendre la réponse, Wield détacha Tig et se mit à descendre le chemin, le chien sur les talons. Il se retourna une fois avant de sortir du champ de vision et vit que Dalziel, resté debout au même endroit, le regardait s'éloigner. Sa gigantesque pogne se leva lentement jusqu'à hauteur d'épaule, dans un geste qui aurait pu passer pour une bénédiction, mais dont le sergent savait que c'était la seule manifestation de gratitude qu'il obtiendrait.

En arrivant à la moto, le petit chien montra de la réticence à monter dans le panier, mais quand Wield enfourcha l'engin, Tig bondit comme s'il n'avait jamais utilisé que ce moyen de transport.

Wield ne roula pas vite, pourquoi donc se presser ? Il tenta de faire le vide dans sa tête et de se détendre. Le sol s'aplanissait en arrivant à Ligg Common. Burroughs était postée devant la caravane, attendant qu'il s'arrête pour la tenir au courant. Il passa devant elle sans un regard et stoppa devant le 7 Liggside.

Avant même qu'il ait coupé les gaz, Tig avait sauté de

son perchoir et s'était précipité en aboyant dans la maison dont la porte d'entrée était ouverte.

Meeerde, pensa Wield. Merde, merde, merde !

Il chercha à rattraper l'animal mais il était déjà trop tard : Tony et Elsie Dacre, debout, regardaient vers la porte, les yeux brillants d'un espoir désespéré devant l'arrivée bruyante de Tig, qui avait dû si souvent annoncer le retour de Lorraine.

— Je suis désolé, désolé, ne put s'empêcher de dire Wield.

Il s'excusait de ne pas avoir maîtrisé le chien, mais ses paroles firent en même temps le plus gros du travail. La femme hurla « Oh ! non, non ! » avant de s'effondrer en larmes dans les bras de son mari.

— Mais où... Et comment... ? demanda celui-ci d'une voix étranglée.

— Là-haut, dans la vallée, près du ruisseau à l'endroit où il traverse ce grand ravin. C'est Tig qui l'a trouvée.

— Qu'est-ce qui s'est passé ? Elle a été...

— Je ne peux rien vous dire pour l'instant sur les circonstances exactes. Mais le médecin a indiqué qu'elle portait tous ses vêtements. Aucun signe de violences sexuelles.

Il en disait plus qu'il ne l'aurait dû alors que l'autopsie n'avait pas encore été pratiquée, mais il ne pouvait pas, face à cette douleur, ne pas essayer de la soulager par tous les moyens.

— Nous avons besoin d'une personne pour identifier le corps.

Elsie redressa vivement la tête. Décidément, l'espoir était comme un cafard : on a beau l'écraser de toute la force du talon, il continue à déguerpir.

— Donc, on n'est pas encore sûr ? implora-t-elle.

— Si, on est sûr, répondit-il d'une voix douce. À cause de ses vêtements, et on avait sa photo. Je suis navré. Écoutez, je vais revenir plus tard pour parler avec vous de l'organisation matérielle. Pour l'instant, il vous faut du temps...

Il se retourna et quitta la pièce, honteux de se sentir soulagé.

Il vit une femme passer la porte d'entrée : Margaret Coe, la mère d'Elsie Dacre :

— Je vous ai vu arriver, lui dit-elle. Vous avez du nouveau ?

Le sergent acquiesça de la tête :

— On l'a retrouvée.

— Oh ! mon Dieu !

Elle le bouscula pour entrer dans la salle de séjour, et il sortit. Jamais le soleil ne lui avait semblé si cruel. Il sentit braqués sur lui de très nombreux regards. Indifférent, il enfourcha sa moto. Tony Dacre émergea de la maison, portant Tig dans ses bras :

— Vous ne pourriez pas le prendre ? Ça va être trop dur pour nous, chaque fois qu'il aboiera, ce sera comme si... Et comme de toute façon il a l'air de vous avoir pris en affection... Il ne demande pas beaucoup de soins, vous comprenez : vérifier simplement de temps en temps que tout va bien... Dites, vous disiez la vérité tout à l'heure, il ne lui a rien fait ?

— Non, pour autant que je sache, mais il faut attendre les résultats d'un examen complet.

— Bon, c'est déjà ça. (Il leva les yeux sur ce ciel si densément bleu, et secoua la tête d'un air pensif :) Mon Dieu, c'est fou ce que l'on peut réagir bizarrement. Je viens d'apprendre que ma fille est morte, et j'essaie de me réconforter en me disant qu'elle n'a pas été violée. On est vraiment de drôles de créatures, sergent. Je me demande bien pourquoi on est sur terre, tous autant qu'on est.

— Ça, je ne sais pas, je ne sais vraiment pas, répondit Wield.

Il installa le chien devant lui et s'éloigna, en pensant : « Salaud, tu n'es qu'un salaud, tu as tué en nous la confiance mutuelle, la confiance en nous-mêmes. Appartenir à une humanité qui a produit les mecs dans ton genre nous dégoûte. »

Il entendit un grondement entre ses jambes : Tig s'était endormi, la tête sur la cuisse de Wield, et ronflait.

Et qu'est-ce qu'Edwin va bien pouvoir dire en te voyant ? se demanda le sergent.

Il hésita entre le rire et les larmes en réalisant avec quelle facilité il était passé d'un désespoir immense à des problèmes bassement matériels.

9

La partie visible de la réceptionniste de la Mid-Yorks Water était accueillante et convenable. Mais son comportement implacable envers ceux qui cherchaient à pénétrer dans le monde qui s'ouvrait derrière elle donnait à penser que la partie cachée possédait une bonne réserve de mordant.

Avec Pascoe, les choses semblaient être du tout cuit. Au cours des deux dernières années, avec la multiplication des réclamations concernant la sécheresse, la pollution et les avantages en nature des directeurs, elle était devenue experte dans l'art de repousser des assauts autrement plus rudes que ce que promettait ce personnage mince, hâve et échevelé.

— Mr Purlingstone n'est pas disponible aujourd'hui. Laissez-moi votre nom, je veillerai à ce qu'il soit informé de votre appel.

— Dites-lui plutôt que je suis sur place. Mon nom est Pascoe.

Il devina à son mouvement qu'elle s'apprêtait à appuyer sur un bouton de sécurité. Tout en soupirant, il présenta sa plaque :

— Inspecteur-chef Pascoe, dites-lui bien.

Elle prit le téléphone, et quelques instants plus tard Pascoe se retrouvait dans un ascenseur parfumé et agrémenté de musique.

Quand la porte s'ouvrit, il tomba sur Purlingstone qui l'attendait.

— Qu'est-ce qui se passe ? lui demanda-t-il. Qu'est-ce que vous faites ici ?

— Tout va bien, rassurez-vous. Cela n'a rien à voir avec Zandra, vraiment.

Pascoe ressentit un gigantesque pincement au cœur de culpabilité. Il ne trouvait pas honnête de venir là comme ça.

Si cet homme fuyait l'épicentre du traumatisme pour se réfugier à l'endroit où il conservait encore du pouvoir et le contrôle sur les choses, cela ne voulait pas dire qu'il ne souffrait pas. Et, apprenant l'arrivée de Pascoe, pouvait-il penser à autre chose qu'au pire ?

Les deux hommes ne s'étaient pas parlé depuis leur algarade, et cette visite, pensa Pascoe, n'allait certainement pas améliorer leurs relations.

— Excusez-moi, Derek, j'aurais dû téléphoner plutôt que de venir. Tout va bien à l'hôpital ; d'ailleurs, s'il y avait un problème, ils appelleraient directement, hein ?

Cet appel à la logique sembla porter ses fruits, et l'angoisse fit place à la suspicion :

— Alors, qu'est-ce que vous venez faire ici ?

— Excusez-moi, répéta Pascoe. Je voulais juste vous poser deux ou trois questions.

— Vous avez la façon de parler d'un policier, remarqua Purlingstone avec sarcasme.

C'est vrai, se dit Pascoe. Sa phraséologie était directement sortie d'une série policière pour la télévision. Mais après tout, on est ce qu'on est.

— Où vous êtes-vous arrêté dimanche dernier ? demanda Pascoe.

— Pardon ?

— Rosie nous a dit que, pendant le trajet pour aller à la mer, vous aviez fait une halte pour le petit déjeuner. Je me demandais simplement par où vous étiez passés et où...

Il fit une pause : pas parce que l'autre avait l'air furieux, mais parce que son mécontentement s'estompait pour laisser place à une sorte de prudente compassion.

Il pense que j'ai pété les plombs, se dit Pascoe.

Peut-être eût-il été avisé d'exploiter cette fausse impression comme base pour obtenir à la fois de la sympathie et des informations, mais il ne se sentait pas capable de l'accepter. Il n'allait pas utiliser sa souffrance de père pour retirer un quelconque avantage dans une telle situation.

— Allons, c'est une question toute simple, dit-il avec brusquerie. Où vous êtes-vous arrêtés pour pique-niquer ?

— Sur la route de la lande, à la sortie de Danby. Je préfère cet itinéraire pour aller sur la côte. C'est un peu plus long, mais on évite pas mal de circulation. Mais qu'est-ce que ça veut dire, enfin, tout ça ? Je ne peux pas croire que ce soit le travail de la police de... Nom de Dieu, Pascoe, c'est fou ce que vous pouvez devenir insensible.

L'heure n'était plus à la pitié, maintenant, mais à la colère.

— Non, non, pas vraiment, enfin dans un sens...

Pascoe trébuchait dans ses efforts pour fournir une explication et éviter une autre confrontation. Il vit à la tête de Purlingstone que cela ne servait à rien.

— Simplement, Rosie a perdu sa croix ; enfin, ce n'était pas vraiment une croix, en fait c'était une boucle d'oreille d'Ellie qui avait la forme d'une dague. Et comme l'un de mes détectives constables en a trouvé une pareille dans une poubelle, je me demandais comment... Vous voyez, c'était bien celle-là, alors j'ai vérifié. C'est sans doute une coïncidence, mais...

Un téléphone sonna dans une pièce située derrière Purlingstone. Quelqu'un répondit, et une jeune femme s'avança vers eux :

— Excusez-moi, Derek, mais c'est l'hôpital. Ils demandent que vous veniez le plus rapidement possible.

— Oh ! mon Dieu !

Les deux hommes se regardèrent d'un air désespéré, chacun attendant un réconfort que l'autre était incapable d'apporter.

Ils sont peut-être en train d'appeler à la maison, pensa Pascoe, et je n'y suis pas et en plus j'ai éteint mon portable...

— Je vous en prie, pouvez-vous m'emmener ? demanda-t-il.

— Allez venez.

Négligeant l'ascenseur, les deux hommes dévalèrent l'escalier.

Ils comprirent que quelque chose de grave était arrivé quand ils virent leurs épouses dans la salle d'attente. Les deux femmes étaient cramponnées l'une à l'autre. En apercevant Derek, Jill Purlingstone se précipita dans ses bras. Pascoe s'approcha d'Ellie :

— Qu'est-ce qui se passe ?

— Je ne sais pas exactement, mais rien de bon, semble-t-il, répondit-elle à voix basse.

— Oh ! nom de Dieu ! Elle allait si bien, jamais je n'aurais dû partir...

— Mais il ne s'agit pas de Rosie, lui murmura Ellie à l'oreille. Elle, ça va ; c'est Zandra.

Pendant un moment, il éprouva un soulagement si intense qu'il aurait pu éclater de rire tout fort. Puis son regard se porta sur l'autre couple, immobilisé en une étreinte, comme s'ils essayaient de réprimer tout sentiment. Et il se sentit envahi par la honte devant sa joie.

— Faut-il que j'essaie de me renseigner ? demanda-t-il à Ellie.

— Non, ils ont dit à Jill qu'ils l'informeraient dès qu'ils auraient quelque chose de valable à communiquer.

La porte s'ouvrit devant Mrs Curtis, la consultante en pédiatrie. Ignorant les Pascoe, elle se dirigea vers les Purlingstone, qui se séparèrent comme des amants pris en faute, mais en maintenant le contact du bout de leurs doigts.

— On s'assied ? proposa le médecin.

— Oh ! mon Dieu, souffla Ellie, car la voix de la femme sonnait la mort tel un glas.

Pascoe lui prit le bras, l'entraîna hors de la pièce ; elle ne résista pas.

Une fois dans le couloir, elle le regarda d'un air implorant, comme si elle espérait trouver une dénégation dans son visage. Mais il n'avait rien à offrir. Il y eut un grand silence autour de la salle, et l'expression figée de deux infirmières qui passèrent lentement vint confirmer ce qu'ils avaient déjà pressenti.

Ellie se tourna vers la porte, mais Pascoe resserra son emprise sur son bras.

— Mais Jill va avoir besoin de moi, protesta Ellie d'un air farouche.

— Certainement pas. Nous sommes les dernières personnes qu'ils ont envie de voir en ce moment.

Ils entendirent un cri venu de la salle d'attente : *Pourquoi ?*

Le cri universel dans un drame pareil, mais qui était aussi chargé d'une autre question : *Pourquoi ma gosse, et pas celle d'un autre ?*

Ellie cessa de se débattre.

— Allons voir Rosie, dit Pascoe.

En arrivant, ils tombèrent sur une infirmière tout excitée :

— Elle a ouvert les yeux, juste à l'instant, je pense qu'elle est en train de se réveiller. Je lui ai parlé, mais c'est vos voix qu'elle va vouloir entendre.

Ils allèrent chacun d'un côté du lit, se penchèrent sur la petite silhouette. Ellie chercha à parler, mais n'y parvint pas : il y avait trop d'émotions contradictoires qui se bousculaient dans sa gorge.

— Rosie, mon cœur, allez, dit Pascoe. C'est Papa, il est l'heure de se réveiller, l'heure de se réveiller.

Dans la caverne, le nix bouge. Cette fois-ci, pas de poursuite autour de la mare. Au lieu de cela, il fonce tout droit dans les eaux noires.

Rosie et sa compagne se séparent et s'enfuient chacune dans une direction différente, l'une vers la gauche, l'autre vers la droite. L'air est rempli de bruit : le rugissement du nix, les cris de la chauve-souris, les hurlements des deux fillettes. Mais il y a aussi un autre son, celui d'une voix, la voix de son papa, qui appelle sa petite Rosie.

Dans sa fuite, elle est arrivée jusqu'à l'entrée du tunnel menant à la sortie. De là, la voix est plus distincte : elle lève les yeux sur la lumière, puis regarde autour d'elle pour repérer le nix.

Il est de l'autre côté de l'eau, une fois de plus. Debout au-dessus de l'autre petite fille, qui a trébuché et est tombée.

Ses cheveux cachent son visage, Rosie ne voit que ses yeux : des yeux qui pourraient être ceux de Nina, de Zandra, ou de n'importe quel enfant. Ce regard est si apeuré, si implorant, qu'elle hésite un moment.

Et puis elle entend à nouveau la voix de son papa : *Allez, Rosie, c'est l'heure de se réveiller !*

Alors elle tourne le dos à la caverne, à la mare et au monde ténébreux du nix, et elle se précipite dans le tunnel pour émerger dans la lumière.

10

Shirley Novello n'était pas d'un naturel à mentir. Pendant son enfance, elle avait eu une éducation et subi une influence religieuse qui lui avaient inculqué la primauté de la vérité.

Ses parents avaient cru, ou fait semblant de croire, tout ce qu'elle leur avait dit. Au départ, c'était assez rigolo. On pouvait manger sa glace, puis raconter qu'on l'avait fait tomber dans le sable à la suite d'un faux pas ; on pouvait accuser son petit frère d'avoir cassé quelque chose alors qu'on était la responsable, et s'asseoir pour assister à la fessée qu'on lui flanquait. Il lui avait paru facile de concilier ce comportement avec la norme de vérité absolue qui régnait dans le confessionnal, et qu'elle acceptait sans se poser de question. Après tout, à quoi servait de mentir à Dieu qui sait toutes choses, d'autant qu'en avouant tous les mensonges dont elle s'était rendue coupable à la maison, elle pouvait s'en trouver absoute ?

Et puis un jour, après la confession, le prêtre lui avait demandé :

— Shirley, pourquoi dit-on la vérité à Dieu ?

— Parce que, si on racontait des mensonges, Il le saurait.

— Non, pas pour ça : à cause de la souffrance qu'on infligerait à ceux qui nous aiment s'ils savaient qu'on avait menti.

Il n'en dit pas plus, mais elle comprit qu'il faisait allusion à sa maman et à son papa. Et à dater de ce jour, Shirley cessa de mentir.

Sauf, bien sûr, quand c'était absolument nécessaire. L'adolescence lui avait appris que dire la vérité n'était pas toujours bon ; la leçon lui avait été confirmée avec vigueur par sa carrière au sein du département d'enquêtes criminelles.

On passait beaucoup trop de temps sur la pente glissante des fins qui justifiaient les moyens.

Et cela, avec les collègues presque autant qu'avec les criminels.

— Allons droit au but, dit l'inspecteur Headingley. Le DCI vous a affectée à la surveillance de Geordie Turnbull ?

— Oui, monsieur.

En découvrant que c'était Headingley qui avait la charge du centre des interrogatoires au moment où elle fit son rapport à Danby, elle s'était dit qu'elle avait à la fois de la veine et de la malchance. Il ne discutait jamais l'ordre d'un supérieur ; il allait donc la laisser opérer sa surveillance. Mais il ne lui permettrait pas de « lambiner ».

— Vous voyez beaucoup Mr Pascoe, fit-il observer.

— Le superintendant m'avait mise sur des pistes qu'il avait commencé à exploiter et, maintenant que les choses semblent aller un peu mieux du côté de l'hôpital, il veut s'assurer que je fais les choses correctement.

Headingley hocha la tête d'un air approbateur : ça, c'était quelque chose qu'il pouvait comprendre. Même pendant les moments de crise personnelle, un officier de police qui se respecte veut garder un œil sur ce que fait une femme évaporée qui fourre ses ongles vernis dans... Il se comprenait.

— Très bien, dit-il. Je vais mettre ça dans le livre, « mission du DCI ». Et ne passez pas toute la journée là-dessus.

Elle aurait sûrement besoin de toute la journée et elle devrait expliquer chaque minute supplémentaire à Wield, ou pire au Gros.

La vérité de sa « mission », qu'elle avait présentée de façon si imposante pour Headingley, c'était que Pascoe avait écouté, ou à moitié écouté, ce qu'elle lui avait dit : attirée par le nom TIPLAKE figurant sur le bulldozer de la photo de Neb Cottage, elle avait examiné à la loupe le conducteur de l'engin, pratiquement certaine de pouvoir l'identifier comme étant Geordie Turnbull.

— Et alors ? avait-il dit.

Bonne question ; seulement, elle avait espéré qu'il y réponde au lieu de la poser, sans plus.

Pour autant, elle n'imaginait pas qu'il reprenne le dossier.

— Et alors, Benny le connaissait, n'est-ce pas ? Je veux dire, il a été dans la vallée pendant tout cet été-là. Supposons que Benny soit revenu pour se disculper... Pourquoi pas ? Benny est innocent, il essaie de trouver qui est le véritable coupable. Il se rappelle que Turnbull, à l'époque, avait été interrogé ; et voilà qu'il lit dans les journaux que, à nouveau, la police s'intéresse à lui. Il le repère sur cette photo, et sur le bulldozer on voit le nom de l'entreprise ; enfin l'ancien nom, Tiplake. Alors, Lightfoot regarde dans les annuaires professionnels de la bibliothèque, et il trouve l'adresse. Seulement, bien sûr, maintenant, la société s'appelle Turnbull.

— Et donc il se pointe un matin pour essayer de soutirer la vérité à Geordie en le butant ? conclut Pascoe à la place de Novello.

Il ne rit pas. La situation actuelle lui avait ôté toute envie de rire. Il ne se moquait pas ouvertement de sa collègue. Mais le sérieux de son expression et même le ton de sa voix ne dissimulaient pas sa pensée : elle avançait une théorie ridicule.

— C'est possible, après tout, commenta-t-elle d'un air méfiant.

— S'il avait lu ce qu'on a écrit sur Turnbull dans la presse locale cette semaine, pourquoi aurait-il eu besoin de regarder dans un annuaire ? demanda Pascoe. Ce n'était pas bien dur de le retrouver avec tout ce qu'on a raconté sur lui.

Même en ne mobilisant que la moitié de son esprit sur cette hypothèse, il voyait les fissures béantes dans la construction, pensa-t-elle avec amertume.

— Non, effectivement, dit-elle en essayant de ne pas prendre la voix d'un enfant qui boude.

— Donc, qu'est-ce que vous pensiez faire ensuite ? s'enquit aimablement Pascoe.

Ils étaient arrivés au bâtiment de la Mid-Yorks Water, et elle arrêta la voiture devant l'entrée principale.

— J'avais pensé surveiller Turnbull.

— Au cas où Lightfoot reviendrait pour voir ce que donnerait un autre passage à tabac ?

Cette fois-ci, il parvint à esquisser un léger sourire, et elle put le lui rendre au prix d'un très grand effort.

— Oui, maintenant que j'y pense, ça ne paraît pas très plausible, même si j'avais réussi à mieux présenter les choses, ce qui semble encore moins vraisemblable.

Il ouvrit la portière :

— Et pourquoi pas ? dit-il.

— Pardon ?

— Pourquoi ne pas garder Geordie à l'œil ?

— Mais vous venez de me dire, enfin j'avais cru comprendre... Vous n'avez pas dit, mais en plus concis, que c'était une idée complètement stupide ?

Il descendit de voiture, referma la portière et se pencha par la fenêtre ouverte :

— Non, non, je n'ai pas dit ça, répondit-il avec douceur. Vos raisons étaient, comment dire... perfectibles. Le cœur a ses raisons que la raison ne connaît pas. Ainsi moi, par exemple, je n'ai pas la moindre idée de ce que je fais ici. Mais ça vaudrait le coup, pendant que vous faites votre ronde, de trouver une meilleure raison que celle que vous m'avez proposée. Je peux vous emprunter le *Post* ?

Il prit le journal sur la banquette arrière, fit à nouveau ce vague sourire et s'éloigna.

Elle le regarda sans gratitude : toutes ces conneries sur les raisons du cœur... Ce type intelligent pensait clairement qu'il n'avait pas de temps à gaspiller avec elle, ou peut-être pas envie. Ou peut-être pensait-il que cela faisait partie du processus d'apprentissage de l'amener à débrouiller les choses elle-même. Mais nom de Dieu, pour qui se prenait-il, pour Socrate ?

Et voilà qu'elle se retrouvait garée à portée de vue du bungalow de Turnbull, cherchant les raisons de sa présence ici, dix fois plus stupide que la dernière fois.

Turnbull était chez lui : elle l'avait aperçu se déplacer à l'intérieur. C'était le début de l'après-midi, elle n'avait pas la possibilité de savoir s'il était sorti dans la matinée. En tout cas, il n'y avait qu'une seule pelleteuse parquée dans l'enceinte, les autres avaient dû sortir pour effectuer des travaux de terrassement. Peut-être ne se sentait-il pas assez en forme après l'agression pour aller lui-même sur le chantier.

Novello avait eu la présence d'esprit de prendre un

sandwich et une bouteille d'eau dans le réfrigérateur de la salle des interrogatoires. Mais malgré ces provisions, avec le soleil qui tapait et le temps qui passait, elle se dit que, avant la tombée de la nuit, elle serait cuite, déshydratée et affamée. Et il ne se passait toujours rien... Le bon côté de ce rien, c'est que personne ne cherchait à la contacter pour lui demander avec énervement ce que nom de Dieu elle pensait être en train de faire. Le mauvais côté, c'est que, au bout d'une heure environ passée sans avoir revu Turnbull par les fenêtres grandes ouvertes du bungalow, elle finit par craindre que l'oiseau n'ait réussi à filer dans les champs en passant par l'arrière du bâtiment. Elle ne réussit pas à se rappeler si la clôture de sécurité comportait une porte à cet endroit-là.

Et si elle sortait se balader ? Après tout, même s'il la remarquait, il ne l'avait vue qu'une fois, et il n'avait aucune raison de se souvenir d'elle.

Mais c'était Geordie Turnbull : elle se rappela la façon dont il avait promené sans vergogne sur elle un regard appréciateur qui flattait plus qu'il n'offusquait. Il donnait l'impression de vous enregistrer en tant qu'individu, et pas comme un assemblage de jambes et de nibards. Une fois qu'un visage s'était gravé dans sa mémoire, il n'était pas près de l'oublier.

Elle réfléchissait toujours à l'opportunité de sa petite promenade, tant pour des impératifs professionnels que pour un confort personnel, lorsqu'un camion porte-engins tourna pour entrer dans le complexe. Un homme à la peau grasse et molle en sortit et s'assit sur le marchepied, haletant sous l'effort. Il portait un short de football et un tricot de corps à grosses mailles au travers desquelles on voyait briller des losanges de chair rouge. Écorché, ce type aurait pu servir à décorer un restaurant indien. Finalement, il récupéra suffisamment pour rentrer dans la cabine, prendre un sac en plastique et aller jusqu'au bungalow, dont la porte s'ouvrit devant lui : il entra. Vingt minutes plus tard, il ressortit, sans le sac mais lesté d'une cannette de bière. Il la but jusqu'à la dernière goutte et la tendit à Turnbull, qui la jeta derrière lui. Les deux hommes se mirent à manœuvrer pour placer la pelleteuse sur le porte-engins et l'y arrimer ; puis ils se serrèrent la main. Turnbull regarda le véhicule sortir du complexe et retourna dans le bungalow.

La jeune femme nota le numéro d'immatriculation du camion qui partait, appela le Contrôle avec sa radio, et demanda une vérification de carte grise. Il appartenait à Kellaway Plants Sales, propriétaire Liberace Kellaway. Novello indiqua l'endroit où se trouvait probablement le véhicule à l'heure actuelle, puis demanda s'il était possible de l'intercepter, pour vérifier la stabilité de la charge ou sous un prétexte de ce genre. Mais en réalité, pour trouver le plus de choses possible sur l'origine de la pelleteuse. Le sergent responsable du Contrôle finit par demander qui abusait du temps d'officiers de police en voiture complètement débordés de boulot. Novello comprit qu'il valait mieux que la demande n'émane pas de quelqu'un d'aussi bas dans la hiérarchie qu'un détective constable. Elle dit : « Mr Dalziel sera très content. »

Pour les policiers du Mid-Yorkshire, cela équivalait à un ordre royal : la réponse parvint une demi-heure plus tard. Le porte-engins, piloté par Mr Kellaway en personne (Liberace, comme le pianiste, putain ! se dit Novello : sa mère avait dû être une sacrée fan), avait passé tous les contrôles sans faillir. Comme la pelleteuse, il avait été acheté par l'entreprise de G. Turnbull (Société de Démolition et d'Excavation, à Bixford), et les papiers étaient en règle.

Novello exprima ses remerciements, en demandant que rien de tout cela ne soit diffusé : elle espérait par ce biais retarder au maximum le moment où le Gros découvrirait que l'on avait fait usage de son nom.

Elle se réinstalla pour attendre à nouveau ; elle avait toujours faim, elle avait toujours chaud, mais elle commençait à avoir une petite idée de ce que ce je-sais-tout de Pascoe avait probablement résolu quelques heures plus tôt.

11

En fait, Novello surestimait Pascoe et sous-estimait Dalziel.

Le réveil de Rosie constitua tout à la fois une joie immense et une douleur perçante.

Elle avait ouvert les yeux et reconnu immédiatement ses parents. Au départ, elle ne montra aucune curiosité sur l'endroit où elle se trouvait, mais se mit à babiller à propos de cavernes, de mares, de tunnels, de chauves-souris et de nix : pas dans un délire, mais avec le désir ardent qui lui était coutumier de dire tout, et tout de suite.

Puis elle fit une pause, et demanda :

— Mais où est Zandra ? Est-ce que Zandra est revenue, elle aussi ?

Voilà, ça, c'était la douleur. La douleur d'une perte. Et la douleur infiniment plus intense de Derek et Jill Purlingstone. Pascoe partageait cette douleur, car il savait ce qu'il aurait ressenti s'il s'était agi de Rosie. Il remercia Dieu (ce Dieu auquel il ne croyait pas) de l'avoir épargnée.

— Il n'y a pas eu de choix, Peter, lui dit Ellie, sentant sa culpabilité. À aucun moment quelqu'un ou quelque chose n'a décidé, voilà, on emporte celle-ci, et on laisse celle-là poursuivre son chemin.

— Non, concéda Pascoe. Simplement, s'il s'était agi d'un choix et que j'y avais été confronté, c'est celui-là que j'aurais fait sans hésiter une seule seconde.

— Et c'est ça qui te donne un sentiment de culpabilité ? Ce qui aurait dû te le donner, c'est si effectivement tu y avais réfléchi ne serait-ce qu'une seconde.

Rosie s'était endormie, comme si l'excitation du réveil l'avait autant épuisée que la maladie ; elle montrait à ses parents attentifs des manifestations qu'ils connaissaient bien : petits grognements, changements d'expression ou de position...

Ils s'assirent près du lit, main dans la main ; ils discutaient à voix basse ou ils partageaient sans parler le plaisant souvenir du passé, et l'attente impatiente de l'avenir. Mais ils ne pouvaient s'empêcher de penser à cet endroit de l'hôpital où gisait un petit corps, où deux parents étaient assis en silence, un silence aussi profond et impossible à rompre que celui qui régnait dans les profondeurs des mers.

Quant à Andy Dalziel, cela faisait un certain temps qu'il ne s'était pas penché sur la disposition de ses troupes. La première chose qu'il demanda fut :

— Seymour est sur quoi ?

— Il est à Wark House, au cas où Lightfoot y reviendrait, répondit Wield.

— Ah bon ? Je pensais que c'était Ivor qui devait se charger de ça ?

— Non, non, c'est elle qui a eu l'idée d'envoyer Seymour.

— *Elle* a eu l'idée ? répéta Dalziel d'un ton éloquent. Et là, elle travaille sur quoi ?

— Elle surveille Turnbull.

— Et ça, c'est une idée de qui ?

— Du DCI, a-t-elle dit.

— *A-t-elle dit*... Autrement dit, j'imagine qu'elle fait ça de son propre chef. Wieldy, nom de Dieu, il faut absolument que vous ayez ces bonnes femmes à l'œil. Vous leur donnez le doigt, elles vous rongent les couilles.

— Voulez-vous que je l'appelle ?

— Non, non, laissez-la où elle est. Elle n'a rien à faire ici, et si jamais elle dégote quelque chose, ce sera une héroïne.

— Et si elle ne déniche rien ? demanda Wield.

— Alors, dit Dalziel d'un ton menaçant, elle va vraiment regretter d'être née.

Le superintendant était de mauvaise humeur. Pour l'instant, aucune des nouvelles pistes sur lesquelles il avait compté depuis la découverte du corps ne s'était matérialisée. L'autopsie avait simplement confirmé le diagnostic du médecin dépêché sur les lieux. La mort était due à une fracture du crâne, causée par un objet de forme irrégulière, sans doute un caillou, ou par une chute, toujours sur de la roche. Pas d'agression sexuelle. L'examen des vêtements n'avait encore rien donné. En fait, les seules occasions pour Dalziel d'exercer quelques-uns de ses multiples talents consistaient à répondre à la question, posée d'abord par le chef constable, ensuite par la presse : comment se fait-il que des recherches aussi intensives et aussi coûteuses n'aient pas permis de retrouver le corps ?

Il avait été relativement facile de s'en sortir avec le chef constable, l'abominable Dan Trimble : malgré leurs différends occasionnels, les deux hommes avaient du respect l'un pour l'autre. Autrement dit, Trimble admettait que les méthodes de Dalziel étaient bonnes pour les statistiques criminelles de la région, et Dalziel acceptait que Trimble se couvre, dans la mesure du possible. Le chef constable appréciait aussi que Dalziel ne se défaussât jamais de ses responsabilités sur Maggie Burroughs ou un autre officier sur le terrain. « C'était à moi de faire déplacer le mouton et d'apporter une attention particulière à cette zone, et j'ai raté le coup », dit le Gros. Une question lui vint à l'esprit : aurait-il commis la même négligence quinze ans auparavant ? À supposer qu'il s'agisse du même meurtrier, pourquoi celui-ci se serait-il donné la peine d'apprendre de nouvelles ruses ?

Avec les journalistes conviés à la conférence de presse en fin d'après-midi dans une salle de classe de l'école de St Michael, ce fut une autre paire de manches. Ceux des organes locaux, qui savaient que le fait de se tenir à la droite de Dalziel était une bonne technique de survie, se montrèrent relativement sympa ; en revanche, la meute des représentants de la presse nationale ne connaissait pas ce genre d'inhibitions. Après avoir harcelé jusqu'à la mort leur lièvre, en l'occurrence l'incurie de la police, ils portèrent leur attention sur la seconde proie qu'ils avaient repérée : la *Dendale connection*. L'assaut se fit sur deux fronts. Pour les journaux tabloïd, avides de sensationnalisme, c'était le même meurtrier qui était revenu recommencer son coup. Les autres organes de presse pensaient que les deux affaires n'étaient probablement pas liées, mais que Dalziel laissait son obsession de Dendale contaminer l'enquête actuelle.

Le Gros ravala le mot « couillonnade » et dit :

— Pas du tout, nous envisageons toutes les possibilités, et nous espérons que vous montrerez la même ouverture d'esprit.

Et votre esprit, je serais assez content de donner un coup de main pour l'ouvrir... avec une hachette, pensa-t-il.

C'est là qu'un type représentant un important journal du dimanche dit d'un ton sarcastique :

— Je suppose que c'est cette ouverture d'esprit qui explique que vous avez toujours une équipe de plongeurs qui continue les recherches au barrage de Dendale ?

Et meeerde ! Il s'était passé tant de choses aujourd'hui qu'il avait oublié de décommander les sirènes...

— Il s'agissait de découvrir le corps de la gamine, répondit-il d'un ton solennel, mais nous sommes actuellement en train de fouiller à nouveau toute la zone pour trouver des traces de l'assaillant.

— Parce que vous pensez qu'il se serait enfui à la nage ? demanda quelqu'un.

La remarque fit rire.

— L'eau est un très bon endroit pour se débarrasser de choses compromettantes, rétorqua Dalziel avec froideur.

— Vous voulez parler de l'arme du crime ? reprit le journaliste sarcastique. Arme qui, si j'ai bien compris, a toutes les chances d'être un caillou. Donc, il y aurait une équipe de plongeurs en train de fouiller le lit d'un barrage, dans une vallée du Yorkshire, à la recherche d'un caillou. Dites-moi, superintendant, est-ce qu'ils ont réussi à en trouver un ?

Il y eut de nouveaux rires. Attention, Andy, la situation va finir par t'échapper.

Il attendit que le silence revienne, puis annonça :

— Comme je vois qu'on a fini d'aborder les questions sérieuses, je vais retourner travailler. Je n'ai pas besoin de vous rappeler que, dans la région, il y a des gens qui souffrent, des gens qui ont peur. Et la dernière chose dont ils ont besoin, c'est de sensationnel, ou de banalités. (Il laissa son regard courir lentement sur les visages de l'assistance, comme s'il voulait se souvenir de chacun d'eux, puis continua :) Par ici, on juge les gens à la façon dont ils observent la Loi, mais aussi à la façon dont ils se respectent mutuellement. Et nous n'accepterons ni ingérence ni harcèlement. Réfléchissez-y.

Il se leva, ignorant les nouvelles questions, et quitta la pièce.

— Vous avez été bon, sur ce coup, apprécia Wield.

— J'étais complètement merdique, oui, répondit Dalziel d'un ton indifférent. Wieldy, appelez donc ces sirènes et dites-leur de sortir leur serviette pour se frictionner.

Le sergent sortit. Il revint quelques minutes plus tard, l'air malheureux, si tant est que l'on puisse ainsi qualifier un visage taillé à coups de serpe.

— Ça y est ?

— Pas vraiment. Quand je les ai appelés, ils étaient sur le point de nous contacter. Ils ont trouvé des ossements.

— Hein ? Des ossements humains, vous voulez dire ?

— Oui, des ossements humains, confirma Wield.

— Eh bien, champion, commenta Dalziel en regardant par la fenêtre le bleu infini du ciel. Comme disait mon vieux père, un malheur n'arrive jamais seul.

12

À 5 heures, Geordie Turnbull se manifesta.

Un besoin naturel avait obligé Novello à quitter sa voiture pour rechercher un endroit retiré. Cette exploration forcée l'avait amenée jusqu'à un petit taillis situé dans un champ, presque en face de l'entreprise de travaux publics. Après s'être soulagée, elle s'aperçut que, de là où elle se trouvait et avec l'aide de ses jumelles, elle voyait parfaitement bien la salle de séjour du bungalow, depuis la fenêtre ouverte jusqu'à la porte-fenêtre, elle aussi ouverte.

Elle aperçut la tête et les épaules de Turnbull qui, affalé dans un fauteuil, sirotait de temps à autre le contenu d'un verre. Il se redressa et tendit la main vers le téléphone.

Il ne composa pas de numéro : c'était donc lui qui recevait un appel. Celui-ci ne dura pas longtemps : il raccrocha, vida son verre et se leva.

Puis il sortit du champ de vision de Novello, qui ne perdit pas de temps et se hâta de regagner sa voiture.

Son flair s'était avéré juste. Une minute plus tard, Turnbull sortit du bungalow, portant un sac. Il monta dans le break Volvo, passa la barrière de l'enceinte et tourna vers l'est, empruntant une route secondaire relativement peu fréquentée. Novello resta nettement en arrière ; mais une dizaine de kilomètres plus loin, comme la route rejoignait la quatre-voies qui menait à la côte, elle dut accélérer pour éviter de le perdre de vue.

Un peu plus loin, il actionna son clignotant et tourna vers une station-service. Elle pensa qu'il avait besoin de carburant, mais il entra dans la zone parking, descendit de voiture en portant toujours le sac et se dirigea vers la cafétéria.

Novello le suivit, demeurant à distance jusqu'à ce que plusieurs autres personnes prennent la queue derrière l'homme, puis elle se plaça au bout de la file. Turnbull prit une tasse de thé qu'il emporta jusqu'à une table située près de la fenêtre qui donnait sur la route. Elle remarqua qu'il s'était installé de façon à voir la porte d'entrée.

Elle prit un café et trouva un siège à quelques tables de lui. Quelqu'un y avait laissé un journal : elle le prit et le tint devant elle pour cacher la moitié de son visage.

Il attendait quelqu'un, pas de doute là-dessus. Il tenait sa tasse de la main gauche, la droite toujours serrée sur la poignée du sac qu'il avait près de lui ; il fixait l'entrée.

Cela dura ainsi pendant vingt minutes, avec des gens qui entraient, mangeaient et repartaient. Un employé tenta de retirer sa tasse vide à Novello mais elle la retint. Elle avait feuilleté le journal plusieurs fois sans en avoir lu un seul mot, et sans même savoir de quel titre il s'agissait. Turnbull avait fini son thé. Il attendait toujours. Quelle que fût la raison de sa présence ici, son voyage ne serait pas inutile.

Finalement, il s'immobilisa. Il n'avait pas beaucoup bougé avant, mais il était maintenant si figé que, par comparaison, on avait l'impression que les meubles remuaient.

Novello regarda vers la porte.

Elle le reconnut tout de suite grâce à la photo arrangée par Wield.

Benny Lightfoot venait d'entrer dans la cafétéria.

Andy Dalziel se tenait en bordure de Dender Mere, tout près du tas de pierres qui marquait l'emplacement où s'était élevée Heck Farm. À ses pieds, sur la boue cuite par le soleil, étaient disposés un petit nombre d'os, qu'il remua du bout de sa chaussure.

— Un radius, un cubitus... Ça, on pense que ça pourrait être les éléments d'un carpe, mais comme ils sont de taille réduite, ils ont été plus enveloppés de vase, indiqua la sirène en chef, dont le nom était sergent Tom Perriman.

— Âge ? Sexe ? Durée de séjour dans l'eau ? répliqua Dalziel avec avidité.

Perriman haussa ses larges épaules caoutchoutées :

— On vient seulement de les sortir. Adulte, j'aurais tendance à dire, ou tout au moins adolescent.

— Et le reste ?

— On continue à chercher. Vous savez, c'est vraiment curieux, parce qu'il n'y a pas beaucoup de courant ici. On aurait pu croire qu'ils allaient rester assez groupés, même après un temps relativement long. C'est un pur hasard que je sois tombé dessus. On ne cherchait pas dans cette zone : c'est assez peu profond...

— Où, exactement ? demanda Dalziel.

— Juste là, répondit Perriman, mécontent d'avoir été interrompu dans son récit.

Il montra un endroit et poursuivit :

— Je venais de sortir de l'eau et je m'apprêtais à parcourir les derniers mètres en marchant ; et puis, j'ai senti quelque chose sous mon pied. Bien évidemment, ça aurait été nettement plus profond s'il n'y avait pas la sécheresse. Mais alors le reste des os, je me demande bien où il est.

— Peut-être qu'il n'y en a pas d'autres ? suggéra Wield.

— Ah bon ? Quelqu'un aurait découpé un bras et l'aurait balancé à la baille ? rétorqua Dalziel. Dans ce cas, le reste du corps se trouve bien quelque part ; ou alors, il y a un mec qui s'est baladé avec une collection de bras et qui en a perdu un en route.

— Vous savez, monsieur, il y a des gens très mystérieux,

dans le Mid-Yorkshire. Il y a peu de chances pour que ce soit lié à notre affaire.

— Tiens donc ? Qu'est-ce que vous suggérez, Wieldy ? Vous le renvoyez à la baille et si jamais quelqu'un vous pose la question, vous lui répondez qu'il y est venu tout seul ? Écoutez, même si ça n'a pas de rapport avec une disparition, ça va certainement devenir une affaire pour nous. Tom, mettez-moi tout ça dans un sac et apportez le tout au labo. Et continuez à chercher.

Le Gros, suivi par Wield, tourna les talons pour rejoindre sa Land Rover.

— Il y a eu pas mal de suicides, par ici, dit le sergent.

— Ouais, j'y pense à chaque fois que je me fais un thé, Wieldy. Mais en général on les repêche, non ?

— Quand on est au courant, oui, admit l'autre. Mais n'importe qui peut se pointer ici, entrer dans l'eau avec les poches pleines de pierres, et finir dans les statistiques des personnes disparues.

— Peut-être que je vais arrêter le thé. Vous savez, moi, cette flotte-là, je ne l'ai jamais aimée, depuis la première fois que je l'ai vue. Quelque part, Dender Mere m'a toujours foutu la chair de poule. Tiens, on dirait que George Headingley nous pond un œuf à la radio de voiture. Je me demande bien ce qui a pu le réveiller.

— On va bientôt le savoir, dit Wield en prenant le micro.

— Wieldy, il est avec vous ? demanda Headingley. Dites-lui qu'on vient de recevoir un message de la détective constable Novello. Elle a dit qu'elle était assise dans la cafétéria des Orecliff Services, sur la route qui mène à la mer, et qu'elle surveillait Geordie Turnbull qui discutait avec Benny Lightfoot. Vous pigez le truc, il se peut qu'ils soient tous les deux dans le coup. Il y aurait deux coupables et pas un seul, et ça expliquerait pas mal de choses, non ?

Dalziel se saisit du micro :

— Dites, George, ça n'expliquerait certainement pas que vous soyez en train de raconter ça à la terre entière. Alors fermez-la, ou alors envoyez tout de suite du renfort. Nous, on y va.

— Qu'est-ce que vous pensez de tout ça ? demanda Wield alors qu'ils partaient. On en aurait deux pour le prix d'un ?

— Ce que je pense, c'est que George Headingley a eu sa cervelle par la Sécu, mais qu'il a fait un rejet par réaction du système immunitaire. Si cette Ivor a vraiment réussi à nous dégoter Benny Lightfoot, je vais peut-être l'épouser.

À peu près au même moment, Rosie Pascoe se réveilla à nouveau et dit qu'elle avait faim. Mais n'étant autorisée à prendre qu'une quantité très limitée d'aliments liquides, elle se mit à se plaindre avec véhémence ; ses parents se regardèrent en affichant de larges sourires.

— Est-ce que je suis très malade ? demanda soudain la fillette.

Pascoe eut le cœur qui s'arrêta une seconde, mais Ellie avait l'oreille beaucoup plus fine ; elle avait perçu le calcul dans la question :

— Tu as été assez malade, répondit-elle d'une voix ferme. Mais maintenant, ça va beaucoup mieux. Et si tu es complètement rétablie pour la fête du Mid-Yorkshire, Papa t'y emmènera et vous pourrez monter dans le Grand Huit. Maintenant, Maman va s'absenter un petit moment, mais je serai de retour bientôt.

Pascoe la suivit jusqu'à la porte :

Qu'est-ce que c'est que cette histoire ?

— Le truc, c'est de la récompenser d'aller mieux, et pas d'aller plus mal ; sinon, elle va nous jouer les grandes malades pendant des mois, expliqua-t-elle avec patience.

— Ça, j'ai bien compris, mais le coup des montagnes russes ? Tu sais bien que ça me rend malade.

— Peter, même si je dois plus tard nier avoir jamais dit ça, ce serait pas mal que tu perdes un peu ton côté Hugh Grant pour te rapprocher de Schwarzenegger.

— Très bien, mais tu sais à quoi tu t'exposes, poupée ?

— Je plaisantais, mais parlons sérieusement, maintenant. Je vais vérifier comment va Jill. J'ai bien reçu ton message tout à l'heure, et je ne compte pas m'imposer. De toute façon, j'imagine qu'elle est rentrée chez elle à l'heure qu'il est.

Mais je voudrais parler avec quelqu'un qui me dise dans quel état elle est et ce qu'on peut faire pour elle.

— Très bien. Moi, je reste pour divertir le monstre.

Après une assez courte période de « divertissement », le « monstre » sembla prêt à se rendormir.

— C'est bien, mon trésor : fais un petit somme, pour reprendre des forces. Quand on est à l'hôpital, il faut être en forme pour garder un œil sur tous les visiteurs qui essaient de te voler ton dessert.

— Est-ce que je vais avoir beaucoup de visites ? demanda Rosie d'une voix ensommeillée.

— Ça dépend si ton dessert est bon.

— Zandra va venir ?

Pascoe fit un effort surhumain pour répondre d'un ton léger :

— Si elle peut.

Il ne savait pas quand lui dire la vérité, mais ce n'était pas pour tout de suite.

— Je ne l'ai pas vue depuis dimanche et je ne lui ai pas parlé non plus. Elle doit avoir les photos que Derek a prises, maintenant.

— Oh, oui... Dis-moi, ma chérie, tu te rappelles quand tu t'es arrêtée pour prendre ton petit déjeuner au bord de la route, ce jour-là ?

Il se sentait coupable de poser pareille question, mais se jura que jamais elle ne lui serait venue si Rosie elle-même n'avait pas abordé le sujet de Zandra.

— Oui. Et puis j'ai vu le nix qui emportait Nina.

— Très bien. Tu avais pris les jumelles de Derek, n'est-ce pas ?

— Oui, ça fait comme si les choses étaient plus grosses que soi, tu sais, poursuivit-elle d'un ton sérieux.

— Ça, c'est sûr, répondit-il dans un sourire. Donc, tu as vu Nina dans la vallée. Elle était toute seule ?

— Oui. Enfin, non, elle avait un petit chien.

— Et c'est alors que le nix est arrivé.

— Oui, il a descendu la colline en courant, et il l'a jetée dans un trou qui était dans le sol. J'imagine que la caverne est quelque part là-dessous.

Elle parlait maintenant d'une voix lasse et très faible.

Pascoe sortit de sa poche le *Post* de Novello, et le déplia à la double page centrale.

— Mon trésor, juste avant que tu t'endormes : là-dessus, est-ce qu'il y a quelqu'un que tu reconnais ?

Elle regarda à travers ses yeux mi-clos, puis sourit et indiqua quelqu'un du doigt :

— Oui, l'oncle Andy, là.

— Bonjour, à quoi jouez-vous ? demanda Ellie.

Elle était arrivée à pas de loup, et parlait d'un ton léger et enjoué. Mais quelque chose l'alerta dans le regard de son mari. Elle demanda d'un air soupçonneux :

— Qu'est-ce que tu lui montres, Peter ?

— Oh, juste une photo de l'oncle Andy, répondit Pascoe en repliant le journal.

Avant qu'il ait eu le temps de terminer son geste, le petit bras se tendit et le doigt se ficha à nouveau dans la page :

— Et là, c'est ce sale vieux nix, dit Rosie Pascoe.

Puis elle eut un énorme bâillement et s'écroula de sommeil.

13

Le concert du Festival Estival était prévu pour 7 heures.

Après un déjeuner léger, Elizabeth alla au jardin, s'étendit sur une chaise longue à l'ombre d'un parasol et s'endormit.

Elle fut réveillée par un bruit et ouvrit les yeux sur Arne Krog qui la regardait.

— J'étais en train de déplacer le parasol, le soleil a tourné, expliqua-t-il. J'imagine que tu n'as pas envie de chanter avec une tête comme une éclipse partielle. Et puis, tu as une peau si délicate, n'est-ce pas ?

— Non, j'ai la peau d'un concombre, mais effectivement j'aime bien qu'elle ait l'air délicate. Et tu le sais très bien, d'ailleurs.

— Ah bon ?

— Oui, il n'y a pas grand-chose qui t'échappe. Surtout quand il s'agit d'observer les femmes. Mais il n'y a pas que les femmes que tu regardes.

— Qu'est-ce que tu veux donc dire ?

— Qu'est-ce que tu as vu, quand tu as suivi Walter ce matin ? (Elle se mit à rire devant son air déconcerté.) Cré vingt dieux ! J'ai deviné pourquoi t'as été là-haut !

— Tu es très forte, Elizabeth. Ou dois-je t'appeler Betsy, quand tu parles avec un pareil accent ?

— Comme tu veux, rétorqua-t-elle en balançant les jambes pour sortir de la chaise longue.

— Sauf si, comme je le remarque, ça ne te plaît pas. Tu me parlais de Walter ; je l'ai vu garer sa voiture à l'endroit habituel et remonter à pied Corpse Road ; arrivé en haut du Neb, il est resté là-bas à regarder vers Dendale. Une fois qu'il est parti, j'ai jeté un œil moi aussi. C'est absolument fascinant de constater à quel point la vallée a ressuscité grâce à la sécheresse. Tu n'es jamais allé là-bas ?

— Je pense que tu n'utilises pas le mot correct, Arne. Ressusciter, ça veut dire être ramené à la vie. Et non, je ne suis pas allée voir.

— Tu devrais. Je serai heureux de t'accompagner si tu as peur que ce ne soit une expérience trop pénible.

Elle se mit debout, s'étira et bâilla largement.

— Ce qui serait pénible, ce serait d'y aller avec toi. Mais ça pourrait être intéressant d'aller jeter un coup d'œil.

Elle rentra dans la maison. Les Wulfstan étaient assis au salon : Walter examinait des papiers, Chloe lisait.

— Walter, j'aimerais bien qu'on parte un peu en avance, dit Elizabeth. Je me disais que toi et moi, on pourrait aller se balader un peu en haut du Neb. Et toi aussi, Chloe, si ça te dit.

— Oh, je ne pense pas, ma chérie, répondit celle-ci sans lever le nez.

— Tu ne veux pas te reposer avant la représentation ? demanda Wulfstan.

— Mais je me suis reposée. De toute façon, tu m'as dit que tu avais fait arranger une pièce au Parc des Sciences pour que je puisse me changer et me pomponner. Je peux le faire là-bas aussi bien qu'ici.

— Oui, sans doute. Et vous, Arne ?

— Arne peut très bien emmener Chloe et Inger quand elles seront prêtes, dit Elizabeth d'une voix ferme. Bon, je rassemble mes affaires, et on y va.

Ils ne se parlèrent pas pendant le trajet qui les séparait de Danby. Mais quand Wulfstan ralentit à l'approche du Parc des Sciences et des Affaires, Elizabeth demanda :

— Est-ce qu'on pourrait aller directement jusqu'à Corpse Road, et revenir ici ensuite ?

— Comme tu veux.

En traversant les rues de Danby, Elizabeth regarda fixement par la fenêtre :

— C'est drôle, dit-elle, quand je suis passée hier, je n'ai rien ressenti, mais je pensais que ça pouvait juste être une espèce de torpeur. Et pourtant, ça n'en est pas : je ne ressens véritablement rien. Ce n'est pas comme si j'étais retournée à la maison, je ne suis pas restée ici assez longtemps. Combien, trois ans, quatre ans ? Et avec tout ce qui s'est passé, ça n'a jamais été mon chez-moi.

Ils laissèrent derrière eux l'école et l'église. Elle regarda les véhicules de police garés à l'extérieur de St Michael's Hall, mais ne fit aucun commentaire. Ils grimpèrent Corpse Road aussi vite que le permettait le Discovery. Puis Wulfstan arrêta la voiture et ils descendirent.

— Tu es sûre que tu veux vraiment ? demanda-t-il.

— Pourquoi pas ?

— Il fait très chaud, et c'est à pic. Tu n'as pas intérêt à t'épuiser.

Elle se mit à rire :

— Allons, allons, je suis une fille de la campagne, tu te rappelles ? Quand j'allais aider Papa à rassembler ses moutons, je faisais plus de kilomètres que des randonneurs en une journée de marche. Et je ne m'en suis jamais aperçue.

Il la regarda sans parler, puis se mit à monter le chemin. Elle le suivit et sa respiration avait à peine changé quand ils atteignirent la crête.

Elle resta silencieuse pendant un moment à regarder la vallée baignée de soleil, puis dit doucement :

— Maintenant je suis chez moi.

— Comment peux-tu dire une chose pareille ? s'insurgea-t-il. Qu'est-ce qu'il y a là, en bas, que quiconque puisse appeler sa maison ?

— Tu parles des bâtiments ? Au départ, ce n'était rien que des tas de rochers, et c'est bien ce qu'ils sont redevenus. Il suffit de travailler dur pendant deux mois pour les remonter. Non, pour moi c'est fini, la boucle est bouclée.

— Pour boucler une boucle, il faut l'avoir parcourue en entier.

— C'est vrai, ça ? Pour un nouveau départ ? Chloe et toi, vous ne l'avez jamais vraiment réussi, hein ? Vous avez quitté la région mais vous avez fini par revenir dans le Yorkshire, ce qui termine un peu la boucle. Mais je ne vois pas où est le nouveau départ.

— Il y a des choses qu'on ne peut pas laisser derrière soi, à moins de s'amputer, répondit Wulfstan.

— Tu parles de Mary ? Petite Mary... Elle aurait mon âge, non ? Mais elle n'aurait jamais eu ma voix, et ça c'est quelque chose, pas vrai ? Elle n'aurait jamais pu avoir ma voix. Mais bien sûr que, si ce qui est arrivé n'était pas arrivé, il est bien probable que je n'aurais jamais eu la chance de m'en servir. Je serais chanteuse dans un pub, je ferais du karaoké, j'imagine que ce serait tout. Au lieu de ça, dans cent ans on parlera peut-être de moi comme de Melba. La première grande diva du nouveau millénaire... Dis, ça pourrait être un projet ! On pourrait presque penser que c'est un projet.

Il la regarda avec une intensité presque tangible, mais se contenta de lui dire :

— Tu envisages de monter ton répertoire ?

— Quoi ? Ah oui, Melba. Eh bien, peut-être, je pourrais y arriver. On verra bien ce que dira cette vieille bonne femme en Italie, l'année prochaine.

— La vieille bonne femme en question, c'est l'un des meilleurs maîtres de chant qui soit actuellement sur Terre, objecta Wulfstan. Et elle n'est pas donnée.

— Ah bon, rétorqua Elizabeth avec indifférence. Quand elle m'entendra, elle sera d'accord pour me faire crédit et travailler pour des clopinettes, sans avoir à s'en faire pour son argent. Tiens, qu'est-ce qui se passe là-bas, à ton avis ?

Des hommes se tenaient dans les bas-fonds, tout près des ruines de Heck. L'un d'eux sortit de l'eau, alla jusqu'à une Range Rover et en sortit une grande pince-monseigneur. Il retourna au bord de l'eau et se mit à sonder les décombres.

— On a l'impression qu'ils cherchent quelque chose, commenta Wulfstan.

— Ah ? Et tu penses qu'il y a quelque chose à trouver ?

Il la considéra pendant un moment, puis lui dit :

— Je l'ai vu, tu sais.

— Qui ?

— Benny Lighfoot. J'étais là-haut, et je l'ai vu.

— Il était en contrebas ?

— Non, sur la crête, il se dirigeait vers le Neb.

— Et alors, qu'est-ce que tu as fait ?

— Je l'ai suivi, tu penses. Si les mauvais esprits viennent nous visiter, n'est-ce pas pour qu'ils puissent nous attirer à notre perte ?

— Et il a... ?

— Bien sûr. Ça n'a pas fait un long trajet. Elizabeth...

— Oui ?

— Il y a encore une chose. Si...

— Oui, le coupa-t-elle. Je pense qu'il est temps de partir maintenant.

— Tu parles du nouveau départ ?

— De celui-là aussi, encore que nous l'ayons peut-être déjà pris. Je suis désolée, Walter.

— Désolée de quoi ? Tu n'as rien à te reprocher.

— Non, mais j'ai toujours pensé que tout était ma faute, et je ne peux pas avoir complètement tort, hein. Nous parlerons de tout ça, mais après que j'aurai chanté, d'accord ?

Elle lui prit la main, l'entraîna dans la direction opposée, et c'est main dans la main qu'ils se mirent à descendre Corpse Road.

14

En quittant la cafétéria pour aller demander du renfort, Novello avait pris un risque, mais celui-ci était minime. Elle avait passé assez d'heures au gymnase de la police pour avoir pas mal confiance en elle si elle devait affronter un homme à mains nues ; deux, en revanche, c'était une autre paire de manches. Et même s'il était difficile d'imaginer que Turnbull soit armé d'autre chose que de son charme, elle n'était sûre de rien concernant Lightfoot.

Elle revint à l'entrée de la cafétéria. Il était juste temps : les deux hommes se levèrent et se dirigèrent vers la porte. Elle remarqua que c'était Lightfoot qui portait le sac : autrement dit, il avait une main occupée. Elle battit en retraite avant eux jusqu'au parking.

Toujours pas de renforts en vue, mais ça ne devrait pas tarder, les patrouilles étaient nombreuses sur la route de la côte. Elle ne les entendrait pas approcher, car elle avait expressément demandé qu'ils n'utilisent pas leur sirène. Il lui arrivait parfois de soupçonner ses collègues hommes d'apprendre plus dans les séries télévisées qu'à l'école de police. À l'écran, personne ne semblait avoir pigé les avantages d'arriver sans bruit sur un suspect ; ils arrivaient en faisant beugler leurs haut-parleurs, ou ils gueulaient « Eh ! vous, là ! » à cinquante mètres. Après ça, bien sûr, il y avait une passionnante poursuite ou des coups de feu, quelque chose de bien animé qui apportait un plus au niveau visuel. Mais dans la vie réelle, on ne souhaitait être ni vu ni entendu, jusqu'à ce qu'on soit juste derrière le mec.

En tout cas, que les renforts arrivent ou pas, elle ne pouvait plus attendre.

Elle se détourna lorsqu'ils s'approchèrent et les regarda dans le reflet de la vitre d'une Peugeot garée à côté. Puis, lorsqu'ils arrivèrent à sa hauteur, elle se retourna, leur fit un large sourire :

— Geordie, comment ça va ? Présentez-moi donc à votre pote si sympa.

Instinctivement, Turnbull lui avait rendu son sourire, avant de l'avoir reconnue. Elle tendit la main vers Lightfoot qui, instinctivement lui aussi, la prit. Elle lui tordit le bras et tira l'homme vers elle pour le déséquilibrer.

Il tomba vers l'avant contre la voiture dont il déclencha l'alarme, et Novello lui remonta le bras entre les omoplates jusqu'à ce que la douleur le fasse hurler.

Elle lui murmura à l'oreille gauche qu'il était arrêté parce qu'il était soupçonné de meurtre, et l'informa qu'il était en droit de ne rien dire ; cela n'empêchait pas le type de continuer à gueuler. Elle jeta un regard de côté pour voir comment Turnbull prenait les choses : elle eut la surprise de constater qu'il restait debout à observer la scène, avec une expression de visage où la résignation le disputait à l'admiration.

— J'espère que vous et moi on va rester bons copains, dit-il.

Elle sourit, il avait vraiment le don de vous faire sourire. Mais en l'occurrence, la moitié de son plaisir venait de ce que, par-dessus son épaule, elle voyait une voiture de police qui arrivait discrètement dans le parking. Attirés par l'alarme et le groupe de badauds qui s'était formé, le véhicule se dirigea droit vers eux, et deux jeunes constables en descendirent.

— Novello, c'est vous ? demanda l'un d'eux.

— Oui. Menottez-moi celui-ci, je m'occupe de l'autre.

Déchargée de Lightfoot, elle se pencha pour ramasser le sac qu'il avait laissé tomber. Elle l'ouvrit.

Il était plein de billets de banque.

Lightfoot s'était redressé maintenant, les mains entravées derrière le dos. Il jeta à Turnbull un regard de colère mêlée d'incrédulité :

— Pourquoi tu fais ça, pauvre connard ? Tu t'imagines que ça va t'éviter la taule ?

Il parlait l'anglais d'Australie.

— Faites-le monter dans la voiture, demanda Novello.

Le groupe de curieux s'était transformé en une véritable foule : elle n'avait absolument pas envie que quelqu'un reconnaisse Lightfoot et aille prévenir la meute des journalistes.

Ils poussèrent l'homme sur le siège arrière, et elle se tourna vers les spectateurs :

— Allez, allez, circulez, y'a rien à voir.

Le propriétaire de la Peugeot arriva, appuya sur son bip pour faire stopper l'alarme :

— Il est monté dedans ? demanda-t-il en inspectant sa carrosserie.

— Non, monsieur, tout est OK. Vous êtes vraiment bien protégé.

— Écoutez, je suis pressé. Est-ce que je dois faire une déposition ?

— Non, merci. Il y a assez de monde sur place, et on a relevé votre numéro si jamais on a besoin de vous.

— Parfait. J'espère bien qu'on va pendre ce salaud.

Il monta dans sa voiture et la foule se dispersa. Un vol à la tire, un de plus, ça ne valait pas le coup de se vanter d'avoir vu quelque chose.

— Vous êtes finaude, vous, commenta Turnbull. Vous vous êtes vraiment bien débrouillée, mon petit pétale de rose.

— Mr Turnbull, je ne suis pas votre petit pétale de rose, répondit Novello d'un ton las.

Elle se pencha à la vitre de ses collègues : Lightfoot avait l'air plus furieux qu'apeuré.

— De quoi vous me parlez, de meurtre ? dit-il. J'ai foutu une raclée à ce mec, ça d'accord, mais le pognon, c'est le mien. Mais dis-leur donc, sombre connard, qu'il est à moi, ce fric.

— On l'emmène où, cocotte ? s'enquit le conducteur.

— Il me faut d'abord ses clefs.

Le constable assis à côté de Lightfoot fouilla dans la poche du prisonnier, les sortit.

— Où êtes-vous garé ? demanda Novello.

— Là-bas, indiqua Lightfoot dans un mouvement de menton. Vous êtes en train de faire une sacrée erreur, jeune fille.

Elle repéra le toit du camping-car, quelques rangées plus loin. En même temps, elle vit avec soulagement deux autres voitures de police qui entraient dans le parking. Elle avait donc suffisamment de personnel pour qu'on s'occupe séparément des deux hommes, et de leurs véhicules. Elle fit un

rapide calcul : ça allait faire une petite procession, mais personne n'était encore au courant, on ne les remarquerait pas.
— Donc, à Danby, dit-elle. On va tous à Danby.

15

En compagnie amicale, Peter et Ellie Pascoe se moquaient de ces gens aisés qui habitaient « à portée de cloche » ; mais quand ils étaient seuls, ils bavaient tous deux devant une maison là-bas. Dans tout le Mid-Yorkshire, c'était l'endroit le plus proche où l'on pouvait avoir *rus in urbem* : toute la tranquillité de la campagne dans un charmant petit jardin derrière, et tous les plaisirs de la ville du côté de la porte d'entrée.

Ou, pour parler plus crûment, on pouvait se faire pisser le crâne dans son pub favori sans devoir compter sur une épouse sobre pour rentrer chez soi.

En général, quand il avait l'occasion de se trouver « à portée de cloche », il avait l'imagination qui s'activait autant que celle d'un émir du pétrole dans Mayfair : il sélectionnait telle propriété et écartait telle autre avec une insouciante désinvolture.

Ce jour-là, Holyclerk Street se montrait sous son jour le plus séduisant, paré de l'auréole couleur de cidre qu'apportait le soleil de début de soirée. Pourtant, la convoitise de Pascoe était bien tarie, alors qu'il y marchait en cherchant la résidence des Wulfstan.

Ellie affirmait qu'être policier pourrissait l'âme ; mais quand il considérait la tragique histoire de cette famille, à plus forte raison quand sa propre fille se remettait d'une maladie très grave, il battait tous les records connus d'insensibilité, d'illogisme et d'irresponsabilité...

— Oh, écoute, c'est à cause de Rosie que je fais ça, plaida-t-il.

— À cause de ce que pense avoir vu une gamine surexcitée, à cause d'une saloperie de livre pour enfants ? lança-t-elle. Alors là, on aura vraiment tout entendu.

— Non, non, répliqua-t-il avec une égale férocité. Parce qu'on a failli la perdre. Parce que, dans ma tête, je l'avais effectivement perdue, et que j'ai fini par comprendre ce que j'avais souvent observé sans jamais vraiment l'avoir pigé. Pourquoi les malheureux parents qui perdent un enfant courent partout comme des canards décapités, et organisent des manifestations, des groupes de pression, des pétitions, et Dieu sait quoi d'autre. C'est parce qu'il faut qu'ils trouvent un sens à tout ça, qu'ils jonglent avec les raisons et les responsabilités, qu'ils sachent le pourquoi des choses ; et puis aussi qui, ah oui ! surtout qui. Tu veux savoir ce que tu pourrais faire pour Jill et, quand tu penseras avoir trouvé, rien ne pourra t'empêcher de le faire. Eh bien, moi, j'ai le même état d'esprit envers Mr et Mrs Dacre. La seule chose qui leur reste, c'est de *savoir*. Peut-être que je fais fausse route, mais c'est quelque chose que je leur dois. Et je le dois à Dieu ou au destin, qui nous a rendu Rosie.

Jamais auparavant elle ne l'avait vu comme ça, ne l'avait entendu parler comme ça. Et pour une fois dans leur vie commune, elle se laissa battre en silence, tel un épi de blé, par le fléau des mots.

Lorsqu'il quitta l'hôpital où Rosie avait plongé dans un sommeil paisible et profond qui devait durer toute la nuit, elle se contenta de lui dire :

— Vas-y doucement, tout doucement, hein, mon amour ?

Et elle l'embrassa avec vigueur.

Il était en route, maintenant ; pas exactement triomphant, mais avec cette flamme de droiture qui jaillit quand on l'a emporté dans un débat passionné touchant à la morale.

Quand même... Devant la porte du numéro 41, il lui sembla soudain, comme cela lui arrivait si souvent, que si Ellie n'avait pas totalement raison, elle l'emportait quand même.

Il recula d'un pas. Aurait-il pris la fuite, aurait-il persévéré ? Il ne le saurait jamais puisque, à ce moment-là, la porte s'ouvrit et il se trouva face à Inger Sandel.

Ils ne s'étaient jamais rencontrés, mais il la reconnut grâce à la photographie du *Post* qu'il avait dans sa serviette.

— C'est pour quoi ? demanda-t-elle.

— Bonjour madame, le suis l'inspecteur-chef Pascoe.

— Mr Wulfstan est déjà parti pour Danby avec Elizabeth, mais Chloe est encore là ; si vous voulez lui parler...

— Pourquoi pas ? répondit-il sans voir exactement pour quelles raisons.

Il pénétra dans l'entrée : il y avait sur le sol plusieurs boîtes pleines de compact disc. Inger vit qu'il les regardait :

— Nous autres, malheureux troubadours, sommes aussi marchands. On va les vendre au concert.

— Ah oui ? (Il prit un exemplaire des *Kindertotenlieder.*) Le morceau de partition sur la pochette, j'imagine qu'il est de Mahler ?

— Effectivement, mais pas des *lieder* : de la Deuxième Symphonie, je crois. (Elle resta silencieuse un moment comme si elle attendait une réponse, puis poursuivit :) Vous voudriez en acheter un ?

— Non merci, déclina-t-il en le reposant précipitamment. Mon épouse l'a déjà. Vous me disiez que Mrs Wulfstan est ici ?

— Oui, oui. (Elle sourit, comme à une plaisanterie pour initiés.) Au revoir, Mr Pascoe, enchantée d'avoir fait votre connaissance.

Elle sortit, commença à tirer la porte derrière elle.

— Attendez, demanda-t-il d'un ton inquiet. Mrs Wulfstan...

— Mais tout va bien, le rassura-t-elle. Il faut que je m'absente un petit moment, vous n'avez qu'à appeler en parlant fort.

Il aurait préféré que ce soit elle qui s'en charge... Il l'avait un jour expliqué à Ellie que le fait d'être flic ne constitue vraiment pas un remède à la timidité : ça la rend simplement plus gênante encore, à l'occasion. Par exemple, quand on se trouve dans une maison inconnue.

Il commença par tousser ; puis il appela « S'il vous plaît » d'une petite voix, qui était à la fois une convocation et une façon de s'excuser qu'il utilisait avec les serveurs.

Il tendit l'oreille, ne perçut pas la réponse espérée ; en revanche, il lui sembla entendre un lointain murmure de voix.

Dalziel, lui, aurait beuglé « EH, LÀ-DEDANS ! », ou il aurait profité de l'occasion pour se mettre à fouiner partout.

Il ouvrit la bouche pour crier plus fort ; puis il décida que, pour un homme de son caractère, se faire piquer en train de fureter n'était pas trop gênant.

Il poussa la première porte, avec un sourire d'excuse déjà tout prêt.

Elle s'ouvrit sur ce qui semblait être le bureau d'un gentleman de la vieille école. Il promena son regard sur les bibliothèques vernies, le bureau d'acajou, les lambris de chêne. Et il pensa alors à la pièce qu'il avait transformée en bureau chez lui. Peut-être devrait-il commencer à accepter les dessous de table ?

Il n'y avait personne dans la pièce et, même s'il avait décidé d'utiliser l'une des deux solutions du Gros, il n'allait quand même pas se mettre à ouvrir les tiroirs.

Il retourna dans l'entrée, essaya la porte en face. Il pénétra dans un petit salon, lui aussi inoccupé. Une autre porte menait à une salle à manger de belles proportions, très style Adam, XVIIe siècle, avec une table ovale si bien astiquée qu'elle aurait fait le bonheur d'un tricheur aux cartes.

Dans le mur en face, il y avait un passe-plat à moitié ouvert. Il entendait distinctement les voix de tout à l'heure. Il s'avança, regarda par l'ouverture sans remonter le volet.

Il découvrit une cuisine, mais elle était déserte. La porte du fond était grande ouverte sur un patio, avec un de ces charmants jardins tout en longueur, « à portée de cloche ». Il se sentit à nouveau taraudé par la convoitise. Il y avait deux personnes dehors. L'une d'elles était une femme, de profil, installée dans un fauteuil d'osier à dossier inclinable. L'homme se tenait derrière le siège ; il était penché vers elle, les mains dans son corsage, et lui pelotait doucement les seins.

L'homme en question était Arne Krog (identifié grâce au *Post*, lui aussi). Quant à la femme, il supposa qu'il s'agissait de Chloe Wulfstan, et sa déduction se trouva rapidement confirmée :

— Quand c'est assez, c'est assez, disait Krog. Il va bien

falloir que tu le quittes un jour. Et si ce n'est pas maintenant, ce sera quand ?

— Mais pourquoi devrais-je partir ? répliqua-t-elle d'un air troublé. Bon, d'accord, tu as probablement raison. Mais c'est un choix. Comme le suicide : le fait de savoir qu'on peut, qu'on va probablement le faire un jour, c'est un grand soutien pour avoir de l'endurance.

— Tu veux dire que, parce que tu sais qu'un jour tu le largueras, tu trouves la force de rester ? Allons, allons, Chloe. Tout ça, c'est une façon intelligente d'éviter de prendre des décisions.

Elle lui saisit les poignets, sortit ses mains du corsage :

— Ah ! ne viens pas me dire que j'esquive les décisions, Arne. Dans tout ça, tes décisions à toi, où sont-elles ? Es-tu en train de me dire que, si jamais je quittais Walter aujourd'hui, tu m'emporterais sur ton destrier, qu'on galoperait dans le crépuscule, et que tu veillerais à ce que je sois heureuse pour toujours ?

Arne Krog tripota avec sensualité sa barbe soyeuse. Il aime bien avoir les mains sur quelque chose de doux, pensa Pascoe.

— Eh bien, je pense que c'est plus ou moins ce que je dis.

— Plutôt plus, ou plutôt moins ?

— Enfin, le destrier en moins, répondit Krog en souriant. Et puis, je ne suis pas certain que quiconque puisse promettre pour toujours. Mais tant que c'est humainement possible, je le ferai.

Il avait prononcé la dernière phrase avec une sincérité toute simple que Pascoe trouva émouvante.

Chloe se leva, le regarda tendrement ; avec le genre de tendresse que l'on ressent pour un chien adorable, mais impossible à éduquer.

— Ainsi donc tu m'aimes. Suffisamment pour vouloir passer avec moi le reste de ta vie. Mon chevalier servant, mon chevalier très parfait, très délicat, très chaste... Tu serais chaste, Arne ? Je veux dire, quand on n'est pas ensemble, tu ne vas pas couchoter avec tes petites groupies pendant les tournées, ou encore en choisissant dans la troupe, n'est-ce pas ?

Krog cessa ses mouvements de doigts dans sa barbe :

— Attends que je devine, dit-il doucement. La charmante Elizabeth, le rossignol du Yorkshire, a donc chanté ?

— Je parle à ma fille, effectivement.

— Ta *fille*, répéta-t-il dans un sourire. Je me souviens de ta fille, Chloe. Et ce n'est pas tous les cosmétiques, les perruques et les régimes du monde qui peuvent transformer Betsy Allgood en ta fille. Pour autant qu'elle cherche à l'être, bien sûr.

— Pourquoi la hais-tu ? Parce qu'elle va avoir la carrière dont tu as toujours rêvé ? Un très gros poisson dans les grandes mares, et pas un petit dans les flaques ?

— Cela montre à quel point nous sommes vraiment proches, puisque je ne peux pas te cacher mes déceptions.

Elle sourit avec tristesse :

— Tu ne les caches à personne. Quand on est aussi décontracté, c'est que ça bout à l'intérieur. Tu aurais sans doute dû laisser un peu de cette fureur pointer dans ta voix.

— Tiens donc, voilà une critique musicale qui est aussi psychologue. Peut-être que tu as raison. Enfin, si j'ai l'air calme, cela ne veut pas dire que je ne suis pas en colère. De la même façon, ce n'est pas parce que je baisouille à gauche et à droite que je ne t'aime pas. Il faut toujours suivre une pensée logique, ma chère. Et si je n'entre pas dans une rage désespérée, cela ne signifie pas que j'ai renoncé à mes projets avec toi. Si tu ne pars pas, je t'attendrai jusqu'à ce que tu partes, telle que tu seras à ce moment-là, crois-moi. Tout le monde va partir : Elizabeth pour sa carrière, Walter pour... Dieu sait pourquoi. Un jour tu regarderas autour de toi et il ne restera plus personne que ce bon vieil Arne, tu sais, le type relax. Moi, je dis qu'il vaut mieux foutre le camp maintenant.

Pascoe décida qu'il était temps de se lancer avant le retour d'Inger Sandel, et se demanda pourquoi il était resté dans la maison pendant tout ce temps sans entrer en contact avec Chloe.

Il retourna dans l'entrée, marcha vers la porte de la cuisine, l'ouvrit et gueula avec une puissance digne de Dalziel : « EH, LÀ-DEDANS ! »

Puis il pénétra dans la pièce, arbora son sourire d'excuse en voyant leurs visages surpris tournés vers lui, et s'avança dans le patio en brandissant sa plaque :

— Bonjour, excusez-moi de cette intrusion, mais miss Sandel m'a fait entrer. Inspecteur-chef Pascoe. Mrs Wulfstan, j'aimerais vous dire deux mots.

Krog le regarda en fronçant les sourcils. Ce finaud est en train de se dire que ça fait cinq bonnes minutes qu'elle est partie, et il se demande ce que j'ai bien pu foutre pendant tout ce temps.

— Mais vous êtes Mr Krog, n'est-ce pas ? Krog, le chanteur ? Oh, ma femme est fan de vous.

Il se rappela avoir entendu un écrivain dire un jour, lors d'une interview à la radio, que quand un homme lui disait que son épouse aimait ses livres, il le regardait de bas en haut et répliquait : « Eh bien, on ne peut pas se tromper tout le temps. »

Krog se contenta de répondre :

— Très aimable à vous. Excusez-moi.

Et il quitta l'endroit.

— Asseyez-vous donc, Mr Pascoe, proposa Chloe Wulfstan. J'ai malheureusement bien peu de temps devant moi.

— Oui, je comprends bien : le concert. Votre mari est déjà parti ? En fait, c'était lui que je souhaitais rencontrer, et je ne vais donc pas vous retenir plus longtemps.

— Vous êtes certain que je ne peux vous aider en rien ? Est-ce que ça a une relation avec cette pauvre petite qui avait disparu de Danby ? J'ai entendu aux informations qu'on avait retrouvé son corps.

— Oui, c'est terrible, n'est-ce pas ? Je devine à quel point ce doit être douloureux pour vous, mad...

— Ah bon, vous devinez ça ? l'interrompit-elle d'un ton méprisant.

Il pensa aux derniers jours qui s'étaient écoulés :

— Oui, je pense pouvoir deviner, effectivement. Je suis désolé, je vais prendre congé pour vous laisser vous préparer. Je vous en prie, ne me raccompagnez pas.

Il la laissa encore assise, le regard perdu au loin. Que

voyait-elle ? Il n'en savait rien, mais il imaginait que cela allait bien au-delà du gazon, des arbres et des fleurs.

Alors qu'il était dans l'entrée, la porte du bureau s'ouvrit sur Arne Krog, qui tenait en mains une enveloppe fermée de grand format.

— Vous nous quittez déjà, Mr Pascoe ?

— Oui.

— Enfin, quand je dis déjà...

Ah ! le finaud, il avait tout compris !

— On m'a appris quand j'étais enfant que ce n'était pas poli d'interrompre une conversation, dit Pascoe.

— Ce doit pourtant être très commode dans votre profession. Vous avez saisi quelque chose de la discussion entre Mrs Wulfstan et moi ?

— Quelque chose, oui, répondit Pascoe qui ne voyait aucun intérêt à mentir.

L'autre hocha la tête ; mais dans ce mouvement de menton, il y avait autant d'incertitude que d'affirmation.

— Alors vous comprendrez une partie de mes motivations si je vous remets ceci.

Il lui tendit l'enveloppe, fit un salut raide de style assez teuton, et prit l'escalier.

Pascoe ouvrit la porte d'entrée, pour trouver Inger Sandel qui montait les marches du perron :

— Vous ne partez que maintenant ? Vous avez dû parler longtemps, dit-elle, en fixant l'enveloppe qu'il tenait.

— Oui, oui. J'espère que le concert se passera bien.

— Vous y serez ?

— Je ne pense pas, dit-il en secouant la tête.

Mais il avait changé d'avis cinq minutes plus tard, quand il s'assit dans sa voiture avec l'enveloppe sur les genoux.

Il appela l'hôpital, finit par joindre Ellie :

— Comment va-t-elle ?

— Elle dort d'un bon sommeil. Tu reviens ?

— Pas directement.

Il s'expliqua : il lui fallut pas mal d'arguments, mais finalement le désaccord d'Ellie s'estompa :

— OK, tu y vas et tu fais ce que tu as à faire. Je t'aime.

— Moi aussi, je t'aime. Je vous aime toutes les deux, plus que tout.

— Oui, enfin, ça ne t'empêche pas d'y aller... Peter, rappelle-toi que lors d'une de nos discussions passionnées, tu m'as dit que je négligeais ma famille au point que je pourrais jouer les gauchistes.

— J'ai dit ça, moi ? Ça ressemblerait plus à un mot du gros Andy quand il est dans un de ses bons jours.

— Oui, c'est ça qui m'avait ennuyée, justement. Bon, à plus tard. Si tu regardes derrière toi et si tu vois une lumière dans le ciel, ne t'inquiète pas, ce n'est que moi.

Pascoe raccrocha en souriant. Par le toit ouvert de sa voiture, il dit au ciel d'un bleu de Delft :

— Je dois être l'homme le plus heureux au monde.

Puis il fila vers le nord.

16

C'est avec une grande satisfaction que Dalziel observa par une fenêtre l'arrivée du convoi de Shirley Novello au poste de police de Danby :

— Ah, Wieldy, j'aime bien ce genre de chose : un peu d'esbroufe, comme quand les Alliés sont entrés dans Paris en 44. On devrait leur jeter des fleurs, vous n'auriez pas un coquelicot ou un lis dans votre poche ?

Wield, soulagé que la détective constable ait eu la présence d'esprit d'éviter les gyrophares et les sirènes, demanda :

— Comment souhaitez-vous procéder, monsieur ?

— Voyons leurs défenseurs, déjà.

— L'avocat de permanence est sur place, et je pense que Turnbull va gueuler pour réclamer Hoddle à nouveau.

— Ah, ce type, quelle tête de mort ! Enfin, ce sera presque un plaisir de le voir. Je doute que, cette fois, il arrive à faire sortir Geordie.

Devant cette manifestation de confiance, Wield fronça les

sourcils. Il y avait un long chemin à parcourir avant d'arriver au bout du tunnel.

Pour l'instant, la police australienne n'avait encore rien indiqué d'intéressant sur la famille Slater. Le mythe selon lequel la technologie moderne empêchait pratiquement quiconque de s'évanouir dans le monde civilisé était mis à mal. Pas besoin d'immenses efforts pour dissimuler leurs traces, les gens se retiraient et les eaux de la société se refermaient au-dessus de leur tête, laissant à peine une ondulation pour indiquer l'endroit. Tout ce qu'ils avaient réussi à obtenir, c'est qu'un certain B. Slater, citoyen australien, avait atterri à l'aéroport d'Heathrow dix jours plus tôt.

Il fallut un certain temps à Novello pour faire enregistrer ses prisonniers. Puis la jeune femme se présenta au rapport, accueillie par un Dalziel rayonnant :

— Bien joué, cocotte, j'ai toujours dit que vous aviez bien plus qu'un joli minois. Encore que je n'ai rien contre les jolis minois, quand on voit la laideur de certaines gueules que je suis obligé de côtoyer dans le boulot.

Novello évita de regarder Wield. Il fallait reconnaître que Dalziel était un patron égalitaire : il était parfaitement grossier avec tout le monde.

— Où en est-on, Ivor ? Rancardez-nous donc, reprit le Gros.

Elle fit son compte rendu, à la fois succinct et pertinent, et qui lui valut de la part de Wield un hochement de tête approbateur.

— Extra, commenta Dalziel en se frottant les mains à la perspective des interrogatoires. Alors, ils réclament leurs défenseurs à cor et à cri ?

Eh bien, en fait, non.

Turnbull avait haussé les épaules :

— Je vais la jouer en solo, cette fois-ci.

Quant à Slater/Lightfoot, il avait réagi dans des termes qu'elle répéta mot pour mot :

— Qu'est-ce que j'ai à foutre d'un avocat de mes deux ? Allez me chercher l'enculé qui s'occupe de cette affaire de merde !

Novello constata que l'expression du superintendant avait

perdu un peu de son côté radieux ; décidant qu'il valait mieux se débarrasser de toutes les mauvaises nouvelles en une seule fois, elle ajouta :

— J'ai autre chose à vous dire. Slater nous a indiqué s'appeler Barney, et pas Benny. Et c'est bien ce qui est indiqué sur son passeport : Barnaby Slater.

Elle attendit pour être sûre que c'était sans importance, mais vit à la tête du Gros que cela voulait dire beaucoup plus qu'elle ne croyait.

— Le petit frère, celui qui est resté avec sa mère, indiqua Wield. Effectivement, il s'appelait Barnaby : Benjamin et Barnabas. J'ai toujours pensé que c'est la vieille qui avait choisi les prénoms, parce que Marion n'était pas vraiment portée sur la religion.

— Et donc, Benny ne revient pas sous son propre nom, il se sert du passeport de son frangin, commenta Dalziel. Peut-être qu'il était obligé, qu'il n'a jamais réussi à faire changer le sien.

Au son de sa voix, on sentait qu'il n'était pas du tout convaincu.

— Il y a un moyen de le savoir, monsieur, proposa Wield.

— Ouais, allons-y. Ivor, vous assistez vous aussi à l'interrogatoire, mais vous la fermez. Cela dit, n'ayez pas peur de parler si vous en voyez la nécessité.

Alors cette fois encore, on me fout dans un coin alors que c'est moi qui ai fait le plus gros du boulot ! Eh ben ! bravo...

Sauf bien sûr si Dalziel voulait une victime à sacrifier à portée de main, si les choses tournaient mal. Ce qui semblait déjà être le cas.

Le regard de Slater passa de Wield à Dalziel sans montrer le moindre signe qu'il reconnaissait l'un ou l'autre :

— Mais on est où, bordel ? Vous comptez, *vous*, vous asseoir sur mes genoux pendant que l'autre va essayer de me foutre la trouille ?

— C'est juste un plaisantin, j'aime bien rigoler, répondit Dalziel.

— Ah ouais ? Et vous là, mon vieux, vous êtes qui, nom de Dieu ?

— Moi ? Je suis l'enculé qui s'occupe de cette affaire de

merde. Mais vous le savez très bien, hein, Benny ? On s'est déjà rencontrés.

L'autre lui lança un regard vide, puis demanda :

— Comment c'est que vous m'avez appelé ?

— Benny, autrement dit Benjamin Lightfoot.

La physionomie de l'homme se fendit d'un grand sourire.

— Mon prénom, c'est Barney. Vous pensez que je suis Benny, et voilà pourquoi on me fait tout ce pataquès. Eh ben nom de Dieu, quel merdier !

Si c'était de la comédie, elle était parfaitement jouée. Mais en étudiant le visage, Wield fut pratiquement certain que ce n'en était pas. Sans doute y avait-il de très grandes ressemblances avec la photo trafiquée ; mais quand on l'avait devant soi en chair et en os, on voyait aussi beaucoup de différences.

Ce n'était pas une question de caractéristiques physiques, qui collaient assez bien. Non, c'était dans les expressions : une étincelle dans le regard, une torsion des lèvres, une inclinaison de la tête en signe d'attention, de petites choses comme ça. Bien sûr, on pouvait pas mal changer en quinze ans ; mais Wield n'imaginait absolument pas qu'un garçon refoulé, timide et bizarre ait pu se transformer au point d'être devenu cet homme assuré, agressif et suffisant. Pas plus d'ailleurs qu'il n'avait cru — et il se l'avouait pour la première fois — que Benny avait assez de plomb dans la cervelle pour avoir quitté le pays. Même pas avec cinquante mille livres : il se les serait fait chourer par le premier escroc venu.

— Quand avez-vous vu votre frère pour la dernière fois ? demanda-t-il.

— Avant le départ de ma mère pour l'Australie. On est monté pour voir Grand-mère Lightfoot. Ma mère a dit qu'il pouvait encore partir avec nous s'il voulait, mais il a simplement secoué la tête et y s'est cramponné à la vieille comme si on allait l'emmener de force.

Dalziel grogna, mais ne dit rien.

— Vous restez en contact, par courrier ou par un autre moyen ? poursuivit Wield.

— Nan, on allait pas plus loin que les cartes de vœux. Dans la famille, on est pas du genre qu'écrit. On a seulement eu des lettres de la vieille quand Benny a eu ses ennuis, et puis encore deux autres.

— Vous avez été au courant des disparitions d'enfants à Dendale ?

— J'en ai vaguement entendu causer, mais j'ai pas trop fait attention. Chacun sa merde. Pour nous, les choses ont commencé à partir en couille dès qu'on est arrivés en Australie. Jack, enfin Jack Slater, mon beau-père, il a mal tourné. Rien de malhonnête, mais le tiercé, l'alcool, les nanas. J'ai quitté l'école dès que j'ai pu, bien trop tôt, ça c'est sûr, fallait bien que quelqu'un rapporte du fric. Au départ, Maman a essayé de se mettre au niveau de Jack, en tout cas en buvant aussi. Seulement, elle avait pas la même constitution. Le temps que Jack foute le camp, elle était vraiment accro. Je crois bien que c'est à ce moment-là que les lettres sont arrivées.

— Des lettres de Mrs Lightfoot, votre grand-mère ?

— Ouais, c'est ça. Dites, si je vous raconte tout ça, vous me laissez partir, hein ?

La dernière phrase s'adressait à Dalziel.

Le singe fait peut-être la conversation, mais il sait très bien qui est assis à l'orgue, pensa Novello.

— Je suis en train de me dire que, plus tôt vous partirez, mieux ce sera, indiqua le superintendant avec passion. Mais je pense aussi que je peux supporter votre gueule tant que vous n'aurez pas répondu à toutes nos questions.

— Pas la peine de me faire du charme, mon vieux, dit Slater. Bon, ces lettres. J'y ai pas du tout fait attention pendant des années, jusqu'au jour où je faisais des rangements après que Maman est morte. Dans la première, la vieille racontait qu'elle avait changé d'adresse et qu'elle vivait chez quelqu'un de sa famille à Sheffield. Et que si jamais on voyait Benny, il fallait lui dire. Dans l'autre, elle racontait qu'elle était rentrée dans une maison de retraite, Wark House. Et pareil, le couplet pour Benny. Voilà.

— Et votre mère lui a répondu ? demanda Wield.

— Comment que je pourrais le savoir ? Peut-être bien. Mais comme je dis, c'est pas bien souvent qu'elle était en état de faire grand-chose. Des fois, elle parlait de Grand-mère

Lightfoot. Si j'ai bien compris, elle pouvait pas la blairer, et ça devait être pareil de l'autre côté. Mais y'a une chose que Maman disait toujours, c'est que la vieille avait la tête sur les épaules, et que si quelqu'un dans la famille pouvait s'accrocher à un peu de fric, c'était bien Agnes.

— Elle ne s'inquiétait pas pour Benny ? demanda Novello.

Slater haussa les épaules :

— Allez savoir. Elle parlait pas beaucoup de lui, et quand elle en parlait, c'était en général pour dire que comme on fait son lit on se couche. Je pense que ça l'a vraiment fait chier qu'y choisisse de rester avec sa grand-mère plutôt que venir avec nous.

— Mais c'était son fils, quand même, et en plus son aîné ! insista Novello.

— Et alors ? Raison de plus d'en vouloir encore plus à la vieille. Des fois, quand elle avait tellement picolé qu'elle était au stade de pleurer, elle disait qu'elle aimerait bien voir Benny avant de crever. Et puis ça lui passait, et elle disait que si ça se trouvait, il avait dû récolter le pognon de la vieille à l'heure qu'il était, et qu'y vivait comme un prince ; et donc nom de Dieu, qu'elle disait, pourquoi que je m'en ferais pour lui, qu'y s'en fait pas pour moi ?

Par-dessus l'épaule de Slater, Wield interrogea Novello du regard pour savoir si elle avait autre chose à ajouter : elle secoua négativement la tête.

— Et donc, après la mort de votre mère, vous vous êtes dit que vous retourneriez bien en Angleterre pour vérifier si effectivement la vieille dame était pleine aux as, et si vous ne pouviez pas en récupérer un peu ? poursuivit le sergent.

Slater resta imperturbable devant la provocation :

— Pas du tout. Quand Maman est morte, soudain j'ai été libre comme l'air. Un cœur à prendre, j'avais plus à faire plaisir qu'à moi, je pouvais dépenser de l'argent que pour moi. Alors j'ai pensé que les seuls parents que j'avais au monde étaient retournés en Angleterre. Et je me suis dit, pourquoi pas faire un voyage là-bas et voir ce qu'y a à voir.

— Mais vous avez filé sur Wark House, hein ? dit Wield d'un ton accusateur.

— Non, non, mec. J'ai atterri lundi, j'ai été crécher chez

le copain d'un copain à Londres. Il m'a prêté son vieux camping-car pour quelques livres, c'est bien moins cher que l'hôtel, et puis moi j'aime vivre en plein air. J'ai pris vers le nord en musardant pour regarder le paysage, je suis arrivé dans le Yorkshire vendredi matin. Je me suis dit tiens, ce serait pas mal de passer voir la grand-mère Lightfoot. Ça a été sympa de la trouver toujours vivante. Remarquez, elle était sacrément mal foutue. Et du côté de la tête, aussi, elle m'a pris pour Benny. J'ai essayé de lui dire qui j'étais, alors elle a dit quelque chose qui m'a fait dresser l'oreille et j'ai arrêté. Quelque chose comme quoi elle savait que j'avais trouvé l'argent et que ça m'avait permis de me sauver.

— Pourtant, l'argent ne vous intéressait pas, objecta Wield.

— Oh, je dirais pas ça. Ce que je voulais dire, c'est que c'est pas pour ça que je suis revenu. Mais j'allais quand même pas détourner la tête si j'avais l'impression qu'y avait du pognon qui m'était dû. Surtout quand elle s'est mise à me raconter qu'y avait cinquante mille livres en liquide, qu'elle avait mises dans une boîte en fer sous l'avant-toit, là où Benny savait qu'elle cachait ce qui avait de la valeur, et qu'il avait été voir après qu'elle s'est installée à l'hôpital.

— Elle pensait que Benny avait pris l'argent ? demanda Wield.

— Oui, c'est clair qu'elle a pensé ça quand il a disparu. Et maintenant qu'elle était sûre qu'il l'avait pris, enfin en fait c'est moi qu'elle avait vu mais elle pensait que c'était Benny, elle a dit qu'elle pouvait mourir heureuse. Alors j'ai encore essayé de lui expliquer que c'était pas la peine de mourir maintenant, heureuse ou pas, puisque moi c'était Barney et pas Benny. Mais à ce moment-là elle était pas mal à plat, et je pourrais même dire qu'elle pigeait pas ce que je disais. Et je suis parti. Écoutez, c'est pas la peine d'être tous assis ici avec des mines pincées. Je veux qu'elle sache qui je suis en réalité. Je vais rappeler en repartant vers le sud, et j'espère que je pourrai lui parler quand elle sera un peu plus dans le coup.

Il regarda Wield et les autres avec méfiance. Leurs visages exprimaient quelque chose de plus que de la désapprobation.

— Qu'est-ce qu'y a ?

— Une mauvaise nouvelle, dit Dalziel. Ou peut-être une bonne, ça dépend comment on voit les choses. Après votre visite, elle est effectivement morte heureuse. La nuit dernière.

— Oh merde... Vous êtes pas en train de me raconter des bobards, hein, non ? Merde... J'espérais vraiment...

Son désarroi paraissait très sincère.

Novello attendit que quelqu'un propose une pause, mais Dalziel enchaîna :

— Ne vous en faites pas, vous êtes dans les temps pour l'enterrement. Et maintenant, il y a tout ce fric : alors plus vite on règle les choses, plus vite vous pourrez commencer à vous en occuper. Donc on continue, hein ? Reprenez au moment où vous quittez Wark House.

La perspective d'une prochaine libération était une sacrée motivation pour Slater, se dit Novello. Ce n'était pourtant pas si important ; elle aurait pu raconter la plus grosse partie de la suite.

— Je me suis dirigé vers le nord. Mais j'arrêtais pas de réfléchir, vous savez, on pense toujours dans une voiture. Et je me disais que, si Benny avait effectivement pris l'argent et s'était barré, pourquoi est-ce qu'il avait jamais cherché à contacter sa grand-mère ? Quand même, il l'aimait plus que personne d'autre au monde, hein ? Alors, qu'est-ce qui lui était arrivé ? Et la question à cent mille dollars, c'était si c'était arrivé avant ou après avoir mis la main sur le fric.

— Et donc, vous vous êtes demandé si la boîte ne serait pas toujours au même endroit, dans le grenier de Neb Cottage, continua Dalziel.

— Voilà, c'est ça. Ça faisait loin, mais bordel, y'avait pas d'autre endroit où je voulais aller. Seulement, quand j'suis arrivé à Dendale, je me suis aperçu que Neb Cottage, y'en avait plus. J'ai fait le tour du coin mais, comme ça faisait longtemps que j'avais pas été là-bas, j'étais même pas sûr que je regardais le bon tas de pierres. Mais je commençais à devenir un peu ferré sur ce coup. Si le pognon était toujours là, mais pas Benny, je pouvais le réclamer autant qu'un autre, pas vrai ? Donc j'ai été en ville pour essayer la bibliothèque. La dame m'a vraiment beaucoup aidé. J'ai pu lire dans les vieux journaux tout ce qui s'était passé là-bas. Elle m'a aussi montré un livre avec des cartes avant et après, et j'ai fait des photocopies.

— Attendez, interrompit Wield, toujours très pointilleux sur les détails. On va mettre le timing au clair. Quand êtes-vous arrivé à Dendale ?

— Samedi matin. Je me suis installé dans cette ferme, puis j'ai monté la vallée et j'ai commencé à chercher. Quand je me suis aperçu que ça donnait rien, je suis descendu en ville. Je suis resté à la bibliothèque jusqu'à la fermeture, et comme c'était pas longtemps avant l'ouverture des pubs, je suis resté boire quelques bières et bouffer un peu. Ensuite, je suis remonté dans la vallée. Dimanche, j'étais levé avec les poules. Cette fois-ci, j'ai fait rusé. Je suis d'abord monté à la crête du Neb et je me suis baladé dessus pendant un moment pour avoir une vue d'ensemble. C'est le meilleur moyen de s'orienter, ça rend les cartes plus faciles à comprendre et c'est bien mieux que d'évaluer les distances sur le sol. Quand j'ai été sûr d'avoir bien repéré le bon tas de décombres, je suis descendu et j'me suis mis à creuser.

— Une minute, dit Dalziel. Vous êtes sur la crête, et vous n'avez regardé que d'un côté ? Seulement vers Dendale, et pas vers Danby ?

— Quoi ? Hé dites, vous seriez pas en train d'essayer de me mettre dans l'histoire de cette gamine qu'a disparu ? Mais enfin, d'après les journaux, c'est clair que vous courez dans tous les sens comme des canards sans tête, en pointant le doigt sur ce pauvre Benny que personne a revu depuis quinze ans. Vous essayez que ça reste dans la famille, vous m'avez l'air d'une sacrée bande de trous du cul !

Pascoe aurait probablement objecté que les canards n'ont pas de doigts, pensa Novello.

Dalziel regardait le magnétophone avec regret, comme s'il tentait de l'éteindre par la force de la volonté pour avoir une véritable conversation à cœur ouvert. Il indiqua doucement :

— Mr Slater, la gamine en question n'a pas disparu, elle est morte. Continuez, s'il vous plaît.

— Ah oui, excusez-moi, vous avez un travail à faire. J'espère bien que vous allez coincer ce salopard. Donc, je pense pas avoir regardé du côté de Danby. Oubliez pas que je cherchais à repérer un endroit où que j'espérais trouver cinquante mille livres. Dès que j'ai été sûr des bonnes ruines, j'y ai été.

— Vous êtes retourné au col et vous avez pris Corpse Road ? demanda Wield.

— Non, j'ai piqué tout droit. La vache, c'était drôlement à pic. J'ai passé cul par-dessus tête et j'ai failli me casser la cheville. À la fin, je suis tombé dans ce ruisseau, White Mare's Tail. C'était un peu plus facile à cet endroit-là, mais j'aurais pas aimé essayer si l'eau s'était pas évaporée avec toute cette chaleur.

— Et vous n'avez vu personne ?

— Dans la vallée ? Pendant pas mal de temps, personne. Ah si, y'avait quelqu'un sur la crête, je crois bien. En me retournant, je pense que j'ai vu un type au niveau de Corpse Road. Mais il était loin et, comme la crête descendait juste à ce moment-là, je l'ai plus vu ensuite.

— Mais il y avait des gens dans la vallée, plus tard ? demanda Wield.

— Ah oui, alors. Des randonneurs, des familles qui piqueniquaient, toutes sortes de gens qui se baladaient autour des restes du village réapparaissaient à cause de la sécheresse. J'avais vraiment pas besoin de spectateurs pour ce que je faisais, c'est sûr, mais de toute façon, là, j'en avais ras le bol. J'avais fait tout ce que je pouvais, et j'avais rien trouvé. Il y avait des blocs de cailloux, y m'aurait fallu un levier ou une pioche pour les déplacer. Alors je me suis mis en congé pour le reste de la journée, j'ai été boire un coup et voir si je pouvais trouver une nana.

— Ça vous a réussi ? demanda Dalziel.

— Pas sûr. Tout ce que je sais, c'est que je me suis réveillé dans ma tente, avec un casque à boulons sur la tête. Quand j'ai arrêté de trembler, j'arrêtais pas de penser que j'allais crever. Mais vers midi, après avoir pris quelques litres de thé, quand j'ai pu envisager de prendre du solide sans dégueuler tripes et boyaux, je me suis senti un peu plus optimiste. Donc j'ai été chercher de quoi bouffer ; après, j'ai trouvé une grande bricaillerie et je me suis acheté une pioche et un levier. J'ai attendu jusqu'à tard dans la soirée pour avoir la vallée à moi tout seul, et j'me suis mis au travail. Il faisait presque noir comme de la poix quand j'ai abandonné, mais j'étais sûr que le pognon était pas là.

— Pourtant, vous n'admettiez pas encore la conclusion évidente que c'était Benny qui l'avait pris ? s'enquit Wield.

— Au départ, si. Et puis je me suis mis à réfléchir que vous autres les flics, vous lui couriez après. Et donc, que si y'avait un endroit que vous auriez surveillé jour et nuit jusqu'à ce qu'il soit démoli, c'était bien Neb Cottage, parce que c'est là qu'il irait au plus probable. S'il s'était pointé là-bas, vous l'auriez repéré. Et comme vous l'avez pas repéré, c'est peut-être bien qu'il était jamais revenu là-bas pour récupérer le fric.

— Peut-être qu'il y est revenu, au contraire, objecta Novello. Si ça se trouve, c'est pour ça qu'il était près des ruines de la maison quand il a attaqué Betsy Allgood : il cherchait la boîte.

— Peut-être bien, dit Dalziel. Donc vous avez commencé à vous demander qui d'autre avait bien pu mettre la main sur l'argent ?

— Voilà, c'est ça. Au départ, j'ai pensé que ça pouvait être un type qui était sur place, parce que vous étiez pas mal de monde. Et cinquante mille livres en coupures usagées, c'est sacrément tentant, même pour des vertueux dans votre genre.

Il adressa un sourire à Novello, comme pour l'exclure de la clique. Elle resta impassible.

— Mais une fois que vous vous êtes mis cette idée stupide dans le crâne, vous n'avez pas renoncé, dit Dalziel d'un air affable. Quand on vient du Yorkshire, on reste du Yorkshire où qu'on vive, hein ? Et donc, vous êtes retourné voir cette dame à la bibliothèque ?

— Exact. Je voulais pas partir avant d'être complètement sûr que j'étais pas passé à côté de quelque chose. Et cette fois-là, je tombe sur la photo du bulldozer qui démolit le cottage.

Tout était clair maintenant, mais il était nécessaire qu'il explique clairement les choses, pour l'enregistrement.

Il avait vu le nom qui était peint sur le bulldozer, l'avait cherché dans les pages jaunes, et avait découvert que Geordie Turnbull avait remplacé Tom Tiplake, à la même adresse. Et il s'était souvenu avoir lu dans le canard local de la veille que le même Turnbull aidait la police dans son enquête, comme il l'avait fait quinze ans plus tôt.

— Coïncidence ? Peut-être, continua-t-il. J'ai failli me retrouver sur vos genoux, parce que j'ai été jusqu'au poste de police. Mais je me suis dit putain, avec tout ce battage dans le journal sur Benny y'a quinze ans, si jamais les flics mettent la main sur le frangin, ça va beaucoup plus les intéresser de lui casser les couilles — passez-moi l'expression, mademoiselle — que de se pencher sur son problème. Alors, j'ai été à Bixford et j'ai pris un pot dans un pub en discutant avec des gens du coin. Tout le monde parlait de Turnbull, et très vite j'en ai entendu assez pour me demander comment un conducteur de bull' avait bien pu tout à coup en mettre assez de côté pour racheter la boîte de son patron. Et je me suis dit que ça valait le coup d'aller discuter avec Geordie.

— Discuter ? ironisa Dalziel. Si c'est comme ça que vous traitez tous les pauvres gars avec qui vous discutez tranquillement, je n'ai pas vraiment envie de voir quelqu'un à qui vous auriez tranquillement roulé une pelle.

— Y'avait un malentendu entre nous, continua Slater. Mais on s'est vite retrouvés sur la même longueur d'onde, je le reconnais. Une fois qu'il a vu comment tournait le vent, il a pas fait le con et il a tout de suite levé les mains en l'air. Il m'a dit que ça le tracassait depuis des années, mais qu'il avait pas réussi à résister quand il avait fait tomber le vieux cottage et qu'il avait vu une boîte en fer-blanc dans les ruines, avec des billets de dix qui sortaient de là. Je peux pas dire que je lui reproche, j'aurais probablement fait la même chose.

— Mais, Mr Slater, j'ai l'impression que vous avez fait la même chose, effectivement, dit Wield.

— Vous voulez dire, pour le pognon ? Écoutez bien, mon gars. Ce fric, je l'ai eu à la loyale, vous avez qu'à demander à Turnbull. Donc, une fois qu'il a compris qui j'étais, il s'est mis à coopérer spontanément : il voulait se sortir ça de la conscience. Et il a bien fait les choses, notre Geordie. Cinquante mille livres, il y a quinze ans, ça faisait pas mal de blé, même si maintenant ça représentait pas beaucoup pour un type dans les travaux publics comme lui. Alors je lui ai dit écoute, file-moi le pognon en liquide aujourd'hui, et j'oublie les intérêts que je pourrais te réclamer. Il a été d'accord. S'il dit autre chose, c'est qu'il ment. Pourquoi bon Dieu qu'il a voulu vous mouiller là-dedans, ça je sais pas. C'est lui qu'a commis un vol ici, pas moi.

— Mais le chantage est un délit, précisa Dalziel avec douceur. Et l'extorsion de fonds, c'est un délit aussi. Ne venez pas me raconter des histoires à la mords-moi-le-nœud comme quoi l'argent est à vous. C'est votre grand-mère qui a été lésée, pas vous. S'il appartient à quelqu'un, ce foutu pognon, c'est à elle.

— Ouais, et c'est bien là que j'allais, à Wark House, pour lui rendre, répondit Slater.

Il les regarda avec de grands yeux innocents.

Novello intervint paisiblement :

— Ça fait plaisir d'entendre ça, Mr Slater. Et ça fera plaisir aussi aux services sociaux, qui paient l'addition depuis plusieurs années que votre grand-mère a été admise à Wark House. Vous voyez, ils ont dépensé pour elle l'argent du contribuable parce qu'ils pensaient qu'elle n'avait pas d'argent. Maintenant, ils vont pouvoir récupérer la plus grosse partie de ce qu'ils ont financé.

Pendant un moment, Slater sembla être sous le choc. Puis il sourit d'un air piteux :

— Bordel, y faudrait peut-être que je parle des intérêts à Turnbull, après tout.

Dalziel se leva dans un mouvement si soudain que son siège bascula et faillit tomber.

Slater recula sa chaise de quelques centimètres, comme s'il s'attendait à un assaut. Mais il y avait plus de résignation que d'agressivité dans la voix du Gros :

— Interrogatoire terminé, dit-il en appuyant sur le bouton interrompant l'enregistrement. Non, Mr Slater, vous n'allez pas parler à Turnbull, c'est nous qui allons le faire. Il va nous falloir une déclaration écrite de tout ça, d'accord ?

— Oui, bien sûr. Donc, ça y est ?

— À moins que mon sergent ne trouve dans le grand livre quelque chose de bien corsé pour vous inculper.

— Voies de fait sur la personne de Mr Turnbull ? proposa Wield avec espoir.

— Pas grandes chances que ça marche si c'est la vérité qu'on vient d'entendre. Je pense que, là, on est coincés. Wieldy, Ivor ?

Wield secoua négativement la tête, et Novello demanda :

— Mr Slater, à votre avis, qu'est-ce qu'est devenu votre frère ?

— Benny ? Vous savez, mademoiselle, je me le rappelle pas bien, sauf que c'était un gars du genre nerveux, qui avait toujours peur de son ombre. Moi, je pense que, une fois sa grand-mère partie et le cottage démoli, ce pauvre gars s'est flingué. Paix à son âme.

C'était une façon appropriée de clôturer un entretien. Le poste de police ne comportant qu'une salle d'interrogatoire, Slater fut ramené à sa cellule pour y rédiger sa déclaration, et on amena Turnbull.

Celui-ci avait eu le temps de récupérer une bonne partie de son punch. En fait, il semblait euphorique : les choses étaient enfin claires.

Il s'adressa à Wield :

— C'est bête à dire, mais quand j'ai vu votre visage, mon coco, j'ai pensé que j'étais cuit et j'ai presque été soulagé quand, au lieu de ça, vous avez commencé à me parler de cette pauvre gamine. Ça fait réfléchir, hein ? Préférer être soupçonné de quelque chose comme ça ! Non, je suis content que tout soit clair.

Novello se dit que, sans doute pour la première fois de sa vie, Wield s'était fait appeler mon coco.

L'histoire que raconta Turnbull correspondait à la version de Slater sur tous les points importants.

Il aurait fallu qu'il ait son avocat avec lui, pensa Novello. Cet horrible Hoddle lui aurait fait garder la bouche cousue. Avec la vieille Mrs Lightfoot qui était morte et la seule déposition de Slater, il n'était pas possible que le Parquet de la Couronne accueille favorablement une inculpation.

Mais cela avait moins à voir avec la légalité qu'avec la culpabilité. Il apparut rapidement que Geordie, simple et insouciant, avec les pieds sur terre, avait une forte tendance au fatalisme. S'il n'avait pas gardé l'argent, l'affaire de Tommy Tiplake aurait périclité et lui, Geordie, serait parti depuis longtemps ; il serait loin d'ici et n'aurait pas eu à subir une seconde enquête sur une disparition d'enfant. Ça, c'était sa punition. Tout ce que la justice pourrait lui coller serait la preuve publique de son innocence dans le meurtre de Lorraine Dacre.

À la fin de l'interrogatoire, Novello trouvait l'homme très sympathique. Si son charme naturel et inné n'avait pas agi (et elle s'assura fermement qu'il n'avait pas agi), ses dernières phrases l'avaient convaincue.

— Ce qui me tracasse vraiment maintenant que je connais toute l'histoire, c'est ce Benny, qui revient sous la pluie pour chercher dans les décombres de Neb Cottage l'argent que sa grand-mère lui a promis. Le pauvre gars...

— Comment, le pauvre gars ? répliqua Dalziel d'un ton incrédule. Le pauvre gars en question, c'est peut-être lui qui a enlevé et tué trois gamines. Et avant que vous me disiez que ce n'est pas prouvé, ce qui est certain, c'est qu'il a agressé Betsy Allgood, la nuit dont vous parliez.

— Ah, c'est ce que vous pensez, Mr Dalziel ? Eh bien, c'est comme ça qu'on vous a habitué à voir les choses, répondit Turnbull avec une certaine dignité. Moi, ce type, je le connaissais, et jamais je n'ai vu le mal en lui. J'ai toujours pensé qu'il n'avait pas plus à voir que moi avec ces disparitions. Quant à l'attaque contre Betsy Allgood, il lui a foutu une frousse terrible, ça c'est sûr. Une gamine perdue dans la montagne en plein orage, la nuit, et qui tombe sur le type dont tout le monde dit que c'est le croque-mitaine, c'est normal qu'elle ait eu une trouille bleue, non ? J'irais même jusqu'à dire que, si c'était vous qu'elle avait rencontré ce jour-là, elle aurait eu tout aussi peur, la pauvre gamine.

— Interrogatoire terminé, indiqua Dalziel. Il n'y a rien qui me soulève plus le cœur que d'écouter un supporter de Newcastle United qui a une opinion.

— C'est vrai, mon coco ? Eh bien, une chose est sûre,

c'est que même si des graffiti le disent, Benny n'est pas revenu. Et que je n'ai rien à voir avec cette petite Lorraine, et Barney Lightfoot non plus, semble-t-il. Bon, il faut que je retourne en cellule ? Et vous laisser bosser, parce que j'ai l'impression qu'il vous reste pas mal de pain sur la planche.

17

Les trois policiers restèrent assis en silence après que Turnbull eut quitté la pièce. Novello finit par dire :

— Est-ce qu'il pourrait avoir raison, monsieur ? Betsy Allgood se serait trompée ? Elle était si effrayée de voir Lightfoot qu'elle aurait paniqué, et pensé qu'il l'agressait alors qu'il essayait simplement de la rassurer ?

— Pour une gamine de son âge, c'était l'un des meilleurs témoins que j'aie jamais rencontrés, indiqua le sergent d'un ton approbateur. On avait discuté avec elle plusieurs fois avant ça, et là elle était pareille qu'avant, toujours aussi gentille, calme et précise. Enfin, toute cette histoire avec son chat, ne me dites pas qu'elle l'a inventée ? J'y ai cru à l'époque, et j'y crois encore. Vous n'avez pas lu le dossier ? Sinon, vous me comprendriez.

Oui, songea Novello. Je sais ce que tu veux dire. Mais je ne suis pas sûre de savoir ce que je veux dire ; je sais peut-être quelque chose de plus que toi. Quelque chose sur la façon dont pensent les petites filles. Sur le fait qu'elles peuvent se faire peur avec les inventions les plus fantaisistes. Sur la façon qu'elles ont de réarranger la réalité pour que ça colle à leurs besoins et à leurs désirs. Sur leur façon d'observer et d'analyser le monde des adultes...

Son esprit revint sur le dossier Dendale, le mettant en lumière, non comme un compte rendu d'enquête, mais comme une sorte de tapisserie comportant des motifs, des motifs complexes basés sur la disparition de trois petites filles. Elle comprit soudain quelque chose dont, auparavant, elle n'avait été que vaguement consciente. Elle ouvrit la bouche :

— Monsieur...

La porte s'était ouverte, et le sergent Clark avait passé la tête :

— Excusez-moi, monsieur, mais vous avez les compliments de Mr Pascoe, et vous serait-il possible de le rejoindre au Dender Mere, c'est-à-dire au barrage de Dendale ?

— Pascoe ? s'interrogea Dalziel en regardant vers Wield avec étonnement. Mais qu'est-ce qu'il vient faire là-dedans, vous avez une idée, Wield ?

— Non, je ne sais pas.

— Et vous, Ivor ? C'est vous la dernière à l'avoir vu.

— Eh bien, comme je vous l'ai dit, sa fille allait beaucoup mieux, ils pensaient qu'elle était hors de danger. Et il m'a semblé très excité par quelque chose, je ne sais pas quoi, au sujet d'une boucle d'oreille.

— Il vous en a parlé, Nobby ? demanda le superintendant.

— Il ne m'a rien dit de plus que ce que je vous ai rapporté : présentez mes compliments à Mr Dalziel, et pourriez-vous lui demander...

— Oui, oui, ça va, je suis capable d'entendre ces chichis sans qu'on me joue la scène en même temps, coupa-t-il avec irritation. Eh bien, je pense qu'il n'y a rien d'autre à faire dans le coin ce soir à part ce foutu concert. Allons donc voir ce que notre intellectuel de service va nous servir. Mais ça a intérêt à être bon !

Et bon, ce le fut, assurément.

En allant à Danby, Peter Pascoe avait appelé le bureau des enquêtes à St Michael's Hall. Il n'avait trouvé que George Headingley, qui lui avait fait un compte rendu détaillé de tout ce qui s'était passé dans l'après-midi. C'était l'homme idéal pour garder la boutique ; il était soucieux de sa retraite et ne voulait rien faire pour l'affecter ; sans jamais être sur le terrain, il récoltait toutes les minutes de l'activité d'autrui et se tenait prêt à fournir tous les détails.

— Alors comme ça, Sa Graisse et Wieldy sont à la prison du coin, avec des serviettes mouillées toutes prêtes ? dit Pascoe qui savait que même les blagues sur les irrégularités de la police faisaient frissonner ce vieux George.

— Ils sont en train d'interroger les suspects, oui.

— Mais le Lightfoot qu'ils ont chopé soutient qu'il s'appelle Barney, et pas Benny ?

— C'est ce que dit Nobby Clark, et il est d'accord sur ce point. Il connaissait bien Benny, ce type a peut-être un air de famille, mais ce n'est absolument pas lui.

— Intéressant. Dites-moi, George, l'équipe d'hommes-grenouilles, elle est toujours au lac ?

— Je viens de les avoir, ils demandaient si Mr Dalziel avait donné son aval pour les heures supplémentaires. Comme j'ai répondu que non, ils sont en train de plier bagage pour la nuit.

Pascoe réfléchit, puis :

— Dites, faites-moi une faveur. Appelez-les, et dites-leur... Non, finalement, donnez-moi leurs coordonnées.

George était tout à fait capable de mettre en scène une panne générale des communications plutôt que risquer de se trouver impliqué dans un scandale de dépassement d'horaire non autorisé.

Pascoe composa le numéro de téléphone de l'équipe de plongeurs, et fut heureux d'entendre la voix de Tom Perriman : ils se connaissaient depuis longtemps et s'entendaient bien.

— Comment ça va, Pete ? J'ai appris que vous aviez des soucis, les choses s'arrangent ?

— Oui, au mieux. On a traversé une période difficile, mais je pense que maintenant ça va aller. Dites-moi, Tom, ne vous pressez pas de décamper, parce que je suis en route pour vous rejoindre.

— Eh, dites, on vient de finir de ranger tout le matériel, protesta Perriman.

— Pas grave, ce n'est pas pour que vous plongiez que j'ai besoin de vous. Écoutez, vous pouvez vous y mettre avant mon arrivée.

Il expliqua ce qu'il attendait. Quand il eut terminé, Perriman demanda :

— Et l'autorisation d'heures sup', ce sera votre signature ?

— C'est plus que ma signature, c'est ma tête.

— Je viendrai à l'exécution. Bon, à bientôt.

— Parfait, dit Pascoe.

Il quitta la route de Danby et, se guidant sur le soleil, emprunta de paisibles chemins de campagne jusqu'au barrage de Dendale.

La barrière étant restée ouverte, il put aller en voiture jusqu'à l'endroit où était garée la camionnette des hommes-grenouilles. Il les vit au bord de l'eau, en train de manier des pelles et des pioches. Tom Perriman se détacha du groupe pour venir à sa rencontre :

— Futé, hein ? J'ai dragué avec un grappin, et j'ai remonté la moitié d'une cage thoracique. Pour moi, c'est clair que les restes de notre gars sont là-dessous. Ce devait être une cave, et quand la maison a été rasée, les dalles de l'étage du dessus se sont fendues ; l'espace était suffisant pour laisser passer une personne. D'une certaine façon, ce pauvre type s'est lui-même piégé. Il a dû arriver à passer un bras par l'ouverture, et ses efforts ont fait tomber la dalle sur lui. L'eau est montée. Il est mort, son corps s'est décomposé, et finalement les os du bras se sont détachés pour aller environ un mètre plus loin dans le lac.

— Très bien. Vous allez chercher le reste ?

— Laissez-nous un peu de temps. Il y a encore pas mal d'eau là-bas, et c'est plein de vase. Et puis aussi, pour tout vous dire, je n'aime pas trop envoyer quelqu'un dans une saloperie où un corps a pourri. Mais je vois que vous êtes trop pressé pour attendre que je fasse mettre une pompe en marche. Est-ce quelque chose d'identifiable que vous cherchez, une mâchoire, par exemple ? Très bien, je vais essayer, mais ça va vous coûter plusieurs grands verres de scotch en guise de désinfectant.

Pascoe observa l'opération. La dalle qu'ils avaient déplacée avait laissé un espace juste assez large pour qu'un plongeur s'y engage. L'eau était sombre et trouble. Fouiller ces profondeurs n'avait rien d'attrayant. Perriman devait travailler au toucher. Enfin, il trouva quelque chose. On vit émerger un fémur, puis une omoplate. Puis un crâne.

Pascoe prit celui-ci et le nettoya dans les eaux plus propres du lac. Il vit briller une plaque de métal :

— Ça m'ira, annonça-t-il. Vous pouvez sortir avant d'attraper la mort.

— Merci de votre sollicitude, répondit Perriman, mais j'aimerais bien redescendre : à côté, il y a autre chose.

Et il disparut à nouveau. Il se passa trente secondes, puis l'homme jaillit à la surface les deux bras levés pour exhiber son trophée.

Cette fois-ci, pas d'os, mais une chaîne rouillée.

Pascoe l'attrapa et l'étala sur le sol. L'une des extrémités formait un nœud, l'autre comportait plusieurs grands crampons enfoncés dans les maillons.

— La vache, dit Perriman qui était sorti de l'eau. Mais c'est que ce pauvre gars aurait bien pu être attaché. J'ai l'impression qu'il y a d'autres morceaux dans la même zone.

— Laissez-les tant que vous n'aurez pas fait pomper l'endroit.

— Je m'apprêtais à m'en occuper. Dites-moi, Pete, ça n'a pas l'air de trop vous surprendre ?

Pascoe baissa les yeux sur la chaîne, releva la tête pour regarder les eaux paisibles du lac, les pentes de la vallée, la longue courbure de la crête, avec le Neb et les Hauts de Beulah qui affichaient une sérénité mystérieuse, sur le bleu de plus en plus profond du ciel vespéral.

Il pensa au désespoir qui l'avait assailli au cours des dernières quarante-huit heures, au désespoir des Purlingstone qui durerait Dieu sait combien d'années. Il jeta un regard circulaire, reprit la chaîne et les os, et songea au désespoir de cet homme quand les eaux l'avaient amené vers la lumière et la liberté.

— Non, confirma-t-il, je ne suis pas surpris.

Il appela le poste de police de Danby, tomba sur Clark à qui il laissa un message pour Dalziel. Puis il alla faire un tour le long du lac, appela l'hôpital et finit par obtenir Ellie :

— Tout va bien ?

— Parfaitement bien, de mieux en mieux à chaque minute. Et toi ?

— J'avance, mais je ne sais pas quand j'aurai fini.

— Pas de problème, j'ai largement de quoi m'occuper ici.

— Ah bon, tu t'es dégoté un médecin canon ?

Elle rit. Comme c'était bon de l'entendre rire :

— Je n'ai pas eu cette chance. Mais j'ai mon stylo, et quelques idées que j'aimerais taquiner.

— Ah.

Enfin, elle ne peut quand même pas penser à exploiter ce par quoi on est passés... Pas encore, en tout cas. Mais comment le lui dire ?

Elle rit à nouveau :

— Ne t'en fais pas, Pete. Avant que je me sente capable de raconter ce qu'on a vécu à quelqu'un qui l'écrira à ma place, pas mal d'eau aura coulé sous les ponts. Il est temps de jouer un nouvel air. Et je pense que, après ça, on va tous être prêts pour de nouveaux airs, n'est-ce pas ?

— Oh oui, répondit-il avec ferveur. À propos de vieux airs, ça t'ennuierait de me remettre en tête la Deuxième Symphonie de Mahler ?

— Qu'est-ce qui te prend ?

Il lui expliqua, ils parlèrent assez longtemps. Finalement, il raccrocha et regarda autour de lui. Ses pas l'avaient amené jusqu'aux ruines du vieux village que le soleil avait sorties des profondeurs. Il avait encore sur lui la copie de la carte de Wield remise par Dalziel. Il chercha à localiser les différents bâtiments, mais ne parvint à identifier nettement que l'église. D'après ce qu'il avait lu dans *La Submersion de Dendale*, elle avait été construite tout près du rocher à pic sous lequel on déposait les défunts de Dendale avant de les acheminer à St Michael par Corpse Road. Le reste du village se réduisait pour lui à un fouillis bon pour un spécialiste de l'endroit ou pour un archéologue.

Il resta là longtemps à sentir tout autour de lui les fantômes des trépassés, et ceux des vivants aussi, qui avaient répété leur propre mort en quittant cet endroit. Puis il entendit une voiture, et vit une Range Rover de la police piler au bord de l'eau à l'endroit où se trouvaient les plongeurs. Dalziel en descendit, suivi par Wield et Novello.

Perriman leur fit un compte rendu pendant que Pascoe les

rejoignait, mais leurs premières questions concernèrent Rosie :

— J'ai appelé Ellie sur mon portable, tout à l'heure. Elle est encore en train de dormir d'un bon sommeil. Je dis bien, dormir. Tout a l'air d'aller bien.

— Parfait, approuva Dalziel. Et l'autre petite, celle qui a un prénom curieux ?

— Zandra ? Elle est morte.

— Oh ! merde.

Il y eut un long silence, de ceux qui paraissent impossibles à rompre. Pour finir, Dalziel s'éclaircit la voix et dit avec rudesse :

— Bon, mon gars, alors qu'est-ce qui se passe ici ? Comment se fait-il que vous en sachiez plus que moi, avec tout ce qui vous est tombé dessus ?

— Je me suis fait assister, avoua Pascoe. Mais mes aides sont assez étonnantes...

Il les emmena à sa voiture, prit une grande enveloppe qui était posée sur le siège avant :

— Elizabeth Wulfstan, vous la connaissez bien ?

— Je sais qu'elle est en réalité Betsy Allgood, qu'elle s'est retrouvée orpheline et qu'elle a été adoptée, répondit Dalziel. Et qu'à une douzaine d'années, elle a eu besoin d'une psy.

— Exact.

Pascoe ne fut pas surpris que Dalziel en sache autant. Le super' aurait été étonné d'apprendre comment et quand les choses s'étaient éclaircies pour Pascoe.

— Je vous signale incidemment que la psy en question, c'était Paula Appleby.

— Paula Appleby, celle de la télé ? Celle qui pense qu'il faudrait faire des piqûres d'œstrogène aux flics ? Eh ben nom de Dieu ! s'exclama Dalziel. Enfin, qu'est-ce que ça a à voir ?

Pascoe sortit plusieurs feuilles de l'enveloppe :

— Voici les transcriptions des souvenirs de Betsy, à Dendale et après Dendale, dactylographiées pendant les séances de son traitement.

— Hein ? dit Dalziel en prenant les papiers. (Il les parcourut rapidement.) Et alors ? demanda-t-il quand il eut terminé. La gamine semble dire, mais en un peu plus adulte, exactement ce qu'elle nous a raconté il y a quinze ans.

— Effectivement, dit Pascoe. J'ai là, également, une copie de l'opinion du docteur Appleby, telle qu'elle l'a écrite aux Wulfstan à la fin du traitement. Elle conclut que l'état de l'enfant résulte d'un besoin désespéré de se sentir en sécurité dans son nouveau foyer, s'expliquant par le traumatisme de la perte de ses deux parents à une époque où elle n'était pas encore remise de ce qui s'était passé à Dendale et, bien sûr, d'un déménagement forcé de ce lieu.

— De ce lieu, répéta Dalziel. Oui, des bouts de phrase comme ça, je les ai manqués. Mais moi, ce qui me tracasse le plus, c'est de quel lieu vous avez pêché tout ça. J'espère que vous n'êtes pas allé jusqu'au bureau de Wulfstan farfouiller la serrure avec une épingle à cheveux ?

— Ne vous en faites pas, j'ai essuyé mes empreintes digitales. (Pascoe sourit, puis reprit :) Non, rassurez-vous, rien d'illégal. Pas de ma part, en tout cas. Je me les suis fait remettre par Arne Krog.

— Merci, mon Dieu ! émit Dalziel.

Le superintendant était soulagé, pas tant par le fait qu'aucun délit n'avait été commis, mais parce que le coupable n'était pas Pascoe.

— Mais pourquoi donc le Navet vous a-t-il donné ça ? Et quel rapport avec les os qu'on a remontés ici ?

— Attendez, il y a autre chose : une version révisée. Ou peut-être la version autorisée, à vous de choisir.

Pascoe sortit de l'enveloppe trois feuilles de papier bleu recouvertes d'une écriture ronde à l'encre noire.

Dalziel les prit, les posa sur le toit de la voiture et se mit à lire.

Le texte ne comportait pas d'introduction.

J'ai repensé à ce que j'ai dit au Dr Appleby, et je ne suis pas sûre que ce que j'ai raconté était juste. Je suis d'accord jusqu'au moment où je suis descendue jusqu'au lac et j'ai commencé à crier : « Bonnie ! Bonnie ! » Ensuite, je pense que j'ai entendu quelqu'un qui me répondait et je sais bien que c'est stupide, mais je n'imaginais pas que ce ne soit pas

Bonnie. J'étais trempée, j'avais peur, et je n'avais que 7 ans, et donc je ne m'étais jamais demandé si un chat pouvait parler. Et quand j'ai crié à nouveau et qu'on m'a répondu « Ici, ici ! », je me suis dirigée vers la voix.

Elle venait de la droite, près du bord de l'eau, près de l'endroit où se trouvent les ruines de Heck. J'ai grimpé sur les pierres des murs abattus, tout en continuant à appeler. Et à nouveau, j'ai eu une réponse, qui venait d'un trou à moitié bloqué par une grosse pierre ; mais j'ai réussi à la déplacer un peu sur le côté pour me glisser dedans. Seulement il avait l'air de faire sombre et humide là-dessous, et en plus je savais ce que c'était : la cave où Mr Wulfstan conservait ses bons vins. J'y avais déjà été avec Mary et c'était vraiment un endroit sinistre, même avec de la lumière. Maintenant, ça ressemblait au trou dans notre cour, je veux dire la cour de Low Beulah, où Papa envoyait toutes les saletés en lavant au jet quand Maman se mettait à râler que c'était comme si on vivait sur un tas de fumier. Je regardais souvent la scène, avec l'eau qui faisait des bulles en descendant, et j'imaginais ce que ça devait être de se trouver en dessous, avec les rats et tout. Alors je n'avais pas très envie d'aller dans la cave de Heck. Seulement, tout à coup, j'ai entendu, pas une voix, mais un long miaou que j'aurais reconnu parmi mille autres. Je ne pouvais plus hésiter : Bonnie était là-dessous, et il avait besoin de moi.

Donc je suis descendue par le trou. Il y avait des gravats qui faisaient comme des marches, et au bout d'un moment je me suis aperçue que j'arrivais dans l'eau. Mais ça n'était pas trop profond, ça m'arrivait aux genoux. Et ce qui était bien, c'est qu'il y avait un peu de lumière qui arrivait par le trou et qui se réfléchissait à la surface. Au bout d'un moment, j'ai commencé à voir.

J'ai dit « Bonnie, tu es où ? », et une voix m'a répondu « Je suis là ». C'est à ce moment-là que j'ai commencé à distinguer une forme dans un coin de la cave. Alors j'ai plissé les yeux, et j'ai vu que c'était Benny Lightfoot, qui avait Bonnie dans ses bras.

Après, ça s'est passé plus ou moins comme je l'ai raconté au Dr Appleby.

Sauf que, quand il a eu la figure griffée par Bonnie et qu'il a dû le lâcher, et que moi je me suis sauvée avec le chat, je me rappelle que Benny m'a couru après. Il est arrivé tout près de moi, et j'ai cru qu'il allait m'attraper encore une fois. Je me suis retournée pour essayer de me battre contre lui. Mais tout à coup, il s'est arrêté, et j'ai vu quelque chose qui était tendu derrière lui : c'était une chaîne, il avait un bout autour de la taille et l'autre était fixé au mur.

Il a voulu s'approcher de moi. Il avait les bras devant lui, et des yeux grands comme des soucoupes parce que sa figure était toute ravagée par la faim. Et il ne faisait plus peur. En fait, il avait l'air effrayé, ce n'était plus lui qui était effrayant. Il paraissait vraiment triste et complètement perdu. Il m'a seulement dit : « Aide-moi, aide-moi, je t'en supplie. »

Alors je me suis retournée et j'ai grimpé pour sortir. Je me rappelle que j'ai fait tomber pas mal de pierres et d'autres trucs dans le trou. Et puis j'ai remonté la montagne le plus vite possible, je ne sais pas où, jusqu'à ce que je doive m'arrêter pour me reposer. C'est à ce moment-là que Papa m'a retrouvée.

Je pense que ce que je viens d'écrire est la vérité, parce que le Dr Appleby a dit que je me sentais beaucoup mieux quand je me rappelais la vérité et que j'en parlais. Et effectivement, je me sens mieux maintenant que j'en ai parlé, même si ce n'est pas au Dr Appleby. Mais je ne veux plus jamais parler de ça, jamais. Tout ce que je veux, c'est vivre tranquillement à Londres avec Tatie Chloe, aller à l'école, faire mes devoirs, et être une fille gentille comme une fille doit être.

Quand Dalziel eut terminé sa lecture, il se retourna pour regarder les vestiges de Heck illuminés par le soleil, au bord du lac aux eaux luisantes et paisibles. Il fit disparaître le soleil au profit de la pluie qui cinglait et de la brume qui tourbillonnait. Il vit un homme enchaîné à un mur sous la terre, avec de l'eau qui montait le long de ses cuisses. Et il fut cet homme et entendit quelqu'un qui appelait ce qu'il pensait être son nom, et qui sentait l'espoir d'être sauvé monter plus vite que l'eau...

Il colla les feuilles de papier dans la main de Wield et dit à Pascoe :

— Eh ben parfait, gros malin. Avant que vous reveniez jouer avec nous, tout se passait gentiment et simplement. Voudriez-vous bien me dire ce que *vous* pensez qu'il se passe ici ?

Gentiment et simplement : pour Novello, ces mots ne décrivaient qu'une partie de l'affaire en cours. Elle regarda avidement les feuilles bleues dans la main de Wield, impatiente de voir ce qui avait presque estomaqué Dalziel.

— Il nous faudra des archives dentaires pour avoir une certitude absolue, dit Pascoe. Mais pour moi, la plaque dans le crâne me suffit : c'était Lightfoot. Et quelqu'un l'a enchaîné. Le candidat le plus probable pour ça, c'est Wulfstan. Ça expliquerait pourquoi il s'est mis à arpenter le Neb quand la sécheresse a fait émerger le village de l'eau. Ce n'était pas par nostalgie, ni par chagrin. C'était une vieille culpabilité, et l'inquiétude d'être démasqué au bout de tout ce temps.

— Ça explique aussi pourquoi il n'a pas fait de commentaire sur les graffiti, poursuivit Dalziel. BENNY EST REVENU, il savait bien que ce n'était pas possible.

— Enfin, pourquoi cette gamine n'a rien dit ? demanda Dalziel.

— Parce qu'elle était terrifiée ? Et qu'elle répondait aux questions comme elle pensait que la police voulait qu'elle réponde, proposa Pascoe. Ça arrive, ou, en tout cas, ça arrivait.

Dalziel lui lança un regard noir, mais s'abstint de relever :

— Mais que cherchait Wulfstan, à supposer que ce soit lui ? À obtenir des aveux ?

— C'est une des possibilités, monsieur.

— Une des possibilités ? Donnez-nous-en d'autres.

— Eh bien, il aurait pu avoir un intérêt personnel à faire disparaître le principal suspect dans les disparitions de Dendale.

— Ah ? Enfin voyons, mon gars, vous tournez barjo ou quoi ? Donnez-moi un élément, un seul, qui a pu vous suggérer que Wulfstan pouvait être suspect ?

— Mais je ne peux pas, monsieur : je n'étais pas là à l'époque, vous vous souvenez ?

— Donc, vous n'avez aucun élément.

— Pas tout à fait, répondit Pascoe. Ce que j'ai, c'est un témoin qui a vu Wulfstan agresser Lorraine Dacre, dimanche matin.

Cette fois, plus aucun doute, se dit Novello. Dalziel était définitivement estomaqué. Et furieux.

— Maintenant, écoutez-moi bien, finit-il par lâcher. Je veux bien être indulgent, mais si jamais c'est un de vos jeux de finaud...

— Mais je ne joue pas, monsieur ; quoi que je doute que cela tienne devant la justice. En fait, je suis absolument certain que je ne laisserais jamais ce témoin aller devant des juges. Parce qu'il s'agit de Rosie.

Et voilà le Gros encore estomaqué. Deux fois en vingt secondes. Plus une autre fois où ça avait presque marché. Le respect de Novello envers Pascoe s'envola vers de nouveaux sommets.

Un lien se fit dans son esprit :

— La boucle d'oreille, dit-elle, certaine d'avoir raison, mais sans savoir pourquoi.

Pascoe lui sourit avant de poursuivre :

— Enfin, en réalité son substitut de crucifix. Elle a pique-niqué dimanche matin au belvédère de la route de Highcross Moor. Elle a regardé dans les jumelles de Derek Purlingstone, elle a vu son amie imaginaire, Nina, qui se faisait attraper par le nix.

— Le nix ? répéta Dalziel qui, manifestement, n'était pas convaincu que le récent traumatisme subi par Pascoe ne l'avait pas achevé.

— Oui. Nina, c'est une petite blondinette avec des nattes. Comme ça, ajouta Pascoe en allant chercher dans sa voiture le livre édité par la Eendale Press, dont il exhiba la couverture. Et là, c'est le nix. Il ne vous rappelle personne ?

Dalziel secoua négativement la tête, mais Novello répondit :

— Si, si, cette photo, là, dans le *Post*.

— Exactement. J'ai montré à Rosie cette double page avec

des photos. Elle a tout de suite mis le doigt sur Wulfstan, et elle m'a dit que c'était le nix. Je suis sûr qu'elle l'a vu, monsieur.

Le Gros secoua la tête.

— Pete, écoutez-moi, dit-il doucement. La petite a traversé une sale période. Et vous aussi. Ça peut provoquer de drôles de choses chez vous. D'un autre côté, Rosie est bien la seule de votre famille à qui je ferais confiance si elle se pointait avec deux cochons à vendre au marché des Irlandais. Donc, il n'y a pas de mal à vérifier.

Il descendit jusqu'au bord de l'eau où les plongeurs rangeaient leur matériel, discuta avec Perriman, ramassa la chaîne et la traîna derrière lui jusqu'à la Range Rover.

— Bon, appela-t-il, Pete, vous venez avec nous. Esther Williams se chargera de vous ramener votre voiture jusqu'à Danby. Je ne vous perds pas de vue une seule minute ; sinon, Dieu sait ce que vous allez encore nous inventer.

— Où allons-nous, exactement ? demanda Pascoe en montant à l'avant.

— À votre avis ? Vous aimez la musique, non ? Au concert, on va. Je pense que si on gueule *Pisse, pisse !* suffisamment fort, il y en a qui vont nous en redemander.

— Peut-être voulez-vous dire *Bis, bis !* suggéra Pascoe.

— Je sais ce que je dis, quand même, répondit Andy Dalziel.

18

Le concert d'ouverture du XXe Festival Estival de Musique du Mid-Yorkshire commença en retard.

C'était à prévoir : malgré les affiches, les annonces dans la presse locale et le bouche-à-oreille, on n'avait pu avertir tout le monde du changement de lieu ; il avait fallu indiquer à plusieurs auditeurs comment se rendre de St Michael's Hall à la chapelle de Beulah. Compte tenu des circonstances, personne ne se plaignit.

Arne Krog se dit que c'était finalement une bonne chose sur le plan commercial, vu le nombre de personnes qui regardaient les cassettes et les CD en vente à l'entrée de la chapelle. Son propre nom figurait sur une demi-douzaine d'entre eux. Ses enregistrements avaient évolué parallèlement à sa carrière sur scène : un rayonnement régulier, qui ne fit jamais de lui une star.

Elizabeth n'avait qu'un seul disque à vendre, mais c'était celui qui attirait le plus de monde. Krog n'en fut pas surpris. Un type un tant soit peu intelligent en achèterait une dizaine d'exemplaires, qu'il ferait signer et dater par la cantatrice. Quinze ans plus tard, ils deviendraient des objets de collection ; sa voix à lui évoluerait vers l'oubli : elle n'avait jamais vraiment fait partie de celles qu'on n'oublie pas. À cette perspective, il sourit avec tristesse. Il avait toujours envié le faste de la vie de star, mais, pour lui, le genre de voix qui permettait d'y accéder était un don de Dieu, un don merveilleux. Qu'Elizabeth y parvienne ne le gênait pas, mais il aurait préféré que cela ne se fasse pas au détriment de l'obscurité d'autres chanteurs.

Il n'était pas encore sûr d'avoir eu raison de remettre l'enveloppe au policier. Il l'avait fait, mû par une impulsion, à laquelle il n'aurait vraisemblablement pas cédé s'il avait eu devant lui ce gros porc de Dalziel.

Il entra dans ce qui aurait été appelé une sacristie, si les disciples de Beulah avaient eu des sacristies. Elizabeth s'y trouvait, l'air aussi calme qu'un lac gelé. Inger faisait ses habituels exercices d'assouplissement des doigts. Walter regardait sa montre comme si celle-ci avait désobéi à un ordre.

— Je pense qu'il faut commencer, maintenant, dit-il.

— Très bien, je suis prêt, approuva Krog. Inger ?

— Moi aussi.

Ils regardèrent Wulfstan. Pendant une période, en qualité de président du comité d'organisation, il avait joué les maîtres de cérémonie, en présentant les chanteurs. Mais il l'avait fait de façon si rigide qu'il avait fini par abandonner. Krog avait estimé que son passage refroidissait l'ambiance au lieu de la réchauffer. Maintenant, Wulfstan se contentait de signaler l'imminence du début de la représentation en rejoignant Chloe au premier rang. Pourtant, ce soir-là, il annonça :

— Je vais rester avec Elizabeth, pour qu'elle ne soit pas toute seule.

La cantatrice le regarda et sourit avec une sorte de compassion distante, comme une déesse de l'Antiquité qui baisserait les yeux sur le serpent mortel lové sur sa table basse olympienne :

— Non, merci, ça ira. Va t'asseoir à côté de Chloe, elle t'attend.

Wulfstan ne discuta pas et quitta la pièce. Il n'était peut-être pas très bon sur scène, mais au moins il savait comment la quitter. Krog dit, avec un accent américain prononcé :

— OK, allons-y.

Il s'écarta pour laisser passer Inger.

— Bonne chance, Elizabeth. Ou, si tu es superstitieuse, je te souhaite de te casser une jambe.

Elle eut un regard dont le manque d'expression allait au-delà de l'indifférence, et il tourna vivement les talons.

Les applaudissements qui avaient éclaté lorsque Inger s'était assise au piano redoublèrent quand il apparut. Quand l'auditoire était peu nombreux, on l'aimait beaucoup. Il aurait véritablement été une coqueluche internationale s'il avait pu se produire devant le monde entier, en cinquante ou soixante endroits à la fois, dans les salles des fêtes de villages pendant l'été.

Il sourit aux auditeurs, sourit à nouveau en leur souhaitant la bienvenue, jouant de tout son charme. Pendant qu'il parlait, ses yeux coururent le long des rangs. Il en reconnaissait pas mal, de ces vautours de la culture du Mid-Yorkshire qui s'abattaient sur le festin en jouant des ailes et que l'on voyait se délecter de ces amuse-gueule musicaux. Et puis il y avait les touristes, contents d'échapper pour une soirée à leurs salons d'hôtels à l'odeur de moisi, ou à leurs cottages de vacances qui n'offraient même pas la moitié du confort dont ils avaient l'habitude. Éparpillés parmi la foule, il y avait encore d'autres visages dont il se souvenait plus ou moins, de l'époque révolue où il descendait à Heck et fréquentait régulièrement le magasin du village et le *Holly Bush Inn*.

Tiens, n'était-ce pas miss Lavery, de l'école du village ? Là, le vieux Mr Pontifex, qui possédait la moitié de la vallée ? Ces traits tout ratatinés, au fond de la salle, n'appartiennent-ils pas à Joe Telford, le menuisier, grâce auquel la représentation a lieu ? Ce couple, là, elle comme la patience sur un monument, et lui comme le granit dans lequel on l'aurait sculptée, n'étaient-ce pas les Hardcastle, Cedric et Molly ?

Il continua son inspection, croisa le regard de Chloe au premier rang, et sa voix vacilla. Pour lui, ce n'était pas le moment pour chanter le cycle de Mahler. Elizabeth aurait voulu que le concert se termine sur ces chants, mais il avait réussi, bien que difficilement, à la faire changer d'avis. Il souhaitait que le finale soit triomphal. Personne ne ferait de rappel après les *Kindertotenlieder*. Elle avait accepté de les interpréter à la fin de la première partie. Maintenant, il voyait qu'une telle programmation était une erreur, un coup à les faire rentrer chez eux à l'entracte.

Mais il n'était plus possible de changer. Il pouvait seulement administrer un antidote préventif, avec ce qu'il chanterait juste avant : *Songs of Travel* de Vaughan Williams, qui détonnait complètement par rapport à Mahler. C'était la raison pour laquelle il avait fait ce choix.

Arrivé au neuvième et dernier chant, il sut qu'il avait eu tort. Dans certains cas, l'auditoire crée une ambiance, quoi que fasse l'artiste. Il les sentait se détourner de la vigueur masculine et de l'indépendance robuste qu'exprimaient plusieurs des morceaux, pour s'immerger dans la tristesse fataliste qu'il considérait pourtant comme une caractéristique mineure. Même le dernier chant, « J'ai monté et j'ai descendu le chemin », une espèce de « My Way » sans grandes prétentions intellectuelles, dans lequel s'affirmait le refus stoïque d'être submergé par les caprices d'un sort impitoyable, fut presque retentissant de désespoir.

Il salua sans chercher à susciter les applaudissements et présenta Elizabeth.

Il fit court et plat. Mais il fallait avouer que Walter Wulfstan lui-même, au pire de son talent, aurait eu du mal à apaiser l'atmosphère de curiosité surexcitée. S'il y était parvenu, l'apparition sur scène d'Elizabeth l'aurait déclenchée à nouveau. Ceux qui n'avaient vu que des photos d'elle furent sidérés par la réalité. D'autres, qui avaient gardé l'image d'une enfant quelconque, assez petite, plutôt dodue, aux cheveux courts, furent suffoqués et le firent entendre : ils avaient devant eux une femme grande et élégante, au port de mannequin, au visage de reine tragique encadré par des cheveux blonds, dont le corps mince était sanglé dans une longue robe noire descendant aux chevilles.

Krog se retourna et sortit : on ne lui accorda aucune attention, il aurait aussi bien pu s'en aller en sautillant et en grimaçant. Quelqu'un se rappela qu'il convenait d'applaudir, mais cela cessa bientôt. Le silence tomba.

Elizabeth parla avec son accent du Yorkshire, faisant résonner les voyelles comme des grondements d'alouette :

— Il y a quinze ans, à Dendale, trois petites filles ont disparu, et elles étaient mes amies. Pour elles, je vais vous interpréter les chants que voici.

Inger entra dans la salle après cette brève introduction, et Elizabeth se mit à chanter :

Et maintenant le soleil se lève, et il luit
Comme si l'horreur n'avait frappé la nuit...

Dès les premiers vers de ce premier chant, Krog se dit qu'il avait eu à la fois raison et tort.

Tort, en pensant qu'elle n'était pas prête pour ce cycle. Elle chantait avec pureté et franchise, ce qui, sur le CD, donnait l'impression d'être forcé et affecté. De plus l'accompagnement au piano constituait le parfait complément de cette voix, qui aurait été couverte par les textures plus riches d'un orchestre au grand complet.

Raison, parce qu'elle n'aurait jamais dû les interpréter ici. Dans le silence qui suivit la fin du premier chant, il perçut un sanglot étouffé. Et de l'endroit où il se trouvait, sur le côté, il vit que bon nombre de visages marquaient la stupéfaction plutôt que le ravissement. Finalement, peut-être aurait-il dû accepter qu'elle les chante en fin de concert : avec les duos d'amour et les chansons à succès, la seconde partie allait paraître bien insipide.

Il se concentra sur Chloe Wulfstan. La souffrance qu'il lut sur son visage constituait à elle seule une raison d'exclure Mahler du programme, même si le reste de l'auditoire appréciait simplement une superbe interprétation de *lieder*. Leur rencontre datait presque de vingt ans, la première fois qu'il s'était produit au Festival. Pour un jeune chanteur qui cherchait à percer, ce genre d'engagement était une étape nécessaire sur le chemin des sommets. Quand il fit la connaissance de la jeune épouse de son hôte et sentit ce serrement familier de gorge qui représentait le premier signe du désir, il eut la réaction instinctive de risquer le tout pour le tout, doutant de trouver une autre occasion.

Il avait joué la comédie, mais elle s'était contentée de sourire — amusée, comme elle l'avoua plus tard, par ses manières fleuries d'étranger — avant de reporter son attention sur son principal centre d'intérêt, sa petite fille.

Il avait pensé à elle pendant un moment, mais pas très longtemps ; quand Wulfstan l'avait convié l'année suivante, il avait accepté, pas à cause de Chloe, mais simplement parce que, dans sa situation, il ne pouvait se permettre de décliner cette offre.

Quand il la revit, il eut l'impression de revenir chez lui. Cet été-là, ils devinrent amis, et sa relation avec Wulfstan se modifia également. Il avait accepté l'invitation parce qu'il s'était rendu compte que cet homme n'était pas simplement un gros poisson en plein milieu d'une petite mare du nord du pays. Il avait des relations dans toute l'Europe, mais malheureusement pas de celles qui graissent les charnières des portes de la Scala ou de l'Opéra, ou encore du Festspielhaus : non, mais un réseau bien utile d'introductions locales qui lui permettraient d'être remarqué et de trouver du boulot. Sur un plan personnel, il trouvait difficile d'apprécier Wulfstan, ce qui devait nettement faciliter la perspective de séduire sa femme. Mais maintenant que, d'une certaine façon, il le considérait comme un client, son intérêt personnel s'était refroidi. Et c'est presque par accident que, à sa troisième saison, alors qu'il se baladait avec Chloe au-dessous du Neb, il avait glissé en franchissant un cours d'eau, était tombé contre elle, ce qui les avait éclaboussés tous les deux. Et ils s'étaient embrassés comme s'il n'y avait rien d'autre à faire.

Voilà comment les choses avaient commencé. Elle y vit le grand amour, quel que puisse être le grand amour ; cela l'aurait contrarié s'il n'avait pas été certain que son amour pour sa fille passait avant tout ; et jusqu'à ce que celle-ci soit adulte, Chloe n'envisagea absolument pas de quitter Walter. Mais elle n'était pas bête. Il l'avait assurée de son amour, assez fort pour attendre aussi longtemps qu'il le faudrait. Elle lui avait répondu : « C'est très noble de ta part, Arne, mais tu risques fort d'avoir à te contenter des miettes. »

Que se serait-il passé sans cette tragédie, quinze ans plus tôt ? Sa souffrance et leur séparation l'avaient affecté à un point qu'il n'arrivait pas à comprendre. Il avait eu l'impression de mener une vie de figurant, jusqu'à ce que se déclenche la crise d'Elizabeth : Chloe lui était revenue, une fois de plus.

Aujourd'hui, rien ne l'empêchait de quitter Wulfstan. Pourtant, elle avait tergiversé pour finalement revenir vivre ici.

Il ne savait pas pourquoi il s'était mis à fouiller dans le bureau de son hôte. Il ne cherchait rien de précis, il avait juste un vague espoir de trouver quelque chose qu'il pourrait utiliser pour séparer Chloe de son mari. Inger l'avait surpris, mais elle avait simplement refermé la porte, sans rien dire, avec cette attitude détachée qui lui était habituelle. Quand il était tombé sur les transcriptions et avait compris ce qu'elles impliquaient, il avait été consterné. Qu'un homme veuille se venger du meurtrier de sa fille, il le comprenait très bien. Mais qu'il enchaîne, dans un trou, un suspect, contre lequel il n'a rien été prouvé, le laisse se noyer, cela dépassait l'entendement. Et puis cela soulevait une autre question, qu'il ne voulait pas poser, de peur de connaître la réponse : dans quelle mesure Chloe était-elle au courant ?

Elle ne sait rien, pensa-t-il pour se rassurer. Il ne parvenait pas à croire... Non, non, rien du tout. Peut-être se trompait-il : il ne s'agissait que des divagations d'une adolescente perturbée. Peut-être Walter n'avait-il rien à voir avec la présence de Benny dans sa cave. Mais quand il l'avait suivi sur Corpse Road, samedi matin et de nouveau aujourd'hui, et qu'il l'avait vu regarder les vestiges de Heck qui émergeaient, là, il en avait été sûr.

Ses doutes anciens sur l'impulsion qui lui avait fait remettre les transcriptions à Pascoe devenaient maintenant d'amers regrets. Pourquoi avait-il agi ainsi, alors qu'il aurait pu rester simplement observateur ? Pour l'heure, alors que son regard passait du visage bien-aimé de l'épouse à celui, torturé, du mari, il pensa qu'il voyait là, aussi clairement qu'il avait vu les contours de Dendale sous le soleil, les caractéristiques de la culpabilité et l'acceptation de cette découverte.

Le cycle ne se composait que de cinq chants, mais chacun d'entre eux créait en lui-même un monde éternel de chagrin. L'auditoire était si extasié que personne ne se retourna pendant l'avant-dernier chant quand la porte s'ouvrit, au fond de la salle, laissant le passage à trois hommes et à une femme.

Ne sois donc pas si pâle, car le soleil luit.
Elles sont tout juste allées jusqu'aux Hauts de Beulah.

La référence au drame local serra un peu plus encore la vis de la douleur. Et sa répétition dans les vers suivants, avec leur fausse sérénité déchirante où l'espoir sera écrasé par le désespoir, fut trop forte pour Mrs Hardcastle : elle s'effondra contre le corps tout raide de son mari, en sanglotant sans bruit.

Nous les rattraperons sur les Hauts de Beulah,
Dans la grande clarté de ce soleil qui luit.
Car il luit, le soleil, sur les Hauts de Beulah.

Puis, presque sans marquer de pause, Inger Sandel se lança dans le tumultueux accompagnement du dernier chant.

Krog, qui regardait par la porte entrouverte de la sacristie, pouvait voir les réactions des nouveaux arrivants. Il en connaissait trois. Dalziel, le visage comme un bloc, ne montrait rien de ce qui se passait derrière ses yeux porcins. Wield présentait des traits irréguliers tout aussi indéchiffrables, mais donnait l'impression d'écouter intensément. Pascoe, visiblement ému, était incapable de cacher ses sentiments. Quant à la quatrième personne, une femme que Krog ne connaissait pas, jeune et attirante sans être une beauté manifeste, elle avait des yeux de policier qui enregistrent tout et semblait insensible à la musique.

Le côté tumultueux et conflictuel du dernier chant, plein de culpabilité et de récrimination, commençait à s'estomper à mesure que la cantatrice en émergeait, comme un voyageur perdu qui finit par trouver paix et asile.

Sans être confondues par un temps orageux,

Elizabeth avait renversé la tête en arrière, le regard fixé très haut au-dessus des têtes des auditeurs.

Car étant protégées par les mains du Bon Dieu,

Krog ne voyait pas son visage, mais il rayonnait comme celui d'une sainte au moment du martyre, quand elle voit s'ouvrir les portes du Paradis.

Elles gisent

Elles gisent. Qu'elles reposent. *Requiescant...* Voilà ce que c'était : un requiem.

Elles gisent

Peut-être avait-elle raison, et lui tort. Si seulement les flics n'étaient pas là... Et à qui la faute, s'ils étaient sur place ? Pascoe allait-il être discret sur l'origine des transcriptions ? Oh, ça n'avait pas d'importance, Chloe comprendrait. Sans qu'il soit nécessaire de lui en parler, elle saurait.

... comme chez leur cher papa.

Leur cher papa ? Mais non, normalement c'est « leur chère

maman » ! Lapsus ? Peut-être, mais qui s'en rendrait compte ?

Le piano serpenta à travers la longue coda mélancolique qui apportait l'acceptation paisible de toute la turbulence de la perte et du chagrin qui avait prévalu auparavant. À la fin, personne ne parla. Personne n'applaudit.

C'est comme cela que les choses allaient se passer : maintenant, ils allaient tout simplement se lever et rentrer chez eux.

Puis il y eut comme un coup de tonnerre. Puis un autre, et encore un autre.

C'était ce policier tout gras, cet abominable Dalziel, debout tel l'Esprit de la Discorde, qui claquait de ses deux énormes mains dans ce qui se rapprochait beaucoup d'une parodie d'applaudissement.

Il le fit six fois. Des têtes se tournèrent vers lui, mais aucun auditeur ne se joignit à lui. La jeune femme policier regarda son supérieur avec un mélange d'étonnement et d'admiration. Les yeux de l'homme le plus jeune se fermèrent temporairement dans un accès de gêne, puis il prit un disque et estima nécessaire de l'examiner soigneusement. Seul le troisième policier, ce type si laid qui s'appelait Wield, ne montra aucune réaction, mais il gardait le regard fixé sans ciller sur Elizabeth.

Après le dernier applaudissement, Dalziel prit la parole :

— C'était extra, cocotte, dit-il radieux. Moi, j'aime bien une bonne ballade, à condition qu'elle soit chantée avec sentiment. Bon, c'est l'heure de l'entracte, maintenant ? Avec ce temps, hein ? J'ai la gorge déshydratée comme un caniveau desséché.

19

— Qu'est-ce que la vérité ? demanda Peter Pascoe.

Parfois elle est suspendue devant vous, brillante comme une étoile isolée.

Parfois elle ressemble à un astre qui éclaire très faiblement dans un ciel empli de constellations éclatantes, et on ne peut le voir qu'en regardant de côté.

Parfois, on l'approche de si près que l'on pourrait la toucher, mais on se heurte à un trompe-l'œil.

Parfois encore, un simple changement de perspective peut transformer une oie sauvage en lapin piégé.

Le tout, c'était de la reconnaître quand on la voyait, et de ne pas confondre la partie avec le tout.

Dalziel était un policier « tripal » : il utilisait son instinct animal dans ses enquêtes. Wield, lui, avait recours à la logique et à l'ordre ; il arrangeait et réarrangeait les choses jusqu'à ce qu'elles soient cohérentes. Pascoe, quant à lui, se considérait comme une créature de l'imagination, qui faisait des bonds de géant, et qui ensuite attendait en escomptant que les faits le rattraperaient.

Et Shirley Novello ?

Dans la Range Rover, Shirley Novello avait fini par attraper les transcriptions. Elle les parcourut deux fois tandis qu'ils roulaient sur les routes étroites de campagne à une vitesse inconfortable.

Ensuite, elle s'appuya contre son dossier et ferma fort les yeux, comme si l'obscurité allait lui apporter l'illumination.

Elle se rappelait de façon confuse et fragmentaire les sentiments qu'elle avait éprouvés pendant les premières années de son adolescence à elle. Comparé à la situation présente, tout cela ressemblait à une période de bonheur paisible. Et le traumatisme de Betsy Allgood ne s'était pas déclaré au moment de l'adolescence, mais plus tôt, beaucoup plus tôt. Une enfant quelconque, mal-aimée, frustrée d'affection entre un père débordé de travail et une mère instable sur le plan émotionnel. Avec quelle envie elle avait dû regarder ses amies plus jolies, plus heureuses, plus aimées, plus choyées... Et tout particulièrement Mary Wulfstan, qui se matérialisait pendant les vacances pour prendre sa place dans la hiérarchie à Dendale, celle d'une princesse.

La mère de Mary était une Allgood, tout comme le père de Betsy. C'était le père, le puissant et énigmatique Walter Wulfstan, qui représentait l'étranger.

Un homme était-il capable de comprendre un tant soit peu cela ? Pascoe, là, après ce qu'il venait de vivre, et toute cette construction autour de l'amie imaginaire et du nix, réel ou non, avait certainement une idée de cet autre côté du miroir où les petites filles entrent et d'où elles sortent sans véritablement s'en apercevoir.

Wield avait-il la sensibilité que la littérature attribue aux homos ? Ou était-ce une image aussi fausse que celle qui prévalait dans la police, où l'on dépeignait les pédés comme des enculés, voire même comme des agresseurs d'enfants ?

Quant à cet affreux Dalziel... Mon Dieu, Dalziel lui parlait.

— Ivor, vous roupillez ou quoi ? Je vous demande ce que vous pensez de tout ça maintenant que vous avez lu cette couillonnade de cycliste acrobate ?

Et me voilà coincée dans une bagnole avec ma Sainte-Trinité, à dépasser comme le quatrième coin d'un triangle, et ils attendent que je leur donne mon sentiment ! Une chance de briller, ou une occasion de m'éclipser pour toujours ? Le plus sage serait de faire intelligent, de vérifier d'abord ce que pensent ces grands esprits, puis d'être d'accord avec eux. Comme ça, au pire, s'ils se gourent, au moins on pataugera tous dans le même purin.

Pascoe se retourna sur le siège avant, et lui sourit :

— Pas de quoi s'inquiéter, il n'y a pas de points Brownie à gagner. C'est au sujet d'un enfant mort, peut-être de quatre enfants morts, et peut être encore d'une enfant traumatisée. Il n'y a que la vérité qui est importante : pas d'ambitions personnelles, pas de problèmes personnels non plus. Je sais que vous pigez ce que je dis.

Et merde alors. Ce fumier qui lit dans les pensées est en train de me rappeler que je suis arrivée dans sa vie comme une empotée, au moment où il était au chevet de sa fille, et il me dit qu'il trouve ça acceptable puisque c'était pour le boulot. Mais nom de Dieu, pour qui se prend-il, pour le doux Jésus ?

Elle savait que son indignation était en partie fondée sur la culpabilité. Et puis il y avait autre chose, de pire encore parce que cela allait à l'encontre de tous ses principes. C'était un sentiment de plaisir à la perspective que sa géométrie était peut-être fausse : ce Saint Triangle devenait-il un Saint Cercle, élargi pour l'y accueillir ?

Ils ne m'auront pas si facilement, se rassura-t-elle. Puis elle eut le souffle coupé au dérapage de la voiture.

Dalziel avait freiné pour éviter un petit chien de race indéterminée qui venait de surgir d'une haie. Il poursuivit son chemin avec une désinvolture indifférente envers les êtres inférieurs que le manque de pattes obligeait à s'entasser pour voyager dans une espèce de boîte de conserve.

L'embardée ne dura qu'un bref instant ; Dalziel reprit le contrôle du véhicule. Mais Novello se surprit à penser à Tig, le petit chien de Lorraine Dacre. Elle ne l'avait pas vu ; elle n'avait pas vu la fillette non plus.

Mais Dalziel l'avait vue, et Wield aussi.

Elle eut soudain envie de pleurer mais elle avait l'habitude de gérer un tel état d'esprit. Elle répondit sans tarder :

— Betsy était très perturbée, mais je ne suis pas certaine qu'elle ait eu l'esprit confus. Elle voulait visiblement que Wulfstan sache qu'elle se rappelait exactement ce qui s'était passé cette nuit-là ; autrement dit, elle le couvrait. Mais supposez que son obsession au sujet de Wulfstan soit allée beaucoup plus loin, et sa protection aussi ? Quand j'ai lu le dossier, j'ai remarqué que c'est toujours Betsy qui dit avoir vu Lightfoot dans les environs. Peut-être avait-elle déjà commencé à protéger Wulfstan ; et quand elle a vu Benny enchaîné dans la cave de Heck, elle a instinctivement localisé la scène à Neb Cottage.

Voilà, elle l'avait fait : elle avait suggéré que quinze ans plus tôt, alors que cette gamine était à peine plus âgée que les fillettes disparues, ces hommes s'étaient fait battre à plates coutures.

— Bon Dieu, poulette, je sais bien qu'une nana travaille pas mal des méninges à cause de ses hormones, mais vous pensez vraiment qu'une gamine de 7 ans aurait pu nous rouler à ce point ?

Elle sourit :

— Je ne pense pas que l'on puisse à proprement parler d'une stratégie soigneusement élaborée, monsieur. Il est possible qu'elle ait été extrêmement effrayée et troublée la nuit où elle a rencontré Benny. C'est peut-être parce qu'on l'a retrouvée près de Neb Cottage, et que tout le monde pensait que Benny l'avait agressée ; alors elle a fini par accepter cette hypothèse ; elle a même fini par y croire, ou tout au moins à occulter la vérité. Et c'est seulement quand le Dr Appleby l'a fait travailler là-dessus que tout lui est revenu.

— Mais elle n'a pas dit à sa psy que c'était revenu, n'est-ce pas ? dit Pascoe.

— Non, pas à sa psy. Mais à l'époque, elle était assez grande pour comprendre ce que signifiait ce qu'elle avait vu. Elle a compris qu'elle avait le pouvoir de *forcer* Wulfstan à assumer le rôle de père aimant. Elle avait déjà essayé de le *persuader* en perdant du poids et en se passant les cheveux à l'eau de Javel.

Le silence se fit dans la voiture. Ils se trouvaient maintenant dans les faubourgs de Danby. Elle se dit que ce n'était pas le genre d'endroit où l'on aimerait se trouver, la nuit : pratiquement pas de circulation ; les quelques passants visibles marchaient lentement dans les rues comme des volutes de fumée dans un soleil vespéral.

Une ville fantôme, une ville pleine de fantômes qui descendaient Corpse Road depuis le Neb. Pas pour venir hanter les vivants, mais plutôt pour demander qu'on les laisse reposer en paix.

— Donc, vous pensez que Wulfstan est dans le coup pour toutes les disparitions, même celle de sa fille ? demanda Dalziel.

— Ce ne serait pas le premier dans ce cas-là, indiqua Novello.

— Le premier à quoi ? s'enquit Pascoe.

— Mais à enlever et à tuer des enfants en ne faisant aucune différence entre ceux qu'il connaît et les autres ! s'exclama-t-elle avec plus de véhémence qu'elle n'avait compté y mettre.

— Et Betsy saurait que ce type est un monstre, mais continuerait à vouloir devenir sa fille ? objecta Dalziel d'un ton incrédule. Y'a une chose que je vais vous dire, cocotte, c'est que vous n'avez rien d'une féministe qui dit que les nanas font tout bien.

— Je ne parle pas de bien faire ou de faire mal, je parle de la vérité, rétorqua Novello avec fureur. Ça faciliterait probablement le boulot si seulement les mecs étaient aussi désireux que les femmes de regarder la vérité en face.

Elle se renfonça sur son siège. Et merde ! Tantôt la Sainte-Trinité chante mes louanges, tantôt elle se barricade derrière des remparts !

Le reste du trajet jusqu'à la chapelle de Beulah se passa dans un silence total.

Une fois arrivé, Pascoe abandonna la méditation au profit de l'observation. Il avait le sentiment que le dénouement approchait. Mais comme dans les meilleurs shows, il fallait que le Gros chante avant la fin.

Une voix transperça le brouhaha qui éclata après que Dalziel eut déclaré qu'il avait soif. Elle était claire, distinguée et provenait d'une belle femme bien balancée que Pascoe reconnut sans surprise (il avait passé le stade de la surprise) comme étant Cap Marvell, l'ex-amoureuse de Dalziel. Elle proclamait : « Mesdames et Messieurs, la nuit est si belle que les rafraîchissements vont vous être servis dans la cour. »

Tandis que les gens se dirigeaient vers la sortie, elle s'approcha du superintendant, lui mit la main sur le bras et lui glissa doucement à l'oreille :

— Andy, que s'est-il passé ?

— Je te raconterai ça tout à l'heure. Tu me rendrais bien service si tu pouvais aussi faire sortir ceux-là.

Quelques auditeurs avaient préféré rester à leur place, soit par radinerie, soit par curiosité, soit encore à cause de leur arthrite. Cap Marvell alla parler calmement à chacun, et ils se levèrent les uns après les autres. Elle les conduisit jusqu'à la sortie et échangea un sourire avec Dalziel en passant près de lui.

Tiens tiens, le *ex* était peut-être de trop, se dit Pascoe.

Dalziel le regarda et, sans réfléchir, il pencha la tête de côté et prit une expression de bienvenue. La vache, je m'enhardis, pensa-t-il.

Cap Marvell ferma la porte quand tout le monde fut parti. Une femme persuasive, estima Pascoe. Ou peut-être avait-elle pris des leçons de son petit ami et leur avait-elle dit de foutre le camp tant qu'ils n'avaient pas encore de jambe cassée ?

Elle rejoignit Dalziel et demanda, humble comme une domestique :

— Puis-je faire autre chose, monsieur ?

— J'ai le sentiment que le concert est fini, vous pourriez toujours les faire chanter en chœur pour les empêcher de demander à être remboursés. Non, sérieusement, faites-les rentrer chez eux une fois qu'ils ont terminé leurs verres. Au fait, je ne blaguais pas, tout à l'heure, quand j'ai dit que j'avais une soif terrible. Vous ne pourriez pas éviter la queue et aller me dégoter une tasse de thé ? Ou mieux, apportez une théière et des tasses pour tout le monde.

Il indiqua l'autre bout de la chapelle où les trois Wulfstan se tenaient debout avec Arne Krog, près du piano. Inger Sandel était restée assise. On dirait un quatuor attendant une réplique, estima Pascoe.

— Cinq chez eux et quatre chez nous, neuf. Wieldy, vous qui êtes bien dressé, allez donc donner un coup de main à cette donzelle.

La donzelle en question lui adressa un sourire docile et sortit, suivie de Wield.

Pascoe capta un bref éclair de plaisir sur le visage de Novello. Elle pense être pardonnée parce qu'elle n'a pas été élue miss Thé, se dit Pascoe. Pauvre gosse. Elle avait beaucoup appris, mais elle devait comprendre encore une chose ; chez Dalziel, le plaisir était émotionnellement aussi hors de propos que le dépit.

— Allons allons, ne soyons pas des sauvages, dit le Gros.

Et, rayonnant comme un vendeur d'assurances sur le point de fourguer des rentes viagères sur le *Titanic*, il se dirigea vers le groupe qui se tenait autour du piano.

— C'est beaucoup mieux comme ça maintenant : juste la famille et les amis, déclara-t-il en approchant. On pourrait gagner pas mal de temps si je pouvais vous parler en groupe. Mais si l'un d'entre vous trouve que ça pourrait être gênant, qu'il me le dise, et je m'arrangerai pour le voir individuellement.

Le loup qui demande aux moutons s'ils préfèrent rester

collés ensemble ou tenter leur chance un par un, se dit Pascoe.

Personne ne répondit.

— Parfait, enchaîna Dalziel. Donc, pas de secrets entre vous, c'est comme ça que ça doit se passer en famille et entre amis. On se met à l'aise, qu'est-ce que vous en pensez ?

Il alla prendre une chaise, sur laquelle il s'assit avec une telle vigueur que les pieds s'écartèrent. Pascoe et Novello apportèrent des sièges pour les autres et les disposèrent en demi-cercle. Puis les deux policiers prirent place derrière Dalziel, comme les invités d'une réception donnée par le vice-roi des Indes.

Elizabeth fut la dernière à s'asseoir ; dans le même mouvement, elle ôta sa perruque blonde et la jeta vers le piano. Elle atterrit sur le bord, resta suspendue quelque temps, puis glissa jusqu'au sol, tel un pékinois sans pattes.

Personne ne releva le geste. Tous les yeux étaient braqués sur la cantatrice, qui se grattait vigoureusement la tête des deux mains :

— La vache, qu'il fait chaud là-dessous, je pense que je vais m'en passer.

— Du changement de couleur ? demanda Dalziel.

— Ouais, à mon avis ma période blonde est derrière moi.

Elle était assise là comme une extraterrestre dans un film de science-fiction. Wield revint avec un plateau chargé d'une théière, de tasses, de sucre, de lait et de biscuits.

— Ah ! tiens, voilà Maman qui se ramène, dit Dalziel. C'est tout de même curieux, quand il fait très chaud et qu'on a vraiment le gosier à sec, y'a rien de plus désaltérant qu'un thé.

Il parlait avec la conviction d'un partisan de ligue antialcoolique. Pascoe observa avec un amusement résigné le Gros mettre un point d'honneur à ce que les dames soient servies d'abord, puis lever sa tasse jusqu'à ses lèvres charnues, le petit doigt délicatement recourbé dans la meilleure tradition de la gentry. Soit il était encore en train d'affûter sa stratégie, soit il pensait qu'une chose qui traînait depuis quinze ans pouvait attendre encore un peu.

Enfin, il fut prêt.

Son ouverture surprit Pascoe, car il répétait son offre précédente ; seulement, cette fois, la manœuvre était ciblée et semblait sincère :

— Mrs Wulfstan, dit-il doucement, cela risque d'être pénible pour vous. Si vous préférez que nous discutions plus tard, ou chez vous...

— Non merci, le coupa-t-elle. La douleur, j'en ai l'habitude.

Krog, qui était assis à sa gauche, saisit sa main qu'elle avait laissée pendre presque jusqu'au sol ; mais elle ne serra pas la sienne en retour, et Krog la lâcha au bout d'un moment. Wulfstan ne tourna même pas la tête pour la regarder : toute son attention était dirigée sur Dalziel.

La sollicitude du Gros est-elle authentique, ou est-ce juste une autre façon de faire pression sur son mari ? se demanda Pascoe.

Sans doute un peu des deux : Dalziel savait depuis longtemps comment abattre plusieurs oiseaux avec une seule pierre.

— Donc, on joue cartes sur table, dit-il avec la franchise engageante d'un joueur du Mississippi qui a des cartes dans ses manches, sous son col, derrière son ruban de chapeau, et dans tous les orifices que l'on connaît à un homme. Qui commence ?

Silence. Silence prévisible. Pascoe croisa le regard de Wield et lui murmura quelque chose à l'oreille. Le sergent hocha la tête et se dirigea sans bruit vers la sortie.

— Alors, on a le trac, c'est ça, hein ? poursuivit Dalziel. Très bien : détective constable Novello, pourriez-vous nous donner un petit coup de fouet pour démarrer ?

Oh, doux Jésus ! pensa Novello dans un élan conjuguant le juron et la prière.

Comment le Gros allait-il jouer la partie : allait-il commencer par le passé, ou par le présent ? Exposerait-il leurs conclusions, ou en tairait-il la plus grande partie pour les prendre en défaut ?

Elle s'était préparée à faire des critiques, à distribuer des points, et voilà qu'elle se retrouvait devant toute la classe avec une craie à la main.

Doux Jésus, se répéta-t-elle mentalement, cette fois d'un ton implorant.

Son esprit tournoyait entre le squelette enchaîné à Heck, les feuilles de papier bleu sur lesquelles Betsy avait couché une version nouvelle des faits, l'histoire de Barney Lightfoot, les aveux de Geordie Turnbull...

Et puis merde, tout ça, ça se rapporte au passé. Et le passé, il peut aller se faire foutre ! Le gros Andy est peut-être ancré là-dessus, mais pas moi. Moi, je travaille sur le meurtre de la petite Lorraine Dacre, 7 ans. Elle se lança :

— Mr Wulfstan, souhaiteriez-vous ajouter quelque chose à votre déposition relative à votre visite à Danby dimanche dernier, tôt dans la matinée ?

Elle concentrait son regard sur les traits émaciés de Wulfstan ; elle ne voulait pas manquer sa réaction. De plus, elle résistait à l'envie de regarder Dalziel, espérant un signe d'approbation de sa part. Elle vit passer une émotion sur ce visage passif, comme un spectre dans la brume, mais ne parvint pas à la déchiffrer. Cela ressemblait peut-être à... du soulagement ?

— Comme je l'ai indiqué à Mr Dalziel, j'ai remonté Corpse Road et je suis resté un moment au col, à regarder Dendale, dit-il.

— Et puis ?

— Et puis, en me retournant pour redescendre vers Danby, j'ai tourné la tête vers la crête du Neb. Et j'ai vu un homme.

— Un homme, quel homme ? Vous n'en avez pas fait mention dans votre déposition, pourquoi ?

Dans son empressement à ne pas le lâcher, elle bafouillait trop de questions à la fois.

Il porta la main à son visage, comme s'il avait besoin d'un tel contact pour se rappeler qu'il était un être de chair et de sang. Puis il répondit calmement :

— Parce qu'il s'agissait de Benny Lightfoot.

Novello laissa échapper un grognement de dérision mêlée de colère. Ce salaud jouait au con, en cherchant à se dissimuler derrière toute l'hystérie du *Benny est revenu*. Mais elle avait les moyens de le priver de ce maigre soutien. Elle continua avec une voix que le sarcasme rendait acerbe :

— Vous avez vu Benny Lightfoot ? Dans ce cas, Mr Wulfstan, ça a dû être un choc terrible pour vous ? D'autant que vous êtes particulièrement bien placé pour savoir sans l'ombre d'un doute qu'il était mort.

Si elle avait attendu une réaction catastrophée, elle en était pour ses frais.

Wulfstan secoua la tête d'un air las :

— Si, si, je l'ai vu.

Le visage des trois femmes ne trahit rien, ou si peu.

— C'est vrai, dit Arne Krog, il y avait un homme. (Puis, s'adressant à Wulfstan, presque sur un ton d'excuse.) Je vous ai suivi.

Cette confirmation retarda Novello pendant une seconde, le temps qu'elle en mesure les implications. Bien sûr qu'il y avait eu un homme, Barney et pas Benny. Il avait déclaré être monté dans le Neb pour avoir un panorama d'ensemble de la vallée.

Wulfstan regardait Krog, un peu surpris. Effectivement, il y avait de quoi l'être : un témoin auquel on ne s'attendait pas venant confirmer qu'on avait vu un fantôme.

— Et qu'avez-vous fait ensuite, Mr Wulfstan ? continua Novello.

— Je lui ai couru après sur la crête.

— Vous l'avez rattrapé ?

— Non, il a disparu.

— Vous voulez dire qu'il s'est volatilisé, comme de la fumée ? railla-t-elle.

— Non, il y avait des rochers à pic et des replis de terrain sur la crête. Je l'ai perdu de vue, et il n'a pas réapparu. J'ai supposé qu'il était tombé, d'un côté ou de l'autre.

Elle comprenait où il voulait en venir, maintenant. Benny/Barney qui roulait jusqu'au ruisseau, et qui tombait sur Lorraine, et qui... Bien joué, Walter, seulement ça ne marche pas.

Se sentant parfaitement maîtresse de la situation, elle entreprit de déblayer le terrain :

— Et vous, Mr Krog ? Vous avez vu vers où allait cet homme ?

— Non, j'ai simplement vu Walter qui le poursuivait, mais ensuite j'ai redescendu Corpse Road.

— Et vous n'avez plus revu Mr Wulfstan ?

— Non, la fois suivante, c'était chez lui.

Tu es tout seul maintenant, Wulfstan : tout seul, avec moi. Et la gamine.

— Que s'est-il passé ensuite, Mr Wulfstan ? demanda-t-elle doucement. Avez-vous marché le long de la crête en regardant à gauche et à droite, à la recherche de cet homme que vous pensiez être Benny Lightfoot ? Ou alors auriez-vous baissé les yeux du côté de Ligg Beck ? Auriez-vous vu quelque chose là-bas ? Ce ne serait pas une petite fille que vous auriez vue, Mr Wulfstan ?

Dans un tribunal, on aurait considéré qu'elle guidait le témoin. Et elle espérait presque qu'il ne se laisserait pas conduire, la forçant à le faire avancer avec un courroux méprisant.

Mais quand il répondit, il n'y avait pas de méfiance dans son visage, ni de démenti dans sa voix :

— Oui, c'est vrai, j'ai regardé vers le bas. Et j'ai vu une petite fille. J'ai regardé vers le bas, et j'ai vu Mary.

— Mary ? répéta Novello, un instant désorientée.

Malgré elle, elle jeta de côté un regard désespéré vers les hommes. Pascoe lui fit un petit signe de tête approbateur. Wield, qui avait rejoint le groupe en apportant le dossier Dendale et l'enveloppe contenant les transcriptions des déclarations de Betsy Allgood, se montra plus indéchiffrable que jamais. Dalziel, quant à lui, regardait fixement Wulfstan en fronçant les sourcils.

Elle aussi concentra à nouveau toute son attention sur lui. Ainsi donc, il se tortillait encore ? Elle rassembla ses forces pour l'attaque frontale :

— Allons, Mr Wulfstan, vous parlez de Lorraine, n'est-ce pas ? Vous avez regardé la vallée, et vous avez vu Lorraine Dacre.

On entendit un craquement : c'était Dalziel qui déplaçait son poids vers l'avant de sa chaise.

— Non, jeune fille, il parle bien de Mary, corrigea-t-il. Pas vrai, Mr Wulfstan ? Vous avez regardé vers Ligg Beck, et vous avez vu Mary, votre fille ? Mary qui ressemblait exactement à ce qu'elle était la dernière fois que vous l'avez vue, il y a quinze ans ?

Alors, pour la première fois depuis qu'ils se connaissaient, Wulfstan eut pour Dalziel un regard très proche de la gratitude :

— Oui, superintendant, c'est bien ça, j'ai vu ma petite Mary.

20

Le ciel chatoie comme de la soie traversée par un souffle, le soleil titube comme un pochard, la crête rocheuse sous ses pieds cède comme un trampoline. Elle est là, après toutes ces années, après toute cette souffrance, aussi blonde et joyeuse qu'il l'a gardée dans sa mémoire. Elle n'a pas pris un seul jour, elle n'a pas changé d'un pouce. Et c'est le fantôme de l'homme qui l'avait enlevée qui lui a permis de la retrouver...

Il ne se demande pas pourquoi, au bout de tout ce temps, elle n'a pas grandi. Il ne se demande pas pourquoi elle est dans cette vallée et pas à Dendale, où elle a disparu. Il ne regarde pas à quel point le versant est à pic au-dessous de lui. Non, il plonge vers la pente comme un champion au summum de sa forme. De ses pieds agiles, il bondit de rocher en rocher. En dessous, au bord du ravin où serpente le ruisseau jusqu'à perte de vue, elle est en train de cueillir des fleurs ; elle n'est attentive qu'à elle-même et aux plantes qui sont à ses pieds, et peut-être aussi au petit chien qui tourne autour d'elle en aboyant après les abeilles, les mouches.

Il l'appelle. Il est trop essoufflé pour crier bien fort, mais il l'appelle quand même. C'est le chien qui l'entend en premier : il lève la tête, et son aboiement d'excitation devient un grognement. L'homme appelle à nouveau, plus fort. Et, cette fois, la fillette perçoit ce qu'il dit :

— Mary !

Elle se retourne, regarde. Et elle voit un individu aux yeux farouches, qui profère des mots étranges. Il fait de grands moulinets avec ses bras. Ses jambes fatiguent maintenant, ce qui le fait vaciller comme un ivrogne. Les fleurs tombent des mains de la fillette, elle tourne les talons pour s'enfuir. Le voilà qui crie à nouveau, elle se met à courir à l'aveuglette. Le bord du ravin est tout proche. Elle se retourne, voit l'homme fondre sur elle les bras tendus.

Et elle tombe.

— Quand je suis arrivé près d'elle, j'ai d'abord vu qu'il ne s'agissait pas de Mary ; et ensuite, qu'elle était morte.

Novello lui jeta un regard furieux, essaya de ne pas croire à son histoire, et n'y parvint pas. C'est un monstre piégé qu'elle aurait voulu, et pas un père devenu fou. Elle ouvrit la bouche pour poser quelques questions, mais Dalziel lui intima des yeux l'ordre de se taire et demanda :

— Et alors, qu'est-ce que vous avez fait ?

— J'ai pris le petit corps et je me suis mis à remonter le ravin. À ce moment, je pensais la transporter jusqu'à la vallée et chercher de l'aide, même si je savais qu'il n'y avait plus rien à faire. À mi-pente, sur une saillie, le chien m'a attaqué et m'a mordu aux chevilles. J'ai cherché à l'en empêcher et à le faire déguerpir. Pour finir, je lui ai donné un grand coup de pied. Il est allé valser jusqu'au fond du ravin. Il est resté là, en continuant à grogner. C'est à ce moment-là que j'ai remarqué ce trou derrière ce rocher. J'ai regardé à l'intérieur, et j'ai compris que ce devait être le repaire de la petite : il y avait le genre de choses qu'une fillette aime avoir autour d'elle. Je me rappelle l'époque où...

Il regarda sa femme, dont le visage avait perdu toute couleur. Elizabeth lui tenait une des mains, Arne Krog lui serrait un bras.

— Je l'ai déposée là, c'était un bon endroit où la laisser pendant que j'allais chercher des secours. Et puis je me suis mis à penser à tout ce qui allait suivre, parler aux gens, aller voir les parents peut-être... Je ne m'en suis pas senti le courage. J'ai cru longtemps que j'avais la force suffisante pour tout faire ; mais là, je savais que je n'en avais pas. Alors j'ai bloqué l'entrée de sa petite tanière. Tout ce que je voulais, c'était m'accorder du temps pour réfléchir, je n'avais pas l'intention de la cacher pour toujours. Je n'aurais pas pu faire ça aux parents. Je sais trop ce qu'on ressent quand on ne sait pas où est le corps de son enfant.

— Alors, pourquoi avez-vous dissimulé vos traces avec ce mouton mort ? demanda Wield. C'est moi qui l'ai découverte, continua-t-il d'un ton accusateur. Je sais très bien à quel point vous avez dû travailler pour vous assurer qu'elle resterait bien cachée.

— Le chien était encore tout près. Je l'avais chassé avec des pierres, mais je craignais qu'il ne revienne. J'ai pensé que la charogne pourrait empêcher l'animal, ou n'importe quel prédateur, de pénétrer là où j'avais déposé la petite. Ensuite je suis retourné à ma voiture, et je suis rentré chez moi, en croyant que personne ne m'avait vu.

Mais si on l'a vu, se dit Pascoe. Une autre petite fille qui, grâce à Dieu, s'est imaginé qu'elle voyait une scène issue de l'univers réel/irréel de son livre.

— Et quand, exactement, alliez-vous venir nous faire bénéficier de ces informations, monsieur ? demanda Dalziel avec une courtoisie de fonctionnaire.

— Après le concert. Demain matin. J'ai mis mes affaires en ordre, sur le plan professionnel et personnel. Ces trois derniers jours m'ont laissé le temps de peaufiner les choses, et je ne voulais pas gâcher à Elizabeth... Je ne voulais pas gâcher à mon autre fille ses débuts musicaux.

Il la regarda, et ce qui passa entre eux était difficile à déchiffrer.

De l'affection, de la compréhension, des excuses, des regrets ? Un peu de tout cela.

— Autre chose à nous dire ? demanda Dalziel. Comme, par exemple, pourquoi vous avez si souvent remonté Corpse Road pendant ces trois dernières semaines, et aussi pourquoi vous avez commencé à mettre vos affaires en ordre ?

Wulfstan lui fit un signe de tête approbateur, distant, presque digne d'un maître d'hôtel :

— Je pense que vous savez pourquoi, Mr Dalziel. Il y a quinze ans, j'ai cru que vous étiez irrémédiablement stupide. Aujourd'hui, je vois que je m'étais trompé ; tout du moins, sur le côté irrémédiable. J'ai commencé à monter jusqu'à la crête de Lang Neb quand j'ai entendu dire que le niveau d'eau baissait tellement que Dendale réapparaissait. Je gagne ma vie grâce au soleil, et j'ai apprécié à sa juste valeur l'ironie du sort : c'était la chaleur solaire qui risquait de tarir mes revenus.

— Comment exactement ? s'enquit Dalziel. Juste pour que tout le monde sache de quoi vous parlez, ajouta-t-il en jetant un regard vers Chloe Wulfstan.

Pascoe, qui était sans doute le dalzielologue le plus en pointe du monde civilisé, lut le message sans difficulté : dites-lui maintenant, publiquement, pour que, si jamais elle le savait avant, elle n'ait pas à le dire à votre place.

Galanterie inattendue ? Ou juste un subtil tour de vis pour être sûr que Wulfstan continuerait à parler ? En tout cas, ça marchait.

— Si ce n'est déjà fait, vous trouverez les restes d'un homme dans les ruines de Heck. Cet homme, c'est... enfin, c'était, Benny Lightfoot. C'est moi qui l'ai mis là-bas, et qui l'ai laissé se noyer. Je suis le seul responsable de sa mort, pour des motifs qui me semblent évidents.

Dalziel jeta un regard sur Novello qui se renfrognait. C'était l'un des rares visages qui gagnait en beauté à devenir maussade.

— Mais pas pour ceux qui n'étaient pas dans la région à l'époque, objecta le Gros. Si vous pouviez juste nous donner les grandes lignes ?

— Quand on a tous été déplacés et que la pluie s'est mise à tomber, je me suis aperçu que je ne pouvais pas m'en empêcher ; à n'importe quelle heure du jour ou de la nuit, j'étais frappé par une envie irrésistible et pressante de retourner là-bas et de me promener sur le versant de la montagne. Vous vous imaginez sans doute qu'il est relativement facile de contrôler un tel état compulsif, d'autant qu'il implique des trajets assez longs. Mais vous comprendrez pourquoi j'y ai toujours obéi, si je vous dis que j'étais absolument certain que Mary était là-bas, perdue et effrayée, et qu'elle mourrait à coup sûr si je ne la trouvais pas. Bien sûr, je ne l'ai jamais trouvée. Parfois, j'imaginais...

Il fit une pause, visiblement pour se retirer en lui-même, et Pascoe s'accorda avec lui, l'accompagna jusqu'à un versant de montagne sombre et battu par la pluie, où chaque lueur semblait rebondir sur des boucles blondes, où chaque murmure, chaque éclaboussure d'eau chantait comme l'écho d'un rire d'enfant.

— Mais une nuit, reprit Wulfstan, j'ai entendu un bruit et j'ai vu une silhouette qui n'existait pas que dans mon imagination. Elle était près des ruines de Neb Cottage ; près de l'endroit où on t'a retrouvée un peu plus tard, dit-il à Elizabeth, qui le regarda avec des yeux sans expression. C'était, bien sûr, Benny Lightfoot.

Un autre fantôme vivant qui hantait la vallée en trouvant le réconfort qu'il pouvait dans les décombres du village.

Mais cette rencontre avec un autre fantôme n'avait apporté aucun réconfort.

— J'aurais dû l'attraper et vous l'amener, dit-il à Dalziel. Mais j'avais peur que vous ne le relâchiez une nouvelle fois. Non, c'est trop simple comme justification. Je voulais le garder parce que j'étais sûr de pouvoir lui faire dire des choses sur ma fille que vous n'auriez jamais pu obtenir avec des méthodes plus limitées.

— Vous l'avez torturé ? demanda Novello.

— Je l'ai battu à coups de poing. Je n'ai jamais rien utilisé d'autre, ni à ce moment-là ni plus tard. Cela atténue-t-il les choses ? Cela relève de votre compétence, pas de la mienne. Je n'ai rien tiré de lui. Quand j'ai vu que le jour se levait, je l'ai entraîné vers Heck. Je savais que la cave était encore accessible parce que, en cherchant Mary, j'avais pratiqué une ouverture suffisante pour y entrer, au cas où elle serait revenue à son ancienne maison pour s'y abriter. Je l'ai attaché serré avec des bandes de tissu, déchirées dans sa propre veste, avec des cadenas et des crampons. Tout ce que j'attendais de lui, c'est qu'il me dise ce qu'il avait fait à Mary et où elle se trouvait. Mais il n'a rien lâché, rien, quoi que j'aie pu lui faire. Il croyait peut-être que je le tuerais une fois qu'il m'aurait dit ce que je voulais savoir. Et je jure sur tout ce que j'ai de plus sacré, sur la mémoire de ma fille elle-même, que je l'aurais laissé partir vivant s'il avait parlé. Or il ne parlait toujours pas, mais pourquoi, pourquoi ? Il suffisait qu'il me dise...

Il était revenu là-bas, et cette fois tout le monde imaginait la scène, dans ce trou sordide au milieu du clapotement des eaux qui montaient toujours ; ces deux visages si proches l'un de l'autre, tous deux tordus de douleur. Dans la pénombre, il aurait sans doute été difficile de déterminer où était la victime et où le tortionnaire.

Sauf que l'un d'entre eux revenait chaque matin dans la chaleur et la lumière du jour, alors que l'autre était enchaîné, plongé dans l'obscurité et l'eau glaciale.

La suite est facile à raconter, pensa Pascoe. Il dit :

— Et donc il n'a jamais parlé, et vous l'avez laissé mourir.

— Oui. Je ne suis pas sûr que je le voulais vraiment, et en aurais-je été capable ? Mais j'ai dû m'absenter quarante-huit heures. Je suis revenu le jour où Elizabeth, enfin Betsy, a disparu. Quand on l'a retrouvée et que j'ai appris son histoire d'agression par Benny Lightfoot, j'ai pensé... En fait, je ne sais pas ce que j'ai pensé, mais c'était en partie du soulagement à l'idée qu'il s'était libéré, qu'il était encore en vie. La nuit suivante, je suis descendu à Heck. L'eau avait considérablement monté. J'ai tout de suite vu qu'il ne s'était pas échappé, et il avait arraché la chaîne du mur... Un de ses bras dépassait de l'eau. Un bloc de pierre s'était effondré sur l'entrée de la cave et l'avait bloquée. Je suis entré dans l'eau, et je l'ai touché : il était froid. J'ai essayé de le repousser dans la cave, mais je n'y suis pas parvenu. Alors j'ai recouvert le corps de décombres, et je suis parti.

— Qu'est-ce que ça vous a fait, de savoir que vous l'aviez tué ? demanda Pascoe.

Wulfstan réfléchit, les lèvres pincées comme s'il cherchait à identifier un goût inconnu, ou un grand vin.

— Je me suis senti triste, finit-il par répondre.

— Triste de l'avoir tué ?

— Triste qu'il soit mort sans m'avoir dit ce que je voulais savoir.

Pascoe secoua la tête, pas de dégoût, mais de chagrin. Il ne pouvait pas, après ces derniers jours passés au chevet de Rosie, éprouver une grande indignation.

— Vous avez terminé, Peter ? demanda Dalziel.

— Oui.

— Ivor, quelque chose à ajouter ?

Pourquoi tient-il tant à laisser la bride sur le cou de la détective constable ? s'interrogea Pascoe. Dans les enquêtes criminelles ou dans une voiture, on ne s'attendait pas à trouver le gros Andy à l'arrière.

— Oui, monsieur, juste une petite chose. Je ne crois pas, Mr Wulfstan, que vous ayez éprouvé de la tristesse. Pourquoi, alors que vous aviez obtenu ce que vous cherchiez ? Avec le principal suspect mystérieusement disparu, plus personne n'allait perdre son temps à continuer à chercher, n'est-ce pas ?

— À chercher ma fille ?

— Non, le véritable meurtrier. Il était au bout de ses peines, et ça a dû le rendre vraiment très heureux.

Elle parlait avec force, souhaitant provoquer une réaction. Elle est donc sûre d'avoir raison, se dit Pascoe avec sympathie. Elle veut absolument avoir raison ! Voilà ce que visait Dalziel. Il y avait des leçons qu'il valait mieux apprendre en public : quand on allait plus vite que les autres, il y avait toujours un moment où, pour rester en tête, on faisait un pas de trop.

— Qu'est-ce que vous dites de ça, Mr Wulfstan, demanda Dalziel d'un ton aimable. Est-ce que ça étouffait l'affaire ? C'est vous qui aviez enlevé toutes les gamines ?

Pas simplement une leçon, donc. Le Gros s'assurait que, cette fois, aucune possibilité, même la plus improbable, n'aurait été oubliée.

Wulfstan ne manifestait ni horreur ni indignation, mais une totale incompréhension, comme si on s'était adressé à lui dans une langue étrangère. Il tourna le regard vers sa femme, semblant chercher un interprète. Elle secoua la tête, et dit d'une voix presque inaudible :

— C'est infâme... Ce n'est pas possible, superintendant...

— Eh bien, il y a une personne qui a pensé que ça l'était. Elle nous a appelés pour nous dire de surveiller Mr Wulfstan de plus près. Nous avons eu l'impression qu'il s'agissait d'une femme. Ou alors d'un homme à la voix très haut perchée. Pouvez-vous faire cela, Mr Krog ?

— Pas assez bien pour tromper une oreille comme la vôtre, Mr Dalziel, répondit tranquillement Krog.

L'intonation, le style de la réponse, le langage du corps, tout était parfait, se dit Pascoe. Mais c'était une réaction choisie, et pas naturelle. Impossible à prouver, mais il aurait bien parié sa prime de Noël que c'était le Navet qui avait téléphoné (ce qui n'engageait à rien, puisqu'il n'avait pas ce genre de primes).

Wulfstan était devenu d'un blanc épouvantable en comprenant l'énormité de l'accusation. Mais, chose intéressante, ce n'est pas vers le superintendant qu'il se tourna, mais vers Novello, l'instigatrice :

— Vous n'êtes qu'une gamine stupide, et complètement *malade*, grinça-t-il. Qu'est-ce que vous connaissez à quoi que ce soit ?

Elle se dressa face à lui :

— Je sais que vous avez tué une petite fille, lui répondit-elle d'un ton brusque. Je veux simplement savoir si elle était la première.

Elle était debout et lui assis, mais la scène ressemblait à un tableau vivant de David et Goliath. Il se pencha en avant sur son siège, le visage tordu de colère. Très bonne ressemblance avec le nix, là, se dit Pascoe qui se préparait à intervenir.

— Fais pas attention à elle, Walter. N'importe quel pékin sait bien qu'elle sort un monceau de conneries. Enfin, tout le monde le sait, sauf elle.

La phraséologie et l'accent auraient pu être ceux d'Andy Dalziel, mais la voix était celle d'Elizabeth.

Elle toucha le bras de Wulfstan qui se calma. Tournant son regard de Novello à Dalziel comme si elle fermait une porte au nez de la détective constable, elle poursuivit :

— Vous, là, le gros lard, vous savez bien que c'est des conneries. Walter vous a raconté ce qui s'était passé avec cette pauvre gosse. C'est affreux, mais c'était un accident. Donc on pourrait appeler son avocat, on irait tous au poste de police, vous enregistreriez sa déposition, et ensuite chacun rentrerait chez soi. Parce que pour l'instant on perd son temps, non ? Je n'ai entendu aucune information sur les droits d'un suspect, je ne vois pas de magnétophones. Je pars demain pour l'Italie, et j'aimerais bien passer une bonne nuit.

Dalziel la regarda, sourit, secoua la tête et murmura :

— Ah, la petite Betsy Allgood, qui l'aurait crue capable de ça ? La petite Betsy Allgood qui est en train de devenir une star.

Elle gratta son crâne chauve, et répondit :

— Non, Andy, il me reste pas mal de chemin à faire.

— Oui, mais vous y arriverez. Au stade où vous en êtes, qu'est-ce qui pourrait vous arrêter maintenant ?

— Vous, peut-être, si vous nous retenez pendant toute la nuit.

— Mais, Betsy, vous êtes libre de partir à tout moment. Pourquoi restez-vous ? Vous avez fait ce que vous aviez prévu. Vous êtes revenue. Vous avez chanté vos chants. Vous vous êtes réconciliée. Mais avant de vous en aller, il y a une petite chose sur laquelle vous pourriez nous éclairer.

Il leva la main : Wield, qui possédait un don de télépathie toujours utile avec le Gros, lui remit les feuilles bleues qu'il tenait.

Réactions : Wulfstan indifférent, comprenant à peine ce qui se passait. Krog, regard bleu, visage sans expression, tout innocence. Elizabeth, sourcils froncés, regard vacillant sur les autres comme si elle cherchait à savoir comment ces feuilles avaient bien pu atterrir dans les mains de Dalziel. Chloe, tête rejetée en arrière, yeux fermés, dans la position qu'elle avait prise après sa faible dénégation sur l'implication possible de son époux dans ces affaires. Inger Sandel, assise sur le tabouret du piano, apparemment plus intéressée par le clavier que par la conversation.

— Vous avez compris plus tard que vos idées avaient été un peu confuses sur ce qui s'est passé la nuit où vous étiez partie chercher votre chat, dit Dalziel. Ce serait bien d'arriver à la bonne version.

— J'aurais cru, après ce qu'on vient d'entendre, que vous aviez la bonne version.

— Mais rien de tel que d'entendre un pronostic de la bouche même d'un cheval.

Elle brilla fugitivement d'un de ses rares sourires :

— C'est ce que vous pensez de ma voix, c'est bien ça ?

— Je pense que vous avez espéré pouvoir occulter les choses avec le chant. Revenir, sortir ça de vous, avancer rapidement dans le restant de votre existence ? Mais, cocotte, le passé, c'est comme les gens : il faut l'enterrer correctement, sinon il revient pour vous poursuivre, toujours. Benny est vraiment revenu maintenant, donc on peut le congédier comme il se doit. Mais quid des autres ? Vous pensez que de pitoyables chants de boche dans une chapelle désaffectée feront l'affaire ? Je ne crois pas. Demandez donc aux Hardcastle. Demandez donc aux Telford. Demandez donc à Chloe et à Walter, ici présents, qui vous considèrent comme leur propre fille depuis toutes ces années.

— Et elle a été une bonne fille envers moi, déclara Chloe Wulfstan soudain totalement réveillée. Une seconde chance. C'était peut-être plus que je ne méritais. Le chagrin, ça rend égoïste... Oh ! mon Dieu, quand je pense à la douleur qu'elle a endossée... Betsy, je suis désolée, j'ai essayé de me corriger...

Elle serrait la main de la jeune femme. Son regard lançait un appel désespéré. Elizabeth n'y répondit que par un froncement de sourcils.

Pascoe toussa discrètement. Dalziel montra quelque chose qui ressemblait à du soulagement et hocha la tête. Ils travaillaient ensemble depuis assez longtemps : une ligne de démarcation séparait leurs domaines d'intervention.

— Mrs Wulfstan, je ne pense pas qu'il soit nécessaire d'être aussi dure envers vous-même, objecta Pascoe. Vous savez, je crois que, si Betsy est devenue anorexique et s'est passé les cheveux à l'eau de Javel, ce n'était pas vraiment pour essayer de devenir Mary. Ou alors, ce n'était pas par égard pour vous, en tout cas certainement pas seulement pour vous. Non, elle voulait devenir le genre de fille que, à son avis, son père aurait préférée. Tout le monde a imaginé que les cheveux coupés très court et les vêtements de garçon servaient à amadouer son père, déçu de ne pas avoir de fils. Mais je ne le pense pas, Elizabeth. Je pense que tout ça, c'était une tentative délibérée de la part de votre mère de faire en sorte que vous ayez le moins possible l'aspect d'une fille. Elle voulait vous rendre invisible aux yeux de son mari. Mais vous, au contraire, ce que vous cherchiez, c'était qu'on vous voie. Même après sa mort. Peut-être vous êtes-vous dit que, s'il s'était noyé, c'était à cause de votre aspect extérieur. Vous vous en êtes voulu de ne pas avoir été ce qu'il voulait. Ce qui nous amène à la question de savoir comment vous saviez ce qu'il voulait. Comment votre mère le savait. Eh bien, je pense qu'une épouse a de l'instinct. Il peut y avoir des couches profondes inaccessibles aux autres, mais elle, elle le sait. Et parfois, le fait de savoir devient insupportable. Mais une petite fille... Peut-être était-ce justement votre invisibilité qui faisait l'affaire. Je parie que vous l'avez suivi, que vous pouviez le repérer à un kilomètre par beau temps. Le moindre regard sur la montagne suffisait. Oui, Betsy, je parie que c'est ça.

Il n'obtint pas le résultat escompté. S'il avait fait si long, c'était dans l'espoir de voir apparaître certaines fissures ; mais il n'y avait rien sur le visage de cette femme, à part toujours ce froncement de sourcils. Les autres commençaient à réagir, cependant. Wulfstan avait émergé de son monde intérieur obscur ; les traits de Krog exprimaient la surprise ; Inger Sandel leva les yeux de son piano d'un air étonné ; et l'étreinte de Chloe sur le bras de sa fille s'était crispée.

— Betsy, je t'en prie, qu'est-ce qu'il veut dire ? Qu'est-ce qu'il essaie de nous dire ? dit Chloe.

— Laisse tomber, répondit Elizabeth d'un ton rude, tout ça c'est des devinettes, c'est comme ça que les couillons parlent quand ils n'ont rien à dire.

— Betsy, on ne peut poursuivre les morts, même s'ils sont coupables, continua Pascoe. Mais les vivants ont besoin de parler. Pensez à la douleur provoquée par votre silence. Oh, c'est sûr qu'on ne peut pas en vouloir à une enfant déboussolée de se taire, mais vous avez fait plus que vous taire : vous nous avez mal orientés. Réfléchissez aux conséquences, à ce pauvre type en train de se noyer dans une cave. Pensez à la petite Lorraine. Tout ça, ça vient de votre silence, il faut qu'il cesse.

— Oui. (Elle se dégagea de la main de Chloe.) Et la fin, j'y suis arrivée. J'en ai eu assez. Je pars demain matin, tôt, et je voudrais bien dormir, même si je dois être la seule. Walter, je suis désolée de la tournure des événements, mais ils ne peuvent pas faire grand-chose contre toi puisque c'est un accident. Chloe...

Chloe lui coupa la parole, dans un dernier appel désespéré :

— Elizabeth, je t'en prie, si tu sais quelque chose, dis-le-nous.

— Mais savoir quoi, qu'est-ce que je devrais savoir ? cria-t-elle.

— Où elle est. Où est ma fille, dis-le-moi, *dis-le-moi* !

La dernière chance, pensa Pascoe. Mais avouer qu'elle savait, ce serait tout avouer. Et notamment, ce qui n'était pas rien, qu'elle avait laissé se prolonger la souffrance de ses parents adoptifs pendant toutes ces années. En aurait-elle la force ? Il voyait qu'elle était écartelée.

Il murmura quelque chose à Wield, qui fouilla dans le dossier qu'il portait ; il en sortit le plan de Dendale qui avait été dessiné quinze ans plus tôt. Il le remit à Pascoe en levant les sourcils, interrogateur. Pascoe le prit de la main gauche, tout en montrant à Wield ce qu'il tenait dans la droite.

Instantanément, Wield se retrouva sur le versant de la montagne, en plein soleil, avec la vallée qui s'étirait au-dessous de lui comme la Terre Promise, et derrière lui l'enclos à moutons construit avec les pierres des remparts ; près de lui, le berger sombre et tout sec, avec aux pieds ses chiens dociles, et dans l'air du crépuscule le chant des alouettes et le bêlement des ovins...

Quel salaud ! pensa-t-il en se rappelant sa réaction quand il avait réalisé que la charogne avait servi à dissimuler la petite fille disparue. Un homme différent, mais le même stratagème.

Et Pascoe, tel un prestidigitateur, leva la carte et le compact disc d'Elizabeth Wulfstan, tourna la main gauche de quarante-cinq degrés de façon que le dessin du visage sur la pochette du CD devienne le contour des montagnes de Dendale, avec la représentation d'un soleil qui dardait ses rayons.

Il savait maintenant ce que signifiaient les notes qui sortaient de cette bouche. Ellie s'était rappelé que les présentateurs en avaient discuté lors d'une émission de radio sur l'actualité musicale, ce dimanche matin-là, qui lui semblait maintenant à des millions d'années-lumière.

— La Deuxième de Mahler est connue sous le nom de Symphonie de la Résurrection, avait-elle dit. Elle a pour thème le réveil des morts, le jugement et la rédemption. Cette portée est extraite du premier morceau consacré à la résurrection, et pas mal de gens s'étaient demandé pourquoi elle l'avait choisie plutôt qu'un passage des *lieder*.

Eh bien voilà, plus la peine de faire des conjectures.

Il tint la couverture du disque tout près des yeux de la cantatrice :

— Betsy, je pense que vous nous avez déjà dit où étaient Mary et les autres. Je pense que, depuis très longtemps, vous brûliez d'en parler à quelqu'un. Vous vouliez que cela se termine, pour commencer à avancer, hein ? Mais vous savez qu'il ne peut y avoir d'espoir de rédemption et de renouveau sans résurrection. C'est ce que vous vouliez nous dire, n'est-ce pas, Betsy ? Nous les rattraperons sur les Hauts de Beulah, car il luit, le soleil, sur les Hauts de Beulah.

Ils eurent l'impression de voir Elizabeth Wulfstan rapetisser en Betsy Allgood : elle s'assit lourdement sur une chaise, puis fondit en larmes.

21

Bien que ne les ayant entendues qu'une seule fois, Pascoe ne parvenait pas à oublier les paroles du chant. Il les avait en tête en se couchant et elles étaient toujours présentes le lendemain matin, lorsqu'il attaqua dans la montagne.

Oh oui, tout juste allées arpenter notre val.
Elles reviendront bientôt dans les rires et les cris

Il n'y avait ni rires ni cris parmi les hommes qui peinaient à remonter le versant avec lui. Il faisait déjà suffisamment chaud pour qu'ils transpirent sous le poids des pelles et des pioches, même si le soleil n'était pas encore assez haut pour emplir la vallée. Mais tout là-haut, le flanc exposé à l'est du double pic était déjà couvert d'or.

Nous les rattraperons sur les Hauts de Beulah,
Dans la grande clarté de ce soleil qui luit.
Car il luit, le soleil, sur les Hauts de Beulah.

Maintenant, ils étaient assez près pour voir l'enclos à moutons, un mur de pierres sèches en demi-cercle édifié contre la face à pic du col.

Le silence persistait. Comme dans un rêve, ils marchaient, avançant sur le rocher abrupt comme dans une chorégraphie bien répétée, et ils balançaient leurs pioches à l'unisson, recherchant la faille dans le flanc de la montagne.

Trois fois ils les levèrent, et trois fois ils frappèrent. Et au troisième coup se produisit une chose étrange.

Des étincelles jaillirent du choc du métal sur le granit ; tout à coup l'air sembla s'enflammer quand une lave resplendissante de soleil dévala la crête pour se déverser dans le creux du repli.

Au même moment, un gigantesque bloc de roche s'ouvrit comme les portes d'une forteresse.

Les hommes reculèrent, étonnés et effrayés. Seul Pascoe resta au même endroit, plissant les yeux pour voir à l'intérieur de cette caverne si sombre. Il fit tant d'efforts qu'au bout d'un moment son imagination créa une impression de mouvement.

Fantasme ? Mais non, ce n'était pas du fantasme. Il y avait bien du mouvement par là-bas. Il voyait des formes dans l'obscurité, de petites formes qui avançaient lentement vers la lumière.

La première d'entre elles était assez proche pour que le soleil l'éclaire. Oh mon Dieu ! C'était un enfant, une petite fille aux longs cheveux blonds, qui clignait des yeux à cette clarté si peu habituelle et tenait dans ses bras un bouquet de digitales pourprées fraîchement cueillies. Derrière elle venait une autre enfant, qui elle aussi portait des fleurs. Et puis une autre... Oh ! doux Jésus ! Il les reconnut d'après les photographies. La première était Jenny Hardcastle, la deuxième

Madge Telford ; et la troisième, Mary Wulfstan, tellement reconnaissable aux traits de sa mère dans un petit visage grave.

Pascoe ne savait pas comment expliquer la chose, mais il ne s'en soucia pas non plus. Il avait le cœur si gonflé de joie qu'il respirait avec difficulté. Voilà comment se terminaient les choses : toute cette souffrance, tout ce chagrin et tout ce désespoir n'avaient pas été vains, elles étaient vivantes, vivantes, vivantes...

Mais le miracle n'était pas encore fini. Une autre silhouette s'avança. Il la regarda, n'osant pas croire ses yeux. Lorraine. Lorraine Dacre, qui tient ses fleurs d'une main et se frotte les yeux de l'autre, comme si elle venait de se réveiller.

Et derrière elle, il en venait une autre...

Cette fois, ce ne fut pas la joie qui étreignit le cœur de Pascoe, mais la peur. Il suffoquait, pas par peur de l'enfant qu'il voyait, mais de ce qu'elle sous-entendait : elle n'avait pas sa place dans ce paysage sauvage d'altitude, ce ne pouvait être que son imagination qui l'avait placée là.

La cinquième silhouette était celle de Zandra Purlingstone.

Il rejeta la tête en arrière et hurla au ciel vide sa rage et sa détresse. Pendant une seconde, il lui sembla qu'il était seul sur le versant nu du mont. Et puis, cette illusion se dissipa. Il était couché dans son lit ; la lumière nacrée de l'aube transformait la fenêtre en un écran de lanterne magique contre lequel se mouvaient les rameaux élancés du bouleau planté au fond de son jardin.

Il se leva, s'habilla rapidement. Il lui restait beaucoup de temps avant son premier rendez-vous de la journée ; mais il devait d'abord faire quelque chose. Il partit sans déjeuner, monta dans sa voiture et traversa les rues encore vides jusqu'à l'hôpital.

Un agent de sécurité s'avança pour lui barrer le chemin, le reconnut et le salua. Il monta l'escalier d'un pas léger, fit un signe de la main à l'infirmière en chef et pénétra dans la petite chambre où se trouvait Rosie.

La veille, tard dans la soirée, il avait discuté au téléphone avec Ellie et lui avait tout raconté. Dalziel l'avait assuré que sa présence n'était pas nécessaire. Pascoe n'avait pas protesté et s'était contenté d'indiquer qu'il viendrait. Ellie avait compris, lui avait dit de rentrer, de se reposer et lui avait affirmé que Rosie se portait à merveille.

À ce moment-là, la voix d'Ellie et ses paroles d'apaisement lui avaient suffi. Mais maintenant, il fallait qu'il le voie pour y croire.

Ellie avait fait transporter son lit dans la chambre de sa fille afin d'être en permanence à son chevet. Elle remua sans se réveiller dans son sommeil à l'entrée de Pascoe. Il sourit, puis s'approcha de Rosie sur la pointe des pieds.

Elle avait rejeté le drap de dessus et dormait pelotonnée, un poing appuyé contre le menton, comme le Penseur de Rodin.

Pense, pense, mon amour. Mais pas trop, hein ? Pas tout de suite, en tout cas. Tu auras bien le temps de te débattre avec les problèmes, plus tard. Largement le temps.

Il tira doucement le drap sur elle. Il aurait aimé envoyer promener ses chaussures et s'allonger là entre femme et fille, pour se réveiller avec elles quelque temps plus tard. Mais le travail l'attendait : une dette à rembourser. Il effleura des lèvres le front de Rosie, puis se pencha sur Ellie. Elle avait tout près d'elle un bloc-notes à demi dissimulé par la couette et serrait encore un crayon dans sa main. Elle s'était remise à écrire, décidément, elle était absolument indomptable ! La crise majeure qu'elle avait endurée lui avait donné la force de se détourner et d'affronter toutes les autres, de moindre importance, qui restaient en attente.... Absolument indomptable !

Il jeta un coup d'œil furtif et coupable sur ce qu'elle avait griffonné. Et si ce n'était pas un nouveau manuscrit, mais quelque chose de très personnel ? Mais non, il découvrit avec soulagement qu'elle avait écrit « Chapitre 1 », et lut les premières lignes :

C'était une sombre nuit d'orage, et le vent se déchaînait sur la mer. Quittant la protection du bosquet, le garde-côtes en chef plongea dans les bourrasques, la tête protégée par sa cape, pour grimper jusqu'au promontoire.

Ellie bougea à nouveau, et il eut pour elle un regard d'amour mêlé d'admiration. Absolument indomptable. Un nouvel air, avait-elle dit : oui, je pense qu'après tout ça, on est tous prêts pour un nouvel air. Et pour l'accompagner, elle a choisi pour fanfare un début de manuscrit le plus cucul qui soit !

Avec une pareille épouse, un homme pouvait aller au bout du monde.

Mais avant cela, il avait quelque chose à faire de son côté.

Il l'embrassa avec douceur, et quitta la chambre.

La brise qui avait agité le bouleau à l'aube avait pris de la vigueur et faisait voler ses cheveux en tous sens. Elle annonçait du changement. Filant vers le nord, il vit, pour la première fois depuis des semaines, l'océan uniformément bleu du ciel déchiré à l'horizon par la légère écume d'un nuage gris.

La barrière qui commandait la route menant au barrage était encombrée de policiers à l'air rébarbatif, qui vérifièrent sa plaque alors même qu'ils le connaissaient. Aujourd'hui, c'était règlement-règlement.

Ce détour à l'hôpital l'avait retardé, même s'il avait foncé pour rejoindre le barrage : les autres l'attendaient près du lac. Ils se saluèrent brièvement, à voix basse, et Pascoe enfila ses bottes dans un silence général.

Voilà, il était prêt. Andy Dalziel grogna le signal du départ : ils tournèrent tous la tête vers le haut de la montagne, et se mirent en route pour honorer leur rendez-vous, sur les Hauts de Beulah.

Composition réalisée par P.P.C.

IMPRIMÉ EN ALLEMAGNE PAR ELSNERDRUCK
Dépôt légal Édit. : 12589_06/2001
LIBRAIRIE GÉNÉRALE FRANÇAISE - 43, quai de Grenelle - 75015 Paris
ISBN 2-253-17153-0

31/7153/5